사냥꾼의 스케치

Записки охотника

세계문학전집 449

사냥꾼의 스케치

Записки охотника

이반 투르게네프

연진희 옮김

민음사

일러두기

1 번역 대본으로는 『이반 투르게네프 소(小)선집(Иван Тургенев: Малое собрание сочинений)』(아즈부카 출판사, 2015)에 수록된 『사냥꾼의 스케치(Записки охотника)』를 사용했다.

2 러시아어 원문에서 프랑스어로 된 부분은 굵은 글씨로 표기했으며, 그 밖의 외국어는 굵은 글씨로 쓰되 문장 끝에 외국어의 출처를 밝혔다.(예: 독일어, 라틴어, 영어 등)

3 러시아어 고유 명사와 도량형의 표기는 국립국어원의 외래어 표기법을 따랐다. 그러나 д[d]와 т[t] 뒤에 и[i], ю[yu], я[ya], ё[yo] ь[i′]가 올 경우 음가가 각각 з[z]와 ц[ts]로 바뀌는 러시아어 구개음화 현상은 예외로 해서 현지의 발음에 가깝게 했다.(예: 페다->페쟈) 단, 영어를 비롯한 외국어에서 차용된 외래어는 구개음화를 따르지 않았다.(예: 파르티잔) 또한 е와 э가 맨 앞에 올 경우 모두 [ye]로 한다는 조항도 예외로 하여 е는 [ye]로, э는 [e]로 구별해서 표기했다.(예: 예고로프, 엘렌)

4 원문에서 강조를 위해 사용한 이탤릭체는 본문에서 고딕체로 표시했다. 원문에서 부연 설명을 위해 괄호 표시를 사용한 것은 그대로 따랐다.

5 작품 속에 인용된 성경 텍스트는 대한성서공회가 간행한 『성서』(공동번역 개정판, 1999)에서 인용했다.

6 투르게네프가 직접 단 주석에는 '투르게네프 주'라고 표시했고, 그 외의 모든 주석은 옮긴이의 주다.

7 투르게네프는 이 작품에서 제정 러시아 역법인 율리우스력에 따라 사건을 서술했다. 이 작품에 나오는 날짜를 오늘날 세계적으로 통용되는 그레고리력으로 전환하려면 십이 일을 더하면 된다.

차례

호리와 칼리니치

볼호프군에서 지즈드라군[1]으로 넘어온 적이 있는 사람은 아마 오룔현 주민과 칼루가현 주민의 아주 다른 모습에 깜짝 놀랐을 것이다. 오룔의 농부는 키가 작고 등이 굽은 데다 침울한 분위기를 띤다. 사람을 치뜬 눈으로 쳐다보고, 사시나무로 지은 작고 허름한 통나무집에 살며, 지주를 위해 부역 노동을 한다. 장사에는 손을 대지 않고, 초라한 식사를 하며, 나무껍질 신발을 신는다. 그러나 칼루가의 소작농은 키가 크고 소나무로 지은 널찍한 통나무집에 산다. 대담하고 쾌활한 눈길로 사람을 쳐다보며, 얼굴이 깨끗하고 희다. 기름과 타르를

1) 칼루가현에 속한 지역. 지즈드라군의 일곱 마을과 그에 딸린 450여 명의 농노가 투르게네프의 소유였다.

팔고, 축일에는 부츠를 신는다. 오룔 마을(우리는 오룔현의 동부 지방에 대해 말하고 있다.)은 대체로 이럭저럭 더러운 못으로 변해 버린 골짜기 부근의 개간지 한복판에 자리 잡고 있다. 언제라도 도움을 베풀 준비가 된 버드나무 몇 그루와 앙상한 자작나무 두세 그루를 제외하면, 사방 1베르스타[2)]에 걸쳐 나무라고는 보이지 않는다. 통나무집들은 다닥다닥 붙어 있고, 지붕들은 썩은 짚으로 덮여 있다……. 그와 반대로 칼루가 마을은 대부분 숲으로 둘러싸여 있다. 통나무집들은 서로 넉넉한 거리를 둔 채 반듯하게 서 있고, 지붕은 널빤지로 덮여 있다. 대문은 잘 닫혀 있으며, 뒤뜰의 바자울은 흐트러지거나 허물어지지 않아서 지나가는 돼지를 절대 불러들이지 않는다……. 사냥하기에도 칼루가현이 더 낫다. 오 년 후에는 오룔의 마지막 숲들과 덤불이 사라질 것이고, 습지도 아예 없어질 것이다. 반면에 칼루가현에는 금벌림(禁伐林)이 수백 베르스타에 걸쳐 뻗어 있고, 습지는 수십 베르스타에 이른다. 기품 있는 수멧닭도 아직 멸종되지 않았고, 온순한 도요새도 많이 살며, 야단스러운 자고새는 세차게 날아오르는 특유의 날갯짓으로 사냥꾼과 개를 즐겁게, 혹은 놀라게 한다.

나는 사냥을 하러 지즈드라군에 드나들다가, 칼루가현의 소지주인 폴루티킨[3)]을 들에서 만나 친분을 맺게 됐다. 그는

2) 제정 러시아 시대의 측량 단위. 1베르스타는 약 1킬로미터.

3) 러시아의 남자 인명은 '이름, 부칭(아버지의 이름-예비치/-오비치), 성'으로 표기한다. 여성 부칭은 '-예브나/-오브나'로, 성은 '-아/-아야'를 붙인다. 부칭의 접미사를 결정하는 것은 아버지 이름의 마지막 음가다. '-이'로 끝나

사냥을 열렬히 좋아하는, 따라서 훌륭한 사람이었다. 사실 그에게는 몇 가지 약점이 있었다. 예를 들어 그는 현의 모든 부유한 신붓감에게 청혼했지만 청혼을 거절당해 출입마저 못 하게 됐다. 그는 슬픔에 잠겨 모든 친구와 지인에게 자신의 고통을 털어놓으면서도 신붓감의 부모들에게는 자신의 정원에서 난 신 복숭아며 다른 풋과일을 계속 선물로 보냈다. 또한 똑같은 일화를 즐겨 이야기했다. 하지만 폴루티킨 씨가 진가를 높이 평가한 그 일화는 단 한 사람도 웃기지 못했다. 그는 아킴 나히모프[4]의 작품들과 「핀나」[5]라는 중편 소설에 찬사를 보냈다. 말도 더듬었다. 자신의 개를 '아스트로놈'[6]이라 불렀고, 그렇지만을 써야 할 자리에 글치만이라는 표현을 사용했다.[7] 자

는 이름에는 '-예비치/-예브나'를, 자음으로 끝나는 이름에는 '-오비치/-오브나'를 붙인다. 단, '-야'로 끝나는 이름에는 '-치/-니치나'를 붙인다. 가까운 사이에서는 '-예비치/-오비치' 대신 '-이치'를 붙이기도 한다. 대개 귀족(지주, 장교, 고위 관료로 활동함) 혹은 성직자나 상인 같은 평민들을 공적으로 지칭할 때는 성을 사용하고, 대화에서는 성 대신 이름과 부칭을 붙여 정중함을 표현했다. 아주 친한 가족이나 친구 사이에서는 친밀감을 표현하기 위해 이름 혹은 애칭으로만 불렀다. 하지만 농노들은 보통 이름이나 애칭으로만 불렸다.

4) 아킴 니콜라예비치 나히모프(Аким Николаевич Нахимов, 1783~1815). 러시아의 풍자 시인이자 산문 작가.

5) 미하일 알렉산드로비치 마르코프(Михаил Александрович Марков, 1810~1876)가 1848년에 발표한 감상적 소설.

6) '천문학자'를 뜻하는 러시아어.

7) 폴루티킨은 '그렇지만'을 뜻하는 러시아어 '오드나코(однако)'를 '오드나체(одначе)'로 발음한다. 이를 우리말로 표현하기 위해 폴루티킨이 '그렇지만' 대신 '글치만'이라는 말을 사용한다고 설정했다.

기 집에 프랑스 요리법을 도입하기도 했는데, 그의 요리사는 각 음식 본연의 맛을 완전히 바꿔 놓는 것이 그 요리법의 비밀이라고 생각했다. 그래서 이 대가의 손을 거치면 고기에서는 생선 맛이, 생선에서는 버섯 맛이, 마카로니에서는 화약 맛이 났다. 한편 마름모나 사다리꼴이 아닌 당근은 절대 수프에 들어갈 수 없었다. 그러나 이런 몇 가지 소소한 단점을 제외하면, 이미 말했듯이, 폴루티킨 씨는 훌륭한 사람이었다.

폴루티킨 씨를 알게 된 바로 그날, 그는 자기 집에서 묵고 가라며 나를 초대했다.

"내 집까지 가려면 5베르스타 정도 가야 합니다." 그는 덧붙여 말했다. "걸어서 가기에는 멀죠. 먼저 호리에게 들릅시다."(내가 그의 말더듬을 옮겨 적지 않는 것에 대해서는 독자도 허락할 것이다.)

"호리가 누구죠?"

"내 영지의 농부인데…… 아주 가까이에 산답니다."

우리는 그의 집으로 출발했다. 숲 한가운데 깨끗하게 개간된 빈터에 호리의 농장이 외롭게 우뚝 솟아 있었다. 농장에는 소나무 귀틀집 몇 채가 있고 그 주위에는 울타리가 둘러쳐져 있었다. 본채 앞에는 가느다란 버팀목으로 떠받친 차양이 있었다. 우리는 안으로 들어갔다. 스무 살쯤 된 키가 크고 잘생긴 청년이 우리를 맞았다.

"어이, 페쟈![8] 호리는 집에 있나?" 폴루티킨 씨가 그에게 물

8) 표도르의 애칭.

었다.

"아니요, 호리는 시내에 갔습니다."[9] 청년은 눈처럼 하얀 이를 보이며 싱긋 웃는 얼굴로 대답했다. "첼레가[10]에 말을 매라고 지시할까요?"

"그래, 첼레가를 부탁해, 친구. 크바스[11]도 가져오고."

우리는 통나무집으로 들어갔다. 깨끗한 통나무 벽에는 수즈달 그림[12] 한 장 붙어 있지 않았다. 한구석에는 은제 천개를 씌운 묵직한 이콘 앞에 현수등(懸垂燈)이 희미하게 타오르고 있었다.[13] 보리수나무로 만든 탁자는 최근에 대패로 깎여 깨끗하게 씻긴 채였다. 통나무 틈새나 창문 설주를 휘젓고 다니는 바퀴벌레도 없었고, 음울한 기색으로 숨어 있는 딱정벌레도 없었다. 청년은 곧 커다란 흰 컵에 맛있는 크바스를 가득 채워, 나무 사발에 담긴 오이절임 열두 개와 큼직하게 썬 밀빵 한 조각을 곁들여 내왔다. 그는 그 모든 음식을 탁자 위에 내려놓고는, 문에 기댄 채 미소 띤 얼굴로 우리를 바라보

9) '호리(хорь)'는 러시아어로 '족제비'를 뜻한다. 페자는 아버지의 별명과 '족제비'의 발음이 같은 점을 이용해 '호리'라는 말이 나올 때마다 말장난을 한다.

10) 바퀴 달린 평상처럼 생긴 사륜 수레를 말이 끌도록 한 운송 수단.

11) 물이나 엿기름에 적신 호밀 빵을 발효시켜 만든 러시아 전통 음료.

12) 수즈달 지방에서 생산되는 싸구려 채색 판화.

13) 이콘은 그리스도, 성모 마리아, 성인, 천사 등을 목판에 그린 그림이다. 대체로 얼굴과 손을 제외한 부분, 즉 후광, 머리 장식, 의복 등은 금이나 은의 얇은 판과 보석으로 제작되어 목판 위에 덧씌워진다. 목판에 덧대는 이 귀금속 장식을 천개라고 한다. 제정 러시아 시대 사람들은 교회뿐 아니라 가정에도 이콘을 비치하여 어려운 일이 있을 때마다 그 앞에서 기도했고, 심지어 여행을 다닐 때에도 휴대했다.

았다. 우리가 자쿠스카[14]를 다 먹기도 전에, 현관 계단 앞에서 첼레가가 덜거덕덜거덕 소리를 내기 시작했다. 우리는 밖으로 나갔다. 열다섯 살쯤 된 곱슬머리 소년이 볼이 발그레한 얼굴로 마부대에 앉아 반점이 있는 살진 종마를 간신히 붙들어 두고 있었다. 첼레가 주위에는 우람한 청년 여섯 명이 서 있었다. 서로, 그리고 페쟈와도 매우 비슷해 보이는 청년들이었다. "전부 호리의 자식들입니다!" 폴루티킨이 말했다. "전부 호리의 새끼들이죠." 현관 계단으로 우리를 뒤따라 나온 페쟈도 맞장구를 쳤다. "아직 다 모인 건 아닙니다. 포타프는 숲에 있고, 시도르는 늙은 호리와 함께 시내로 갔고……. 명심해, 바샤.[15]" 그는 마부를 돌아보며 계속해서 말했다. "단숨에 가. 나리들을 모시고 가는 거니까. 다만 울퉁불퉁한 곳에서는 천천히 가, 알겠지? 그러지 않으면 첼레가도 망가지고, 나리들의 뱃속도 뒤집어질걸." 나머지 호리 새끼들이 페쟈의 농담에 빙글거렸다. "아스트로놈을 태워!" 폴루티킨 씨가 엄숙하게 외쳤다. 페쟈는 부자연스럽게 웃고 있는 개를 즐겁게 허공으로 번쩍 들어 올려 첼레가 바닥에 내려놓았다. 바샤는 말의 고삐를 늦추었다. 우리는 달리기 시작했다. "바로 저곳이 내 사무소입니다." 갑자기 폴루티킨 씨가 작고 나지막한 가옥을 가리키며 나에게 말했다. "들러 보시겠습니까?" "그러죠." "지금은 사용하지 않습니다." 그가 첼레가에서 내리며 말했다. "그래도 둘

---

14) 러시아식 정찬에서 식욕을 돋우기 위해 가장 먼저 내놓는 전채 요리. 각종 냉육, 캐비어, 청어 절임, 야채 샐러드 등으로 차려진다.

15) 바실리의 애칭.

러볼 만은 하답니다." 사무소는 빈방 두 개로 이루어져 있었다. 수위인 애꾸뉴 노인이 뒤뜰에서 달려왔다. "잘 있었나, 미냐이치?" 폴루티킨 씨가 말했다. "그런데 물은 어디 있지?" 애꾸눈 노인은 휙 사라졌다가 곧 물병과 컵 두 개를 들고 돌아왔다. "한번 마셔 보세요." 폴루티킨이 나에게 말했다. "내 영지의 샘에서 길어 온 물이랍니다. 맛이 좋아요." 우리는 물을 한 컵씩 마셨고, 노인은 우리를 향해 허리를 숙였다. "자, 이제 가도 될 것 같군요." 나의 새 친구가 말했다. "이 사무소에서 난 상인 알릴루예프에게 숲 4제샤치나[16]를 좋은 값에 팔았답니다." 우리는 마차에 올라탔고, 삼십 분 후에는 이미 주인집의 안마당에 들어서고 있었다.

"말씀해 주십시오." 나는 밤참을 들면서 폴루티킨에게 물었다. "왜 당신의 농부인 호리는 다른 농부들과 따로 떨어져 삽니까?"

"영리한 농부니까요. 약 이십오 년 전 그의 통나무집이 불타 버리고 말았습니다. 그러자 그는 작고하신 내 아버지를 찾아와 이렇게 말했죠. 니콜라이 쿠지미치, 나리의 숲속에 있는 습지에서 살도록 허락해 주십시오, 소작료는 충분히 내겠습니다. '하지만 어째서 습지에 살겠다는 건가?' '그냥이요. 니콜라이 쿠즈미치 나리, 다만 어떤 부역에도 동원하지 말아 주십시오. 소작료는 나리의 마음대로 정하시고요.' '일 년에 50루블

16) 제정 러시아 시대에 토지의 면적을 표시하던 단위. 1제샤치나는 약 10925제곱미터.

로 하겠다!' '알겠습니다.' '체납은 안 돼. 명심해!' '물론입니다. 체납하는 일 없이…….' 그렇게 해서 그는 습지에 살게 됐습니다. 그 후로 호리라는 별명을 얻었죠."

"그래서 돈은 받았습니까?" 난 물었다.

"받았습니다. 지금은 나에게 100루블의 소작료를 낸답니다. 난 좀 더 올려 볼까 하는 생각도 하고 있죠. 그에게 이미 수차례 말했습니다. '호리, 몸값을 내고 자유를 얻어, 어이, 자유의 몸이 되라니까!' 그런데 그 교활한 인간이 자기는 그렇게 못한다고 못을 박지 뭡니까! 돈이 없다고 하더군요……. 말도 안 되는 소리죠!"

다음 날 우리는 차를 마신 후 곧 다시 사냥을 하러 떠났다. 마을을 통과할 때, 폴루티킨 씨가 마부를 향해서 나지막한 통나무집 앞에 마차를 세우라고 지시하더니, "칼리니치!" 하고 우렁차게 외쳤다. "곧 갑니다, 나리, 곧 가요." 안마당에서 목소리가 울렸다. "신발[17] 끈을 매고 있습니다." 우리는 천천히 마차를 타고 갔다. 마을 밖에서 마흔 살 정도의 키가 크고 야윈 남자가 작은 머리통을 뒤로 젖힌 채 우리를 따라잡았다. 그 사람이 칼리니치였다. 군데군데 얽은 자국이 있는 선한 인상의 그 거무스름한 얼굴이 첫눈에 마음에 들었다. 칼리니치는 매일 주인과 함께 사냥을 다녔다.(나중에 알게 됐지만.) 주인의 배낭을, 때로는 라이플총을 나르고, 새가 있는 장소를 찾

17) 칼리니치는 나무껍질 신발이라고 구체적으로 말하고 있다. 러시아 농부들은 대개 자작나무나 보리수나무의 껍질을 엮은 신발을 신었다.

아내고, 물을 구해 오고, 딸기를 따고, 임시 막사를 치고, 드로시키[18]를 부르러 달려가기도 했다. 그가 없으면 폴루티킨 씨는 한 걸음도 나아가지 못했다. 칼리니치는 대단히 명랑하고 온순한 사람이었다. 언제나 낮은 목소리로 흥얼거리고, 태평하게 사방을 둘러보고, 살짝 콧소리를 내어 말하고, 연한 하늘색 눈을 가늘게 뜨면서 미소를 짓고, 종종 쐐기 모양의 성긴 턱수염을 한 손으로 만지작거렸다. 느리게 걷는 편이었지만, 길고 가느다란 지팡이에 살짝 몸을 기댄 채 큰 보폭으로 성큼성큼 걸었다. 그날 하루 동안 그와 나는 여러 차례 이야기를 나누었다. 그는 굽실거리는 기색 없이 내 시중을 들었지만, 주인에 대해서는 어린아이 돌보듯이 했다. 견딜 수 없이 뜨거워진 한낮의 폭염을 피해 우리가 적당한 장소를 찾아 나설 수밖에 없게 되자, 그는 깊은 숲속에 있는 자신의 양봉장으로 우리를 데려갔다. 칼리니치는 우리를 위해 향기로운 마른 풀 묶음들이 걸린 작은 통나무집의 문을 열고 우리를 싱그러운 건초 위에 눕히더니, 그물망 같은 것을 머리에 쓰고 칼과 항아리와 불타는 장작개비를 들고서 우리에게 대접할 벌집을 자르러 양봉장으로 향했다. 우리는 투명하고 따뜻한 꿀을 샘물과 함께 마시고는 벌들이 윙윙거리는 단조로운 소리와 나뭇잎들이 수다스럽게 재잘거리는 소리를 들으며 잠들었다.

갑자기 불어온 가벼운 산들바람이 나를 깨웠다……. 나는

18) 포장이나 지붕이 없는 1~2인용의 사륜마차 혹은 이륜마차.

눈을 뜨고 칼리니치를 보았다. 그는 반쯤 열린 문의 문지방에 앉아서 칼로 나무를 깎아 숟가락을 만들고 있었다. 나는 저녁 하늘처럼 온화하고 맑은 그의 얼굴을 한참 동안 넋 놓고 바라보았다. 폴루티킨 씨도 잠에서 깼다. 우리는 바로 일어나지 않았다. 오랫동안 걷고 깊은 잠을 잔 후 건초 위에 가만히 누워 있노라면 기분이 좋아진다. 몸은 나른하고 피로하며, 얼굴은 미열로 발갛게 달아오르고, 눈동자는 달콤한 게으름에 감긴다. 마침내 우리는 일어나서 밖으로 나가 저녁까지 돌아다녔다. 밤참 때 나는 다시 호리와 칼리니치에 대한 이야기를 꺼냈다. "칼리니치는 좋은 농부입니다." 폴루티킨 씨가 나에게 말했다. "열성적이고 착한 농부죠. 하지만 농사일은 제대로 꾸려 나가지 못합니다. 내가 늘 그 사람을 끌어내니까요. 날마다 나와 함께 사냥을 다니니…… 이런 마당에 무슨 농사를 짓겠습니까, 생각해 보세요." 나는 그의 의견에 맞장구를 쳤고, 우리는 잠자리에 들었다.

다음 날 폴루티킨 씨는 피추코프라는 이웃과 얽힌 문제 때문에 시내로 떠나야 했다. 이웃인 피추코프가 폴루티킨의 땅을 경작했는데, 경작지에서 폴루티킨의 농노인 아낙을 때린 것이다. 나는 혼자 사냥을 하러 갔다가, 저녁 무렵 호리의 집에 들렀다. 통나무집의 문지방에서 한 노인이 나를 맞았다. 키가 작고 어깨가 떡 벌어지고 머리가 벗어진 그 건장한 노인이 바로 호리였다. 난 호기심 어린 눈으로 호리를 쳐다보았다. 얼굴형이 소크라테스를 연상시켰다. 혹이 난 높은 이마며 작은 눈이며 들창코가 똑같았다. 우리는 함께 통나무집으로 들어갔다. 지난번에 본 페자가 나에게 흑빵과 우유를 가져다주었다. 호리는 긴 의자에 앉아 매우 침착하게 자신의 곱슬곱슬한 턱수염을 매만지면서 나와 대화를 시작했다. 그는 자신의 가치를 자각하고 있는지 말도 행동도 천천히 했으며, 이따금 긴 콧수염 사이로 미소를 보이곤 했다.

우리는 파종과 수확과 농민의 생활에 대해 이야기를 나누었다……. 그는 내 의견에 늘 찬성하는 것 같았다. 다만 나중에는 부끄럽기도 하고, 나 자신이 적절치 않은 말을 하는 것 같은 느낌도 들었다……. 그렇게 우리의 대화는 어딘지 모르게 이상하게 흘러갔다. 호리의 말은 이따금 이해하기 힘들었다. 분명 조심스러워하는 태도 때문인 것 같았다……. 여러분을 위해 우리의 대화 한 대목을 예로 들어 보겠다.

"이봐, 호리." 나는 그에게 말했다. "왜 주인으로부터 자유를 사지 않지?"

"무엇 때문에 내가 자유를 사? 지금 난 주인님을 잘 알고 내가 낼 소작료에 대해서도 잘 아는데……. 우리 주인님은 좋은 분이야."[19]

"그래도 자유를 얻는 편이 낫잖아." 내가 말했다.

---

19) 호리는 지주인 폴루티킨의 아버지에게 존댓말을 썼으며, 페자도 폴루티킨에게 존댓말을 썼다. 하지만 '나'에게는 호리도, 페자도, 칼리니치도 존댓말을 쓰지 않는다. 페자는 아버지인 호리에게도 존댓말을 하지 않는다. 농민이 귀족에게 낮춤말을 쓰는 경우도 친밀감을 표하기 위해서거나 존댓말을 배우지 못해서다. 앞으로도 원서에 표현된 높임말과 낮춤말은 구분해서 번역하기로 한다.

호리는 날 곁눈질했다.

"물론 그렇지." 그가 말했다.

"음, 그런데 왜 자유를 사지 않아?"

호리는 고개를 돌렸다.

"무엇으로 자유를 사라는 거야, 나리?"

"어이, 이제 그만해, 노인장……."

"호리가 자유민들 틈에 끼게 되면……." 그는 혼잣말을 하듯 소리를 낮춰 계속 말했다. "턱수염이 없는 자는 누구나 호리의 주인이 되겠지."[20)]

"그럼 자네도 턱수염을 밀어 버려."

"턱수염이 뭐라고. 턱수염은 풀이야. 깎아도 괜찮아."

"그런데?"

"아마도 호리는 곧 상인들 틈에 끼겠지. 상인들은 유복한 생활을 하고 턱수염도 기르니까."

"어때, 자네도 장사를 하잖아?" 난 그에게 물었다.

"기름과 타르를 조금씩 팔지……. 그런데 나리, 첼레가에 말을 매라고 할까?"

'자네는 입이 무겁고 빈틈없는 사람이군.' 나는 생각했다.

"아니." 나는 소리 내어 말했다. "첼레가는 필요 없어. 내일 자네의 농장 주변에서 사냥을 할까 해. 자네만 괜찮다면 자네의 건초 헛간에서 묵지."

---

20) 러시아 정교회로부터 이단 취급을 받던 구교도들은 수염을 길게 길렀다. 호리가 정교회 신자들을 피하는 구교도임을 짐작할 수 있다.

"얼마든지. 그런데 헛간에서 편하게 묵으실 수 있을까? 나리를 위해 자리를 깔고 베개를 가져다 놓으라고 계집들에게 말해 둘게. 어이, 계집들!" 그는 자리에서 일어나며 소리쳤다. "계집들, 이쪽으로! 페쟈, 네가 함께 가라. 계집들은 정말 멍청한 족속이라니까."

십오 분 후 페쟈는 등불을 들고 나를 헛간으로 안내했다. 나는 향기로운 건초 위로 몸을 던졌고, 개는 내 발치에 몸을 웅크렸다. 페쟈가 나에게 안녕히 주무시라고 인사했다. 문이 삐걱거리다가 쾅 하고 닫혔다. 나는 꽤 오랫동안 잠을 이룰 수 없었다. 암소가 문가로 다가가더니 두어 번 요란하게 숨을 몰아쉬었다. 개는 암소를 향해 위엄 있게 으르렁거렸다. 돼지가 침울하게 꿀꿀거리며 옆으로 지나갔다. 어딘가 가까운 곳에서 말이 건초를 씹으며 푸르르 콧김을 뿜었다……. 나는 겨우 잠들었다.

이른 새벽에 페쟈가 날 깨웠다. 나는 이 쾌활하고 싹싹한 청년이 몹시 마음에 들었다. 게다가 내가 지켜본 바로 그는 호리 노인의 사랑도 독차지하고 있었다. 그들 두 사람은 매우 살갑게 서로를 놀려 대곤 했다. 노인이 나를 맞이하러 나왔다. 내가 그의 지붕 아래서 밤을 보냈기 때문인지, 아니면 다른 이유가 있는 건지, 어쨌든 그는 어제보다 나에게 훨씬 다정하게 굴었다.

"나리를 위해 사모바르[21]를 준비했지." 그는 미소를 지으며

21) 러시아어로 '스스로 끓는 용기'를 뜻하며, 차를 끓이는 커다란 화병 모양

나에게 말했다. "차를 들러 갑시다."

우리는 탁자 주위에 앉았다. 그의 며느리 중 하나인 건강한 여자가 우유가 든 항아리를 들고 왔다. 그의 모든 아들들이 통나무집 안으로 차례차례 들어왔다.

"자네 아들들은 전부 키가 크군!" 나는 노인에게 말했다.

"응." 그는 아주 작은 설탕 조각을 깨물며 웅얼거렸다.[22] "저 녀석들로서는 내 할멈이나 나한테 불평할 일이 전혀 없을 걸."

"그런데 다들 자네와 함께 사나?"

"응. 자기들이 원해서 그렇게 사는 거야."

"그럼 다들 결혼했고?"

"저 망나니 하나만 결혼하지 않았지." 그가 페쟈를 가리키며 대꾸했다. 페쟈는 예전처럼 문에 기대어 있었다. "바시카[23]는 아직 어리니 천천히 해도 돼."

"내가 왜 결혼을 해야 해?" 페쟈가 반박했다. "난 이대로도 좋아. 나한테 아내가 무슨 소용이 있어? 서로 욕지거리나 하라고?"

"뭐, 이 녀석아……. 네놈에 대해서는 훤히 안다! 은반지나 끼고…… 젊은 하녀들 꽁무니만 계속 좇고 싶겠지……. '그만

의 전통 주전자를 가리킨다. 보일러 같은 중심부 연통에 숯, 솔방울, 나뭇가지를 태워서 연통을 둘러싼 수조 안의 물을 데우고 연통 위쪽의 다기를 이용해 찻잎을 우린다.

22) 농민들은 차를 컵 대신 접시에 따라 마셨으며, 가루 설탕을 차에 타지 않고 설탕 덩어리를 갉아 먹었다.

23) 바실리의 비칭.

해, 이 뻰뻰한 것들!'" 노인은 하녀들을 흉내 내며 계속해서 말했다. "난 네 녀석을 잘 안다. 놈팡이 같은 놈!"

"하지만 마누라 따위가 뭐 좋다고?"

"마누라는 일손이다." 호리는 무게를 잡으며 말했다. "마누라는 지아비의 종이란 말이다."

"나한테 일손이 무슨 소용 있어?"

"그야 네가 남의 손으로 숯불을 긁어모으기를 좋아하는 놈이니까 그렇지. 우리는 너 같은 부류를 잘 안다."

"글쎄요, 날 장가보내려면 그렇게 해 보시던가. 어? 왜! 왜 잠자코 계시나?"

"그래, 그만하자, 그만해, 이 어릿광대 놈아. 봐라, 우리가 나리를 난처하게 만들고 있지 않냐! 걱정 마라, 내가 널 장가보낼 테니……. 나리, 노여워하지 마쇼. 알잖아, 어린놈이 아직 미련해."

페쟈는 고개를 저었다…….

"호리 집에 있나?" 문밖에서 낯익은 목소리가 들리더니, 칼리니치가 산딸기 한 꾸러미를 들고 통나무집 안으로 들어왔다. 그 딸기는 그가 친구인 호리를 위해 딴 것이었다. 노인은 그를 향해 기쁘게 인사했다. 나는 깜짝 놀라 칼리니치를 쳐다보았다. 솔직히 농부에게서 그런 '다정한 모습'을 보리라고는 생각도 못 했기 때문이다.

그날 나는 평소보다 네 시간 정도 늦게 사냥을 떠났고, 호리의 집에서 사흘을 더 묵었다. 새로운 지인들이 나의 관심을 끌었다. 내가 어떻게 그들의 신뢰를 얻었는지는 모르겠다. 하지만 그들은 나와 자유롭게 이야기를 나누었다. 나는 만족스럽게 그들의 이야기를 듣고 그들을 관찰했다. 두 친구에게는 비슷한 점이 하나도 없었다. 호리는 적극적이고 실제적인 사람으로, 관리 능력이 뛰어난 합리주의자였다. 반면 칼리니치는 이상주의자에 낭만주의자로, 쉽게 열광하고 공상에 잘 빠지는 부류에 속했다. 호리는 현실을 이해했다. 즉 자기가 살 집을 짓고, 돈을 저축하고, 지주를 비롯해 다른 권력자들과 사이좋게 지냈다. 그러나 칼리니치는 나무껍질 신발을 신고 다녔으며, 하루하루 근근이 살아갔다. 호리는 순종적이면서도 화합을 잘하는 대가족을 일구었다. 그런데 칼리니치에게는 한때 아내 — 그는 그녀를 두려워했다 — 가 있었을 뿐, 자식은 하나도 없었다. 호리는 폴루티킨 씨를 꿰뚫어 보았지만, 칼리니치는 자기 주인을 숭배했다. 호리는 칼리니치를 사랑하고 그를 보호했다. 칼리니치도 호리를 사랑하고 존경했다. 호리는 좀처럼 입을 열지 않고 빙글빙글 웃으며 혼자 생각하곤 했다. 칼리니치는 열을 올리며 이야기하지만, 민첩한 직공처럼 유창하게 말하지는 못했다……. 그러나 칼리니치는 호리도 인정하는 몇 가지 장점을 타고났다. 예를 들어, 그는 주문을 외워 피를 멎게 했고, 공포와 광기를 몰아냈으며, 벌레를 쫓아냈다. 양봉에 능했고 손놀림도 날렵했다. 호리는 내가 보는 앞에서 칼리니치에게 새로 구입한 말을 마구간에 들여 달라고 부탁했다. 칼리니치는 성실하고도 진지한 태도로 늙은 회의론자의 청을 들어주었다. 칼리니치는 자연에 좀 더 가까웠다. 하지만 호리는 인간에, 사회에 더 가까웠다. 칼리니치는 논리적으로 따지기를 좋아하지 않고 무엇이든 맹목적으로 믿었다. 하지만 호리는 냉소적인 시각으로 인생을 내려다볼 정도로 우월감에 차 있었다. 그는 많은 것을 보았고 많은 것을 알았다. 그래서 나는 그를 통해 많은 것을 알게 됐다. 예를 들어, 여름마다 풀베기를 시작하기 전에 독특한 생김새의 작은 첼레가가 여러 마을에 나타난다는 사실을 그의 이야기로 알게 됐다. 그 첼레가에는 카프탄[24)]을 입은 남자가 앉아서 큰 낫을 판다. 현금으로는 1루블 25코페이카, 지폐로는 1루블 50코페이카, 외상으로는 3루블에 은화 1루블을 얹어서 받았다. 물론 모든 농부들이 그에게 외상을 진다. 이삼 주 후 그는 다시 나타나 돈을 요구한다. 농부에게는 막 수확을 마친 귀리가 있다. 따라서 외상값 갚을 돈이 있다. 농부는 상인과 함께 선술집으로 가서 외상을 청산한다. 어떤 지주들은 현금으로 직접 낫을 구입해서 똑같은 가격으로 농부들에게 외상으로 배포할 생각을 하기도 했다. 그러나 농부들은 불만스러워 보였고 심지어 침울해하기까지 했다. 그들은 큰 낫을 손가락으로 튕겨 가만히 귀를 기울이다가 두 손으로 이리저리 돌려 본 뒤 교활한 행상인에게 "어이, 이봐, 낫이 좀 허접하지 않아?" 하고 스무 번쯤 물어보는 즐거움을 빼앗겼던 것이다. 작은 낫을 구입할 때도 똑같은 술책들이 쓰인다. 차이가 있다면, 이 경우에는 아낙들이 끼어들어, 이따금 그들의 이익을 위해서 상인에게 구타를 당할 수밖에 없도록 상황을 몰아간다는 점이다. 그러나 무엇보다 아낙들이 가장 심한 꼴을 당

24) 옷자락이 긴 남성용 외투.

하는 경우는 이런 때다. 제지 공장에 원료를 대는 납품업자들은 넝마의 구매를 특별한 부류에게 맡긴다.[25] 어떤 군(郡)에서는 이런 사람들을 '독수리'라고 부른다. '독수리'는 상인으로부터 지폐로 200루블을 받아 사냥감을 찾아 나선다. 그러나 그 이름의 기원이 된 고귀한 새와 달리, 그는 대놓고 대담하게 달려들지는 않는다. 오히려 '독수리'는 교활함과 간사함에 의존한다. 그런 사람은 자신의 첼레가를 마을 주변 덤불 속 어딘가에 세워 놓고는, 마치 지나가는 행인이나 그저 어슬렁거릴 뿐인 사람처럼 뒷마당과 뒷문을 따라 나아간다. 아낙들은 그가 가까이 오는 것을 직감으로 눈치채고 그를 향해 살며시 다가간다. 거래가 서둘러 이루어진다. 동전 몇 닢 때문에 아낙은 필요 없는 온갖 넝마들뿐 아니라 종종 남편의 루바시카와 자신의 모직 줄무늬 치마까지 '독수리'에게 넘기곤 한다. 최근에 아낙들은 자기 집의 대마, 특히 '수그루'를 훔쳐서 그런 식으로 팔아 치우는 것이 돈벌이가 된다고 생각하게 됐다. 그것은 곧 '독수리들'에게 사업의 본격적인 확장과 진전을 의미했다. 그 대신 이제 농부들도 노련해져서, '독수리'의 출현이 조금이라도 의심되거나 먼 곳으로부터 소문 하나만 들려도, 신속하고 재빠르게 개선책과 예방 조치를 세우기 시작했다. 사실 화가 나지 않겠는가? 대마를 파는 것은 그들의 일이며, 그

25) 중국의 제지술이 유럽에 전파된 것은 12세기 이후인데, 아시아권에서는 종이의 주원료로 식물을 사용한 반면, 유럽에서는 헌 옷을 이용했다. 이 때문에 각지의 헌 옷을 수거해서 제지 공장에 공급하던 '넝마주이'라는 직업이 성행하기도 했다.

들은 실제로 그것을 시내에서 팔지 않고 — 시내로는 자신들이 직접 운반해야 했다 — 마을에 오는 장사꾼들에게 판다. 그 장사꾼들은 저울이 없기 때문에 마흔 줌을 1푸드[26]로 계산한다. 하지만 한 줌이 어느 정도인지, 러시아인의 손바닥이 어떠한지 — 특히 그 사람이 '열중할' 때 — 여러분도 알지 않는가!

시골 사정에 밝지 않고 경험이 부족한 인간인 나는 그런 이야기들을 많이 들었다. 그러나 호리는 혼자서만 이야기를 계속하지 않고 나에게도 이것저것 많은 것을 물었다. 그는 내가 외국에 간 적이 있다는 사실을 알게 됐다. 그러자 그의 호기심에 불이 붙었다……. 칼리니치도 그에 뒤지지 않았다. 그러나 칼리니치는 자연, 산, 폭포, 멋진 건물, 대도시에 대한 묘사에 더 감동했다. 그러나 호리를 사로잡은 것은 행정과 정부에 관한 문제였다. 그는 무엇이든지 순서대로 따졌다. "어때, 그 나라에서도 우리 나라와 똑같아, 아니면 달라요? 말 좀 해줘, 말씀해 주세요, 나리. 어때?" "아! 아, 전능하신 주여!" 내가 이야기를 하는 동안 칼리니치는 이렇게 외치곤 했다. 호리는 입을 다문 채 짙은 눈썹을 찡그리고는, 이따금 "그것은 우리 나라에는 맞지 않겠지만 괜찮군. 그게 정상이지."라고 말했다. 그의 질문 모두를 여러분에게 전할 수도 없지만, 딱히 그래야 할 이유도 없다. 하지만 우리의 대화에서 나는 한 가지 확신 — 아마도 독자들은 전혀 기대하지 않을 — 을 얻었다. 표

26) 1푸드는 약 16킬로그램.

트르 대제는 본질적으로 러시아인이고, 무엇보다 그 개혁의 모습을 보면 영락없이 러시아인이라는 확신을 말이다. 러시아인은 자신의 힘과 강인함을 굳게 확신하기 때문에 스스로를 타파하는 것도 꺼리지 않는다. 또한 자신의 과거에 거의 관심을 두지 않으며 대담하게 앞을 응시한다. 러시아인은 선한 것을 좋아하고, 합리적인 것을 즉각 받아들인다. 그러나 그것이 어디로부터 온 것인지는 상관하지 않는다. 러시아인의 상식은 독일인의 앙상한 이성을 즐거이 조롱한다. 그러나 호리의 말에 따르면, 독일인은 흥미로운 민족이기에, 그 자신은 독일인으로부터 얼마든지 배울 각오가 되어 있다고 한다. 특수한 처지와 실질적인 독립성 덕분에, 호리는 다른 농부들로부터 절대로 뽑아낼 수 없는, 농민들의 표현에 따르면 맷돌로도 쥐어짜 낼 수 없는 많은 것들에 대하여 나와 함께 이야기를 나누었다. 그는 자신의 처지를 확실히 이해하고 있었다. 호리와 대화를 하면서, 나는 처음으로 러시아 농민의 소박하고 현명한 말을 듣게 됐다. 그는 나름대로 꽤 박식한 사람이었지만 글을 읽을 줄 몰랐다. 그러나 칼리니치는 글을 읽을 수 있었다. "그 놈팡이는 글을 배우는 데 성공했지." 호리가 말했다. "이제껏 그 녀석이 치는 벌은 죽은 적도 없어." "그럼 자식들에게는 글을 가르쳤나?" 호리는 잠시 침묵했다. "페댜는 알아." "다른 자식들은?" "다른 녀석들은 몰라." "왜지?" 노인은 대답하지 않고 화제를 바꾸었다. 하지만 그토록 영리한 사람이면서도 그에게는 많은 편견과 선입견이 있었다. 예를 들어, 그는 마음속 깊이 여자를 멸시했으며, 흥이 날 때는 그들을 조롱하고 빈정거렸다. 트집 잡기를 좋아하는 늙은 아내는 온종일 페치카[27] 옆을 떠나지 않고 끊임없이 푸념과 욕설을 퍼부었다. 아들들은 그녀를 전혀 신경 쓰지 않았지만, 며느리들은 하느님을 두려워하듯 그녀에게 절대복종했다. 한 러시아 민요에서 시어머니가 다음과 같이 노래한 데에는 다 까닭이 있었던 것이다. "네가 나에게 어떤 아들이더냐, 어떤 가족이더냐! 넌 아내를 때리지 마라, 신부를 때리지 마라……." 한번은 문득 며느리들의 편을 들어야겠다는 생각이 들어 호리의 동정심을 자극해 보았다. 그러나 그는 "그런…… 하찮은 일에 관심을 가지려 하다니. 여편네들끼리 싸우게 내버려둬……. 무엇 때문에 말리나, 그러면 상황만 더 나빠지는데. 손을 더럽힐 가치도 없어." 이따금 그 독살스러운 노파는 페치카에서 기어 내려와, 현관방에서 집 지키는 개를 향해 "멍멍아, 이리 와라, 이리." 하고 불러다가, 부지깽이로 개의 앙상한 등짝을 후려치곤 했다. 또는 처마 밑에 서서, 호리의 표현에 따르면, 지나가는 모든 사람들을 향해 '짖어 대기도' 했다. 그러나 자기 남편은 무서워해서, 남편이 명령하면 자기 페치카로 물러났다. 하지만 특히 흥미로웠던 것은 폴루티킨 씨가 화제에 올랐을 때 칼리니치와 호리의 언쟁을 들은 일이었다. "어이, 호리, 내 앞에서 나리를 건드리지 말아 줘." 칼리니치가 말했다. "그런데 나리는 어째서 너에게 부츠도 지어 주지 않냐?" 호리가 대꾸했다. "뭐, 부츠라니!

---

27) 취사 및 난방을 하기 위해 벽면에 붙여 만드는 러시아식 전통 난로. 농가에서는 벽돌을 붙인 평평한 표면을 잠자리로도 이용했다.

나한테 부츠가 무슨 소용이 있어? 난 농부인데…….” “나도 농부야. 하지만 봐…….” 호리는 이렇게 말하면서 한쪽 발을 들고는 칼리니치에게 부츠를 보여 주었다. 마치 매머드 가죽으로 지은 듯한 부츠였다. “에이, 네가 어디 나와 같나!” 칼리니치가 대답했다. “그럼 나무껍질 신발 살 돈이라도 주면 좋을 텐데. 넌 나리와 함께 사냥을 다니잖아. 아마 하루에 한 켤레는 필요할걸.” “나무껍질 살 돈은 주셔.” “그래, 지난해에 10코페이카짜리 은화를 주셨지.” 칼리니치는 화를 내며 고개를 돌렸지만, 호리는 그 작은 눈이 아예 보이지도 않을 만큼 숨이 넘어가게 웃어 댔다.

칼리니치는 노래를 꽤 잘 불렀고 이따금 발랄라이카[28]도 연주했다. 호리는 그의 노래를 듣고 또 듣다가, 갑자기 고개를 옆으로 숙이면서 구슬픈 목소리로 함께 노래를 부르곤 했다. 특히 「오, 운명, 나의 운명이여!」라는 노래를 좋아했다. 페쟈는 아버지를 놀릴 기회를 놓치지 않았다. “영감, 뭐가 그렇게 가련한데?” 하지만 호리는 한 손으로 뺨을 받치고 눈을 감은 채 계속 자신의 운명을 한탄했다……. 그 대신 다른 때는 누구보다 활동적인 사람이었다. 그는 늘 무언가에 매달려 부스럭댄다. 첼레가를 수리하기도 하고, 울타리를 고치기도 하고, 마구를 검사하기도 한다. 그러나 청결함에 딱히 집착하지는 않았으며, 한번은 내 지적에 “집에서는 사람 사는 냄새가 나야 해.”라고 대꾸하기도 했다.

---

28) 현이 세 개인 러시아의 민속 악기.

"봐." 나는 그에게 반박했다. "칼리니치의 양봉장이 얼마나 깨끗한지 말이야."

"그렇게 하지 않으면 벌들이 살지 않잖아, 나리." 그가 한숨을 쉬며 말했다.

"그런데 나리는 영지를 소유하고 계신가?" 그다음에 만났을 때 그가 나에게 물었다. "응." "여기에서 멀어?" "100베르스타 정도." "나리, 그럼 영지에서 사시나?" "그래." "아마 라이플총으로 사냥을 하며 대부분의 시간을 보내시겠지?" "솔직히 말하자면, 그래." "그것도 좋지, 나리. 마음껏 멧닭을 사냥해. 촌장도 자주 바꾸시고."

나흘째 되는 날 저녁에 폴루티킨 씨가 나를 부르러 사람을 보냈다. 노인과 헤어지자니 아쉬웠다. 나는 칼리니치와 함께 첼레가에 올라탔다. "그럼 잘 있어, 호리, 건강해야 해." 나는 말했다……. "안녕, 페쟈." "잘 가요, 나리. 안녕. 우리를 잊지 마요." 우리는 출발했다. 노을이 막 타오르기 시작했다. "내일 날씨는 좋겠어." 나는 맑은 하늘을 바라보며 말했다. "아니, 비가 올걸." 칼리니치가 반박했다. "저기 오리들이 물에서 첨벙거리고, 풀도 아주 강한 향을 풍기잖아." 우리는 떨기나무 숲속으로 마차를 몰았다. 칼리니치는 마부대에서 덜컹덜컹 튀어 오르며 낮은 목소리로 노래를 부르기 시작했다. 그는 노을을 하염없이 바라보았다…….

다음 날, 나는 손님 대접에 정성을 다하는 폴루티킨 씨의 집을 떠났다.

예르몰라이와 방앗간 주인의 아내

저녁 무렵, 나는 사냥꾼 예르몰라이와 함께 '길목'을 향해 출발했다……. 하지만 아마 나의 독자들 중에는 '길목'이 무엇인지 모르는 이들도 있을 것이다. 여러분, 내 이야기에 귀를 기울여 주기를.

봄, 해가 지기 십오 분 전쯤, 당신은 라이플총을 들고 숲으로 들어간다. 개는 데려가지 않는다. 숲 변두리 근처 어딘가에 자리를 고른 후, 주위를 둘러보고 뇌관을 점검하고 눈짓으로 동료와 신호를 주고받는다. 십오 분이 지난다. 해는 졌지만 숲속은 아직 환하다. 공기는 깨끗하고 투명하다. 새들은 수다스럽게 재잘거린다. 어린 풀은 명랑한 에메랄드빛으로 반짝인다……. 당신은 기다린다. 숲속이 점차 어두워진다. 저녁노을의 선홍색 빛이 나무들의 뿌리와 몸통을 타고 미끄러지듯 스치며 점점 높이 올라가, 아직은 헐벗다시피 한 낮은 가지들을 지나서 가만히 자고 있는 나무 꼭대기로 향한다……. 이제는 나무 꼭대기마저 희미해지기 시작한다. 붉은 하늘이 파래진다. 숲의 향기가 진해지고, 따뜻한 습기가 살짝 느껴진다. 숲속으로 불어온 바람이 우리 주위에서 잦아든다. 새들이 잠든다. 갑자기 한꺼번에 잠드는 게 아니라 종류별로 잠든다. 먼저 피리새가 잠잠해지고, 잠시 후에는 울새가, 그다음에는 검은 방울새가 뒤따른다. 숲속은 점점 더 어두워진다. 나무들은 검게 변하는 커다란 덩어리들로 어우러진다. 파란 하늘에는 가장 먼저 뜨는 작은 별들이 수줍게 모습을 드러낸다. 새들은 모두 자고 있다. 딱새와 작은 딱따구리만 아직 졸린 듯한 소리로 지저귄다……. 곧 그 새들도 잠잠해진다. 솔새의 낭랑한 소리가 당신의 머리 위에서 다시 한번 울린다. 어디선가 꾀꼬리가 구슬프게 울어 대고, 나이팅게일이 처음으로 노래를 부른다. 당신의 심장은 기다림으로 지친다. 그런데 불현듯 — 사냥꾼들만은 내 말을 이해할 것이다 — , 불현듯 깊은 정적 속에서 '까악까악'과 '쉿쉿' 같은 독특한 소리가 울리고, 민첩한 날개를 율동적으로 퍼덕이는 소리가 들린다. 멧도요가 긴 코를 아름답게 숙인 채 검은 자작나무로부터 미끄러지듯 경쾌하게 날아올라 당신의 총구 쪽으로 향한다.

바로 이것이 '길목에 서다'라는 표현의 의미다.[29]

---

29) 옮긴이가 '길목'으로 번역한 'тяга'는 철새 등의 이주나 이동을 뜻하는 단어다. 'стоять на тяге'라는 문구는 '(~의) 이동 때 서 있다'를 뜻하지만, '철새가 거처를 옮길 때 사냥하다'라는 의미로 통용되는 관용적 표현이기도

그렇게 예르몰라이와 나는 '길목'으로 출발했다. 하지만 여러분, 용서를 구한다. 먼저 여러분에게 예르몰라이를 소개해야겠다.

길고 날카로운 콧날, 좁은 이마, 회색 눈동자, 덥수룩한 머리카락, 조롱하는 듯한 큰 입술을 지닌 마흔다섯 살쯤의 키가 크고 야윈 남자를 상상해 보라. 이 남자는 여름이고 겨울이고 난징 무명[30]으로 지은 독일풍의 누르스름한 카프탄을 입고 다녔지만, 허리띠만큼은 폭이 넓은 러시아식 띠를 맸다. 또한 통이 넓은 파란색 바지를 입고 양가죽을 댄 모자 — 영락한 지주가 기분 좋을 때 그에게 선물한 — 를 썼다. 허리띠에는 두 개의 자루가 달려 있었다. 솜씨 있게 비틀어 두 부분으로 나눈 앞쪽의 자루는 화약과 산탄을 넣는 용도이고, 뒤쪽의 자루는 사냥에서 잡은 짐승을 담기 위한 용도였다. 예르몰라이는 자신의 모자 — 아마도 무한한 저장고인 듯한 — 에서 솜뭉치를 꺼내곤 했다. 사냥에서 잡은 동물을 팔면 그 돈으로 탄띠와 자루를 쉽사리 살 수도 있지만, 그는 그런 것을 사는 것에 대해서는 아예 생각조차 하지 않고 자신의 라이플총을 옛날식으로 계속 장전했다. 산탄과 화약을 흘리거나 뒤섞을 위험을 노련하게 피하는 그의 솜씨는 보는 이들을 놀라게 했다. 그의 라이플총은 부싯돌이 달린 단총(短銃)이었다. 게다

하다. 옮긴이는 사냥감의 이동 경로에서 대기하고 있는 화자의 상황과 표현의 관습적 의미를 모두 고려해 '길목에 서다'로 번역했다.

30) 중국 난징 지방에서 생산되던 면직물. 청나라와 유럽 국가들 사이에 활발히 거래되던 품목이다.

가 이 총에는 심하게 '반동하는' 나쁜 습성마저 있었다. 그 때문에 예르몰라이의 오른쪽 뺨은 언제나 왼쪽보다 더 부어 있었다. 그가 이 라이플총으로 어떻게 사냥감을 맞히는지는 아무리 영악한 사람이라도 모를 것이다. 그래도 그는 그것을 해냈다. 그에게는 발렛카라는 사냥개도 있었는데, 아주 놀라운 짐승이었다. 예르몰라이는 한 번도 그 개에게 먹이를 준 적이 없었다. "내가 개한테 먹이를 줄까 보냐." 그는 주장했다. "게다가 개는 영리한 동물이라 자기가 알아서 먹이를 찾잖아." 그리고 그의 말은 사실이었다. 발렛카는 심하게 말라 무심한 행인들마저 깜짝 놀라게 했지만, 그래도 목숨은 이어 갔다. 심지어 오래 살았다. 비참한 처지에 있으면서도, 한 번도 달아나거나 주인을 떠나고 싶은 마음을 표현한 적이 없었다. 젊은 시절에 언젠가 한번 사랑에 빠져 이틀 정도 집을 비우기는 했다. 그러나 발렛카는 이 부질없는 짓을 금방 떨쳐 버렸다. 발렛카의 가장 두드러진 특징은 세상의 모든 것에 대해 납득하기 어려울 정도로 무심하다는 점이었다……. 만약 개에 대한 이야기만 아니라면, 나는 '환멸'이라는 단어를 사용하고 싶다. 평소 그 개는 찌푸린 표정으로 뭉툭한 꼬리를 궁둥이 밑에 깔고 앉아 이따금 부르르 떨었으며 절대 웃지 않았다.(개가 미소를 지을 수 있다는 사실, 심지어 매우 사랑스럽게 지을 수 있다는 사실은 잘 알려져 있다.) 어찌나 못생겼는지 게으른 하인들마저도 그 개의 생김새를 신랄하게 조롱할 기회만큼은 절대 놓치지 않았다. 그러나 발렛카는 이 모든 조롱을, 심지어 구타까지도 놀랍도록 냉정하게 견뎌 냈다. 그 개는 요리사들에게 특별한 즐거움을 선사하기도 했다. 개들만의 것은 아닌 약점 때문에 굶주린 발렛카가 매혹적일 정도로 따뜻하고 좋은 냄새가 풍기는 부엌의 반쯤 열린 문으로 주둥이를 들이밀면, 요리사들은 즉시 일을 팽개치고 고함과 욕설을 퍼부으며 개를 쫓아다녔다. 사냥에서 그 개는 끈기로 두각을 드러냈고, 후각도 아주 예민했다. 그러나 우연히 다친 토끼라도 뒤쫓게 되면, 아는 사투리와 모르는 사투리를 전부 들먹이며 욕지거리를 해 대는 예르몰라이로부터 멀찌감치 떨어져 초록색 떨기나무 아래의 서늘한 그늘 어딘가에서 그 토끼를 마지막 작은 뼈까지 전부 만족스럽게 먹어 치우곤 했다.

예르몰라이는 내 이웃 가운데 한 명인 어느 예스러운 지주의 농노였다. 예스러운 지주들은 '도요새'를 좋아하지 않고 집에서 기르는 날짐승을 선호했다. 예스러운 지주들의 요리사는 특별한 경우 — 예를 들어 생일, 명명일,[31] 선거일 같은 — 에만 주둥이가 긴 새들을 요리하고, 스스로도 무엇을 하고 있는지 잘 모르는 러시아인 특유의 그런 흥분에 휩싸인 채 매우 괴상한 소스를 만들어 낸다. 손님들 대부분은 제공된 요리를 호기심 어린 눈으로 주의 깊게 살피지만 도저히 맛볼 엄두는 내지 못한다. 예르몰라이는 한 달에 한 번 멧닭 두 쌍과 자고새 두 쌍을 지주의 주방에 제공하라는 지시를 받았지만, 그것 말고는 원하는 곳에서 원하는 방식대로 살아도 좋다는 허

---

31) 그리스도교 성인의 축일로 그 성인의 이름을 가진 모든 사람들도 이날 축하를 받는다.

락을 받았다. 그의 주인은 그를 아무짝에도 쓸모없는 사람, 우리 오룔 지방의 표현대로라면 '인간말짜'로 여겨 포기했다. 물론, 그가 자기 개한테 먹이를 주지 않는 것과 정확히 동일한 규칙에 따라, 그에게도 화약과 산탄을 지급하지 않았다. 예르몰라이는 아주 기묘한 종류의 인간이었다. 새처럼 태평하고, 꽤나 말이 많고, 멍하고, 겉보기에 어설펐다. 또한 술을 매우 좋아했고, 한곳에 오래 눌러살지 않았으며, 걸을 때는 두 발을 질질 끌면서 비틀거렸다. 하지만 그렇게 발을 질질 끌고 비틀거리면서도 하루에 60베르스타를 답파했다. 그는 온갖 다양한 모험을 했다. 습지에서, 나무 위에서, 지붕 위에서, 다리 밑에서 밤을 보내기도 했다. 다락방과 지하실과 헛간에 여러 번 갇히기도 했고, 라이플총과 개와 꼭 필요한 옷가지를 잃어버리기도 했으며, 오랫동안 심하게 두들겨 맞기도 했다. 그래도 얼마 후에는 옷을 입고 라이플총을 갖춘 채 개를 거느리고서 집으로 돌아왔다. 그를 쾌활한 사람이라고 말할 수는 없었다. 하지만 그의 기분은 거의 언제나 꽤 좋은 편이었다. 대체로 그는 괴짜로 보였다. 예르몰라이는 마음 맞는 사람과 함께, 특히 술잔을 기울이며 지껄이기를 좋아했지만, 그마저도 오래 가지는 않았다. 그는 종종 자리에서 일어나 어디론가 가곤 했다. "빌어먹을 놈아, 이 밤중에 어디 가냐?" "차플리노." "20베르스타나 떨어진 차플리노에는 뭐 하러 가는데?" "그곳에 사는 소프론의 집에서 묵으려고." "여기에서 묵어." "아냐, 그럴 수는 없어." 그렇게 예르몰라이가 캄캄한 밤에 발렛카를 데리고 떨기나무 숲과 계곡을 지나 그곳까지 가도, 농부 소프론은 어쩌면 그를 자기 집 안마당에 들이지 않을지도 모르고, 심지어 "정직한 사람들을 불안하게 하지 마."라고 말하면서 그의 목을 후려갈길지도 모른다. 하지만 봄에 범람한 물에서 물고기를 잡거나 두 손으로 가재를 움켜잡거나 후각으로 사냥감을 찾거나 메추라기를 유인하거나 매를 기르거나 '요정의 피리'와 '뻐꾸기의 비행'[32]을 갖춘 나이팅게일을 손에 넣는 솜씨에서 예르몰라이와 견줄 수 있는 사람은 아무도 없었다……. 그가 못 하는 것은 개를 훈련시키는 것뿐이었다. 인내심이 부족했던 것이다. 그에게는 아내도 있었다. 그는 일주일에 한 번 아내를 만나러 갔다. 그녀는 반쯤 허물어진 비참한 오두막에서 하루하루 간신히 살았다. 그녀는 다음 날 배불리 먹을 수 있을지 없을지를 전날에 미리 안 적이 한 번도 없었다. 대체로 그녀는 쓰라린 운명을 감내하고 있었다. 예르몰라이는, 그 태평하고 선량한 사내는 아내를 몰인정하고 거칠게 대했으며, 자기 집에서는 위협적이고 냉혹한 표정을 지었다. 그러면 그의 비위를 어떻게 맞추어야 할지 모르는 가엾은 아내는 그의 눈초리를 무서워하며 마지막 남은 동전을 털어 그를 위해 술을 사 왔고, 그가 페치카 위에 위풍당당하게 누워 용사의 잠[33]을 잘 때면 비굴하게 자신의 털외투로 그의 몸을 덮어 주었다. 나 자신도 그에게서 일종의 음울한 난폭함이 무의식적으로 드러나는 것을 여러 차례 목격했다. 나는 그가 총

32) 나이팅게일 애호가들은 이 용어들에 익숙할 것이다. 이 용어들은 나이팅게일의 노래에서 가장 아름다운 '선율'을 의미한다.(투르게네프 주)
33) '깊은 잠을 자다'를 뜻하는 러시아어 표현.

에 맞은 새를 물어뜯을 때 짓는 표정이 싫었다. 하지만 예르몰라이는 집에서 하루 이상 머무는 일이 없었고, 집을 나오면 다시 '예르몰카' — 그는 사방 100베르스타에 걸쳐 그 이름으로 불렸고, 때로는 스스로도 자신을 그렇게 불렀다 — 가 됐다. 미천한 하인들조차 자신이 이 떠돌이보다는 낫다고 느꼈다. 그들이 그를 다정하게 대한 것은 어쩌면 바로 그런 이유 때문인지도 모른다. 농부들도 처음에는 들판의 토끼를 대하듯 신나게 그를 몰아서 잡곤 했지만, 나중에는 신의 가호를 빌며 그를 놓아주었다. 그리고 일단 이 괴짜에 대해 잘 알게 되면 더 이상 그를 건드리지 않았으며 심지어 빵도 주고 그와 이야기를 나누기도 했다……. 내가 사냥 일행으로 받아들여 이스타강 둔치의 큰 자작나무 숲에 있는 '길목'으로 함께 떠난 이는 이런 사람이었다.

러시아의 많은 강들이 볼가강처럼 한쪽은 언덕에, 또 다른 쪽은 초원에 접해 있다. 이스타강도 마찬가지다. 이 작은 강은 아주 복잡하게 굽이치며 뱀처럼 흘러서, 0.5베르스타도 곧게 흐르지 않는다. 어느 곳에서는 가파른 언덕의 꼭대기로부터 둑, 못, 방앗간, 버드나무 숲에 둘러싸인 채소밭과 거위 떼가 10베르스타에 걸쳐 내려다보이기도 한다. 이스타강에는 물고기가, 특히 잉어가 헤아릴 수 없이 많다.(날씨가 무더울 때면 농부들은 떨기나무 밑에서 두 손으로 잉어를 잡기도 한다.) 작은 도요새들은 반짝이는 차가운 샘물에 얼룩진 돌투성이 강기슭을 따라 울음소리를 내며 날아가고, 들오리들은 못 한가운데로 헤엄쳐 가서 조심스럽게 주위를 살피고, 왜가리들은 절벽 아래의 그늘진 만에서 불쑥불쑥 고개를 내민다……. 우리는 약 한 시간 동안 '길목'에서 기다리다가 멧도요 두 쌍을 잡았고, 해가 뜨기 전에 우리의 행운을 다시 시험해 보고 싶어('길목'에는 오전에도 갈 수 있다.) 가장 가까운 방앗간에서 밤을 보내기로 했다. 우리는 숲에서 나와 언덕 아래로 내려갔다. 강은 검푸른 물결을 일으키며 흘렀고, 공기는 밤의 습기로 묵직해지며 점점 짙어졌다. 우리는 대문을 두들겼다. 안마당에서 개들이 짖어 댔다. "거기 누구요?" 잠에 취한 목쉰 소리가 들렸다. "사냥꾼이야. 하룻밤 묵게 해 줘!" 대답이 없었다. "돈은 지불하지." "주인에게 가서 물어보겠습니다……. 조용히 해, 빌어먹을 놈들! 에잇, 뒈져 버려!" 우리는 일꾼이 통나무집 안으로 들어가는 소리를 들었다. 그는 곧 대문으로 돌아왔다. "안 돼요." 목소리가 말한다. "주인이 들이지 말라고 합니다." "왜 안 된다는 거지?" "댁들이 사냥꾼이라 걱정하는 거죠. 방앗간을 태울지도 모르잖아요. 댁들에게는 화약이 있으니까요." "무슨 헛소리야!" "지난해 우리 방앗간에 불이 난 적이 있거든요. 가축 도매상인들이 묵었는데, 어쩌다가 불을 냈나 봅니다." "하지만 형제, 어떻게 우리를 안마당에서도 묵지 못하게 하나!" "아시다시피……." 그는 뚜벅뚜벅 부츠 소리를 내며 가 버렸다.

예르몰라이는 그에게 악담을 퍼부었다. "마을로 가죠." 마침내 그가 한숨을 쉬며 말했다. 하지만 마을은 2베르스타 정도 떨어져 있었다……. "여기서 묵지." 나는 말했다. "바깥이어도 밤공기가 따뜻하잖아. 우리가 돈을 내면 방앗간 주인도 짚을 내줄 거야." 예르몰라이는 아무런 토를 달지 않고 동의했다.

우리는 다시 문을 두들기기 시작했다. “또 뭐가 필요한데요?” 또다시 일꾼의 목소리가 들렸다. “안 된다고 했잖아요.” 우리는 원하는 것을 그에게 설명했다. 그는 주인과 의논하러 갔다가 주인과 함께 돌아왔다. 쪽문이 삐걱거렸다. 방앗간 주인이 나타났다. 얼굴이 투실투실하고 목덜미가 황소 같고 배가 불룩하게 튀어나온 키 큰 사내였다. 그는 나의 제안을 받아들였다. 방앗간에서 100걸음 정도 떨어진 곳에 임시 헛간[34]이 있었다. 그들은 그곳으로 우리를 위한 짚과 건초를 날라 주었다. 일꾼은 강가의 풀밭에 사모바르를 내려놓고는 쭈그려 앉아 열심히 깔때기를 불기 시작했다……. 숯이 확 타올라 그의 젊은 얼굴을 또렷하게 비추었다. 방앗간 주인은 아내를 깨우러 달려가더니, 결국 나에게 집에서 묵으라고 직접 권했다. 그러나 나는 야외에 있는 편이 더 좋았다. 방앗간 안주인은 우리에게 우유와 달걀과 감자와 빵을 가져다주었다. 곧 사모바르가 끓기 시작했고, 우리는 차를 마셨다. 강에서 물안개가 피어올랐고, 바람 한 점 불지 않았다. 사방에서 흰눈썹뜸부기들이 큰 소리로 울었다. 물레방아의 바퀴 주위에서 희미한 소리가 들렸다. 홈통에서 물방울이 똑똑 떨어지고, 둑의 수문으로 물이 흐른 것이다. 우리는 작은 모닥불을 피웠다. 예르몰라이가 감자를 재 속에 묻고 굽는 동안, 나는 꾸벅꾸벅 졸았다……. 소리를 죽여 조그맣게 속삭이는 소리에 잠에서 깼다. 고개를 들었다. 불 앞에 거꾸로 엎어 놓은 나무통 위에 방앗간 안주인

34) 기둥 위에 벽 없이 지붕만 얹어 만든 임시 창고.

이 앉아 내 사냥꾼과 함께 이야기를 나누고 있었다. 나는 옷과 몸짓과 말투를 통해 그녀가 시골 아낙이나 도시 여자가 아니라 하녀 출신이라는 것을 벌써부터 알고 있었다. 하지만 이제야 비로소 그녀의 생김새를 살펴보게 된 것이다. 나이는 서른 살 정도로 보였다. 야위고 창백한 얼굴에 빼어난 미모의 흔적이 아직 남아 있었다. 특히 슬퍼 보이는 큰 눈동자가 마음을 끌었다. 그녀는 무릎 위에 팔꿈치를 올린 채 두 손으로 얼굴을 받치고 있었다. 예르몰라이는 내게 등을 돌리고 앉아 불 속에 나뭇조각을 던지는 중이었다.

"젤투히나에서 가축들 사이에 또 질병이 돌고 있어요." 방앗간 안주인이 말했다. "이반 신부님 댁에서도 암소 두 마리가 병에 걸렸고요……. 주여, 은혜를 베푸소서!"

"당신네 돼지들은 어때?" 예르몰라이가 잠시 침묵하다가 이렇게 물었다.

"아직 살아 있어요."

"나한테 새끼 돼지라도 한 마리 주면 좋을 텐데."

방앗간 안주인은 잠시 말없이 있다가 한숨을 쉬었다.

"함께 온 사람은 누구예요?" 그녀가 물었다.

"코스토마로프에서 오신 나리야."

예르몰라이는 전나무 가지 몇 개를 모닥불에 던졌다. 나뭇가지는 즉시 타닥타닥 소리를 냈고, 짙은 하얀 연기가 그의 얼굴에 확 끼쳤다.

"당신 남편이 우리를 집에 들이지 않은 이유가 뭐야?"

"겁을 내고 있어요."

"아이고, 그 뚱뚱한 배불뚝이가……. 사랑스러운 아리나 치모페예브나, 술 한잔 가져다줘!"

방앗간 안주인은 자리에서 일어나 어둠 속으로 사라졌다. 예르몰라이가 낮은 목소리로 노래를 불렀다.

사랑하는 여인을 보려고 얼마나 쏘다녔는지
신발이 전부 닳아 버렸네…….

아리나가 작은 유리병과 컵을 들고 돌아왔다. 예르몰라이는 반쯤 일어서서 성호를 긋고는 단숨에 술을 들이켰다. "좋군!" 그가 덧붙여 말했다.

방앗간 안주인은 다시 나무통 위에 걸터앉았다.

"무슨 일이야, 아리나 치모페예브나, 아직 아픈가 보지?"

"아파요."

"왜 그런데?"

"밤마다 기침 때문에 괴로워요."

"나리가 잠들었나 보네." 예르몰라이는 잠시 침묵하다가 입을 열었다. "의사에게는 가지 마, 아리나. 더 나빠질 거야."

"어쨌든 안 가요."

"그래도 우리 집에는 놀러 와."

아리나는 고개를 숙였다.

"그럼 내 마누라는 쫓아낼게." 예르몰라이가 계속해서 말했다. "정말이야."

"나리를 깨우는 편이 좋겠어요, 예르몰라이 페트로비치. 봐요, 감자가 다 구워졌어요."

"실컷 자게 내버려둬." 나의 충실한 하인이 무심하게 말했다. "녹초가 되도록 돌아다녔으니 저렇게 잘 만도 해."

나는 건초 위에서 돌아누웠다. 예르몰라이가 일어나 나에게 다가왔다.

"감자가 익었어요. 드세요."

나는 임시 헛간에서 나왔다. 방앗간 안주인이 나무통에서 일어나 자리를 뜨려고 했다. 나는 그녀에게 말을 걸었다.

"당신네 부부가 이 방앗간에 세 들어 산 지 오래됐나?"

"지난 성령 강림절[35)] 이후 두 해째 접어들었네요."

"당신 남편은 어디 출신인데?"

아리나는 내 말에 신경 쓰지 않았다.

"네 남편이 어디 출신이냐니까?" 예르몰라이가 목소리를 높여 내 질문을 되풀이했다.

"벨레프요. 그이는 벨레프에서 온 도시 사람이에요."

"당신도 벨레프에서 왔어?"

"아뇨, 전 농노예요…… 아니, 농노였어요."

"누구의?"

"즈베르코프 씨요. 이제는 자유민이에요."

"어느 즈베르코프 씨?"

"알렉산드르 실리치요."

---

35) 그리스도교에서 부활절 후 오십 일째 되는 날에 성령이 강림한 사건을 기념하는 축일이다. 보통 5월 말에서 6월 초에 찾아온다.

"당신은 그 사람 아내의 하녀가 아니었나?"

"어떻게 아세요? 맞아요."

나는 갑절의 호기심과 관심을 품고 아리나를 바라보았다.

"당신의 주인을 알지." 나는 말을 이어 갔다.

"그분을 아신다고요?" 그녀가 작은 목소리로 대답하고는 눈을 내리깔았다.

내가 왜 그처럼 관심을 갖고 아리나를 쳐다보았는지 독자에게 말해야겠다. 페테르부르크에 머물던 시기에 즈베르코프 씨를 알게 됐다. 그는 꽤 중요한 직책을 맡고 있었으며 노련하고 유능한 사람으로 알려져 있었다. 그의 아내는 걸핏하면 눈물을 찔끔거리는 신경질적이고 독살스러운 뚱뚱한 여자, 즉 흔히 볼 수 있는 불쾌한 인간이었다. 아들도 있었는데, 응석이 심하고 어리석은 전형적인 도련님이었다. 즈베르코프 씨 본인의 외모는 별로 호감을 주는 편이 아니었다. 사각형에 가까운 넓적한 얼굴 안에서 쥐처럼 생긴 작은 눈이 교활하게 엿보았고, 콧구멍이 훤히 드러난 크고 날카로운 코가 불퉁했다. 짧게 깎은 잿빛 머리칼은 주름투성이 이마 위로 뻣뻣하게 솟았고, 얇은 입술은 쉬지 않고 움직이며 능글맞은 미소를 띠었다. 즈베르코프 씨는 평소 짧은 두 다리를 벌린 채 작고 투실투실한 두 손을 호주머니에 쑤셔 넣은 자세로 섰다. 언젠가 그와 함께 카레타[36]를 타고 교외로 나간 적이 있었다. 우리는 열띤

---

36) 상자 모양의 차체에 유리창을 댄 승용 마차. 1~2인용부터 4인용 이상에 이르기까지 차체의 크기가 다양하고 바퀴는 네 개다. 가장 화려하고 귀족적인 승용 마차로서, 주로 대중 앞의 노출을 꺼리는 상류층 인사나 귀족

대화를 나누었다. 즈베르코프 씨는 노련하고 유능한 사람인 양 나에게 '진리의 길'에 대해 훈계를 늘어놓기 시작했다.

"당신에게 이런 말을 해도 될까요?" 마침내 그가 꽥꽥거리며 말했다. "당신네 젊은이들은 다들 모든 문제에 대해 함부로 판단하고 논합니다. 당신들은 자신의 조국에 대해 잘 몰라요. 당신네 신사들은 러시아를 잘 모른다고요. 정말이에요! 당신네들은 늘 독일어 책만 읽죠. 예를 들어 당신은 지금 나에게 그 문제에 대해, 음, 그러니까, 농노에 대해 이런저런 말을 하고 있어요……. 좋아요, 논박하지는 않겠습니다, 다 좋아요. 하지만 당신은 그들을 몰라요, 민중이 과연 어떤 이들인지 모른다고요.(즈베르코프 씨는 요란하게 코를 풀고는 코담배 냄새를 맡았다.) 일례로 작은 일화를 하나 들려드리죠. 당신도 이 일화에 흥미를 느낄 겁니다.(즈베르코프 씨가 헛기침을 했다.) 당신도 내 아내가 어떤 사람인지 알잖아요. 아마 그녀보다 착한 여자는 찾아보기 힘들 겁니다. 당신도 동의하겠죠. 아내의 하녀들은 안락하게 삽니다. 그야말로 천국이 눈앞에서 펼쳐지죠……. 하지만 내 아내에겐 결혼한 여자를 하녀로 두지 않는다는 원칙이 있었습니다. 정말이지 도움이 안 된답니다. 아이들이 태어나고 이런저런 일이 생기면, 어떻게 하녀들이 주인마님을 제대로 보살피고 그 습관에 적절한 관심을 쏟겠습니까? 더 이상 그 정도로 신경을 쓸 수가 없어요. 이미 머릿속에 다른 생각이 있으니까요. 인간의 본성에 비추어 판단해야 합니

여성들이 사용했다.

다. 그건 그렇고, 언젠가 마차를 타고 우리 마을을 지난 적이 있어요. 정확히 언제였더라? 십오 년 전쯤인가 봅니다. 알고 보니 촌장에게 매우 예쁜 딸이 있더군요. 그게 말이죠, 몸가짐마저 공손한 소녀였어요. 아내가 나에게 말합니다. '코코.[37]' 당신도 이해하겠지만, 아내는 나를 그런 식으로 부른답니다. '저 여자아이를 페테르부르크로 데려가요. 저 애가 마음에 들어요, 코코.' 내가 말합니다. '기꺼이 데려가리다.' 물론 촌장은 우리에게 머리를 조아립니다. 당신도 이해하겠지만, 촌장도 그런 행운을 얻으리라고는 생각을 못 했으니까요……. 뭐, 물론 여자애는 바보처럼 울었죠. 사실 처음에는 무섭잖아요. 부모의 집을…… 대체로…… 그것은 딱히 놀랄 일도 아닙니다. 하지만 그 애는 금방 우리에게 적응했죠. 처음에는 하녀 방에서 지내게 했습니다. 물론 가르치기 위해서였죠. 어떻게 됐을 거라 생각합니까? 여자아이는 놀랄 만큼 발전합니다. 아내는 단순히 그 애를 편애하다가 결국에는 다른 하녀들을 제쳐 놓고 그 애를 몸종으로 삼습니다……. 알겠습니까! 그 아이를 정당하게 평가해 주어야 했습니다. 아내는 그런 하녀를 두어 본 적이 없었습니다. 분명히 없었어요. 친절하고 겸손하고 온순한, 그야말로 모든 조건에 꼭 들어맞는 하녀였죠. 하지만 솔직히 말해서, 아내는 그 애를 지나치게 귀여워했습니다. 그 애는 좋은 옷을 입고, 주인의 식탁에서 식사를 하고, 차도 마셨죠……. 뭐, 상상할 수 없을 정도였어요! 그 애는 그런 식으로

37) 니콜라이의 애칭.

십 년 정도 내 아내를 위해 일했습니다. 어느 아름다운 아침에 갑자기, 상상해 봐요, 아리나가, 그것이 그 아이의 이름이었어요, 보고도 없이 내 서재에 들어오더니 내 발치에 털썩 쓰러집니다……. 솔직히 난 그런 행동을 아주 싫어합니다. 인간은 절대 품위를 잊어서는 안 돼요. 그렇지 않습니까? '무슨 일이야?' '알렉산드르 실리치, 부탁드립니다.' '무슨 부탁?' '결혼을 허락해 주세요.' 솔직히 깜짝 놀랐습니다. '멍청한 것, 마님에게 다른 하녀가 없다는 걸 알잖아?' '지금까지처럼 마님을 모시겠습니다.' '무슨 소리! 말도 안 돼! 마님은 결혼한 여자를 하녀로 두지 않아.' '말라니야가 제 자리를 맡아도 됩니다.' '말대꾸하지 마!' '주인님의 뜻이라면…….' 솔직히 말하면, 갑자기 멍해지더군요. 내가 어떤 사람인지 설명하죠. 내가 가장 싫어하는 게 배은망덕입니다. 감히 말하는데, 나에게 그토록 지독한 모욕감을 느끼게 하는 것도 없습니다……. 당신에게 더 말할 것이 없군요. 당신도 내 아내가 어떤 사람인지 알잖아요. 인간의 육신을 입은 천사죠. 말할 수 없이 착한 여자예요……. 악한이라도 내 아내를 불쌍히 여겼을 겁니다. 난 아리나를 쫓아 버렸어요. 난 그녀가 정신을 차릴 거라고 생각했어요. 그게 말이죠, 인간의 악을, 더러운 배은망덕을 믿고 싶지 않았어요. 당신은 어떻게 생각합니까? 그런데 반년 후에 아리나가 다시 같은 청을 하는 겁니다. 솔직히 고백하자면, 그때 난 화가 나서 그녀를 쫓아내고 경고를 했죠. 아내에게 말해 주겠다는 약속도 했고요. 난 격분한 상태였어요……. 하지만 나의 충격을 상상해 보십시오. 잠시 후 아내가 눈물을 글썽이며 내게 옵니다. 깜짝 놀랄 만큼 동요한 상태로요. '무슨 일이 있었어?' '아리나가…….' 당신도 이해하겠죠…… 입 밖에 내어 말하기도 부끄럽습니다. '그럴 리가! 누군데?' '하인 페트루시카요.'[38] 난 폭발하고 말았습니다. 나라는 사람은 말이죠…… 임시방편을 좋아하지 않아요! 페트루시카에게는…… 잘못이 없습니다. 그를 벌할 수도 있겠지만, 내가 생각하기에 그에게는 잘못이 없습니다. 아리나는…… 음, 뭐랄까, 음, 글쎄, 더 이상 무슨 말이 필요할까요? 난 물론 당장 그녀의 머리를 깎고 허름한 옷을 입혀 시골로 보내라고 지시했습니다. 아내는 좋은 하녀를 잃었어요. 하지만 딱히 할 수 있는 일이 없었습니다. 어쨌든 집 안의 무질서를 묵과할 수는 없으니까요. 병든 사지는 단번에 절단하는 편이 좋습니다……. 음, 뭐, 이제 스스로 판단해 보세요. 당신은 내 아내를 알잖아요. 그녀는, 그녀는, 그녀는…… 그야말로 천사잖아요! 아내는 아리나를 귀여워했습니다. 아리나는 그 점을 알면서도 부끄러워하지 않았어요……. 네? 아니요, 말해 봐요……. 네? 뭐라고 말 좀 해 봐요! 어쨌든 더 이상 어쩔 도리가 없었어요. 난, 사실 그 처녀의 배은망덕으로 인해 그 후로 오랫동안 슬픔과 모욕감을 맛보았습니다. 당신이 무슨 말을 하든…… 마음이라든지 감정이라든지 그런 것을 그 사람들에게서 찾지 말아요! 아무리 먹이를 줘도, 늑대는 오로지 숲만 바라본다고요……. 앞으로 교훈이 될 겁니다! 하지만

---

38) 페트루시카는 표트르의 비칭. 페트루시카의 신분을 지칭하는 '하인'은 러시아어 'лакей'를 옮긴 표현이다. 'лакей'는 세복 차림으로 주인의 시중을 드는 남자 하인을 뜻한다.

내가 당신에게 증명하고 싶었던 것은 그저……."

그러고 나서 즈베르코프 씨는 말을 끝맺기도 전에 고개를 돌리고 망토로 몸을 더 단단히 감싸면서 자기도 모르게 흥분한 감정을 남자답게 억눌렀다.

내가 왜 아리나를 눈여겨보았는지 독자들도 이제는 이해할 것이다.

"방앗간 주인과 결혼한 지 오래됐나?" 마침내 나는 그녀에게 물었다.

"두 해 정도요."

"주인이 허락해 줬어?"

"몸값을 치렀어요."

"누가?"

"사벨리 알렉세예비치가요."

"그 사람이 누군데?"

"제 남편이요.(예르몰라이가 혼자 씩 웃었다.) 나리가 저에 대해 이야기했나요?" 잠시 침묵하던 아리나가 덧붙여 말했다.

나는 그 물음에 뭐라고 대답해야 할지 몰랐다. "아리나!" 방앗간 주인이 멀리서 외쳤다. 그녀는 일어나서 가 버렸다.

"남편은 좋은 사람인가?" 내가 예르몰라이에게 물었다.

"변변찮은 놈입니다."

"둘 사이에 자식은 있고?"

"하나 있었는데 죽었죠."

"방앗간 주인이 아리나를 마음에 들어 했나 보군. 안 그래? 그녀의 몸값으로 많은 돈을 치렀겠지?"

"모릅니다. 아리나는 글을 읽고 쓸 줄 알아요. 그 점이 저들의 생업에…… 그건…… 유용하잖아요. 그래서 아리나를 마음에 들어 했겠죠."

"자네는 그녀를 안 지 오래됐나?"

"오래됐죠. 예전에 아리나의 주인댁을 드나들었거든요. 주인의 장원이 여기에서 별로 멀지 않아요."

"그럼 하인인 페트루시카도 아나?"

"표트르 바실리예비치요? 알다마다요."

"그 사람은 지금 어디에 있지?"

"군대에 들어갔죠."

우리는 잠시 침묵했다.

"아리나는 건강하지 않은 것 같던데?" 마침내 나는 예르몰라이에게 물었다.

"어떻게 건강하겠어요! 내일은 길목의 상황이 좋을 것 같네요. 지금 잠시 눈을 붙여 두는 편이 좋을 겁니다."

들오리 떼가 휙휙 소리를 내며 우리 위로 빠르게 날아갔다. 새 떼가 별로 멀지 않은 강 위로 내려오는 소리가 들렸다. 이미 주위는 어둡고 쌀쌀했다. 숲속에서 나이팅게일이 낭랑하게 지저귀었다. 우리는 건초에 얼굴을 파묻고 잠들었다.

산딸기 물

8월 초에는 종종 견딜 수 없는 무더위가 계속된다. 이 시기에 12시부터 3시까지는 아무리 과감하고 집중력이 좋은 사람도 사냥을 하러 나서지 못하며, 아무리 충직한 개도 '사냥꾼의 박차를 핥아 대기' — 아픈 듯이 실눈을 뜨고 혀를 쑥 뺀 채 주인을 뒤따르며, 주인이 꾸짖으면 비굴하게 꼬리를 흔들고 당황한 표정만 지을 뿐 앞으로 나서지 않는 것을 말한다 — 마련이다. 바로 이런 날 나는 우연히 사냥을 하러 나서게 됐다. 잠시라도 어디 그늘에 눕고 싶은 유혹과 오랫동안 싸웠다. 지칠 줄 모르는 나의 개는 오랫동안 덤불 사이를 이리저리 달렸지만, 미친 듯이 날뛰는 행동에서 쓸모 있는 것을 기대하는 것 같지는 않았다. 숨 막히는 폭염 때문에 결국 우리의 마지막 힘과 능력을 아끼는 문제에 대해 생각하지 않을 수 없었다.

이럭저럭 간신히 이스타강 — 나의 관대한 독자들은 이미 잘 알 것이다 — 에 도착해 낭떠러지 아래로 내려가 축축한 노란 모래를 밟으며 '산딸기 물'이라는 이름으로 인근에 알려진 샘으로 향했다. 그 샘은 강둑의 틈새 — 작지만 깊은 골짜기로 점차 변하는 — 에서 솟아 스무 걸음 정도 떨어진 강 속으로 명랑하고 수다스러운 소리를 내며 떨어진다. 골짜기 비탈을 따라 참나무가 무성했다. 샘 주변에 벨벳처럼 부드러운 키 작은 풀들이 푸르게 펼쳐진다. 햇살이 샘의 차가운 은빛 물기에 거의 닿지 않는다. 샘에 간신히 도착하니, 풀밭에 자작나무 껍질로 만든 국자가 놓여 있었다. 지나가던 농부가 누구든지 이용할 수 있도록 두고 간 것이었다. 나는 갈증을 풀고 그늘에 누워 주위를 둘러보았다. 샘물이 강으로 흘러들면서 생긴, 그 때문에 늘 잔물결로 뒤덮여 있는 만 옆에 노인 둘이 내게 등을 보이고 앉아 있었다. 체격이 꽤 탄탄하고 키가 큰 노인은 암녹색의 산뜻한 카프탄을 입고 챙 없는 털모자를 쓴 채 물고기를 낚고 있었다. 야위고 키가 작은 노인은 물결무늬 비단을 덧댄 프록코프를 입고 모자는 쓰지 않은 채 무릎 위에 지렁이가 든 항아리를 얹어 놓고는 이따금 햇살을 막으려는 듯 희끗희끗한 작은 머리를 한 손으로 쓰다듬었다. 좀 더 유심히 그를 쳐다보다가 나는 그가 슈미히노 마을의 스툐푸시카[39]라는 사실을 깨달았다.

내가 사는 마을에서 몇 베르스타 떨어진 곳에 슈미히노라는

39) 스테판의 애칭.

큰 마을이 있었다. 이곳에는 성인 코스마스와 다미아누스[40]를 위해 세운 석조 건물 교회가 있다. 한때 이 교회의 맞은편에 지주의 대저택이 있었다. 다양한 건축물, 농가의 부속 건물, 작업장, 마구간, 과수원용 헛간,[41] 카레타 차고, 한증탕, 임시 부엌, 손님과 관리인을 위한 곁채, 온실, 농민을 위한 그네, 그 밖에 다소 쓸모가 있는 건물들에 둘러싸여 있었다. 이 저택에는 부유한 지주 일가가 살았고, 집안은 모든 것이 순조롭게 돌아갔다. 그런데 갑자기 어느 아름다운 아침에 그 모든 재산이 불길에 휩싸여 소실되고 말았다. 주인 일가는 다른 보금자리로 거처를 옮겼다. 장원은 황폐해졌다. 넓은 폐허는 채소밭으로 변했으며, 예전의 토대가 허물어지고 남은 벽돌들이 여기저기 더미를 이루었다. 지주는 온전하게 남은 통나무로 급하게 작은 오두막을 짓고, 고딕 양식의 파빌리온[42]을 건축하려 십여 년 전에 구매한 판자로 지붕을 잇고, 정원사 미트로판과 아내 악시냐와 일곱 명의 자식들을 그 집에 들였다. 미트로판은 150베르스타 떨어진 주인의 식탁에 채소를 제공하라는 지시를 받았고, 악시냐는 티롤종 암소를 돌보는 일을 맡았다. 모스크바에서 큰돈을 주고 구매했지만 유감스럽게도 생산

40) 쌍둥이 형제인 코스마스와 다미아누스는 로마 시대에 그리스도교를 전파하며 의술과 자선 활동을 펼치다가 303년에 순교했다. 의사의 수호성인으로 추앙받는다.

41) 러시아 중부와 북부에서 배나무나 벚나무처럼 서리에 약한 품종을 기르기 위해 유리나 통나무로 벽을 세우고 경사진 지붕을 얹어 지은 헛간.

42) 전시관이나 야외 정자 같은 부속 건축물.

능력이 전혀 없어 데려온 날부터 젖을 낸 적이 없는 소였다. 유일하게 남은 '장원'의 가금인 볏 달린 잿빛 수오리도 악시냐가 맡았다. 자식들은 아직 어리다는 이유로 어떤 일거리도 맡지 않았다. 어쨌든 그런 상황 때문에 그들이 구제할 수 없는 게으름뱅이가 되지 못한 것은 아니었다. 나는 그 정원사의 집에서 두어 번 묵기도 했다. 지나는 길에 그 집의 오이를 받은 적도 있다. 이유는 하느님만 아시겠지만, 여름에도 그 크기며 지나치게 물이 많은 불쾌한 맛이며 두꺼운 누런 껍질 때문에 다르게 느껴지는 오이였다. 그 집에서 나는 처음으로 스툐푸시카를 만났다. 미트로판의 가족과 교회를 관리하는 늙고 귀가 먼 게라심 — 애꾸눈인 병사 아내가 그를 불쌍히 여겨 자기 집 헛간에서 살게 해 주었다 — 을 제외하면 슈미히노에는 농노가 한 사람도 남아 있지 않았다. 내가 독자에게 소개하려는 스툐푸시카는 일반적인 의미의 인간으로 대접받지 못했고, 특히 농노로는 더욱 그러했다.

모든 인간은 어떤 식으로든 사회적 지위를 갖고 교류를 하며 지내기 마련이다. 어느 농노든 봉급을 받지 못할 경우 적어도 이른바 '최저 생활비'를 받는다. 스툐푸시카는 수당을 전혀 받지 않았다. 그에게는 친척도 없었고, 그가 어떻게 생활하는지 아는 사람도 없었다. 이 남자에게는 과거조차 없었다. 그에 대해 말하는 사람도 없었고, 그가 인구 조사에 포함되는 경우도 거의 없었다. 그가 언젠가 누군가의 시종이었다는 수상쩍은 소문이 돌기는 했다. 그러나 그가 누구인지, 어디에서 왔는지, 누구의 자식인지, 어떻게 해서 슈미히노의 주민이 됐는지,

까마득한 옛날부터 입고 다니는 물결무늬 비단 카프탄은 어떻게 손에 넣었는지, 어디에 사는지, 무엇으로 생계를 이어 가는지, 이런 문제에 대해 조금이라도 아는 사람은 전혀 없었다. 솔직히 아무도 이런 문제에 관심을 갖지 않았다. 모든 농노들의 족보를 4대 조상까지 안다는 트로피미치 할아범마저 언젠가 한번 "내가 기억하기로 스테판은 작고한 지주인 알렉세이 로마니치 여단장이 원정에서 돌아오는 길에 데려온 튀르크[43] 여자의 친척이라고 하더라."라고 말했을 뿐이다. 축일에도, 러시아의 오랜 관습에 따라 마을 사람들 모두에게 빵과 소금과 메밀 피로그[44]와 갓 담근 술을 베푸는 축일에도, 심지어 이런 축일에도 스툐푸시카는 밖에 차려진 식탁과 술통 근처에 나타나지 않았다. 주인에게 인사를 하거나 손에 입을 맞추러 다가가지도 않았고, 집사가 투실투실한 손으로 가득 따라 준 술을 주인의 눈길이 닿는 곳에서 주인의 건강을 기원하며 단숨에 마시지도 않았다. 다만 어떤 착한 사람이 먹다 남은 피로그

---

43) 투르게네프가 집필하던 당시 러시아를 비롯한 유럽에서 '튀르크'는 '오스만 제국'을 가리키는 나라명이기도 했고, 그 제국의 백성들과 언어와 영토를 가리키는 명칭이기도 했다. 그러나 엄밀히 말해 '튀르크'는 튀르크계 언어를 사용하고 시베리아에서 발칸반도에 이르는 광대한 지역에 분포하던 다양한 부족들을 일컫는다. 오스만 제국(1299~1922)을 세운 오스만 1세가 튀르크족 출신이긴 하지만, 튀르크족은 오스만 제국의 지배층과 피지배층을 이루는 다양한 종족 가운에 일부일 뿐이었다. 그래서 오늘날의 학계에서는 '튀르크'와 '오스만 제국'을 별개로 구분하는 경향이 일반적이다. 이 책의 본문에서는 투르게네프가 집필할 당시의 관행을 존중해서 오스만 제국과 그 백성을 모두 '튀르크'로 번역했다.

44) 빵 속에 치즈, 달걀, 연어, 캐비어, 버섯 등을 채운 러시아 고유의 음식.

조각을 이 불쌍한 남자에게 나눠 줄 뿐이다. 부활절 일요일에는 그도 다른 사람들과 부활절 인사[45]를 했지만, 기름때에 찌든 소매를 걷지도 않았고 뒷주머니에서 빨간 달걀을 꺼내지도 않았다. 숨을 헐떡이거나 눈을 껌벅이면서 주인의 자식들에게, 심지어 마님에게도 달걀을 바치는 법이 없었다. 여름에는 닭장 뒤편의 헛간에서, 겨울에는 한증탕의 탈의실에서 지냈다. 지독하게 추운 날에는 건초 다락에서 묵었다. 사람들은 그를 보는 것에 익숙해졌다. 때로는 그에게 발길질을 하기도 했지만 이야기를 나누지는 않았다. 그도 날 때부터 입을 벌린 적이 없는 듯 보였다. 화재가 일어난 후 이 버려진 인간은 정원사 미트로판의 집에 몸을 의지했다. 오룔 사람들 말대로라면 '기댔다.' 정원사는 그를 건드리지 않았다. 자기 집에서 살라는 말도 하지 않았지만, 쫓아내지도 않았다. 그는 정원사의 집에 살지 않았다. 채소밭에서 생활했다. 걷거나 움직일 때면 전혀 소리를 내지 않았다. 재채기를 하거나 기침을 할 때도 두려운 듯 손으로 입을 가렸다. 늘 개미처럼 조용하게 바삐 움직였다. 모두 먹을 것, 오로지 먹을 것을 위해서였다. 그리고 사실 아침부터 저녁까지 자신의 생존에 대해 걱정하지 않았다면 나의 스툐푸시카는 굶어 죽었을 것이다. 하루가 저물기 전에 어떻게 배를 채울지 아침에 알지 못하는 것은 불행한 일이다. 때로 스툐푸시카는 울타리 밑에 앉아 무를 갉아먹거나 당

45) 러시아에서는 부활절에 한 사람이 "그리스도께서 부활하셨습니다."라고 말하면 상대방이 "정말로 부활하셨습니다."라고 말한 후 세 번 서로 입을 맞춘다.

근을 빨거나 주위에 있는 양배추의 흙투성이 밑동을 썬다. 때로는 물이 든 양동이를 어디론가 끌고 가며 끙끙거린다. 때로는 모닥불을 피우고, 품에서 검은 조각 같은 것을 꺼내 불 위에 걸어 둔 작은 냄비 속에 던진다. 때로는 자신이 지내는 작은 헛간에서 나뭇조각으로 못을 두들겨 박아 빵을 얹을 작은 시렁을 설치한다. 그리고 이 모든 것을 몰래 하듯 말없이 행한다. 누가 보기라도 하면 얼른 숨었다. 그러다 갑자기 이틀 정도 집을 비우기도 한다. 물론 그가 사라진 것을 눈치채는 사람은 아무도 없다……. 그러다 보면 어느새 그가 다시 나타나 다시 울타리 주변 어딘가에서 삼발이 밑에 대팻밥을 슬그머니 쑤셔 넣고 있다. 얼굴은 작고, 눈은 노르스름하고, 머리칼은 이마까지 내려오고, 코는 뾰족하고, 귀는 박쥐처럼 아주 커다랗고 투명하다. 수염은 언제나 두 주 전에 면도한 듯 더 길지도 더 짧지도 않다. 바로 그 스튜푸시카가 다른 노인과 함께 있는 모습을 내가 이스타강 기슭에서 본 것이다.

나는 그들에게 다가가 인사를 건네고 옆에 나란히 앉았다. 스튜푸시카의 동료도 내가 아는 사람이었다. 별명이 투만[46) 인 그 남자는 표트르 일리치 ○○○ 백작의 농노였다가 자유를 얻은 미하일로 사벨리예프였다. 그는 볼호보에서 여인숙을 운영하는 폐병 걸린 평민의 집에서 지냈다. 나도 꽤 자주 묵는 여인숙이었다. 오룔의 대로를 지나가는 젊은 관리들이나 다른 할 일 없는 사람들(줄무늬 깃털 이불에 파묻힌 상인들은 그럴 겨

46) '안개'를 뜻하는 러시아어.

를이 없다.)은 큰 마을인 트로이츠코예로부터 멀지 않은 곳에서 지금도 여전히 이 층짜리 거대한 목조 주택을 볼 수 있을 것이다. 지붕이 내려앉고 창문들이 판자로 빈틈없이 막힌 완전히 황폐한 저택이 대로를 향해 불쑥 튀어나와 있는 모습을. 날이 맑고 화창한 대낮에 이 폐허보다 더 서글픈 모습을 상상하는 건 불가능하다. 언젠가 이곳에는 손님을 잘 대접하기로 이름난 이전 시대의 부유한 고관 표트르 일리치 백작이 살았다. 현의 주민들 전체가 그의 저택에 모여들어 농노 악단의 귀를 먹먹하게 하는 시끄러운 연주 소리며 꽃불과 로마 폭죽[47]이 펑펑 터지는 소리 속에서 춤을 추고 멋지게 즐기던 시절이 있었다. 요즈음 황폐한 보야르[48] 궁전을 지나치다가 한숨을 쉬면서 지나간 시절과 지나간 젊음을 떠올리는 노부인들이 아마 한둘은 아닐 것이다. 백작은 오랜 세월 주연을 베풀었고, 오랜 세월 다정한 미소를 띤 채 비굴한 손님들 속을 거닐었다. 하지만 불행하게도 그의 재산은 평생을 쓰기에는 부족했다. 완전히 몰락해 버린 그는 일자리를 구하기 위해 페테르부르크로 떠났다가 청원에 대한 답변을 미처 듣기도 전에 호텔 방에서 죽고 말았다. 투만은 백작의 집에서 식료품과 식기를 관리하던 하인이었는데 그가 살아 있을 때 자유를 얻었다. 반듯한 얼굴에 인상이 좋은 일흔 살가량의 남자였다. 이제는 예카체리나 시대의 사람들만 짓는 선량하고도 당당한 미소를 거의 늘 머

47) 원통형 폭죽.

48) 러시아가 여러 공국으로 나뉘어 있던 중세 시대의 대귀족을 일컫는다.

금고 있었다. 이야기를 할 때면 입술을 천천히 벌렸다 오므렸다 하고, 다정하게 실눈을 뜨고, 살짝 콧소리를 냈다. 코를 풀거나 코담배 냄새를 맡을 때도 진지하게 일을 하듯 서두르지 않았다.

"어때, 미하일로 사벨리치?" 내가 말을 꺼냈다. "물고기 좀 잡았나?"

"바구니 안을 보십시오. 농어 두 마리와 잉어 다섯 마리를 잡았죠……. 보여 드려, 스테파.[49]"

스툐푸시카가 내 쪽으로 바구니를 밀었다.

"어떻게 지내나, 스테판?" 내가 그에게 물었다.

"괘…… 괘…… 괘…… 괜…… 괜찮습니다, 나리, 그럭저럭 지냅니다." 스테판이 혀로 추를 굴리듯 더듬거리며 대답했다.

"미트로판은 건강하고?"

"무…… 물론 건강합니다, 나리."

그 불쌍한 사람은 고개를 돌렸다.

"미끼를 잘 물지 않네요." 투만이 입을 열었다. "너무 덥습니다. 물고기들이 전부 떨기나무 밑에 숨어 자고 있어요……. 지렁이를 끼워, 스테파.(스툐푸시카는 지렁이를 꺼내 손바닥에 놓고 두어 번 때리더니 낚싯바늘에 끼고 침을 뱉은 후 투만에게 건넸다.) 고마워, 스테파……. 나리." 그는 나를 돌아보며 말을 이었다. "사냥을 하고 계십니까?"

"보다시피."

---

49) 스테판의 애칭.

"그렇군요……. 나리의 개는 잉국산입니까, 풀랑드르산입니까?"[50]

노인은 기회만 생기면 자신을 과시하기를 좋아했다.

"무슨 종인지는 모르겠어. 하지만 좋은 개야."

"그렇군요……. 개들과 함께 다니십니까?"

"두 무리[51]를 데리고 다녀."

투만은 빙그레 웃더니 고개를 저었다.

"바로 그렇습니다. 어떤 사람은 개를 열렬히 좋아하지만, 어떤 사람은 공짜로도 원하지 않죠. 제 단순한 머리로 생각하자면 이렇습니다. 말하자면 위엄을 보이기 위해서는 개를 더 많이 두어야 하죠……. 그리고 모든 것이 제대로 되어 있어야 합니다. 말들의 상태도 좋아야 하고, 사냥개 담당들도 당연히 격식을 갖추어야 합니다. 다른 모든 것들도요. 돌아가신 백작님은, 고인의 명복을 빕니다, 솔직히 말해 사냥에는 별로 소질이 없었지만 개들을 두었고 일 년에 두어 번은 개들을 거느리고 나들이를 하셨죠. 금몰 달린 붉은 카프탄 차림의 사냥개 담당들이 안마당에 모여 나팔을 붑니다. 백작 각하께서 나오시고, 말들이 그분 앞에 끌려옵니다. 각하께서 말에 올라타시

---

50) 투만이 '영국'을 어눌하게 발음한 것은 '잉국'으로 옮겼고, '플랑드르'인지 '프랑스'인지 '핀란드'인지 추측하기 힘들 정도로 엉뚱하게 발음한 것은 '풀랑드르'로 옮겼다.

51) 러시아어 'свора'는 사냥개를 묶는 가죽 끈이나 사슬, 혹은 그 도구로 나란히 연결할 수 있는 사냥개 무리를 가리킨다. 이 책에서는 '무리'로 옮기기로 한다. 하나의 가죽 끈이나 사슬로 2~4마리를 한꺼번에 맬 수 있기에 두 무리는 4~8마리를 뜻한다.

면, 사냥개 담당들의 우두머리가 나리의 발을 등자에 끼우고 모자를 벗어 그 안에 있는 고삐를 바칩니다. 각하께서 이렇게 채찍 소리를 내시면, 사냥개 담당들이 "와!" 하고 소리를 지르며 안마당에서 나가죠. 조마사는 백작을 뒤따라 말을 몹니다. 주인이 아끼는 개 두 마리를 비단 끈으로 묶어 데리고 다니면서, 아시다시피 이런 식으로 쳐다보며 감독합니다……. 그리고 볼이 새빨개진 조마사는 코사크[52] 안장 위에 꼿꼿이, 몸을 꼿꼿이 세우고 앉아서 왕방울만 한 눈으로 주위를 둘러봅니다……. 그야 물론 이런 때에는 손님들도 있죠. 재미도 있고 격식도 있고……. 에잇, 도망갔네, 아시아 새끼[53] 같으니!" 그가 갑자기 낚싯대를 잡아당기며 덧붙였다.

---

52) 코사크는 러시아인과 우크라이나인 등 슬라브인으로 이루어진 일종의 자치 공동체로서, 대부분 러시아 정교를 믿고 슬라브계 언어를 사용한다. 러시아어로 '카자크(kazak)', 우크라이나어로 '코자크(kozak)', 폴란드어로 '코자크(kozak)'라 칭한다. 코사크는 폴란드-리투아니아 연합 왕국이나 모스크바 대공국에서 이탈한 농민들이 러시아의 돈강 유역, 우랄 지역, 우크라이나의 자포로제 지역 등에 모여들어 형성한 공동체에 기원을 둔다.
코사크는 슬라브 문화권에 뿌리를 둔 부족이지만, '민족'이나 '국민' 등의 통상적인 범주로 이들 집단을 정의하기는 어렵다. 러시아와 우크라이나와 폴란드-리투아니아 연합 왕국과의 정치적 관계에 따라 그들의 거주 지역과 생활 방식이 다양하게 변했기 때문이다. 그래서 옮긴이는 한 특정 나라의 언어로 이 집단을 지칭하기보다, 이 집단을 단일하게 'cossack'라고 칭한 영어의 음가를 빌어 '코사크'라는 명칭을 번역어로 택했다.
53) 러시아는 1240년부터 1480년까지 몽골 제국의 지배를 받았다. 이 시기를 일컬어 '몽골의 멍에' 혹은 '몽골-타타르의 멍에'라고도 한다. 오랜 세월 중앙아시아 민족들의 가혹한 폭정에 시달린 탓에 러시아에서 '아시아'는 잔인함과 야만성을 빗대는 용어로 사용되고 했다.

"어때, 그 백작 말이야, 생전에 꽤 잘나갔다고 하던데?" 내가 물었다.

노인이 지렁이에 침을 뱉고는 낚싯대를 던졌다.

"물론 고귀한 분이셨죠. 감히 말하지만 페테르부르크의 최고위층 귀인들이 백작님을 만나러 오시곤 했답니다. 그분들은 하늘색 리본을 두르고 식탁 앞에 앉아 식사를 하셨죠. 백작님은 접대에 능하셨습니다. 저를 불러 이렇게 말씀하시곤 했죠. '투만, 내일 살아 있는 철갑상어들이 필요하네. 구해 오라고 지시해 주게. 알겠나?' '알겠습니다, 각하.' 자수를 놓은 카프탄, 가발, 지팡이, 향수, 최상품의 여성용 오드콜로뉴, 코담뱃갑, 아주 큰 그림을 파리에 주문하셨습니다. 대연회를 열 때면, 오, 하느님, 주여, 꽃불을 터뜨리고 마차 드라이브를 하십니다! 심지어 대포도 쏘죠. 그 자리에 온 악사들만 해도 마흔 명이랍니다. 독일인 악장도 두셨어요. 그런데 그 독일인이 심하게 거들먹거렸죠. 손님들과 한 식탁에서 식사를 하고 싶어 했어요. 그래서 각하께서는 그에게 신의 가호를 빌어 주고 쫓아내도록 분부하셨습니다. 지금 이대로도 악사들이 자신의 일을 잘 이해할 거라고 하시면서요. 그야 물론 주인님의 마음이니까요. 사람들이 춤을 추기 시작합니다. 새벽까지 추죠. 대개 라코세즈 마트라두라[54]를 춘답니다……. 어…… 어…… 어…… 물었어, 친구!(노인은 물에서 작은 농어를 끌어 올렸다.) 자, 가져가, 스테파. 그야말로 나리다운 분이셨습니다." 노인

54) 고풍스러운 무도회용 춤.

은 다시 낚싯대를 던지고 계속 말을 이었다. "마음도 선하셨죠. 걸핏하면 두들겨 패셨지만 금방 잊으셨습니다. 다만 한 가지, 마트료시카[55]들을 두셨습니다. 오, 주여, 용서해 주소서, 그 마트료시카 말입니다. 백작님은 여자들 때문에 몰락하셨습니다. 사실 백작님은 대체로 하층민 여자들을 고르셨죠. 그 여자들이 뭘 더 바랐겠나 싶으시죠? 그렇지 않습니다. 그 여자들은 온 유럽에서 가장 비싼 것을 원한 게 틀림없다니까요! 그러면 이렇게 말하실지도 모르겠네요. 왜 주인이 자기가 원하는 대로 살면 안 되냐고요. 그야 주인님의 문제지만…… 그렇다고 몰락까지 해서야 안 되죠. 특히 아쿨리나라는 여자가 있었어요. 지금은 이 세상 사람이 아닌데, 고인의 명복을 빕니다! 시토프 마을에서 근무하는 순경의 딸로 평범한 여자였습니다. 그런데 얼마나 악독한지! 백작님의 빰도 때리곤 했죠. 백작님은 완전히 그 여자의 마법에 걸렸던 겁니다. 제 조카도 앞머리를 깎였죠.[56] 그 여자의 새 옷에 초콜릿을 떨어뜨려서……. 그 애만 앞머리를 깎인 게 아닙니다. 그랬어요……. 하지만 좋은 시절이었습니다!" 노인은 깊이 탄식하며 덧붙여 말한 뒤 고개를 떨어뜨리고 입을 다물었다.

---

55) 농민 아낙을 표현한 목제 인형. 배 부분을 열면 속에서 더 작은 인형이 차례로 나온다. 정을 통하는 여자가 많았음을 암시한다. 마트료시카는 마트료나의 애칭.

56) 영주에게는 농노를 군대에 보낼 권리가 있었다. 군대에 들어가기 전에 앞머리를 깎는 것이 관례여서, '앞머리를 깎였다'는 '군대에 징집됐다'를 뜻하는 비유적 표현이 됐다.

"주인이 엄격하셨나 보군?" 잠시 침묵이 흐른 후 내가 입을 열었다.

"그때는 그게 유행이었습니다, 나리." 노인이 고개를 저으며 반박했다.

"지금은 더 이상 그런 식으로 하지 않지." 나는 그를 뚫어지게 쳐다보며 말했다.

그가 나를 곁눈질했다.

"물론 이제는 더 좋아졌죠." 그는 이렇게 웅얼거리며 멀리 낚싯줄을 던졌다.

우리는 그늘에 앉아 있었다. 하지만 그늘도 무더웠다. 탁하고 뜨거운 공기가 숨을 죽이고 있는 듯했다. 뜨겁게 달아오른 얼굴은 울적하게 바람을 갈구했지만, 바람은 불지 않았다. 어둑해진 파란 하늘에서 햇살이 강하게 내리꽂혔다. 정면에 보이는 맞은편 강기슭에는 귀리밭이 누렇게 펼쳐지고 군데군데 쑥이 자라고 있었는데, 이삭 한 알 살랑거리지 않았다. 좀 더 아래쪽에서는 농민의 말이 무릎까지 잠기는 강물에 서서 축축한 꼬리로 나른하게 바람을 부치고 있었다. 이따금 가지가 축축 늘어진 떨기나무 밑으로 커다란 물고기가 올라와 뽀글뽀글 거품을 내다가 조용히 강바닥으로 가라앉으면서 가벼운 잔물결을 남겼다. 귀뚜라미들이 불그레한 풀 속에서 울어 댔다. 메추라기들이 내키지 않는 듯 큰 소리로 울었다. 매들이 풀밭 위로 미끄러지듯 빠르게 날아다니다가 종종 적당한 자리에 내려앉아서 빠르게 날개를 퍼덕이며 꼬리를 부채처럼 펼쳤다. 우리는 무더위에 짓눌려 꼼짝 않고 앉아 있었다. 갑자기 뒤편 골짜기에서 웅성거리는 소리가 들렸다. 누군가 샘으로 내려오고 있었다. 돌아보니, 루바시카 차림에 나무껍질 신발을 신고 버들가지로 짠 배낭과 농민 외투를 어깨에 걸머진 쉰 살쯤 된 먼지투성이 농부가 눈에 들어왔다. 그는 샘으로 다가와 탐욕스럽게 물을 마시고는 몸을 일으켰다.

"어, 블라스?" 그를 눈여겨보던 투만이 큰 소리로 외쳤다. "잘 지냈나, 형제? 하느님께서 어디에서 자네를 인도해 오셨나?"

"잘 지냈나, 미하일라 사벨리치" 농부가 우리 쪽으로 다가오며 말했다. "멀리서 왔어."

"어디에 틀어박혀 있었는데?" 투만이 그에게 물었다.

"모스크바에 나리를 뵈러 다녀왔지."

"무슨 일로?"

"간청을 하러 갔어."

"무슨 간청을 하러?"

"연공을 줄여 주든지, 부역을 시키든지, 다른 곳으로 이주시키든지 해 달라고……. 내 아들이 죽었어. 그래서 이제 나 혼자서는 감당하기 힘들어."

"아들이 죽었다고?"

"죽었어." 농부는 잠시 침묵하다가 덧붙여 말했다. "죽은 아들은 모스크바에서 삯마차 마부로 살았지. 사실대로 말하자면, 아들놈이 나 대신 연공을 바쳤어."

"지금도 연공을 낸단 말입니까?"

"네."

"자네 주인은 뭐라고 했는데?"

"뭐라긴? 쫓아내더군. '어떻게 감히 나에게 곧장 와? 그런 문제를 위해 영지 관리인이 있는 거잖아.'라고 하면서. 또 '먼저 관리인에게 보고를 해야지……. 게다가 자네를 어디로 이주시키겠어?'라고도 하고. 먼저 체납금부터 내라더군. 심하게 화를 냈어."

"그래서 여기까지 걸어서 돌아온 건가?"

"걸어서 왔지. 죽은 아들이 뭐라도 남긴 게 없나 알아보고 싶었지만 아무 소용이 없었어. 내가 아들의 주인에게 '필리포프의 아비입니다.'라고 말하니까, 그 사람이 '내가 그걸 어떻게 알아? 어쨌든 자네 아들은 아무것도 남기지 않았어. 오히려 나한테 빚을 졌지.'라고 하더군. 그래서 돌아왔어."

농부는 마치 다른 사람에 대한 이야기인 양 웃음을 머금은 얼굴로 우리에게 그 모든 일을 들려주었다. 하지만 그의 쪼그라든 작은 눈에는 눈물이 핑 돌고 입술이 바르르 떨렸다.

"그럼 이제 집으로 가나?"

"어디로 가겠어? 당연히 집으로 가야지. 아내는 지금쯤 배가 고파서 주먹에 대고 바람을 불고 있을걸."

"자네…… 그런……." 스툐푸시카가 갑자기 입을 열더니 허둥대다 입을 다물고는 항아리를 뒤적이기 시작했다.

"영지 관리인에게 갈 건가?" 투만이 조금 놀란 눈으로 스테파를 보더니 계속 말을 이었다.

"그 사람에게 뭐 하러 가? 지금 이대로도 체납금이 붙은 신센데. 내 아들은 죽기 일 년 전부터 병을 앓는 바람에 자기 몫의 연공조차 내지 못했어……. 하지만 난 아무래도 상관없어. 나한테는 가져갈 게 하나도 없거든……. 형님, 형님이 아무리 교활해도 날 등쳐먹을 순 없을 걸. 나한테는 한 푼도 없으니까!(농부는 껄껄대며 웃었다.) 킨친리얀 세메니치 그 인간이 아무리 영악하게 굴어도……."

블라스는 다시 웃음을 터뜨렸다.

"뭐? 그런 건 좋지 않아, 블라스 형제." 투만이 띄엄띄엄 말했다.

"뭐가 안 좋은데? 그게 아니라…….(블라스의 목소리가 토막토막 끊어졌다.) 정말 덥군." 그는 소매로 얼굴을 훔치며 계속해서 말했다.

"당신 주인이 누굽니까?" 내가 물었다.

"○○○ 백작입니다. 발레리안 페트로비치 말입니다."

"표트르 일리치의 아들 말인가요?"

"표트르 일리치의 아들입니다." 투만이 대답했다. "작고하신 표트르 일리치께서 생전에 블라스가 사는 마을을 아들에게 물려주셨죠."

"어때요, 그 사람은 건강합니까?"

"하느님의 은혜로 건강합니다." 블라스가 대꾸했다. "혈색이 아주 좋아졌더군요. 얼굴이 붉은색으로 뒤덮인 것 같았어요."

"이렇다니까요, 나리." 투만이 나를 돌아보며 말했다. "모스크바 부근이라면 괜찮겠지만, 이곳에 정착한 사람은 연공을 내야 한답니다."

"한 가구당 얼마인가?"

"한 가구당 95루블입니다." 블라스가 웅얼거렸다.

"보시다시피 땅은 아주 작고 남은 것이라고는 주인의 숲뿐입니다."

"그것도 팔렸다고 합니다." 농부가 말했다.

"그게 보다시피…… 스테파, 지렁이 좀 줘……. 어, 스테파? 뭐야, 자는 거야?"

스툐푸시카가 퍼뜩 깼다. 농부가 우리 쪽으로 다가앉았다. 우리는 다시 입을 다물었다. 맞은편 강가에서 누군가 노래를 부르기 시작했다. 그것도 아주 쓸쓸한 노래를……. 나의 가엾은 블라스는 울적한 기분에 빠졌다…….

삼십 분 후 우리는 헤어졌다.

군(郡) 의사

어느 가을날, 마을에서 멀리 떨어진 들판으로부터 돌아오는 길에 감기에 걸렸다. 다행히 군청 소재지의 호텔에서 열이 났기에 사람을 보내 의사를 불렀다. 삼십 분 후 군 의사가 나타났다. 검은 머리의 작고 야윈 남자였다. 그는 나에게 평범한 발한제를 처방하고 겨자 고약을 바르라 지시한 후, 꽤나 능숙한 솜씨로 자기 소맷부리에 5루블짜리 지폐를 찔러 넣고는 마른기침을 하며 곁눈질을 했다. 그러다가 이미 자기 집으로 떠날 채비를 완전히 끝냈으면서도 어쩌다 대화가 시작되자 그대로 눌러앉아 버렸다. 열이 올라 괴로웠다. 나는 불면의 밤을 예감했기에 선량한 사람과 잡담을 나눌 수 있게 된 것이 기뻤다. 차가 나왔다. 나의 의사가 열띠게 이야기를 시작했다. 그는 어리석은 사내가 아니었고, 꽤나 싹싹하면서도 재미있게 의견을 표현했다. 세상에는 이상한 일들이 일어나곤 한다. 어떤 사람과는 오랫동안 함께 지내며 절친한 관계를 유지하면서도 한 번도 솔직하게 진심을 이야기하지 않는다. 반면 어떤 사람과는 이제 막 알게 됐는데도 둘 중 어느 쪽이든 참회식을 하듯 자신의 비밀을 다 털어놓을 때가 있다. 나의 새로운 친구가 보여 준 신뢰에 무엇으로 보답해야 할지 모르겠지만, 어쨌든 그는 딱히 별다른 이유도 없이 세간에서 말하듯 '느닷없이' 꽤 멋진 사건을 들려주었다. 이제 나는 호의를 베풀어 준 독자에게 그의 이야기를 전하고자 한다. 의사의 말로 표현하기 위해 애써 보겠다.

"당신은 모르실 겁니다."[57] 그는 쇠약해진 떨리는 목소리로 말문을 열었다.(불순물이 섞이지 않은 순수한 자작나무 코담배의 효과였다.) "이곳의 판사인 파벨 루키치 밀로프를 모르시죠? 모르실 겁니다……. 뭐, 아무래도 상관없습니다.(그는 목청을 가다듬고 눈을 비볐다.) 자, 들어 보시죠, 사정은 이렇습니다. 어떻게 말해야 할까요? 정확히 말하자면 사순절[58] 기간의 해빙기 때 일입니다. 저는 그의 집에, 우리 판사의 집에 앉아서 프레페란스 카드놀이를 합니다. 우리 고장의 판사는 좋은 사람이고 프레페란스 카드놀이를 열광적으로 즐깁니다. 갑자기(나의 의사는 '갑자기'라는 말을 자주 사용했다.) '당신의 하인이 찾습니다.'라는 보고를 받습니다. 내가 말합니다. '바라는 게 뭐

57) 의사는 화자에게 이야기하는 동안 계속 극존칭을 사용한다.

58) '재의 수요일'부터 부활절 전야까지 단식과 참회를 하는 사십 일 기간을 가리킨다.

래?' '쪽지를 가져왔습니다. 틀림없이 환자의 집에서 보낸 것이겠죠.'라는 답변이 돌아옵니다. 내가 말합니다. '쪽지를 가져와.' 정말 환자의 집에서 보낸 쪽지입니다……. 뭐, 괜찮습니다. 아시다시피 이건 우리의 빵이니까요……. 사정은 이러했답니다. 저에게 편지를 쓴 사람은 작고한 지주의 아내입니다. '딸이 죽어 가고 있으니 부디 와 주세요, 당신을 위해 말을 보냅니다.'라고 적혀 있습니다. 뭐, 이 모든 건 아직 아무것도 아닙니다……. 부인은 군청 소재지에서 20베르스타 떨어진 곳에 살고, 밖은 깜깜하고, 도로는 '세상에나!' 하는 소리가 절로 나올 정도입니다! 게다가 부인은 아주 가난했죠. 2루블 이상은 기대할 수도 없었고 그조차도 의심스러웠습니다. 기껏해야 아마포나 조금 받겠죠. 하지만 아시다시피 의무가 먼저입니다. 사람이 죽어 가고 있으니까요. 저는 상임 위원인 카를리오핀에게 즉시 카드를 건네고 집으로 갑니다. 현관 입구 앞에 작은 첼레가가 보입니다. 말은 배가 불룩하고 털이 진짜 펠트 천 같은 농가의 말입니다. 마부는 예를 표하기 위해 모자를 벗고 앉아 있습니다. 전 생각합니다. 음, 이보게, 보아하니 자네 주인이 금 접시를 쓰지는 않나 보군……. 웃으시는군요. 그래도 말씀드리겠습니다. 우리같이 가난한 사람들은 머릿속으로 모든 것을 고려해야 한다고요……. 마부가 공작처럼 앉아서 굽실거리기는커녕 몰래 히죽거리고 채찍을 까딱거리기까지 한다면 5루블짜리 지폐 두 장으로 쉽게 처리할 수 있습니다. 그런데 보아하니 이 경우에는 상황이 달라 보입니다. 하지만 달리 어쩔 도리가 없다고 생각합니다. 의무가 우선이니까요. 전 꼭 필요한

약을 움켜쥐고 출발합니다. 믿으실지 모르겠지만, 간신히 그곳에 도착했답니다. 길이 지옥 같았죠. 개울, 눈, 진창, 골짜기를 지나니 갑자기 둑이 무너지지 뭡니까. 그야말로 재앙이었습니다! 그래도 도착합니다. 초가지붕이 있는 작은 집입니다. 창문으로 불빛이 비칩니다. 아마도 저를 기다리나 봅니다. 들어갑니다. 실내모를 쓴 아주 고상한 노부인이 저를 맞으며 말합니다. '살려 주세요. 죽어 가고 있어요.' 저는 말합니다. '걱정하지 마십시오……. 환자는 어디 있습니까?' '이쪽으로 오세요.' 작고 청결한 방, 한구석에 걸린 현수등, 의식을 잃은 채 침대에 누운 스무 살가량의 아가씨가 보입니다. 열이 올라 얼굴이 새빨갛습니다. 힘겹게 숨을 쉬고요. 열병이죠. 그곳에 자매인 다른 두 아가씨가 겁에 질린 표정으로 눈물을 흘리고 있습니다. '어제만 해도 정말 건강했고 식사도 잘했어요. 오늘 아침에 두통을 호소하더니, 저녁 무렵에 갑자기 이렇게 되고 말았어요…….' 저는 다시 말합니다. '걱정하시 마십시오.' 아시겠지만, 이것도 의사의 의무랍니다. 저는 진찰을 시작했습니다. 피를 뽑아내고, 겨자 고약을 붙이도록 지시하고, 물약을 처방했죠. 그러는 동안 그녀를 보고 또 봅니다. 그게 말이죠, 음, 맹세코 그런 얼굴은…… 한마디로 그런 미인은 본 적이 없었답니다! 저는 연민의 감정에 사로잡혔습니다. 그렇듯 사랑스러운 생김새와 눈동자는……. 그런데 다행히 아가씨가 안정을 찾았습니다. 땀이 났고, 정신을 차린 듯 주위를 둘러보면서 미소를 짓더니 손으로 얼굴을 쓰다듬었습니다……. 자매들이 그녀 쪽으로 허리를 숙여 묻습니다. '어때?' '괜찮아.' 그녀는 이렇게 말하고 고개를 돌렸습니다……. 살펴보니 잠들었더군요. 저는 말합니다. '자, 이제 환자가 안정을 취하게 해야 합니다.' 우리는 모두 발꿈치를 들고 조용히 방에서 나갑니다. 만일의 경우에 대비해 하녀 한 명이 남았습니다. 응접실의 탁자 위에는 사모바르가 놓여 있고, 그 옆에 자메이카산 럼주도 있습니다. 우리 일에는 이게 없으면 안 되죠. 그 집 사람들이 저에게 차를 건네며 묵고 가라고 청했습니다……. 전 그러겠다고 했죠. 그 시간에 어디로 가겠습니까! 노부인이 계속 한숨을 쉽니다. '왜 그러십니까?' 내가 말합니다. '살 겁니다. 걱정하지 마세요. 쉬시는 편이 좋겠습니다. 2시입니다.' '무슨 일이 있으면 날 깨우도록 지시해 줄 건가요?' '그렇게 하겠습니다, 지시하겠습니다.' 노부인은 자리를 떴고, 아가씨들도 자기들 방으로 갔습니다. 응접실에 제 잠자리가 마련됐습니다. 전 누웠지만 잠을 이룰 수 없었습니다. 얼마나 이상한 일인지! 고단한 것 같은데 말이죠. 머릿속에서 내 환자가 계속 떠나질 않습니다. 결국 더 이상 참지 못하고 벌떡 일어섭니다. 저는 생각합니다. '환자가 뭘 하는지 보러 가야겠다.' 그녀의 침실은 응접실과 나란히 붙어 있었습니다. 전 일어나서 조용히 문을 열었죠. 심장이 세차게 뜁니다. 하녀가 입을 벌리고 코를 골며 자는 것이 보입니다. 교활한 여자 같으니! 환자가 제 쪽으로 얼굴을 돌린 채 누워 두 팔을 아무렇게나 뻗고 있습니다. 가엾기도 하지! 전 다가갔습니다……. 그런데 그녀가 갑자기 눈을 뜨고 저를 뚫어지게 쳐다보지 않겠습니까! '누구예요? 누구냐고요?' 전 당황하고 말았습니다. '놀라지 말아요, 아가씨.' 저는 말합니다. '나는 의

사입니다. 진찰을 하러 왔어요. 기분이 어떤가요?' '의사라고요?' '의사예요, 의사……. 당신 어머님이 날 부르러 시내로 사람을 보내셨답니다. 우리는 당신의 피를 뽑았어요, 아가씨. 이제 푹 쉬세요. 이렇게 이틀 정도 지나면 하느님의 도우심으로 완전히 나을 겁니다.' '아, 네, 그렇군요, 의사 선생님, 죽지 않게 해 주세요……. 제발, 제발이요.' '그게 무슨 말이에요, 하느님이 함께하실 겁니다!' 하지만 '다시 열이 나는구나.'라는 생각이 들어 맥박을 짚어 보았습니다. 정말 열이 나더군요. 그녀가 저를 쳐다보더니 갑자기 제 손을 잡습니다. '말할게요. 내가 왜 죽고 싶지 않은지. 말할게요, 말해 줄게요……. 이제 우리뿐이니까요. 다만 아무에게도 말하지 말아요…… 들어 봐요…….' 저는 몸을 숙였습니다. 그녀가 제 귀에 입술을 가까이 대고 머리카락으로 내 뺨을 건드립니다. 솔직히 말하자면 머리가 핑글핑글 돌았습니다. 그녀가 속삭이기 시작하는데…… 한마디도 알아들을 수 없었습니다……. 아, 그녀는 헛소리를 하고 있습니다…… 너무 빨리 소곤거렸습니다. 마치 러시아어가 아닌 다른 나라 말로 속삭이는 것 같았습니다. 그녀는 말을 마치고 나서 바르르 떨더니 베개 위로 머리를 떨어뜨리고는 손가락으로 저를 위협했습니다. '조심해요, 의사 선생님, 아무에게도…….' 저는 그럭저럭 그녀를 진정시키고 물을 먹인 뒤 하녀를 깨우고 나왔습니다."

그때 의사가 다시 코담배 냄새를 세게 맡더니 일순간 마비된 것처럼 굳어 버렸다.

"그런데 말이죠." 그가 계속해서 말했다. "다음 날 환자는 제 기대와 달리 회복되지 않았습니다. 전 생각하고 생각하다가 돌연 그 집에 남기로 결심했습니다. 비록 다른 환자들이 저를 기다리고 있었지만요……. 아시다시피 그런 환자들을 소홀히 하면 안 됩니다. 그러면 병원 운영이 힘들어져요. 하지만 우선 아가씨의 병세가 정말 절망적이었습니다. 둘째, 솔직히 말해 그녀에게 강렬한 호감을 느꼈습니다. 게다가 가족들 모두가 마음에 들었습니다. 가난하기는 해도, 말하자면 보기 드물게 교양 있는 사람들이었습니다……. 그 집의 아버지는 학자에 저술가였습니다. 물론 가난하게 살다가 죽었지만, 자녀들을 훌륭하게 교육시켰더군요. 책도 많이 남겼고요. 제가 환자를 열성적으로 보살펴서인지, 아니면 다른 어떤 이유 때문인지 모르지만, 감히 말하자면 그 집 사람들이 저를 가족처럼 좋아하게 됐답니다……. 그러는 사이 눈이 녹아 땅이 질퍽거리는 끔찍한 시기가 됐죠. 말하자면 모든 교통이 완전히 끊어진 겁니다. 약품마저 시내에서 간신히 배송됐습니다……. 환자는 회복되지 않았고요……. 하루하루가 지나고, 또 하루하루가 지나고……. 그런데…… 그때…….(의사는 잠시 침묵했다.) 사실 어떻게 말해야 할지 모르겠습니다…….(그는 다시 코담배 냄새를 맡고 목을 가다듬고는 차를 한 모금 마셨다.) 솔직히 말씀드리죠. 제 환자는…… 어떻게 말해야 할까요……. 그게, 절 사랑하게 됐는지…… 아닌지…… 사랑한 게 아니라…… 어쨌든…… 사실, 그게 어떻게 된 거냐면…….(의사는 고개를 숙이고 얼굴을 붉혔다.)"

"아닙니다." 그가 활기차게 계속해서 말했다. "그녀가 사랑에 빠지다니요! 결국 사람은 자기 주제를 알아야 합니다. 그녀는 책을 많이 읽은 교양 있고 똑똑한 아가씨인데, 전 라틴어마저, 말하자면 깡그리 잊어버렸단 말입니다. 외모 면에서도(의사는 싱긋 웃으며 자신의 모습을 쳐다보았다.) 자랑할 만한 게 전혀 없죠. 하지만 하느님은 절 바보로 만들지 않으셨습니다. 전 흰 것을 검다고 말하지 않습니다. 저도 이런저런 것을 판단한단 말입니다. 예를 들어 저는 알렉산드라 안드레예브나가, 그녀의 이름입니다, 그녀가 제게 느낀 게 사랑이 아니라, 말하자면 다정한 호의나 존경이라는 걸 아주 잘 알았습니다. 그녀 자신은 이 점을 착각했는지 모르지만, 사실 그녀의 상태는 당신도 판단하시다시피 그랬답니다……. 어쨌든," 의사가 덧붙였다. 그는 숨도 쉬지 않고 눈에 띄게 당황한 기색으로 이 모든 말을 띄엄띄엄 내뱉었다. "제가 헛소리를 좀 한 것 같네요……. 이런 식으로 하면 아무것도 이해하지 못하시겠군요……. 괜찮다면 모든 사연을 조리 있게 말씀드리겠습니다."

그는 차를 마저 다 마시고 좀 더 침착한 목소리로 이야기를 시작했다.

"그러니까 이렇게 된 일입니다. 환자의 병세는 점점 더, 점점 더, 점점 더 악화됐습니다. 나리는 의사가 아니어서, 우리 형제들의 마음속에 무슨 일이 일어나는지 헤아릴 수 없을 겁니다. 특히 병에게 질 것 같은 예감이 생기는 초기에 말이죠. 자신감 따위는 싹 사라집니다! 말을 할 수 없을 정도로 두려워집니다. 알던 것을 전부 잊어버린 것 같고, 환자도 더 이상 날 믿지 않는 것 같고, 다른 사람들도 내가 어쩔 줄 몰라 하는 것을 알아차려 마지못해 증상을 말하는 것 같고, 또 나를 힐끔 쳐다보며 서로 수군거리는 것 같고……. 아, 혐오스럽습니다! '분명 이 병을 고칠 약이 있다. 그 약을 찾기만 하면 된다' 하는 생각이 듭니다. 이게 아닐까? 막상 시험해 보면, 아닙니다, 그 약이 아니에요! 약효가 제대로 나타날 때까지 시간을 갖지 않고…… 이런저런 방법에 손을 댑니다. 처방에 관한 서적을 집어 들기도 합니다……. 이 책에, 이 책에 반드시 있을 거야! 그런 생각을 하면서요. 정말로 가끔은 손 가는 대로 처방 서적을 펼치기도 했습니다. 아마도 운명이 보여 주리라 생각하면서요……. 하지만 그동안에도 인간은 죽어 가고 있습니다. 다른 의사라면 이 환자를 구할 수 있을지도 모릅니다. 저는 다른 의사의 견해도 필요하다고 말합니다. 책임을 떠맡으려 하지 않습니다. 그런 경우에 제가 얼마나 바보처럼 보이는지! 뭐, 시간이 흐르면 익숙해져서 괜찮습니다. 사람이 죽어도, 그것은 제 잘못이 아닙니다. 전 원칙대로 행동했을 뿐입니다. 오히려 저에 대한 맹목적인 신뢰를 보는 것이 한층 더 괴롭답니다. 도울 수 없다는 것을 스스로도 느끼거든요. 알렉산드라 안드레예브나의 온 가족이 저에게 품은 감정은 바로 이런 신뢰였습니다. 심지어 그 사람들은 자기네 딸의 병세가 위태롭다는 것마저 잊었습니다. 저 역시 그들에게 별일 없을 거라고 안심시킵니다. 정작 저 자신은 벌벌 떨면서 말이죠. 엎친 데 겹친 격으로 눈이 녹아 도로 상황이 너무 나빠져서 마부가 약을 구해 오는 데도 꼬박 하루가 걸리곤 했습니다. 전 환자의 방에서 나오지 않습니다. 환자의 곁을 떠나지 못하고, 아시죠, 온갖 우스운 일화들을 들려주고 그녀와 카드놀이를 합니다. 밤마다 그녀의 침대 옆에 앉아 시간을 보냅니다. 노부인은 눈물을 흘리며 저에게 감사 인사를 합니다. 저는 마음속으로 생각합니다. '저는 부인에게 감사를 받을 만한 인간이 아닙니다.' 솔직히 말하죠. 이제 숨길 이유도 없고요. 저는 제 환자를 사랑하게 됐습니다. 알렉산드라 안드레예브나도 저에게 애착을 느끼기 시작했습니다. 저 외에는 자기 방에 아무도 들이지 않습니다. 저와 함께 이야기를 나누다가 제가 어디에서 공부했으며 어떻게 사는지, 제 가족은 어떤 사람들인지, 제가 어떤 사람들과 교제하는지 이것저것 캐묻습니다. 그녀가 이야기를 해서는 안 된다는 것을 저도 느끼지만, 그녀를 막을 수가, 아시죠, 아주 단호하게 막을 수가 없습니다. 때때로 머리를 움켜쥡니다. '뭐 하는 거야, 이 날강도야?' 때로 그녀는 제 손을 잡고 저를 쳐다봅니다. 오래오래 쳐다보다가 고개를 돌리고는 한숨을 쉬며 말합니다. '당신은 정말 착한 사람이에요!' 그녀의 손은 몹시 뜨겁고, 커다란 눈동자는 괴로워 보입니다. 그녀가 말합니다. '그래요, 당신은 착하고 좋은 사람이에요. 당신은 우리 이웃들과 달라요……. 아뇨, 당신은 그런 사람이 아니에요, 그런 사람이 아니에요……. 어떻게 지금까지 당신을 몰랐을까요!' 저는 말합니다. '알렉산드라 안드레예브나, 진정해요, 믿어 줘요, 나는 느낍니다. 어떻게 보답해야 할지 모르겠지만…… 다만 진정해요, 제발 진정해요……. 다 잘될 겁니다. 당신은 건강해질 거예요.' 하지만 당신에게 말하지 않을 수 없군요." 의사는 허리를 숙이고 눈썹을 치켜세우며 덧붙였다. "그 사람들은 이웃들과 잘 지내지 못했습니다. 신분이 낮은 사람들은 그들과 격이 맞지 않았고, 부자들과 교제하기에는 그들의 자존심이 너무 셌습니다. 그들이 대단히 교양 있는 가족이라고 말씀드렸죠. 그래서, 아시죠, 저에게는 영광이었답니다. 그녀는 제 손으로 주는 약만 받아먹었답니다……. 가엾은 아가씨가 제 도움을 받아 몸을 약간 일으켜 약을 삼키고 저를 쳐다보면…… 심장이 떨어지는 것 같았습니다. 하지만 그녀는 계속 악화됐습니다. 전 생각합니다. 그녀는 죽을 거야, 분명 죽을 거야. 믿으실지 모르겠지만, 차라리 제가 관에 들어가고 싶었습니다. 하지만 어머니와 자매들이 저를 지켜보며 제 눈을 응시하고…… 신뢰도 사라져 갑니다. '어때요? 어떤가요?' '괜찮습니다, 괜찮습니다!' 하지만 뭐가 괜찮겠습니까? 머릿속이 뒤죽박죽 혼란스럽습니다. 그런데 어느 날 밤 또다시 저 혼자 환자 곁을 지키고 있습니다. 그 자리에는 하녀도 같이 있지만 요란하게 코를 골고 있습니다……. 뭐, 그 불쌍한 하녀를 탓할 수도 없습니다. 그녀도 완전히 지쳤으니까요. 알렉산드라 안드레예브나는 저녁 내내 별로 기분이 좋지 않았습니다. 열 때문에 괴로워했죠. 한밤중까지 계속 뒤척였습니다. 마침내 잠이 든 것처럼 보였습니다. 적어도 꼼짝하지 않고 누워 있습니다. 구석의 이콘 앞에 현수등이 타오르고 있습니다. 저 역시 앉은 채로, 아시죠, 고개를 숙인 채 꾸벅꾸벅 좁니다. 갑자기 누가 제 옆구리를 찌르는 것 같아 돌아보니……. 오, 하느님! 알렉산드라 안드레예브나가 제 눈을 똑바로 쳐다보고 있습니다…… 입술이 벌어지고 두 뺨은 붉게 타오릅니다. '무슨 일입니까?' '선생님, 나는 틀림없이 죽겠죠?' '무슨 그런 말을!' '아뇨, 선생님, 아뇨, 내가 살 거라는 말은 제발 하지 말아요……. 말하지 말아요……. 당신이 안다면…… 제발 들어 봐요, 내 상태를 나에게 숨기지 말아요!' 그녀가 몹시 가쁘게 숨을 쉽니다. '내가 틀림없이 죽으리라는 것을 확실히 알게 되면…… 그때에는 당신에게 전부 말할게요, 전부요!' '알렉산드라 안드레예브나, 당치도 않습니다!' '들어 봐요, 나는 한잠도 자지 않았어요. 한참 동안 당신을 쳐다보았답니다……. 제발…… 당신을 믿어요, 당신은 착한 사람이에요. 정직한 사람이고요. 이 세상에 있는 모든 성스러운 것의 이름으로 당신에게 간절히 부탁할게요. 진실을 말해 줘요! 그것이 날 위해 얼마나 중요한지 당신이 안다면……. 선생님, 제발 말해 줘요, 내가 위독한가요?' '내가 당신에게 무슨 말을 하겠습니까, 알렉산드라 안드레예브나, 당치도 않습니다!' '제발, 이렇게 애원할게요.' '당신에게 숨길 수가 없군요, 알렉산드라 안드레예브나, 당신은 정말 위독합니다. 하지만 하느님은 은혜로우시니…….' '죽는군요, 나는 죽는군요…….' 그러더니 그녀는 기뻐하는 듯했습니다. 얼굴이 무척 밝아졌죠. 저는 놀랐습니다. '걱정하지 말아요, 걱정하지 말아요. 나는 죽음이 전혀 두렵지 않아요.' 그녀는 갑자기 몸을 약간 일으켜 팔꿈치를 괴었습니다. '이제…… 이제 당신에게 말할 수 있어요. 진심으로 고마워요. 당신은 착하고 좋은 사람이에요. 당신을 사랑해요…….' 저는 실성한 사람을 대하듯 그녀를 쳐다봅니다. 기분이 나빠집니다, 아시겠죠……. '알겠어요? 당신을 사랑한다고요…….' '알렉산드라 안드레예브나, 어떻게 보답해야 할까요!' '아뇨, 아니에요, 날 이해하지 못하는군요……. 당신은 날 몰라…….' 그러더니 갑자기 그녀가 두 손을 뻗어 제 머리를 잡고 입을 맞추었습니다……. 믿으실지 모르겠지만, 저는 소리를 지를 뻔했습니다……. 무릎을 꿇고 베개들 사이에 머리를 감추었죠. 그녀는 잠자코 있습니다. 그녀의 손가락이 제 머리칼 위에서 바르르 떨립니다. 그녀가 우는 소리가 들립니다. 저는 그녀를 위로하며 단언했습니다……. 솔직히 그녀에게 무슨 말을 했는지 잘 모르겠습니다. 전 말합니다. '하녀를 깨우겠어요, 알렉산드라 안드레예브나……. 감사합니다……. 믿어 줘요……. 진정해요.' '이제 됐어요, 됐어.' 그녀는 똑같은 말을 되풀이했습니다. '다른 사람들은 신경 쓰지 말아요. 잠에서 깨든 이리로 오든 무슨 상관이에요. 어차피 나는 죽을 텐데……. 뭘 무서워하고 뭘 두려워하겠어요? 머리를 들어요……. 혹시 날 사랑하지 않는다면, 혹시 내가 착각한 거라면…… 그런 거라면 날 용서해요.' '알렉산드라 안드레예브나, 무슨 말을 하는 겁니까……. 당신을 사랑합니다, 알렉산드라 안드레예브나.' 그녀는 제 눈을 똑바로 쳐다보며 두 팔을 벌렸습니다. '그럼 날 안아 줘요…….' 솔직히 말하죠. 그날 밤 제가 어떻게 미치지 않았는지 지금도 모르겠습니다. 제 환자는 스스로를 망가뜨리려 하는 것 같습니다. 제정신이 아닌 것 같습니다. 자기가 곧 죽을 거라고 믿지 않았다면 저에 대해 생각도 하지 않았으리라는 것도 잘 알겠습니다. 어쨌든 스물다섯 살에 아무도 사랑해 보지 못하고 죽는 것은 가혹한 일입니다. 바로 그 점이 그녀를 괴롭게 한 게 아닐까요? 바로 그 때문에 그녀는 필사적으로 저에게라도 매달린 게 아닐까요? 이제 이해하시겠습니까? 아무튼 그녀가 저를 품에서 놓아주지 않습니다. 저는 말합니다. '날 용서하십시오, 알렉산드라 안드레예브나, 또 자신을 소중히 여기십시오.' 그녀가 말합니다. '뭘, 뭘 아까워하겠어요? 나는 어차피 죽을 텐데…….' 그녀는 계속 그 말을 되풀이했습니다. '나는 나 자신이 살아남아서 다시 고상한 숙녀가 되리라는 것을 알게 된다면 수치스러울 거예요, 정말 수치스러울 거예요……. 그럼 어떻게 하죠?' '누가 당신이 죽을 거라고 하던가요?' '아, 아니, 그만해요, 당신은 나를 속일 수 없어. 당신은 거짓말을 못 해. 자신의 모습을 봐요.' '당신은 살 겁니다, 알렉산드라 안드레예브나, 내가 당신을 고칠 겁니다. 우리는 당신의 어머님께 결혼을 허락해 달라고 청할 겁니다……. 밀랍으로 붙인 듯 단단히 결합하고 행복해질 겁니다.' '아뇨, 아니에요, 나는 당신으로부터 언질을 받았어요. 분명 죽을 거라고……. 당신이 내게 약속했잖아요……. 내게 말했잖아요…….' 괴로웠습니다. 많은 이유로 괴로웠죠. 때로 얼마나 작은 일들이 일어나는지 생각해 보십시오, 아무것도 아닌 것 같지만 괴롭죠. 그녀는 문득 제 이름 같은, 그러니까 성이 아니라 이름 같은 것을 물어보자는 생각을 떠올렸습니다. 물론 제 이름이 트리폰[59]이라는 점은 큰 불행입니다. 네, 네, 트리폰, 트리폰 이바니치입니다. 그 집에서는 모두 저를 '의사 선생님'으로 불

59) 당시 거의 하층민의 이름으로만 사용됐다.

렀죠. 저는 어쩔 수 없이 말합니다. '트리폰입니다, 아가씨.' 그녀는 눈을 가늘게 뜨고 고개를 젓더니 프랑스어로 뭐라고 중얼거립니다. '오, 별로 안 좋네요.' 그러고는 불쾌하게 깔깔거렸습니다. 그런 식으로 거의 밤새도록 그녀와 시간을 보냈죠. 이른 아침에 정신 나간 사람처럼 방에서 나왔습니다. 다시 그녀의 방으로 들어갔을 때는 이미 차 시간이 끝난 오후였습니다. 아, 하느님, 하느님! 그녀를 알아볼 수가 없었습니다. 관에 들어간 사람도 그보다는 아름다웠을 겁니다. 명예를 걸고 맹세하는데, 제가 그 고통을 어떻게 견뎠는지 지금은 모르겠습니다. 정말 모르겠어요. 제 환자는 사흘 밤낮을 더 연명했습니다……. 얼마나 괴로운 밤이었는지! 그녀가 나에게 무슨 말을 했던가요! 마지막 밤, 상상해 보십시오, 전 그녀 옆에 앉아 하느님께 한 가지만 구할 뿐입니다. '아가씨를 어서 데려가시고 저도 데려가소서…….' 갑자기 어머니인 노부인이 방으로 불쑥 들어옵니다……. 저는 전날 이미 그녀에게 말해 두었습니다. 희망이 거의 없다고, 병세가 좋지 않다고, 사제를 부르는 것도 나쁘지 않겠다고 말입니다. 어머니를 보자마자 환자가 말합니다. '어머, 어머니가 와 주시다니 잘됐어요……. 우리를 보세요, 우리는 서로 사랑해요, 언약도 나누었어요. '얘가 무슨 말을 하는 거예요, 의사 선생님, 무슨 말을 하는 거죠?' 저는 시체처럼 창백해졌습니다. 제가 말합니다. '헛소리를 하는 겁니다, 열 때문에…….' 그런데 그녀가 말합니다. '그만, 그만. 방금 나한테는 전혀 다른 말을 했으면서. 내 반지도 받아 갔잖아요. 왜 아닌 척해요……. 어머니는 다정한 분이니 용서하고 이해할 거예요. 이렇게 죽어 가고 있는데 내가 무엇 때문에 거짓말을 하겠어요. 손을 줘요…….' 저는 벌떡 일어나 방에서 뛰쳐나갔습니다. 물론 노부인은 무슨 일인지 알아차렸죠.

하지만 더 이상 당신을 괴롭히지 않겠습니다. 솔직히 말해서 저 자신도 그 모든 일을 떠올리기가 괴롭습니다. 제 환자는 다음 날 세상을 떠났습니다. 고인의 명복을 빕니다!(의사는 빠른 말투로 한숨을 쉬며 덧붙였다.) 죽기 전 그녀는 가족들을 내보내고 저와 단둘이 있게 해 달라고 부탁했습니다. 그녀가 말합니다. '나를 용서해요, 아무래도 당신에게 잘못을 저지른 것 같아요……. 병 때문에…… 하지만 믿어 줘요, 당신보다 사랑한 사람은 없었어요……. 날 잊지 말아요……. 내 반지를 소중히 간직해 줘요…….'"

의사가 고개를 돌렸다. 나는 그의 손을 잡았다.

"이런!" 그가 말했다. "뭔가 다른 이야기를 해 주십시오. 아니면 판돈을 조금 걸고 프레페란스라도 하지 않으시겠습니까? 아시죠, 저 같은 사람들은 그런 고상한 감정에 빠지면 안 됩니다. 우리 형제들은 한 가지만 생각해야 합니다. 어떻게 하면 아이들이 빽빽거리지 않게 할까, 마누라가 욕지거리를 퍼붓지 않게 할까에 대해 말이죠. 저는 그 이후 이른바 합법적인 결혼을 하게 됐거든요……. 물론…… 상인의 딸을 잡았답니다. 지참금으로 7000루블을 가져왔죠. 아쿨리나라고 합니다. 트리폰 같은 이름과 잘 어울리죠. 솔직히 말해야겠군요. 표독스러운 여편네랍니다. 하지만 다행히 하루 종일 잡니다……. 프레페란스를 함께 하시겠습니까?"

우리는 1코페이카씩 걸기로 하고 프레페란스를 시작했다. 트리폰 이바니치는 나에게서 2루블 50코페이카를 땄고, 자신의 승리에 아주 만족하며 밤늦게 집으로 떠났다.

내 이웃 라질로프

가을이면 멧도요새들이 종종 오래된 보리수나무 정원에 머물곤 한다. 우리 오룔현에는 그런 정원들이 꽤 많다. 우리 선조들은 거주할 장소를 고를 때 반드시 2제샤치나의 좋은 땅을 보리수나무 가로수 길이 딸린 과수원을 위해 따로 떼어 두었다. 오십 년 남짓, 많은 경우 칠십여 년 남짓이 흐른 후, 이런 장원들, 즉 '귀족의 둥지'는 서서히 지구 표면에서 사라져 갔다. 저택은 썩거나 매각되어 헐렸다. 돌로 지은 부속 건물들은 폐허 더미로 변했고, 사과나무들은 죽어서 장작이 됐고, 담장과 바자울은 남김없이 사라졌다. 오로지 보리수나무들만 예전처럼 멋지게 자라 이제는 경작지에 둘러싸인 채 경박한 세대를 향해서 '앞서 영면하신 아버지들과 형제들'에 대해 전할 뿐이다. 아름다운 나무란 그런 오래된 보리수나무다……. 러시아 농부의 무자비한 도끼조차 이 나무만큼은 소중히 아낀다. 잎사귀는 작지만, 강한 가지들이 사방으로 넓게 뻗어 그 아래에 영원한 그늘을 드리운다.

어느 날 예르몰라이와 함께 자고새를 찾아 들판을 돌아다니다가 옆쪽에 폐허가 된 정원이 있는 것을 보고 그곳으로 향했다. 내가 숲 가장자리에 들어서자마자, 멧도요새가 푸드득거리며 덤불에서 솟아올랐다. 나는 총을 쏘았다. 바로 그 순간 몇 발짝 떨어진 곳에서 비명 소리가 들렸다. 젊은 아가씨가 나무들 사이로 겁에 질린 얼굴을 내밀었다. 예르몰라이가 내 쪽으로 달려와 말했다. "왜 여기에서 총을 쏘십니까? 이곳에는 지주가 살아요."

내가 미처 대답하기도 전에, 나의 개가 미처 점잖게 빼기듯 죽은 새를 물어 오기도 전에 빠른 걸음 소리가 들리더니, 콧수염을 기른 키 큰 남자가 무성한 숲에서 나와 못마땅한 표정으로 내 앞에 섰다. 나는 최대한 사죄를 하고 신분을 밝힌 후 그의 영지에서 잡은 새를 그에게 주었다.

"좋습니다." 그는 미소를 지으며 말했다. "당신이 잡은 들새를 받겠습니다. 단, 당신이 우리 집에 머물며 만찬을 함께한다는 조건으로요."

솔직히 말해 그의 제안이 달갑지 않았지만 거절할 수도 없었다.

"나는 이곳의 지주이자 당신의 이웃인 라질로프입니다. 이미 들었을 겁니다." 나의 새 지인이 계속해서 말했다. "오늘은 일요일이니, 우리 집 만찬이 제법 훌륭할 겁니다. 그렇지 않다면 당신을 초대하지도 않았겠죠."

나는 그런 경우 사람들이 하는 대로 대답하고 그를 뒤따랐다. 얼마 전에 깨끗이 치워진 오솔길이 곧 우리를 보리수나무 숲 밖으로 이끌었다. 우리는 채소밭으로 들어갔다. 늙은 사과나무와 무성하게 뻗은 구스베리 떨기나무들 사이에서 둥그스름한 연두색 양배추 통들이 눈에 띄었다. 홉이 높은 말뚝을 나사처럼 휘감았고, 밭두둑에는 시든 완두와 뒤얽힌 갈색 줄기들이 촘촘하게 솟아 있었다. 커다랗고 평평한 호박들은 땅바닥에서 뒹구는 것처럼 보였다. 먼지로 뒤덮인 모난 잎사귀들 틈에서 노란 오이들이 보이고, 바자울을 따라 높다랗게 자란 엉겅퀴가 살랑살랑 흔들렸다. 두세 곳에는 타타르 인동덩굴, 딱총나무, 들장미가 무더기로 자라나 있었다. 예전에 '꽃밭'이 있던 흔적이다. 끈적거리는 불그스름한 물이 가득 찬 조그마한 양어장 옆에 웅덩이들로 에워싸인 우물이 보였다. 이 웅덩이들 속에서 오리들이 분주하게 물을 튕기고 뒤뚱거렸다. 공터에서는 개 한 마리가 눈을 찡그린 채 온몸을 떨면서 뼈다귀를 갉아먹고 있었다. 바로 그 옆에서는 얼룩소 한 마리가 이따금 야윈 등 쪽으로 꼬리를 홱 젖히면서 느릿느릿 풀을 뜯었다. 오솔길이 옆으로 꺾였다. 굵은 버드나무들과 자작나무들 틈으로, 기울어진 현관 계단과 판자 지붕 딸린 작고 허름한 회색 집이 우리를 내다보았다. 라질로프는 걸음을 멈췄다.

"그런데요," 그가 선한 표정으로 내 얼굴을 똑바로 쳐다보며 말문을 열었다. "지금 생각을 바꾸었습니다. 어쩌면 당신은 우리 집에 전혀 들르고 싶지 않을지도 모르겠군요. 그렇다면……."

나는 그에게 끝까지 말할 틈을 주지 않고, 오히려 그의 집에서 만찬을 들게 되면 무척 기쁠 것 같다고 단언했다.

"그럼, 좋을 대로 하시죠."

우리는 집 안으로 들어갔다. 두꺼운 파란색 모직물로 지은 기다란 카프탄을 입은 젊은 사내가 현관 입구에서 우리를 맞았다. 라질로프는 곧바로 그에게 예르몰라이를 위해서 보드카를 내오라고 지시했다. 나의 사냥꾼은 술을 베푼 관대한 주인의 등을 향해 정중히 허리 숙여 인사했다. 우리는 온갖 화려한 그림이 붙어 있고 새장이 걸린 대기실을 지나 작은 방으로 들어갔다. 라질로프의 서재였다. 나는 사냥복을 벗고 라이플총을 구석에 세워 두었다. 옷자락이 긴 프록코트를 입은 사내가 부산스럽게 내 옷을 털었다.

"자, 이제 응접실로 들어가시죠." 라질로프가 부드럽게 말했다. "어머니를 소개하겠습니다."

나는 그를 따라갔다. 응접실의 가운데 소파에 갈색 드레스를 입고 하얀 실내모를 쓴 아담한 노부인이 앉아 있었다. 야윈 얼굴은 선해 보이고 눈매에는 수줍음과 슬픔이 어려 있었다.

"어머니, 소개할게요, 우리의 이웃인 ○○○예요."

노부인은 털실로 짠 자루 모양의 볼록한 손가방을 야윈 두 손에서 놓지 않고 살짝 몸을 일으켜 나에게 인사했다.

"이 지역에 오신 지 오래됐나요?" 그녀가 이따금 눈을 깜박이면서 작고 쇠약한 목소리로 물었다.

"아닙니다, 얼마 전에 왔습니다."

"이곳에 오래 머물 생각인가요?"

"겨울까지 있을까 합니다."

노부인은 아무 말 하지 않았다.

"자," 노부인에 뒤이어 라질로프가 키가 크고 마른 남자를 가리키며 말했다. 응접실에 들어설 때는 그 남자를 알아차리지 못했다. "이 사람은 표도르 미헤이치랍니다……. 음, 페쟈, 자네 솜씨를 손님께 보여 드려. 왜 구석에 숨어 있나?"

표도르 미헤이치는 즉시 의자에서 일어나 창가에서 낡은 바이올린을 꺼내고 활을 집어 들었다. 올바르게 한 끝을 잡지 않고 가운데를 잡았다. 그는 바이올린을 가슴에 대고 눈을 감더니 노래를 부르고 서툴게 현을 켜면서 춤을 추기 시작했다. 일흔 살 정도로 보였다. 난징 무명으로 지은 긴 프록코트가 마르고 앙상한 사지 위에서 서글프게 흐느적거렸다. 그는 춤을 추었다. 호기롭게 몸을 흔들기도 하고, 마치 숨을 죽이고 있는 것처럼 벗어진 조그만 머리를 가볍게 까딱거리기도 하고, 힘줄이 불거진 목을 길게 늘이기도 하고, 제자리에서 두 발을 구르기도 하고, 이따금 눈에 띄게 힘겨워하면서 무릎을 구부리기도 했다. 이가 없는 입에서 노쇠한 목소리가 흘러나왔다. 라질로프는 내 표정을 보며 내가 페쟈의 '솜씨'에서 별 즐거움을 얻지 못했음을 짐작한 게 분명했다.

"음, 됐어, 노인장, 충분하네." 그가 계속해서 말했다. "상을 받으러 가도 좋아."

표도르 미헤이치는 즉시 바이올린을 창가에 내려놓더니 먼저 손님인 나에게, 그다음에는 노부인에게, 그다음에는 라질로프에게 차례로 인사하고 응접실을 나갔다.

"저 사람도 지주였습니다." 나의 새 친구가 계속해서 말했다. "심지어 부자였죠. 하지만 몰락해서 지금은 우리 집에서 지낸답니다……. 한창때는 현에서 제일가는 난봉꾼으로 꼽혔죠. 유부녀 둘을 꾀어내 도망치기도 했고 합창대를 두기도 했어요. 자신도 노래와 춤에 능숙했답니다……. 그런데 보드카를 드시지 않겠습니까? 만찬도 준비됐으니 말입니다."

젊은 아가씨가, 내가 정원에서 얼핏 본 바로 그 아가씨가 방으로 들어왔다.

"아, 이쪽은 올랴[60]입니다!" 라질로프가 고개를 살짝 돌리며 말했다. "어여삐 여겨 주십시오……. 자, 식사를 하러 가실까요?"

우리는 식당으로 가서 자리에 앉았다. 우리가 응접실에서 나와 자리를 잡는 사이, 표도르 미헤이치가 「승리의 천둥아, 울려라!」[61]라는 노래를 부르고 있었다. '상' 때문에 그의 조그마한 눈이 반짝반짝 빛났고 코는 불그레했다. 식탁보를 깔지 않은 구석의 작은 식탁 위에 그를 위한 식기가 별도로 놓여 있었다. 가엾은 노인은 깔끔함을 자랑할 수 없는 처지였다. 그래서 그의 자리는 언제나 다른 사람들과 조금 떨어진 곳에 마

60) 올가의 애칭.

61) 시인 가브릴 로마노비치 제르자빈(Гавриил Романович Державин, 1743~1816)이 쓴 가사에 작곡가 이오시프 안토노비치 코즐롭스키(Иосип Антонович Козловский, 1757~1831)가 곡을 붙인 폴로네즈. 당대에 큰 인기를 얻었다.

런됐다. 그는 성호를 긋고 한숨을 쉬고는 상어처럼 먹기 시작했다. 식사는 실제로 나쁘지 않았다. 일요일이니만큼 말랑한 젤리와 '에스파냐의 바람'(디저트)도 없이 대충 차릴 수는 없었을 것이다. 식사를 하는 동안 라질로프가 이야기를 시작했다. 그는 십 년 동안 육군 보병 연대에서 복무했고 튀르크 원정에도 참가했다. 나는 그의 이야기에 귀를 기울이면서 슬쩍 올가를 살폈다. 그다지 예쁜 편은 아니었다. 하지만 단호하고도 침착한 표정, 시원스러운 하얀 이마, 풍성한 머리칼, 특히 크지는 않지만 지적이고 맑고 생기 있는 갈색 눈동자는 내 자리에 누가 있었든 깊은 인상을 주었을 것이다. 그녀는 라질로프의 말 한 마디 한 마디를 뒤쫓고 있는 것 같았다. 그 얼굴에는 단순한 관심이 아닌 몰두의 표정이 어려 있었다. 나이로 보면 라질로프는 그녀의 아버지뻘이었다. 그는 그녀를 '너'라고 친근하게 불렀지만, 나는 그녀가 그의 딸이 아니라는 사실을 금방 알아차렸다. 이야기를 하는 동안 그는 죽은 아내를 언급하더니, 올가를 가리키며 "아내의 동생입니다."라고 덧붙였다. 그녀의 얼굴이 확 붉어졌다. 그녀는 눈을 내리깔았다. 라질로프는 잠시 입을 다물었다가 화제를 바꾸었다. 노부인은 만찬 내내 한마디도 하지 않았다. 스스로도 음식에 거의 손을 대지 않았지만, 나에게 권하지도 않았다. 그녀의 생김새는 소심하면서도 무기력한 기대 같은 것, 보는 사람의 심장을 몹시도 괴롭게 조이는 노년의 슬픔을 풍겼다. 만찬이 끝날 무렵 표도르 미헤이치가 주인 가족과 손님을 '칭송'하려는 기색을 보였지만, 라질로프는 나를 흘깃 쳐다보고는 그에게 가만있으라고 했다.

노인은 한 손으로 입술을 쓱 문지르고 두 눈을 깜빡이더니 허리를 공손히 숙이고는 다시 자리에 앉았다. 하지만 이번에는 의자 끄트머리에 걸터앉았다. 만찬이 끝난 후 라질로프와 나는 서재로 향했다.

한 가지 상념이나 감정에 계속 강하게 사로잡혀 있는 사람들에게는 공통점 같은 것이 눈에 띈다. 성질, 능력, 사회적 지위, 교육의 면에서 차이가 난다 해도, 그들의 행동거지에는 겉보기에 비슷한 점이 있다. 라질로프를 지켜볼수록, 그가 이런 부류의 사람이라는 생각이 짙어졌다. 그는 영지 경영과 작황과 풀베기에 대해, 전쟁과 지역에 떠도는 풍문과 곧 있을 선거에 대해 말했다. 자연스럽게, 심지어 관심까지 보이며 말하는가 싶더니, 별안간 한숨을 쉬고는 힘든 일로 지친 사람처럼 안락의자에 앉아 한 손으로 얼굴을 쓸었다. 한 가지 감정이 그의 선하고 따뜻한 영혼 전체를 꿰뚫어 충만하게 채운 것 같았다. 음식, 술, 사냥, 쿠르스크 나이팅게일, 간질을 앓는 비둘기, 러시아 문학, 천천히 걷는 말, 벤게르카,[62] 카드놀이와 당구 게임, 무도회, 도시 여행, 제지 공장과 제당 공장, 칠을 한 정자, 차, 방탕의 수준까지 치달은 곁말, 심지어 겨드랑이 바로 아래에 허리띠를 맨 뚱뚱한 마부들, 하느님만 이유를 아실 테지만 목을 움직일 때마다 눈알이 돌아가 툭 빠져나올 것 같은 그 위풍당당한 마부들 등 그에게서 그 어느 것에 대한 열정도 찾

62) 헝가리풍의 경기병 군복 상의. 가슴 앞부분에 줄과 매듭으로 된 갈비뼈 장식이 있다.

아볼 수 없다는 사실이 놀라웠다. '그렇다면 이 지주는 어떤 사람이란 말인가!' 나는 생각했다. 하지만 그는 결코 자신의 운명을 불만스러워하는 우울한 인간인 척하지 않았다. 오히려 그에게서는 딱 잘라 말하기 힘든 선의와 친절함, 자신이 만난 모든 사람들과 친분을 쌓으려는 불쾌할 정도의 적극성이 강하게 느껴졌다. 사실 여러분은 그와 동시에 라질로프가 실제로는 어느 누구와도 친해지거나 가까워질 수 없는 사람이라는 것을 느꼈을 것이다. 그가 그럴 수 없는 것은 대체로 다른 사람들을 필요로 하지 않아서가 아니라 그의 생활 전체가 한동안 내면으로 향했기 때문이다. 라질로프를 쳐다보자니, 지금이든 어느 때든 그가 행복해하는 모습이 도무지 머릿속에 그려지지 않았다. 그는 잘생긴 편이 아니었다. 그러나 눈빛, 미소, 존재 전체가 대단히 매력적인 무언가를 품고 있었다. 그렇기에 여러분은 어쩌면 그를 더 잘 알고 그에게 애정을 느끼고 싶었을지도 모른다. 물론 그에게서 이따금 지주의 목소리가 나올 때도 있었다. 그래도 역시 그는 멋진 남자였다.

우리가 새롭게 선출된 군(郡) 귀족단장에 대한 이야기를 막 나누려 할 때, 갑자기 문가에서 올가의 목소리가 들렸다. "차가 준비됐어요." 우리는 응접실로 나갔다. 표도르 미헤이치는 아까처럼 작은 창문과 출입문 사이의 구석에 공손히 다리를 접고 앉아 있었다. 라질로프의 어머니는 털양말을 떴다. 열린 창문들을 통해 정원으로부터 가을의 상쾌한 공기와 사과 향기가 불어왔다. 올가는 분주하게 차를 따랐다. 이제 나는 식사를 할 때보다 더 관심을 기울여 그녀를 바라보았다. 대체로 지방의 모든 아가씨들이 그렇듯, 그녀는 별로 말이 없었다. 그러나 적어도 그녀에게서는 멋진 말을 하고픈 열망도, 공허함이나 무력함 같은 괴로운 감정도 느껴지지 않았다. 그녀는 말로 표현할 수 없는 느낌이 차오른다는 듯 숨을 몰아쉬지도, 눈을 치켜뜨지도, 꿈꾸는 듯 모호한 미소를 짓지도 않았다. 그녀는 큰 행복이나 큰 불행을 겪은 후 휴식을 취하는 사람처럼 차분하고도 무심한 눈길을 하고 있었다. 걸음걸이와 행동거지가 과감하고 자유로웠다. 그녀가 무척 마음에 들었다.

라질로프와 나는 다시 이야기를 나누었다. 어쩌다가 가장 사소한 것이 종종 가장 중요한 것보다 사람들에게 더 큰 인상을 불러일으키기도 한다는 익숙한 견해에 이르렀는지 이제는 기억나지 않는다.

"네." 라질로프가 말했다. "나 역시 그것을 경험했습니다. 아시다시피 난 결혼을 한 적이 있어요. 그 생활이 길지는 않았지만…… 삼 년이군요. 아내는 출산을 하다가 죽었습니다. 내가 아내보다 오래 살 것이라고 생각하지 않았습니다. 난 지독한 슬픔과 절망에 빠졌지만 울 수가 없었습니다. 그저 미치광이처럼 돌아다녔죠. 절차에 따라 아내의 시신에 옷을 입혀 탁자 위에 올려놓았습니다. 바로 이 방에서요. 사제가 왔죠. 부제들이 와서 찬송을 부르고 기도를 하고 향을 피웠습니다. 나는 머리가 바닥에 닿도록 절했지만 눈물 한 방울 흘리지 못했습니다. 내 심장은 돌처럼 굳어 버렸습니다. 머리도요. 온몸이 무거웠습니다. 그렇게 첫날이 지나갔습니다. 믿을 수 있겠습니까? 심지어 밤에는 잠도 잤습니다. 다음 날 아침 아내를 보러 방에 들어왔습니다. 여름이었습니다. 해가 아내를 머리부터 발까지 비추었습니다. 그것도 아주 눈부시게요. 문득 보았습니다…….(이 부분에서 라질로프는 자기도 모르게 흠칫 떨었다.) 어땠을 것 같습니까? 아내의 한쪽 눈이 완전히 감겨 있지 않았는데 그 눈 위로 파리가 기어다니더군요……. 난 짚단처럼 쓰러졌습니다. 정신을 차리자 울음이 계속 터져 나왔습니다. 마음을 진정시킬 수 없었습니다……."

라질로프는 입을 다물었다. 나는 그를, 그다음에는 올가를 쳐다보았다……. 그녀의 표정을 영원히 잊지 못할 것이다. 노부인은 털양말을 무릎에 내려놓고 손가방에서 손수건을 꺼내 몰래 눈물을 닦았다. 표도르 미헤이치가 갑자기 벌떡 일어나 바이올린을 잡더니 목쉰 듯한 거친 소리로 노래를 부르기 시작했다. 아마도 그는 우리를 즐겁게 해 주고 싶었을 것이다. 그러나 우리 모두는 그의 첫 음에 소스라쳤다. 라질로프가 그에게 진정해 달라고 부탁했다.

"어쨌든," 그가 계속 말했다. "지나간 것은 지나간 것일 뿐, 과거를 되돌릴 수는 없죠. 게다가 결국…… 지상의 모든 것은 최선의 상태를 위해 존재합니다.[63] 아마 볼테르가 한 말일 겁니다." 그가 황급히 덧붙였다.

"그렇죠." 나는 대답했다. "물론입니다. 게다가 어떤 불행이든 다 이겨 낼 수 있습니다. 벗어나지 못할 만큼 나쁜 상황 같

---

63) 볼테르의 철학 소설 『캉디드』에서 캉디드의 가정 교사인 팡글로스가 한 말이다.

은 건 없습니다."

"그렇게 생각합니까?" 라질로프가 말했다. "뭐, 어쩌면 당신의 말이 옳을지도 모르죠. 지금도 기억합니다. 튀르크의 병원에 죽은 듯이 누워 있던 일이 기억나는군요.[64] 말라리아에 걸렸죠. 뭐, 시설은 자랑할 만한 게 못 됐습니다. 물론 전시였으니까요. 그것만으로도 다행이었죠! 갑자기 우리 쪽으로 환자들이 더 실려 옵니다. 어디에 그들을 놓는단 말입니까? 의사가 이리 뛰고 저리 뛰어 보지만 자리가 없습니다. 의사가 내 쪽으로 다가와 위생병에게 묻습니다. '살아 있나?' 위생병이 답합니다. '아침에는 살아 있었습니다.' 의사가 허리를 굽혀 내 숨소리를 듣습니다. 이 친구가 더 이상 참지 못하고 말합니다. '자연이라는 게 얼마나 어리석은지 봐. 여기 한 인간이 죽어가고 있어. 확실히 죽을 거야. 그런데도 여전히 삐걱대고 꾸물거리면서 자리만 차지하고 다른 사람을 방해하지.' 난 속으로 생각했습니다. '음, 네 병세가 좋지 않은가 보다, 미하일로 미하일리치…….' 그런데 난 완쾌해서, 보다시피 지금까지 살아 있습니다. 결국 당신 말이 옳군요."

"어쨌든 내 말이 맞습니다." 나는 대답했다. "당신이 죽었다 하더라도 나쁜 상황에서는 벗어났을 테니까요."

"물론이죠, 물론입니다." 그가 갑자기 한 손으로 탁자를 세게 치며 덧붙였다. "결심을 하기만 하면 됩니다……. 나쁜 상

64) 라질로프는 아마도 러시아-튀르크 전쟁(1828~1829)을 언급하는 듯하다. 러시아군은 이 전쟁에서 전염병으로 많은 병사를 잃었다.

황을 견디는 것에 무슨 의미가 있겠습니까? 지체하고 꾸물거릴 이유가……"

올가는 얼른 일어나 정원으로 나갔다.

"어이, 페쟈, 춤곡을 부탁하네." 라질로프가 소리쳤다. 페쟈는 벌떡 일어나, 길들인 곰 주위에서 그 유명한 '염소'가 연기할 때의 세련되고 독특한 걸음걸이로 방 안을 가로질러 가더니 노래를 부르기 시작했다. "우리 집 대문 옆에서……."

마차 승강장에서 경주용 드로시키[65]의 바퀴 소리가 들렸다. 잠시 후 키가 크고 어깨가 떡 벌어지고 건장한 노인인 소지주 옵샤니코프가 방으로 들어왔다……. 하지만 옵샤니코프는 대단히 비범하고 독창적인 인물이므로, 독자들이 허락한다면 그에 대해서는 다음 편에서 이야기하겠다. 지금은 몇 가지 사실만 덧붙이겠다. 다음 날 예르몰라이와 나는 동이 트기 전에 사냥을 하러 떠났다가 집으로 돌아갔다. 일주일 후 다시 라질로프의 집에 들렀다. 그러나 그도, 올가도 눈에 띄지 않았다. 두 주 후에는 라질로프가 갑자기 어머니를 버리고 처제와 함께 어디론가 떠났다는 사실을 알게 됐다. 현 전체가 흥분하여 그 사건에 대해 떠들었다. 나는 그제야 비로소 라질로프가 이야기하는 동안 올가의 얼굴에 떠오른 표정을 완전히 이해했다. 그때 그녀의 얼굴에 떠돌던 감정은 연민만이 아니었다. 그 얼굴은 질투로도 불타고 있었다.

시골을 떠나기 전에 나는 라질로프의 늙은 어머니를 방문

---

65) 포장이나 지붕이 없는 1~2인용의 사륜마차 또는 이륜마차.

했다. 그녀는 응접실에 있었다. 표도르 미헤이치와 함께 '바보'라는 카드놀이를 하고 있었다.

"아드님으로부터 소식은 들으셨습니까?" 마침내 나는 그녀에게 묻고 말았다.

노부인은 울음을 터뜨렸다. 나는 더 이상 그녀에게 라질로프에 대해 묻지 않았다.

소지주 옵샤니코프

친애하는 독자들이여, 다소 크릴로프[66]를 떠올리게 하는 얼굴, 처진 눈썹과 맑고 지적인 눈매, 위엄 있고 당당한 태도, 차분한 말투, 느린 걸음걸이의 뚱뚱하고 키가 큰 일흔 살쯤 된 남자를 상상해 보라. 여기 여러분 앞에 옵샤니코프라는 사람이 있다. 그는 소맷자락이 긴 넉넉한 파란색 프록코트를 빈틈없이 여며 입고, 연보라색 실크 스카프를 목에 감고, 반짝반짝 광이 나게 닦은 술 달린 부츠를 신었다. 겉모습이 전체적으로 부유한 상인처럼 보였다. 그의 손은 아름답고 부드럽고 하얬다. 대화를 할 때면 그는 종종 프록코트의 단추를 만지작거

66) 이반 안드레예비치 크릴로프(Иван Андреевич Крылов, 1769~1844). 러시아의 유명한 우화 작가.

리곤 했다. 미동도 없는 위엄 있는 태도, 명민함과 태만함, 정직함과 끈기를 지닌 옵샤니코프를 보면 표트르 대제 시대 이전의 러시아 보야르가 떠올랐다……. 그에게는 페랴지[67]가 잘 어울릴 것이다. 그는 구시대의 마지막 인물 가운데 한 명이었다. 그의 이웃들은 전부 그를 대단히 존경했고 그와 교제하는 것을 영광으로 여겼다. 이웃 소지주들은 그를 숭배했을 뿐 아니라 멀리서도 모자를 벗었으며 그를 자랑으로 여겼다. 일반적으로 말해 우리 나라에서는 지금도 여전히 소지주와 농부를 구분하기가 어렵다. 그의 영지 상태는 농부들의 밭보다 더 열악하다시피 했고, 송아지들도 메밀로는 잘 자라지 않았고, 말들도 겨우 숨이 붙어 있었고, 마구는 새끼줄로 만든 것이었다. 그는 부자로 알려지지는 않았지만 일반 법칙에서 벗어난 예외적인 존재였다. 그는 아늑하고 산뜻한 작은 집에서 아내와 단둘이 살았다. 사람을 몇 명 고용하고 있었는데, 러시아식 옷을 입혀 '일꾼'이라 불렀다. 그들은 그의 토지도 경작했다. 그는 귀족을 자칭하지도 않았고 지주 행세를 하지도 않았다. 이른바 '자신을 잊는' 경우도 절대 없어서 상대가 먼저 권하지 않으면 앉지도 않았다. 또 새로운 손님이 들어오면 반드시 자리에서 일어났다. 그러나 그 태도가 어찌나 기품 있고 어찌나 당당하면서도 친절한지 손님은 자기도 모르게 한층 더 허리를 굽혀 공손히 인사하곤 했다. 옵샤니코프는 미신이 아

67) 중세 러시아 시대의 겉옷. 소매가 길고 옷자락이 발목까지 내려오고 폭이 넉넉하다.

닌 습관 때문에 옛 관습을 지켰다.(그의 영혼은 상당히 자유로운 편이었다.) 예를 들면 스프링 달린 마차에 타는 것을 좋아하지 않았는데, 안락하다고 생각하지 않았기 때문이다. 그는 경주용 드로시키나 가죽 쿠션을 단 조그맣고 아름다운 첼레가를 타고 돌아다녔으며, 몸소 멋진 적갈색 말(그의 말들은 모두 적갈색이었다.)을 부리기도 했다. 뺨이 발그레한 단발 청년인 마부는 푸르스름한 농민 외투에 허리띠를 매고 납작한 양피 모자를 쓴 차림으로 주인 옆에 정중하게 앉았다. 옵샤니코프는 저녁 식사를 하고 나면 늘 잠을 잤고, 토요일마다 한증탕에 갔고, 종교 서적만 읽었고(게다가 코에 동그란 은제 안경을 걸친 채), 일찍 자고 일찍 일어났다. 그러나 턱수염은 짧게 깎았고 머리는 독일식으로 길렀다. 손님들을 매우 다정하고 정성스럽게 맞긴 했지만, 그들에게 허리를 깊숙이 숙여 인사하지는 않았고 공연히 안달하지도 않았으며 온갖 말린 과일과 절임을 권하지도 않았다. "여보!" 그는 자리에서 일어나지 않고 아내를 살짝 돌아보며 천천히 말했다. "손님들에게 맛있는 것 좀 내와." 그는 하느님의 선물인 곡물을 파는 것은 죄라고 생각했고, 전국적으로 기아가 돌고 물가가 심하게 폭등한 1840년에는 근방의 지주들과 농부들에게 자신의 곡물을 전부 나누어 주었다. 이듬해 사람들은 감사의 마음을 담아 그에게 빚을 현물로 갚았다. 이웃들은 종종 자신들의 문제를 판결하고 중재해 달라는 청을 하러 옵샤니코프를 찾아왔으며, 언제나 그의 결정을 따르고 그의 조언을 들었다. 덕분에 많은 사람들이 토지의 경계에 대해 최종 합의를 보았다……. 하지만 여지주들과 두세 번 충돌한 후, 그는 여자들 사이의 중재는 절대 맡지 않겠다고 선언했다. 그는 경솔함, 불안한 조급함, 여자들의 수다와 '야단법석'을 견디지 못했다. 언젠가 그의 집에 불이 난 적이 있었다. 일꾼이 어둠 속에서 "불이야! 불이야!"라고 외치며 그를 향해 달려왔다. "어이, 뭐라고 소리치는 건가?" 옵샤니코프가 침착하게 말했다. "모자와 지팡이를 가져오게……." 그는 직접 말을 조련하기를 좋아했다. 한번은 괄괄한 비츄크 말[68]이 그를 태우고 산 아래 골짜기로 질주했다. "자, 됐다, 됐어. 어린 놈아. 제풀에 죽겠다." 옵샤니코프는 이렇게 다정히 말한 후 얼마 지나지 않아 경주용 드로시키와 뒤에 앉은 소년과 말과 함께 골짜기로 곤두박질했다. 다행히 골짜기 바닥에는 모래가 더미로 깔려 있었다. 아무도 다치지 않았다. 비츄크 말만 다리를 삐었다. "자, 봐라." 옵샤니코프가 땅바닥에서 일어나며 침착한 목소리로 계속 말했다. "내가 그렇게 말하지 않았냐." 그는 자신이 바라던 아내를 얻었다. 타치야나 일리니치나 옵샤니코바는 키가 크고 기품 있고 말수가 적은 여자로 언제나 갈색 머릿수건을 맸다. 쌀쌀해 보이긴 했지만, 아무도 그녀의 엄격함에 대해 불평하지 않았다. 오히려 많은 가난한 사람들이 그녀를 '어머니'니 '은인'이니 하고 불렀다. 균형 잡힌 이목구비, 크고 검은 눈동자, 얇은 입술이 한때 유명했을 그녀의 아름다움을 지금도 여전히 증언하고 있었다. 옵샤니코프에게는 자식

68) 유명한 '흐레노프' 지역(오를로바 백작 부인의 말 사육장이던) 부근의 보로네시현에서 사육되던 특별한 품종의 말이다.(투르게네프 주)

이 없었다.

독자 여러분이 이미 아는 대로 나는 라질로프의 집에서 그를 알게 됐고, 이틀 후 그를 찾아갔다. 그는 집에 있었다. 그는 커다란 가죽 안락의자에 앉아 성자전을 읽고 있었다. 회색 고양이가 그의 어깨 위에서 가르랑거렸다. 그는 평소처럼 다정하고 당당하게 나를 맞이했다. 우리는 대화를 시작했다.

"루카 페트로비치, 사실대로 말씀해 주십시오." 나는 말이 나온 김에 물었다. "정말 옛날이, 당신의 시대가 더 좋았습니까?"

"어떤 것은 정말로 더 좋았다고 말해야겠군요." 옵샤니코프가 대답했다. "우리는 지금보다 평온하게 살았습니다. 사실 좀 더 풍족했고요……. 그래도 지금이 더 낫습니다. 당신의 자녀들 때에는 분명 훨씬 더 좋아지겠죠."

"루카 페트로비치, 저는 당신이 옛날을 찬양할 거라고 생각했습니다."

"아뇨, 내가 옛날을 특별히 찬양할 이유는 없습니다. 자, 예를 들어 볼까요, 당신은 지금 지주입니다. 돌아가신 할아버지 같은 지주죠. 하지만 당신은 그만한 힘을 갖지 못할 겁니다! 당신도 그런 사람이 아니고요. 지금도 우리를 박해하는 신사분들이 있긴 하죠. 하지만 그게 없어도 안 될 것 같습니다. 맷돌이 돌아가야 밀가루가 생길 테니까요. 아니요, 내가 젊은 시절에 보았던 것은 이제 더 이상 못 볼 겁니다."

"예를 들면 어떤 게 있을까요?"

"예를 들어 다시 당신의 할아버지에 대해 이야기해 보죠. 고압적인 분이었습니다! 우리 같은 사람들에게 심하게 대했어요. 당신도 아마 알 텐데, 자기 땅을 모를 리가 없죠, 차플리긴에서 말리닌으로 이어지는 쐐기 모양의 땅인데요……. 지금 그 땅은 당신네 귀리밭 부근에 있습니다만……. 음, 그 땅은 사실 우리 것이었답니다. 거기 있는 땅 전체가 우리 것이었다고요. 당신 할아버지가 우리에게서 그 땅을 빼앗았습니다. 말을 타고 가다가 손으로 가리키며 '내 영지다.'라고 말하고는 자기 땅으로 삼았습니다. 돌아가신 내 아버지(고이 잠드소서!)는 공정한 분이었습니다. 성질이 불같은 분이기도 했고요. 아버지는 참을 수 없어 법원에 고소했습니다. 사실 재산을 잃고 싶은 사람이 어디 있겠습니까? 그런데 아버지만 고소장을 제출하고, 다른 사람들은 따르지 않았습니다. 두려워했죠. 그런데 '표트르 옵샤니코프가 당신에게 땅을 빼앗겨 당신에 대해 나쁜 말을 하고 다닌다더라.'라는 보고가 당신의 할아버지에게 올라간 겁니다. 당신의 할아버지는 즉시 사냥 담당 바우시와 그 패거리를 우리 집으로 보냈습니다……. 그자들은 내 아버지를 당신네 세습 영지로 잡아갔죠. 그때 나는 어린아이였는데, 맨발로 그들의 뒤를 따라 달려갔답니다. 무슨 일이 벌어졌을까요? 아버지는 당신네 집의 창문 아래로 끌려가 채찍질을 당했습니다. 당신 할아버지는 발코니에 서서 구경하고, 할머니도 창문 아래 앉아 지켜봅니다. 내 아버지가 소리칩니다. '마리야 바실리예브나 마님, 제 편을 들어 주십시오, 당신만이라도 절 불쌍히 여겨 주십시오!' 하지만 할머니는 그저 태평스럽게 살짝 몸을 일으키더니 계속 쳐다봅니다. 그렇게 해서 내 아버지는 땅을 포기하겠다는 맹세를 해야 했고, 심지어 살아서 풀려나는 것에 감사하라는 명령까지 들었습니다. 그렇게 해서 그 땅은 당신네 땅으로 남게 됐죠. 가서 당신네 농부들에게 물어보십시오. 그 땅이 어떤 이름으로 불리냐고요. 그 땅은 '몽둥이 밭'이라 불립니다. 몽둥이로 빼앗았기 때문이죠. 그래서 우리 같은 보잘것없는 사람들은 옛 체제를 별로 아쉬워하지 않습니다."

나는 옵샤니코프에게 뭐라고 대답해야 할지 몰랐고, 차마 그의 얼굴을 쳐다볼 수도 없었다.

"그 당시 스테판 니크토폴리오니치 코모프라는 이웃도 있었습니다. 온갖 방법으로 아버지를 지독하게 괴롭혔죠. 술주정뱅이였고 향응 베풀기를 좋아했습니다. 술에 거나하게 취하면 프랑스 말로 '세 보'[69]라고 말하며 입술을 핥습니다. 성자들도 참지 못할 만큼 꼴사나웠죠! 그는 모든 이웃들에게 사람을 보내서 오라고 청합니다. 그래서 그의 집 앞에는 트로이카가 대기하고 있었습니다. 사람들이 오지 않으면 곧바로 자신이 나섭니다……. 얼마나 이상한 사람인지! '취하지 않았을' 때는 거짓말을 하지 않지만 술만 들이켜면 지껄입니다. 피테르[70]의 폰탄카 거리에 자기 집이 세 채 있는데 하나는 굴뚝이 한 개 있는 빨간색 집, 또 하나는 굴뚝이 두 개 있는 노란색 집, 나머지 하나는 굴뚝이 없는 파란색 집이라고도 하고, 아들이 셋 있는데(그는 결혼을 한 적이 없었다.) 한 사람은

69) 투르게네프는 이 장면에서 '좋다'는 뜻의 'C'est bon'이라는 프랑스어 표현을 소리로만 표기했다.

70) 페테르부르크를 일컫는 속칭.

보병, 또 한 사람은 기병, 나머지 한 사람은 혼자 알아서 산다고도 합니다. 이런 말도 하죠. 각 집에 아들이 하나씩 살고 있으며, 맏아들 집에는 해군 장성이, 둘째 아들 집에는 육군 장성이, 막내아들 집에는 영국인들만 드나든다고요! 그런가 하면 자리에서 일어나 '내 맏아들의 건강을 위하여! 그 애가 가장 공손하답니다!'라고 말하고는 꺼이꺼이 웁니다. 누가 거절이라도 하면 그야말로 난리가 납니다. '총을 쏴 버리겠다! 매장도 못 하게 할 테다!'라고 말하죠. 그렇지 않으면 벌떡 일어나 소리칩니다. '하느님의 백성들아, 춤을 추어라, 자신의 즐거움을 위해, 나의 위안을 위해!' 자, 이제는 춤을 추어야 합니다. 죽는 한이 있어도 춤을 추어야 해요. 그는 농노의 딸들을 몹시도 괴롭혔습니다. 그야말로 밤새도록, 아침까지 합창을 시키고 가장 높은 소리를 낸 아가씨에게 상을 주곤 했죠. 아가씨들이 지치기 시작하면 그는 머리를 두 손 위에 얹고 슬퍼합니다. '오, 난 고독한 고아야. 아가씨들이 나를, 사랑하는 임을 버리네!' 그러면 마부들이 당장 아가씨들의 기운을 돋웁니다. 그는 내 아버지를 마음에 들어 했습니다. 어쩌겠습니까? 그는 내 아버지를 거의 무덤까지 몰고 갔습니다. 정말 그랬을 수도 있습니다. 하지만 다행히 그가 죽었죠. 비둘기장에서 술에 취해 떨어졌습니다……. 그 당시 우리 이웃들은 다 그런 부류의 인간들이었답니다!"

"시대가 참 많이 변했죠!" 내가 말했다.

"네, 그렇습니다." 옵샤니코프가 수긍했다. "하지만 이렇게도 말할 수 있어요. 옛날에는 귀족들이 더 호화롭게 살았다고요.

고관들은 더 말할 것도 없죠. 나는 모스크바에서 그런 귀족들을 질리도록 보았답니다. 이제는 그곳에서도 그런 사람들을 찾아볼 수 없다고 하더군요."

"모스크바에 가 본 적 있습니까?"

"오래전에요. 아주 오래전입니다. 지금 내 나이가 일흔셋인데, 모스크바에 다녀온 게 열여섯 살 때거든요."

옵샤니코프가 한숨을 쉬었다.

"그곳에서 누구를 보았습니까?"

"많은 고관대작들을 보았습니다. 누구나 그들을 볼 수 있었어요. 그 사람들은 손님을 자주 초대하면서 눈이 휘둥그레질 만큼 호화스럽게 살았죠. 하지만 고인이 되신 알렉세이 그리고리예비치 오를로프 체스멘스키 백작[71]을 따라갈 사람은 없습니다. 난 알렉세이 그리고리예비치를 자주 봤습니다. 친척 아저씨가 그 집에서 집사로 근무했거든요. 백작님은 칼루가 성문 옆의 샤볼롭카에 사셨습니다. 그야말로 고관대작이었죠! 그처럼 당당한 태도며 친절한 인사는 상상할 수도, 말로 표현할 수도 없습니다. 키만 해도 대단했죠. 그 힘이며 눈빛이라니!

---

71) 알렉세이 그리고리예비치 오를로프(Алексей Григорьевич Орлов, 1735~1807). 1762년에 형 그리고리 그리고리예비치 오를로프(Григорий Григорьевич Орлов, 1734~1783)와 함께 쿠데타를 일으켜 표트르 3세를 폐위시키고 처형한 후, 황후인 예카체리나를 차르로 즉위시킨다. 알렉세이 오를로프는 1774년 튀르크 전쟁에서 이름을 떨쳤고, 체스멘만에서 튀르크 함대를 크게 무찌른 공으로 '체스멘스키'라는 이름을 하사받았다. 은퇴 후에는 모스크바 근교의 네스쿠치니 궁에서 살며 화려한 무도회와 만찬을 베풀고 후한 환대로 사람들을 놀라게 했다.

그분을 알기 전에는 정말 두렵고 머쓱해서 그 집에 들어갈 수가 없습니다. 하지만 일단 들어가면, 그분이 해처럼 따뜻하게 돌봐 주시기에 정말 즐거워집니다. 그분은 누구든 곁에 올 수 있게 하셨고 모든 것에 열정을 보이셨습니다. 경주를 할 때면 직접 말을 부리셨고 어느 누구라도 기꺼이 상대하셨죠. 상대를 금방 따라잡지도, 화나게 하지도, 가로막지도 않고 도착 지점에 가까이 이르러서야 추월하십니다. 또 무척 다정한 분이라 상대를 위로하고 그의 말을 칭찬하죠. 공중제비를 할 줄 아는 가장 우수한 품종의 비둘기들도 키우셨습니다. 그분은 종종 안마당에 나가 안락의자에 앉아서 비둘기들을 날리라고 지시하십니다. 그러면 하인들이 매의 접근을 막기 위해 라이플총을 들고 사방의 지붕에 섭니다. 백작님의 발아래에는 물이 담긴 커다란 은제 대야가 놓입니다. 그러면 그분이 물에 비친 비둘기들을 바라보십니다. 수백 명의 거지와 가난뱅이가 그분의 빵에 의지해 살아갔습니다……. 그분이 얼마나 많은 돈을 적선했는지 모릅니다! 화가 나면 우레가 울리는 것 같습니다. 아주 무섭긴 해도 우는소리를 할 정도는 아닙니다. 그분을 쳐다보면 어느새 빙그레 웃고 계시거든요. 그분이 주연을 베풀면 모스크바 전체가 취했답니다! 또 머리가 얼마나 비상한지! 그분이 튀르크를 무찔렀잖습니까! 힘겨루기도 좋아하셨습니다. 툴라, 하리코프, 탐보프 등 각지에서 장사들이 불려왔습니다. 이긴 사람은 상을 받았죠. 그분을 이긴 사람은 아주 큰 상을 받고 입맞춤도 받았답니다……. 내가 모스크바에 머물던 시절에 그분은 러시아에서 본 적 없는 그런 사냥을 생각해 내기도 하셨습니다. 그야말로 전국의 모든 사냥꾼들을 손님으로 초대해 날을 정하고 석 달의 기간을 주었습니다. 드디어 전부 모였습니다. 사냥개들과 사냥꾼들이 실려 왔죠. 아, 군대가, 그야말로 군대가 몰려온 것 같았습니다! 우선 술판을 거하게 벌인 후 성문으로 출발했죠. 사람들이 구름처럼 모여들었답니다! 그런데 어떻게 됐을까요? 당신 할아버지의 개가 다른 개들을 전부 추월했답니다.

"밀로빗카가 아니었습니까?" 내가 물었다.

"밀로빗카, 밀로빗카입니다……. 그래서 백작님이 당신의 할아버지에게 간곡히 부탁했죠. '자네 개를 나에게 팔게. 원하는 것은 뭐든지 주겠네.' '아닙니다, 백작님, 전 상인이 아닙니다. 그러니 불필요한 넝마라도 팔지 않습니다. 솔직히 아내라도 기꺼이 양보할 수 있지만 밀로빗카만은 안 됩니다……. 차라리 저 자신을 포로로 넘기겠습니다.' 그러자 알렉세이 그리고리예비치도 당신의 할아버지를 칭찬했습니다. '마음에 드는군.' 당신 할아버지는 개를 카레타에 태워 돌아갔습니다. 밀로빗카가 죽자 정원에서 음악 연주와 함께 그 암캐의 장례식을 치렀죠. 암캐를 매장한 뒤에는 그 위에 비문이 적힌 비석을 세워 주었고요."

"그럼 알렉세이 그리고리예비치는 아무도 함부로 대하지 않았군요." 내가 말했다.

"네, 늘 그렇죠. 얕은 물에서 헤엄치는 자가 거드름을 피우는 법입니다."

"그 바우시라는 사람은 도대체 어떤 사람입니까?" 잠깐의 침묵이 흐른 후 내가 물었다.

"밀로빗카에 대해서는 들었으면서 바우시에 대해서는 듣지 못했단 말인가요? 그 사람은 당신 할아버지의 수석 사냥 담당이자 사냥개 감독이었습니다. 당신 할아버지는 밀로빗카 못지않게 그를 좋아했죠. 필사적인 인간이어서, 당신 할아버지가 무슨 명령을 내리든 눈 깜짝할 사이에 해냅니다. 아마 칼 위에 올라가라 해도……. 그 사람이 사냥개를 부추기는 소리를 내면, 그 외침이 숲 전체에 울려 퍼지곤 했습니다. 그러다 갑자기 고집을 부리며 말에서 내려와 드러누워 버리면……. 개들이 그의 목소리를 듣지 못하게 되면 사냥은 바로 끝입니다! 짐승의 뚜렷한 자취를 보아도 신경 쓰지 않고 무슨 수를 써도 몰이에 나서지 않습니다. 그러면 당신 할아버지가 얼마나 화를 냈는지 모릅니다! '저 게으름뱅이의 목을 매달지 않고는 살고 싶지 않다! 적그리스도를 찢어발겨 까뒤집고 말겠다! 살인자의 발뒤꿈치를 목구멍으로 뽑아 버리겠다!' 하지만 결국에는 바우시에게 무엇이 필요한지, 그가 왜 사냥개 부추기는 소리를 내지 않는지 알아보기 위해 사람을 보냅니다. 그런 경우 바우시는 대개 술을 요구하고 그걸 다 마신 후에야 일어나 다시 멋지게 소리를 내기 시작하죠."

"당신도 사냥을 좋아하는 것 같은데요, 루카 페트로비치?"

"좋아했을 겁니다……. 분명해요. 지금은 아닙니다. 이제 나의 한창때는 지났습니다. 하지만 젊은 시절에는…… 아시죠, 신분 때문에 거북했답니다. 우리 같은 사람들이 귀족 흉내를 내려 해서는 안 되죠. 사실 우리 계층에 속한 무능한 술주정뱅이가 영주들 주위를 어슬렁거리는 일도 있습니다만…… 뭐 좋은 일이겠습니까! 자신을 모욕하는 짓일 뿐이죠. 영주들은 그런 사람에게 비틀거리는 변변찮은 말이나 주고, 걸핏하면 그의 모자를 벗겨 땅바닥에 내동댕이칩니다. 말에게 휘두르는 척하면서 사냥용 채찍으로 그를 갈기기도 하고요. 하지만 그 사람은 노상 웃어 대고 다른 이들도 웃게 만들죠. 아뇨, 당신에게 말해 두겠습니다. 신분이 미천할수록 처신을 더 신중히 해야 합니다. 그러지 않으면 자기 얼굴에 흙칠을 하게 돼요."

"그렇습니다." 옵샤니코프는 한숨을 쉬며 계속 말을 이었다. "내가 이 세상에 태어난 후로 많은 물이 흘렀습니다. 시대가 달라졌어요. 특히 귀족들에게서 큰 변화가 보입니다. 소귀족들은 가만히 앉아 있지 않고 다들 공직을 맡아 일합니다. 대귀족들은 어떠냐고요? 그 사람들은 이제 알아볼 수도 없습니다. 나는 영지의 경계선을 정하는 문제로 그 사람들, 그 대귀족이라는 사람들을 질리도록 봤습니다. 솔직히 말해야겠군요. 그 사람들을 보면 마음이 즐겁습니다. 붙임성도 좋고 예의도 바르죠. 다만 한 가지 놀라운 점이 있습니다. 그 사람들은 모든 학문을 익히고 감동스러울 정도로 말을 유창하게 하는데, 눈앞의 문제에 대해서는 아무것도 모르고 자신에게 유익한 것조차 깨닫지 못하더군요. 농노와 영지 관리인도 그들을 활처럼 자유자재로 구부립니다. 당신도 알렉산드르 블라지미리치 코롤료프를 알 텐데요? 그 사람이야말로 뼛속까지 귀족이죠. 잘생기고 부유하고 대학에서 학문을 배웠답니다. 아마 유학도 했을걸요. 말도 막힘없이 유창하게 하고, 우리 모두와 악

수도 한답니다. 아시겠죠? 자, 그럼 들어 보세요. 지난주에 우리는 중개인 니키포르 일리치의 초대로 베레좁카에서 모였습니다. 중개인 니키포르 일리치가 우리에게 말하더군요. '신사분들, 영지의 경계를 확정해야 합니다. 부끄러운 일이에요. 우리 구역이 가장 늦었다고요. 일을 시작해 봅시다.' 그렇게 해서 우리는 일에 착수했습니다. 으레 그렇듯 논쟁과 말다툼이 있었습니다. 우리 법률 대리인이 고집을 부리며 버티기 시작했습니다. 하지만 가장 먼저 소란을 피운 사람은 옵친니코프 포르피리였죠……. 그런데 그 사람이 무엇 때문에 난리를 피웠을까요? 본인에게는 1베르쇼크[72]의 땅도 없는데 말입니다. 형에게서 위임을 받아 일처리를 하는 것뿐인데요. 그가 소리칩니다. '안 돼, 당신들은 날 속일 수 없어! 아니, 당신들과 마주하고 있는 사람은 그렇고 그런 인간이 아니란 말이야! 기획안을 가져오라고! 토지 측량사를 데려와! 그리스도를 판 유다를 이리 데려오란 말이야!' '그래서 결국 당신이 요구하는 게 뭐요?' '내가 멍청이인 줄 알아! 에잇! 당신들은 내가 지금 내 요구를 결국 말할 거라고 생각하나? 아니, 기획안을 이리로 가져오라고! 그렇게 하라니까!' 그러고는 한 손으로 기획안을 두들깁니다. 마르파 드미트레브나는 심한 모욕감을 느꼈습니다. 그 여자가 소리를 지릅니다. '어떻게 감히 내 명예를 모욕할 수 있죠?' '당신의 명예 따위는 내 갈색 말에게도 필요 없습니다.' 사람들이 마데이라 포도주로 두 사람을 간신히 진정시켰습니

72) 제정 러시아 시대의 길이 단위. 1베르쇼크는 약 5센티미터.

다. 그가 진정하자 다른 사람들이 소란을 피웠습니다. 친애하는 알렉산드르 블라지미리치 코롤료프는 한구석에 앉아 지팡이 손잡이를 깨물며 고개만 저었지요. 부끄럽고 더 이상 견딜 수 없어 도망이라도 가고 싶었습니다. 저 사람이 우리를 어떻게 생각할까? 그런데 말이죠, 나의 알렉산드르 블라지미리치가 자리에서 일어나더니 무언가 말하고 싶은 기색을 보입니다. 중개인이 부산을 떨며 말합니다. '신사분들, 신사분들, 알렉산드르 블라지미리치께서 말씀하시겠답니다.' 그건 그렇고 귀족들을 칭찬하지 않을 수가 없군요. 다들 순식간에 입을 다물었거든요. 그리하여 알렉산드르 블라지미리치가 입을 열었습니다. 그는 우리가 왜 모였는지 모두 잊고 있는 것 같다고 말합니다. 토지의 경계를 확정하는 게 영주들에게 유익한 것은 분명하지만 그것이 도입된 본질적인 이유가 무엇인가? 농민이 더 편하도록, 더 수월하게 일하고 더 쉽게 부역을 감당할 수 있도록 하기 위해서다, 그런데 지금은 농민도 자기 땅이 어디에 있는지 모른다, 밭을 경작하기 위해 5베르스타를 가야 하는 경우도 종종 있다, 그러니 농민을 탓할 수도 없다. 그러고 나서 알렉산드르 블라지미리치는 이렇게 말합니다. 지주가 농민의 복지에 마음을 쓰지 않는 것은 죄다, 농민은 하느님이 지주에게 맡기신 존재다, 결국 합리적으로 생각해 보면 그들의 이익이 곧 우리의 이익이다, 그들에게 좋은 것은 우리에게도 좋고 그들에게 나쁜 것은 우리에게도 나쁘다…… 따라서 시소한 일 때문에 서로 합의하지 못하는 것은 수치스럽고 무분별한 짓이다……. 그렇게 계속 말하고 또 말했습니다…….

얼마나 멋진 말입니까! 사람들의 마음을 강하게 사로잡았죠……. 귀족들 모두가 풀이 죽었습니다. 정말이지 나도 눈물을 흘릴 뻔했답니다. 분명 옛날 책에도 그런 연설은 나오지 않습니다……. 그런데 결국 어떻게 됐을까요? 정작 본인은 이끼가 낀 늪지 4제샤치나도 양보하지 않았고 팔려 하지도 않았습니다. 그는 말합니다. '하인들을 시켜서 이 늪지의 물을 말리고 그 자리에 개선된 방직 공장을 세울 겁니다. 난 이미 그 땅을 택했습니다. 이것에 대해서는 내 나름의 판단이…….' 그 말이 옳을 수도 있죠. 하지만 알렉산드르 블라지미리치의 이웃인 안톤 카라시코프가 코롤료프의 집사에게 100루블의 지폐를 납입하는 것을 아까워했기 때문입니다. 그래서 우리는 일을 마무리 짓지 못하고 뿔뿔이 헤어졌죠. 알렉산드르 블라지미리치는 지금까지도 자신이 옳다고 생각하며 노상 방직 공장에 대해 지껄입니다. 하지만 막상 늪을 말리는 작업은 시작하려 하지 않습니다."

"그럼 그 사람은 자기 영지를 어떻게 관리하고 있습니까?"

"늘 새로운 방식을 도입합니다. 농부들은 좋아하지 않지만, 그들의 말에 귀를 기울일 필요는 없죠. 알렉산드르 블라지미리치는 잘해 나가고 있습니다."

"어떻게 그런 말을 할 수 있습니까, 루카 페트로비치? 당신은 옛 관습을 지키는 사람이라고 생각했는데요."

"내 경우는 별개의 문제입니다. 난 사실 귀족도 영주도 아니잖아요. 내 농장이 뭐 그리 대단한가요? 그렇다고 달리 어떻게 할 수도 없습니다. 정의와 원칙에 따라 행동하려고 애쓰고 있습니다. 그것만으로도 다행이죠! 젊은 지주들은 옛 제도를 달가워하지 않습니다. 난 그분들을 높이 평가한답니다……. 현명해져야 할 때가 왔습니다. 다만 유감스러운 것은 젊은 지주분들이 지나치게 똑똑한 척한다는 점입니다. 농부들을 인형처럼 다뤄요. 계속 굴리다가 망가지면 홱 집어 던지죠. 그러면 농노 출신인 집사나 독일 출신의 관리인이 다시 농민을 손아귀에 넣습니다. 젊은 지주들 가운데 '자, 어떻게 다루어야 하는지 봐라.' 하고 본을 보여 주는 이가 한 사람이라도 있습니까! 그래서 결국 어떻게 됩니까? 정말 나는 새로운 질서를 못 보고 이렇게 죽는 건가요? 말도 안 됩니다! 낡은 것은 죽어서 사라졌는데 새로운 것은 아직 태어나지 않다니요!"

나는 옵샤니코프에게 뭐라고 대답해야 할지 몰랐다. 그는 주위를 둘러보더니 나에게 가까이 다가와서 낮은 목소리로 계속 말을 이었다.

"그런데 바실리 니콜라이치 류보즈보노프에 대해 들은 적이 있습니까?"

"아니요, 없는데요."

"제발 나에게 설명 좀 해 주십시오. 정말 이상하거든요. 도무지 모르겠습니다. 그의 농부들이 말해 주었는데, 나는 그들의 말을 전혀 이해하지 못하겠습니다. 당신도 알다시피 그는 젊은 사람입니다. 얼마 전 어머니가 돌아가신 후 유산을 상속받았죠. 그런데 그가 자신의 세습 영지에 왔습니다. 농부들이 자기들의 주인을 보려고 모였습니다. 바실리 니콜라이치가 그들을 향해 걸어 나왔습니다. 농부들이 주인을 바라봅니다. 얼마나 놀라운 일인지! 주인은 마부처럼 벨벳 바지를 입고 가장자리 장식이 있는 부츠를 신고 있었습니다. 또 빨간 루바시카와 역시 마부의 카프탄을 입었고요. 턱수염을 길게 기르고 머리에는 괴상한 모자를 썼습니다. 얼굴도 정말 기묘했죠. 술에 취했는지 아닌지 모르겠지만, 어쨌든 제정신은 아니었습니다. '제군들, 안녕한가![73] 하느님의 도우심을 기원하네.' 농부들은 허리를 조아리며 그에게 인사했습니다. 아무 말도 하지 않고요. 겁을 먹은 겁니다. 아시겠죠. 그도 두려운 듯 보였습니다. 그가 그들에게 연설하기 시작했습니다. '난 러시아인이고 여러분도 러시아인이다. 난 러시아의 모든 것을 사랑한다……. 내 안에는 러시아인의 영혼이 있다. 피도 러시아인의 것이다…….' 그러다 갑자기 명령을 내립니다. '자, 제군들, 러시아 민요를 부르도록!' 농부들이 무릎을 덜덜 떨었습니다. 완전히 얼이 빠졌죠. 대담한 남자 하나가 노래를 시작했지만 금방 땅바닥에 주저앉더니 다른 사람들 뒤로 몸을 숨겼습니다…….
그런데 바로 이 점이 놀랍다는 겁니다. 우리는 확실히 그런 지주들, 감당할 수 없는 지독한 주인들, 이름난 탕아들을 겪어본 적이 있습니다. 거의 마부 같은 차림을 하고 춤을 추고 기타를 치고 노래를 하고 하인들과 술을 마시고 농민들과 술판을 벌였죠. 그런데 그 바실리 니콜라이치라는 사람은 정말이지 예쁜 아가씨 같았습니다. 항상 책을 읽거나 글을 쓰고, 아

73) 바실리 니콜라이치는 이 장면에서 장교가 사병들에게 하는 독특한 인사말을 농부들에게 건네고 있다.

니면 소리 내어 찬송가를 부릅니다. 아무와도 이야기를 나누지 않고 낯을 가리고 정원을 혼자 산책합니다. 따분하거나 슬픈 듯이 보입니다. 예전 관리인도 처음 한동안은 완전히 겁을 먹었습니다. 바실리 니콜라이치가 도착하기 전에 농가들을 돌아다니며 모두에게 굽실거리며 절을 했죠. 자신이 남의 고기를 먹었다는 사실을 알게 된 고양이 같았답니다! 농부들도 기대를 품으며 생각했죠. '그만해라, 이놈아! 주인님이 네놈에게 책임을 물을 것이다. 넌 이제 지쳐 쓰러지도록 춤을 춰야 할 것이다, 이 지독한 악당아!' 하지만 그 대신 일어난 일을 당신에게 어떻게 설명해야 할까요? 무슨 일이 일어났는지는 하느님조차 이해하지 못할 겁니다. 바실리 니콜라이치가 그를 불러서 말합니다. 얼굴이 새빨갛게 상기된 채, 아시죠, 숨을 아주 가쁘게 몰아쉬면서요. '내 영지에서 공정하게 처신해 주게. 아무도 박해하지 말고. 알았지?' 그 후로는 관리인을 부르지 않았습니다! 그분은 자신의 세습 영지에서 타인처럼 살아가고 있어요. 뭐, 관리인도 한숨 돌렸죠. 하지만 농부들은 바실리 니콜라이치에게 감히 다가가지도 못합니다. 두려워서요. 그리고 사실 바로 이것이 또 한 가지 놀라운 점인데요, 주인이 고개를 숙여 인사하고 다정한 눈길로 바라보는데도, 농부들의 배는 두려움으로 홀쭉해진단 말이에요. 이 얼마나 이상한 일입니까, 나리, 말씀 좀 해 보세요. 그게 아니면 내가 늙어서 아둔해진 걸까요? 모르겠습니다."

나는 옵샤니코프에게 류보즈보노프 씨가 아마 아픈가 보다고 대답했다.

"아프다니요! 위보다 옆으로 더 퍼진 뚱보라고요. 얼굴에는 다행히 수염이 덥수룩합니다. 비록 젊긴 해도……. 하지만 하느님만 아시겠죠!" 그러고 나서 옵샤니코프는 깊은 한숨을 쉬었다.

"자, 귀족들은 제쳐 두고요." 내가 입을 열었다. "소지주에 대해 들려줄 이야기는 없습니까, 루카 페트로비치?"

"아뇨, 이제 그런 이야기는 그만합시다." 그가 황급히 말했다. "사실…… 당신에게 말한들…… 무슨 소용이 있겠습니까!(옵샤니코프는 손을 내저었다.) 차를 마시는 편이 낫겠습니다……. 우리는 농부, 그야말로 농부입니다. 그런데 솔직히 말해서 우리가 달리 어쩌겠습니까?"

그는 입을 다물었다. 차가 나왔다. 타치야나 일리니치나가 자리에서 일어나 우리 쪽으로 다가앉았다. 저녁때 그녀는 여러 번 소리 없이 밖으로 나갔다가 역시 조용하게 돌아오곤 했다. 방 안은 고요했다. 옵샤니코프는 점잖게 천천히 차를 연이어 마셨다.

"미챠[74]가 오늘 우리 집에 들렀어요." 타치야나 일리니치나가 조용히 말했다.

옵샤니코프는 얼굴을 찌푸렸다.

"원하는 게 뭐래?"

"용서를 구하러 왔어요."

옵샤니코프는 고개를 저었다.

---

74) 드미트리의 애칭.

"자," 그는 나를 돌아보며 계속 말했다. "친척들을 어떻게 대하면 좋을지 말씀해 주시겠습니까? 그 사람들을 거절할 수도 없고……. 하느님께서 나에게 내리신 조카가 하나 있는데요, 머리도 좋고 민첩한 젊은이랍니다. 확실해요. 공부도 잘했습니다. 하지만 내가 보기에 아무짝에도 쓸모없는 놈이 될 것 같아요. 관청에서 근무하기도 했지만 그 자리도 내던졌죠. 뭐, 딱히 길이 보이지 않으니……. 그 애가 뭐 귀족이랍니까? 귀족도 금방 장군 자리를 받지는 않죠. 지금은 일도 없이 지내고 있으니……. 그 정도라면 아직은 어떻게든 되겠지만, 그 녀석이 고발자 행세를 하기 시작했단 말입니다! 농부들을 위해 청원서를 작성하고, 보고서를 쓰고, 순경들에게 조언을 하고, 측량 기사들의 죄상을 폭로하고, 술집들을 쏘다니고, 여인숙에서 퇴역 군인들이며 소시민들이며 문지기들과 어울립니다. 큰일이 벌어지기까지 시간이 오래 걸리겠습니까? 경찰서장들과 경찰청장들이 수차례 그 애를 위협했답니다. 다행히 녀석은 넉살이 좋아요. 그 사람들을 웃기다가 나중에는 흐물흐물하게 만들어 버리죠……. 이제 그만둡시다. 그 애가 당신 방에 있지 않아?" 그가 아내를 돌아보며 덧붙였다. "난 당신을 잘 알아. 당신은 너무 마음이 약해. 계속 그 애를 감싸니 말이야."

타치야나 일리니치나는 눈을 내리뜨고 미소를 지었다. 그녀의 얼굴이 붉어졌다.

"음, 정말 그래." 옵샤니코프가 계속해서 말했다. "아, 당신은 떼쟁이라니까! 음, 그 녀석에게 들어오라고 해. 정말이지 귀한 손님을 봐서 그 멍청이를 용서하는 거라고……. 자, 어서 오라고 해……."

타치야나 일리니치나가 문으로 가서 외쳤다. "미챠!"

스물여덟 살쯤 된 키가 크고 훤칠한 고수머리 청년 미챠가 방으로 들어오다가 나를 보자 문지방에 멈춰 섰다. 독일풍 옷을 입고 있었다. 하지만 어깨 부분이 부자연스러울 정도로 크고 불룩한 점만 보아도 그 옷을 마름질한 재단사가 그냥 러시아인 정도가 아니라, 뼛속들이 러시아인이라는 사실을 알 수 있었다.

"자, 이리, 이리 와라." 노인이 말했다. "뭘 부끄러워하냐? 아주머니[75]에게 고마워해라. 용서를 받았으니……. 자, 나리, 소개하겠습니다." 그가 미챠를 가리키며 계속 말했다. "내 조카입니다만, 어떻게 손을 쓸 수가 없군요. 말세예요!(우리는 서로에게 인사했다.) 자, 말해 보렴. 거기에서 무슨 사고를 치고 있는 게냐? 무엇 때문에 욕을 먹고 있느냔 말이다. 말해 봐라."

미챠는 내 앞에서 변명을 늘어놓고 싶지 않은 듯했다.

"나중에요, 아저씨." 그가 웅얼거렸다.

"아니, 나중이 아니라 지금 말해라." 노인이 계속 말했다. "안다. 넌 이 지주 나리 앞에서 부끄러운 거야. 더 잘됐구나. 반성해라. 자, 말해 봐라, 말해 보라니까……. 들어 보자."

---

75) 러시아어 'тётка'는 큰어머니, 작은어머니, 외숙모, 고모, 이모 등의 친인척 여성을 뜻한다. 옵샤니코프 부부와 미챠의 관계를 구체적으로 언급하는 부분이 없으므로 '아주머니'로 번역하기로 한다. 우리말의 '아주머니'에도 '부모와 같은 항렬의 여자'라는 뜻이 있다.

"저로서는 부끄러울 게 전혀 없어요." 미챠가 활기차게 말문을 열며 고개를 흔들었다. "아저씨도 한번 판단해 보세요. 레셰칠로보 마을의 소지주들이 저를 찾아와 말해요. '이보게, 우리를 도와주게.' '무슨 일입니까?' '이렇게 된 일이라네. 우리 마을의 곡물 창고들은 최상의 상태로 관리되고 있어. 말하자면 이보다 더 좋아질 수 없을 정도야. 그런데 갑자기 관리가 우리를 찾아왔네. 창고를 조사하라는 지시를 받은 거지. 관리는 창고들을 살피더니 이렇게 말하더군. 당신들의 창고는 엉망이다. 심각할 정도로 관리가 소홀해서, 나로서는 당국에 보고하지 않을 수 없다. 도대체 무엇을 소홀히 했다는 거냐고 물었지. 그가 말하길, 자기는 문제가 무엇인지 안다는 거야……. 우리는 모여서 응당 그렇듯 관리에게 감사를 표하기로 결정했지. 그런데 프로호리치 노인이 막았어. 노인이 말하더군. 그렇게 하면 괜히 관리의 입맛만 돋울 뿐이야. 정말이지 어쩌려고 그래? 우리는 아예 재판도 받을 수 없단 말인가? 우리는 그 노인의 말을 따랐고, 관리는 성을 내며 소송을 걸고 보고서를 올렸어. 그래서 이제 우리는 답변을 요구받고 있다네.' 저는 물었습니다. '정말 여러분의 창고는 잘 관리되고 있습니까?' '하느님이 보고 계시네. 정상적으로 관리되고 있어. 곡물도 규정된 양만큼 있고…….' '그럼 여러분은 전혀 두려워할 필요가 없습니다.' 저는 그렇게 말하고 그들을 위해 서류를 작성해 주었어요……. 판결이 누구한테 유리하게 내려질지는 아직 모르겠어요. 사람들이 이 사건에 대해서 아저씨께 절 고자질하는 것도 이해는 해요. 누구에게든 자신의 루바시카가 몸에 가장 가까운 법이죠.[76]"

"누구나 그렇겠지만, 넌 아닌 것 같구나." 노인이 낮은 목소리로 말했다. "그런데 슈톨로모보 마을의 농부들과는 도대체 무슨 술책을 꾸미고 있는 거냐?"

"어떻게 아세요?"

"그냥 안다."

"이 경우에도 제가 옳아요. 이번에도 한번 판단해 보세요. 슈톨로모보 농민들의 땅에서 인근에 사는 베스판진이 4제샤치나[77]의 토지를 경작하기 시작했어요. 자기 땅이라고 하면서요. 슈톨로모보 사람들은 소작농인데 그들의 지주는 외국으로 떠났어요. 생각해 보세요. 누가 그들의 편을 들어 주겠어요? 그 땅은 명백히 그들의 땅이에요. 먼 옛날부터 그곳에서 농노로 살아왔다고요. 그래서 그 사람들이 저에게 와서 청원서를 써 달라고 부탁했죠. 전 써 주었고요. 그런데 베스판진이 알고 협박하기 시작했어요. '그 미치카[78]라는 놈의 어깨뼈를 뽑아 버리겠다. 그렇지 않으면 어깨에서 머리통을 완전히 날

---

76) '자신의 루바시카가 몸에 가장 가깝다'라는 표현은 '육친에 견줄 만한 것은 없다'를 뜻하는 러시아 속담이다. 미챠는 이 속담을 들어 사람들이 공평한 눈으로 사리를 판단하지 않고 자신이나 육친의 이익에 따라 사건을 판단한다고 비판하고 있다. 미챠의 말에 이어 옵샤니코프는 '누구나 그렇겠지만 넌 아닌 것 같구나.'라는 한탄을 통해 속담의 원래 뜻을 상기시키며 자기 부부에게 늘 염려를 끼치는 조카를 넌지시 나무라고 있다.

77) 제정 러시아 시대의 면적 단위. 4제샤치나는 약 43700제곱미터에 해당한다.

78) 드미트리의 애칭.

려 버릴 테다…….' 그자가 어떻게 제 버리를 날릴지 지켜볼까요. 어쨌든 지금까지는 온전해요."

"아이고, 허풍 떨지 마라. 네 머리통도 무사하지는 못할 테니." 노인이 말했다. "넌 완전히 미친놈이구나!"

"하지만 아저씨께서 직접 내게 말씀하시지 않았나요……."

"안다. 네가 무슨 말을 하려는지 안다." 옵샤니코프가 그의 말을 가로막았다. "바로 이 말이겠지. 인간은 정의롭게 살아야 하고 이웃을 도와야 한다고 말이다. 때로는 자신의 몸을 아끼지 말아야 할 때도 있다고……. 그럼 과연 넌 언제나 그런 식으로 행동하고 있냐? 사람들이 널 술집으로 데려가지 않았냐? 너에게 술을 먹이고 절을 하면서 '드미트리 알렉세이치, 이보게, 도와주게, 우리가 자네에게 사의를 표하겠네.'라고 말하지 않았냐? 1루블짜리 은화나 5루블짜리 지폐를 슬그머니 손에 쥐여 주지 않았느냐 말이다. 응? 그런 적 없냐? 말해 봐라, 그런 적 없냐?"

"그 점은 정말 잘못했습니다." 미챠는 눈을 내리뜨며 대답했다. "하지만 가난한 사람들로부터는 받지 않고 양심에 거리끼는 행동도 하지 않습니다."

"지금은 받지 않겠지만 처지가 나빠지면 받겠지. 양심에 거리끼는 행동은 하지 않는다고……. 에잇, 이놈아! 언제나 성자들만 변호하나 보구나! 보리카 페레호도프는 잊었냐? 그자를 돌본 이가 누구더냐? 그자를 비호해 준 이가 누구더냐? 응?"

"페레호도프가 고초를 겪은 것은 분명 자기 죄 때문이죠……."

"관청의 돈을 쓰다니…… 장난하는 거냐!"

"아저씨, 생각해 보세요. 가난이며 가족이며……."

"가난, 가난…… 그자는 사실 주정뱅이에 노름꾼일 뿐이다!"

"괴로워서 마시기 시작한 거예요." 미챠는 목소리를 낮추어 말했다.

"괴로워서라니! 너에게 그런 열성이 있다면 그를 도와주지 그랬냐! 술 취한 사람과 술집에 앉아 있지 말고. 그자는 말을 참 번지르르하게 하지. 아, 얼마나 신기한지!"

"그는 정말 좋은 사람이에요……."

"네 눈에는 모두가 착한 사람이지……. 그런데 말이야," 옵샤니코프가 아내를 돌아보며 말을 이었다. "그 사람에게 보냈지? 음, 거기에, 알지?"

타치야나 일리니치나가 고개를 끄덕였다.

"넌 요즘 어디에 처박혀 있었냐?" 노인이 다시 말을 꺼냈다.

"시내에 있었어요."

"아마 계속 당구를 치고 차를 마시고 기타를 퉁기고 여기저기 관청들을 뛰어다니고 뒷방에서 청원서를 작성하고 상인의 아들들과 빼기며 활보하기나 했겠지? 내 말이 틀렸냐? 말해 봐라!"

"아마 그랬을 거예요." 미챠가 빙긋 웃으며 말했다……. "아, 참! 잊을 뻔했네. 안톤 파르페니치 푼치코프가 일요일에 자기 집으로 식사를 하러 오라고 아저씨를 초대하던걸요."

"그 배불뚝이 집에는 안 간다. 생선은 비싼 걸 내놓으면서 그 위에는 상한 버터를 바르는 인간이야. 맘대로 하라 그래!"

"그리고 페도시야 미하일로브나를 만났어요."

"어느 페도시야를 말하는 거냐?"

"지주인 가르펜첸코의 소유인 여자 말이에요. 그 지주가 미쿨리노 마을을 경매로 사들였죠. 페도시야는 미쿨리노 출신이에요. 모스크바에서 재봉사로 일하면서 연공을 바쳤어요. 연공으로 일 년에 182루블 50코페이카를 꼬박꼬박 납부했죠……. 자신의 일에 대해서도 잘 알아요. 모스크바에서는 좋은 주문을 받곤 했어요. 그런데 이제 가르펜첸코가 그녀를 불러들여 붙잡아 두고는 딱히 일도 주지 않아요. 그녀는 몸값을 치르고 자유의 몸이 되어야겠다고 생각해서 주인에게 말했죠. 그런데 그가 자신의 결정을 알려 주지 않고 있어요. 아저씨, 가르펜첸코를 아시죠. 그럼 그 사람에게 말 좀 해 주실 수 없을까요? 페도시야는 몸값으로 큰돈을 내놓을 거예요."

"네 돈으로 내는 것 아니냐, 응? 그래, 그래, 좋다. 그에게 말하마. 말해 주마. 다만 모르겠구나." 노인은 불만스러운 얼굴로 계속 말했다. "그 가르펜첸코라는 사람은, 아아, 교활한 인간이란다. 어음을 매점하고 이자를 받고 돈을 빌려주고 경매를 통해 영지를 손에 넣지……. 도대체 누가 그 인간을 우리 고장에 데려왔을까? 아, 타지 사람들이란! 그 사람에게서 금방 무슨 답을 얻지는 못할 거다. 하지만 어쨌든 지켜보자."

"도와주세요, 아저씨."

"알았다, 신경 쓰마. 하지만 조심해라, 몸조심을 하란 말이다! 아, 변명 좀 하지 말고……. 하느님께서 함께하시길, 하느님께서 함께하시길……. 다만 앞으로 조심해라. 그러지 않으면 미챠, 분명 피할 수 없을 거다. 분명 신세를 망칠 거야. 내가 언제까지나 네 문제를 처리해 줄 수는 없다……. 나도 힘을 가진 사람은 아니다. 자, 이제 하느님과 함께 가거라."

미챠가 나갔다. 타치야나 일리니치나도 그를 따라 나갔다.

"그 녀석에게 차를 줘, 어리광쟁이 아줌마." 옵샤니코프가 그녀 뒤에서 소리쳤다. "멍청한 녀석은 아닙니다." 그가 말을 이었다. "마음도 착하고요. 다만 저 애가 걱정됩니다……. 그런데 죄송합니다. 이렇게 오랫동안 하찮은 일로 나리를 붙잡아 두었군요."

대기실 문이 열렸다. 벨벳 프록코트를 입은 자그마한 백발 남자가 들어왔다.

"아, 프란츠 이바니치!" 옵샤니코프가 외쳤다. "안녕하십니까! 어떻게 지내십니까!"

친애하는 독자여, 여러분에게 이 신사도 소개하고자 한다.

나의 이웃이자 오룔의 지주인 프란츠 이바니치 레죤(Lejeune)은 전혀 평범하지 않은 방식으로 러시아 귀족의 칭호를 얻었다. 오를레앙에서 프랑스인 부모의 자식으로 태어난 그는 북 치는 병사가 되어 나폴레옹과 함께 러시아 침략 전쟁에 나섰다. 처음에는 모든 것이 순조롭게 진행됐고, 우리의 프랑스인도 고개를 꼿꼿이 치켜든 채 모스크바에 입성했다. 하지만 귀로에서 가엾은 므시외 르죈[79]은 반쯤 언 몸으로 북도

79) 투르게네프는 이 인물에 대해 '므시외 르죈(monsieur Lejeune)'이라는

없이 스몰렌스크 농부들의 손아귀에 들어가게 됐다. 스몰렌스크 농부들은 텅 빈 모직물 가공 공장에 그를 밤새 가두었다가 다음 날 아침에 둑 근처의 얼음 구멍으로 데려갔다. 그러고는 '대애애육군의'[80] 북 치는 병사에게 자신들의 의견을 존중해 달라고, 즉 얼음 밑으로 들어가 달라고 요청했다. 므시외르죈은 그들의 제안에 동의할 수 없었기에 자기 쪽에서 프랑스 말로 자기를 오를레앙으로 보내 달라며 스몰렌스크 농부들을 설득하기 시작했다. "여러분, 그곳에……." 그가 말했다. "제 어머니가 살고 계세요. 다정한 어머니가요." 하지만 농부들은 오를레앙시의 지리적 위치를 몰라서인지 구불구불한 그닐로체르카강의 물줄기를 따라 물 밑 여행을 하도록 계속 제안하다가 급기야 그의 척추와 목뼈를 가볍게 치면서 용기를 북돋기 시작했다. 그런데 갑자기 레존으로서는 말로 표현할 수 없을 만큼 기쁘게도 방울 소리가 울리더니 커다란 썰매가 둑 위로 올라왔다. 적갈색 털에 검은 갈기와 꼬리가 난 뱟카산 말[81] 세 필이 썰매를 끌었고, 높이 솟은 뒷자리에는 화려한 양탄자가 깔려 있었다. 썰매에는 늑대 털가죽 외투를 입은 뚱뚱하고 혈색 좋은 지주가 앉아 있었다.

프랑스식 호칭과 '프란츠 이바니치 레죤'이라는 러시아식 이름을 함께 사용하고 있다.

80) 프랑스 대육군은 나폴레옹이 전쟁을 치르기 위해 모집한 다국적 군대를 일컫는다.

81) 뱟카는 카잔 북쪽에 있는 도시로, 오늘날 키로프시의 옛이름이다. 뱟카산 말은 키가 작고 힘이 센 것이 특징이다.

"그곳에서 무엇을 하는 건가?" 그가 농부들에게 물었다.

"프랑스인을 빠뜨리려고요, 나리."

"아!" 지주는 무심하게 대답하고 고개를 돌렸다.

"나리! 나리!" 불쌍한 남자가 소리쳤다.

"아, 아!" 늑대 털가죽 외투가 질책하며 말했다. "열두 민족과 함께 러시아를 침략하고 모스크바를 불태우고, 빌어먹을, 또 이반 대제 종탑에서 십자가를 끌어 내리더니, 이제 와서 나리, 나리라고! 이제 와서 꼬리를 마느냐! 도둑질을 했으면 괴로움을 당해야지……. 가자, 필리카!"

말들이 움직이기 시작했다.

"아니, 잠깐!" 지주가 덧붙였다. "어이, 므시외, 음악 할 줄 아나?"

"살려 주세요, 살려 주세요, 인자한 나리!" 레죤이 똑같은 말을 되풀이했다.

"참나, 대단한 민족이군! 저 나라 인간들 중에는 러시아어를 할 줄 아는 사람이 한 명도 없군! 뮤지크, 뮤지크, 사베 뮤지크 부? 자, 말해 봐! 콤프레네? 사베 뮤지크 부? 피아노를 주에 사베?[82)]"

레죤은 마침내 지주가 무엇을 원하는지 이해하고는 '그렇

---

82) 'Musique, musique, savoir musique vous? 자, 말해 봐, comprenez? Savoir musique vous? 피아노를 jouer savoir?'(우리 말로 적힌 부분은 러시아어를 옮긴 것이다.)는 '음악을, 음악을, 음악을 할 수 있나? 자, 말해 봐, 알겠나? 음악을 할 수 있어? 피아노를 칠 수 있냐고?'를 뜻한다. 지주는 프랑스어와 러시아어를 섞어 이야기하고 있다. 투르게네프는 지주의 프랑스어가 서툴다는 점을 보여 주기 위해 이 대화를 프랑스어로 표기하지 않고 음가로 표기했다.

다'는 뜻으로 고개를 끄덕였다.

"네, 나리, 네, 그렇습니다. 전 음악가입니다. 온갖 종류의 악기를 연주하죠……. 절 살려 주십시오, 나리!"

"음, 행운의 신이 자네 편이군." 지주가 대답했다. "이보게들, 그 사람을 풀어 주게. 여기 술값으로 20코페이카를 내놓겠네."

"고맙습니다, 나리, 고맙습니다. 이자를 데려가십시오."

사람들이 레죤을 썰매에 태웠다. 그는 기쁨으로 숨을 헐떡이고 울고 몸을 떨고 지주와 마부와 농부들에게 절을 하고 감사의 말을 했다. 레죤은 장밋빛 리본이 달린 녹색 프록코트만 입고 있었는데, 주위에서 쩍쩍 갈라지는 소리가 날 정도로 날이 몹시 추웠다. 지주는 레죤의 퍼렇게 언 팔다리를 말없이 쳐다보더니 그 불행한 남자를 자기 외투로 감싸서 집으로 데려갔다. 하인들이 급하게 모여들었다. 그들은 얼른 프랑스인의 몸을 따듯하게 녹이고 음식을 주고 옷을 입혔다. 지주는 레죤을 딸들에게 데려갔다.

"자, 애들아." 그가 딸들에게 말했다. "너희를 위한 선생님을 찾았다. 늘 나에게 음악과 프랑스어를 가르쳐 달라고 조르지 않았냐. 여기 너희 앞에 프랑스 사람을 데려왔다. 피아노도 칠 줄 알고……. 자, 므시외." 그는 오 년 전 오드콜로뉴를 팔던 유대인에게서 사들인 형편없는 작은 피아노를 가리키며 계속 말했다. "우리에게 솜씨를 보여 주게. 주에![83)]"

---

83) '연주하다'를 뜻하는 프랑스어 'jouer'를 음가로 표기했다. 지주는 '연주해!'라는 명령의 의미로 이 단어를 사용했다.

레죤은 가슴을 졸이며 등받이 없는 의자에 앉았다. 그는 이제까지 피아노를 한 번도 만져 본 적이 없었다.

"주에, 주에!" 지주는 똑같은 말을 되풀이했다.

불쌍한 남자는 절망하여 북을 치듯 필사적으로 건반을 두들기며 닥치는 대로 연주하기 시작했다……. "난 그런 생각을 했다오." 그는 나중에 이렇게 말했다. "나의 구세주가 내 멱살을 잡고 집 밖으로 내동댕이칠 거라고 말이오." 하지만 어쩔 수 없이 즉흥 연주를 해야 했던 남자는 대단히 놀라고 말았다. 지주가 잠시 후 인정한다는 듯 그의 어깨를 두드린 것이다. "좋아, 좋아." 그가 말했다. "자네가 연주할 수 있다는 것을 알겠군. 이제 가서 쉬게."

두어 주 후 레죤은 그 지주의 집에서 부유하고 교양 있는 다른 지주의 집으로 거처를 옮겼다. 밝고 온순한 성격으로 지주의 환심을 산 레죤은 지주가 후견을 맡은 여성과 결혼한 후 공직 사회에 진출해 귀족이 됐다. 그러다가 오룔 지방의 지주이자 퇴역 용기병이자 시인인 로비자니예프를 사위로 맞게 되자, 그 자신도 오룔로 이사했다.

바로 그 레죤이, 아니 이제 사람들이 프란츠 이바니치라고 부르는 남자가 내 눈앞에서 평소 사이좋게 지내는 옵샤니코프의 방으로 걸어 들어왔다…….

하지만 아마도 독자는 소지주인 옵샤니코프의 집에서 나와 함께 앉아 있는 것이 이미 지겨워졌을 테니 나는 유려한 침묵 속에 잠기련다.

리고프

"리고프로 가죠." 독자들도 익히 아는 예르몰로프가 어느 날 나에게 말했다. "그곳에 가면 오리를 실컷 사냥할 수 있을 겁니다."

진정한 사냥꾼에게는 들오리가 그다지 매력적이지 않지만, 지금으로서는 다른 사냥감이 없기에(때는 9월 초였다. 멧도요는 아직 오지 않았고, 자고새를 잡으러 들판을 뛰어다니는 것도 지겨웠다.) 나는 내 사냥꾼의 말을 듣고는 리고프로 떠났다.

리고프는 스텝 지대의 큰 마을인데, 이곳에는 돔이 하나뿐인 매우 오래된 석조 교회와 습지인 로소타 개천에 자리한 제분소 두 개가 있었다. 리고프에서 5베르스타 정도 떨어진 지점에서 이 개천은 넓은 못으로 변했고, 가장자리와 한가운데의 여기저기에는 갈대가 무성하게 우거져 있었다. 오룔 지방에서는 이 갈대를 '마이에르'라고 불렀다. 이 못의 웅덩이나 갈대 사이의 잔잔한 곳에서는 청둥오리, 꼬리가 가는 오리, 논병아리, 댕기흰죽지 등 존재할 수 있는 모든 종의 무수히 많은 들오리들이 새끼를 낳으며 서식하고 있었다. 들오리들은 작은 떼를 지어 계속 날갯짓을 하며 물 위를 빠르게 날아다녔고, 총성이라도 울리면 얼마나 많은 새들이 구름 떼처럼 날아오르는지 사냥꾼이 무심결에 한 손으로 모자를 붙잡고서 '휴' 하고 길게 탄성을 뱉을 정도였다. 예르몰라이와 나는 못 기슭을 따라 걸었다. 하지만 무엇보다 조심성 많은 새인 들오리들이 기슭에 가까이 오지도 않았고, 두 번째로 어떤 뒤처진 미숙한 논병아리가 우리가 쏜 총알에 맞아 목숨을 잃었다 해도, 우리 개들은 빽빽한 갈대숲에서 그것을 꺼내오지 못했을 것이다. 더없이 고귀한 자기희생의 미덕을 발휘하는 개들이라도 헤엄을 치거나 강바닥을 걷기는커녕 괜히 갈대의 날카로운 끄트머리에 소중한 코를 베이기만 했을 것이다.

"안 되겠습니다." 마침내 예르몰라이가 말했다. "상황이 좋지 않아요. 보트를 구해야 합니다……. 리고프로 돌아가죠."

우리는 출발했다. 우리가 몇 걸음 내딛기도 전에 무성한 버드나무 뒤에서 배우 볼품없는 세터견[84]이 우리 쪽으로 달려나왔고, 뒤이어 키가 중간 정도인 남자가 나타났다. 심하게 닳은 파란색 프록코트와 노란 조끼를 입고 그리 델 렝[85] 혹은

84) 영국산 사냥개로, 헤엄을 잘 치기 때문에 습지의 새 사냥에 적합하다.
85) 프랑스어 '아마의 회색'을 뜻하는 'gris de lin'을 음가로 표현한 것이다.

블로 다무르[86]색의 바지를 구멍 난 부츠에 급하게 쑤셔 넣고 목에 빨간 스카프를 두르고 어깨에 총신이 짧은 라이플총을 맨 모습이었다. 우리의 개들은 종 특유의 습관적인 중국식 예법을 갖추어 처음 만난 개와 서로 킁킁거리며 냄새를 맡았다. 그 개는 겁이 났던지 꼬리를 말고 귀를 뒤로 젖히더니 무릎을 꼿꼿이 펴고 이를 드러낸 채 빠른 속도로 빙글빙글 돌았다. 그사이 낯선 사람이 우리를 향해 다가와 매우 정중하게 인사했다. 그는 스물다섯 살쯤으로 보였다. 크바스 냄새가 강하게 풍기는 긴 아마색 머리칼이 가닥가닥 뻣뻣하게 삐죽 튀어나왔고, 조그마한 갈색 눈동자가 다정하게 깜빡였다. 치통 때문인지 검은 손수건을 동여맨 얼굴에 유쾌한 미소가 가득 어려 있었다.

"제 소개를 하겠습니다." 그가 아첨을 떠는 듯한 부드러운 목소리로 말을 꺼냈다. "저는 이 지방의 사냥꾼인 블라지미르라고 하는데…… 여러분이 오셨다는 소식을 듣고 또 여러분이 우리 못의 기슭으로 출발하신다는 사실을 알게 되어, 두 분만 괜찮으시다면 제가 도움을 드려야겠다고 생각했습니다."

사냥꾼 블라지미르의 말투는 시골에서 주연을 연기하는 젊은 배우와 아주 흡사했다. 나는 그의 제안에 동의했고, 리고프에 도착하기도 전에 그의 과거를 알게 됐다. 그는 해방된 농노였다. 젊고 풋풋하던 시절에 음악을 배웠고, 그 후 시종이

86) 프랑스어 '사랑의 파란색'을 뜻하는 'bleu d'amour'를 음가로 표현한 것이다.

됐다. 읽고 쓰는 법을 알았으며, 내가 관찰한 바로는 책도 몇 권 읽었다. 지금 러시아에 사는 많은 사람들이 그렇듯 그도 땡전 한 푼 없이, 일정한 직업도 없이 그저 하늘에서 내리는 만나[87]로 근근이 연명하며 살고 있었다. 그는 대단히 우아한 말투를 사용했다. 아마도 예법에 맞는 세련된 태도를 뽐내는 것 같았다. 또한 지독히 여자를 밝히는 난봉꾼이 분명했는데, 실제로도 잘 꼬드기는 것 같았다. 러시아 처녀들은 말솜씨가 뛰어난 사람을 좋아했기 때문이다. 게다가 그는 자신이 이따금 이웃 지주들을 방문하고 초대를 받아 시내에 다녀오고 프레페란스 카드놀이를 하고 수도의 사람들과도 교제한다는 사실을 나에게 넌지시 알렸다. 미소도 능숙하게, 대단히 다양한 방식으로 지었다. 특히 다른 사람의 말에 귀를 기울일 때 그 입술에 어리는 겸손하고도 조심스러운 미소가 그와 잘 어울렸다. 그는 여러분의 말을 끝까지 경청하고 전적으로 동의하면서도 절대 자존감을 잃지 않을 것이다. 마치 기회만 있으면 자신도 의견을 표현할 수 있다고 알리고 싶은 것 같았다. 예르몰라이는 교육도 별로 못 받고 '섬세한' 면도 전혀 없는 사람이었기에 블라지미르에게 반말을 하기 시작했다. 블라지미르

87) 이집트에서 노예 생활을 하던 히브리 민족이 이집트를 떠나 사십 년 동안 광야에서 생활할 때 하느님이 제공하던 식량. 꿀처럼 단 작고 둥근 서리 같은 것이 새벽마다 하늘에서 떨어져 해가 뜨면 녹아 버렸는데, 하루가 지나면 벌레가 생겨 먹을 수가 없었으므로 사람들은 새벽마다 하루치의 양만 모아야 했다. 투르게네프는 매일 운에 기대어 간신히 연명할 만큼 먹을 것을 구하던 블라지미르의 빈궁한 생활을 '하늘에서 내리는 만나'에 빗대어 표현했다. 「출애굽기」 16장 참조.

가 비웃음을 띤 얼굴로 그에게 존댓말을 건네던 모습을 여러 분도 보았어야 하는데.

"왜 손수건을 맸습니까?" 내가 그에게 물었다. "이가 아픈가요?"

"아닙니다." 그가 대답했다. "훨씬 더 치명적인 부주의의 결과랍니다. 저에게 친구가 하나 있었습니다. 좋은 사람이었죠. 하지만 흔히 볼 수 있듯 사냥에 대해서는 아무것도 모르는 사람이었습니다. 어느 날 그가 제게 말하더군요. '사랑하는 친구, 날 사냥에 데려가 줘. 사냥이 왜 재미있는지 알고 싶어.' 물론 전 동료의 부탁을 거절하고 싶지 않았습니다. 그래서 제 손으로 라이플총을 구해 주고 그 친구를 사냥에 데려갔죠. 그래서 우리는 성에 찰 만큼 충분히 사냥을 했습니다. 마침내 쉬어야겠다는 생각이 들더군요. 전 나무 밑에 앉았습니다. 그 친구는 맞은편에 앉아 라이플총을 놀리며 묘기를 부리다가 저를 겨냥했죠. 난 그에게 그만하라고 부탁했지만, 그는 경험이 없던 터라 귀를 기울이지 않더군요. 요란하게 총성이 울렸고, 전 턱과 오른손 집게손가락을 잃었답니다."

우리는 리고프에 도착했다. 블라지미르도 예르몰라이도 보트 없이 사냥하는 것은 불가능하다고 판단했다.

"수초크에게 거룻배가 있습니다." 블라지미르가 말했다. "그 사람이 그것을 어디에 감추어 두었는지는 저도 모릅니다. 그를 만나러 가야겠습니다."

"누구에게 간다고요?" 내가 물었다.

"이곳에 수초크라는 별명을 가진 남자가 산답니다."

블라지미르는 예르몰라이와 함께 수초크를 만나러 갔다. 나는 교회에서 그들을 기다리겠다고 말했다. 묘지에서 비석들을 둘러보다가 다음과 같은 비문들이 있는 거무스름해진 네모난 유골 항아리를 발견했다. 한쪽 면에는 프랑스어로 '테오필 앙리 블랑지 자작 이곳에 잠들다.'[88]라고 적혀 있었다. 다음 면에는 '프랑스 국민 블랑지 백작의 유해가 이 돌 아래 묻히다. 1737년에 태어나 1799년에 62세의 나이로 죽다.' 그다음 면에는 '고이 잠드소서.'라는 비문이 적혀 있었다. 마지막 면에는 이런 글귀가 있었다.

이 돌 아래 프랑스 이민자가 누워 있다.
그는 명문가 출신의 재능 있는 사람이었다.
학살당한 아내와 가족의 죽음을 슬퍼하다가
폭군에게 짓밟힌 조국을 떠났다.
러시아 해안가에 이르러
노년에 손님을 환대하는 집을 발견하였다.
아이들을 가르치고 부모들을 위로하였으니……
최고의 심판자가 이곳에서 그를 평온케 하셨다…….

예르몰라이와 블라지미르가 수초크라는 이상한 별명을 가진 남자를 데리고 오는 바람에 나의 상념은 중단됐다.

---

88) 프랑스어로 'vicomte'는 '자작'을, 'comte'는 '백작'을 뜻한다. 투르게네프가 두 번째 러시아어 비문에서 러시아어로 '백작'이라고 적은 것은 실수인 듯하다.

머리털이 부스스하고 옷차림이 남루한 맨발의 수초크는 겉보기에 예순 살쯤 된 은퇴한 농노 같았다.

"자네에게 보트가 있나?" 내가 물었다.

"보트가 있긴 합니다." 그가 지친 듯한 거친 목소리로 대답했다. "하지만 아주 형편없습니다."

"어떻기에?"

"이음새가 벌어졌습니다. 틈이 생기면서 판자들이 떨어지기 시작했죠."

"정말 심하군!" 예르몰라이가 그의 말을 받았다. "삼 찌꺼기로 틀어막으면 돼."

"물론 그렇게 하면 됩니다." 수초크가 동의했다.

"그런데 자네는 뭐 하는 사람인가?"

"지주님의 어부입니다."

"어떻게 자네가 어부란 말인가? 보트도 그렇게 못 쓰게 됐는데 말이야."

"우리 강에는 물고기가 전혀 없습니다."

"물고기는 흙탕물이 고인 습지를 좋아하지 않아." 나의 사냥꾼이 거드름을 피우며 말했다.

"자," 나는 예르몰라이에게 말했다. "가서 삼 찌꺼기를 구해 와. 우리가 쓸 수 있도록 보트를 수리해, 얼른."

예르몰라이가 자리를 떴다.

"그런데 바닥에 가라앉지는 않을까요?" 내가 블라지미르에게 말했다.

"하느님은 은혜로우십니다." 그가 대답했다. "어쨌든 못이 깊지 않다고 가정하셔야 합니다."

"그럼요, 못은 깊지 않습니다." 수초크가 말했다. 잠에서 덜 깬 것 같은 다소 이상한 말투였다. "또 바닥에는 진흙과 풀이 있습니다. 바닥에는 온통 풀이 무성하죠. 하지만 깊은 웅덩이들도 있습니다."

"하지만 풀이 그렇게 무성하다면 확실히 노를 저을 수는 없겠군요." 블라지미르가 말했다.

"아니, 누가 배를 젓습니까? 밀어야죠. 제가 함께 가겠습니다. 저기 제 집에 삿대가 있습니다. 아니면 삽으로 해도 되고요."

"삽은 불편합니다. 어떤 곳에서는 삽이 닿지 않을지도 모르고요." 블라지미르가 말했다.

"확실히 불편하죠."

나는 예르몰라이를 기다리느라 비석 위에 걸터앉았다. 블라지미르는 예의를 지키기 위해 옆으로 조금 물러나 역시 자리를 잡고 앉았다. 수초크는 고개를 숙이고 오랜 습관대로 뒷짐을 진 채 그 자리에 계속 서 있었다.

"말 좀 해 봐." 내가 말문을 열었다. "여기서 어부 생활을 한 지 오래됐나?"

"이제 일곱 해가 되어 갑니다." 그가 움찔하며 대답했다.

"예전에는 무슨 일을 했지?"

"예전에는 마부 노릇을 했습니다."

"도대체 누가 자네를 마부직에서 끌어내렸나?"

"새로운 주인마님이요."

"어느 마님?"

"우리를 산 분 말입니다. 알레나 치보페브나를 모르십니까? 아주 뚱뚱하고…… 나이가 든 분인데요."

"무슨 일로 주인마님이 자네를 어부로 만들었단 말인가?"

"하느님이나 아시겠죠. 마님은 세습 영지인 탐보트로부터 이곳에 오셔서 하인들을 전부 모으라고 분부하시고는 우리를 보러 나타나셨습니다. 우선 우리는 마님의 작은 손에 입을 맞춥니다. 그분은 개의치 않으십니다. 화를 내시지 않아요……. 그러고 나자 그분이 우리에게 차례로 무슨 일을 했는지, 어떤 직무를 맡았는지 물어보셨습니다. 제 순서가 됐습니다. '자넨 무슨 일을 했나?' 제가 말합니다. '마부입니다.' '마부라고? 아니, 자네가 무슨 마부야, 자네 꼴을 봐. 자네가 무슨 마부야? 자네는 마부를 하면 안 돼, 내 어부가 되고 턱수염도 깎아. 내가 이곳에 올 때마다 주인의 식탁에 생선을 공급해, 알겠어?' 그때부터 전 어부에 속하게 됐습니다. '그리고 내 못을 깔끔하게 유지하도록 유념해…….' 그런데 어떻게 그 못을 깔끔하게 유지합니까?"

"자네들의 예전 주인은 누구였나?"

"세르게이 세르게이치 페호체레프입니다. 그분이 상속을 통해 우리를 소유하셨죠. 그런데 그분도 우리를 그다지 오래 소유하지 않았습니다. 고작 여섯 해였죠. 전 그분 밑에서 마부 노릇을 했는데…… 시내가 아니라 시골에서 했습니다. 시내에는 그분의 다른 마부들이 있었거든요."

"그럼 자네는 젊을 때부터 계속 마부였나?"

"언제나 마부였던 건 아닙니다. 마부가 된 것은 세르게이 세르게이치 밑에 있을 때고, 그 전에는 요리사였습니다. 하지만 역시 시내 저택이 아니라 시골에서 요리사 노릇을 했죠."

"누구의 요리사였지?"

"그 전 주인인 아파나시 네페디치요. 세르게이 세르게이치의 친척 아저씨입니다. 그분이 리고프를 사셨어요. 아파나시 네페디치가 사시고, 세르게이 세르게이치가 영지를 상속받으셨죠."

"아저씨는 누구에게서 샀나?"

"타치야나 바실리예브나요."

"어느 타치야나 바실리예브나를 말하지?"

"지난해 볼호프 부근에서…… 그러니까 카라체프 부근에서 돌아가신 바로 그분이요. 독신의 몸으로……. 결혼을 하신 적이 없어요. 모르십니까? 우리는 그분의 아버님인 바실리 세묘니치로부터 그분에게로 넘겨졌습니다. 그분은 오랫동안 우리를 소유하셨죠……. 스무 해 정도요."

"그럼 자네는 그분의 집에서도 요리사로 일했나?"

"처음엔 요리사였는데 그다음에는 커피 담당이 됐습니다."

"뭐가 됐다고?"

"커피 담당이요."

"무슨 일을 하는 자리지?"

"모르겠습니다, 나리. 찬장 옆에 서 있었고 쿠지마가 아니라 안톤이라고 불렀습니다. 마님이 그렇게 하라고 지시하셨죠."

"쿠지마가 자네의 진짜 이름인가?"

"그렇습니다."

"그럼 늘 커피 담당을 했나?"

"이뇨, 늘 그랬던 것은 아닙니다. 배우도 했어요."

"정말?"

"정말입니다……. 극장에서 공연도 했어요. 우리 마님이 자택에 극장을 만드셨거든요."

"자네는 무슨 역을 맡았지?"

"무슨 말씀인지요?"

"극장에서 무엇을 했냐고?"

"모르시겠습니까? 사람들이 저를 잡고 분장을 시킵니다. 그럼 저는 그곳에서 해야 하는 대로 분장한 채 걷거나 서 있거나 앉습니다. '뭐라고 말해라.'라고 들으면 그대로 말하죠. 한번은 눈먼 사람으로 분장했는데……. 양 눈썹 밑에 완두콩을 한 알씩 얹었죠……. 그랬답니다."

"그다음에는 무슨 일을 했는데?"

"그다음에는 다시 요리사가 됐죠."

"어째서 자네를 다시 요리사로 끌어내렸지?"

"제 동생이 달아나서요."

"그럼 첫 번째 마님의 아버지 밑에서는 무슨 일을 했는데?"

"온갖 일을 했습니다. 처음에는 코사크 복장의 시동이었고 좌마 기수와 정원사도 했다가 그다음에는 사냥개 감독이 됐습니다."

"사냥개 감독? 그럼 사냥개들을 데리고 다녔겠군?"

"그랬죠. 그러다가 심하게 다쳤습니다. 저는 말에서 떨어지고 말도 다쳤습니다. 연세가 많은 우리 주인님은 대단히 엄격하셨습니다. 저에게 채찍질을 한 뒤 모스크바의 구두장이에게 도제로 보내라고 지시하셨죠."

"어떻게 도제로 보낼 수 있지? 자네가 어린애였을 때 사냥개 감독이 된 것도 아닐 텐데?"

"네, 스무 살 남짓이었죠."

"스무 살에 무슨 도제를 해?"

"문제가 되지 않습니다. 주인님의 지시가 있으면 괜찮습니다. 다행히 그분은 곧 돌아가셨고, 저는 시골로 다시 돌아오게 됐죠."

"요리사 수련은 언제 했지?"

수초크는 앙상하고 누런 얼굴을 조금 들며 키득거렸다.

"뭐 그런 걸 배웁니까? 아낙들도 요리를 하는데요!"

"음." 나는 말했다. "쿠지마, 자네는 살면서 이런저런 것을 보았군. 강에 물고기가 없다면 지금은 어부로서 뭘 하고 있어?"

"저는 불평하지 않습니다, 나리. 그리고 어부가 돼서 다행입니다. 제 연배의 안드레이 푸피리라는 늙은이는 마님의 명으로 제지 공장의 넝마 처리장으로 보내졌습니다.[89] 마님께서 공짜로 빵을 먹는 것은 죄라고 하셨답니다……. 그래도 푸피리라는 놈은 여전히 기대를 품었죠. 그 사람의 오촌 조카가 마님의 사무소에서 사무원으로 있었는데, 마님께 보고해서

89) 면이나 마 같은 옷감을 물에 담가 두면 종이를 만드는 데 필요한 식물성 섬유질을 얻을 수 있기 때문에 유럽의 제지 공장에서는 넝마를 원료로 삼기도 했다. 넝마를 물에 넣거나 꺼내고 젖은 넝마를 두들겨 섬유질을 추출하는 것은 육체적으로 대단히 힘든 일이었다.

푸피리의 일을 말해 주겠다고 약속했거든요. 하지만 그 녀석이 그렇게 했겠습니까! 푸피리는 내가 보는 앞에서 조카에게 무릎을 꿇고 굽실거리더군요."

"가족은 있어? 결혼은 했고?"

"아뇨, 나리, 하지 않았습니다. 돌아가신 타치야나 바실리예브나께서, 고인의 명복을 빕니다, 누구에게도 결혼을 허락하지 않으셨습니다. 맙소사! 그분은 때때로 이런 말도 하셨죠. '내가 이렇게 독신으로 사는데, 무슨 어리광이야! 그자들에게 뭐가 더 필요해?'"

"그럼 지금 자네는 어떻게 생활하고 있나? 봉급을 받나?"

"나리, 무슨 봉급을 받겠습니까! 먹을 것을 받고 있습니다. 고마운 일이죠! 아주 만족합니다. 하느님께서 우리 마님을 오래 살게 해 주시길!"

예르몰라이가 돌아왔다.

"배가 수리됐다." 그가 엄하게 말했다. "삿대를 가져와. 자네 말이야!"

수초크가 삿대를 가지러 달려갔다. 내가 가엾은 노인과 이야기하는 내내 사냥꾼 블라지미르는 멸시하는 듯한 웃음을 띤 채 그를 흘깃거렸다.

"무지렁이예요." 수초크가 자리를 뜨자 그가 말했다. "교육을 전혀 받지 못한 농사꾼일 뿐 그 이상 아무것도 아닙니다. 농노라고 부를 수도 없는데…… 늘 허풍만 떨고……. 어딜 봐서 그 사람이 배우입니까? 생각해 보세요! 그 사람을 염려하시고 함께 이야기를 나누시다니, 괜한 일을 하신 겁니다!"

십오 분쯤 지났을 때 우리는 이미 수초크의 거룻배에 앉아 있었다.(우리는 개를 농가 안에 두고 마부 예구질이 감독하게 했다.) 우리는 그다지 편하지 않았다. 하지만 사냥꾼들은 이것저것 가리는 족속이 아니다. 수초크는 뒤쪽의 뭉툭한 끄트머리에 서서 '삿대질'을 했다. 나와 블라지미르는 거룻배의 횡목에 앉아 있었다. 예르몰라이는 맨 앞 뱃머리에 자리 잡았다. 삼 찌꺼기로 막았는데도 곧 우리 발밑에 물이 고이기 시작했다. 다행히 날씨는 잔잔했고 못은 잠에 빠져든 것 같았다.

우리의 배는 매우 느리게 나아갔다. 노인은 끈끈한 진흙에서 녹색 실 같은 수초에 온통 휘감긴 기다란 삿대를 힘겹게 비틀어 빼내곤 했다. 빼곡하게 뻗은 수련의 둥근 잎사귀도 뱃길을 방해했다. 마침내 우리는 갈대숲에 도착했고, 즐거움이 시작됐다. 들오리들은 자신들의 영역에 느닷없이 나타난 우리를 보고 놀라서 시끄럽게 날아올라 못을 '떠났고', 총성이 일제히 연이어 울렸다. 꼬리가 짧은 그 새들이 허공에서 공중제비를 돌다가 무겁게 물 위로 털썩 떨어지는 모습을 보는 것은 즐거웠다. 물론 우리가 총에 맞은 들오리들을 전부 찾아낸 것은 아니다. 가볍게 다친 새들은 물속에 들어가 자취를 감추었고, 한 방에 죽은 다른 새들은 너무 무성한 갈대숲에 떨어져 예르몰라이의 살쾡이 같은 눈도 찾아내지 못했다. 그래도 만찬 시간이 가까워질 무렵 우리 보트는 뱃전까지 사냥감으로 넘쳤다.

블라지미르가 총을 잘 쏘지 못했기에 예르몰라이는 기분이 아주 좋았다. 사냥감을 놓칠 때마다 블라지미르는 우리를 빙 둘러보고는 라이플총을 입김으로 훅 불며 의아해하다가 결국에는 자신이 표적을 맞히지 못한 원인을 우리에게 설명했다. 예르몰라이는 늘 그랬듯이 의기양양하게 총을 쏘았고, 나는 평소대로 상당히 서툴게 쏘았다. 수초크는 젊은 시절부터 주인을 섬긴 사람의 눈으로 우리를 바라보다가 이따금 "저기, 저기 또 한 마리 있어요!"라고 외치곤 했으며, 손이 아니라 어깻짓으로 끊임없이 등을 긁어 댔다. 날씨는 아주 좋았다. 우리 위로 하늘 높이 부드럽게 흘러가는 하얗고 둥근 구름이 물속에 선명하게 비쳤다. 갈대가 주위에서 쉬쉬 소리를 냈고 못은 햇빛을 받아 여기저기 강철처럼 반짝였다. 마을로 돌아갈 채비를 하는 사이, 갑자기 우리에게 매우 불쾌한 사건이 일어났다.

우리는 이미 한참 전부터 물이 보트 안에 계속해서 조금씩 고이는 것을 눈치챘다. 블라지미르는 국자로 물을 밖으로 퍼내는 임무를 맡고 있었다. 그 국자는 선명지명이 있는 나의 사냥꾼이 만일을 대비해 멍하니 한눈을 팔던 아낙의 집에서 훔쳐 온 것이었다. 블라지미르가 자신의 의무를 잊지 않은 동안에는 모든 것이 잘 굴러갔다. 그러나 사냥이 끝날 무렵 들오리들이 작별 인사라도 하듯 큰 무리를 지어 날아오르는 바람에 우리는 간신히 라이플총을 장전했다. 사격이 한창일 때는 거룻배의 상태에 신경을 쓰지 않았다. 그런데 갑자기 예르몰라이의 세찬 동작 때문에(그는 죽은 새를 잡으려고 기를 쓰면서 뱃전에 온몸을 의지했다.) 우리의 낡은 배가 기우뚱하며 쓰러지더니 엄숙하게 바닥으로 가라앉기 시작했다. 다행히 물이 깊지는 않았다. 우리는 비명을 질렀지만 때는 이미 늦었다. 순식간에 우리는 둥둥 뜬 죽은 오리들에 둘러싸인 채 물이 목까지 차는 지점에 서게 됐다. 지금은 내 동료들의 겁에 질린 창백한 얼굴들을 떠올리면 웃음이 터진다.(혈색으로 판단하자면 내 얼굴도 그때는 별반 다르지 않았을 것이다.) 하지만 솔직히 말해 그 순간에는 웃을 생각이 나지 않았다. 우리는 저마다 라이플총을 머리 위로 들었다. 수초크가 자신의 삿대를 위로 든 것은 틀림없이 신사들을 모방하는 습관 때문이었을 것이다. 가장 먼저 침묵을 깬 것은 예르몰라이였다.

"칫, 이봐, 이제 끝장이야!" 그는 물속에 침을 뱉으며 웅얼거렸다. "어떻게 이런 일이! 모든 게 네 탓이야, 늙은 악마 같으니!" 성이 난 그는 수초크를 돌아보며 덧붙였다. "무슨 놈의 배가 이 모양이야?"

"죄송합니다." 노인이 중얼거렸다.

"너도 대단해." 내 사냥꾼이 블라지미르 쪽으로 고개를 돌린 채 계속 말을 이었다. "뭘 보고 있었어? 왜 퍼내지 않았느냔 말이야? 너, 너, 너……."

하지만 블라지미르는 이미 대답할 상태가 아니었다. 그는 이파리처럼 바들바들 떨었고 이와 이를 제대로 다물지 못한 채 아둔하기 짝이 없는 미소를 지어 보였다. 그의 유려한 말솜씨, 섬세한 예의에 대한 감각과 자존감은 도대체 어디로 가 버렸단 말인가!

저주받을 거룻배는 우리 발밑에서 힘없이 흔들렸다……. 배가 뒤집힌 순간에는 물이 매우 차갑게 느껴졌지만, 우리는 곧 적응했다. 처음의 공포가 사라지자, 나는 주위를 둘러보았다.

우리에게서 열 걸음 정도 떨어진 곳에 사방으로 갈대숲이 펼쳐져 있었다. 갈대숲 위로 멀리 기슭이 보였다. '좋지 않은걸!' 나는 생각했다.

"어떻게 하지?" 나는 예르몰라이에게 물었다.

"살펴보도록 하죠. 이곳에서 밤을 보낼 수는 없으니까요." 그가 대답했다. "어이, 총을 좀 가지고 있어." 그가 블라지미르에게 말했다.

블라지미르는 순순히 따랐다.

"가서 여울을 찾아보겠습니다." 예르몰라이는 마치 모든 못에는 반드시 여울이 있기 마련이라는 듯 자신만만하게 말을 이어 나갔다. 그러고는 수초크의 삿대를 쥐고서 조심스럽게 바닥을 더듬으며 기슭 쪽으로 떠났다.

"그런데 헤엄은 칠 수 있나?" 내가 그에게 물었다.

"아니요, 못 합니다." 갈대 너머에서 그의 목소리가 들렸다.

"저런, 그럼 물속으로 가라앉을 텐데." 수초크가 무심하게 말했다. 조금 전 위험이 아니라 우리의 분노를 두려워했던 그는 이제 완전히 평온한 얼굴로 이따금 숨만 헐떡일 뿐이었다. 상황을 바꿀 필요도 전혀 느끼지 않는 듯했다.

"아무런 보람도 없이 죽겠군요." 블라지미르가 처량하게 덧붙였다.

예르몰라이는 한 시간이 넘도록 돌아오지 않았다. 그 한 시간이 우리에게는 영원처럼 느껴졌다. 처음에 예르몰라이와 우리는 아주 열심히 서로를 소리쳐 불렀다. 하지만 나중에는 그가 우리의 함성에 점차 드문드문 대꾸하더니 마침내 완전히 잠잠해지고 말았다. 저녁 기도를 알리는 종소리가 마을에 울리기 시작했다. 우리는 이야기를 나누지 않았고 심지어 서로에게 눈길도 주지 않으려고 애썼다. 들오리들이 우리 머리 위에서 날아다녔다. 어떤 새들은 우리 옆에 내려앉으려 하다가도 느닷없이 막대기처럼 꼿꼿하게 날아올라 큰 소리로 울며 날아가 버렸다. 우리의 몸이 뻣뻣해지기 시작했다. 수초크는 잠을 자려는 것처럼 눈을 깜빡였다.

마침내 말로 표현할 수 없을 만큼 기쁘게도 예르몰라이가 돌아왔다.

"어때?"

"기슭까지 갔다 왔습니다. 여울을 찾았어요……. 가시죠."

우리는 즉시 떠나려 했다. 그러나 예르몰라이는 먼저 물속으로 손을 뻗어 호주머니에서 새끼줄을 꺼내 죽은 들오리들의 발을 묶고는 이의 양 끝에 물고 어기적어기적 앞으로 나아갔다. 그 뒤를 블라지미르가, 또 그 뒤를 내가 따랐다. 수초크는 행렬의 끝에 있었다. 기슭은 약 200걸음 정도 떨어져 있었다. 예르몰라이는 대담하게 쉼 없이 나아갔고(그는 길을 아주 잘 알았다.) 가끔 "왼쪽으로! 거기 오른쪽에는 웅덩이가 있어." 라든지 "오른쪽으로! 왼쪽으로 가면 빠져……."라며 외칠 뿐이었다. 때로는 물이 목까지 차올랐다. 우리 가운데 가장 키가 작은 가엾은 수초크는 두어 번 숨이 막혀 뽀글뽀글 거품을 내뿜기도 했다. "어이, 어이, 어이!" 예르몰라이가 그를 향해 엄하게 소리쳤다. 수초크도 기어오르고 허우적거리고 펄쩍 뛰면서 더 얕은 곳으로 나왔다. 하지만 부득이한 경우에도 내 프로코트의 앞깃을 잡으려 하지는 않았다. 마침내 우리는 신흙투성이기 된 젖은 몸으로 완전히 탈진하여 기슭에 다다랐다.

두어 시간 후, 우리는 최대한 물기를 말린 채 커다란 건초용 헛간에 앉아 저녁 먹을 채비를 했다. 대단히 느리고 동작이 둔하며 신중하면서도 졸린 듯 보이는 사람인 마부 예구질은 대문가에 서서 수초크에게 담배를 열심히 권하고 있었다.(나는 러시아의 마부들이 금방 친해진다는 것을 알았다.) 수초크는 구역질이 날 정도로 세차게 코담배 냄새를 빨아들였다. 침을 뱉고 기침을 하기도 했는데 무척 만족스러워하는 것 같았다. 블라지미르는 지친 표정으로 고개를 옆으로 기울인 채 거의 말을 하지 않았다. 예르몰라이는 우리의 라이플총들을 닦았다. 개들은 오트밀을 기대하며 맹렬한 속도로 꼬리를 돌렸다. 말들은 처마 밑에서 발을 구르며 울부짖었다……. 해가 저물고 있었다. 마지막 햇살이 넓은 진홍빛 띠 모양으로 퍼졌다. 작은 황금빛 구름들이 깨끗하게 씻어 빗질해 놓은 양털처럼 점점 더 작아지며 하늘에 펼쳐졌다……. 마을에 노랫소리가 울려 퍼졌다.

베진 초원

7월의 아름다운 날이었다. 날씨가 오랫동안 변하지 않을 때나 볼 수 있는 날이었다. 이른 아침부터 하늘이 맑았다. 아침노을도 불처럼 활활 타오르지 않고 부드러운 붉은색으로 퍼졌다. 태양은 후끈거리지도, 불볕더위와 가뭄이 기승을 부릴 때처럼 이글거리지도, 폭풍이 몰려오기 전처럼 어슴푸레한 적자색을 띠지도 않는다. 밝고 기분 좋게 빛나는 태양은 가늘고 길쭉한 구름 밑에 평화로이 나타나 싱그러운 빛을 비추다가 연보랏빛 안개 속에 잠긴다. 길게 뻗은 구름의 섬세한 위쪽 가장자리가 뱀처럼 반짝인다. 그 빛이 세련된 은그릇의 광채와 비슷하다……. 그러나 다시 장난스러운 햇살이 쏟아지고, 전능한 천체가 마치 날아오르듯 발랄하고도 웅장하게 움직이기 시작한다. 한낮 무렵에는 보통 하늘 높이 금빛과 잿빛이 뒤섞인 수많은 둥근 구름이 나타나며 그 가장자리는 부드럽고 하얗다. 끝없이 큰물이 진 강에 드문드문 흩어져 고르게 푸른 깊고 투명한 물줄기들에 휘감긴 섬들처럼, 구름들은 거의 움직이지 않는다. 멀리 지평선 부근에는 구름들이 움직이며 서로 엉겨서 그 사이로는 이미 푸른색이 보이지 않는다. 그러나 구름 자체가 하늘과 똑같이 담청색이다. 빛과 온기가 구름들에 구석구석 스며들었기 때문이다. 옅은 라일락빛을 띤 지평선의 색이 온종일 변하지 않고 주위도 똑같다. 어둑해지거나 비구름이 짙어지는 곳은 어디에도 없다. 여기저기 위에서 아래로 뻗은 하늘빛 띠들이 거의 눈에 띄지 않게 비를 뿌릴 뿐. 저녁 무렵이면 이 구름들이 사라진다. 그중 연기처럼 어렴풋하고 거무스름한 마지막 구름들이 지는 해 맞은편에서 장밋빛 소용돌이를 이루며 깔린다. 하늘로 떠오를 때만큼이나 평온하게 해가 지는 지점에서 막 어둑해지기 시작한 대지 위에 붉은빛이 잠시 머물고, 그 위에 저녁 별 하나가 조심스레 들고 가는 촛불처럼 조용히 눈을 깜빡이며 반짝이기 시작한다. 그런 날들에는 모든 색조들이 부드러워진다. 색채는 밝기는 해도 반짝이지 않는다. 모든 색들에는 어떤 감동적인 온화함이 어려 있다. 그런 날에는 때로 열기가 아주 강렬하고, 이따금 들판의 비탈을 따라 '찌는 듯이 무덥기'도 하다. 하지만 한데 모인 뜨거운 열을 바람이 흩뜨리고 밀어 내며, 회오리치는 세찬 바람 — 계속되는 맑은 날씨의 확실한 징후인 — 이 높고 하얀 기둥 모양으로 경지 사이에 난 길을 따라 이리저리 분다. 건조하고 깨끗한 공기에서 쑥, 베어 낸 호밀과 메밀의 향이 풍긴다. 농부가 곡물의 수확을 위해 바라는 날씨는 바로 이런 날씨다…….

언젠가 바로 이런 날에 툴라현의 체른군에서 멧닭을 사냥한 적이 있다. 난 꽤 많은 사냥감을 발견해 총을 쏘아 잡았다. 사냥감으로 가득 찬 주머니가 내 어깨를 사정없이 아프게 찔렀다. 더 이상 석양의 빛이 비치지 않아도 아직은 환한 대기에서 차가운 그늘이 점차 짙어지며 넓게 퍼지기 시작했다. 그제야 나는 집으로 돌아가기로 결심했다. 나는 빠른 걸음으로 길쭉한 떨기나무 '광장'을 지나 구릉을 올랐다. 그러자 오른쪽에 조그만 참나무 숲이 있고 멀리 야트막한 하얀 교회가 있으리라 기대한 낯익은 평원 대신 내가 알지 못하는 뜻밖의 장소들이 보였다. 발아래로 좁은 골짜기가 뻗어 있었다. 바로 맞은편에는 울창한 사시나무 숲이 가파른 벽처럼 우뚝 솟아 있었다. 나는 당황하여 걸음을 멈추고 주위를 둘러보았다……. '이런!' 나는 생각했다. '완전히 엉뚱한 곳으로 빠졌군. 오른쪽으로 너무 방향을 틀었어.' 나는 스스로의 실수에 놀라 재빨리 구릉을 내려왔다. 곧 지하실에 들어간 것처럼 불쾌하고 답답한 습기에 에워싸였다. 골짜기 바닥에 온통 물기 어린 무성하고 높다란 풀이 매끄러운 식탁보처럼 하얗게 보였다. 그 위를 걷자니 어쩐지 기분이 나빴다. 서둘러 반대편으로 빠져나와 방향을 왼쪽으로 틀어 사시나무 숲을 따라 나아갔다. 흐릿하게 빛나는 하늘에는 어느새 박쥐들이 은밀하게 원을 그리고 가볍게 떨면서 잠든 우듬지 위를 날아다녔다. 뒤처진 작은 매 한 마리가 하늘 높이 똑바로 빠르게 날아가며 둥지로 바삐 향하고 있었다. '저 모퉁이로 가면 금방 길이 나올 거야. 하지만 1베르스타 정도 멀리 돌았군!' 나는 속으로 생각했다.

마침내 숲 모퉁이에 다다랐지만, 그곳에도 길은 전혀 보이지 않았다. 눈앞에는 제멋대로 자란 야트막한 떨기나무들이 넓게 펼쳐져 있었고, 그 뒤로 멀리 황량한 들판이 보였다. 나는 다시 걸음을 멈추었다. '어떻게 된 일이야? 내가 어디에 있는 거지?' 나는 낮에 어디를 어떻게 다녔는지 기억을 더듬기 시작했다……. "어라! 여기는 파라힌의 떨기나무 숲이잖아!" 마침내 나는 외쳤다. "맞아! 여기는 틀림없이 신지에프의 숲이야……. 어쩌다 내가 여기로 왔지? 이렇게 멀리까지? 이상하군! 이제 다시 오른쪽으로 방향을 틀어야겠어."

나는 떨기나무 숲을 지나 오른쪽으로 나아갔다. 그사이 밤이 다가와 먹구름처럼 점점 자랐다. 어둠이 곳곳에서 저녁 안개와 함께 솟아오르고 심지어 하늘에서도 흘러내리는 것 같았다. 울퉁불퉁하고 풀이 무성하게 자란 오솔길에 들어서게 됐다. 앞쪽을 주의 깊게 바라보면서 길을 따라 걸었다. 주위의 모든 것이 빠르게 검어지고 고요해졌다. 메추라기들만 이따금 우짖었다. 작은 밤새 한 마리가 보드라운 날개로 소리 없이 낮게 날다가 나와 부딪칠 뻔하더니 흠칫거리며 옆으로 피했다. 나는 떨기나무 숲의 가장자리로 빠져나와 들판의 경계를 따라 걸었다. 이미 멀리 떨어진 사물을 분간하기가 힘들었다. 주위의 들판이 희뿌옇게 변했다. 그 뒤에는 음울한 암흑이 거대한 덩어리로 솟아오르며 시시각각 다가왔다. 얼어붙은 듯한 공기 속에서 내 발소리가 적막하게 울렸다. 창백해진 하늘이

다시 파래졌다. 하지만 그것은 이미 밤의 푸름이었다. 그 파란 바탕에서 작은 별들이 반짝이고 아른거리기 시작했다.

내가 숲이라고 생각한 것은 알고 보니 어둡고 둥근 언덕이었다. "그렇다면 나는 도대체 어디에 있는 거야?" 나는 다시 소리 내어 똑같은 말을 되풀이하고는 세 번째로 걸음을 멈추고 의문에 찬 눈초리로 반점이 있는 노란색 영국산 개 디안카를, 네발 달린 생물 가운데 단연코 가장 영리한 디안카를 쳐다보았다. 그러나 네발 달린 생물들 가운데 가장 영리한 그 개는 그저 꼬리를 흔들고 지친 눈을 우울하게 끔벅거릴 뿐 나에게 실질적인 조언은 전혀 해 주지 않았다. 디안카 앞에서 부끄러운 기분이 들었다. 문득 어디로 가야 할지 알아차린 것처럼 필사적으로 앞쪽을 향해 내달리고 언덕을 빙 돌다가 정신을 차리고 보니, 경작을 위해 갈아 둔 깊지 않은 분지에 와 있었다. 곧 이상한 감정이 나를 사로잡았다. 그 분지는 양옆이 비스듬한 대칭형의 솥 모양이었다. 바닥에는 크고 하얀 돌 여러 개가 곧추 솟아 있었다. 마치 비밀 회합을 위해 그곳에 모인 것 같았다. 분지는 고요하고 적막한 데다 하늘이 어찌나 낮고 음울하게 드리워 있는지 심장이 오그라들 정도였다. 어떤 작은 짐승이 돌들 사이에서 힘없이 애처롭게 울어 댔다. 나는 서둘러 언덕을 향해 발길을 돌렸다. 이곳에 올 때까지만 해도 집으로 가는 길을 찾아낼 수 있다는 희망이 있었다. 하지만 여기에서 나는 완전히 길을 잃었음을 마침내 인정했다. 그러고는 어둠에 완전히 잠기다시피 한 주변 장소들을 확인해 보려는 노력을 전혀 하지 않고 별을 보며 무턱대고 똑바로 나아갔다…….

삼십 분 정도 힘겹게 걸음을 옮기며 그렇게 걸었다. 그렇게 황량한 풍경은 태어나서 한 번도 본 적이 없는 것 같았다. 어디에서도 불이 깜빡이지 않고 어떤 소리도 들리지 않았다. 완만한 구릉들이 이어지고, 들판이 끝없이 계속 펼쳐졌다. 떨기나무들이 땅속에서 내 코밑으로 불쑥 솟아오르는 것 같았다. 나는 계속 걸었다. 그러다가 아침이 오기 전까지 어딘가에 잠시 누우려다가 문득 내가 무시무시한 낭떠러지의 끄트머리에 있다는 사실을 깨달았다.

나는 앞으로 뻗은 한 발을 재빨리 당겼다. 밤의 어슴푸레한 어둠을 통해 발밑으로 멀리 거대한 평지가 보였다. 평지를 휘감은 넓은 강이 반원을 그리며 내게서 멀어져 갔다. 물의 강철빛 반사광이 이따금 희미하게 반짝이며 물의 흐름을 표시했다. 내가 서 있는 구릉이 갑자기 수직에 가까운 낭떠러지로 급경사를 이루었다. 검게 보이는 그 거대한 윤곽선이 대기의 푸른 공백과 구분됐다. 바로 내 발밑에, 그 낭떠러지와 평지가 맞닿은 모서리에, 구릉의 절벽 아래로 검은 거울처럼 물이 고인 강 옆에 두 개의 작은 불길이 나란히 빨갛게 타오르며 연기를 피워 올리고 있었다. 그 주위에 사람들이 옹기종기 모여 있고 그림자가 너울거렸다. 이따금 곱슬머리의 작은 머리통 앞부분이 환하게 비치기도 했다…….

마침내 나는 내가 어디에 있는지 깨달았다. 그 초원은 우리 지역에서 베진 초원이라는 이름으로 알려진 유명한 곳이다……. 하지만 집으로 돌아가는 건 아예 불가능했다. 특히 밤에는 더욱 그랬다. 내 다리는 지친 나머지 몸뚱이를 지탱하지도 못했다. 나는 불가로 다가가 목동으로 보이는 사람들 틈에서 새벽을 기다리기로 마음먹었다. 무사히 아래로 내려갔다. 그러나 마지막으로 움켜쥔 나뭇가지를 미처 손에서 놓기도 전에, 갑자기 커다랗고 하얀 털북숭이 개 두 마리가 사납게 짖어 대며 나에게 달려들었다. 불 주위에서 아이들의 짜랑짜랑한 목소리가 들렸다. 사내아이 두셋이 재빨리 땅바닥에서 일어났다. 나는 아이들이 큰 소리로 묻는 말에 대답했다. 아이들은 내 쪽으로 달려와서, 특히 나의 디안카의 출현에 놀란 개들을 곧 불러들였다. 나는 아이들에게로 다가갔다.

불 주위에 앉은 사람들을 목동이라고 생각한 것은 나의 착각이었다. 그들은 그저 이웃 마을에서 온 농가의 아이들이었다. 아이들은 말들을 지키고 있었다. 무더운 여름철에 우리 고장에서는 밤에 말들을 들판으로 몰고 가 풀을 뜯게 한다. 낮에는 파리와 등에가 말들을 가만히 내버려두지 않으니 말이다. 저녁 전에 말들을 몰고 나와 새벽에 데리고 돌아가는 것은 농가의 사내아이들에게 커다란 즐거움이었다. 모자 없이 낡은 양가죽 반외투를 입은 아이들은 가장 날쌔고 야윈 말들 위에 앉아 즐겁게 외치고 함성을 지르며 질주한다. 손발을 흔들고 높이 뛰어오르고 소리 높여 웃어 댄다. 가벼운 먼지가 노란 기둥처럼 피어올라 길을 따라 떠다닌다. 멀리에서 유쾌한 말발굽 소리가 들리고, 말들이 귀를 쫑긋 세운 채 달린다. 맨 앞에는 적갈색 말이 헝클어진 갈기에 우엉을 달고서 꼬리를 치켜든 채 쉬지 않고 발을 바꾸며 질주한다.

나는 사내아이들에게 길을 잃었다고 말하고는 옆에 다가앉았다. 아이들은 내가 어디에서 왔는지 묻고는 잠깐 침묵하다가 자리를 비켜 주었다. 우리는 잠시 이야기를 나누었다. 나는 말들이 잎을 다 뜯어 먹은 작은 떨기나무 밑에 누워 주위를 둘러보았다. 풍경이 놀랍도록 아름다웠다. 불 주위에서 불그스레한 둥근 반사광이 가물거렸다. 어둠 속으로 사라질 것처럼 보였다. 불길이 확 타오르며 이따금 그 원의 경계 밖으로 빠르게 반사광을 흩뿌렸다. 빛의 가느다란 혀가 버드나무의 헐벗은 가지를 핥다가 순식간에 사라진다. 그러면 이번에는 날카롭고 기다란 그늘이 순식간에 달려들며 불을 덮친다. 어둠이 빛과 싸운다. 이따금 불길이 약해지고 빛의 원이 작아질 때면, 이마에 활 모양의 반점이 있는 적갈색 말 머리나 온통 새하얀 말 머리가 불쑥 튀어나와 긴 풀을 재빠르게 뜯으면서 무표정하게 유심히 우리를 바라보다 다시 고개를 떨어뜨리고 곧 사라졌다. 그저 말이 계속 풀을 뜯고 푸르르거리는 소리만 들렸다. 불빛이 비치는 자리에서는 어둠 속에서 무슨 일이 벌어지는지 분간하기 힘들기에, 바로 옆에 있는 것들도 전부 거무스름한 장막에 가려진 것처럼 보였다. 그러나 멀리 지평선 쪽에 구릉과 숲이 기다란 반점처럼 보였다. 우리 위에는 맑게 갠 검은 하늘이 신비한 웅장함을 오롯이 간직한 채 장엄하고 무한하게 떠 있었다. 특유의 나른하고 신선한 향기, 러시아의 여름밤 향기를 들이마시자니 가슴이 달콤하게 조여들었다. 주위에는 거의 어떤 소음도 들리지 않았다……. 다만 이따금 가까운 강에서 커다란 물고기가 갑작스레 털썩 물을 튀기고, 강가의 갈대가 일렁이는 물결에 보일 듯 말 듯 흔들리며 희미하게 사락거린다……. 모닥불만 조용히 타닥타닥 소리를 낼 뿐이다.

사내아이들은 그 주위에 앉아 있었다. 나를 그처럼 먹어치우고 싶어 하던 개 두 마리도 그 자리에 앉아 있었다. 개들은 한참 동안 나라는 존재를 받아들이지 못했다. 졸린 듯이 눈을 가늘게 뜨고 불을 곁눈질하면서 이따금 유난한 자존감을 드러내며 으르렁대다가 자신의 바람을 이루지 못해 아쉽다는 듯 약간 짖어 대기도 했다. 사내아이들은 전부 다섯 명이었다. 페쟈, 파블루샤[90], 일리유샤[91], 코스챠[92], 바냐.[93](그들의 대화를 통해 이름을 알았다. 이제 독자에게 이들을 소개하고자 한다.)

가장 나이가 많은 페쟈는 열네 살쯤 돼 보였다. 아름답고 섬세하고 다소 부드러운 얼굴선, 옅은 금발의 곱슬머리, 밝은 눈동자를 지닌, 그리고 반쯤은 명랑하고 반쯤은 멍한 미소를 한결같이 짓는 늘씬한 사내아이였다. 전체적인 모습으로 보아 부유한 가정의 아이 같았고, 들에 나온 것도 그럴 필요가 있어서가 아니라 그냥 재미 때문인 듯했다. 아이는 화려한 꽃무늬 무명에 노란색 테두리를 댄 루바시카를 입고 있었다. 어깨에 걸친 작은 새 외투는 좁은 어깨 위에 가까스로 붙어 있었고, 하늘색 허리띠에는 작은 빗이 매달려 있었다. 목이 짧은 부츠는 분명 아버지의 것이 아니라 자기 것이었다. 두 번째 사

90) 파벨의 애칭.

91) 일리야의 애칭.

92) 콘스탄친의 애칭.

93) 이반의 애칭.

내아이 파블루샤는 헝클어진 검은 머리칼에 회색 눈동자, 넓은 광대뼈, 얽은 자국이 있는 창백한 얼굴, 크지만 반듯한 입, 이른바 맥주 통 같은 엄청난 머리통, 땅딸막하고 볼품없는 몸을 하고 있었다. 못생긴 아이였다. 무슨 말을 더 하겠는가! 그럼에도 나는 그 아이가 마음에 들었다. 시선이 매우 총명하고 꾸밈없는 데다 목소리에도 힘이 있었다. 옷가지는 자랑할 게 없었다. 소박한 삼베 루바시카와 기운 바지가 전부였으니까. 세 번째 아이 일리유시카의 얼굴은 별로 눈에 띄지 않는 편이었다. 매부리코와 근시가 자리 잡은 길쭉한 얼굴엔 어떤 우둔하고 병적인 집중력이 드러났다. 굳게 다문 입술은 전혀 움직이지 않았고, 찌푸린 눈썹은 풀어지지 않았다. 불 때문에 계속 눈을 가늘게 뜨고 있는 듯했다. 그가 쉴 새 없이 두 손으로 귀까지 푹 누르는 납작한 펠트 모자 밖으로 흰색에 가까운 금발이 가닥가닥 뾰족하게 솟아 있었다. 아이는 각반을 차고 새 나무껍질 신발을 신고 있었다. 굵은 새끼줄이 몸통을 세 바퀴 감으며 말쑥한 검정 상의를 단단히 고정했다. 그 아이도 파블루샤도 열두 살은 넘어 보이지 않았다. 열 살쯤으로 보이는 네 번째 사내아이 코스챠는 생각에 잠긴 듯한 서글픈 시선으로 나의 호기심을 자극했다. 크지 않은 야윈 얼굴은 주근깨투성이였고, 다람쥐처럼 아래턱이 뾰족했다. 입술은 거의 분간이 되지 않았다. 하지만 촉촉하게 반짝이는 크고 검은 눈동자가 묘한 인상을 자아냈다. 그 눈동자는 어떤 혀도 — 적어도 그의 혀는 — 말하지 못할 무언가를 표현하고 싶어 했다. 키는 작고 체격은 허약하고 옷차림은 꽤나 궁색했다. 마지막으로 바냐가 있었다. 처음에는 그 애가 있는 줄도 몰랐다. 보리수 껍질로 짠 멍석을 덮고 조용히 몸을 웅크린 채 땅바닥에 누워 이따금 아마색 곱슬머리를 밖으로 내밀 뿐이었다. 이 사내아이는 기껏해야 일곱 살 정도로 보였다.

그렇게 해서 나는 멀찍이 떨어진 작은 떨기나무 아래 누워 사내아이들을 바라보게 됐다. 두 모닥불 중 하나에 작은 솥이 걸려 있었다. 그 안에서 '감자'가 익는 중이었다. 파블루샤는 감자를 지켜보다가 무릎을 꿇고 끓는 물속에 나뭇조각을 찔러 보곤 했다. 페쟈는 팔꿈치를 괴고 외투의 옷깃을 젖힌 채 누워 있었다. 코스챠와 나란히 앉은 일리유샤는 여전히 힘을 주어 눈을 찡그리고 있었다. 코스챠는 머리를 살짝 숙이고 어딘가 먼 곳을 응시했다. 바냐는 멍석 밑에서 꼼짝도 하지 않았다. 나는 자는 척했다. 사내아이들은 점차 다시 이야기를 나누었다.

처음에 아이들은 이런저런 것에 대해, 다음 날의 일과 말들에 대해 재잘거렸다. 그런데 갑자기 페쟈가 일리유샤를 돌아보더니 중단된 대화를 다시 시작하려는 듯 그에게 물었다.

"그런데 말이야, 너, 정말 도모보이[94]를 봤어?"

"아니, 못 봤어. 도모보이는 눈으로 볼 수 없는걸." 일리유샤가 목쉰 소리로 조그맣게 말했다. 그 소리가 얼굴 표정과 더할 나위 없이 잘 어울렸다. "하지만 들었어……. 게다가 나만 들은

---

94) 러시아 민간 신앙에 따르면 밤에 도모보이라는 작은 요정이 농가의 일을 도와준다고 한다.

게 아니야."

"어디에 있는데?" 파블루샤가 물었다.

"낡은 굴밀이 방[95]에."

"너희들이 공장에 다닌단 말이야?"

"물론 다니지. 형 아브쥬시카[96]랑 광내기 방[97]에서 일해."

"아. 너희들은 직공이구나!"

"그런데 어떻게 도모보이의 소리를 들은 거야?" 페쟈가 물었다.

"어떻게 된 거냐면, 나와 아브쥬시카 형, 표도르 미헤옙스키, 이바시카 코소이, 또 크라스니에 홀미[98]에서 온 다른 이바시카, 그리고 이바시카 수호루코프에게 있었던 일이야. 거기에는 다른 아이들도 있었어. 아이들은 모두 열 명 정도였고. 교대조 인원이 전부 있었던 거야. 우리는 굴밀이 방에서 밤을 보내야 했어. 그러니까 어쩌다 보니 그렇게 된 게 아니라, 감독자인 나자로프가 우리를 못 가게 한 거야. 그 사람이 말했어. '무슨 소리야, 얘들아, 집에 가다니! 내일은 일이 많아. 그러니 얘들아, 집에는 갈 수 없다.' 그래서 우리는 남게 됐고 다 같이 누웠지. 아브쥬시카 형이 말을 꺼냈어. 얘들아, 도모보이

---

95) 제지 공장으로 사용되던 건물을 '굴밀이 방'이라 부르기도 했다. 큰 나무통에서 펄프를 건져 굴밀이로 밀어 종이를 제조하는 공정에서 비롯된 이름이다. 이 시설은 물레방아 밑에 마련된다.

96) 아벨의 애칭.

97) 펄프를 매끈하게 펴서 윤기를 내는 공정이 이루어지는 방.

98) 러시아어로 '붉은 구릉'을 뜻한다.

가 오면 어떡하지? 그런데 아브제이 형이 말을 다 끝내기도 전에 갑자기 누군가 우리 머리 위에서 돌아다니기 시작했어. 우리가 아래쪽에 누워 있는데, 그 녀석이 위쪽에 물레방아 옆에서 돌아다니는 거야. 우리는 들었어. 그놈이 걸어가고, 그 발밑에서 판자가 계속 휘어지며 쉴 새 없이 삐걱거려. 그렇게 우리 머리 위로 지나가더라. 갑자기 물이 물레방아를 타고 콸콸 소리를 내더니 물레방아가 덜거덕거리며 돌아가기 시작해. 하지만 물이 나오는 입구는 막혀 있었단 말이야. 우리는 놀랐어. 도대체 누가 수문을 열어 물이 흐르게 했을까? 그런데 물레방아가 계속 돌다가 멈추지 뭐야. 위쪽에서 그놈이 다시 문을 향해 걸어가더니 계단을 밟으며 아래로 내려오기 시작했어. 서두르는 기색 없이 이렇게 내려오는 거야. 그 발밑에서 계단마저 심하게 끙끙거렸어……. 그 녀석이 우리 문 쪽으로 계속 다가오나 싶더니, 갑자기 문이 활짝 열리지 뭐야. 우리가 깜짝 놀라 쳐다보았지만 아무것도 없었어……. 세상에, 갑자기 한 나무통에서 체가 꿈틀거리더니 위로 올라갔다가 물에 푹 잠겼다가 이렇게 허공에서 둥둥 떠다니더니 다시 제자리로 돌아가는 거야. 누가 체로 헹구는 것 같았어. 그다음 다른 나무통의 걸쇠가 못에서 들리더니 다시 못에 걸렸어. 그다음에는 누군가가 문가로 다가오더니 갑자기 기침을 하고 재채기를 하는 것 같았어. 어떤 양이 메에메에 울듯이……. 우리는 모두 이렇게 한 덩어리로 넘어져 서로의 몸 밑으로 파고들었어……. 그때 얼마나 무서웠는지 몰라!"

"아, 어떡해!" 파벨이 중얼거렸다. "그런데 그놈이 왜 기침을 했을까?"

"몰라. 축축해서 그랬나 보지."

다들 입을 다물었다.

"어때?" 페쟈가 물었다. "감자는 다 익었어?"

파블루샤가 감자알을 찔러 댔다.

"아니, 아직 덜 익었어……. 봐, 물을 튕겼어." 그 아이가 강 쪽으로 얼굴을 돌리며 덧붙였다. "창꼬치가 분명해……. 저기 별똥별이 떨어졌어."

"아니, 얘들아, 이제 내가 이야기를 들려줄게." 코스챠가 가느다란 목소리로 말을 꺼냈다. "들어 봐, 얼마 전에 아버지가 하는 이야기를 들었어."

"듣고 있잖아." 페쟈가 보호자 같은 표정으로 말했다.

"가브릴라 알지? 마을 목수 말이야."

"그럼, 알지."

"그 사람이 왜 그렇게 늘 우울하고 늘 말이 없는지 알아? 아냐고? 그 사람이 그렇게 우울한 인간이 된 이유가 있어. 한번은 그 사람이, 아버지가 그러는데, 그 사람이, 얘들아, 숲에 호두를 따러 갔대. 그런데 숲에 호두를 따러 갔다가 길을 잃었대. 그 사람이 어디로 갔는지는 하느님만 아실 일이지. 그 사람은 걷고 또 걸었단다, 얘들아. 그런데 이럴 수가! 길을 발견할 수 없었던 거야. 벌써 주위는 캄캄한데 말이지. 그래서 그 사람은 나무 밑에 앉아서, 아침까지 기다리자고 중얼거렸대. 그리고 그렇게 누워 있다가 깜박 잠이 든 거야. 꾸벅꾸벅 졸고 있는데, 갑자기 누군가가 부르는 소리가 들렸어. 눈을 들어 보았지만 아무도 없었지. 그 사람은 다시 졸았어. 또 누가 불러. 그 사람이 다시 봐. 그런데 그 앞의 나뭇가지에 루살카[99]가 앉아 몸을 흔들며 그 사람을 자기 쪽으로 불러. 루살카가 자지러지게 웃어 대……. 달빛이 환하게 비쳐. 어찌나 환하고 또렷하게 비치는지, 얘들아, 모든 것이 다 보일 정도였어. 거기에서 루살카가 그를 부르는데, 온몸을 하얗게 빛내며 나뭇가지에 앉아 있는 거야. 무슨 잉어나 모샘치처럼. 그게 아니면 희뿌연 은빛 붕어처럼……. 목수 가브릴라는 정신이 아득해지도록 놀랐는데, 얘들아, 루살카는 태평스럽게 깔깔거리며 목수를 손으로 이렇게 계속 불러. 가브릴라는 일어나서 루살카에게 복종하려 했어. 얘들아, 그래, 어쩌면 하느님이 가르치셨는지, 그 사람이 이렇게 성호를 그었단다……. 그런데 성호를 긋기가 어찌나 힘든지, 얘들아, 그 사람의 말로는, 손이 돌덩이처럼 꿈쩍도 하지 않더래……. 와, 굉장하지, 아! 그런데 얘들아, 그 사람이 성호를 긋자 루살카가 웃음을 멈추더니 갑자기 울음을 터뜨려……. 루살카가 울면서, 얘들아, 머리카락으로 눈을 닦아. 머리카락이 너희 대마처럼 초록색이야. 가브릴라가 루살카를 계속 바라보다가 물었어. '숲의 악귀야, 왜 우냐?' 루살카가 그 사람에게 말해. '인간아, 성호를 긋지 않았다면 평생 나와 행복하게 살았을 텐데. 네가 성호를 그어서 내가 울고 슬퍼하는 거야. 하지만 나만 슬퍼하지 않겠어. 너도 어디 죽을

99) 슬라브족 신화에서 물에 빠져 죽은 처녀의 혼령 혹은 물의 정령을 일컫는 말. 남성을 유혹하기도 하고 괴롭히기도 한다. 달빛이 환할 때 원무를 추며, 이 춤에 끼어든 사람은 죽을 때까지 춤을 추게 된다고 한다.

때까지 슬퍼해 봐.' 그러더니, 애들아, 루살카가 순식간에 사라져 버렸어. 가브릴라는 어떻게 숲을 빠져나가야 할지 곧 알게 됐지……. 다만 그때부터 계속 우울한 모습으로 다니는 거야."

"참 나!" 페쟈가 잠시 침묵하다가 입을 열었다. "어떻게 그런 숲 도깨비가 그리스도교인의 영혼을 더럽힐 수 있겠어! 어쨌든 그 사람이 루살카에게 복종한 건 아니잖아?"

"그럴 줄 알았어!" 코스챠가 말했다. "그리고 가브릴라가 말했어. 루살카의 목소리는 두꺼비처럼 아주 가늘고 애처롭다고 말이야."

"너희 아빠가 직접 그렇게 말했니?" 페쟈가 계속 말했다.

"그럼. 내가 침상에 누워 있다가 전부 들었어."

"이상한 일이네! 왜 우울한 인간이 되어야 했을까? 루살카는 그 사람이 마음에 들었나 봐. 그 사람을 부른 걸 보면."

"맞아, 그 남자를 좋아한 거야!" 일리유샤가 맞장구를 쳤다. "당연하지! 루살카는 간지럼을 태우고 싶었던 거야. 루살카가 바란 게 바로 그거라고! 그게 그것들의, 그 루살카들의 일이잖아."

"여기에도 틀림없이 루살카가 있을 거야." 페쟈가 말했다.

"아니." 코스챠가 대꾸했다. "여기는 깨끗하고 탁 트인 곳이잖아. 다만 강이 가깝긴 하지."

다들 잠잠해졌다. 갑자기 어딘가 멀리서 신음 소리에 가까운 길게 늘인 듯한 소리가 낭랑하게 울렸다. 이따금 깊은 정적 속에서 생겨나 위로 올라가서 대기 중에 떠 있다가 마침내 숨이 멎기라도 하듯 서서히 울려 퍼지는 기묘한 밤의 소리들 가운데 하나였다. 가만히 귀를 기울여 보라. 아무것도 없는 것 같은데도 소리가 울린다. 누군가가 저 멀리 지평선 부근에서 고함을 치고, 다른 누군가가 숲속에서 가늘고 날카로운 웃음으로 그 고함 소리에 화답하고, 나직하게 쉭쉭거리는 듯한 소리가 강을 따라 질주하는 것 같았다. 사내아이들이 서로에게 눈짓하며 흠칫 떨었다…….

"십자가의 힘이 우리와 함께하길!" 일리야가 소곤거렸다.

"에잇, 멍청이들아!" 파벨이 소리쳤다. "뭘 무서워하고 있어? 봐, 감자가 다 익었잖아.(다들 솥으로 다가앉아 김이 나는 감자를 먹기 시작했다. 바냐만 혼자 꼼짝도 하지 않았다.) 너, 왜 그래?" 파벨이 말했다.

하지만 그는 멍석 밑에서 나오지 않았다. 솥은 금방 바닥을 드러냈다.

"얘들아." 일리유샤가 입을 열었다. "얼마 전 우리 바르나비치에서 무슨 일이 일어났는지 들었니?"

"둑에서?" 페쟈가 물었다.

"그래, 그래, 둑에서, 그 무너진 곳에서. 거기는 악귀가 출몰하는 곳이야. 정말 을씨년스럽고 정말 스산한 곳이지. 주위에는 온통 협곡과 골짜기뿐이야. 골짜기에는 뱀들이 가득해."

"그래서, 무슨 일이 일어났다는 거야? 말해 봐……."

"무슨 일이 일어났냐면 말이야. 페쟈, 넌 아마 모를 거야. 하지만 그곳에는 물에 빠진 남자가 묻혀 있어. 그 남자는 옛날에 못이 아직 깊었을 때 빠져 죽었어. 하지만 지금도 그 사람의 묘지를 볼 수 있어. 그것도 조금만 보여. 그냥 작은 둔덕 같아……. 그런데 며칠 전 영지 관리인이 사냥개지기 예르밀을 불러 이렇게 말했어. '예르밀, 우체국에 다녀와라.' 우리 마을에서는 예르밀이 늘 우체국에 가. 그 사람의 개들이 전부 죽었거든. 어째서인지 그 사람의 개들은 살아남지를 못해. 지금껏 한 마리도 살아남지 못했지. 그래도 그는 훌륭한 사냥개지기야. 무슨 일이든 다 잘했어. 예르밀이 우체국을 향해 말을 타고 출발했어. 그런데 시내에서 꾸물거리다가 얼근하게 취해 돌아오게 됐지. 밤이었어. 그것도 환한 밤. 달이 환하게 빛나……. 예르밀이 둑을 지나고 있어. 그 사람이 가야 할 길이 그렇게 뻗어 있었거든. 사냥개지기 예르밀이, 그 사람이 그렇게 오다가 보게 돼. 털이 아주 하얗고 곱슬곱슬한 예쁜 어린 양이 물에 빠져 죽은 사람의 묘지 위를 돌아다니는 광경을 말이야. 예르밀이 생각해. '저 양을 데려가야겠다. 저렇게 헤매게 둬서야 되겠어?' 그래서 그 사람은 말에서 내려가 양을 품에 안았어……. 하지만 양은 가만히 있었지. 예르밀이 말 쪽으로 가자, 말이 그를 피해 뒷걸음질치고 힝힝거리고 고개를 흔들어. 그래도 그는 말을 진정시킨 후에 양과 함께 그 위에 올라타고 다시 길을 떠났어. 자기 앞에 양을 앉히고 말이지. 예르밀이 양을 쳐다보니 양이 그의 눈을 똑바로 계속 응시하고 있어. 그 사람은, 사냥개지기 예르밀은 소름이 끼쳤지. 그 사람은 생각해. 양이 이렇게 눈을 쳐다보았던가? 기억이 안 나네. 하지만 괜찮아. 그러고는 이렇게 양의 털을 쓰다듬으며 말했지. '뱌샤, 뱌샤!'[100] 그러자 양이 갑자기 이를 드러내면서 그

100) 러시아에서 양을 부를 때 사용하는 말이다.

사람에게 똑같이 '뱌샤, 바샤…….'라고 하더래."

이야기하던 아이가 그 마지막 말을 미처 끝맺기도 전에 갑자기 개 두 마리가 동시에 일어나 발작하듯 짖어 대며 불가를 벗어나 달려가더니 어둠 속으로 사라졌다. 사내아이들이 전부 깜짝 놀랐다. 바냐가 멍석 밑에서 뛰쳐나왔다. 파블루샤가 소리를 지르며 개들을 뒤쫓아 뛰어갔다. 개 짖는 소리가 빠르게 멀어졌다……. 놀란 말들이 불안하게 발을 구르는 소리가 들렸다. 파블루샤가 큰 소리로 외쳤다. "세리, 주치카!" 잠시 후 개 짖는 소리가 그쳤다. 파벨의 목소리가 어느새 멀리서 들려왔다……. 시간이 좀 더 흘렀다. 사내아이들은 마치 무언가가 일어나길 기다리듯 주저하며 서로 눈짓을 주고받았다……. 문득 질주하는 말의 발굽 소리가 들렸다. 갑자기 말이 모닥불 바로 옆에 멈춰 섰고, 파블루샤가 갈기를 잡은 채 날쌔게 말에서 뛰어내렸다. 개 두 마리도 빛의 원 속으로 뛰어들더니 붉은 혀를 쑥 내밀고 이내 털썩 주저앉았다.

"저기에서 무슨 일이 있었던 거야? 무슨 일인데?" 사내아이들이 물었다.

"아무 일도 아니야." 파벨이 말을 향해 손을 흔들며 대꾸했다. "그냥 개들이 무슨 냄새를 맡았나 봐. 내 생각에 늑대인 것 같아." 그가 재빨리 가슴 가득 숨을 들이쉬며 태연한 목소리로 덧붙였다.

나는 무심결에 파블루샤에게 감탄했다. 그 순간 그는 매우 멋있었다. 빠른 속도로 말을 타느라 생기발랄해진 그 못생긴 얼굴이 대담한 용기와 단호한 결의로 붉게 달아올랐다. 밤에 작은 나뭇가지 하나 들지 않은 채 조금도 망설이지 않고 혼자 늑대를 향해 질주하다니……. '멋진 녀석이군!' 나는 그를 쳐다보며 생각했다.

"그놈들을, 늑대들을 봤어?" 겁쟁이 코스챠가 물었다.

"이곳에는 언제나 그놈들이 많잖아." 파벨이 대꾸했다. "그놈들이 골치 아프게 구는 건 겨울뿐이야."

그는 다시 불 앞에 웅크렸다. 땅바닥에 앉으면서 개들 중 한 마리의 털북숭이 뒤통수로 손을 늘어뜨렸다. 신이 난 짐승은 감사와 자랑스러움이 뒤섞인 눈길로 파블루샤를 곁눈질하면서 오래도록 고개를 돌리지 않았다.

바냐는 다시 넝마 밑으로 기어들었다.

"일류시카, 네가 들려준 이야기는 정말 무서웠어." 페쟈가 입을 열었다. 부유한 농민의 아들로서 그는 대장 역할을 떠맡을 수밖에 없었다.(정작 자신은 별로 말을 하지 않았다. 체면을 잃을까 봐 걱정하는 듯했다.) "게다가 그때 개들을 짖게 만든 건 악마였겠지……. 내가 듣기로 너희 마을의 그 장소에 분명 악귀가 출몰한다고 했어."

"바르나비치에? 물론이지! 얼마나 오싹한 곳인데! 사람들이 그러는데 그곳에서 예전 주인 나리를 여러 번 봤대. 돌아가신 주인 나리 말이야. 옷자락이 긴 카프탄을 입고 돌아다닌대. 이렇게 계속 한숨을 쉬면서 땅바닥에서 무언가를 찾는다지. 트로피미치 할아버지가 그 나리를 한번 만난 적 있어. '이반 이바니치 나리, 땅바닥에서 뭘 찾고 계십니까?'라고 말했대."

"할아버지가 나리에게 물었다고?" 깜짝 놀란 페쟈가 말을 가로막았다.

"응, 물었어."

"와, 그런 일이 있었는데도 대단하네, 트로피미치는……. 그래서, 나리가 뭐라고 했대?"

"바위취[101]를 찾고 있다고 하더래. 그런데 너무나 쓸쓸하게, 쓸쓸하게 '바위취'라고 말하더래. '이반 이바니치 나리, 바위취는 무엇에 쓰시려고요?' 나리는 말하지. 짓눌러, 묘지가 날 짓눌러, 트로피미치, 나가고 싶어, 밖으로."

"어떻게 그럴 수가!" 페쟈가 말했다. "얼마 못 살았나 보다."

"정말 신기해!" 코스챠가 말했다. "부모의 토요일[102]에만 죽은 사람을 볼 수 있는 줄 알았어."

"죽은 사람들이야 언제든 볼 수 있지." 일리유샤가 자신 있게 말했다. 내가 살펴본 바로는 마을의 온갖 미신을 어느 누구보다 잘 아는 것 같았다. "하지만 부모의 토요일에는 산 사람도 볼 수 있어. 그해 죽을 차례가 된 사람이라면 말이야. 밤에 교회 앞뜰에 앉아서 계속 길을 쳐다보기만 하면 돼. 그 사람들, 그러니까 그해 죽을 사람들이 길을 따라 네 옆을 지나갈 거야. 지난해 우리 마을의 율리야나 할멈도 교회 앞뜰에 갔대."

"누군가를 봤대?" 코스챠가 호기심을 보이며 물었다.

"물론. 우선 율리야나는 아주 오랫동안 앉아 있었대. 그런데 아무도 보이지 않고 아무 소리도 들리지 않았지……. 다

---

101) 민담에 나오는 풀로, 보물이 있는 장소의 자물쇠나 빗장을 여는 데 사용된다고 한다.

102) 러시아 정교에서 죽은 조상을 추모하도록 정한 날.

만 어디선가 개가 이렇게 계속 짖는 것 같더래……. 문득 쳐다보니 루바시카만 입은 사내아이가 길을 걷고 있는 거야. 할머니가 주의 깊게 살펴보니 이바시카 페도세예프가 지나가더래……."

"봄에 죽은 애?" 페쟈가 끼어들었다.

"바로 그 애야. 고개도 들지 않고 걸어가는데……. 율리야나가 그 애를 알아보았지……. 그러고 나서 또 쳐다보니 노파가 지나가더래. 계속 응시하고 있는데, 아, 하느님, 자신이, 율리야나 자신이 길을 따라 걷고 있더라는 거야."

"정말?" 페쟈가 물었다.

"하느님을 걸고 맹세해. 정말이야."

"뭐야, 할멈은 아직 죽지 않았잖아?"

"아직 한 해가 다 지나지 않았어. 하지만 할멈을 잘 보라고. 영혼이 뭘 뒤집어쓰고 버티는지."

다들 다시 잠잠해졌다. 파벨이 마른 나뭇가지를 한 움큼 불 속에 던졌다. 갑자기 확 타오른 불길에 그 나뭇가지들이 도드라지게 검어지면서 연기를 내고, 불에 탄 양쪽 끄트머리를 치켜올리며 구부러지기 시작했다. 반사된 빛이 파르르 떨면서 사방을, 특히 위쪽을 덮쳤다. 갑자기 어디에선가 하얀 비둘기가 나타나 이 반사된 빛 속으로 똑바로 날아 들어오더니 강렬한 빛에 완전히 휩싸인 채 한자리에서 조심스럽게 맴돌다가 날개를 퍼덕이며 사라졌다.

"집에서 빠져나왔나 봐." 파벨이 말했다. "이제 무언가에 부딪힐 때까지 날겠지. 그리고 부딪힌 곳에서 동이 틀 때까지 밤을 보내겠지."

"어째서, 파블루샤?" 코스챠가 말했다. "그건 그냥 하늘로 날아가는 경건한 사람의 영혼이 아닐까, 응?"

파벨이 나뭇가지를 또 한 줌 불에 던졌다.

"그럴지도." 한참 후 그가 말했다.

"그런데 말해 봐, 파블루샤." 페쟈가 말문을 열었다. "너희 샬라모보 마을에서도 하늘의 전조[103]를 보았니?"

"해가 보이지 않게 됐을 때 말이지? 물론."

"너희들도 놀랐지?"

"우리만 그랬던 게 아니야. 우리 주인님은 전조가 있을 거라고 우리에게 미리 말해 놓고도, 주위가 어두워지자 어떻게 손을 쓸 수 없을 정도로 겁을 내더래. 농노의 오두막에서는 부엌일을 하는 아낙이 주위가 컴컴해지자마자 부젓가락을 집어 들어 항아리를 전부 페치카 속에 넣고 깨뜨렸어. '세상의 종말이 닥쳤는데 이제 누가 음식을 먹겠어.'라면서 말이야. 그래서 수프가 다 쏟아졌어. 얘들아. 우리 마을에는 이런 소문들도 돌았어. 하얀 늑대들이 땅 위를 달리면서 사람들을 잡아먹을 거다, 맹금이 날아다닐 거다, 우리가 트리시카[104]를 보게 될 거다 하는 소문 말이야.

"트리시카가 누구야?" 코스챠가 물었다.

"몰라?" 일리유샤가 열을 올리며 그 말을 받았다. "야, 트리

---

103) 우리 고장의 농부들은 일식을 그렇게 부른다.(투르게네프 주)

104) '트리시카'에 대한 미신은 적그리스도에 대한 전설에서 비롯된 듯하다.(투르게네프 주)

시카를 모르다니, 넌 도대체 어디에서 온 놈이냐? 너희 마을에서는 다들 집에만 틀어박혀 있나 보다. 틀림없어! 트리시카는 언젠가 올 놀라운 인간이야. 종말이 다가올 때 나타날 거야. 아주 놀라운 부류의 인간이어서 잡을 수도 없을걸. 어떻게 손을 쓸 수도 없을 거야. 대단히 놀라운 인간이거든. 예를 들어 그리스도교 신자들이 그자를 잡고 싶어 한다고 하자. 몽둥이를 들고 가서 그자를 둘러싸지. 하지만 그자가 그들의 주의를 돌리면 사람들은 서로를 때릴 거야. 예를 들어 그자를 감옥에 넣는다고 하자. 그럼 그자가 물을 한 사발 먹게 해 달라고 청하겠지. 사람들이 물 사발을 가져다주면 그자는 그 속으로 쑥 들어가 갑자기 사라질 거야. 사슬에 묶이면 그자는 손바닥을 칠걸. 그러면 이렇게 사슬이 밑으로 떨어지겠지. 이 트리시카라는 놈은 촌락과 도시를 이리저리 돌아다닐 거야. 그러다가 교활한 인간인 이 트리시카는 그리스도교 신자들을 유혹하겠지……. 그래도 그자의 털끝 하나 건드리지 못할걸. 그자는 그만큼 놀랍고도 교활한 인간이야."

"그래." 파벨이 특유의 느릿한 목소리로 계속해서 말했다. "그런 놈이야. 우리 마을 사람들이 기다리던 게 그런 인간이라고. 노인들은 하늘의 전조가 나타나자마자 트리시카가 온다고 말했어. 드디어 전조가 시작됐어. 사람들이 전부 길거리와 들판으로 쏟아져 나와 무슨 일이 일어날지 기다렸지. 너희도 알다시피 우리 마을은 탁 트여서 눈에 잘 띄잖아. 사람들이 바라보고 있는데, 갑자기 마을의 언덕에서 이주 괴상망측한 사람이 내려와. 머리통이 놀랍도록 크고……. 다들 소리를 질러

대. '와, 트리시카가 온다! 와, 트리시카가 온다.' 그러고는 이리저리 뿔뿔이 흩어졌지! 우리 촌장은 도랑으로 숨어들었어. 촌장의 아내는 대문 밑의 개구멍에 끼여 기를 쓰고 소리를 질렀고. 마당의 집 지키는 개는 그 소리에 너무 놀라 사슬을 끊고 바자울을 지나 숲으로 달아났어. 쿠지카의 아버지 도로페이치는 귀리밭 속으로 뛰어들어 자리를 잡고 앉아 메추라기처럼 울어 대기 시작했지. 속으로 이런 생각을 한 거야. '사람을 죽이는 적이라도 새들은 불쌍히 여기겠지.' 다들 얼마나 놀랐는지 몰라! 걸어오던 사람은 우리 마을의 통 만드는 사람인 바빌라였어. 새 항아리를 사서 머리에 그 빈 항아리를 이고 있었던 거야."

사내아이들이 다함께 웃음을 터뜨리더니, 야외에서 대화하는 사람들이 종종 그러듯 또 잠깐의 침묵에 잠겼다. 나는 주위를 둘러보았다. 밤이 엄숙하고 위풍당당하게 계속 자리를 지키고 있었다. 한밤의 건조하고 따뜻한 공기가 늦저녁의 축축하고 서늘한 공기를 밀어 내고는 잠에 빠진 들판 위에 오래도록 부드러운 휘장처럼 드리워 있었다. 새벽의 첫 속삭임과 첫 수선거림이 들리기까지, 동틀 녘의 첫 이슬이 맺히기까지 아직 시간은 많이 남아 있었다. 하늘에 달이 없었다. 그 무렵에는 달이 늦게 떴다. 수없이 많은 금빛 별들이 은하수를 따라 앞다투어 반짝이며 계속 조용히 흐르는 것처럼 보였다. 사실 그 별들을 보다 보면 단호하고도 쉼 없는 지구의 운행이 어렴풋하게 느껴지는 듯할 것이다…….

갑자기 강 위에서 기이하고 날카롭고 병적인 외침이 두어 번 연달아 들려오더니, 잠시 후에는 더 먼 곳에서 되풀이됐다…….

코스챠가 흠칫 몸을 떨었다. "저게 뭐지?"

"황새가 우는 거야." 파벨이 침착하게 대답했다.

"황새." 코스챠가 파벨의 말을 되받았다……. "그럼, 파블루샤, 내가 엊저녁에 들은 건 뭐야?" 그가 잠시 침묵하다가 덧붙였다. "아마 넌 알 것 같은데……."

"무슨 소리를 들었는데?"

"이런 소리를 들었어. 카멘나야 그랴다에서 샤시키노로 가던 길이었어. 처음에는 우리 마을의 개암나무 숲을 따라 걷다가 그다음에는 풀밭을 지나갔지. 거기에서, 너도 알지, 골짜기의 가파른 굽이로 향하는 곳, 알잖아, 부칠로[105]가 있는 곳 말이야. 그곳은 아직 갈대로 온통 뒤덮여 있었어. 내가 그 부칠로 옆을 지나치는데, 얘들아, 갑자기 그 부칠로 안에서 누군가가 신음하는 것 같지 뭐야. 아주 애처롭게, 가엾게 말이야. 우우…… 우우…… 우우! 나는 심한 공포에 사로잡혔어. 늦은 시간인 데다 목소리가 어찌나 처량하던지. 나야말로 울음이 터질 것 같았어……. 그게 뭐였을까? 응?"

"재작년 여름 도둑들이 숲지기 아킴을 그 부칠로에 빠뜨려 죽였어." 파블루샤가 말했다. "그래서 그의 영혼이 푸념을 하는 건지도 모르지."

---

105) 봄에 해빙으로 녹은 물이 고인 깊은 구덩이. 이 물은 여름에도 마르지 않는다.(투르게네프 주)

"그럴 수도 있겠네, 얘들아." 코스챠는 본래부터 커다란 눈을 한층 크게 뜨며 대꾸했다. "아킴이 그 부칠로에 빠져 죽은 걸 몰랐어. 알았다면 그렇게 놀라지는 않았을 텐데."

"하지만 사람들 말로는 작은 개구리들이래." 파벨이 계속 말했다. "개구리들이 그처럼 불쌍하게 우는 거래."

"개구리? 아냐, 그건 개구리가 아니라…… 무슨……." 황새가 다시 강 위에서 울어 댔다. "앗, 저 소리!" 코스챠가 무심결에 말했다. "숲 도깨비가 소리를 지르는 것 같아."

"숲 도깨비는 소리를 지르지 않아. 벙어리거든." 일리유샤가 그 말을 받았다. "손바닥을 치면서 재잘거릴 뿐이지……."

"네가 숲 도깨비를 봤냐?" 페쟈가 조롱하듯 그의 말을 가로막았다.

"아니, 못 봤어. 맙소사, 숲 도깨비를 봤냐니! 하지만 다른 사람들은 봤어. 얼마 전 숲 도깨비가 우리 마을의 농부를 속여서 숲속으로 계속 끌어들였지. 그러다 한 공터 주위를 계속 빙글빙글……. 농부는 새벽녘에야 간신히 집에 도착했대."

"그럼 그 농부가 숲 도깨비를 봤대?"

"봤지. 농부의 말로는 아주 크고 시커멓고 온몸에 옷가지를 칭칭 감았더래. 이렇게 나무 뒤에 숨은 것 같았는데, 잘 알아볼 수는 없었대. 달을 피해 숨은 것 같기도 하고, 눈깔로 쳐다보고 또 쳐다보다가 찡긋거리기도 하고……."

"야!" 페쟈가 살짝 몸을 떨고 어깨를 움찔하면서 소리쳤다. "푸우!"

"그런데 어째서 그런 쓰레기 같은 것들이 세상에서 활개를 칠까?” 파벨이 말했다. “정말 이해할 수 없어!”

“욕하지 마. 조심해, 들을 거야.” 일리야가 말했다.

다시 침묵이 찾아왔다.

“봐, 얘들아, 봐.” 갑자기 바냐의 어린애 같은 목소리가 들렸다. “하느님의 작은 별들을 봐. 벌들이 떼 지어 있는 것 같아.”

바냐는 멍석 밑에서 생기 있는 작은 얼굴을 내밀어 조그만 주먹으로 받치고는 크고 온순한 눈동자를 천천히 위로 들었다. 모든 사내아이들의 눈동자가 하늘을 향했고 한동안 아래를 보지 않았다.

“있잖아, 바냐.” 페쟈가 부드럽게 말했다. “네 누이 아뉴카[106]는 건강하니?”

“건강해.” 바냐가 약간 웅얼거리듯 대답했다.

“아뉴카에게 말해 줘. 우리를 보러 오라고. 아뉴카는 왜 오지 않니?”

“몰라.”

“오라고 말 좀 해 봐.”

“말할게.”

“내가 선물을 주겠다고 말해 줘.”

“나한테도 줄 거야?”

“너한테도 줄게.”

바냐가 한숨을 쉬었다.

“아니야, 난 필요 없어. 차라리 누이에게 줘. 우리 누이는 아

106) 안나의 애칭.

주 착하니까."

그러더니 바냐는 다시 땅바닥에 머리를 대고 누웠다. 파벨이 일어나 빈 주전자를 들었다.

"어디 가?" 페쟈가 물었다.

"강에, 물을 길러. 물을 마시고 싶어졌어."

개들이 일어나 그 뒤를 따라갔다.

"강에 빠지지 않게 조심해!" 일리유샤가 그의 등 뒤에 대고 외쳤다.

"재가 왜 빠지겠어?" 페쟈가 말했다. "조심할 거야."

"그래, 조심하겠지. 그래도 무슨 일이든 일어날 수 있어. 재가 몸을 숙이고 물을 긷는데 물의 요정이 저 애의 팔을 잡고 끌어당길지도 모르잖아. 나중에 사람들은 사내아이가 물에 빠졌다고 하겠지……. 하지만 빠지다니? 저기 갈대숲으로 들어간 건데." 그는 귀를 기울이며 덧붙였다.

갈대숲이 좌우로 갈라지며 우리 고장의 표현대로 정말 '사락사락' 소리를 냈다.

"정말일까?" 코스챠가 물었다. "바보 아쿨리나가 물에 빠진 뒤로 정신이 이상해졌다면서?"

"그때부터지……. 지금도 어떤지 봐! 하지만 사람들 말로는 예전에는 미인이었대. 물의 요정이 그 여자를 망쳐 놓은 거지. 아마 물의 요정은 사람들이 아쿨리나를 그렇게 빨리 물 밖으로 끌어내리라고는 생각도 못 했을걸. 물의 요정이 그 여자를 망쳐 놨어. 저기 자기가 사는 물 밑바닥에서 말이야."

(나도 그 아쿨리나라는 여자를 여러 번 만난 적 있다. 온몸에 누

더기를 걸치고, 무섭도록 야위고, 얼굴이 석탄처럼 까맣고, 시선이 몽롱하고, 늘 이를 드러내고 다니는 여자다. 앙상한 두 손을 가슴에 꼭 대고 우리 안에 갇힌 야생 동물처럼 천천히 발을 구르며 길 위의 한자리에서 몇 시간씩 서성이곤 한다. 그녀는 무슨 말을 들어도 전혀 이해하지 못하고, 그저 이따금 발작하듯 깔깔거린다.)

"사람들이 그러는데 말이야." 코스챠가 계속 말을 이었다. "아쿨리나가 강에 몸을 던진 건 애인에게 속았기 때문이래."

"바로 그 때문이야."

"그런데 바샤를 기억하니?" 코스챠가 서글프게 덧붙였다.

"어느 바샤?" 페자가 물었다.

"물에 빠져 죽은 그 애 말이야." 코스챠가 대답했다. "바로 이 강에서 죽었지. 얼마나 좋은 녀석이었는데! 정말 좋은 녀석이었어! 그 어머니 페클리스타가 걔를, 바샤를 얼마나 사랑했다고! 페클리스타는 물 때문에 걔한테 파멸이 닥치리라는 걸 직감했던 것 같아. 여름이면 바샤는 우리와 함께 강에 멱을 감으러 가곤 했어. 그러면 어머니는 엄청나게 당황했지. 다른 아주머니들은 조금도 신경 쓰지 않고 빨래통을 들고 뒤뚱거리면서 지나가지만, 페클리스타는 빨래통을 땅바닥에 내려놓고 '돌아와, 나의 햇살, 오, 돌아와, 작은 매야!'라고 바샤를 큰 소리로 부르기 시작해. 그런데 그 애가 어떻게 물에 빠져 죽었는지는 하느님만이 아셔. 그 애는 강기슭에서 놀고 있었고, 어머니도 그곳에서 건초를 그러모으고 있었어. 그런데 갑자기 누가 물속에서 거품을 뿜는 것 같은 소리가 들리는 거야. 어머니가 보니 바샤의 모자만 물에 둥둥 떠 있는 거지. 그때부터 페클리스타도 제정신이 아니야. 바샤가 빠져 죽은 자리에 와서 눕는다니까. 있잖아, 누워서 노래를 불러. 기억하지? 바샤도 항상 노래를 불렀잖아. 바로 그 노래를 그 어머니도 불러. 울고 또 울면서 비통하게 하느님을 원망하지……."

"저기 파블루샤가 온다." 페쟈가 말했다.

파벨이 손에 꽉 찬 주전자를 들고 불가로 다가왔다.

"저기, 얘들아." 그는 잠시 잠자코 있다 입을 열었다. "안 좋은 일이 있어."

"뭔데?" 코스챠가 조급하게 물었다.

"바샤의 목소리를 들었어."

다들 흠칫 몸을 떨었다.

"뭐? 뭐라고?" 코스챠가 웅얼거렸다.

"하느님을 걸고 맹세해. 물 쪽으로 몸을 숙이려는데 갑자기 바샤의 목소리로 나를 부르는 소리가 들리는 거야. 물속에서 나는 소리 같았어. '파블루샤, 파블루샤!' 듣고 있으려니까 그 목소리가 다시 부르는 거야. '파블루샤, 이리 와.' 난 뒤로 물러났지. 하지만 물은 길었어."

"아, 하느님, 아, 하느님!" 소년들이 성호를 그으며 말했다.

"물의 정령이 너를 부른 거잖아, 파벨." 페쟈가 덧붙여 말했다. "우린 방금 걔에 대해, 바샤에 대해 말하고 있었어."

"아, 불길한 징조야." 일리유샤가 단어들 사이에 간격을 두며 천천히 말했다.

"괜찮아, 신경 쓰지 마!" 파벨이 단호하게 말하고는 다시 자리에 앉았다. "운명은 피할 수 없어."

소년들은 잠잠해졌다. 파벨의 말이 그들에게 깊은 인상을 남긴 것 같았다. 그들은 잘 준비를 하려는 듯 불 앞에 눕기 시작했다.

"저게 뭐지?" 갑자기 코스챠가 고개를 조금 들며 물었다.

파벨이 귀를 기울였다.

"도요새들이 날아가면서 우는 소리야."

"어디로 날아가는 걸까?"

"겨울이 없다는 곳으로."

"정말 그런 나라가 있을까?"

"있어."

"멀어?"

"머나먼 따뜻한 바다 건너에."

코스챠는 한숨을 쉬고 눈을 감았다.

내가 소년들 틈에 낀 후로 벌써 세 시간이 넘게 흘렀다. 마침내 달이 떴다. 내가 금방 달을 알아본 것은 아니었다. 달은 너무 작고 가늘었다. 달빛 없는 그 밤은 여전히 예전과 다름없이 장엄해 보였다……. 하지만 조금 전만 해도 아직 하늘 높이 떠 있던 많은 별들이 대지의 어둑한 가장자리를 향해 어느새 기울고 있었다. 대개 아침이 밝아 올 무렵이면 모든 것이 잠잠해지듯 주위는 완전히 정적에 잠겨 있었다. 모든 것이 동트기 전의 깊고 흔들림 없는 잠에 빠져 있었다. 대기의 향은 이미 그다지 강렬하지 않았다. 공기 중에 다시 습기가 퍼지는 것 같았다. 여름밤은 짧다! 소년들의 대화는 모닥불과 함께 사그라들었다……. 개들마저 꾸벅꾸벅 졸았다. 내가 식별한 바로는 말들도 희미하게 반짝이며 나른하게 흐르는 별빛 속에서 고개를 떨구고 누워 있었다……. 달콤한 졸음이 나를 덮쳤다. 졸음은 깊은 잠으로 건너갔다.

상쾌한 바람이 내 얼굴을 스쳤다. 나는 눈을 떴다. 아침이 시작됐다. 아침놀에 물든 곳은 아직 어디에도 없었지만 동쪽은 이미 하얗게 밝아 오고 있었다. 어렴풋하긴 하지만 주위의 모든 것이 보이기 시작했다. 창백한 회색 하늘이 환해지고 차가워지고 푸르러졌다. 별들은 희미하게 반짝이거나 사라졌다. 땅이 축축해지고, 나뭇잎에서 물이 방울져 떨어지고, 어디에선가 생명의 소리와 목소리가 울리기 시작하고, 물기를 품은 이른 아침의 산들바람이 이미 대지 위를 떠돌며 이곳저곳 날아다니고 있었다. 내 몸이 가볍고 즐거운 떨림으로 그에 응답했다. 나는 재빨리 일어나 소년들에게로 다가갔다. 다들 가물거리는 모닥불 주위에서 죽은 듯이 자고 있었다. 파벨만 몸을 반쯤 일으키고 나를 뚫어지게 쳐다보았다.

나는 그에게 머리를 끄덕여 인사하고는 물안개가 낀 강을 따라 집으로 향했다. 2베르스타도 가기 전에 이미 내 주위의 축축한 넓은 초원에는, 앞쪽의 푸르러진 언덕과 숲 전체에는, 뒤쪽의 길게 뻗은 흙먼지 날리는 길과 진홍색으로 물든 반짝이는 떨기나무들과 열어지는 안개 밑에서 수줍은 푸른색을 드러낸 강에는 처음엔 선홍색, 그다음엔 빨간색과 황금색을 띤 강렬한 젊은 빛이 넘쳐흘렀다……. 모든 것이 바스락거리고 눈을 뜨고 노래하고 웅성거리고 말하기 시작했다. 어디에나 굵은 이슬방울들이 찬란한 다이아몬드처럼 반짝였다. 역시 아침의 시원한 공기에 씻긴 듯한 깨끗하고 맑은 종소리가 들려왔다. 갑자기, 휴식으로 기운을 되찾은 말들이 내 옆을 지나쳐 질주해 갔다. 내가 아는 소년들이 모는 말들이었다.

유감스럽지만 그해 파벨이 죽었다는 사실을 덧붙여야겠다. 물에 빠져 죽은 건 아니었다. 말에서 떨어져 죽었다. 안타깝다. 멋진 청년이었는데!

크라시바야 메치[107]의 카시얀

덜커덕거리는 작은 첼레가를 타고 사냥에서 돌아오는 중이었다. 금이 가고 삐걱대는 바퀴 밑의 울퉁불퉁한 길에서 미세한 하얀 흙먼지가 끊임없이 피어올랐다. 구름 낀 여름날의 숨막히는 무더위(다들 알겠지만, 이런 날의 더위는 때로 맑은 날보다 훨씬 견디기 힘들다. 특히 바람이 불지 않는 날에는.)에 지친 나는 어쩔 수 없이 그 흙먼지에 완전히 몸을 내맡긴 채 흔들리며 졸고 있었다. 그런데 그 순간까지만 해도 나보다 훨씬 더 심하게 졸던 내 마부가 평소와 달리 불안하고 초조한 몸짓으로 문득 내 주의를 끌었다. 그는 고삐를 당기고 마부대에서 수선을 피우더니, 줄곧 옆쪽 어딘가를 힐끔거리면서 말들에게 소리치기

107) 돈강의 지류. 러시아에서 아름다운 경관으로 손꼽히는 지역이다.

시작했다. 나는 주위를 둘러보았다. 우리는 개간된 드넓은 평원을 달리고 있었다. 역시 개간된 낮은 언덕들이 매우 완만하게 파도처럼 굴곡을 이루며 평원으로 이어졌다. 5베르스타쯤 되는 황량한 공간이 시선에 들어왔다. 저 멀리 작은 자작나무 숲만이 둥그스름하면서도 톱니바퀴처럼 뾰족한 우듬지로 일직선에 가까운 지평선을 깨뜨릴 뿐이었다. 좁은 오솔길들이 들판 사이로 뻗어 계곡으로 사라졌다가 언덕들을 휘감았다. 그중 한 오솔길이 500걸음쯤 떨어진 앞쪽에서 우리의 길과 교차했다. 그 길에서 나는 한 행렬을 발견했다. 내 마부가 보고 있는 것도 바로 이것이었다.

그것은 장례 행렬이었다. 말 한 필이 천천히 끌고 있는 맨 앞쪽의 첼레가에 사제가 타고 있었다. 하급 사제는 그 옆에 앉아 마차를 몰고 있었다. 첼레가 뒤에서 모자를 쓰지 않은 농부 네 명이 하얀 아마포를 덮은 관을 운반하고 있었다. 아낙 두 명이 관 뒤에서 따라왔다. 그중 한 여자의 가늘고 애처로운 목소리가 갑자기 내 귓가에 날아들었다. 나는 귀를 기울였다. 그녀가 슬피 노래했다. 아른대는 듯하고 단조롭고 절망적이고 애절한 그 곡조가 황량한 들판을 가로질러 음울하게 울려 퍼졌다. 마부가 말들을 전속력으로 몰았다. 그 장례 행렬을 앞지르고 싶었던 것이다. 길에서 죽은 사람과 마주치는 것은 불길한 징조다. 그는 죽은 사람이 길에 이르기 전 먼저 길을 통과하는 데 정말로 성공했다. 하지만 미처 100걸음을 벗어나기도 전에 갑자기 우리의 첼레가가 심하게 덜컹거리며 옆으로 기울어져 하마터면 뒤집힐 뻔했다. 마부는 내달리던 말들을 세우고 마부대에서 몸을 숙여 바라보고는 한 손을 내저으며 침을 뱉었다.

"무슨 일이야?" 내가 물었다.

내 마부가 서두르지 않고 말없이 내려왔다.

"무슨 일이냐니까?"

"굴대가 부서졌습니다…… 삭았어요." 그가 침울하게 대꾸하더니, 갑자기 곁말이 옆으로 휘청일 정도로 분을 터뜨리며 말의 엉덩이띠를 세게 고쳐 맸다. 하지만 말은 꿋꿋이 버티고 서서 콧김을 푸르르 뿜으며 몸을 흔들더니 아주 침착하게 앞다리의 무릎 아래를 이빨로 긁기 시작했다.

나는 첼레가에서 내려 모호하고 불쾌한 당혹감에 싸인 채 잠시 길에 서 있었다. 첼레가 밑에 완전히 깔리다시피 한 오른쪽 바퀴가 묵묵히 필사적으로 바퀴 축을 들어 올리고 있는 것처럼 보였다.

"이제 어떡하지?" 마침내 내가 물었다.

"저게 화근이죠!" 내 마부가 채찍으로 행렬을 가리키며 말했다. 행렬은 어느새 길로 들어서서 우리 쪽으로 다가오고 있었다. "전 늘 염두에 두고 있었습니다." 그가 계속해서 말했다. "그건 확실한 징조예요. 죽은 사람과 마주치는 것은…… 그렇다니까요."

그러더니 그는 다시 곁말을 불안하게 했다. 그의 음침하고 언짢은 기분을 감지한 말은 꼼짝 않기로 마음먹고 이따금 공손히 꼬리만 흔들었다. 나는 잠시 이리저리 서성이다가 다시 바퀴 앞에 멈춰 섰다.

그사이 망자가 우리를 따라잡았다. 슬픔에 잠긴 행렬은 길에서 벗어나 풀밭으로 조용히 방향을 튼 후 우리 첼레가 옆을 지나 천천히 나아갔다. 마부와 나는 모자를 벗어 사제와 인사를 나누고 관을 운반하는 사람들과 눈짓을 주고받았다. 그들은 힘겹게 나아가고 있었다. 그들의 넓은 가슴이 높이 솟아 있었다. 뒤에서 관을 따라가는 두 아낙 가운데 한 명은 나이가 아주 많고 창백했다. 슬픔으로 심하게 일그러진 그 움직임 없는 얼굴은 준엄하고 엄숙하고 위엄 있는 표정을 간직하고 있었다. 그녀는 이따금 야윈 손을 움푹 꺼진 얇은 입술에 가져가며 묵묵히 걸었다. 다른 아낙은 스물다섯 살쯤 된 젊은 여인이었다. 붉어진 눈은 눈물에 젖고, 얼굴은 울어서 퉁퉁 부어 보였다. 우리 옆에 이른 그녀는 울음을 그치고 소매로 얼굴을 가렸다……. 하지만 망자가 우리 곁을 지나쳐 다시 길로 벗어나자 다시 마음을 찢는 애처로운 노래가 울려 퍼졌다. 규칙적으로 흔들리는 관을 말없이 눈으로 배웅한 후 내 마부가 나를 돌아보았다.

"목수 마르틴을 매장하는 겁니다." 그가 입을 열었다. "랴바 마을의 목수요."

"자네가 어떻게 알아?"

"여자들을 보고 알았죠. 나이가 많은 쪽이 그의 어머니고, 젊은 쪽이 아내입니다."

"병을 앓았나?"

"네…… 열병에……. 그저께 관리인이 의사를 데려오도록 사람을 보냈는데 의사가 집에 없어서……. 좋은 목수였죠. 가끔 술을 마시긴 했지만 좋은 목수였어요. 아내가 얼마나 비통해하는지 보세요……. 뭐, 물론 여자의 눈물에 돈이 드는 건 아니죠. 여자의 눈물은 물이나 마찬가지니……. 그럼요."

그러더니 마부는 몸을 숙여 곁말의 고삐 밑으로 기어 들어가 두 손으로 멍에를 붙잡았다.

"그런데……" 내가 말했다. "우리는 어떡하지?"

내 마부는 먼저 가운데 말의 어깨에 무릎을 대고 멍에를 두어 번 흔들어 안장을 바로잡은 다음 다시 곁말의 고삐 밑으로 기어 들어갔다. 그는 말의 낯짝을 밀치며 지나가 바퀴 쪽으로 다가가더니, 바퀴에서 눈을 떼지 않은 채 카프탄 옷자락에서 자작나무 껍질로 만든 담뱃갑을 천천히 꺼내 가죽 끈 옆의 뚜껑을 천천히 뽑고는, 담뱃갑 속에 통통한 손가락 두 개(둘 정도가 간신히 들어갔다.)를 천천히 밀어 넣어 담배를 비볐다. 그는 앞질러 코를 찡그리더니 매번 긴 신음 소리를 내면서 적당한 간격으로 냄새를 맡고는, 병적일 정도로 눈을 가늘게 뜨고 눈물 고인 눈동자를 끔뻑거리면서 깊은 생각에 잠겼다.

"아니, 뭐야?" 마침내 내가 말했다.

내 마부는 담뱃갑을 호주머니에 조심스럽게 집어넣은 후 손을 쓰지 않고 머리만 움직여 모자를 눈썹까지 내려쓰고는 생각에 잠긴 표정으로 마부대에 올라탔다.

"어디로 갈 건데?" 나는 조금 놀라 그에게 물었다.

"타세요." 그가 침착하게 대답한 후 고삐를 거머쥐었다.

"도대체 어떻게 가려고?"

"가시죠."

"하지만 굴대는……."

"타세요."

"굴대가 부서졌잖아……."

"부서지기야 부서졌죠. 그래도 이주민 마을까지는 도착할 겁니다……. 그러니까 천천히 가면 말이죠. 저기 숲을 지나면 오른편에 마을이 있어요. 유지니라는 마을이죠."

"우리가 갈 수 있다고 생각해?"

내 마부는 나에게 대답하지 않았다.

"나는 걸어서 가는 편이 낫겠어." 내가 말했다.

"좋으실 대로……."

그러고는 그가 채찍을 휘둘렀다. 말이 움직이기 시작했다.

앞바퀴가 간신히 버티며 몹시 이상하게 돌아가긴 했지만 우리는 정말 마을에 도착했다. 작은 언덕에서 바퀴는 하마터면 날아날 뻔했다. 하지만 내 마부는 성난 목소리로 고함을 질렀고, 우리는 무사히 언덕을 내려갔다.

유지니 마을은 여섯 개의 나지막하고 작은 농가로 이루어진 곳이었다. 집들은 지어진 지 얼마 안 된 것 같은데 이미 한 옆으로 기울어져 있었다. 모든 집의 안마당에 바자울이 쳐진 것은 아니었다. 이 마을에 들어서는 동안 우리는 살아 있는 사람을 한 명도 만나지 못했다. 길에는 닭 한 마리, 개 한 마리 보이지 않았다. 꼬리를 짧게 자른 검은 개 한 마리만 바짝 마른 구유 — 갈증이 개를 그곳으로 몰아간 것이 분명했다 — 에서 우리 앞으로 황급히 뛰어올라 갑자기 짖지도 않고 곧바로 대문으로 돌진했다. 나는 첫 번째 집에 들러 현관방의 문을 열고 주인을 큰 소리로 불렀다. 아무도 대답하지 않았다. 한 번 더 큰 소리로 불렀다. 다른 문 뒤에서 굶주린 고양이의 울음소리가 들렸다. 나는 발로 문을 찼다. 야윈 새끼 고양이가 어둠 속에서 초록색 눈을 반짝이며 내 옆을 획 지나갔다. 나는 방으로 고개를 들이밀고 쳐다보았다. 연기가 깔린 어둑한 방은 텅 비어 있었다. 안마당으로 나갔지만 그곳에도 사람이 없었다……. 울타리 너머에서 송아지 한 마리가 울었다. 다리를 저는 회색 거위가 뒤뚱뒤뚱 옆으로 비켰다. 나는 두 번째 농가로 갔다. 두 번째 농가에도 아무도 없었다. 안마당으로 갔다…….

환하게 빛나는 안마당 한가운데서, 이른바 양지에서 사내아이처럼 보이는 남자가 두꺼운 농민 외투를 머리에 덮고 엎드려 있었다. 그에게서 몇 걸음 떨어진 허술한 첼레가 옆에 짚으로 만든 처마 밑에는 너덜너덜한 마구를 걸친 야윈 말이 서 있었다. 무너질 듯한 집의 좁은 구멍들을 통해 햇살이 물줄기처럼 떨어지며 말의 덥수룩한 적갈색 털을 빛나는 작은 반점들로 아롱지게 했다. 바로 그곳에 높이 매달린 새장에서는 찌르레기들이 호기심 어린 평온한 눈길로 자신들의 작은 공중집에서 아래를 내려다보며 재잘거리고 있었다. 나는 잠든 남자에게 다가가 그를 깨웠다…….

그는 고개를 들어 나를 쳐다보더니 냉큼 일어섰다……. "뭐요, 무슨 일입니까? 뭐가 문젠데요?" 그가 잠에 취해서 웅얼거렸다.

나는 바로 대답을 하지 못했다. 그만큼 그의 외모에 충격을 받았던 것이다. 주름투성이의 거무스름하고 작은 얼굴, 뾰족한 작은 코, 겨우 보이는 갈색 눈, 버섯갓처럼 작은 머리통 위에 질펀하게 앉은 숱 많은 검은 곱슬머리를 한 쉰 살쯤의 난쟁이를 상상해 보라. 그의 몸 전체가 바짝 마르고 허약했다. 그리고 그의 눈초리가 얼마나 이상하고 기이했는지는 도저히 말로 전달하지 못하겠다.

"무슨 일입니까?" 그가 다시 내게 물었다.

나는 뭐가 문제인지 그에게 설명했다. 그는 천천히 깜빡이는 눈으로 나를 뚫어지게 쳐다보면서 내 말을 들었다.

"그래서 말인데 우리가 새 굴대를 구할 수 없을까?" 마침내 나는 말했다. "물론 돈은 지불하지."

"그런데 도대체 뭘 하는 분인가요? 사냥꾼?" 그는 나를 머리부터 발끝까지 훑어보면서 물었다.

"사냥꾼이야."

"아마 하늘의 새들을 쏠 테죠……? 숲의 짐승들도요……. 그런데 하느님의 새들을 죽이고 죄 없는 생명이 피를 흘리게 하는 것은 죄가 아닌가요?"

이상한 노인이 매우 느릿느릿 말했다. 그의 목소리 역시 날 놀라게 했다. 그 목소리는 노쇠한 느낌을 전혀 주지 않았을 뿐만 아니라 놀랍도록 달콤하고 젊었으며 여자 목소리라 해도 좋을 만큼 부드러웠다.

"우리 집엔 굴대가 없어요." 그는 잠시 침묵한 후 덧붙였다. "이런 건 쓸모없겠죠.(그는 자신의 작은 첼레가를 가리켰다.) 당신에겐 큰 첼레가가 있을 테니까요."

"그럼 마을에서 구할 수 있을까?"

"이런 곳이 무슨 마을이라고요! 여기에는 어느 집에도 굴대가 없어요……. 게다가 아무도 집에 없고요. 다들 일하러 갔어요. 가 보세요." 그는 불쑥 말을 내뱉고는 다시 땅바닥에 드러누웠다.

나는 이런 결론을 전혀 예상하지 못했다.

"들어 봐, 노인장." 나는 그의 어깨를 건드리며 말했다. "부탁할게. 도와줘."

"안녕히 가십시오! 전 피곤합니다. 시내에 다녀왔거든요." 그가 나에게 말하고는 농민 외투를 머리까지 끌어 올렸다.

"제발 도와줘." 내가 계속 말했다. "내가…… 내가 돈을 지불할게."

"보수는 필요 없다니까요."

"제발, 노인장……."

그는 몸을 반쯤 일으키더니 작고 가느다란 두 다리를 포개고 앉았다.

"숲속의 빈터라면 데려다줄 수 있지! 그곳의 우리 숲을 어떤 상인들이 샀거든. 하느님이 그자들을 심판하시길! 그자들이 숲을 베어 버리고 사무소를 세웠어. 하느님의 그자들에게 심판관이 되어 주시길! 거기서 그자들에게 굴대를 주문하든지, 만들어진 걸 사든지 하쇼."[108]

108) 노인은 화자가 지주 귀족임을 알면서도 이 장면부터 계속 낮춤말을 사용한다.

"좋았어!" 나는 기뻐서 소리 높여 말했다. "좋아! 가지."

"참나무 굴대로, 좋은 걸루." 그가 자리에서 일어나지 않은 채 말을 계속했다.

"그 빈터까지는 먼가?"

"3베르스타."

"이런! 자네의 작은 첼레가를 타고 갈 수 있겠지."

"안 되는데……."

"자, 가지." 내가 말했다. "같이 가, 노인장! 마부가 길에서 우리를 기다리고 있어."

노인은 마지못해 일어나 나를 따라 길로 나왔다. 내 마부는 초조해하고 있었다. 그는 말들에게 물을 먹이려고 했지만 우물에는 물이 너무 적었고 물맛도 좋지 않았다. 마부들의 말에 따르면 그것은 가장 중요한 문제였다……. 하지만 노인을 본 그는 이를 드러내고 히죽 웃더니 고개를 끄덕이며 소리 높여 말했다.

"아, 카시야누시카! 안녕하쇼!"

"잘 지냈나, 정직한 사내 예로페이?" 카시얀이 음울한 목소리로 대꾸했다.

나는 곧 그의 제안을 마부에게 전했다. 예로페이는 찬성의 뜻을 밝히고 안마당으로 첼레가를 몰고 들어왔다. 그가 생각에 잠긴 표정으로 분주하게 마차에서 말을 푸는 동안 노인은 대문에 어깨를 기대고서 달갑지 않은 눈길로 그와 나를 번갈아 쳐다보았다. 그는 의혹을 품고 있는 것 같았다. 내가 알아낼 수 있었던 바로는 우리의 갑작스러운 방문이 별로 마음에 들지 않는 것 같았다.

"그런데 노인장도 이주당한 건가?" 갑자기 예로페이가 멍에를 벗기며 그에게 물었다.

"그렇지."

"참 나!" 내 마부가 이를 악물고 내뱉듯이 말했다. "마르틴이라는 사람 알지? 목수 말이요……. 당연히 랴바 마을의 마르틴을 알겠지?"

"알아."

"글쎄, 그 사람이 죽었어. 방금 그의 관과 마주쳤잖아."

카시얀이 몸을 부르르 떨고는 눈을 내리깔았다.

"그렇다니까, 죽었어. 왜 그 사람을 고쳐 주지 않았어, 응? 사람들 말로는 노인장이 병을 고쳐 준다고 하던데. 당신이 의사라고 하던걸."

내 마부는 아마도 노인을 놀리고 조롱하는 것 같았다.

"이게 노인장의 첼레가요?" 그가 어깨로 그것을 가리키며 덧붙여 말했다.

"내 거야."

"아니, 이게 첼레가…… 첼레가라고!" 그는 거듭해서 중얼거리고는 첼레가의 채를 잡고 거꾸로 뒤집어 놓다시피 했다……. "첼레가라! 빈터까지 어떻게 가려고……? 이런 채에는 우리 말들을 못 매. 우리 말들은 크잖아. 이게 뭐야?"

"나야 모르지." 카시얀이 대답했다. "당신들이 어떻게 갈지. 하지만 이 녀석을 달아야 할걸." 그가 한숨을 쉬며 덧붙였다.

"이런 말로?" 예로페이가 그의 말을 되받고는 카시얀의 여윈 말 쪽으로 다가가 오른손 가운뎃손가락으로 말의 목덜미를 멸시하듯 쿡 찔렀다. "이런!" 그가 비난조로 덧붙였다. "잠들었잖아, 까마귀같이 멍청한 놈!"

난 예로페이에게 서둘러 말을 매도록 부탁했다. 나는 빈터까지 카시얀과 함께 가고 싶었다. 그런 곳에는 종종 멧닭들이 서식한다. 작은 첼레가가 어느새 준비되어 나는 개를 데리고서 투박하고 휘어진 첼레가 바닥에 간신히 자리를 잡았고, 공처럼 몸을 웅크린 채 여전히 음울한 표정을 짓고 있던 카시얀도 첼레가의 앞쪽 횡목 위에 앉았다. 그러자 예로페이가 나에게 다가와 은밀한 표정으로 속삭였다.

"잘하셨네요, 나리, 저런 사람이랑 같이 가시다니요. 저 사람은 정말이지 진짜 백치 광신자라니까요. 별명이 벼룩이에요. 나리께서 이 인간의 말을 어떻게 알아들으시는지 모르겠네요……."

이제까지는 카시얀이 매우 사려 깊은 사람으로 보였다고 예로페이에게 말하고 싶었지만, 내 마부가 곧 똑같은 목소리로 말을 이었다.

"하지만 저 인간이 나리를 어디로 데려가는지 잘 지켜보세요. 그리고 굴대는 직접 고르시고요. 되도록 가장 튼실한 걸로요……. 어이, 벼룩." 그가 큰 소리로 덧붙였다. "당신들 마을에서 빵 조각을 구할 수 있을까?"

"찾아봐. 어쩌면 있을지도 모르지." 카시얀이 대꾸하고는 고삐를 잡아당겼다. 우리는 출발했다.

그의 작은 말은 놀랍게도 꽤 잘 달렸다. 빈터로 가는 내내 카시얀은 고집스럽게 침묵을 지켰고, 내 질문에도 띄엄띄엄 마지못해 대답했다. 우리는 곧 빈터에 도착했다. 하지만 그곳에서 사무소까지는 겨우 갔다. 임시변통으로 쌓은 둑에 둘러싸여 못이 된 작은 계곡 위에 높다란 통나무집이 쓸쓸히 서 있었다. 나는 그 사무소에서 젊은 판매원 둘을 발견했다. 눈처럼 하얀 이, 달콤한 눈동자, 달콤하고 싹싹한 말투, 달콤하고도 교활한 미소를 지닌 이들이었다. 나는 굴대를 사기 위해 그들과 흥정하고 빈터로 출발했다. 카시얀이 말들 옆에 남아서 날 기다릴 거라고 생각했는데 갑자기 그가 내게로 다가왔다.

"새를 쏘러 가소?" 그가 말했다. "맞소?"

"응, 찾게 되면."

"함께 가겠소……. 괜찮소?"

"그럼, 괜찮아."

그래서 우리는 함께 떠났다. 나무를 벤 곳은 전부 1베르스타 정도였다. 솔직히 나는 내 개보다 카시얀을 더 많이 쳐다보았다. 사람들이 괜히 그를 벼룩이라고 부르는 게 아니었다. 아무것도 쓰지 않은(하지만 그의 머리칼이 어떤 모자든 대신할 수 있었다.) 그의 자그마한 검은 머리통이 떨기나무들 틈에서 몹시 반짝거렸다. 그는 매우 민첩하게 돌아다녔고, 팔짝팔짝 뛰듯이 걸었고, 끊임없이 허리를 숙이면서 무슨 풀인가를 뜯어 품속에 쑤셔넣었고, 혼잣말로 무언가 웅얼거렸고, 탐색하는 듯한 기묘한 눈초리로 나와 내 개를 계속 번갈아 쳐다보았다. 야트막한 떨기나무들 틈에, '작은 잡목들' 틈에, 빈터에 종종 작은 잿빛 새들이 머물곤 한다. 새들은 날다가 갑자기 급강하하기도 하면서 쉴 새 없이 이 나무에서 저 나무로 옮겨 다니고, 휘파람 같은 울음소리를 낸다. 카시얀은 새들을 흉내 내기도 하고 서로 불러 대기도 했다. 새끼 메추라기가 그의 발아래에서 짹짹거리며 날아오르자 그도 뒤따라 짹짹거렸다. 종달새가 날개를 퍼덕이고 낭랑하게 노래하면서 그를 향해 내려오기 시작하자, 카시얀이 그 노래를 따라 불렀다. 나에게는 여전히 한마디도 하지 않았다…….

날씨는 좋았다. 전보다 훨씬 더 좋았다. 하지만 더위는 여전히 수그러들지 않았다. 맑은 하늘에는 봄의 잔설처럼 누르스름한 빛을 띤 하얀 구름이, 펼친 돛처럼 평평하고 긴 구름이 드문드문 거의 눈에 띄지 않게 높이 흘러가고 있었다. 무늬를 이룬 구름의 가장자리가, 솜처럼 부드럽고 가벼운 그 가장자리가 느리지만 눈에 띄게 시시각각 변해 갔다. 그것들은, 그 구름들은 녹고 있었고, 땅에 그늘을 드리우지 않았다. 카시얀과 나는 빈터를 오랫동안 어슬렁거렸다. 1아르신[109]도 안 되는 곁가지들이 가늘고 매끄러운 줄기들로 야트막한 검은 그루터기들을 감쌌다. 구멍이 숭숭 뚫리고 끄트머리가 회색인 둥그스름한 나무옹이들 — 이것으로 부싯깃을 만든다 — 이 그 그루터기들에 달라붙어 있었다. 그루터기를 따라 장밋빛 딸기 덩굴이 뻗어 있었다. 거기에는 버섯들이 다닥다닥 가족을 이루어 돋아 있었다. 뜨거운 햇살을 흠뻑 들이마신 긴 풀에 발이 계속 걸리고 엉켰다. 어디를 가나 불그레한 어린 나뭇잎들

109) 제정 러시아 시대의 길이 단위. 1아르신은 약 70센티미터.

의 날카로운 금속성 반짝임에 눈이 부셨다. 가는 곳마다 푸르스름한 누에콩 꼬투리들, 작은 황금 접시 같은 미나리아재비들, 반은 보랏빛이고 반은 노란색인 삼색오랑캐꽃들이 아른거렸다. 띠처럼 길게 이어진 붉은 풀로 바큇자국을 알아볼 수 있는 황폐한 오솔길 옆 여기저기에, 길게 쌓은 장작더미들이 비바람에 검게 변한 채 높이 솟아 있었다. 그 장작더미들이 비스듬한 사각형 모양으로 희미한 그림자를 던질 뿐 다른 어디에도 그림자는 보이지 않았다. 산들바람이 일었다 잦아들곤 했다. 바람이 갑자기 활기를 띠듯 얼굴에 정면으로 불어오면, 주위의 모든 것이 명랑하게 바스락대고 까딱이고 움직이기 시작하며, 고사리의 유연한 끄트머리가 우아하게 하늘거린다. 그 모습에 마음이 즐거워지나 싶으면…… 다시 바람이 이내 멎고 다시 모든 게 잠잠해졌다. 귀뚜라미들만이 마치 분개한 듯 입을 모아 울어 댄다. 그리고 그 끊임없는 성마르고 메마른 소리가 피로감을 안긴다. 그것은 정오의 집요한 더위에 잘 어울린다. 마치 무더위가 그 소리를 낳기라도 한 듯, 마치 뜨겁게 달궈진 땅에서 무더위가 그 소리를 불러내기라도 한 듯.

새 한 마리 발견하지 못한 채 우리는 마침내 새 빈터에 이르렀다. 그곳엔 얼마 전에 벤 사시나무들이 풀과 작은 떨기나무를 짓누르며 애처로이 땅바닥에 뻗어 있었다. 어떤 나무들에는 아직은 푸르지만 이미 죽은 잎사귀들이 꼼짝 않는 가지들에서 생기 없이 축 늘어져 있었고, 또 어떤 나무들에는 잎사귀들이 이미 바짝 말라 구부러져 있었다. 선명하고 촉촉한 그루터기들 주위에 수북이 쌓인 금빛 어린 하얀색의 신선한 지저깨비들이 아주 달콤하고 쌉싸름한 독특한 향기를 풍겼다. 멀리 숲 가까이에서 도끼 소리가 적막하게 울렸고, 이따금 울창한 나무가 마치 두 팔을 벌리며 고개 숙여 인사하듯 장엄하게 조용히 쓰러졌다…….

오랫동안 어떤 사냥감도 발견하지 못했다. 드디어 쑥이 빽빽하게 자란 넓은 참나무 숲에서 흰눈썹뜸부기 한 마리가 날아올랐다. 나는 총을 쏘았다. 새는 공중회전을 하더니 뚝 떨어졌다. 총성을 들은 카시얀은 재빨리 한 손으로 눈을 가리고는 내가 라이플총을 장전하고 흰눈썹뜸부기를 들어 올릴 때까지 꼼짝도 하지 않았다. 하지만 내가 다시 출발하자 그는 죽은 새가 쓰러진 곳으로 다가와 피가 몇 방울 튄 풀 위로 허리를 숙이더니 고개를 젓고는 두려움에 찬 눈으로 나를 바라보았다……. 나중에 그가 조그맣게 "죄야! 아, 이건 죄야!"라고 중얼거리는 소리를 들었다.

결국 우리는 무더위를 피해 숲으로 들어갈 수밖에 없었다. 나는 높다란 호두나무 아래로 뛰어들었다. 그 위로 균형 잡힌 어린 단풍나무의 가벼운 나뭇가지들이 아름답게 뻗어 있었다. 카시얀은 베어 둔 자작나무의 굵은 밑동에 앉았다. 나는 그를 바라보았다. 높은 곳에서 나뭇잎들이 희미하게 흔들렸고, 그 연녹색 그늘이 검은 농민 외투에 싸인 그의 허약한 몸뚱이에서, 그의 작은 얼굴에서 이리저리 조용하게 미끄러졌다. 그는 고개를 들지 않았다. 그의 침묵에 싫증을 느낀 나는 등을 대고 누워 저 멀리 밝은 하늘을 배경으로 복잡하게 뒤엉킨 잎사귀들이 평화롭게 노니는 모습을 감탄의 눈길로 바라보기 시작했다. 숲속에서 등을 대고 누워 위를 쳐다보는 것은 놀랍도록 즐거운 일이다! 당신은 발아래 드넓게 펼쳐진, 바닥을 헤아릴 수 없는 바다를 보는 것 같다고, 나무들이 대지에서 솟아나는 게 아니라 마치 거대한 식물의 뿌리가 유리처럼 맑은 파도 속으로 가파르게 떨어지는 것 같다고 느낄 것이다. 나뭇잎들은 에메랄드처럼 투명하게 비치기도 하고, 금빛을 띤, 검은색에 가까운 녹색으로 짙어지기도 했다. 아득히 먼 어느 곳, 가느다란 가지 끝에 작은 잎사귀 하나가 투명한 하늘의 연푸른 조각을 배경으로 움직임 없이 매달려 있고, 바로 그 옆의 다른 잎사귀는 바람 때문이 아니라 스스로 움직이는 것처럼 지느러미를 놀리는 물고기를 떠올리게 하며 흔들렸다. 동그란 흰 구름들이 바닷속 마법의 섬처럼 조용히 흘러왔다가 조용히 지나간다. 그런데 갑자기 이 모든 바다가, 이 빛나는 공기가, 햇빛에 잠긴 이 나뭇가지와 잎사귀들이 전부 물처럼 흐르면서 하얀 광채를 반짝이며 떨리기 시작한다. 갑자기 밀려온 잔물결의 끝없는 희미한 소리를 닮은, 떨리는 속삭임 같은 상쾌한 소리가 들린다. 당신은 움직이지 않고 가만히 바라본다. 그럼 마음이 얼마나 기쁘고 고요하고 달콤한지 말로 표현할 수 없다. 당신은 바라본다. 깊고 깨끗한 푸른색이 당신의 입술에 그 못지않은 순수한 미소를 불러일으킨다. 행복의 기억이 하늘의 구름들처럼, 혹은 그 구름들과 함께 떠가듯 느린 행렬을 이루어 마음속을 스쳐 간다. 당신은 자신의 시선이 점점 더 멀리 이동하며 평온하게 빛나는 심연으로 당신을 끌고 가는 것 같다고 느낀다. 그 높이에서, 그 깊이에서 당신 자신을 떼어 놓는 것은 불가능할 것 같다고 느낀다…….

"나리, 저, 나리!" 갑자기 카시얀이 특유의 울림이 좋은 목소리로 말했다.

나는 놀라서 몸을 약간 일으켰다. 이제까지 그는 내 물음에 거의 대꾸를 하지 않았다. 그런데 갑자기 그가 먼저 말을 꺼낸 것이다.

"무슨 일이야?" 내가 물었다.

"무엇을 위해 그런 작은 새를 죽이쇼?" 그가 내 얼굴을 똑바로 쳐다보며 입을 열었다.

"무엇을 위해서라니……? 흰눈썹뜸부기는 들새잖아. 먹어도 된다고."

"그 때문에 죽인 게 아니잖소, 나리. 나리가 그걸 먹을까! 나리는 심심풀이로 새를 죽인 거요."

"하지만 자네도 거위나 닭을 먹을 텐데?"

"그 새들이야 하느님이 인간을 위해 정해 준 새지. 하지만 흰눈썹뜸부기는 자유로운 숲의 새잖아. 그 새만이 아니지. 그런 것들은 많아. 숲, 들판과 강, 늪과 초원, 높은 곳과 낮은 곳의 모든 생명들, 그 생명들을 죽이는 것은 죄라오. 그 생명들이 땅에서 수명이 다할 때까지 살게 내버려둬요……. 인간을 위해서는 다른 양식이 마련되어 있다오. 인간에게는 다른 먹을 것과 다른 마실 것이 있다니까. 곡식은 하느님의 축복이지. 하늘의 물도 있고, 옛 조상들 때부터 길들여 온 생물도 있소."

나는 깜짝 놀라 카시얀을 쳐다보았다. 그의 말이 유창하게 흘러나왔다. 그는 말을 찾으려 하지 않고, 이따금 눈을 감으면서 조용한 열의와 온화한 위엄을 드러내며 말했다.

"그럼 물고기를 죽이는 것도 죄가 된다고 생각하나?" 내가 물었다.

"물고기의 피는 차갑지." 그가 확신에 차서 반박했다. "물고기는 소리를 내지 않는 생물이오. 두려워할 줄도 즐거워할 줄도 몰라. 물고기는 말을 못 하는 생명이지. 물고기는 느낄 줄 모르고, 몸속의 피도 살아 있지 않아……. 피는……." 그는 잠시 침묵한 뒤 계속해서 말했다. "피는 성스러운 것이라오! 피는 하느님의 태양을 보지 않아. 피는 세상으로부터 감춰져 있어……. 피를 세상에 보이는 것은 대죄요. 대죄이고 끔찍한 일이지……. 오, 대죄이고말고!"

그는 탄식하고는 고개를 떨궜다. 솔직히 말해 나는 기묘한 노인을 바라보며 경탄을 금할 수 없었다. 그의 말은 농부의 말이 아니었다. 평민도 그런 식으로 말하지 않고 달변가도 그렇게 말하지 않는다. 신중하고 엄숙하고 기이한 그 언어는……. 나는 그런 식의 말을 한 번도 들어 본 적이 없었다.

"자, 말해 봐, 카시얀." 나는 살짝 상기된 그의 얼굴에서 눈을 떼지 않은 채 말문을 열었다. "자네는 어떤 일을 생업으로 삼고 있지?"

그는 내 질문에 즉각 대답하지 않았다. 그의 시선이 일순간 불안하게 내달렸다.

"하느님이 명하신 대로 산다오." 마침내 그가 말했다. "그러니까 무엇으로 먹고사느냐에 대해 말하자면, 안 해, 아무 일도 안 한다고. 나는 어릴 때부터 아주 아둔했수다. 할 수 있을 땐 일을 하지. 하지만 난 일을 잘 못 해서……. 나 같은 놈을 어디에 쓰겠소! 건강하지도 않지, 손도 서툴지. 뭐, 봄에는 나이팅게일을 잡는다오."

"나이팅게일을 잡는다고? 그러면서 어떻게 숲과 들판 등등에 사는 생물을 잡으면 안 된다고 말할 수 있나?"

"물론 죽여선 안 되지. 그렇게 하지 않아도 죽음이 취하니까. 하다못해 목수 마르틴을 봅시다. 목수 마르틴은 살다가, 잠시 살다가 죽었소. 그의 아내는 지금 남편 때문에, 어린아이들 때문에 비탄에 잠겨 있고……. 인간이든, 생물이든 죽음을 속일 순 없소. 죽음이 달려오는 건 아니지만, 그렇다고 죽음에서 달아날 수도 없지. 하지만 죽음을 도와서도 안 된단 말이야……. 나는 나이팅게일을 죽이지 않소. 당치도 않아! 나는 그것들을 괴롭히거나 생명을 빼앗기 위해서가 아니라 인간의 만족과 위로와 즐거움을 위해 잡는다오."

"나이팅게일을 잡으러 쿠르스크에 가나?"

"쿠르스크에도 가고, 경우에 따라 더 멀리도 가지. 밤을 늪지에서 보낼 때도 있고, 숲속에서 보낼 때도 있소. 들판에서 혼자 보내기도 하고 벽지에서 보내기도 해. 어떤 곳에서는 도요새들이 울고, 어떤 곳에서는 토끼들이 큰 소리로 부르고, 어떤 곳에서는 물오리들이 꽥꽥거려요……. 저녁에는 망을 보고, 아침에는 귀를 기울이고, 해 질 녘에는 덤불에 그물을 펼치는데……. 어떤 나이팅게일은 너무 구슬프게 운다오, 달콤하게……, 슬프리만치."

"그럼 그 새들을 파나?"

"착한 사람들에게 넘긴다오."

"또 뭘 하는데?"

"뭘 하냐고?"

"무슨 일을 하는데?"

노인은 잠시 침묵했다.

"아무 일도 하지 않소만……. 난 일을 잘 못 하오. 하지만 읽고 쓰는 건 할 수 있지."

"글을 안다고?"

"읽고 쓸 줄 알지. 하느님과 선한 사람들의 도움으로."

"가족이 있나?"

"아뇨, 가족은 없소만."

"어쩌다 그렇게……. 전부 죽은 건가?"

"아뇨, 그냥 그렇게 됐소. 사는 동안 운이 안 따라 준 거지. 그 모든 건 하느님이 주관하시는 것이고, 우리 모두는 하느님의 뜻 아래서 걸어가잖소. 인간은 정의로워야 하고. 그렇다니까! 말하자면 그게 하느님이 바라는 것이지."

"자네에겐 친척도 없나?"

"있소……, 그래요…… 그러니까……."

노인이 우물쭈물했다.

"말해 줄 수 없을까?" 내가 입을 열었다. "내 마부가 자네에게 왜 마르틴을 고쳐 주지 않았느냐고 묻는 걸 들었는데. 정말 자네에게 병을 고치는 능력이 있나?"

"당신의 마부는 올바른 사람이오." 카시얀이 깊은 생각에 잠긴 모습으로 나에게 대답했다. "하지만 그 사람도 죄가 없지는 않지. 사람들이 날 치유자라고 부르는데…… 내가 무슨 치유자요! 그리고 누가 병을 고치겠소? 그건 전적으로 하느님께 달려 있는데. 있기는 하지…… 풀도 있고, 꽃도 있소. 확실히 도움이 되긴 해. 가령 마리골드는 인간에게 좋은 풀이지. 질경이도 있군. 그 풀들에 대해 말하는 건 부끄러운 일이 아냐. 깨끗한 풀이니까. 하느님의 풀이지. 그런데 다른 풀들은 그렇지 않아. 효과는 있지만 죄야. 그것들에 대해 말하는 것도 죄라고. 기도와 함께 쓰는 건 빼고……. 뭐, 물론 그런 말들도 있지……. 하지만 믿는 자는 구원을 얻으리니." 그는 목소리를 낮추어 이렇게 덧붙였다.

"마르틴에게는 아무것도 주지 않았나?" 내가 물었다.

"늦게 알았소." 노인이 대답했다. "그래서 어떻단 말이오! 저마다 날 때부터 운명이 정해지는걸. 목수 마르틴은 살 운명이, 이 땅에서 오래 살 운명이 아니었던 거지. 그래서 그렇게 된 거요. 아니, 이 땅에서 오래 살 운명이 아닌 사람에게는 태양도 다른 이들에게 하듯 따뜻이 덥혀 주지 않고, 빵도 도움이 안 되지. 마치 무언가가 그 사람을 불러들이는 것처럼……. 그래. 하느님이 그 영혼에 평온을 주시기를!"

"당신네들이 이 지역으로 이주된 게 오래전인가?" 나는 잠시 침묵한 뒤 물었다.

카시얀이 부르르 몸을 떨었다.

"아니, 얼마 안 됐수다. 사 년 전쯤. 옛 주인의 생전에는 우리 모두 예전 고향에서 살았는데, 그 후 유언 집행자가 우리를 이주시켰지. 우리 옛 주인은 부드럽고 온화한 분이었소. 천국에 계시길! 뭐, 유언 집행인도 물론 바른 판단을 내렸지. 분명 그렇게 되어야 했어."

"당신들은 예전에 어디에 살았지?"

"우리는 크라시바야 메치에서 왔소."

"여기서 먼 곳인가?"

"100베르스타쯤."

"어때, 그곳이 더 좋았나?"

"더 좋았지…… 더 좋았어. 그곳은 하천이 있는 광활한 곳이고 우리에게 집 같은 곳이지. 하지만 이곳은 좁고 건조해서…… 이곳에서 우리는 고아나 마찬가지요. 거기 우리 고향 크라시바야 메치에서 언덕을 올라가 보시오. 올라가면, '오, 하느님, 이게 뭐야, 응?' 하게 될 거요. 강도 풀밭도 숲도 있소. 거기엔 교회가 있고, 그 너머로 또 풀밭이 나오지. 더 멀리, 더 멀리도 보인다오. 얼마나 멀리까지 보이는지…… 보아도, 보아도, 아, 정말이지 끝이 없어! 뭐, 토질은 이곳이 진짜 훨씬 낫지. 모래 섞인 점토거든. 농부들이 말하길 좋은 흙이라고 합디다. 그래서 내 땅에서조차 어디에서든 곡물이 풍요롭게 자란다오."

"어때, 노인장, 솔직히 말해 봐. 어쩐지 고향에 가고 싶은 것 같은데?"

"그래요, 보고 싶소. 하지만 어디든 좋다오. 나는 가족이 없는 사람이고 어디 느긋하게 붙어 있는 사람도 아니거든. 왜냐고! 당신은 집에 오래 죽치고 있을 수 있소? 그래서 이렇게 나오면, 이렇게 나오면……," 그가 목소리를 높이며 말을 되풀이했다. “정말이지 마음이 가벼워지잖소. 태양이 당신을 비추고, 당신도 하느님 눈에 더 잘 띄고, 노래도 더 잘 나오지. 이쪽을 보면 아름답게 자라는 풀들이 보이오. 그럼 눈에 띄는 대로 뜯소. 또 이쪽에는 물이 흐르고. 가령 수원에서 흘러나오는 성스러운 샘물 같은 물 말이지. 그럼 실컷 마시면 되오. 역시 눈에 띄면 말이지. 하늘의 새들이 노래하고……. 그러고 나면 쿠르스크 너머로 스텝이, 굉장한 스텝 지대가 펼쳐지지. 놀라운 곳, 인간에게 기쁨을 주는 곳, 광활한 곳, 하느님의 축복인 곳. 그런데 사람들의 말로는 그 스텝 지대가 따뜻한 바다까지 이어져 있다는구려. 그곳에는 달콤한 목소리를 가진 가마윤[110]이 살고, 겨울에도 가을에도 나무에서 잎사귀가 떨어지지 않고, 은빛 가지에서 황금빛 사과가 자라고, 모든 사람들이 즐겁고 바르게 살아간다던데……. 나도 그곳에 갈 수 있다면……. 나도 정말 적지 않게 다녔는데! 로몬에도, 성스러운 도시 신비르스크에도 가 본 적이 있지. 황금빛 돔이 있는 모스크바에도. 유모 오카에도, 사랑스러운 여인 츠나에도, 어머니 볼가에도 가 본 적이 있소.[111] 선량한 농민들을 많이 만나고, 성스러운 도시들에도 가 보았지……. 음, 나도 그곳에 갈 수 있다면…… 나도…… 정말……. 죄 많은 나만 그런 게 아니라 나무껍질 신발을 신은 다른 많은 신자들이 도보로 세상을

---

110) 슬라브 토착신들의 사자(使者)로 알려진 신화적 동물. 다리도 날개도 없이 꼬리만 움직여 날면서 신들을 찬미하고 인간에게 미래를 예언해 준다고 한다.

111) 오카, 츠나, 볼가는 모두 강 이름이다.

방랑하며 진리를 찾고 있수다…… 정말이오! 뭣 하러 집에 있겠소, 응? 인간에게는 의로움이 없소. 그런 거라오……."

카시얀은 이 마지막 말을 빠른 말투로 거의 알아듣기 힘들게 말했다. 그러고 나서 또 뭔가 내가 알아들을 수 없는 말을 했다. 그 얼굴의 표정이 너무도 기묘해서, 나는 무심결에 예로페이가 그를 '백치 광신자'라는 별칭으로 불렀던 걸 떠올렸다. 그는 고개를 숙이고 가래를 뱉었다. 이제 제정신으로 돌아온 것 같았다.

"저 해를 보시오!" 그가 작은 소리로 말했다. "하느님의 축복이구려! 숲속은 또 얼마나 따뜻한지!"

그는 어깨를 움직이고 잠시 침묵하다가 멍하니 주위를 둘러보고는 나직이 노래하기 시작했다. 나는 그가 길게 늘여 부르는 노래의 가사를 전부 알아듣지는 못했지만 이 노랫말은 귀에 들어왔다.

내 이름은 카시얀
별명은 벼룩…….

'어라!' 난 생각했다. '자기가 지어내고 있네…….'

갑자기 그가 몸을 떨더니 입을 다물고 숲속을 뚫어지게 응시했다. 뒤를 돌아보니 파란 사라판[112]을 입고 머리에 체크무늬 수건을 쓰고 햇볕에 탄 맨팔에 버드나무 가지로 엮은 바구

---

112) 어깨끈이 달린 민소매 원피스 같은 러시아 농촌 여성의 의상.

니를 건 여덟 살 정도의 자그마한 시골 여자아이가 보였다. 여자아이는 우리를 만나리라고는, 말하자면 우리와 맞닥뜨리라고는 전혀 예상하지 못한 듯 푸른 호두나무 숲속의 그늘진 풀밭에 꼼짝 않고 서서 검은 눈동자로 나를 조심스레 쳐다보았다. 나는 겨우 그녀를 분간했다. 그녀는 즉시 나무 뒤로 모습을 감추었다.

"안누시카! 안누시카! 이리 와, 겁내지 말고." 노인이 큰 소리로 다정하게 말했다.

"무서워요." 가느다란 목소리가 들렸다.

"겁내지 마라, 겁내지 말고 나한테 오렴."

안누시카는 잠복하던 곳에서 말없이 나오더니 조용히 빙 돌아 — 어린아이의 자그마한 두 발이 무성한 풀을 스치며 사락사락 소리를 냈다 — 노인 바로 옆의 숲에서 걸어 나왔다. 처음에는 작은 키 때문에 여덟 살쯤으로 보였는데 열서너 살 정도의 소녀였다. 몸은 전체적으로 작고 말랐지만 매우 늘씬하고 민첩해 보였다. 그런데 작고 아름다운 얼굴은 카시얀의 얼굴과 놀랄 만큼 비슷했다. 카시얀이 잘생긴 편은 아니었지만…… 그 또렷한 윤곽, 교활해 보이면서도 미덥고 생각에 잠긴 듯하면서도 사물을 꿰뚫어보는 것 같은 그 이상한 눈길, 그 몸짓……. 카시얀이 그녀를 쳐다보았다. 그녀가 그의 옆에 섰다.

"버섯을 따고 있었니?" 그가 물었다.

"네, 버섯을……." 그녀가 수줍은 미소를 지으며 대답했다.

"많이 찾았니?"

"많이요."(그녀는 재빨리 그를 쳐다보고는 다시 생긋 웃었다.)

"흰 버섯도 있던?"

"흰 버섯도 있어요."

"보여 주렴, 어디 보자…….(그녀는 팔에서 바구니를 내려놓고 버섯을 덮은 넓은 우엉 잎사귀를 반 정도 들어 올렸다.) 우와!" 카시얀이 바구니 쪽으로 허리를 숙이며 말했다. "아주 실하구나! 잘했다, 안누시카!"

"카시얀, 자네 딸 아닌가?" 내가 물었다.(안누시카의 얼굴이 약간 발갛게 달아올랐다.)

"아니, 그냥 친척이오." 카시얀이 무심한 척하며 말했다. "자, 안누시카, 가 봐라." 그가 즉시 덧붙여 말했다. "하느님과 함께 가거라. 조심하고……."

"왜 저 애를 걸어서 가게 하지?" 내가 그의 말을 가로막았다. "우리가 데려다주면 되는데……."

안누시카의 얼굴이 양귀비꽃처럼 붉어졌다. 그녀는 바구니의 끈을 두 손으로 잡고는 불안하게 노인을 쳐다보았다.

"아니, 잘 갈 거요." 그는 여전히 무심하고 나른한 목소리로 반박했다. "왜 저 애를……? 이대로 잘 갈 거요……. 출발하쇼."

안누시카는 재빨리 숲으로 가 버렸다. 카시얀은 그녀의 뒷모습을 바라보더니 눈을 내리뜨고는 빙그레 웃었다. 한참 동안 머문 그 미소에, 그가 안누시카에게 건넨 몇 마디 말 속에, 그리고 그녀에게 말할 때의 목소리에 말로 표현하기 힘든 뜨거운 사랑과 부드러움이 깃들어 있었다. 그는 다시 그녀가 간 방향을 쳐다보며 또 한 번 미소를 짓고는 얼굴을 문지르며 고개를 몇 번 저었다.

"왜 그 애를 그렇게 빨리 보냈어?" 내가 그에게 물었다. "버섯을 사 주고 싶었는데……."

"상관없잖아요. 원하시면 집에서 사 주실 수 있으니까요." 그가 처음으로 공손한 말투로 내게 대답했다.

"자네 아이는 참 예쁘더군."

"아니…… 뭐…… 그렇긴 한데……." 그는 내키지 않는 듯 이렇게 대꾸하고는 그때부터 아까처럼 과묵해졌다.

그를 다시 대화에 끌어들이려는 내 모든 노력이 헛수고로 돌아간 것을 깨달은 나는 숲속의 빈터로 출발했다. 한편 무더위도 한풀 꺾였다. 하지만 나의 실책, 혹은 우리 고장의 표현대로라면 실패가 계속됐다. 나는 흰눈썹뜸부기 한 마리와 새 굴대를 가지고 이주민 마을로 돌아갔다. 마차가 안마당에 거의 다 왔을 때 카시얀이 갑자기 나를 돌아보았다.

"나리, 저, 나리." 그가 입을 열었다. "잘못했수다. 새들이 나리에게 오지 못하게 전부 쫓아낸 건 나라오."

"무슨 말이야?"

"내가 그렇게 하는 법을 안다오. 여기 나리의 개는 영리하고 좋은 녀석이지만 무엇 하나 할 수 있는 게 없었지. 생각해 보쇼, 인간 따위가 뭐요, 인간이 뭐냔 말이오? 여기 짐승을 보시오. 인간들이 이 녀석을 어떻게 만들었소?"

사냥감에게 '주문을 거는 것'은 불가능하다고 카시얀을 설득했어도 헛수고였을 것이다. 그래서 그에게 아무런 대꾸도 하지 않았다. 한편 우리는 곧 방향을 틀어 대문을 통과했다.

통나무집에는 안누시카가 없었다. 그녀는 이미 도착해서 버섯이 든 바구니를 두고 떠났다. 예로페이는 먼저 새 굴대에 대해 엄하고 부당한 평가를 내리고는 그것을 끼워 맞췄다. 한 시간 후 나는 카시얀에게 얼마의 돈을 남기고 떠났다. 처음에 그는 돈을 받으려 하지 않았지만 잠시 생각해 본 후 손바닥에 돈을 감싸 쥐고는 품속에 넣었다. 그 한 시간이 지나는 동안 그는 거의 한마디도 하지 않았다. 그는 전처럼 대문에 몸을 기대선 채 내 마부의 비난에도 대꾸하지 않고 나와도 매우 냉정하게 헤어졌다.

나는 돌아오자마자 예로페이의 기분이 다시 우울해진 것을 곧바로 알아차렸다……. 사실 마을에 먹을 만한 게 전혀 없었던 데다가 말들에게 먹일 물도 상태가 좋지 않았던 것이다. 우리는 마차에 올라 그곳을 벗어났다. 그는 목덜미까지 불만을 드러낸 채 마부대에 앉아 있었다. 나와 이야기를 나누고 싶은 마음이 간절하면서도 내가 먼저 질문을 던져 주기를 기다리며 그저 소곤거리듯 희미하게 툴툴거리거나 말들을 향해 교훈조의 말을, 때로는 가시 돋친 말을 던질 뿐이었다. "마을이라!" 그가 중얼거렸다. "마을이라니! 크바스가 있냐고 물으니 크바스는 없고……. 아, 이놈아, 하느님 맙소사! 물은, 제기랄!(그는 소리가 나도록 침을 퉤 뱉었다.) 오이고 크바스고 아무것도 없으니. 어이, 이놈아." 그가 오른쪽 곁말을 향해 큰 소리로 덧붙였다. "내가 네놈을 잘 알지. 이 사기꾼아! 시늉만 하려 들고…….(그러고는 채찍으로 말을 갈겼다.) 완전히 약아빠진 놈이 됐어. 예전에는 정말 고분고분한 짐승이었는데……. 야, 야,

조심해!"

"말해 봐, 예로페이!" 내가 말을 꺼냈다. "그 카시얀이라는 사람은 도대체 어떤 인간이야?"

예로페이는 금방 대답하지는 않았다. 그는 전반적으로 신중하고 침착한 사람이었다. 하지만 나는 그가 내 질문에 쾌활해지고 평정을 되찾았다는 것을 금세 알아차릴 수 있었다.

"벼룩 말인가요?" 마침내 그가 말고삐를 고쳐 쥐며 입을 열었다. "이상한 인간이죠. 정말 백치 광신자예요. 어디서도 그렇게 괴상한 인간은 금세 찾아낼 수 없을걸요. 정말이지, 예를 들면, 정말 그 사람은 우리 갈색 말과 똑같다니까요. 역시 통제 불가능하죠……. 일을 하게 만들려고 하면 말이에요. 뭐, 물론 일꾼으로는 쓸모가 없습니다. 영혼이 겨우 붙어 있는걸요. 뭐, 어쨌든……. 그자는 어릴 때부터 그랬어요. 처음에는 친척 아저씨들하고 마차 모는 일을 했죠. 아저씨들이 트로이카를 몰았거든요. 그러다 지겨워졌는지 집어치웠어요. 집에서 지내게 됐지만 집구석에 눌러앉지도 않더라고요. 어디 가만히 붙어 있지를 못했죠. 정말이지 벼룩 같았어요. 다행히 주인이 좋은 사람이라 억지로 뭘 시키진 않았답니다. 그래서 그때부터 계속 정처 없이 떠도는 양처럼 돌아다니고 있어요. 그리고 정말 이상한 사람이에요. 하느님이나 아실 인간이죠. 어떤 때는 그루터기처럼 입을 꾹 다물고 있다가, 어떤 때는 갑자기 말문을 열어요. 하지만 그자가 무슨 말을 하는지는 하느님만 아실걸요. 그게 예의에 맞는 행동인가요? 그건 예의가 아니죠. 그야말로 몰상식한 인간이에요. 하지만 노래는 잘합니다. 이렇게 거드름을 피우면서요. 꽤 괜찮아요, 나쁘지 않습니다."

"그런데 그가 병을 치료한다는 게 사실이야?"

"치료라뇨! 어림도 없는 일입니다! 그자는 그런 인간이에요. 하지만 제 임파선 종기를 고쳐 주긴 했죠……. 그 사람한테는 어림도 없어요! 정말이지 멍청한 인간이라고요." 그가 잠시 입을 다물고 있다가 덧붙여 말했다.

"오래전부터 그를 알았나?"

"오래됐죠. 크라시바야 메치 부근의 촙카에 살 때 이웃이었어요."

"그런데 우리가 숲에서 만난 그 안누시카라는 아가씨는 누구야? 그의 친척인가?"

예로페이가 어깨 너머로 나를 쳐다보더니 입 전체를 실룩이며 히죽거렸다.

"헤! 네, 친척이에요. 고아죠. 어머니가 없어요. 엄마가 누구인지도 모르죠. 뭐, 친척인 건 분명합니다. 그 사람을 많이 닮았거든요……. 어쨌든 그 사람 집에 살고 있죠. 영리한 처녀예요. 두말할 나위 없어요. 좋은 처녀입니다. 그 노인네도 그 애한테 푹 빠져 있죠. 좋은 처녀예요. 나리는 안 믿으실지 모르지만 그 사람은 안누시카에게 읽고 쓰는 법을 가르칠 생각까지 하는 것 같다니까요. 그 사람이라면 딱 할 법한 일이죠. 굉장히 특이한 사람이니까요. 엄청 변덕스러운 데다 심지어 비상식적이고……. 어, 어, 어!" 마부가 갑자기 이야기를 중단했다. 그는 말을 멈춰 세우고는 옆으로 몸을 숙여 공기의 냄새를 맡기 시작했다. "타는 냄새가 나는 것 같은데? 그러면 그렇지! 이 새 굴대가……. 충분히 기름칠을 했을 텐데……. 물을 구해 와야겠어. 마침 못이 있군."

그러더니 예로페이는 느릿느릿 마부대에서 내려와 양동이를 풀고는 못으로 갔다가 돌아와서, 갑자기 물에 닿은 바퀴통이 쉭쉭거리는 소리를 흐뭇하게 들었다……. 10베르스타 정도 가는 동안 그는 뜨거워진 굴대에 여섯 번 물을 뿌려야 했다. 우리가 집에 돌아온 건 이미 해가 진 뒤였다.

영지 관리인

내 영지에서 15베르스타쯤 떨어진 곳에 지인이 산다. 아르카지 파블리치 페노치킨이라는 근위대 장교 출신의 젊은 지주다. 그의 영지에는 들새들이 많고, 그의 집은 프랑스 건축가의 설계로 지어졌으며, 하인들은 영국식으로 옷을 입는다. 그는 훌륭한 식사를 제공하고 손님들을 친절하게 맞이한다. 그런데도 사람들은 그를 방문하기를 꺼린다. 그는 분별 있고 착실한 사람으로 높은 수준의 교육을 받았고 군 복무를 했고 상류 사회 사람들과도 교제했지만, 이제는 영지 경영에 힘쓰며 큰 성공을 거두고 있다. 그 자신의 말에 따르면 엄격하고 공정한 사람인 아르카지 파블리치는 농노들을 잘 보살피고, 처벌을 내릴 때도 그들을 위해서 한다. "그들을 다룰 땐 아이 다루듯 해야 합니다." 그는 그런 경우에 이렇게 말한다. "무지

하거든요, 친구. 그 점을 고려해야 합니다." 이른바 '슬프지만 어쩔 수 없는' 경우 그 자신은 거칠고 성급한 행동을 피하고 목소리를 높이는 것을 자제한다. 차라리 한 손으로 쿡 찌르며 침착하게 "내가 부탁했잖나, 친구."라거나 "무슨 일이야, 친구, 정신 차려."라고 말하고는 살짝 이를 악물고 입을 비죽거릴 뿐이다. 중키에 체격이 멋졌다. 인상도 전혀 나쁘지 않은 데다 손과 손톱도 아주 깔끔하게 손질되어 있다. 붉은 입술과 뺨은 건강한 빛을 풍긴다. 그는 울림이 좋은 소리로 태평하게 웃고, 맑은 갈색 눈동자를 가늘게 뜨며 상냥한 표정을 짓는다. 그는 옷을 멋있게 잘 입는다. 프랑스 책과 그림과 신문을 주문하기도 하지만 독서에 큰 열의가 있어 보이지는 않는다. 『방랑하는 유대인』[113]도 겨우 끝까지 읽었다. 카드 실력은 뛰어났다. 대체로 아르카지 파블리치는 우리 현에서 가장 교양 있는 귀족이자 가장 좋은 신랑감 중 한 명으로 꼽힌다. 귀부인들은 그에게 넋을 잃었고, 특히 그의 예의 바른 태도를 칭찬했다. 그는 놀랍도록 훌륭하게 처신하고, 고양이처럼 신중하다. 이제껏 한 번도 좋지 않은 일에 휘말린 적이 없다. 그러나 기회가 생기면 스스럼없이 본때를 보여 주기도 하고, 소심한 사람을 당황스럽게 하거나 창피하게 만들기도 한다. 행실이 좋지 않은 사람들과는 단호하게 거리를 둔다. 자신의 이름을 더럽힐까 봐 두렵기 때문이다. 그 대신 기분이 좋을 때면 스스로를 에

113) 프랑스 소설가인 외젠 쉬(Eugene Sue, 1804~1857)의 소설 『방랑하는 유대인(Le Juif errant)』을 가리키는 듯하다.

피쿠로스[114]의 숭배자로 선언하기도 한다. 하지만 철학에 대해서는 게르만 지성인들의 안개 같은 양식(糧食)이라고, 때로는 그냥 헛소리라고 일컬으면서 대체로 좋지 않은 평가를 내린다. 그는 음악도 좋아한다. 카드놀이를 하는 동안 입속으로 우물거리며, 하지만 감정을 담아 부르기도 한다. 「루치아」[115]와 「솜남불라」[116] 가운데 몇 곡조는 기억하지만 어째서인지 음을 늘 높게 잡는다. 겨울이면 페테르부르크로 간다. 그의 집은 매우 잘 정돈되어 있다. 마부도 그의 영향을 받아 매일 멍에를 닦고 자신의 농민 외투를 손질할 뿐 아니라 세수까지 한다. 아르카지 파블리치의 집에서 일하는 농노들은 사실 눈을 치뜨고 쳐다본다. 사실 우리 러시아에서는 우울한 표정과 졸린 표정을 구분하기 어렵다. 아르카지 파블리치는 부드럽고 듣기 좋은 목소리로 말하며, 향수 냄새 풍기는 멋진 콧수염 사이로 단어 하나하나를 내보내는 게 즐거운 듯 적당한 간격을 두어 또박또박 이야기한다. 또한 "정말 재미있군요!"와 "물론이죠!" 같은 프랑스어 표현을 많이 사용한다. 이 모든 점에도

114) 에피쿠로스(Epicouros, 기원전 341~기원전 270). 고대 그리스의 철학자. 철학의 목적을 행복하고 평온한 삶의 영위로 삼고 공포로부터의 자유, 고통 없는 삶, 은둔, 소박한 즐거움 등을 역설했다.

115) 가에타노 도니제티(Gaetano Donizetti, 1797~1848)의 오페라 「람메르무어의 루치아(Lucia di Lammermoor)」(1835)를 가리킨다. 투르게네프의 연인이 될 오페라 가수 폴린 비아르도가 1843~1844년 시즌에 페테르부르크를 처음으로 방문해 주연을 연기했다.

116) 「손남불라(La Sonnambula)」(1831)는 빈센초 벨리니(Vincenzo Bellini, 1801~1835)가 작곡한 오페라로, 폴린 비아르도가 이 곡도 불렀다.

불구하고 적어도 나는 그를 방문하는 게 그다지 내키지 않는다. 만약 멧닭과 자고새가 없었더라면 어쩌면 그와 교제를 완전히 끊었을지도 모른다. 그의 집에 있을 때면 어떤 기이한 불안이 당신을 사로잡는다. 안락함조차 당신에게 기쁨을 주지 않는다. 저녁에 머리를 곱슬곱슬 말고 문장 단추가 달린 하늘색 제복을 입은 시종이 당신 앞에 나타나 비굴한 자세로 당신의 발에서 부츠를 잡아당기기 시작할 때마다 당신은 생각한다. 그의 창백하고 앙상한 형상 대신, 주인이 농민 공동체에서 막 데려온 건장한 청년 — 하사받은 지 얼마 안 된 난징 무명 카프탄의 솔기를 이미 열 군데쯤 터뜨린 — 의 놀랍도록 넓적한 광대뼈와 신기하리만치 뭉툭한 코가 느닷없이 눈앞에 나타난다면, 말로 다 표현할 수 없을 만큼 기뻐하며 부츠와 함께 넙다리뼈까지 다리를 통째로 잃을 위험조차 기꺼이 감수하겠노라고…….

아르카지 파블리치를 좋아하지 않는 내가 언젠가 그의 집에서 밤을 보내야 했던 적이 있었다. 다음 날 아침 일찍 나는 콜랴스카[117]에 말을 매라고 지시했다. 하지만 그는 영국식 조식을 대접하지 않은 채 나를 보내고 싶진 않았기에 자기 서재로 나를 안내했다. 차와 함께 커틀릿, 반숙 달걀, 버터, 벌꿀, 치즈 등이 우리 앞에 놓였다. 깨끗한 흰 장갑을 낀 두 시종이 우리가 바라는 아주 작은 것들까지 말없이 재빠르게 먼저 챙

117) 접이식 포장이 달린 4인용 승용 마차. 승객이 서로 마주 앉도록 좌석이 배치되어 있다. 대체로 말 두 필이 차체를 끌고 바퀴는 네 개며 스프링이 달려 승차감이 좋다. 주로 귀족 남성들이 사용했다.

졌다. 우리는 페르시아산 소파에 앉았다. 아르카지 파블리치는 넓은 실크 바지와 검은 벨벳 재킷을 입고, 푸른 술이 달린 붉은 튀르크식 모자를 쓰고, 뒤축이 없는 노란 중국식 슬리퍼를 신었다. 그는 차를 마시고, 소리 내어 웃고, 자신의 손톱을 살펴보고, 담배를 피우고, 한쪽 옆구리 밑에 쿠션을 여러 개 쑤셔넣었다. 대체로 아주 흡족한 기분에 잠겨 있었다. 배불리 아침을 먹은 아르카지 파블리치는 만족스러운 모습으로 자기 술잔에 적포도주를 따라 술잔을 입술에 가져가더니 갑자기 얼굴을 찌푸렸다.

"왜 술을 데우지 않았지?" 그가 시종에게 매우 날카로운 목소리로 물었다.

시종이 당황하며 못 박힌 듯 우뚝 섰다. 그의 얼굴이 창백해졌다.

"이 친구야, 내가 자네한테 묻고 있잖아." 아르카지 파블리치가 그에게서 눈을 떼지 않으며 침착하게 말을 이었다.

불행한 시종은 그 자리에서 안절부절못하고 냅킨을 꼬면서 한마디도 하지 않았다. 아르카지 파블리치는 고개를 숙인 채 생각에 잠긴 표정으로 눈을 치뜨며 그를 쳐다보았다.

"실례합니다, 친구." 그는 상냥한 미소를 지으면서 내 무릎을 한 손으로 다정하게 건드리며 말하고는 다시 시종을 뚫어지게 쳐다보았다. "음, 나가 봐." 그는 잠시 침묵한 후 이렇게 덧붙이더니 눈썹을 치켜올리며 벨을 울렸다.

살결이 거무스름하고 머리칼이 검고 이마가 납작하고 눈동자가 살에 완전히 파묻힌 뚱뚱한 남자가 들어왔다.

"표도르에 대해…… 조치를 취해야겠어." 아르카지 파블리치가 조금도 자제력을 잃지 않은 채 작은 목소리로 말했다.

"알겠습니다." 뚱뚱한 남자는 이렇게 대답하고 밖으로 나갔다.

"이런 게 시골 생활의 불쾌한 점들이죠, 친구." 아르카지 파블리치가 쾌활하게 말했다. "그런데 어디로 갑니까? 기다려 봐요, 조금만 더 있어 줘요."

"아닙니다." 나는 대답했다. "가야 할 시간입니다."

"늘 사냥이군요! 오, 사냥꾼들이라니! 그래서 이제 어디로 갑니까?"

"여기서 40베르스타 떨어진 랴보보로 갑니다."

"랴보보요? 오, 하느님, 그렇다면 나도 당신과 함께 가겠습니다. 랴보보는 내 시필롭카 영지에서 5베르스타밖에 떨어지지 않은 곳입니다. 시필롭카에 다녀온 지도 정말 오래됐군요. 도무지 시간을 낼 수 없었습니다. 마침 잘됐어요. 오늘 랴보보에서 사냥을 하다가 저녁에 내 영지로 오십시오. 멋질 겁니다. 함께 저녁을 듭시다. 요리사도 데려가죠. 내 영지에서 묵고 가요. 멋진데요! 멋져요!" 그는 내 대답을 기다리지 않고 이렇게 덧붙였다. "모든 게 갖춰져 있답니다……. 어이, 거기 누구 없어? 우리 하인들에게 콜랴스카에 말을 매라고 지시하십시오, 어서요. 시필롭카에 가 본 적 있습니까? 당신에게 내 영지 관리인의 통나무집에서 밤을 보내자고 제안하면 부끄러울 것 같군요. 하지만 당신은 까다롭지 않은 분이라 랴보보에 남더라도 건초 헛간에서 묵을 거라는 걸 압니다. 가요, 갑시다!"

그러더니 아르카지 파블리치는 어떤 프랑스 로망스[118]를 부르기 시작했다.

"당신은 아마 모를 겁니다." 그가 두 발로 딛고 서서 몸을 이리저리 흔들며 계속해서 말했다. "거기 내 영지의 농민들은 소작료를 냅니다. 헌법이 그러니 어쩌겠습니까? 하지만 나는 소작료를 정확히 받고 있어요. 솔직히 옛날 같으면 그들에게 부역을 시켰을 겁니다. 그런데 땅이 적어요! 농부들이 어떻게 생계를 유지하는지 정말 놀랍습니다. 하지만 내가 알 바 아니죠. 그곳의 내 영지 관리인은 훌륭한 젊은이고 자기 고집대로 하는 사람인 데다 행정 수완이 뛰어나답니다! 당신도 보게 되겠지만……. 정말 얼마나 잘된 일인가요!"

달리 어쩔 수 없었다. 우리는 오전 9시에 출발하는 대신 오후 2시에 떠났다. 사냥꾼들은 나의 초조함을 이해할 것이다. 아르카지 파블리치는 자신의 표현처럼 기회를 얻었을 때 법석을 떨기 좋아하는 사람이었다. 그는 검소하고 자제력이 있는 독일인이라면 한 해 동안 써도 충분할 만큼 엄청나게 많은 속옷과 시트, 용구, 옷, 향수, 베개와 쿠션, 다양한 여행용 화장 도구 상자를 챙겼다. 아르카지 파블리치는 비탈길을 내려갈 때마다 마부에게 짧지만 거친 말을 내뱉었다. 나는 그런 모습에서 내 지인이 아주 겁이 많은 사람이라는 결론을 내릴 수 있었다. 하지만 우리는 매우 순조롭게 여정을 마쳤다. 다만 얼마 전에 보수 공사를 한 작은 다리에서 요리사를 태운 첼레가

118) 자유로운 형식과 아름다운 선율이 특징인 부드럽고 서정적인 악곡.

가 뒤집혀 그의 배가 뒷바퀴에 짓눌렸다.

아르카지 파블리치는 집에서 훈련시킨 카렘[119]이 떨어지는 모습을 보고 정말로 깜짝 놀라며 곧바로 사람을 보내 그의 팔이 무사한지 물어보도록 시켰다. 괜찮다는 답변을 받자 그는 이내 평정을 되찾았다. 이 모든 일 때문에 목적지에 도착하기까지는 꽤 오랜 시간이 걸렸다. 난 아르카지 파블리치와 함께 한 콜랴스카를 탔는데 여정이 끝날 즈음엔 우울해서 죽을 지경이 됐다. 몇 시간 지나는 사이에 내 지인이 완전히 지쳐 버린 데다 자유주의자 행세까지 시작하니 더욱 그랬다. 마침내 우리는 도착했다. 다만 랴보보가 아니라 시필롭카로 곧장 갔다. 어쩌다 보니 상황이 그렇게 됐다. 그날은 그 일이 없었어도 이미 사냥을 할 수 없었기에 나는 마지못해 운명에 굴복했다.

요리사는 우리보다 몇 분 일찍 도착해 이미 필요한 조치를 하고 관련자들에게 미리 경고를 해 둔 것 같았다. 왜냐하면 마을 어귀에 들어서는 순간 촌장(영지 관리인의 아들)이 우리를 맞았기 때문이다. 머리털이 붉고 키가 큰 그 건장한 농부는 모자도 없이 새 농민 외투의 단추도 채우지 않고 말 위에 앉아 있었다. "소프론은 도대체 어디 있나?" 아르카지 파블리치가 그에게 물었다. 촌장은 먼저 재빨리 말에서 내린 후 주인에게 허리 숙여 절하며 "안녕하십니까, 아르카지 파블리치 나리."라고 말했다. 그런 다음 고개를 들고 몸을 흔들더니 소

---

119) 마리앙투안 카렘(Marie-Antoine Carême, 1784~1833). 나폴레옹과 탈레랑, 러시아와 오스트리아의 황실을 위해 일한 유명한 요리사. 프랑스 요리의 체계를 세우는 데 큰 역할을 했다.

프론은 페로프로 갔다고, 그를 불러오기 위해 이미 사람을 보냈다고 보고했다. "알았어. 우리 뒤에서 따라와." 아르카지 파블리치가 말했다. 촌장은 정중하게 말을 옆으로 끌고 가 올라탄 후 한 손에 모자를 쥔 채 속보로 콜랴스카를 뒤따라갔다. 우리는 마을을 가로질러 나아갔다. 빈 첼레가에 탄 몇 명의 농부들과 마주쳤다. 그들은 탈곡장에서 오는 길이었다. 그들은 온몸을 들썩이고 허공에 다리를 흔들면서 노래를 부르다가, 우리가 탄 콜랴스카와 촌장을 보자 갑자기 입을 다물더니 겨울용 모자(그때는 여름이었다.)를 벗고는 명령을 기다리듯 몸을 조금 일으켰다. 아르카지 파블리치는 자비롭게 고개를 끄덕여 인사했다. 분명 불안한 흥분이 마을에 퍼지고 있었다. 체크무늬 치마를 입은 여자들이 눈치가 없거나 지나치게 열성적인 개들에게 나뭇조각을 세게 던졌다. 눈 바로 밑에서부터 수염이 늘어진 절름발이 노인은 아직 물을 다 마시지 못한 말을 우물에서 떼어 놓으며 딱히 이유도 없이 말의 옆구리를 때리고는 그 자리에서 허리 숙여 절했다. 긴 루바시카를 입은 소년들은 큰 소리로 울면서 통나무집으로 뛰어들더니, 높은 문지방에 배를 깔고 엎드려 고개를 숙이고 발을 위로 차올리며 아주 재빠르게 문 뒤 어두운 현관방으로 몸을 굴린 후 자취를 감추었다. 암탉조차 대문 아래 개구멍을 향해 종종걸음으로 돌진했다. 검은 가슴팍이 새틴 조끼 같고 붉은 꽁지가 벼슬까지 말려 올라간 기운찬 수탉 한 마리만 길에 남아 목청 높여 울 준비를 하다가, 갑자기 갈팡질팡하며 덩달아 달아났다. 영지 관리인의 통나무집은 다른 집들과 떨어져 짙푸른 삼밭 한가운데 있었다. 우리는 대문 앞에 멈췄다. 페노치킨 씨가 일어나 그림처럼 망토를 벗고는 다정하게 주위를 둘러보며 콜랴스카에서 내렸다. 영지 관리인의 아내가 허리를 깊이 조아리며 우리를 맞이하더니 주인의 손 쪽으로 다가가 입을 맞추었다. 아르카지 파블리치는 그녀가 마음껏 입을 맞추도록 두고는 현관 계단을 올라갔다. 현관방의 어두한 구석에서 있던 촌장의 아내도 허리 굽혀 인사했지만 손에 입을 맞추기를 주저했다. 이른바 '차가운 방'[120] — 현관방의 오른쪽에 있는 — 에서는 이미 다른 두 여자가 분주하게 움직이고 있었다. 그들은 그곳에서 온갖 잡동사니들, 빈 단지들, 뻣뻣한 가죽옷들, 기름 항아리들, 넝마 한 무더기, 얼룩덜룩한 옷을 입은 아기가 놓인 요람을 들고 나간 뒤 빗자루로 먼지를 쓸었다. 아르카지 파블리치는 여자들을 내보내고 이콘 아래 긴 의자에 자리를 잡았다. 마부들이 온갖 방법으로 자신들의 묵직한 부츠 소리를 죽이려 애쓰면서 여행용 가방들과 상자들과 그 밖의 편의용품들을 집 안으로 날랐다.

그사이 아르카지 파블리치는 촌장에게 수확이며 파종이며 여러 농사 문제에 대해 이것저것 캐물었다. 촌장은 나무랄 데 없이 대답했지만, 언 손가락으로 카프탄의 단추를 잠그는 사람처럼 어딘지 모르게 생기 없고 서툴러 보였다. 그는 문가에 서서 몸놀림이 빠른 시종에게 길을 내주느라 계속 옆으로 피하며 주위를 두리번거렸다. 나는 그의 강건한 어깨 너머로 영

---

120) 난방이 되지 않는 방.

지 관리인의 아내가 현관방에서 어떤 다른 여자를 몰래 두들겨 패는 모습을 보았다. 갑자기 첼레가가 덜그럭거리는 소리가 들리더니 현관 계단 앞에서 소리가 멈췄다. 영지 관리인이 들어왔다.

아르카지 파블리치가 말하길 행정 수완이 뛰어나다던 그 남자는 키가 작고 어깨가 떡 벌어지고 머리칼이 하얗게 세고 몸이 탄탄했다. 또 코는 붉고 작은 눈은 하늘색이며 수염은 부채꼴 모양이었다. 러시아 건국 이래 살이 찌고 부자가 된 사람치고 수염이 풍성하지 않은 이는 아직 한 명도 없었음을 이 기회에 짚고 넘어가야겠다. 평생 쐐기 모양의 성긴 수염만 나던 남자가 미처 알아차릴 새도 없이 갑자기 후광 같은 수염에 뒤덮이는 경우도 있다. 수염이 어디든 가리지 않고 느닷없이 자라는 것이다! 영지 관리인은 페로프에서 술을 마신 게 분명했다. 얼굴이 잔뜩 부은 데다 술 냄새도 났다.

"아, 우리의 아버지이신 나리, 우리의 은인이신 나리." 그가 노래하듯 말하며 금방이라도 눈물을 쏟을 것처럼 감격에 찬 표정을 지었다. "마침내 와 주셨군요! 손을, 나리, 손을……." 그가 입술부터 먼저 내밀며 덧붙여 말했다.

아르카지 파블리치는 그의 소원을 들어주었다.

"그래, 나의 형제 소프론, 요즘 형편이 어떤가?" 그가 다정한 목소리로 물었다.

"아, 나리, 우리의 아버지." 소프론이 소리 높여 말했다. "어떻게 형편이 나빠질 수 있겠습니까! 우리의 아버지이자 은인이신 나리께서 이렇게 친히 오셔서 우리 마을을 환히 비추시고 우리를 죽는 날까지 행복하게 해 주시는데요. 하느님께 영광을, 아르카지 파블리치, 하느님께 영광을! 나리의 은혜로 만사가 순조롭습니다."

그때 소프론은 잠시 입을 다물고 주인을 쳐다보더니, 솟구치는 감정에 다시 푹 빠져든 듯(게다가 술기운 탓이기도 했다.) 아까보다 더 노래하는 듯한 말투로 다시 손을 달라고 청했다.

"아, 우리의 아버지이자 은인이신 나리…… 이 무슨 일인지! 정말이지 너무 기뻐서 제 머리가 완전히 돌았나 봅니다……. 맙소사, 이렇게 보면서도 제 눈을 못 믿겠습니다……. 아, 나리, 우리의 아버지!"

아르카지 파블리치는 날 쳐다보며 조용히 웃더니 "감동적이지 않습니까?" 하고 물었다.

"그런데 아르카지 파블리치 나리," 지칠 줄 모르는 영지 관리인이 계속해서 말했다. "어찌 된 일입니까? 나리께서 제 마음을 찢어 놓으시네요, 저에게 이리로 오신다고 알려 주시지도 않다니요. 도대체 어디에서 묵으시려고요? 정말이지 이곳은 더럽고 먼지도……."

"괜찮아, 소프론, 괜찮아." 아르카지 파블리치가 미소를 지으며 대답했다. "이곳이 좋아."

"하지만 우리의 아버지이신 나리, 도대체 누구에게 좋겠습니까? 우리 같은 농부들에게나 좋죠. 하지만 나리는…… 아, 나리, 우리의 아버지, 은인, 아, 나리, 우리의 아버지! 이 멍청이를 용서하십시오. 제가 미쳤네요, 정말이지 완전히 바보가 됐습니다."

그사이 저녁이 차려졌다. 아르카지 파블리치가 음식을 먹기 시작했다. 노인은 아들을 내쫓았다. 방 안의 공기가 답답하니 숨 좀 쉴 수 있게 나가라는 것이었다.

"그래, 경계선은 정했나, 노인장?" 페노치킨 씨가 나에게 한쪽 눈을 찡긋하며 물었다. 농부들의 말투를 흉내 내고 싶은 것 같았다.

"정했습니다, 나리, 전부 나리의 은혜 덕분이죠. 그저께 문서에 서명을 마쳤습니다. 홀리놉스키 일가가 처음에 고집을 부리고 버텨서…… 정말로 그랬습니다. 요구하고…… 또 요구하고…… 그자들이 어떤 요구들을 했는지는 하느님만 아실 겁니다. 정말 바보들이에요, 나리, 어리석은 인간들 같으니. 하지만 나리, 우리는 나리의 은혜로 중개인인 미콜라이 미콜라이치에게 감사를 전하고 충분히 사례했습니다. 전부 나리의 지시대로 했죠. 전부 예고르 드미트리치의 승낙을 받아 진행했습니다."

"예고르가 나에게 보고했네." 아르카지 파블리치가 위엄 있게 말했다.

"물론입니다, 나리, 예고르 드미트리치라면 물론 그랬을 겁니다."

"그래, 그럼 자네들도 이제 만족하겠지?"

소프론은 그 말만을 기다렸다.

"아, 나리, 우리의 아버지, 우리의 은인!" 그가 다시 노래를 부르기 시작했다. "저에게 은혜를 베풀어 주십시오……. 정말 우리는 나리를 위해, 우리의 아버지를 위해 밤낮으로 하느님께 기도하고 있습니다……. 물론 땅은 조금 부족합니다만……."

페노치킨이 그의 말을 가로막았다.

"아, 좋아, 좋아, 소프론, 나도 아네, 자네는 성실한 청지기지……. 그런데 수확량은 어떤가?"

소프론이 한숨을 쉬었다.

"저, 우리의 아버지이신 나리, 수확량은 그다지 좋지 않습니다. 아르카지 파블리치 나리, 어떤 일이 있었는지 보고하게 허락해 주십시오.(이때 그는 두 손을 벌리며 페노치킨 씨에게 다가가 허리를 숙이고 한쪽 눈을 가늘게 떴다.) 우리 땅에서 시체가 발견됐습니다."

"어떻게 그런 일이?"

"저도 어찌 된 일인지 모르겠습니다, 나리, 우리의 아버지. 아무래도 악마한테 홀린 것 같습니다. 네, 다행히 경계선 근처에서 발견됐습니다. 하지만, 숨겨도 소용없겠죠, 어쨌든 우리 땅이긴 합니다. 저는 즉시 아직 상황이 허락하는 동안에 시체를 이웃의 밭뙈기로 끌어다 놓으라고 지시했습니다. 보초도 세우고, 우리 쪽 사람들에게 입단속을 시켰죠. 어쨌든 경찰서장에게는 자초지종을 설명했습니다. 차 한잔과 함께 사례도……. 나리는 어떻게 생각하십니까? 결국 그 문제는 다른 사람의 어깨에 넘겨졌죠. 그러니까 시체는 그저 200루블의 문제였던 겁니다. 칼라치 빵[121]같은 거죠."

121) 고리 모양의 빵.

페노치킨 씨는 영지 관리인의 계략에 한참 웃었고, 고개로 그를 가리키며 몇 번이고 나에게 "대단한 쾌남아죠, 그렇지 않습니까?"라고 말했다.

그사이 바깥은 완전히 어두워졌다. 아르카지 파블리치가 식탁을 정리하고 건초를 가져오도록 지시했다. 시종은 우리를 위해 시트를 깔고 베개를 놓아 주었다. 우리는 누웠다. 소프론은 다음 날을 위한 지시를 받은 후 자기 방으로 물러갔다. 아르카지 파블리치는 잠에 빠져드는 사이 그 러시아 농부의 뛰어난 자질들에 대해 좀 더 이야기했다. 그때 그는 소프론이 시필롭카를 감독하게 된 후로 농부들이 한 푼도 미납하지 않는다고 말해 주었다……. 야경꾼이 판자를 두드리기 시작했다. 아기는 마땅히 가져야 할 자기희생의 감정을 자기 안에 아직 가득 채우지 못한 듯 통나무집 어딘가에서 빽빽 울어 댔다……. 우리는 잠이 들었다.

다음 날 아침 우리는 아주 일찍 일어났다. 난 랴보보로 떠나려고 했지만, 아르카지 파블리치가 나에게 자신의 영지를 보여 주고 싶어 하며 남아 달라고 간청했다. 나도 행정 수완이 뛰어난 남자, 즉 소프론의 뛰어난 자질들을 실제로 확인하는 게 싫지는 않았다. 영지 관리인이 나타났다. 그는 푸른 농민 외투에 붉은 허리띠를 맨 차림이었다. 전날보다 말수가 훨씬 적었고, 주인의 눈을 주의 깊게 유심히 쳐다보았으며, 명료하고 조리 있게 대답했다. 우리는 그와 함께 탈곡장으로 향했다. 소프론의 아들, 즉 모든 특징으로 미루어 볼 때 매우 어리석은 사람임이 분명한 3아르신의 촌장도 우리를 따라왔다. 지방 서기인 페도세이치도 우리와 함께했다. 그는 아주 커다란 콧수염과 이상하기 짝이 없는 표정을 지닌 퇴역 군인이었다. 사실 아주 오래전에 무언가에 몹시 놀란 후로 아직 제정신으로 돌아오지 않은 상태였다. 우리는 탈곡장, 곡물 창고, 건조장, 헛간, 풍차, 축사, 채소밭, 삼밭을 둘러보았다. 모든 것이 실제로 아주 잘 관리되고 있었다. 다만 농부들의 음울한 표정이 나에게 어떤 의혹을 불러일으켰다. 소프론은 실용성뿐만 아니라 보기 좋은 외관에도 마음을 썼다. 그는 모든 도랑 주위에 버드나무를 심고, 건초 더미 사이에 탈곡장으로 향하는 오솔길을 만들어 고운 모래를 깔고, 입을 벌리고 붉은 혀를 드러낸 곰 모양의 풍향계를 풍차에 설치하고, 벽돌로 지은 축사에 그리스식 박공 같은 것을 붙인 뒤 박공 밑에 흰색 안료로 '이 축사는 1840년 시필롭카에 세워졌다.'[122]라고 썼다. 아르카지 파블리치는 완전히 감상적인 기분에 젖어 프랑스어로 나에게 소작제의 이점을 설명하기 시작했다. 하지만 그에 덧붙여 지주들에게는 부역제가 더 유리하다고도 말했다. 게다가 그뿐이 아니었다! 그는 감자를 심는 법, 가축을 위해 사료를 준비하는 법 등에 대해 관리인에게 조언을 하기 시작했다. 소프론은 주의 깊게 주인의 말을 들으며 이따금 이의를 제기하기도 했지만, 더 이상 아르카지 파블리치를 아버지라고도 은인이라고도 부르지 않고 땅이 부족하니 좀 더 매입하는 편이 좋

122) 원문에는 한눈에 이해하기 힘들 정도로 단어와 문법에 오류가 많다. 그 지역의 사투리를 소리 나는 대로 표기했거나 문법을 잘 몰라서 그렇게 쓴 듯하다.

을 거라며 계속 압박했다. "좋아, 매입하게." 아르카지 파블리치가 말했다. "내 명의로 사. 난 반대하지 않겠네." 이 말에 소프론은 아무 대답도 하지 않고 수염만 쓰다듬었다. "하지만 지금은 숲으로 가는 편이 좋겠군." 페노치킨 씨가 말했다. 곧 승마용 말들이 우리 앞으로 이끌려 나왔다. 우리는 숲으로, 혹은 이른바 '금벌림(禁伐林)'으로 출발했다. 이 '금벌림'에서 우리는 사람의 발길이 닿지 않은 빽빽한 숲과 엄청나게 많은 들새들을 발견했다. 아르카지 파블리치는 이에 대해 소프론을 칭찬하며 그의 어깨를 툭툭 쳤다. 페노치킨 씨는 삼림을 조성하는 문제에 대해서는 러시아식 개념을 따랐다. 그 자리에서 그는 나에게 매우 재미있는 — 그의 말에 따르면 — 사례를 들려주었다. 어느 익살스러운 지주가 자신의 삼림 관리인에게 벌목지에서는 숲이 더 울창하게 자라지 않는다는 사실을 입증하기 위해 관리인의 수염을 절반 가까이 잡아 뜯었다는 것이다……. 하지만 다른 면들에서는 소프론도 아르카지 파블리치도 모두 새로운 혁신을 꺼리지 않았다. 마을로 돌아왔을 때 영지 관리인은 얼마 전 자신이 모스크바에 주문해서 들여온 풍구(風具)를 보여 주겠다며 우리를 안내했다. 풍구는 정말 잘 작동했다. 하지만 이 마지막 산책길에 얼마나 불쾌한 일이 자신과 주인을 기다리고 있는지 알았더라면 아마도 우리와 함께 집에 남았을 것이다.

이런 일이 있었다. 우리는 헛간에서 나오다가 다음과 같은 광경을 보았다. 문에서 몇 발짝 떨어진, 오리 세 마리가 태평하게 헤엄치는 더러운 물웅덩이 옆에 두 농부가 무릎을 꿇고 있었다. 한 사람은 예순 살쯤 된 노인이고, 또 한 사람은 스무 살쯤 된 젊은이였다. 두 사람은 거친 삼베로 지은, 누더기가 된 루바시카에 새끼줄을 허리띠 삼아 매고 발에 아무것도 신지 않은 차림이었다. 지방 서기 페도세이치가 그들 주위에서 열심히 법석을 떨고 있었다. 우리가 헛간에서 늑장을 부리지 않았다면 아마도 그가 그들을 설득해서 멀리 보냈을 것이다. 하지만 우리를 본 그는 바이올린 현처럼 긴장하며 몸을 뻣뻣하게 세우더니 제자리에 얼어붙은 듯 꼼짝도 하지 않았다. 그 자리에는 촌장도 입을 벌린 채 당황하며 주먹을 쥐고 서 있었다. 아르카지 파블리치는 얼굴을 찌푸리고는 입술을 깨물며 청원자들에게 다가갔다. 두 사람은 말없이 그의 발에 머리가 닿도록 허리를 깊이 숙였다.

"무슨 일인가? 뭘 청원하려는 건가?" 그가 엄숙한 목소리로 다소 콧소리를 내며 물었다.(농부들은 서로를 쳐다보며 한마디도 하지 않고, 그저 햇빛에 눈이 부신 듯 눈을 가늘게 뜬 채 점점 더 가쁘게 숨을 몰아쉬었다.)

"도대체 무슨 일인가?" 아르카지 파블리치가 계속 묻고는 즉시 소프론을 돌아보았다. "어느 집이지?"

"토볼레예프네 사람들입니다." 영지 관리인이 천천히 대답했다.

"무슨 일이냐니까?" 다시 페노치킨 씨가 말했다. "혀가 없나? 자네가 말해 보게. 무슨 일인가?" 그가 노인을 향해 고갯짓하며 덧붙였다. "겁내지 말고, 멍청아."

노인은 짙은 갈색의 주름투성이 목을 쭉 뽑고 파르스름해진 입술을 비뚤게 벌리더니 쉰 목소리로 말했다. "우리를 지켜 주오, 폐하.[123)]" 그는 다시 쿵 소리가 나도록 이마를 땅바닥에 댔다. 젊은 농부도 허리를 숙여 절했다. 아르카지 파블리치는 그들의 뒷덜미를 위엄 있게 내려다보며 고개를 뒤로 젖히고 두 발을 약간 벌렸다.

"무슨 일인가? 누구에 대해 불평을 하려는 건가?"

"은혜를 베풀어 주오, 폐하! 숨통을 트게 해 주오……. 완전히 지쳤수다." 노인이 겨우 말했다.

"누가 자네를 괴롭혔나?"

"소프론 야코블리치요, 주인어른.[124)]"

아르카지 파블리치는 잠시 침묵했다.

"이름이 뭔가?"

"안치프요, 주인어른."

"이 사람은 누군가?"

"제 아들이오, 주인어른."

아르카지 파블리치는 다시 입을 다물고 콧수염을 실룩거렸다.

"그럼 그가 어떻게 자네를 괴롭혔나?" 그가 콧수염 사이로 노인을 쳐다보며 말했다.

---

123) 농부는 아르카지 파블리치를 군주에게 쓰는 호칭으로 부르고 있다. 존칭에 대한 지식이 부족해 자신이 아는 가장 최고의 존칭으로 주인을 부른 듯하다. 그러나 교육을 못 받은 탓인지 주인에게 낮춤말 동사를 쓰고 있다.

124) 노인이 사용한 'батюшка'라는 호칭은 아버지나 사제에게 존경과 친밀함을 담아 부르는 호칭이다.

"주인어른, 그자가 우리를 완전히 몰락시켰소. 주인어른, 징집 순번도 무시하고 두 아들을 군대에 넘기더니 이제는 셋째 아들마저 뺏으려 한다오. 주인어른, 어제는 마지막 남은 암소를 끌고 갔고 내 마누라도 구타했소. 그것이 저기 저 인간이 내리는 은총이오."(그는 촌장을 가리켰다.)

"흠!" 아르카지 파블리치가 입으로 소리를 냈다.

"우리가 완전히 몰락하지 않도록 해 주오, 우리의 목자 양반.[125]"

페노치킨 씨는 얼굴을 찌푸렸다.

"이게 다 무슨 얘긴가?" 그가 못마땅한 표정을 지으며 영지 관리인에게 작은 목소리로 물었다.

"술주정뱅이입니다." 영지 관리인이 처음으로 가장 높은 수준의 높임말을 사용하며 대답했다.[126] "일을 하지 않는 놈팡이입니다. 소작료를 체납한 지 벌써 다섯 해째입니다."

"소프론 야코블리치가 대신 미납금을 냈소, 주인어른." 노인이 계속해서 말했다. "저자가 미납금을 낸 후 벌써 다섯 해나 흘렀소. 그런데 미납금을 내고는 날 노예로 삼았수다, 주인어른, 그렇게 해서……."

"그럼 자네 몫의 미납금은 왜 생긴 거지?" 페노치킨 씨가 준

125) 노인이 사용한 'кормилец'는 '꿀을 먹이는 자'라는 뜻으로, 한 집안의 가장이나 부양자를 부를 때 사용하는 호칭이다.

126) 영지 관리인은 마지막 말 끝에 '-с'를 붙였다. 동사의 어미 끝이나 명사의 끝에 '-с'를 붙이는 것은 군대에서 하급자가 상급자에게, 하인이나 농노가 주인에게 사용하는 말투다.

엄하게 물었다.(노인은 고개를 숙였다.) "술집들을 배회하면서 술에 진탕 취하길 좋아하나 보군.(노인이 입을 열려고 했다.) 난 자네들을 알아." 아르카지 파블리치가 격렬하게 말을 이었다. "술을 마시고 페치카 위에 드러누워 있는 게 자네들의 일이지. 성실한 농부들이 자네들의 몫을 책임지고 말이야."

"게다가 무례하기까지 합니다." 영지 관리인이 주인의 말에 끼어들었다.

"그건 말할 나위도 없어. 늘 이런 식이야. 나도 이미 여러 번 눈치챘지. 일 년 내내 방탕하게 놀면서 무례하게 굴다가 이제 와서 발밑에 엎드려."

"아르카지 파블리치 주인어른." 노인이 필사적으로 말했다. "은혜를 베풀어 주오. 우리를 지켜 주오. 내가 어떻게 무례할 수 있겠소? 하느님 앞에서 말하겠수다. 더는 못 견디겠소. 소프론 야코블리치는 날 싫어하오. 무엇 때문에 싫어하겠소? 그 점에 대해서는 하느님이 심판할 거요! 나를 완전히 몰락시키고 있소, 주인어른……. 여기 하나 남은 아들을…… 이 아이를…… (노인의 누르스름하고 쭈글쭈글한 눈에서 눈물이 반짝였다.) 은혜를 베풀어 주오, 주인어른, 제발 지켜 주오……."

"게다가 우리뿐만이 아닙니다." 젊은 농부가 입을 떼려고 했다…….

아르카지 파블리치가 갑자기 분노를 터뜨렸다.

"누가 자네한테 물었나, 어? 아무도 묻지 않았으니 입 닥치고 있어……. 이게 도대체 뭔가? 닥쳐, 자네에게 말하잖나, 입 다물라니까. 아, 하느님! 완전히 폭동이군. 아니야, 형제, 내 땅에서 폭동을 권장할 순 없어…… 내 땅에서…….(아르카지 파블리치는 앞으로 한 걸음 내디뎠다가 내가 그 자리에 있다는 사실을 떠올렸는지 고개를 돌리며 주머니에 두 손을 찔러 넣었다.) 용서를 구합니다, 친구." 그가 부자연스러운 웃음을 지으며 의미심장하게 목소리를 낮추어 말했다. "이런 게 메달의 뒷면이라는 거죠……. 음, 좋아, 좋아." 그는 농부들에게 눈길을 주지 않은 채 계속 말했다. "내가 지시해 두지……. 좋아, 가 봐.(농부들은 일어나지 않았다.) 음, 내가 자네들에게 말했잖나……. 좋아. 가 보게, 내가 지시를 내리겠다고 하잖아."

아르카지 파블리치는 그들에게서 등을 돌리고는 "늘 불평이지." 하고 내뱉듯이 말한 후 성큼성큼 집으로 걸음을 옮겼다. 소프론이 그를 뒤따라갔다. 지방 서기는 눈을 부릅떴다. 마치 아주 먼 어딘가를 향해 뛰어오를 준비를 하는 것 같았다. 촌장은 물웅덩이에서 오리들을 쫓아냈다. 청원자들은 제자리에 잠시 서서 서로를 쳐다보다가 뒤도 돌아보지 않고 느릿느릿 집으로 걸어갔다.

두 시간 후 나는 이미 랴보보에 도착해 잘 아는 농부 안파지스트와 함께 사냥 떠날 채비를 하고 있었다. 내가 출발할 때까지도 페노치킨은 소프론에게 성을 냈다. 나는 안파지스트와 함께 시필롭카 농민들과 페노치킨 씨에 관해 이야기를 나누며 그곳의 영지 관리인을 아는지 물었다.[127)]

127) 이 장면에서 농부인 안파지시트는 귀족인 화자에게 존칭이 아니라 허물없는 말투를 사용한다.

"소프론 야코블리치? 아아!"

"어떤 사람이지?"

"개자식이지, 인간이 아니오. 쿠르스크 경계선까지 뒤져도 그런 개자식은 못 찾을걸."

"무슨 말이야?"

"이름이 뭐더라, 펜킨이라던가 하는 사람이 시필롭카를 소유한 걸로 되어 있긴 하오. 하지만 그곳을 지배하는 사람은 그 사람이 아니야. 소프론이 지배하지."

"정말?"

"자기 재산인 양 지배하고 있소. 인근의 농부들이 그에게 빚을 지고 있지. 그래서 날품팔이하듯 그를 위해 일한다오. 누구에게는 짐마차를 끌게 하고, 누구는 어디로 보내고…… 엄청나게 괴롭혔어."

"그 사람들한테는 땅이 얼마 없는 것 같던데?"

"얼마 없다고? 그자가 흘리노프에서 임대한 땅만 해도 80제샤치나요. 우리 마을에서도 120제샤치나를 세냈고. 그쪽 땅도 전부 150제샤치나는 되지. 그자가 땅에서만 이윤을 얻는 게 아니오. 말, 가축, 타르, 버터, 삼, 그 밖에도 이런저런 것들을 취급한다오……. 영악하지, 너무 영악해. 돈도 많고. 교활한 놈! 또 나쁜 점은 사람을 상습적으로 때린다는 거요. 짐승이야. 인간이 아니라니까. 개자식이라고 말했잖소. 수캐요, 그야말로 수캐라니까."

"그럼 왜 사람들이 그자에 대해 항의하지 않지?"

"아이고! 그 지주 나리야 답답한 게 없잖아! 미납금이 없는

데 나리가 무슨 신경을 쓰겠소? 그래, 한번 해 보시오." 그가 잠시 입을 다물고 있다가 덧붙였다. "항의해 보란 말이오. 아뇨, 그자가 나리를…… 그렇소, 해 보시오……. 아뇨, 그자가 다른 사람한테 한 행동 그대로 나리한테……."

난 안치프를 떠올리고는 내가 본 것을 그에게 말해 주었다.

"음." 안파지스트가 말했다. "이제 그자가 그 사람을 물어뜯을걸. 사람을 완전히 물어 죽일 거요. 촌장이 이제 그 사람을 죽도록 때릴걸. 정말 운도 없지, 생각해 보시오, 불쌍하군! 왜 그런 일을 겪느냐면…… 모임에서 그놈이랑, 그러니까 영지 관리인이랑 다툰 거야. 더 이상 참을 수 없었나 보지……. 큰일이 난 거야! 그러자 그자가 그 안치프라는 사람을 쪼아 대기 시작했소. 이젠 먹어 치울 거야. 그자는 그런 수캐, 개자식이라고, 하느님, 나의 죄를 용서해 주오, 그자는 누구를 덮치면 좋을지 알아. 좀 더 부유하고 좀 더 많은 가족을 거느린 노인들은 건드리지 않지, 대머리 악마, 하지만 이 경우에는 격분해서 이성을 잃었소. 그자는 안치프네 아들들을 징집 순번도 아닌데 군대에 넘겼다오, 파렴치한 협잡꾼, 수캐 같으니, 하느님, 나의 죄를 용서해 주오!

우리는 사냥터로 출발했다.

슐레지엔의 잘츠브룬에서, 1847년 7월.

영지 사무소

가을이었다. 나는 이미 몇 시간째 라이플총을 메고 들판을 돌아다니고 있었다. 아침부터 노처녀처럼 지칠 줄 모르고 무자비하게 따라다니는 차가운 가랑비 탓에 결국 근처 어딘가에서 임시 피난처라도 찾아야 할 상황만 아니었다면, 아마 저녁도 되기 전에 내 트로이카가 기다리고 있는 쿠르스크 가도의 여인숙으로 돌아가지는 않았을 것이다. 어디로 갈지 생각하는 사이, 완두콩을 파종한 밭 옆의 나지막한 초막이 문득 눈에 들어왔다. 초막으로 다가가서 짚으로 이은 지붕 아래를 들여다보다가 노쇠한 노인을 발견했다. 그 순간, 로빈슨이 자기 섬의 한 동굴에서 발견한 죽어 가는 염소가 떠올랐다. 노인은 쭈그리고 앉아 시력이 흐려진 작은 눈을 가늘게 뜬 채 딱딱하게 말린 완두콩을 입안에서 쉴 새 없이 이리저리 굴리며 조급하면서도 조심스럽게 토끼처럼(이 불쌍한 노인에게는 이가 하나도 없었다.) 콩을 씹고 있었다. 그는 내가 온 것을 알아차리지 못할 정도로 자기 일에 푹 빠져 있었다.

"할아범! 할아범!" 내가 말했다.

그는 콩을 씹다가 말고 눈썹을 높이 치켜올려 간신히 눈을 떴다.

"뭐야?" 그가 쉰 목소리로 웅얼거렸다.[128)]

"이 근처에 마을이 있을까?" 내가 물었다.

노인은 다시 완두콩을 씹기 시작했다. 그는 내 말을 알아듣지 못했다. 나는 아까보다 더 크게 다시 물었다.

"마을? 무슨 일로?"

"그냥 비를 피하려고."

"아!"(그는 햇볕에 탄 뒷덜미를 긁었다.) "음, 저리로 가쇼." 그는 두 손을 어수선하게 흔들다가 불쑥 말했다. "저…… 그러니까, 숲을 지나면, 그렇게 지나면 그곳에 길이 있을 거요. 그건, 그 길은 버리고, 오른쪽으로 가. 오른쪽으로, 오른쪽으로, 오른쪽으로……. 그럼 아나니예보가 나와. 아니면 시톱카로 가든가."

나는 노인의 말을 겨우 이해했다. 그의 콧수염이 방해가 됐고, 혀도 말을 듣지 않았기 때문이다.

"어느 마을에서 왔나?"

"아나니예보."

"여기에서 뭘 하고 있는데?"

128) 이 평민 노인은 귀족인 화자에게 계속 존칭을 쓰지 않는다.

“뭐요?”

“여기에서 뭘 하냐고.”

“망을 보고 있소.”

“뭘 지키는데?”

“완두콩.”

난 웃지 않을 수 없었다.

“미안한데 나이가 어떻게 되나?”

“하느님만 아시오.”

“눈이 잘 안 보이나 봐?”

“뭐요?”

“눈이 잘 안 보이지?”

“그렇소. 아무것도 안 들릴 때도 있다오.”

“그렇다면, 미안하지만, 어째서 망을 보는 건가?”

“그거야 윗사람들이 알겠지.”

‘윗사람들!’ 난 잠시 생각에 잠겨 가엾은 노인을 측은하게 바라보았다. 그는 자기 몸을 더듬다가 품속에서 바짝 마른 빵 조각을 꺼내더니, 그렇지 않아도 푹 꺼진 두 뺨을 간신히 오목하게 당기면서 아이처럼 빵 조각을 빨기 시작했다.

나는 노인이 조언해 준대로 숲 쪽으로 가서 오른쪽으로 방향을 튼 다음 계속 오른쪽으로, 오른쪽으로 갔고, 마침내 새로운 방식의, 즉 원주들이 늘어선 석조 교회와 역시 원주들이 늘어선 넓은 지주 저택이 있는 큰 마을에 이르렀다. 좀 더 멀리, 그물처럼 촘촘한 빗줄기 사이로 통나무집 한 채가 보였다. 널지붕에 굴뚝이 두 개 달리고 다른 집들보다 높은 그 집은 아마도 촌장의 집인 듯했다. 나는 그 집에서 사모바르, 차, 설탕, 아직 완전히 시어지지 않은 크림을 발견하기를 희망하며 그쪽으로 걸음을 옮겼다. 추위에 덜덜 떠는 내 개를 데리고 현관 계단으로 올라가 현관문을 열었다. 하지만 통나무집에 흔히 있는 세간들 대신 탁자 몇 개, 흐트러진 종이들, 커다란 붉은 찬장 두 개, 잉크 얼룩이 묻은 잉크병, 1푸드 정도 나가는 주석으로 만든 모래 상자, 가장 긴 깃털 펜 등이 보였다. 한 탁자 위에 스무 살쯤 된 청년이 앉아 있었다. 통통 부은 얼굴은 병약해 보이고, 눈은 작고, 이마엔 살집이 두툼하고, 구레나룻은 터무니없이 길었다. 그는 옷깃과 배 부분이 반질반질한, 난징 무명으로 지은 회색 카프탄을 단정히 입고 있었다.

"무슨 일입니까?" 그가 주둥이를 잡힐 거라고 예상하지 못한 말처럼 고개를 홱 쳐들었다.

"여기는 집사의 집인지…… 아니면……."

"이곳은 영지의 중앙 사무소입니다." 그가 내 말을 가로막았다. "전 당직을 서고 있고요……. 간판 못 보셨습니까? 그러라고 걸어 둔 건데요."

"여기 옷을 말릴 만한 데가 있을까? 마을에 사모바르를 가진 사람이 있나?"

"사모바르가 없는 곳이 어디 있습니까?" 회색 카프탄을 입은 청년이 거드름을 피우며 대꾸했다. "치모페이 신부에게 가 보세요. 아니면 하인 집, 아니면 나자르 타라시치 집, 아니면 새지기 아그라페나 집에 가 보시든가요."

"누구랑 말하는 거냐, 이 멍청한 놈아. 잠을 자게 두지를 않네, 모자란 놈!" 옆방에서 목소리가 들렸다.

"어떤 신사분이 오셔서 옷을 말릴 만한 데가 있느냐고 물으십니다."

"어떤 신사분?"

"모르겠습니다. 개와 라이플총을 가지고 계세요."

옆방에서 침대가 삐걱거렸다. 문이 열리더니 쉰 살쯤 된 뚱뚱한 남자가 들어왔다. 키가 작고, 목이 황소 같고, 눈이 통방울처럼 튀어나오고, 볼이 유난히 둥글고, 얼굴 전체가 번드르르했다.

"무슨 일입니까?" 그가 나에게 물었다.

"옷을 말리고 싶습니다."

"여기는 그런 데가 아닙니다."

"이곳이 사무소라는 걸 몰랐습니다. 하지만 돈은 얼마든지 지불할……."

"어쩌면 이곳에서도 가능할 것 같군요." 뚱보가 대꾸했다. "자, 이쪽으로 오실까요? (그는 나를 다른 방으로 안내했다. 하지만 그가 나온 방은 아니었다.) 여기라면 괜찮을까요?"

"좋습니다……. 그런데 크림을 탄 차를 마실 수 없을까요?"

"알겠습니다, 즉시 가져다 드리죠. 그동안 옷을 벗고 쉬세요. 차는 곧 준비하겠습니다."

"이곳은 누구의 영지입니까?"

"옐레나 니콜라예브나 로스냐코바 마님의 영지입니다."

그는 나갔다. 나는 주위를 둘러보았다. 내가 있는 방과 사무실을 나눈 칸막이를 따라 아주 커다란 가죽 소파가 놓여 있었다. 길 쪽으로 난 유일한 창문 양편에는 높은 등받이가 있는, 역시 가죽으로 된 의자 두 개가 있었다. 장밋빛 덩굴무늬가 있는 녹색 벽지를 바른 벽에는 커다란 유화 세 점이 걸려 있었다. 한 그림에는 하늘색 목걸이를 건 세터견이 그려져 있고, 목걸이에는 '나의 기쁨'이라는 글자가 새겨져 있었다. 개의 발 근처에는 강이 흐르고, 맞은편 강기슭의 소나무 아래에는 터무니없이 큰 토끼 한 마리가 한쪽 귀를 세운 채 앉아 있었다. 다른 그림에서는 두 노인이 수박을 먹고 있었다. 수박 너머로 멀리 '만족의 신전'이라고 적힌 그리스식 주랑이 보였다. 세 번째 그림에는 무릎이 붉고 발뒤꿈치가 매우 통통한 누운 자세의 반라 여인이 축소된 형태로 표현되어 있었다. 내 개는 한시도 꾸물거리지 않고 초자연적인 노력을 쏟으며 소파 밑으로 기어 들어갔다. 그런데 그곳에 먼지가 많았는지 무섭게 재채기를 해 댔다. 나는 창문으로 다가갔다. 지주의 저택에서 사무소까지 길을 가로질러 비스듬하게 판자가 깔려 있었다. 매우 유익한 예방책이었다. 우리 지방의 흑토와 오랫동안 계속 내린 비 때문에 그 일대가 끔찍할 정도로 심한 진창이 됐기 때문이다. 길을 등진 지주의 저택 주변에서는 지주의 저택에서 흔히 볼 수 있는 광경이 펼쳐지고 있었다. 사라사 천으로 지은 빛바랜 옷을 입은 하녀들이 여기저기 뛰어다녔다. 지주의 집에서 일하는 농노들은 발을 질질 끌며 진창을 걷다가 이따금 멈춰 서서 생각에 잠긴 듯 자기 등을 긁었다. 순경의 매이 둔 말은 주둥이를 높이 쳐든 채 나른하게 꼬리를 흔들며 울타리를 물어뜯었다. 암탉들은 꼬꼬댁거렸다. 폐병에 걸린 듯한 칠면조들은 끊임없이 큰 소리로 서로를 불러 댔다. 아마도 한증탕일 다 썩어 가는 어두운 건물의 현관 계단에 기타를 든 건장한 청년이 앉아 유명한 로망스를 기운차게 부르고 있었다.

오, 난 황야로 떠나리…….
이 아름다운 곳을 벗어나…….

뚱보가 내가 있는 방으로 들어왔다.

"자, 여기 차를 가져왔습니다." 그가 나에게 부드러운 미소를 지으면서 말했다.

사무소 당직인 회색 카프탄을 입은 청년이 낡은 카드놀이용 탁자에 사모바르, 주전자, 깨진 접시에 받친 유리잔, 작은 접시, 크림 단지, 부싯돌처럼 딱딱한 볼호보 지역의 비스킷 한 묶음을 차려 놓았다. 뚱보가 나갔다.

"저 사람은 누구지?" 내가 당직에게 물었다. "집사?"

"아닙니다. 주임 회계였는데, 지금은 중앙 사무소의 사무원으로 승진했습니다."[129)]

"그럼 이곳엔 집사가 없나?"

"없습니다. 영지 관리인 미하일라 비쿨로프는 있지만 집사는 없습니다."

129) 처음 만났을 때는 불손한 말투로 말하던 젊은이가 이 장면에서는 동사의 어미와 명사 끝에 '-c'를 붙여 극도로 정중한 높임말을 사용하고 있다.

"그럼 감독자는 있고?"

"물론 있습니다. 독일인이죠. 카를로 카를리치 린다만돌이라고 합니다. 하지만 그 사람은 관리를 하지 않습니다."

"그럼 누가 관리하지?"

"마님께서 직접 하십니다."

"그렇군! 어때, 이 사무소에서 근무하는 사람들이 많나?"

청년은 생각에 잠겼다.

"여섯 명이 있습니다."

"어떤 사람들이지?" 내가 물었다.

"이런 사람들이 있습니다. 먼저 주임 회계 바실리 니콜라예비치, 사무원 표트르, 표트르의 동생인 사무원 이반, 사무원인 또 다른 이반, 역시 사무원인 코스켄킨 나르키조프, 그리고 저입니다. 음, 전부 기억하기가 힘드네요."

"당신네 마님께는 하인도 많겠지?"

"아니요, 많다고 할 정도는 아닌데요……."

"그래도 몇 명이나 될까?"

"150명 정도 될 겁니다."

우리 둘 다 잠시 입을 다물었다.

"어때, 자넨 글을 잘 쓰나?" 내가 다시 입을 열었다.

청년은 함빡 웃으며 고개를 끄덕이고는 사무소로 가서 글씨가 가득 적힌 종이 한 장을 들고 왔다.

"제가 쓴 겁니다." 그는 계속 미소를 지으며 말했다.

난 그것을 보았다. 회색빛 시절지에 아름답고 반듯한 필체로 다음과 같이 적혀 있었다.

명령서
아나니예보의 중앙 대저택 사무소에서
미하일 비쿨로프 영지 관리인에게, 209호.

이 명령서를 받는 즉시, 지난밤 술 취한 모습으로 부적절한 노래들을 부르면서 영국식 정원을 지나가 프랑스인 가정교사 마담 엔제니를 깨우고 불안하게 한 자가 누구인지, 파수꾼들이 뭘 보고 있었는지, 정원에서 보초를 서면서 그런 소동을 허용한 자가 누구인지 지체 없이 알아볼 것을 명령한다. 위에 기록된 모든 것에 대해 상세히 알아낸 후 지체 없이 사무소에 보고할 것을 명령한다.

사무소 소장 니콜라이 흐보스토프

명령서에는 '아나니예보 중앙 대저택 사무소의 인장'이란 표시가 있는 거대한 문장 직인이 찍혀 있었고, 아래쪽에 '정확히 수행할 것. 엘레나 로스냐코바'라는 추신이 적혀 있었다.

"이건 마님이 직접 덧붙여 쓴 건가?" 내가 물었다.

"물론 직접 쓰셨습니다. 마님은 언제나 직접 하십니다. 그러지 않으면 명령서가 효력을 발휘할 수 없습니다."

"음, 그럼 이 명령서를 영지 관리인에게 보내나?"

"아닙니다. 영지 관리인이 직접 와서 읽습니다. 다시 말해 듣는 거죠. 그 사람은 글을 모르거든요. (당직은 다시 입을 다물었다.) 어떻습니까?" 그가 가볍게 웃으며 덧붙였다. "정말 잘 썼습니까?"

"잘 썼어."

"솔직히 문장을 작성한 건 제가 아닙니다. 그 분야에서는 코스켄킨이 대가죠."

"뭐? 초안을 먼저 작성한다고?"

"그러지 않으면 어떻게 씁니까? 곧바로 깨끗이 쓰기는 힘듭니다."

"봉급은 얼마나 받지?" 내가 물었다.

"35루블에 부츠값으로 5루블 받습니다."

"만족하나?"

"물론 만족합니다. 누구나 우리 사무소에 들어올 수 있는 건 아닙니다. 솔직히 제 경우도 하느님의 은총 덕분이죠. 제 아저씨가 청지기거든요."

"일은 마음에 들고?"

"마음에 듭니다. 사실대로 말하자면……." 그가 한숨을 쉬며 말을 이었다. "예를 들어 상인 밑에서 일하는 게 우리 같은 사람들에게는 더 좋습니다. 우리 같은 사람들은 상인들을 위해 일하는 편이 훨씬 좋아요. 어제 저녁에도 베뇨프에서 상인이 한 사람 왔는데, 그의 일꾼이 저에게 그렇게 말했습니다……. 좋답니다, 두말할 나위도 없이 좋대요."

"왜? 상인들이 월급을 더 많이 주나?"

"당치도 않습니다! 봉급을 달라고 했다가는 멱살을 잡혀 쫓겨날걸요. 아뇨, 상인의 집에서는 신앙과 두려움을 먹고산답니다. 상인이 먹을 것이며 마실 것이며 입을 것이며 모든 걸

줍니다. 상인을 기분 좋게 해 주면 더 많은 것도 주죠……. 봉급이 다 뭡니까! 그런 건 전혀 필요 없어요……. 게다가 상인은 러시아식으로, 우리 식으로 소박하게 살잖아요. 상인과 함께 길을 떠날 땐 그가 차를 마시면 우리도 차를 마실 수 있고, 그가 음식을 먹으면 우리도 먹을 수 있습니다. 상인은…… 어떻게 말하면 좋을까요, 상인은 귀족과 다릅니다. 상인은 제멋대로 굴지 않아요. 뭐, 화를 내며 때리기도 합니다. 하지만 그걸로 끝이에요. 성가시게 잔소리를 하지도, 비꼬지도 않아요……. 하지만 지주 나리와 함께하는 건 재앙이에요! 나리 눈에는 모든 게 못마땅하죠. 이건 싫고 저건 마음에 안 든다고 합니다. 물이 든 컵이나 음식을 가져가면, '아, 물에서 악취가 나잖아! 아, 음식에서 악취가 나잖아!'라고 투덜거리죠. 밖으로 내간 다음 문 뒤에서 잠시 서 있다가 다시 가져가면, '음, 이제 좋군, 그래, 이제는 냄새가 안 나.'라고 합니다. 마님들에 대해서도 말씀드리죠. 마님들은 또 어떻게요! 아가씨들에 대해서도 말씀드릴게요!"

"페쥬시카![130]" 사무소에서 뚱보의 목소리가 들렸다.

당직은 재빠르게 나갔다. 나는 차를 다 마시고 소파에 누워 있다가 잠이 들었다. 두어 시간 정도 잤다.

잠에서 깬 나는 몸을 일으키려 했다. 하지만 게으름에게 지고 말았다. 나는 눈을 감았지만 다시 잠들지는 못했다. 사무실의 칸막이 너머에서 조용히 이야기하는 소리가 들렸다. 나는

130) 표도르의 애칭.

무심결에 귀를 기울였다.

"그렇습니다, 그렇습니다, 니콜라이 예레메이치." 한 목소리가 말했다. "그렇습니다, 그걸 고려하지 않을 순 없습니다. 정말 그럴 순 없죠……. 흠! (말하는 사람이 기침을 했다.)"

"날 믿어요, 가브릴라 안토니치." 뚱보의 목소리가 대꾸했다. "설마 내가 이곳의 관례를 모를까요. 생각해 봐요."

"누가 당신보다 더 잘 알겠습니까, 니콜라이 예레메이치. 말하자면 당신이 이곳의 일인자인데. 자, 그럼, 어떨 것 같습니까?" 낯선 목소리가 계속해서 말했다. "우리는 어떤 식으로 결론을 내리게 될까요, 니콜라이 예레메이치? 제가 궁금해하는 것을 허락해 주십시오."

"우리가 어떤 식으로 결론을 내릴지라뇨, 가브릴라 안토니치? 그 문제는, 말하자면, 당신에게 달려 있잖습니까. 당신은 내키지 않는 것 같지만요."

"당치도 않습니다, 니콜라이 예레메이치, 무슨 말을 하십니까? 우리의 일은 거래하고 구매하는 겁니다. 우리의 일은 사들이는 거예요. 말하자면 그것이 우리가 발 딛고 서 있는 디딤판인 셈이죠, 니콜라이 예레메이치."

"8루블로 합시다." 뚱보가 적당히 간격을 두고 말했다.

탄식 소리가 들렸다.

"니콜라이 예레메이치, 너무 많이 부르시는군요."

"달리 어쩔 수 없습니다, 가브릴라 안토니치. 하느님 앞이라도 말할 수 있습니다, 어쩔 수 없어요."

침묵이 흘렀다.

나는 살그머니 몸을 일으켜 칸막이의 틈새로 바라보았다. 뚱보는 나에게 등을 보이며 앉아 있었다. 그와 얼굴을 마주하고 앉은 사람은 마르고 창백한, 마치 식물성 기름을 바른 듯한 마흔 살 정도의 상인이었다. 그는 수염을 쉴 새 없이 만지작거리면서 눈을 몹시 빠르게 깜빡거리고 입술을 실룩거렸다.

"올해는 굉장한 풍년인 것 같죠." 그가 다시 입을 열었다. "저도 내내 감탄하면서 왔습니다. 보로네시부터 풍작이던걸요. 일 등급이라 해도 되겠어요."

"확실히 나쁜 편은 아닙니다." 소장이 대꾸했다. "당신도 알잖아요, 가브릴라 안토니치, 가을은 흐트러뜨리되 봄이 원하는 대로 한다잖아요."

"정말 그렇습니다, 니콜라이 예레메이치, 모든 게 하느님의 뜻이죠. 지당한 말씀입니다……. 당신의 손님이 깨신 것 같은데요."

뚱보가 고개를 돌리고…… 귀를 기울였다…….

"아뇨, 주무십니다. 그래도……."

그가 문으로 다가왔다.

"아뇨, 주무십니다." 그는 똑같은 말을 되풀이하고는 자리로 돌아갔다.

"자, 그럼 어떻게 할까요, 니콜라이 예레메이치?" 상인이 다시 입을 열었다. "일을 매듭지어야…… 어쩔 수 없죠, 니콜라이 예레메이치, 그렇게 할 수밖에 없겠군요." 그는 계속 눈을 깜빡거리며 말했다. "회색 두 장이랑 흰색 한 장을 소장님께

드리고,[131] 저쪽에는(그는 지주의 저택을 향해 고개를 까딱했다.) 6루블 50코페이카를 드리겠습니다. 찬성하십니까?"

"회색 네 장." 소장이 대답했다.

"그럼, 세 장!"

"흰색 없이 회색 네 장."

"세 장으로 합시다, 니콜라이 예레메이치."

"세 장하고 반. 1코페이카도 더는 못 뺍니다."

"세 장으로 합시다, 니콜라이 예레메이치."

"더 이상 아무 말 하지 말아요, 가브릴라 안토니치."

"정말 완강하네." 상인이 중얼거렸다. "차라리 마님하고 결판을 짓는 게 낫겠군."

"좋을 대로." 뚱보가 대꾸했다. "진작 그렇게 하지. 사실 당신이 걱정할 게 뭐 있겠습니까? 그러는 편이 훨씬 좋겠군요!"

"아뇨, 됐습니다, 됐어요, 니콜라이 예레메이치. 발끈했군요! 정말 그냥 해 본 말입니다."

"아뇨, 뭐 사실……."

"그만하세요, 정말…… 정말 농담한 겁니다. 자, 세 장하고 반을 받으세요, 당신을 어떻게 당해 내겠습니까."

"네 장을 받았어야 하는데. 내가 멍청해서 너무 서둘렀어." 뚱보가 중얼거렸다.

"그럼 저곳에는, 저택에는 여섯 장하고 반을 내기로 한 겁니다, 니콜라이 예레메이치. 여섯 장하고 반에 곡물을 넘길 거

131) 회색은 50루블짜리 지폐를, 흰색은 25루블짜리 지폐를 뜻한다.

죠?"

"여섯 장하고 반이라고 이미 말했잖습니까."

"자, 그럼 합의한 겁니다, 니콜라이 예레메이치." 상인은 손가락을 펼쳐 소장의 손바닥을 쳤다. "하느님께서 함께하시길!" 상인은 일어섰다. "그럼, 니콜라이 예레메이치, 전 이제 마님을 찾아가서 하인에게 제가 온 걸 알리게 하고 이렇게 말씀드릴 겁니다. 니콜라이 예레메이치께서 여섯 장하고 반에 파는 것에 동의하셨다고 말입니다."

"그렇게 말씀드려요, 가브릴라 안토니치."

"그럼, 이제 받아 주십시오."

상인은 소장에게 얇은 지폐 다발을 건네고 허리 숙여 인사한 후 고개를 흔들고 자신의 모자를 두 손가락으로 집었다. 그는 어깨를 으쓱하고는 몸통을 물결처럼 움직이면서 부츠를 점잖게 삐걱거리며 밖으로 나갔다. 니콜라이 예레메이치는 벽에 다가갔다. 내가 보기에는, 상인에게 건네받은 지폐를 확인해 보는 것 같았다. 문에서 덥수룩한 구레나룻이 달리고 붉은 머리털이 난 머리통이 쑥 나왔다.

"어때?" 머리통이 물었다. "모든 게 제대로 된 거야?"

"모든 게 제대로 됐지."

"얼만데?"

뚱보는 짜증을 내며 한 손을 내젓고는 내가 있는 방을 가리켰다.

"아, 알았어!" 머리통은 이렇게 대꾸하고 사라졌다.

뚱보는 탁자로 다가가 의자에 앉아서 장부를 펼치고 주판을 꺼낸 후 주판알을 튕기기 시작했다. 그는 오른손의 집게손가락이 아닌 가운뎃손가락을 썼는데, 그렇게 하는 것이 더 품위 있어 보였기 때문이다.

당직이 들어왔다.

"무슨 일이야?"

"시도르가 골로플레키에서 돌아왔습니다."

"아, 들여보내. 잠깐, 잠깐만……. 먼저 그 낯선 신사분이 여전히 자는지 어떤지 보고 와."

당직은 조심스럽게 내가 있는 방으로 들어왔다. 나는 베개 대신 사냥감 주머니를 베고 눈을 감았다.

"주무십니다." 사무실로 돌아간 당직이 소곤거렸다.

뚱보가 입안에서 말을 우물거리며 투덜거렸다.

"시도르를 들여보내." 마침내 그가 말했다.

나는 다시 살짝 몸을 일으켰다. 키가 아주 큰 서른 살가량의 건강한 농부가 들어왔다. 불그레한 뺨에 아마색 머리털을 지니고 곱슬곱슬한 턱수염을 조그맣게 기른 남자였다. 그는 이콘을 향해 성호를 긋고 사무소장에게 허리 숙여 인사한 후 두 손에 모자를 들고 똑바로 섰다.

"잘 지냈나, 시도르." 뚱보가 주판알을 튕기며 말했다.

"안녕하십니까, 니콜라이 예레메이치."

"그래, 길 상태는 어때?"

"좋습니다, 니콜라이 예레메이치. 약간 질퍽할 뿐입니다. (농부는 크지 않은 목소리로 천천히 말했다.)"

"아내는 건강해?"

"별일 없습니다!"

농부는 한숨을 쉬고 한 발을 앞으로 내밀었다. 니콜라이 예레메이치는 깃털 펜을 귀 뒤에 끼우고 코를 풀었다.

"그래, 무슨 일로 왔지?" 그가 체크무늬 손수건을 호주머니에 집어넣으며 계속 물었다.

"들어 보세요, 니콜라이 예레메이치, 우리 마을의 목수들을 보내라는 지시를 받았습니다."

"왜, 자네들 마을에 목수들이 없다는 거야, 뭐야?"

"있기야 하죠, 니콜라이 예레메이치, 우리 마을의 집들이 나무로 만들어진 건 누구나 아는 사실인걸요. 하지만 이제 한창 바쁠 때잖습니까, 니콜라이 예레메이치."

"한창 바쁠 때라니! 이게 문제야, 자네들은 남들을 위해서는 기꺼이 일하면서 정작 자기 주인을 위해 일하는 건 좋아하지 않는군……. 다 똑같은 일이야!"

"일이라는 게 다 똑같긴 하죠, 맞는 말입니다. 니콜라이 예레메이치…… 하지만……."

"그런데?"

"보수가 안 좋아서…… 그게……."

"난 모르는 일이야! 이런, 계속 응석을 받아 줬더니 자네들 버릇이 아주 나빠졌군. 꺼져!"

"말할 게 또 있습니다, 니콜라이 예레메이치, 고작 일주일이면 끝낼 일거리를 가지고 한 달을 끕니다. 어느 때는 자재가 충분하지 않다고 하고, 어느 때는 정원으로 난 오솔길들을 청소하라고 합니다."

"난 모르는 일이라니까! 마님이 직접 지시하신 일이야. 그런 일에 자네와 내가 이러쿵저러쿵할 순 없어."

시도르는 입을 다물고 제자리에서 두 발을 번갈아 떼기 시작했다.

니콜라이 예레메이치는 고개를 옆으로 꺾고 열심히 주판알을 튕겼다.

"우리…… 농부들이…… 니콜라이 예레메이치……." 마침내 시도르가 한 마디 한 마디 꺼낼 때마다 더듬거리며 말문을 열었다. "소장님의 은혜를 구하도록 저에게…… 저, 여기……. (그는 농민 외투의 품속에 손을 넣더니 돌돌 말린 빨간 덩굴무늬 수건을 꺼내기 시작했다.)"

"뭐야, 왜 이래, 멍청한 놈 같으니, 미친 거 아냐?" 뚱보가 황급히 그의 말을 가로막았다. "가, 내 집으로 가." 그가 놀란 농부를 떠밀다시피 하며 계속해서 말했다. "거기 가서 아내에게 물어봐……. 아내가 자네에게 차를 대접할 거야. 나도 곧 갈 테니, 어서 가. 그래, 걱정하지 말고, 내가 말하잖아, 가."

시도르가 밖으로 나갔다.

"저런…… 미련한 곰 같으니!" 사무소장이 그의 등에 대고 중얼거리고는 고개를 흔들며 다시 주판을 잡았다.

갑자기 고함 소리가 들렸다. "쿠프랴! 쿠프랴! 쿠프랴를 쓰러뜨릴 순 없다!"라는 소리가 길 위에, 현관 계단에 울려 퍼졌고, 잠시 후 폐병 환자처럼 보이는 자그마한 남자가 사무소로 들어왔다. 몹시 길쭉한 코에 움직임이 없는 키다란 눈, 그리고 몹시 오만한 태도의 남자였다. 벨벳 옷깃과 아주 작은 단추가 달린 아델라이다색,[132] 혹은 우리 지역의 표현대로라면 오델로이드색의 낡고 해진 프록코트를 입고 있었다. 그는 어깨에 장작 다발을 지고 있었다. 그 주위에서 농노 하인 다섯 명이 떼를 지어 다 함께 외쳤다. "쿠프랴! 쿠프랴를 쓰러뜨릴 수 없다! 쿠프랴가 화부로 승진했다! 화부로!" 하지만 벨벳 옷깃이 달린 프록코트를 입은 남자는 동료들이 피우는 거친 소란에 조금도 신경 쓰지 않고 표정도 전혀 바꾸지 않았다. 그는 페치카까지 침착한 걸음으로 다가와 자기 짐을 바닥에 툭 던졌다. 그러고는 몸을 똑바로 세우고 뒷주머니에서 담뱃갑을 꺼내더니 눈을 크게 뜨면서 재와 뒤섞인 곱게 빻은 전동싸리를 콧속에 가득 채우기 시작했다.

시끄러운 무리가 들어오자 뚱보는 눈썹을 찌푸리며 자리에서 일어났다. 하지만 소동의 이유를 알자 빙그레 웃으면서 옆방에 사냥꾼이 자고 있으니 큰 소리를 내지 말라고 지시할 뿐이었다.

"어떤 사냥꾼?" 두 사람이 한목소리로 물었다.

"지주님."

"아!"

"떠들게 내버려 둬." 벨벳 옷깃의 남자가 두 팔을 벌리며 말했다. "내가 무슨 상관이야! 날 건드리지만 않으면 돼. 내가 화부로 승격했거든……."

"화부로! 화부로!" 무리가 즐겁게 그의 말을 따라했다.

---

132) '연보라색'을 뜻한다.

"마님이 지시하셨지." 그가 어깨를 으쓱하며 계속 말했다. "두고 봐…… 자네들은 돼지치기가 될 테니. 난 재단사야, 그것도 훌륭한 재단사지. 모스크바의 일류 장인들에게서 일을 배웠고 장군들을 위해 옷을 지었어……. 누구도 나에게서 그 사실을 앗아 갈 순 없어. 하지만 자네들은 뭘 자랑할 건데…… 뭘 자랑할 거냐고? 주인의 권력에서 벗어나 있다는 것? 자네들은 기생충에 백수건달일 뿐이야. 날 자유롭게 풀어 놔 보라지. 난 굶어 죽진 않아. 난 뒈지지 않는다고. 나한테 통행증을 줘 봐. 난 상당한 연공을 벌어 와서 주인을 만족시킬 거야. 하지만 자네들은 어떨까? 자네들은 망가지고 파리처럼 뒈지겠지. 그게 다야!"

"거짓말하고 있네." 얼굴이 얽고 머리칼이 옅은 금빛인 젊은이가 그의 말을 가로막았다. 넥타이는 붉고 팔꿈치 부분은 너덜너덜했다. "넌 통행증을 들고 나다닌 적이 있어. 하지만 주인들은 너한테서 1코페이카도 구경한 적이 없고, 너도 2코페이카 동전 한 닢 벌지 못했지. 간신히 두 다리를 끌고 집으로 돌아와서 그 후로는 카프탄 하나로 버티며 살고 있잖아."

"그게 뭐 어때서, 콘스탄친 나르키지치!" 쿠프리얀이 대꾸했다. "사람이 사랑에 빠지면 죽어. 끝장나지. 먼저 내가 산 것처럼 살아 봐, 콘스탄친 나르키지치. 그럼 나에 대해 판단할 수 있을 거야."

"그래서 누구랑 사랑에 빠졌더라! 미친 괴물이었잖아!"

"아니, 그렇게 말하지 마, 콘스탄친 나르키지치."

"누구 앞에서 우기는 거야? 내가 그 여자를 봤는데. 지난해 모스크바에서 내 두 눈으로 봤다고."

"지난해에는 사실 그 여자가 조금 망가졌었지." 쿠프리얀이 말했다.

"아니, 여러분." 키가 크고 여윈 여드름투성이의 남자가 경멸 섞인 무심한 목소리로 말했다. 머리카락을 곱슬곱슬하게 말고 향유를 바른 그 남자는 시종이 분명했다. "쿠프리얀 아파나시치에게 노래를 불러 보라고 해. 자, 시작해, 쿠프리얀 아파나시치!"

"그래, 그래!" 다른 사람들이 맞장구를 쳤다. "아, 그렇지, 알렉산드라! 쿠프랴를 궁지에 빠뜨렸군, 그렇고말고……. 노래해, 쿠프랴! 잘한다, 알렉산드라! (농노 하인들은 남자에 대해 말할 때 어감을 부드럽게 하기 위해서 종종 여성형 접미사를 사용한다.[133]) 노래해!"

"이곳은 노래하는 데가 아니야." 쿠프리얀이 단호하게 대꾸했다. "여기는 지주 집안의 사무소라고."

"그게 너랑 무슨 상관인데? 사무원을 노리나 보군!" 콘스탄친이 거칠게 웃으며 대꾸했다. "틀림없어!"

"모든 게 주인님의 손에 달려 있지." 불쌍한 사람이 말했다.

"와, 와, 뭘 노리는 거야, 이런, 뭐? 우! 우! 아!"

그러더니 모두가 껄껄거리며 웃었다. 어떤 이들은 펄쩍펄쩍 뛰었다. 가장 큰 소리로 웃은 사람은 열다섯 살쯤 된 소년이었다. 아마도 하인들 사이에서 귀족 대우를 받는 이의 아들인

133) 러시아어에서 여성의 이름이나 애칭은 여성형 접미사 '-a'로 끝난다.

듯했다. 소년은 청동 단추가 달린 조끼와 라일락색 넥타이를 걸친 차림이었고, 벌써부터 배가 나와 있었다.

"들어 봐, 인정하란 말이야, 쿠프랴." 니콜라이 예레메이치가 잘난 체하며 말했다. 기분이 완전히 누그러지고 좋아진 듯 보였다. "사실은 화부가 되는 게 싫지? 완전히 하찮은 일일 텐데?"

"무슨 소립니까, 니콜라이 예레메이치." 쿠프리얀이 말했다. "당신은 지금 우리의 사무소장이죠. 분명한 사실이에요. 그 점에는 분명 논란의 여지가 없어요. 하지만 당신도 미움을 받아서 농사꾼의 통나무집에서 살았잖아요."

"조심해, 내 앞이라는 걸 잊지 마." 뚱보가 격분하며 그의 말을 가로막았다. "사람들이 너한테, 너 같은 멍청이한테 농담을 걸어 주잖아. 멍청아, 사람들이 너 같은 멍청이에게 관심을 가져 주는 것을 깨닫고 고마워할 줄 알아야지."

"그만 말이 헛나갔네요, 니콜라이 예레메이치, 죄송합니다……."

"말을 함부로 하는 게 문제라니까."

문이 활짝 열리더니 코사크 복장을 한 시동이 뛰어 들어왔다.

"니콜라이 예레메이치, 마님께서 부르세요."

"마님 댁에 누가 있지?" 그가 코사크 복장의 시동에게 물었다.

"악시니야 니키치시나랑 베뇨프에서 온 상인이요."

"곧 간다. 이보게, 형제들." 그는 설득력 있는 목소리로 계속해서 말했다. "신임 화부를 데리고 이곳에서 나가는 편이 좋겠어. 독일인이 들이닥쳐 그 자리에서 툴툴거리기라도 하면 큰일이잖아."

뚱보는 머리칼을 매만진 후 소매에 뒤덮이다시피 한 손에 대고 기침을 하고는 단추를 잠그고 마님을 만나러 성큼성큼 떠났다. 얼마 후 모든 무리가 쿠프랴와 함께 그의 뒤를 천천히 따라갔다. 사무소에 남은 사람은 나의 옛 지인인 당직뿐이었다. 그는 깃털 펜 끝을 날카롭게 깎으려 했지만 자리에 앉은 채 잠이 들고 말았다. 그때 파리 몇 마리가 좋은 기회를 놓치지 않고 그의 입에 다닥다닥 달라붙었다. 모기가 그의 이마에 앉아 균형을 잡고 두 다리를 벌려 그의 살 속으로 자신의 침을 천천히 찔러 넣었다. 아까 왔던 구레나룻을 기른 붉은 머리통이 다시 문가에 나타나 주위를 열심히 살피더니 꽤나 흉물스러운 몸뚱이를 끌고 사무소에 들어섰다.

"페쥬시카! 어이, 페쥬시카! 너는 늘 자는구나!" 머리통이 말했다.

당직이 눈을 뜨고 의자에서 일어났다.

"니콜라이 예레메이치는 마님 댁에 갔냐?"

"마님 댁에 가셨습니다, 바실리 니콜라이치."

'아! 아!' 나는 생각했다. '그 사람이군, 주임 회계야.'

주임 회계는 사무실 안을 서성이기 시작했다. 아니, 서성인다기보다 발소리를 죽여 살금살금 다녔다. 그 모습이 대체로 고양이와 비슷했다. 뒤쪽 옷자락이 매우 좁은 허름한 검은색 연미복이 그의 어깨 위에서 흔들렸다. 그는 한 손을 가슴에 대고, 다른 한 손으로는 매듭을 높다랗게 부풀리고 꼭 조여 맨 말 털 넥타이를 계속 붙잡고서 힘겹게 고개를 돌렸다. 그는 삐걱대는 소리가 나지 않는 염소 가죽 부츠를 신고 있어 매우 부드럽게 걷음을 옮겼다.

"오늘 야구시킨 지주님이 주임님을 찾으셨습니다." 당직이 덧붙였다.

"흠, 날 찾으셨다고? 뭐라고 하시든?"

"저녁에 츄츄레프에 들러 그곳에서 주임님을 기다리겠다고 하셨습니다. 바실리 니콜라이치와 의논할 문제가 있다고 하셨지만 어떤 문제인지는 말씀하지 않으셨습니다. 바실리 니콜라이치는 이미 알 거라고 하시던데요."

"흠!" 주임 회계는 이렇게 대꾸하고 창가로 다가갔다.

"어이, 사무소에 니콜라이 예레메예프 있어?" 현관방에서 큰 목소리가 울렸다. 화가 난 듯 보이는 키 큰 남자가 문지방을 넘었다. 반듯한 얼굴은 아니지만 풍부한 표정을 지닌, 상당히 말쑥하게 옷을 차려입은 대담한 남자였다.

"그 사람, 여기 없어?" 그가 주위를 빠르게 둘러보며 물었다.

"니콜라이 예레메이치는 마님 댁에 있습니다." 회계가 대답했다. "무슨 일입니까? 나한테 말해 봐요, 파벨 안드레이치. 나에게 말해도 됩니다. 무슨 일이죠?"

"무슨 일이냐고? 내가 무슨 일로 왔는지 알고 싶습니까? (회계가 고개를 세게 끄덕였다.) 그 자식을 혼내 주고 싶어요, 쓸모없는 배불뚝이, 비열한 고자질쟁이……. 내가 그 자식에게 고자질할 거리를 줄 거요!"

파벨은 의자에 털썩 앉았다.

"왜 그래요, 무슨 일입니까, 파벨 안드레이치? 진정해요…….

부끄럽지도 않습니까? 당신이 누구에 대해 말하고 있는지 잊지 말아요, 파벨 안드레이치!" 회계가 지껄였다.

"누구에 대해? 그 자식이 사무소장이 된 게 나와 무슨 상관입니까! 사무소장을 만들기 위해 대단한 인간을 찾아내셨어, 암, 그렇고말고. 이건 말하자면 채소밭에 염소들을 풀어놓은 거랑 다를 바 없다니까!"

"그만, 그만, 파벨 안드레이치, 그만해요! 그러지 말아요……. 그 무슨 쓸데없는 소리입니까?"

"음, 리사 파트리케브나, 꼬리를 쳤다 이거지![134] 그자를 기다리겠습니다." 파벨이 성이 나서 이렇게 말하고는 한 손으로 탁자를 쿵 쳤다. "아, 마침 오시는군." 그는 작은 창문을 흘깃 쳐다보며 덧붙여 말했다. "떠올리자마자 나타난다더니.[135] 어서 오십시오! (그가 일어섰다.)"

니콜라이 예레메이치가 사무실로 들어왔다. 그의 얼굴이 만족에 겨워 환히 빛났다. 하지만 파벨을 보더니 조금 당황했다.

"안녕하십니까, 니콜라이 예레메이치." 파벨이 그를 맞이하러 천천히 다가오면서 의미심장하게 말했다. "안녕하십니까."

사무소장은 아무런 대꾸도 하지 않았다. 문가에 상인의 얼

---

134) 리사는 러시아어로 '여우'라는 뜻이다. 리사 파트리케브나는 러시아 민담에 나오는 여우의 이름으로 거짓말쟁이나 교활한 인간을 빗대는 표현으로 흔히 사용된다.

135) 러시아의 민간에는 머릿속에 떠올리자마자 곧 육체적 존재로 눈앞에 나타나는 인간에 대한 이야기가 전해져 내려온다. '기억을 떠올리자마자 재빠르게'라는 표현은 이런 민간의 미신에 뿌리를 둔 속담이다. '호랑이도 제 말하면 온다.'라는 우리나라의 속담과 같은 뜻이다.

굴이 나타났다.

“왜 대답을 하지 않으십니까?” 파벨이 계속해서 말했다. “하지만, 아니지…… 아니야. 이 방법으로는 안 돼. 소리 지르고 욕설을 퍼부어서는 아무것도 얻을 수 없어. 아냐, 나한테 좋은 말로 말해 주는 편이 좋겠군요, 니콜라이 예레메이치, 뭣 때문에 날 괴롭히는 겁니까? 뭣 때문에 날 죽이고 싶어 하죠? 자, 말해 봐요, 말해 보라고요.”

“이곳은 당신에게 설명하기 적당한 장소가 아닙니다.” 사무소장이 조금 흥분하며 말했다. “시간도 적절하지 않고요. 다만 솔직히 말해 한 가지 점에 놀랐습니다. 내가 당신을 죽이고 싶어 한다든지 괴롭히고 있다는 생각은 어디에서 나온 건가요? 마지막으로, 내가 어떻게 당신을 괴롭힐 수 있습니까? 당신이 내 사무소에서 근무하는 것도 아닌데.”

“그럼요.” 파벨이 대답했다. “그렇게 되면 진짜 못 참겠죠. 하지만 도대체 왜 가식을 떱니까, 니콜라이 예레메이치? 내 말이 무슨 뜻인지 알잖아요.”

“아뇨, 모릅니다.”

“아뇨, 알아요.”

“아뇨, 하느님을 걸고 말하죠, 모릅니다.”

“또 하느님을 걸고 맹세하는군요! 그럼, 이미 이렇게 된 이상 말해 보시죠. 어때요, 당신은 신을 두려워하지 않잖습니까! 무엇 때문에 가엾은 여자애를 가만히 내버려두지 않는 겁니까? 그 애한테서 원하는 게 뭐예요?”

“누구를 말하는 겁니까, 파벨 안드레이치?” 뚱보가 짐짓 놀라는 척하며 물었다.

"오호라! 모른다고 말할 셈인가 보죠? 타치야나에 대해 말하고 있잖아요. 하느님을 두려워하십시오. 무엇 때문에 복수하는 겁니까? 부끄러운 줄 알아요. 당신은 유부남인 데다 키가 나만 한 자식들도 있지만 난 전혀 다르다고요……. 난 결혼하고 싶어요. 난 명예롭게 처신하고 있다고요."

"내가 무슨 잘못을 했습니까, 파벨 안드레이치? 당신들의 결혼을 허락하지 않은 건 마님이에요. 주인마님의 뜻이었다고요! 나 같은 놈이 뭘 어떻게 하겠습니까?"

"당신이 뭘 어떻게 하냐고요? 당신이 그 늙은 마녀랑, 창고지기 여자랑 한통속이 되지 않았었나요? 당신이 고자질을 하지 않았던가요, 네? 말해 봐요, 의지할 데 없는 여자애를 온갖 뜬소문으로 모함하지 않았냐고요? 그 여자애가 세탁에서 설거지로 이동한 게 당신 때문이 아니었나요! 그 애가 두들겨 맞고 거친 옷을 입게 된 게 당신 때문이 아니었습니까! 부끄러운 줄 알아요, 부끄러운 줄 알라고요, 이 노인네야. 당신은 중풍에 걸릴 수도 있어요, 두고 봐요……. 당신은 이 일에 대해 하느님께 답변을 해야 할 겁니다."

"악담을 하시구려, 파벨 안드레이치, 악담을 해요……. 과연 당신이 오래도록 그렇게 악담을 계속할 수 있을까요!"

파벨이 벌컥 성을 냈다.

"뭐? 날 협박하는 거야?" 그가 분노하며 말했다. "내가 당신 따윌 두려워할 것 같아? 아니, 이봐, 당신의 상대는 그런 사람이 아니야! 내가 뭘 두려워하겠어? 난 내 빵 정도는 어디에서

나 얻어. 당신의 경우는 다르지! 당신은 그저 여기에서 살며 남을 험담하고 도둑질이나 하고……."

"잘난 척하는 꼴이라니." 역시 인내심을 잃기 시작한 사무소장이 그의 말을 가로막았다. "위생병 주제에, 평범한 위생병 따위가, 하찮은 돌팔이 자식이……. 그런 놈의 말이라도 순순히 들어주마. 후, 너, 참 잘났다!"

"그래요, 위생병입니다. 하지만 그 위생병이 없었다면 나리는 지금쯤 무덤 속에서 썩고 있을걸요……. 이런 자식을 고쳐주다니, 내가 악마에 씌었던 거야." 그가 내뱉듯이 덧붙여 말했다.

"네가 날 고쳤다고? 아니, 넌 날 독살하려 했어. 나한테 알로에를 먹였잖아." 사무소장이 그의 말을 되받았다.

"어쩌라고요, 알로에를 제외하고 그 어떤 것도 당신한테 효력이 없었다면요?"

"알로에는 의료 당국이 금지한 거야." 니콜라이가 계속해서 말했다. "아직 너한테 할 말이 남았어. 넌 날 죽이려 했어. 사실은 그런 거였어! 하지만 하느님께서 허락하지 않으셨지."

"그만해요, 그만, 신사분들……." 회계가 입을 열었다.

"닥쳐!" 사무소장이 소리쳤다. "저 녀석이 날 독살하려 했다니까! 무슨 말인지 알겠지?"

"다 필요 없고……. 잘 들어, 니콜라이 예레메예프." 파벨이 필사적으로 말했다. "마지막으로 부탁하지……. 네가 날 이렇게 몰아붙인 거야, 더는 못 참겠어. 우리를 가만히 내버려 둬, 알겠어? 그러지 않으면 하느님께 맹세하는데, 우리 중 누군가가 안 좋을 꼴을 당할 거야. 난 분명히 말했어."

뚱보가 완전히 자제심을 잃었다.

"난 네놈이 무섭지 않아." 그가 소리쳤다. "알겠어, 이 젖먹이 녀석아! 난 네 애비도 제압한 사람이야. 내가 그놈의 뿔을 부러뜨려 줬지.[136] 너에게 본보기가 될 거다. 조심해!"

"내 앞에서 아버지를 입에 담지 마, 니콜라이 예레메예프, 입에 올리지 말라고!"

"이것 봐라! 네가 뭔데 나한테 이래라저래라 간섭을 해?"

"분명히 말했어. 아버지는 건드리지 마."

"그럼 나도 자네에게 말해 두지, 잊지 마……. 네가 생각하기에 네가 아무리 마님에게 필요한 인간이라 해도, 우리 둘 중에서 한 사람을 골라야 한다면 마님은 네놈을 버리실 거다, 이 귀여운 비둘기 녀석아! 누구든 분란을 일으키는 것은 용납되지 않아, 조심해! (파벨은 격분해서 부들부들 떨었다.) 그리고 타치야나라는 계집은 그런 꼴을 당해도 싸……. 두고 봐, 그것 말고도 더 많은 일을 겪을 테니까!"

파벨이 두 손을 치켜들고 앞으로 달려들었고, 사무소장이 바닥에 쿵 쓰러졌다.

"저놈에게 족쇄를 채워, 족쇄를 채우라고." 니콜라이 예레메예프가 신음했다…….

난 이 장면의 결말을 기술하는 책임을 떠맡고 싶지 않다.

---

136) '뿔을 부러뜨리다'라는 러시아어 표현은 '불평을 못하게 혼을 내주다', 혹은 '정복하다'라는 뜻을 나타내는 비유적 표현이다.

내가 독자들의 감정을 다치게 하지 않을까 너무 두렵기 때문이다.

그날 나는 집으로 돌아왔다. 일주일 후, 로스냐코바 부인이 파벨과 니콜라이를 자기 영지에서 일하도록 남기고 하녀 타치야나를 다른 곳으로 보내 버린 사실을 알게 됐다. 어쩌면 그녀가 필요하지 않았는지도 모른다.

비류크[137]

저녁에 경주용 드로시키[138]를 타고 사냥터에서 혼자 돌아오는 중이었다. 집까지는 아직 8베르스타쯤 남아 있었다. 걸음이 빠른 내 멋진 암말은 이따금 힝힝거리고 귀를 움직이면서 먼지가 날리는 길을 활기차게 달렸다. 지친 개는 마치 마차에 매이기라도 한 듯 뒷바퀴에서 단 한 걸음도 뒤처지지 않고 따라왔다. 소나기가 몰려오고 있었다. 앞쪽에는 거대한 라일락색 비구름이 숲 너머에서 서서히 피어오르고 있었다. 긴 회색 구름들이 내가 있는 쪽으로 빠르게 흘러왔고, 내 머리 위에도 떠다녔다. 버드나무들이 불안하게 흔들리며 웅얼거렸다.

137) '혼자 사는 승냥이'를 뜻한다. 교제를 싫어하는 무뚝뚝한 사람에 대한 비유로도 사용된다.

138) 내구성이 좋은 경마차로 경주나 여행에 적합하다. 주석 65) 참조.

숨 막힐 듯 답답한 열기가 갑자기 습한 한기로 바뀌었다. 그림자가 빠르게 짙어졌다. 나는 고삐로 말을 때리며 골짜기로 내려갔다. 버드나무들로 뒤덮인 마른 시내를 건너 언덕으로 올라가 숲으로 들어섰다. 내 앞에는 이미 어둠에 잠긴 무성한 호두나무 숲 사이로 구불구불한 길이 뻗어 있었다. 나는 앞으로 힘겹게 나아갔다. 세로로 깊게 팬 수레바퀴 자국 — 첼레가 바퀴의 흔적 — 을 끝없이 가로지르는 수백 년 묵은 호두나무와 보리수나무의 단단한 뿌리들 위로 드로시키가 덜컹거리며 지나갔다. 내 말이 발을 헛디뎌 비틀거리기 시작했다. 갑자기 세찬 바람이 높은 곳에서 윙윙거리고, 나무들이 몸부림치고, 굵은 빗방울이 후드득 떨어지며 나뭇잎들을 매섭게 때리고, 번개가 번쩍이고, 폭풍우가 몰아쳤다. 비가 갑자기 쏟아지며 급류를 이루었다. 나는 천천히 말을 몰았지만 곧 멈추지 않을 수 없었다. 내 말이 진구렁에 빠져 옴짝달싹 못 하게 된 데다 한 치 앞도 보이지 않았기 때문이다. 가지를 넓게 뻗은 떨기나무로 겨우 몸을 피했다. 등을 둥그렇게 말고 얼굴을 감싼 채 폭우가 끝나길 참을성 있게 기다리는데, 갑자기 번갯불의 섬광에 키가 큰 형상이 길 위에 있는 것이 보였다. 나는 주의 깊게 그쪽을 쳐다보았다. 그 형상은 마치 내 드로시키 옆의 땅속에서 솟아오른 것 같았다.

"누구냐?" 울림이 깊은 목소리가 물었다.

"너야말로 누구냐?"

"난 이곳의 삼림 관리인이다."

나는 내 이름을 댔다.

"아, 압니다! 집으로 돌아가십니까?"

"집으로 가는 중이야. 정말이지 엄청난 폭우군……."

"네, 폭우가 쏟아지네요." 목소리가 대답했다.

새하얀 번갯불이 삼림 관리인을 머리끝에서 발끝까지 비추었다. 뒤이어 곧 요란한 천둥소리가 짧게 울렸다. 빗줄기가 갑절로 세게 쏟아졌다.

"금방 지나갈 것 같지가 않습니다." 삼림 관리인이 말을 이었다.

"어떡하나!"

"나리만 괜찮으시면 제 통나무집으로 안내하겠습니다." 그가 띄엄띄엄 말했다.

"부탁하지."

"타십시오."

그는 말 머리로 다가가서 굴레를 잡고 끌어당겼다. 우리는 출발했다. 나는 '바다 위의 통나무배처럼' 흔들리는 드로시키의 쿠션을 꽉 붙잡고서 큰 소리로 개를 불렀다. 나의 가엾은 암말은 진창 속에서 무겁게 두 발을 철벅거리며 미끄러지고 비틀거렸다. 삼림 관리인이 수레 채 앞에서 유령처럼 오른쪽으로 왼쪽으로 이리저리 흔들렸다. 우리는 꽤 오래도록 갔다. 마침내 나의 안내인이 드로시키를 세웠다. "집에 도착했습니다, 나리." 그가 침착한 목소리로 말했다. 쪽문이 삐걱거리고, 강아지 몇 마리가 일제히 짖어 댔다. 고개를 들자 바자울에 둘러싸인 넓은 안마당 한가운데에 작은 통나무집 한 채가 번갯불 아래로 보였다. 작은 창문에서 불빛이 어슴푸레 비쳤다. 삼림 관리인은 말을 현관 계단으로 이끌고 가서 문을 두드렸다. "나가요, 나가요!" 가느다란 목소리가 들렸다. 맨발로 다가오는 발소리가 들리고, 빗장이 삐걱거리고, 올이 풀리지 않게 휘갑친 천 가장자리를 허리띠처럼 맨 열두 살쯤의 여자아이가 등불을 손에 들고 문지방에 나타났다.

"나리를 위해 길을 비춰 드려." 그가 아이에게 말했다. "저는 드로시키를 처마 밑에 세워 두겠습니다."

여자아이는 날 쳐다보고는 통나무집 안으로 들어갔다. 나는 그 뒤를 따라갔다.

삼림 관리인의 통나무집에는 연기에 그을리고 천장이 낮은 텅 빈 방 하나만 있을 뿐, 방에는 폴라치[139]도 칸막이도 없었다. 갈기갈기 찢어진 모피 외투가 벽에 걸려 있었다. 긴 의자에는 단신총이 놓이고, 한구석에는 넝마가 한 더미 쌓여 있었다. 페치카 옆에는 커다란 항아리 두 개가 있었다. 탁자 위에서 관솔불이 애잔하게 확 타오르다 잦아들다 하면서 타고 있었다. 통나무집 한가운데에는 긴 장대 끝에 요람이 매달려 있었다. 여자아이는 등불을 끄고 아주 작은 의자에 걸터앉아 오른손으로는 요람을 흔들고 왼손으로는 관솔불을 손봤다. 나는 주위를 둘러보았다. 가슴이 저몄다. 밤에 농부의 통나무집에 들어가는 것은 즐거운 경험이 아니다. 아이는 요람 속에서 힘겹게 밭은 숨을 몰아쉬었다.

---

139) 페치카 맞은편 벽을 따라 천장 아래에 마루를 설치해 침실처럼 사용하던 공간. 좁은 공간의 효율성을 높이기 위해 마루 아래쪽은 다른 용도의 생활 공간으로 활용했다.

"여기에 너 혼자 있니?" 내가 여자아이에게 물었다.

"네." 아이가 겨우 알아들을 만한 소리로 말했다.

"삼림 관리인의 딸이니?"

"네." 아이가 속삭이듯 조그맣게 말했다.

문이 삐꺽거리더니 삼림 관리인이 고개를 숙인 채 문지방을 넘어 들어왔다. 그가 마룻바닥에서 등불을 집어 들고 탁자로 다가가 심지에 불을 붙였다.

"관솔불에 익숙하지 않으시겠죠?" 그가 이렇게 말하고는 곱슬머리를 흔들었다.

나는 그를 쳐다보았다. 좀처럼 보기 힘든 멋진 남자였다. 키가 크고 어깨가 넓은 데다 몸은 멋지게 균형 잡혀 있었다. 거친 천으로 지은 젖은 루바시카 아래로 강인한 근육이 선명하게 두드러졌다. 구불거리는 검은 수염이 준엄하고 남성적인 얼굴의 반을 뒤덮었다. 이마 가운데에서 맞붙은 굵은 눈썹들 아래로 작은 갈색 눈이 대담하게 쳐다보았다. 그는 두 손으로 허리를 살짝 받치고 내 앞에 멈춰 섰다.

나는 그에게 감사 인사를 하고 그의 이름을 물었다.

"포마입니다." 그가 대답했다. "별명은 비류크고요.[140)]"

"아, 자네가 비류크로군?"

나는 갑절로 커진 호기심을 품고 그를 쳐다보았다. 나의 예르몰라이와 다른 사람들로부터 인근의 모든 농부들이 불처럼

140) 오룔현에서는 홀로 떨어져 사는 음울한 사람을 '비류크'라고 부른다.(투르게네프 주)

두려워하는 비류크라는 삼림 관리인에 대해 종종 이야기를 들었다. 그들은 이 세상에 그처럼 자신의 일을 능숙하게 해내는 장인은 또 없을 거라고 했다. "그 사람은 마른 나뭇가지 다발을 가지고 나가지 못하게 해. 어느 때든, 심지어 한밤중에라도, 머리 위로 떨어지는 눈송이처럼 느닷없이 덮치지. 저항할 생각은 하지 마. 그 사람은 악마처럼 날렵하고 힘이 세다더군……. 그리고 무엇으로도 그를 매수할 수 없어. 술이든, 돈이든 어떤 미끼도 통하지 않아. 선량한 사람들이 벌써 여러 번 그를 죽이려고 했지만 성공하지 못했지."

이웃 농부들은 비류크에 대해 이런 식으로 평가했다.

"그러니까 자네가 비류크였군." 내가 똑같은 말을 되풀이했다. "자네에 대한 소문을 들었어. 누구도 봐주지 않는다고 하던데."

"제 임무를 수행할 뿐입니다." 그가 음울하게 대답했다. "주인의 빵을 공짜로 먹을 수는 없죠."

그는 허리띠에서 도끼를 꺼내 바닥에 앉아 관솔을 쪼개기 시작했다.

"아내는 없나?" 내가 그에게 물었다.

"없습니다." 그가 대답을 하고는 도끼를 세게 휘둘렀다.

"죽었나 보지?"

"아뇨…… 네…… 죽었습니다." 그는 덧붙여 말하고 고개를 돌렸다.

나는 입을 다물었다. 그가 눈을 들어 나를 쳐다보았다.

"지나가던 남자랑 같이 달아났습니다. 도시에서 온 남자였죠.” 그가 잔혹한 미소를 흘리면서 말했다. 여자아이가 눈을 내리떴다. 아기가 잠에서 깨어 울기 시작했다. 여자아이가 요람으로 다가갔다. “자, 아기에게 줘라.” 비류크가 더러워진 젖병을 여자아이의 손에 쥐여 주며 말했다. “여기 이 갓난애도 버리고 갔죠.” 그가 갓난아기를 가리키며 작은 소리로 말했다.

그는 문가로 다가가 걸음을 멈추고 돌아보았다.

“나리.” 그가 입을 열었다. “나리는 우리가 먹는 빵을 드시지 않겠지만 제 집에는 빵 말고는…….”

“배고프지 않아.”

“뭐, 좋으실 대로 하십시오. 사모바르라면 준비해 드리겠습니다. 다만 차는 없습니다……. 저는 가서 나리의 말이 어떤지 살펴보겠습니다.”

그는 밖으로 나가 문을 쿵 닫았다. 나는 다시 주위를 둘러보았다. 통나무집이 아까보다 훨씬 더 서글프게 보였다. 차가워진 연기의 쓴 냄새에 불쾌할 정도로 숨이 막혔다. 여자아이는 자리에서 움직이지도 눈을 들지도 않았다. 이따금 요람을 가볍게 밀었고, 흘러내리는 루바시카를 수줍게 어깨로 끌어올리곤 했다. 아이는 맨다리를 늘어뜨린 채 꼼짝도 하지 않았다.

“이름이 뭐니?” 내가 물었다.

“울리타예요.” 아이가 서글퍼 보이는 작은 얼굴을 한층 더 숙이며 말했다.

삼림 관리인이 들어와 긴 의자에 앉았다.

“폭우가 지나가네요.” 잠시 침묵하더니 그가 말했다. “나리께서 지시하시면 제가 숲 밖으로 안내하겠습니다.”

나는 일어났다. 비류크가 총을 들고 약실을 점검했다.

"그건 왜?" 내가 물었다.

"숲에 못된 짓을 하는 놈들이 있어서요……. 코빌리 베르흐[141]에서 나무를 베고 있습니다." 그가 호기심 어린 내 눈길에 대한 답으로 이렇게 덧붙였다.

"여기에서 그 소리가 들린다고?"

"밖에서는 들립니다."

우리는 함께 밖으로 나갔다. 비가 그쳤다. 아직 멀리 두터운 먹구름들이 북적거리듯 깔려 있고, 이따금 긴 번갯불이 번쩍였다. 하지만 우리 머리 위로는 어느새 검푸른 하늘이 드문드문 보이고, 빠르게 흘러가는 엷은 구름들 사이로 작은 별들이 반짝였다. 빗물에 젖은 채 바람에 흔들리는 나무들의 윤곽이 어둠으로부터 모습을 드러내기 시작했다. 우리는 귀를 기울였다. 삼림 관리인이 모자를 벗고 고개를 숙였다. "저기, 저깁니다." 그가 갑자기 이렇게 말하며 한 손을 뻗었다. "그자가 어떤 밤을 골랐는지 보세요." 내 귀에는 나뭇잎들이 바스락대는 소리 말고는 아무 소리도 들리지 않았다. 비류크는 처마 밑에서 말을 끌어냈다. "이러다간 그자를 놓치겠어." 그가 소리 내어 덧붙였다. "나도 자네와 함께 가지…… 괜찮겠나?" "좋습니다." 그는 이렇게 대답하고 말을 도로 처마 밑으로 끌고 갔다. "우리는 단숨에 그자를 붙잡을 겁니다. 그런 다음 나리를 안

141) 오룔현에서는 골짜기를 '베르흐'라고 부른다.(투르게네프 주) 코빌리 베르흐(Кобылий Верх)는 '암말의 골짜기'라는 뜻이다.(옮긴이 주)

내해 드리겠습니다. 가시죠." 우리는 출발했다. 비류크가 앞장서고 나는 그를 뒤따랐다. 그가 어떻게 길을 알아보는지는 하느님만 아실 것이다. 그는 그저 가끔 걸음을 멈추었을 뿐이다. 그것도 도끼 소리에 귀를 기울이기 위해서였다. "이런." 그가 내뱉듯이 중얼거렸다. "들리십니까? 들리세요?" "어디?" 비류크는 어깨를 으쓱했다. 우리는 골짜기로 내려갔다. 바람이 잠시 멎었다. 나무를 찍는 규칙적인 소리가 내 귀에 선명히 닿았다. 비류크는 나를 쳐다보더니 고개를 흔들었다. 우리는 축축한 고사리와 엉겅퀴를 헤치고 앞으로 나아갔다. 또렷하지 않은 소리가 지속적으로 울렸다…….

"쓰러뜨렸군……." 비류크가 중얼거렸다.

그사이 하늘은 점점 개었다. 숲속이 조금씩 밝아졌다. 우리는 마침내 골짜기를 벗어났다. "여기에서 잠시 기다리세요." 삼림 관리인이 나에게 속삭이고는 몸을 숙이고 총을 높이 치켜든 채 떨기나무들 사이로 사라졌다. 나는 긴장하며 귀를 기울였다. 그칠 새 없는 바람 소리 사이로 멀지 않은 곳에서 희미한 소리가 들려오는 것 같았다. 도끼가 조심스럽게 나뭇가지를 치고, 바퀴가 삐걱거리고, 말이 푸르르 콧김을 뿜었다……. "어디 가? 멈춰." 갑자기 비류크의 강철 같은 목소리가 울려 퍼졌다. 또 다른 목소리가 토끼처럼 애처롭게 외쳤다……. 싸움이 시작됐다. "거짓말! 거짓말!" 비류크가 숨을 헐떡이며 똑같은 말을 되풀이했다. "넌 도망갈 수 없어……." 나는 소리가 들리는 쪽으로 내달렸고, 한 걸음 한 걸음 내디딜 때마다 발이 걸려 휘청거리며 싸움 장소에 도착했다. 쓰러진 나무 옆 땅바닥에서 삼림 관리인이 분주하게 무언가를 하고 있었다. 그는 도둑을 깔고 앉아 그의 두 팔을 등 뒤로 돌려 허리띠로 묶고 있었다. 내가 다가갔다. 비류크가 일어나 그를 일으켜 세웠다. 나는 헝클어진 긴 수염에 누더기 옷을 걸친, 온몸이 젖은 농부를 보았다. 절반 가까이 멍석으로 덮인 초라한 작은 말이 첼레가와 함께 그 자리에 서 있었다. 삼림 관리인은 한마디도 하지 않았다. 농부도 입을 다문 채 머리만 흔들었다.

"놔 줘." 내가 비류크의 귀에 대고 속삭였다. "내가 나무 대금을 낼 테니."

비류크는 말없이 왼손으로는 말의 갈기를, 오른손으로는 도둑의 허리띠를 잡았다. "빨리 해, 이 까마귀 같은 놈아!" 그가 준엄하게 말했다. "저기, 도끼 좀 집어 주십시오." 농부가 웅얼거렸다. "그걸 왜 두고 가겠냐!" 삼림 관리인이 이렇게 말하고는 도끼를 집어 들었다. 우리는 출발했다. 나는 뒤에서 걸어갔다……. 빗방울이 다시 뚝뚝 떨어지기 시작하더니 이내 물줄기를 이루어 콸콸 흐르도록 쏟아졌다. 우리는 통나무집에 힘겹게 도착했다. 비류크는 붙잡아 온 말을 안마당 한가운데 두고는 농부를 방으로 데려가서 허리띠의 매듭을 느슨하게 하고 그를 한구석에 앉혔다. 페치카 옆에서 잠들었던 여자아이는 벌떡 일어나 놀란 표정으로 말없이 우리를 쳐다보았다. 나는 긴 의자에 앉았다.

"참 많이도 퍼붓네요." 삼림 관리인이 말했다. "비가 그칠 때까지 기다리셔야겠습니다. 잠시 누워 쉬지 않으시겠습니까?"

"고마워."

"나리를 위해 이놈을 헛간에 가두어야 할 테지만……." 그가 농부를 가리키며 말을 이었다. "정말이지 빗장이……."

"여기에 있게 해. 그냥 가만히 내버려둬." 내가 비류크의 말을 가로막았다. 농부는 눈을 치뜨고 나를 힐끗 보았다. 나는 무슨 일이 있어도 이 불쌍한 사람을 자유롭게 풀어 주겠다고 마음속으로 다짐했다. 그는 긴 의자에 꼼짝 않고 앉아 있었다. 등불의 빛으로 나는 그의 야윈 주름투성이 얼굴, 처진 노란 눈썹, 불안한 눈동자, 마른 팔다리를 분간할 수 있었다……. 여자아이는 그의 발 옆에서 마룻바닥에 누운 채 다시 잠들었다. 비류크는 탁자 옆에 앉아 두 손으로 머리를 받쳤다. 귀뚜라미가 한구석에서 울었다……. 빗방울이 지붕을 두들기며 창문을 타고 흘렀다. 우리 모두 침묵에 잠겼다.

"포마 쿠지미치." 갑자기 농부가 알아듣기 힘든 지친 목소리로 말했다. "포마 쿠지미치."

"뭐야?"

"풀어 줘."

비류크는 대꾸하지 않았다.

"풀어 줘……. 굶주려서…… 풀어 줘."

"난 너희들을 잘 알아." 삼림 관리인이 음울하게 말했다. "너희 자유농민 마을 전체가 그래. 도둑 위에 또 도둑이 있지."

"풀어 줘." 농부가 같은 말을 되풀이했다. "집사가…… 우리는 완전히 망했어, 정말이야…… 풀어 줘!"

"망했다고! 어느 누구도 도둑질을 해서는 안 돼."

"풀어 줘, 포마 쿠지미치…… 죽이지 마. 너도 알잖아, 네 주인이 날 물어 죽일 거야, 그렇다니까."

비류크가 고개를 돌렸다. 농부가 오한이 난 것처럼 경련을 일으켰다. 그가 계속 머리를 흔들고 불규칙하게 숨을 쉬었다.

"풀어 줘." 그가 음울하고 절망적인 모습으로 같은 말을 되풀이했다. "풀어 줘, 제발, 풀어 줘! 돈을 낼게. 정말이야, 맹세할게. 하느님을 걸고 말하는데 배가 고파서 그랬어……. 애들이 울어 대는데, 너도 알잖아. 사는 게 정말 팍팍해."

"그래도 도둑질을 하러 다니면 안 되지."

"말을……." 농부가 계속 말했다. "말을, 말만이라도…… 하나뿐인 가축이야…… 풀어 줘!"

"안 된다고 하잖아. 나도 주인에게 매인 몸이야. 내가 처벌을 받게 된다고. 나도 너희 같은 놈들의 응석을 받아 주면 안 된단 말이야."

"풀어 줘! 가난해서, 포마 쿠지미치, 가난해서 그랬어, 그야말로…… 풀어 줘!"

"난 너희 같은 놈들을 잘 알아!"

"그래도 풀어 줘!"

"칫, 너랑 입씨름을 해 봤자 무슨 소용이 있겠냐. 조용히 앉아 있어. 그러지 않으면 내가…… 알지? 나리가 안 보여?"

불쌍한 남자는 고개를 숙였다……. 비류크는 하품을 하더니 머리를 탁자에 얹었다. 비는 여전히 그치지 않았다. 나는 무슨 일이 생길지 기다렸다.

농부가 갑자기 몸을 쭉 폈다. 그의 눈이 이글이글 타오르고 얼굴이 붉어졌다. "자, 자, 먹어라, 그래, 목을 졸라." 그가 눈을 가늘게 뜨고 입술 꼬리를 내리며 입을 열었다. "빌어먹을 살인자야, 그리스도의 피를 마셔라, 마셔……."

삼림 관리인이 돌아섰다.

"너한테 말하잖아, 너한테. 야만인아, 흡혈귀야, 너한테 말하잖아!"

"취했냐? 그래서 욕설을 퍼붓고 싶어졌냐?" 삼림 관리인이 경악하며 말했다. "미친 거 아냐?"

"취했다! 네 돈으로는 취하지 않아, 빌어먹을 살인자, 짐승, 짐승, 짐승!"

"아, 너…… 그냥 이 자식을!"

"내가 뭐? 어쨌든 상관없어. 어차피 끝장난걸. 말도 없이 내가 어디로 가겠어? 때려 죽여. 굶어 죽든, 맞아 죽든 똑같아. 상관없어. 마누라도, 새끼들도 다 죽어 버리라지. 다 뒈져 버려……. 하지만 넌 두고 보자!"

비류크가 일어섰다.

"쳐라, 쳐." 농부가 잔인한 목소리로 말했다. "쳐, 자, 자, 치라니까……. (여자아이는 다급하게 마룻바닥에서 벌떡 일어나 그를 가만히 응시했다.) 쳐! 쳐!"

"닥쳐!" 삼림 관리인이 천둥소리 같은 호통을 치고는 두 발짝 앞으로 나아갔다.

"그만, 그만해, 포마." 내가 외쳤다. "이 사람을 내버려 둬……. 하느님께서 이 사람과 함께하시길."

"잠자코 있지 않겠어." 불행한 남자가 계속해서 말했다. "어떻게 되든 똑같아. 뒈지는 거지. 넌 살인자야, 짐승, 저주받을 새끼. 기다려, 네가 활개치고 다니는 것도 오래가지 않을 거다! 넌 목이 졸릴 거야, 기다려!"

비류크가 그의 어깨를 잡았다……. 나는 농부를 돕기 위해 달려들었다.

"건드리지 마십시오, 나리!" 삼림 관리인이 나에게 소리쳤다.

나는 그의 위협에 두려워할 사람도 아니었고, 또 이미 한 팔을 뻗은 채였다. 하지만 너무나 놀랍게도 그는 한 번의 손놀림으로 농부의 팔꿈치에서 허리띠를 풀더니 그의 옷깃을 움켜잡고 그에게 모자를 눈까지 푹 눌러 씌우고는 문을 열어 그를 밖으로 밀쳤다.

"네 말을 끌고 악마한테나 가 버려!" 그가 그의 뒤에서 외쳤다. "조심해, 다음번엔……."

그는 통나무집으로 돌아와 구석에서 무언가를 뒤졌다.

"음, 비류크." 마침내 내가 말했다. "자네한테 놀랐어. 자네가 훌륭한 사내라는 걸 알겠군."

"아, 그만하세요, 나리." 그가 짜증스러워하며 내 말을 가로막았다. "그냥 아무 말씀도 하지 마십시오. 이제 나리를 배웅해 드려야겠군요." 그가 덧붙였다. "이젠 비가 그치길 기다리지 않아도 될 것 같은데……." 바깥에서 농부의 첼레가 바퀴가 덜컹거렸다.

"아, 가는군!" 그가 중얼거렸다. "내가 저놈을……."

삼십 분 후 그는 숲 가장자리에서 나와 작별 인사를 나누었다.

두 지주

너그러운 독자들이여, 나는 이미 내 이웃 지주 몇 명을 여러분에게 소개하는 영광을 누렸다. 때마침(우리 작가 형제들에게 모든 것은 때마침 찾아온다.) 여러분에게 지주 두 명을 더 소개하는 것을 허락해 주길 바란다. 나는 그들의 영지에서 종종 사냥을 했다. 여러 군에서 두루두루 존경받는 매우 점잖고 선량한 사람들이었다.

우선 퇴역한 육군 소장 뱌체슬라프 일라리오노비치 흐발린스키에 대해 묘사하겠다. 한때는 균형 잡힌 몸매였지만 이제는 살이 어느 정도 늘어진, 하지만 전혀 노쇠해 보이지 않고 심지어 늙지도 않은, 이른바 한창때의 성숙한 나이에 이른 키 큰 남자를 상상해 보라. 사실, 한때 반듯했고 지금도 여전히 기분 좋은 인상을 풍기는 얼굴이지만 그 특징이 조금 변하긴 했다. 뺨은 늘어지고, 자글자글한 주름이 눈 주위를 빛살처럼 둘러싸고, 치아는 사디의 표현대로 — 푸시킨에 따르면 — 몇몇은 이미 없었다.[142] 아마색 머리칼은, 적어도 무사히 남은 부분은 로멘 말 시장에서 아르메니아인을 사칭한 유대인으로부터 산 조제용 물질 때문에 전부 라일락색으로 변하고 말았다. 하지만 뱌체슬라프 일라리오노비치는 활기차게 걷고, 기운차게 웃으며, 박차를 절그렁대고, 콧수염을 비비 꼰다. 그리고 자신을 늙은 기병이라고 부른다. 하지만 잘 알려져 있다시피 진짜 노인들은 결코 스스로를 노인이라고 부르지 않는다. 그는 보통 프록코트를 입고, 단추를 맨 위까지 채우고, 풀 먹인 옷깃 위로 볼록하게 넥타이를 매고, 군복풍의 얼룩무늬가 있는 회색 바지를 입는다. 모자를 쓸 때는 뒤통수가 완전히 드러나도록 이마 위에 똑바로 쓴다. 그는 매우 선량하지만 매우 기이한 생각과 습관을 지닌 사람이다. 예를 들어 그는 부유하지 않은 귀족이나 관등이 없는 사람을 결코 자신과 동등한 인간으로 대하지 않는다. 그들과 이야기할 때면 보통 빳빳하고 하얀 옷깃에 한쪽 뺨을 딱 붙이고서 그들을 곁눈질한다. 혹은 갑자기 그들을 또렷한 시선으로 뚫어지게 쳐다보며 묵묵히 있다가 머리카락 밑의 피부 전체를 꿈틀꿈틀 움직이기

142) 사디(Saadi, 1215~1291). 페르시아 시인. 푸시킨이 『예브게니 오네긴』 8장 51연에서 사디를 언급했다. "그러나 다정한 만남 속에서 내가 첫 연을 읽어 주었던 이들……/ '이들은 이제 없거나 멀리 있소.' 언젠가 사디가 말했듯이, 잊지 못할 이들……."(『예브게니 오네긴·대위의 딸』, 푸시킨, 최선 옮김, 민음사, 2023)

도 한다. 심지어 말도 다른 식으로 발음한다. 예를 들어 "감사합니다, 파벨 바실리치."를 "감사함다, 팔 아실리치."로, "이리로 오시죠, 미하일로 이바니치."를 "일로 오시죠, 미할 바니치."라는 식으로 말한다. 사회의 하층 계급에 속한 사람들에게는 훨씬 더 이상하게 군다. 그는 그들을 전혀 쳐다보지 않는다. 그리고 자신의 바람을 설명하거나 지시를 내리기에 앞서 근심과 몽상에 잠긴 듯한 표정으로 몇 차례 연달아 "자네 이름이 뭐지? 자네 이름이 뭐지?"라는 말을 되풀이한다. '뭐'라는 단어는 아주 단호하게 강조하고, 나머지 단어들은 매우 빠르게 발음한다. 그런 방식은 그의 모든 발음을 수컷 메추라기의 울음소리와 상당히 비슷하게 들리도록 만든다. 그는 안달복달하는 편인 데다 끔찍하리만치 교활했지만 영지 경영에는 서툴렀다. 그는 소러시아 출신의 매우 어리석은 퇴역 군인을 영지의 관리인으로 삼았다.[143] 하지만 우리 고장에 영지 경영의 문제에서 페테르부르크의 한 고관을 능가할 만한 사람은 아직 아무도 없었다. 집사의 보고를 통해 영지의 곡물 건조장에서 종종 화재가 발생해 많은 곡물이 못 쓰게 됐다는 사실을 발견한 고관은 앞으로 불이 완전히 꺼질 때까지 곡물 다발을 건조장에

143) 9세기에 동슬라브족은 키예프 루스라는 국가를 수립한 후 북으로는 핀란드, 남으로는 흑해, 동으로는 돈강 유역으로 점차 그 세력을 확장했다. 그 후 동슬라브족은 언어와 지역에 따라 모스크바를 중심으로 한 대러시아, 오늘날의 우크라이나를 중심으로 한 소러시아, 오늘날의 벨라루스를 중심으로 한 백러시아로 점차 나뉘었다. 이러한 구분과 명칭은 1918년까지 유지됐다.

넣지 말라는 지극히 엄한 지시를 내렸다. 바로 그 고관이 자신의 모든 밭에 양귀비를 심어야겠다는 생각을 했다. 아마도 양귀비가 호밀보다 비싸니 양귀비를 심는 것이 더 유리하다는 매우 단순한 계산에서 비롯된 생각일 것이다. 그는 또한 자신의 여자 농노들에게 페테르부르크에서 보낸 견본대로 만든 코코시니크[144]를 쓰도록 지시했다. 실제로 지금까지도 그의 영지에서는 여자 농노들이 코코시니크를 쓴다. 단 키치카[145] 위에…….
하지만 뱌체슬라프 일라리오노비치에게로 돌아가기로 하자. 뱌체슬라프 일라리오노비치는 아름다운 성[146]을 열렬히 좋아하는 사람으로, 군청 소재지의 가로수 길에서 예쁜 부인을 보면 당장 그 뒤를 좇아가지만 이내 다리를 절뚝거린다. 그리고 그 점이 주목할 만한 상황이다. 그는 카드놀이를 좋아했다. 하지만 신분이 낮은 사람들하고만 했다. 그들이 그를 '각하'라 부르고, 그가 그들을 마음껏 야단치며 힐난할 수 있기 때문이다. 우연히 현지사나 어떤 고관과 카드놀이를 하게 되면 그의 안에서 놀라운 변화가 일어난다. 미소를 짓고, 고개를 끄덕이고, 꿀이 떨어질 것 같은 눈길로 그들의 눈을 바라보는 것이다……. 심지어 져도 불평하지 않는다. 뱌체슬라프 일라리오니치는 좀처럼 독서를 하지 않으며, 책을 읽을 때면 끊

144) 러시아 여성을 위한 전통적인 머리 장식.
145) 러시아의 기혼 여성들이 나들이할 때 쓰던 두건 같은 머리 장식으로 형태는 다양하다.
146) 러시아어에서 '부드러운 성', '아름다운 성', '연약한 성' 등은 여성을 뜻하는 관용적 표현이다.

임없이 콧수염과 눈썹을 실룩인다. 마치 밑에서 위로 얼굴을 따라 물결이 이는 것처럼 처음에는 콧수염을, 그다음에는 눈썹을 꿈틀댄다. 뱌체슬라프 일라리오니치가 우연히(물론 손님들 앞에서) 《주르날 드 데바(Journal des Débats)》의 칼럼들을 훑어볼 때면 그의 얼굴에 이 물결 모양의 움직임이 특히 두드러진다. 선거철에는 꽤 중요한 역할을 하지만 인색한 성격 때문에 귀족 회장 같은 명예직은 거절한다. "여러분." 그는 평소 그에게 다가오는 귀족들에게 호의와 독립성이 가득 찬 목소리로 말한다. "이런 영광을 베풀어 주셔서 대단히 감사합니다. 하지만 저는 제 여가를 고독에 바치기로 결심했습니다." 그리고 이렇게 말한 후에는 고개를 오른쪽 왼쪽으로 몇 번 움직이고 나서 점잔을 빼며 넥타이 위에 턱과 뺨을 얹는다. 젊은 시절 그는 어느 중요한 인물의 부관이었고, 지금도 이 인물을 언제나 이름과 부칭으로 부른다. 소문에 따르면, 그는 부관의 의무만 떠맡은 게 아니었던 듯하다. 예를 들면 정복 차림으로, 심지어 호크까지 다 채운 채로 한증탕에서 상관을 씻겼던 것 같다. 하지만 모든 소문을 믿을 수는 없다. 어쨌든 흐발린스키 장군은 자신의 복무 경험에 대해 별로 말하고 싶어 하지 않는다. 그것은 대체로 매우 이상하다. 그는 또한 전쟁에도 참전한 것 같지 않다. 흐발린스키 장군은 작은 집에서 혼자 산다. 그는 결혼 생활의 행복을 경험한 적이 없기에 지금까지도 여전히 신랑감으로, 심지어 훌륭한 신랑감으로 꼽힌다. 하지만 그의 집에는 가정부가 있다. 눈동자와 눈썹이 검고 코 밑에 솜털이 있는 풍만하고 싱그러운 서른다섯 살쯤의 여자다. 평일에는 풀 먹인 드레스를 입고 다니고, 일요일에는 모슬린 소매를 덧댄다. 지주들이 현지사들이나 다른 관리들을 위해 베푸는 큰 연회에서는 뱌체슬라프 일라리오노비치도 호인이 된다. 그런 자리에서 그는, 말하자면, 자신의 기질을 한껏 발휘한다. 보통 그런 경우 그는 현지사의 오른편이 아니면 그와 멀지 않은 곳에 앉는다. 만찬이 시작될 때는 자존심을 좀 더 의식해서 몸을 뒤로 젖힌 채 고개는 돌리지 않고 손님들의 둥근 뒤통수와 빳빳하게 선 옷깃을 곁눈질로 내려다본다. 하지만 식사가 끝날 무렵에는 기분이 들떠서 사방을 향해 미소 짓기 시작하고(현지사 쪽으로는 만찬이 시작될 때부터 미소를 보내지만), 심지어 그의 표현에 따르면 우리 행성의 장식물인 아름다운 성을 위해 가끔 건배를 제안하기도 한다. 흐발린스키 장군은 모든 엄숙한 공적 행사들과 조사와 집회와 전시회에서도 나쁘지 않은 모습을 보인다. 사제의 축복을 받으러 가는 데에도 능숙하다. 뱌체슬라프 일라리오니치의 하인들은 연극 공연 후 흩어질 때도, 선착장이나 그런 비슷한 장소에서도 웅성거리거나 큰 소리를 내지 않는다. 오히려 사람들을 밀어젖히거나 카레타를 불러야 할 때면 목을 울리는 듣기 좋은 바리톤 음색으로 "잠깐만요, 잠깐만요, 흐발린스키 장군님께서 지나가시게 길을 열어 주십시오."라거나 "흐발린스키 장군님의 마차가……."라고 말한다. 사실 흐발린스키의 마차는 형태가 매우 고풍스럽다. 시종들이 입은 제복도 꽤 닳았다.(빨간 가두리 장식을 한 회색 제복이라는 점은 거의 언급할 필요가 없을 듯하다.) 말들도 평생 마차를 끈 꽤 늙은 말이었다. 하지만 뱌체슬라프 일라리오니치는 멋 부리기를 고집하지 않고, 남들 눈을 속이는 것도 자기 신분에 어울리지 않는다고 생각한다. 흐발린스키는 언어에 특별한 재능이 없다. 어쩌면 유려한 말솜씨를 보여 줄 기회가 없었는지도 모른다. 왜냐하면 그는 논쟁뿐 아니라 반박도 견디지 못해서 모든 긴 대화를, 특히 젊은 사람들과의 대화를 의도적으로 철저히 피하기 때문이다. 그것은 확실히 더 안전한 방법이다. 그러지 않으면 요즘엔 사람들을 대하다가 곤경에 처할 수도 있기 때문이다. 그들의 마음속에서 복종심과 존경심이 바로 사라질 테니까. 흐발린스키는 상류층 사람들 앞에서는 대부분 침묵을 지키고, 하층민들 — 그가 아마 경멸하면서도 교제를 유지하고 있는 — 에게는 "하지만 참 쓸데없는 말을 하는군요."라거나 "결국 나도 어쩔 수 없이 귀하에게 분명히 말해 두지 않을 수 없겠군요."라거나 "하지만 결국 당신은 자신이 누구를 상대하고 있는지 알아야 합니다." 같은 표현들을 끊임없이 사용하며 불쑥불쑥 신랄한 말을 던진다. 특히 우체국장들, 위원회 의원들, 역장들이 그를 두려워한다. 그는 자기 집에 어떤 손님도 들이지 않는다. 소문에 따르면 구두쇠라고 한다. 그 모든 점에도 불구하고 그는 훌륭한 지주다. "노병, 원칙을 따르는 청렴한 사람, 늙은 불평꾼." 이웃들은 그에 대해 이렇게 말한다. 사람들이 흐발린스키 장군의 믿음직스럽고 뛰어난 자질들에 대해 말할 때 웃는 사람은 현의 어느 검사뿐이다. 하지만 질투가 나면 뭔들 못하겠는가!

어쨌든 이제 다른 지주로 넘어가기로 하자.

마르다리 아폴로니치 스체구노프는 모든 면에서 흐발린스

키와 완전히 다르다. 그는 어디에서도 근무하지 않았을 테고, 남들에게 잘생겼다는 소리도 전혀 들어 보지 못했다. 마르다리 아폴로니치는 턱이 두 겹이고 손이 부드럽고 배가 꽤 나온 작달막하고 통통한 대머리 노인이다. 그는 손님 대접을 좋아하고 익살스럽다. 말하자면 유복하게 사는 편이다. 여름이든 겨울이든 줄무늬가 있는 누빔 실내복 차림으로 돌아다닌다. 그와 흐발린스키 장군 사이에 딱 한 가지 공통점이 있다. 그 역시 독신자라는 점이다. 그에게는 500명의 농노가 있다. 마르다리 아폴로니치가 자신의 영지에 보이는 관심은 매우 피상적이다. 십 년 전에는 시대에 뒤떨어지지 않겠다며 모스크바의 부테노프에서 탈곡기를 구입해 놓고 헛간에 처박아 둔 채 안심하던 사람이었다. 화창한 여름날에는 경주용 드로시키에 말을 매라고 지시해 밭으로 곡물을 보러 나갔다가 수레국화나 꺾고 올 것이다. 마르다리 아폴로니치는 완전히 예전 방식으로 산다. 그의 저택도 오래된 건물이다. 대기실에서는 으레 크바스와 양초와 가죽 냄새가 난다. 그곳 오른쪽에는 담배 파이프와 수건이 놓인 작은 탁자가 있다. 식당에는 가문의 초상화들, 파리들, 커다란 제라늄 화분, 조율이 안 된 피아노가 있다. 응접실에는 소파 세 개, 탁자 세 개, 거울 두 개, 청동 조각물인 시곗바늘이 달리고 에나멜 칠이 거무스름해진, 목쉰 소리를 내는 시계가 있다. 서재에는 서류가 놓인 탁자, 지난 세기의 다양한 저작에서 오려 낸 그림들을 붙인 푸르스름한 병풍, 고약한 냄새가 나는 책들이 꽂히고 거미들이 돌아다니고 검은 먼지가 쌓인 책장, 푹신한 안락의자, 이탈리아식 창문, 못을 박아 단단히 막아 둔 정원 출입구가 있다……. 한마디로 모든 게 한결같다. 마르다리 아폴로니치는 많은 하인들을 거느리고 있다. 다들 옛날식으로 높은 옷깃이 달린 긴 파란색 카프탄, 어두운 색의 바지, 짧은 노란색 조끼를 착용한다. 그들은 손님들에게 '어르신'이라고 부른다. 영지 경영을 맡은 사람은 모피 외투만큼 길게 수염을 기른 농부 출신의 관리인이다. 저택 살림을 맡은 사람은 갈색 머릿수건을 맨 주름투성이의 인색한 노파다. 마르다리 아폴로니치의 마구간에는 서른 필의 다양한 말들이 있다. 외출할 때는 영지에서 제작한 150푸드 무게의 콜랴스카를 탄다. 그는 손님을 매우 기쁘게 맞이하고 훌륭하게 접대한다. 말하자면, 러시아 요리의 신경을 마비하는 특성을 이용해 손님들에게서 저녁 직전까지 프레페란스 카드놀이 외에 다른 무언가를 할 모든 가능성을 앗아 버리는 것이다. 그 자신은 절대 어떤 일도 하지 않으며 『해몽』을 읽는 것조차 그만뒀다. 하지만 우리 러시아에는 그런 지주들이 꽤 많다. 내가 어떤 이유로, 왜 그에 대한 이야기를 꺼냈을지 묻는 사람도 있을 것이다. 내가 마르다리 아폴로니치의 집을 방문한 일화 중 한 가지를 답변 대신 여러분에게 들려줄 수 있도록 허락해 주길 바란다.

어느 여름날 저녁 7시 무렵에 그를 찾아갔다. 마침 저녁 기도가 끝났고, 사제인 젊은 남자가 응접실에서 문 옆 등받이 없는 의자의 모서리에 앉아 있었다. 얼마 전에 신학교를 졸업한 것 같은, 아마도 수줍음을 많이 탈 듯한 남자였다. 마르다리 아폴로니치는 평소처럼 매우 다정하게 나를 맞이했다. 그는 손님이 찾아올 때마다 꾸밈없이 기뻐했다. 정말이지 대체로 아주 선량한 사람이었다. 사제가 일어나 모자를 잡았다.

"기다려, 기다려." 마르다리 아폴로니치가 내 손을 놓지 않은 채 말했다. "가지 마……. 내가 자네에게 보드카를 내오라고 시켰어."

"전 마시지 않습니다." 사제가 당황하며 중얼거렸다. 그의 얼굴이 귀까지 붉어졌다.

"무슨 말도 안 되는 소리야! 자네 같은 신분에 있는 사람이 어떻게 술을 안 마시나!" 마르다리 아폴로니치가 대답했다. "미시카! 유시카! 보드카를 사제님께 갖다 드려!"

키가 크고 몸이 마른 여든 살 노인 유시카가 검은 칠을 한 쟁반 위에 보드카가 든 술잔을 얹어 들어왔다. 쟁반은 살색 얼룩들로 더러웠다.

사제가 거절하기 시작했다.

"마셔, 고집 부리지 말고. 그러는 건 좋지 않아." 지주가 나무라듯 말했다.

가엾은 젊은이는 복종하고 말았다.

"자, 이제 가도 좋아."

사제는 고개 숙여 인사했다.

"어이, 괜찮아, 괜찮아, 가 봐……. 멋진 친구야." 마르다리 아폴로니치가 그의 뒤를 눈으로 좇으며 계속해서 말했다. "나는 저 사람이 아주 마음에 들어요. 다만 한 가지, 아직 젊어요. 항상 설교를 하죠. 그런데 술은 마시지 않아요. 하지만 당신은 어떻습니까, 친구? 당신은 어떤가요? 발코니로 갑시다.

봐요, 아주 멋진 저녁이죠."

우리는 발코니로 나가 의자에 앉아 이야기를 나누기 시작했다. 마르다리 아폴로니치가 아래를 흘깃 쳐다보다가 갑자기 심하게 흥분했다.

"저 닭들은 누구네 거지? 어느 집 닭들이야?" 그가 소리쳤다. "어느 집 닭들이 정원을 돌아다니고 있어? 유시카! 유시카! 정원을 돌아다니는 닭들이 누구네 것인지 당장 가서 확인해 봐!"

유시카가 달려갔다.

"이 무슨 난장판이야!" 마르다리 아폴로니치가 똑같은 말을 되풀이했다. "끔찍하군!"

내가 지금 기억하기로 운 나쁜 암탉들 가운데 두 마리는 반점이 있는 닭이었고, 한 마리는 볏이 달린 하얀색 닭이었다. 닭들은 아주 침착하게 사과나무 아래를 계속 돌아다니면서 이따금 줄기차게 꼬꼬댁거리며 감정을 표현했다. 그때 갑자기 모자도 쓰지 않은 채 한 손에 막대기를 든 유시카와 성년에 이른 다른 농노 하인 셋이 다 함께 닭들을 향해 뛰어갔다. 심심풀이 오락이 시작됐다. 암탉들이 비명을 지르고 날개를 치고 펄쩍펄쩍 뛰고 귀청이 떨어지도록 요란하게 꼬꼬댁거렸다. 농노 하인들이 달리고 비틀거리고 넘어졌다. 주인은 발코니에서 미친 사람처럼 외쳤다. "잡아, 잡으라고! 잡아, 잡으라니까! 잡아, 잡아, 잡으란 말이야! 저것들은 누구네 닭이지, 누구네 닭이야?" 마침내 한 하인이 볏 달린 암탉을 잡아 가슴팍이 땅바닥에 닿도록 꽉 누르는 데 성공했다. 바로 그때 머리칼이 온통 헝클어지고 한 손에 마른 나뭇가지를 쥔 열한 살쯤 된 여자아이가 길에서 정원 울타리를 뛰어넘어 들어왔다.

“아, 저기 닭 주인이 오는군!” 지주가 의기양양하게 외쳤다. “마부 예르밀의 닭들이야! 그자가 닭들을 몰고 오라고 자기 딸 나타샤를 보냈군……. 아마 파라샤[147]를 보내진 않았을 거야.” 지주가 속삭이듯 말을 보태고는 의미심장하게 빙글거렸다. “어이, 유시카! 닭들은 내버려두고 나탈카를 붙잡아서 내 앞에 데려와.”[148]

하지만 숨을 헐떡이던 유시카가 소스라치게 놀란 작은 여자아이에게 미처 이르기 전에, 어디선가 나타난 가정부가 가엾은 아이의 팔을 붙잡아 등을 몇 차례 찰싹찰싹 때렸다…….

“잘한다, 잘해.” 지주가 추임새를 넣었다. “그렇지, 그렇지, 그렇지! 그래, 그래, 그렇지! 닭도 가져와, 아브도치야.” 그가 커다란 목소리로 덧붙여 말하고는 밝은 얼굴로 나를 돌아보았다. “몰이가 어떤가요, 네? 땀까지 흘렸네요, 봐요.”

그러고 나서 마르다리 아폴로니치는 너털웃음을 터뜨렸다. 우리는 발코니에 남았다. 저녁이 정말로 유난히 아름다웠다. 하인들이 우리에게 차를 가져왔다.

“말해 주십시오.” 내가 말문을 열었다. “마르다리 아폴로니치, 저기 골짜기 너머 길가로 이주된 농가들이 당신네 사람들인가요?”

---

147) 파라스케바의 애칭.

148) 나타샤와 나탈카 둘 다 나탈리야의 애칭이다.

"그렇습니다만…… 왜요?"

"어떻게 그런 상태로 두십니까, 마르다리 아폴로니치? 그런 건 좋지 않습니다. 농민들은 추하고 좁은 통나무집을 할당받았더군요. 주위에 작은 나무 한 그루 보이지 않습니다. 연못도 없고요. 작은 우물이 하나 있긴 한데 그마저 아무 짝에도 쓸모가 없습니다. 정말 다른 장소를 찾지 못하신 건가요? 사람들 말로는 당신이 그들에게서 오래된 삼밭들까지 빼앗았다고 하던데요?"

"토지의 경계가 그렇게 그어졌는데 어쩌겠습니까?" 마르다리 아폴로니치가 나에게 대답했다. "나한테도 그 토지의 경계가 고민거리예요.(그가 자기 뒤통수를 가리켰다.) 내가 그 토지 경계에서 얻을 이익이 전혀 보이지 않는다고요. 내가 그들의 삼밭을 빼앗은 것이라든지 그곳 사람들에게 연못을 파 주지 않은 것 말이죠, 그런 점들에 대해서는 나도 알아요. 난 단순한 사람이에요. 옛날식으로 행동하죠. 내가 생각하기에 주인은 주인이고 농부는 농부입니다……. 그런 거예요."

그런 분명하고 확실한 논거에 대해서는 물론 대꾸할 말이 없다.

"게다가 말이죠." 그가 말을 이었다. "그곳 농부들은 나쁜 종자들이에요. 눈 밖에 난 이들이죠. 특히 그곳에 두 가족이 있어요. 고인이 된 내 아버지도, 하느님, 그분에게 천국을 허락하소서, 내 아버지도 그자들을 좋아하지 않았어요. 그다지 좋아하지 않았죠. 당신에게 말하겠지만 내가 주목하는 점이 있답니다. 아버지가 도둑이면 아들도 도둑이라는 거요. 하지만 그 점에 대해서는 당신이 좋을 대로……. 아, 핏줄, 핏줄은 아주 큰 문제예요! 솔직히 말해 난 그 두 가족에 속한 남자들을 차례에 상관없이 군대로 보내 버리고 도처에 흩어 놓았어요. 뿌리를 뽑을 수 없으니 어떡합니까? 빌어먹을 번식력."

그사이 대기가 완벽한 정적에 싸였다. 이따금 바람이 물결처럼 밀려와 마지막에는 집 주변에서 멎으며 마구간 쪽에서 들려오는, 무언가를 때리는 규칙적이고 빈번한 소리를 우리 귀로 실어 올 뿐이었다. 마르다리 아폴로니치가 차를 가득 따른 찻잔 받침을 입술에 가져가 막 콧구멍을 크게 벌리려던 순간 — 잘 알려져 있다시피 뼛속들이 러시아인인 사람 중에 이렇게 하지 않고 차를 마시는 이는 단 한 명도 없다 — 그는 갑자기 동작을 멈추고 귀를 기울이더니 고개를 끄덕이고 차를 다 마셨다. 그러고는 찻잔 받침을 탁자 위에 내려놓고 더없이 선량한 미소를 지으며 마치 무언가를 때리는 소리를 무심코 따라 하듯 "철썩, 철썩, 철썩! 철썩, 철썩! 철썩, 철썩!" 하고 중얼거렸다.

"뭡니까?" 내가 놀라서 물었다.

"저기서 내 지시로 말썽꾸러기 녀석을 벌주고 있거든요……. 식당 담당 하인 바샤 아시죠?"

"어떤 바샤 말입니까?"

"최근에 만찬 자리에서 우리의 시중을 들던 하인 말입니다. 구레나룻을 이렇게 덥수룩하게 기르고 돌아다니는데요."

아무리 격렬한 분노도 마르다리 아폴로니치의 맑고 다정한 시선을 마주하면 오래 버티지 못할 것이다.

"왜 그래요, 젊은이, 왜 그럽니까?" 그가 고개를 저으며 말했다. "당신은 날 나쁜 놈이라고 생각하는군요. 그래서 날 그렇게 뚫어지게 쳐다보는 것 아닌가요? 사랑하니까 벌도 주는 겁니다. 당신도 알잖아요."

십오 분 후 나는 마르다리 아폴로니치와 작별 인사를 나누었다. 마을을 지나다가 식당 담당 하인 바샤를 보았다. 그는 호두를 깨물어 먹으면서 길을 걷고 있었다. 나는 마부에게 말을 멈춰 세우도록 지시하고 그를 불렀다.

"어때, 오늘 벌을 받았지?" 내가 그에게 물었다.

"어떻게 아십니까?" 바샤가 대답했다.

"자네 주인이 나한테 말했어."

"주인님이 직접이요?"

"주인이 도대체 왜 자네에게 벌을 내리라고 한 거지?"

"벌을 받을 만하니까요. 당연합니다. 우리가 괜히 벌을 받는 일은 없습니다. 우리 마을에서는 그런 식으로 일처리를 하지 않아요. 우리 주인님은 그런 분이 아닙니다. 우리 주인님은…… 현 전체에서 그런 주인님은 못 찾을걸요."

"가지!" 내가 마부에게 말했다. '여기에 옛 러시아가 있군!' 나는 집으로 돌아가면서 생각했다.

레베쟌

사랑하는 독자들이여, 사냥의 주요 이점 중 하나는 사람을 이 장소에서 저 장소로 끊임없이 돌아다니게 한다는 것이다. 그런 점이 한가한 사람에게 큰 즐거움을 주기도 한다. 사실 가끔은(특히 우기에) 시골길을 떠돌고, '길도 없는' 벌판을 무턱대고 달리고, 길에서 마주치는 모든 농민들을 불러 세워 "어이, 친구! 모르돕카로 가려면 어떻게 해야 하지?"라고 묻고, 모르돕카에 도착해서는 아둔한 여자한테(일꾼들은 전부 밭에 있어서) 대로변의 여인숙까지 얼마나 먼지, 그곳에 가려면 어떻게 해야 하는지 캐묻고, 10베르스타 정도 갔을 즈음 여인숙 대신 어느 지주의 영지인 후도부브노보라는 매우 황폐한 작은 마을의 길 한복판에서 암갈색 진흙탕 속에 귀까지 빠진 채 누군가 자기들을 불안하게 할 거라 전혀 예상하지 못한 돼지 떼를 숨넘어가게 놀래는 자신의 모습을 깨닫는 것이 그다지 즐겁지는 않다. 위태롭게 흔들거리는 작은 다리를 건너 골짜기로 내려가 늪지의 개울을 걸어서 건너는 것 역시 즐겁지 않다. 대로의 초록빛 물결을 따라 며칠 밤낮을 계속 마차를 타고 가거나, 한쪽에는 22라는 숫자가, 반대쪽에는 23이라는 숫자가 있는 알록달록한 이정표 앞에서 몇 시간 동안 진창에 빠져 오도가도 못하는 것 — 하느님께서 그런 일을 막아 주시길 — 도 즐겁지 않다. 몇 주 내내 달걀과 우유와 그토록 호평을 받는 호밀 빵만 먹는 것도 즐겁지 않다……. 하지만 이 모든 불편함과 실패에 대해서는 다른 종류의 이익과 만족으로 보상받는다. 어쨌든 본격적인 이야기로 들어가 보자.

위에서 전부 이야기했으니 내가 어쩌다 오 년 전 레베쟌에 있는 시장의 혼란 속에 있게 됐는지 독자에게 설명할 필요는 없을 것이다. 우리 같은 사냥꾼들은 다음 날 저녁에 돌아올 생각으로 어느 화창한 아침에 조상 대대로 내려오는 크고 작은 영지를 떠나 조금씩 조금씩 도요새들을 향해 계속 총을 쏘다가 페초라강[149]의 축복받은 강기슭에 이르기도 한다. 게다가 라이플총과 개에 관심이 많은 사람이라면 누구나 세상에서 가장 고귀한 동물인 말의 열렬한 숭배자이기 마련이다. 내가 레베쟌에 도착해 여인숙에 숙소를 잡고 옷을 갈아입은 후 시장으로 향한 것은 그 때문이다.(키가 크고 야윈 스무 살쯤 된 젊은 급사는 ○○○ 연대의 말 보충 담당 장교인 N. 공작 각하께

149) 우랄산맥에서 바렌츠해(북극해 일부)로 1500킬로미터에 걸쳐 흐르는 강.

서 그 여인숙에 묵고 있고 다른 많은 신사들이 찾아왔다는 사실, 저녁마다 집시들이 노래하고 「판 트바르돕스키」[150]가 극장에서 상연되고 있다는 사실, 말들이 높은 가격에 거래되고 있다는 사실 — 어쨌든 좋은 말들이 시장에 나오는 것이다 — 을 비음 섞인 달콤한 테너 음으로 나에게 귀띔해 주었다.)

시장 광장에는 첼레가의 줄이 끝없이 뻗어 있고, 첼레가 뒤에는 온갖 종류의 말들이 있었다. 경주마, 종마, 수레 끄는 말, 짐마차 끄는 말, 역마, 농가의 보통 말. 털 색깔에 따라 정렬되고 다채로운 천으로 덮인 어떤 살지고 매끄러운 말들은 높은 가로대에 바짝 매인 채 자신들의 주인이자 거간꾼이 쥔 지나치게 낯익은 채찍을 돌아보며 겁에 질린 눈으로 곁눈질했다. 100베르스타, 200베르스타 너머 스텝 지역의 귀족들이 어떤 노쇠한 마부와 두세 명의 아둔한 마구간지기의 감독 아래 보낸 말들은 긴 목을 흔들고 발을 구르고 따분함을 못 이겨 말뚝을 물어뜯었다. 적갈색 털에 검은 갈기와 검은 꼬리를 지닌 뱟카산 말들은 서로 바싹 달라붙어 있었다. 실한 둔부와 물결 같은 꼬리와 털이 덥수룩한 발을 지닌 경주마들 — 반점이 있는 회색 말, 검은 말, 밤색 말 — 은 마치 사자처럼 위풍당당

150) 알렉세이 니콜라예비치 베르스톱스키(Алексей Николаевич Верстовский, 1799~1862)가 작곡하고 미하일 니콜라예비치 자고스킨(Михаил Николаевич Загоскин, 1789~1852)이 폴란드 민담을 바탕으로 대본을 쓴 3막 8장의 오페라로, 1828년 모스크바에서 초연됐다. 악마에게 영혼을 판 폴란드인 마법사 트바르돕스키가 비극적 운명을 맞이한다는 내용을 담고 있다.

하게 꼼짝 않고 서 있었다. 말에 정통한 사람들은 그 말들 앞에 정중하게 멈춰 섰다. 첼레가 대열 때문에 생긴 통로들에는 신분과 나이와 생김새가 제각각인 사람들이 북적대고 있었다. 파란 카프탄과 높은 모자를 쓴 거간꾼들은 교활한 눈길로 주위를 관찰하며 고객들을 기다렸다. 머리칼이 곱슬곱슬한 퉁방울눈의 집시들이 미친 사람처럼 이리저리 뛰어다니며 말들의 이빨을 들여다보고, 발과 꼬리를 들어 보고, 소리치고, 말다툼하고, 중개인 노릇을 하고, 주사위를 던지고, 비버 털이 달린 군용 외투에 군모를 착용한 어떤 거간꾼 주위에서 득시글거렸다. 기골이 장대한 코사크가 사슴 같은 목덜미를 지닌 비쩍 마른 거세마를 타고 나타나 그 말을 '한꺼번에', 즉 안장과 굴레를 끼워 팔려고 했다. 겨드랑이 부분이 터진 모피 외투를 입은 농부들이 필사적으로 군중을 헤치고 나아가 '시험해야' 할 말을 맨 첼레가 위에 수십 명씩 올라탔다. 어딘가 한옆에서는 사람들이 교활한 집시의 도움을 받아 가며 녹초가 되도록 흥정을 하고 있었다. 그들은 백번 정도 연달아 서로의 손뼉을 마주치며 자신이 생각하는 가격을 고집했다. 그러는 사이 논쟁의 대상인 볼품없는 말은 비틀린 멍석을 뒤집어쓴 채, 마치 자신과는 상관없는 문제라는 듯 그저 눈만 깜빡이고 있었다……. 그리고 사실 누가 이겨서 자신을 가져가든 그 말은 아무래도 상관없지 않은가! 폴란드식 사각모를 쓰고 거친 모직물로 지은 긴 농민 외투의 한쪽 소매에만 팔을 끼운 이마 넓은 지주들이 수염을 염색한 얼굴에 위엄 있는 표정을 짓고서, 솜을 누빈 모자에 녹색 장갑을 착용한 배불뚝이 상인들과 관대하게 이야기를 나누기 시작했다. 다양한 연대의 장교들도 그곳에서 어슬렁거렸다. 보기 드물게 키가 큰 독일 출신의 흉갑 기병은 다리를 저는 중개업자에게 이 밤색 말에 대해 얼마를 받기 원하는지 묻고 있었다. 작은 체구에 옅은 금발을 지닌 열아홉 정도의 경기병은 느리게 달리는 여윈 말에게 붙여 줄 곁마를 고르고 있었다. 공작새 깃털이 감긴 낮은 모자를 쓰고 갈색 농민 외투를 입고 좁은 녹색 가죽 허리띠 속에 가죽 장갑을 찔러 넣은 마부가 트로이카의 한가운데에서 달릴 말을 찾고 있었다. 마부들은 자기 말들의 꼬리를 땋아 주고, 갈기를 물로 적시고, 신사들에게 정중한 조언을 건넸다. 거래를 끝낸 이들은 신분에 따라 여인숙이나 선술집으로 서둘러 갔다……. 그리고 그 모든 법석과 외침과 북적임과 다툼과 화해와 욕설과 웃음이 무릎까지 빠지는 진창 속에서 벌어졌다. 내 말들이 달리는 게 예전 같지 않아 나는 내 브리치카[151]에 맬 적당한 말 세 필을 사고 싶었다. 두 마리는 발견했는데 마지막 말은 고를 수 없었다. 굳이 묘사하고 싶지 않은 식사 후에(아이네이아스는 지나간 슬픔을 떠올리는 것이 얼마나 불쾌한지 이미 알았다.[152]) 나는 밤마다 말 보충 담당 장교들과 말 사육자들과 다른 지방 사람들이 모

---

151) 접이식 포장이 달린 사륜마차. 스프링이 없어 승차감도 떨어지고 차체도 작지만, 단단한 내구성을 갖추고 있어 여행용 승용 마차로 흔히 사용되었다.

152) 베르길리우스(Publius Vergillius Maro, 기원전 70~기원전 19)의 서사시 『아이네이스(Aeneis)』 2권의 서두 부분을 언급하고 있다. 아이네이스는 '아이네이아스의 노래'를 뜻한다.

이는 이른바 커피 하우스로 향했다. 담배 연기의 납빛 물결에 잠긴 당구장에는 스무 명 정도의 남자들이 있었다. 그곳에는 벤게르카와 회색 바지에 구레나룻을 길게 기르고 콧수염에 포마드를 바른 모습으로 대담하고도 품위 있게 주위를 둘러보는 자유분방한 젊은 지주들이 있었다. 목이 몹시 짧고 작은 눈을 덮을 듯 눈두덩이 잔뜩 부은 카자킨[153] 차림의 다른 귀족들도 식식거리며 괴롭게 숨을 쉬었다. 상인들은 한옆에서 이른바 '불안하게' 앉아 있었다. 장교들은 서로 자유롭게 이야기를 나누고 있었다. 당구를 치는 사람은 쾌활하면서도 약간 깔보는 듯한 표정을 띤 스무 살 정도의 젊은 N. 공작이었다. 붉은 실크 루바시카에 넓은 벨벳 승마용 바지를 입고 프록코트의 단추를 전부 푼 차림이었다. 그는 퇴역 육군 중위 빅토르 흘로파코프와 함께 당구를 치고 있었다.

퇴역 중위 빅토르 흘로파코프는 체구가 작고 살갗이 거무스름하고 야윈 서른 살가량의 남자다. 검은 머리칼, 갈색 눈동자, 뭉툭한 사자코를 지닌 그는 선거와 시장에 부지런히 참석한다. 모자를 비뚜름하게 쓴 채 회청색 옥양목으로 안감을 댄 군인용 프록코트의 소매를 걷어 올리고서 둥그스름한 두 팔을 호기롭게 벌리며 껑충껑충 뛰는 듯한 걸음으로 다닌다. 흘로파코프 씨에게는 부유한 페테르부르크 사교가들에게 아첨하는 재능이 있다. 그는 담배를 피우고, 술을 마시고, 그들과

153) 카프탄의 일종으로, 옷의 길이가 카프탄에 비해 짧고 등에 주름이 있으며 앞에 호크가 달린 헐렁한 남자용 상의.

카드놀이를 하고, 그들을 '자네'라고 부른다. 그들이 왜 그를 받아 주는지 좀처럼 이해하기 어렵다. 그는 영리하지도 않고 심지어 재미있지도 않다. 어릿광대로 삼기에도 쓸모가 없다. 사실 그들은 그를 선량하지만 하찮은 사내로 여겨 적당히 친절하게 대한다. 두세 주 동안은 그와 친하게 지내지만, 그 후에는 갑자기 그에게 인사도 건네지 않는다. 그러면 그도 더 이상 인사를 하지 않는다. 흘로파코프 중위의 특별한 점은 일 년 내내, 때로는 이 년 내내 때를 가리지 않고 똑같은 표현을 쓴다는 점이다. 전혀 재미있지 않지만 모두를 웃기는 — 그 이유는 하느님만 아실 것이다 — 표현을. 팔 년 전쯤엔 끊임없이 "당신에게 나의 존경을 바칩니다. 마음 깊이 감사드립니다."라는 말을 했다. 그 당시 그를 후원하던 이들은 숨이 넘어가도록 웃으며 그에게 "나의 존경을"이란 말을 되풀이하게 했다. 그다음에 그는 꽤 복잡한 표현을 쓰기 시작했다. "아뇨, 당신이 무슨 상관입니까. 될 대로 된 건데요." 그 말도 눈부신 성공을 거두었다. 이 년쯤 지나자 "화내지 말아요, 양가죽을 쓴 신의 사람." 등등의 새로운 재담들을 궁리해 냈다. 그런데 어찌 된 일인가! 보다시피 조금도 재기발랄하지 않은 이런 말들이 그에게 먹을 것과 마실 것과 입을 것을 준다.(그는 아주 오래전에 자신의 영지를 탕진하고 전적으로 친구들의 돈에 기대 살아가고 있었다.) 그에게서 어떤 다른 기분 좋은 점도 전혀 찾아볼 수 없다는 사실을 기억하라. 사실 그는 파이프로 주코프 담배를 하루에 백번쯤 피운다. 당구를 칠 때면 오른발을 머리보다 높이 쳐들고, 공을 조준할 때는 큐를 손으로 맹렬하게 문지른다. 뭐,

사실 모든 사람이 그런 장점에까지 열광하지는 않는다. 그는 술도 잘 마신다……. 하지만 러시아에서 그런 것으로 두각을 드러내기는 어렵다……. 한마디로 그의 성공은 내가 보기에 완전히 수수께끼다……. 한 가지만은 제외하고. 그는 조심스럽다. 먼지를 집 밖으로 가지고 나가지 않으며[154] 누구에 대해서도 나쁜 말을 하지 않는다…….

'음, 저 사람은 요즘 어떤 관용구를 사용할까?' 나는 흘로파코프를 보며 생각했다.

공작이 하얀 공을 쳤다.

"30대 0." 얼굴빛이 거무스름하고 눈 밑이 납빛으로 볼록하게 처진 폐병 환자인 점수 계산원이 큰 소리로 외쳤다.

공작이 땅 소리와 함께 노란 공을 맨 끝의 포켓 속으로 넣었다.

"오!" 한구석에서 다리가 하나인 불안정한 작은 탁자 앞에 앉아 있던 약간 뚱뚱한 상인이 찬사가 섞인 외마디 소리를 지르고는 두려운 기색을 드러냈다. 하지만 다행히 아무도 그 소리를 알아차리지 못했다. 그는 안도의 한숨을 쉬고는 턱수염을 매만졌다.

"36대 0!" 점수 계산원이 코맹맹이 소리로 외쳤다.

"어때, 친구?" 공작이 흘로파코프에게 물었다.

"어떠냐고? 물론 르르르라칼리오오온이지, 그야말로 르르

---

154) '먼지를 집 밖으로 들고 나가지 않는다'라는 표현은 내부의 분쟁을 외부에 드러내지 않는다는 의미의 관용적인 표현이다.

르라칼리오오온이라니까!"[155)]

공작이 웃음을 터뜨렸다.

"뭐, 뭐? 또 해 봐!"

"르르르라칼리오오온!" 퇴역 중위가 잘난 척하며 다시 말했다.

'저게 새로운 문구구나!' 나는 생각했다. 공작이 붉은 공을 포켓에 넣었다.

"에! 그렇게 하면 안 되죠, 공작님, 그렇게 하면 안 돼요." 옅은 금발, 핏발이 선 작은 눈동자, 아주 작은 코와 어린아이처럼 졸린 듯한 얼굴을 한 장교가 갑자기 혀 짧은 소리로 지껄였다. "그렇게 치지 마세요……. 그렇게 하면 안 된다고요!"

"그럼 어떡해?" 공작이 어깨 너머로 그에게 물었다.

"이렇게…… 트리플렛으로 했어야죠."

"정말?" 공작이 우물거리며 말했다.

"공작님, 오늘 저녁에 집시들에게 가는 게 어떨까요?" 당황한 젊은이가 황급히 물었다. "스체시카가 노래할 텐데요……. 일류시카도……."

공작은 그에게 대꾸하지 않았다.

"르르르라칼리오오온이잖아, 형제." 흘로파코프가 능청스럽게 왼쪽 눈을 가늘게 뜨며 말했다.

그러자 공작이 너털웃음을 터뜨렸다.

"39대 0." 점수 계산원이 점수를 알렸다.

---

155) '라칼리야(ракалия)'는 악당, 불한당, 무뢰배 등을 뜻하는 영어 'rascallion'에서 온 러시아 말이다. 흘로파코프가 말하는 '라칼리온'은 말장난을 위해 영어와 러시아어를 적당히 섞은 표현이다.

"0이라……. 잘 봐, 내가 어떻게 이 노란 공을……."

흘로파코프가 큐를 손에 대고 문지르며 공을 겨누다 헛치고 말았다.

"에, 르라칼리오온." 그가 분통을 터뜨리며 외쳤다.

공작이 다시 크게 웃어 댔다.

"뭐, 뭐라고, 뭐라 그랬어?"

하지만 흘로파코프는 말을 되풀이하고 싶어 하지 않았다. 약간의 교태를 부릴 필요가 있기 때문이었다.

"빗맞았습니다." 점수 계산원이 말했다. "초크 칠을 하시죠……. 40대 0!"

"참, 신사분들." 공작이 그곳에 모인 모든 사람을 향해, 그러나 딱히 아무도 쳐다보지 않으며 말했다. "여러분도 아시다시피 오늘 극장에 베르젬비츠카야를 불러내야 합니다."

"물론, 물론이죠, 반드시……." 몇몇 신사들이 공작의 말에 대답할 기회를 얻자 놀랍도록 기뻐하며 앞다투어 외쳤다. "베르젬비츠카야를……."

"베르젬비츠카야는 훌륭한 배우죠. 소프냐코바보다 훨씬 뛰어나요." 짧은 콧수염을 기르고 안경을 쓴 추레한 사내가 한 구석에서 새된 소리로 말했다. 딱한 사람! 그는 마음속으로 은밀히 소프냐코바를 열렬히 동경하고 있었다. 하지만 공작은 그에게 눈길도 주지 않았다.

"급사, 어이, 파이프!"[156] 반듯한 얼굴에 고상하기 이를 데

156) 신사는 '급사'에 해당하는 러시아어를 마치 소리를 삼키듯 부정확하게

없이 당당한 태도를 지닌 키가 큰 어떤 신사가 넥타이에 입을 대고 말했다. 모든 특징을 볼 때 전문 도박꾼이 틀림없었다.

급사가 파이프를 가지러 달려갔다가 돌아오더니 역마차 마부 바클라가가 그를 찾는다고 보고했다.

"아! 음, 잠시 기다리라고 해. 그 사람에게 보드카를 갖다 줘."

"알겠습니다."

나중에 들은 대로라면 바클라가는 매우 버릇없는 젊고 잘생긴 역마차 마부의 별명이었다. 공작은 그를 좋아해서 그에게 말들을 선사하기도 하고 그와 경주를 하기도 하고 그와 함께 며칠 밤을 보내기도 했다……. 당신은 이제 그 공작에게서 장난기 많고 돈 쓰기 좋아하던 옛 모습을 결코 찾아볼 수 없을 것이다……. 지금은 얼마나 무심하고 뻣뻣하고 오만한지! 얼마나 열심히 공직 업무에 전념하고, 또 무엇보다 얼마나 세심한지!

하지만 담배 연기가 내 눈을 아프게 찔렀다. 흘로파코프의 외침과 공작의 너털웃음을 마지막으로 한 번 더 들은 후 나는 내 숙소로 향했다. 휘어진 높은 등받이가 달린, 말 털로 만든 푹 꺼진 좁은 소파 위에 내 하인이 이미 나를 위해 이부자리를 깔아 놓았다.

다음 날 나는 말을 보러 사육장들을 돌았는데, 우선 유명한 거간꾼 시트니코프의 사육장부터 둘러보았다. 쪽문을 통

발음하며 클럽 문화에 익숙한 세련된 신사의 분위기를 연출하고 있다.

해 고운 모래가 깔린 사육장으로 들어갔다. 마구간의 활짝 열어젖힌 문 앞에 주인이 서 있었다. 이미 젊다고는 할 수 없는 키 크고 뚱뚱한 남자가 옷깃을 높이 세워 밖으로 젖힌 토끼 가죽 외투를 입고 있었다. 나를 발견한 그가 천천히 내 쪽으로 다가와 두 손으로 머리 위의 모자를 붙잡고서 노래하듯 말끝을 길게 늘이며 말했다.

"아, 당신에게 우리의 경의를 바칩니다.[157] 아마 말을 보고 싶으실 테죠?"

"네, 말을 보러 왔습니다."

"정확히 어떤 말을 찾는지 여쭤봐도 될까요?"

"당신이 가진 말을 보여 주십시오."

"기꺼이 보여 드리죠."

우리는 마구간으로 들어갔다. 하얀 스피츠 몇 마리가 건초 위에서 일어나 꼬리를 흔들며 우리 쪽으로 달려왔다. 수염이 긴 늙은 숫염소가 한옆으로 비켰다. 성하긴 하지만 기름에 더러워진 모피 외투를 입은 세 마구간지기가 말없이 우리에게 허리 숙여 인사했다. 양옆으로 일부러 높여 지은 마구간의 칸들에는 아주 깨끗하게 손질한 말이 서른 필 가까이 있었다. 비둘기들이 횡목들을 이리저리 오가며 구구구 울어 댔다.

"그러니까 어떤 용도로 쓸 말을 찾으십니까, 마차를 몰 말이요, 아니면 번식을 위해 쓸 말이요?" 시트니코프가 나에게 물었다.

157) 만나거나 헤어질 때 건네는 러시아의 관용적 표현.

"마차도 몰고 번식에도 쓸 수 있는 말."

"알겠습니다, 알겠습니다, 알겠습니다." 거간꾼이 간격을 두고 말했다. "페챠, 신사분께 고르노스타이[158]를 보여 드려."

우리는 안마당으로 나갔다.

"집에서 긴 의자를 내오지 않아도 되겠습니까? 필요 없다고요? 좋으실 대로 하십시오."

말발굽이 판자를 울리고, 채찍이 휙 가르는 소리를 냈다. 곰보 자국이 있고 낯빛이 거무스름한 마흔 살가량의 사내인 페챠가 꽤 늘씬한 회색 수말과 함께 마구간에서 뛰어나오더니 말을 뒷발로 서게 하고, 말과 함께 안마당을 두어 바퀴 돌고, 잘 보이는 자리에 말을 능숙하게 세웠다. 고르노스타이는 몸을 쭉 펴고, 휘파람 같은 소리를 내며 푸르르 콧김을 내뿜고, 꼬리를 홱 던지듯 뻗고, 낯짝을 흔들고, 우리를 곁눈질했다.

'재주를 익힌 새로군!' 나는 생각했다.

"마음대로 하게 내버려 둬, 마음대로 하게 해." 시트니코프가 이렇게 말하고는 나를 가만히 응시했다.

"저 말은 어떤 것 같습니까?" 마침내 그가 물었다.

"말은 나쁘지 않군요. 앞다리는 별로 믿음직스럽지 않지만."

"다리는 나무랄 데가 없습니다!" 시트니코프가 자신 있게 반박했다. "엉덩이 쪽도…… 보십시오……. 페치카 같죠? 잠이라도 잘 수 있을걸요."

"발굽이 길군요."

---

158) '담비'를 뜻하는 러시아어.

"길다니요. 당치도 않습니다. 달리게 해 봐, 페챠, 달리게 해, 속보로, 속보로, 속보로…… 질주하게 하지 말고."

페챠는 다시 고르노스타이와 함께 안마당을 달렸다. 우리는 모두 입을 다물었다.

"자, 말을 데려가." 시트니코프가 말했다. "그리고 소콜[159]을 끌고 와."

딱정벌레처럼 검은 수말인 소콜은 둔부가 늘어지고 야윈 네덜란드 혈통의 말로 고르노스타이보다 조금 더 나아 보였다. 그 말은 애호가들이 '사람을 자르고 베고 생포하는 말'이라고 표현하는 부류에 속했다. 즉 도보 중에 두 앞다리를 좌우로 비틀고 뻗으면서도 앞으로는 거의 나아가지 않는 말이었다. 중년의 상인들은 그런 말들을 더 좋아한다. 그 말들의 뛰는 방식이 민첩한 술집 종업원의 씩씩한 걸음걸이를 떠올리게 하기 때문이다. 그 말들은 식사 후 산책을 나갈 때 말 한 필이 끄는 마차에 매기 좋다. 몸을 움직일 수 없을 만큼 배불리 먹은 마부, 속 쓰림으로 괴로울 만큼 과식한 상인, 하늘색 실크 외투를 입고 라일락색 머릿수건을 쓴 통통한 그의 아내, 이들이 탄 조잡한 드로시키를 목을 둥글게 구부린 채 멋쟁이처럼 뽐내면서 열심히 끌기 때문이다. 난 소콜도 거절했다. 시트니코프는 나에게 말 몇 필을 더 보여 주었다……. 마침내 반점이 있는 보에이코프종의 회색 수말이 마음에 들었다. 나는 참을 수 없어 말의 갈기를 흐뭇하게 쓰다듬었다. 시트니코프는 곧

159) '매'를 뜻하는 러시아어.

바로 무심한 척했다.

"어때요, 잘 갑니까?" 내가 물었다(일정한 속보로 빠르게 달리는 말에 대해서는 '달린다'는 표현을 쓰지 않는다.)

"네." 거간꾼이 침착하게 대답했다.

"한번 볼 수 있을까요?"

"물론이죠. 어이, 쿠자, 도고냐야[160]를 드로시키에 매."

자기 분야의 명인이자 기수인 쿠자는 길을 달리며 우리 옆을 세 번 정도 지나갔다. 말은 길에서 벗어나지 않고 잘 달린다. 뒷발로 일어서지 않고, 다리를 자유롭게 앞으로 뻗고, 꼬리를 높이 쳐든 채 잘 '유지한다.' 한마디로 준마다.

"이 말에 대해 얼마를 요구할 건가요?"

시트니코프가 터무니없는 값을 불렀다. 우리는 길 위에 그대로 서서 흥정하기 시작했다. 그런데 갑자기 길모퉁이에서 우레 같은 소리와 함께 말 세 필이 끄는, 훌륭한 솜씨로 만들어진 역마차가 날듯이 달려와 시트니코프 집의 대문 앞에 당당하게 멈췄다. 세련된 사냥용 첼레가에 N. 공작이 앉아 있었다. 그 옆에서 흘로파코프가 얼굴을 내밀었다. 바클라가가 작은 말을 부리고 있었다……. 얼마나 말을 잘 몰던지! 그 도적은 굴레의 고리도 통과할 것이다! 검은 눈에 검은 다리를 지닌 밤색 곁말은 자그맣고 활기찼다. 말은 몹시 흥분해 몸에 잔뜩 힘을 주고 있었다. 휘파람 소리만 들렸어도 눈앞에서 사라

160) '추격'을 뜻하는 러시아어 '도고냐(догоня)'에 '-야(-я)'라는 접미사를 붙여 만든 이름.

졌을 것이다! 가운데에 있는 흑갈색 말은 백조처럼 목을 뒤로 젖히고 가슴을 앞으로 쑥 내민 채 화살 같은 두 다리로 서서 무심하게 고개를 흔들고 오만하게 눈을 가늘게 뜨고 있다……. 멋지다! 이반 바실리예비치 차르[161]도 부활절에나 탔을 마차였다!

"각하! 어서 오십시오!" 시트니코프가 외쳤다.

공작이 첼레가에서 훌쩍 뛰어내렸다. 흘로파노프가 반대편에서 천천히 내렸다.

"잘 있었나, 형제……. 말들이 있나?"

"어떻게 각하를 위한 말이 없겠습니까! 자, 들어오십시오……. 페챠, 파블린[162]을 데려와. 포흐발니[163]도 준비시키라고 전해." 그는 나를 돌아보며 계속해서 말했다. "나리, 우리는 다른 때 매듭을 짓기로 하죠……. 폼카, 각하께 긴 의자를 가져와."

처음에 내가 알아차리지도 못했던 특별한 마구간에서 파블린이 끌려나왔다. 힘센 암갈색 말이 갑자기 네발로 허공을 날아올랐다. 시트니코프는 심지어 고개를 옆으로 돌리고 실눈을 떴다.

---

161) 이반 4세 바실리예비치(Иван IV Васильевич, 1530~1584). 최초로 '차르'라는 칭호를 사용한 러시아 군주. 영토 확장과 중앙 집권화로 국가의 기틀을 마련한 강력한 군주인 동시에 포악한 성정으로 악명을 떨쳐 '이반 뇌제(雷帝)'라는 별칭으로도 불린다.

162) '공작새'를 뜻하는 러시아어.

163) '칭찬할 만한'이라는 뜻의 러시아어.

"우, 르라칼리온!" 흘로파코프가 선언했다. "젬사."[164)]

공작이 웃음을 터뜨렸다.

마구간지기는 파블린을 멈춰 세우느라 애를 먹었다. 파블린은 마구간지기를 끌고 안마당을 쏘다녔다. 마침내 마구간지기가 말을 벽으로 몰아붙여 꽉 눌렀다. 말은 힝힝 콧소리를 내며 부르르 떨고 몸을 움츠렸다. 하지만 시트니코프가 채찍을 휘두르며 여전히 말을 자극했다.

"어디를 보고 있어? 혼쭐을 내 주마! 우!" 거간꾼은 자기도 모르게 넋을 잃고 말을 바라보며 다정함이 깃든 으름장을 놓았다.

"얼마지?" 공작이 물었다.

"각하에게는 5000루블에 드리겠습니다."

"3000."

"안 됩니다, 각하. 무슨 그런 말씀을……."

"3000이라고 하시잖아, 르라칼리온." 흘로파코프가 뒤이어 말했다.

나는 거래를 끝까지 지켜보지 않고 떠났다. 길 맨 끝 모퉁이에 있는 작은 회색 집의 대문에 커다란 종이가 붙어 있는 게 보였다. 위쪽에는 펜으로 그린 말이 있었다. 파이프 모양의 꼬리와 한없이 긴 목을 지닌 말이었다. 말발굽 밑에는 고풍스러운 글씨체로 다음과 같이 적혀 있었다.

'탐보트의 지주 아나스타세이 이바니치 체르노바이의 유명

---

164) 프랑스어로 '좋다'를 뜻하는 'J'aime ça.'를 소리 나는 대로 말했다.

한 스텝 지역 사육장에서 레베쟌 시장으로 수송해 온 다양한 색깔의 말들을 판매합니다. 이 말들은 체격이 훌륭합니다. 게다가 완벽하게 조련되고 성질도 온순합니다. 구매를 원하는 신사분들은 아나스타세이 이바니치에게 직접 문의하셔도 좋습니다. 아나스타세이 이바니치가 부재중인 경우에는 마부 나자르 쿠비시킨에게 문의해 주십시오. 구매를 원하는 신사분들, 노인에게 경의를 표해 주시길 바랍니다!'

나는 멈춰 섰다. 그래, 체르노바이의 유명한 스텝 지역 사육장에서 온 말들을 둘러보자, 하고 생각한다.

나는 쪽문으로 들어가려 했지만 문은 여느 때와 달리 잠겨 있었다. 나는 문을 두드렸다.

"누구세요? 구매자세요?" 여자 목소리가 꽥꽥거렸다.

"구매자입니다."

"지금 갑니다, 나리, 지금 가요."

쪽문이 열렸다. 머리에 아무것도 쓰지 않은 채 부츠를 신고 모피 외투를 걸친 쉰 살 정도의 여자가 보였다.

"들어오세요, 나리, 당장 아나스타세이 이바니치에게 가서 알릴 테니……. 나자르, 나자르!"

"무슨 일이야?" 마구간에서 일흔쯤 된 노인의 목소리가 웅얼거렸다.

"말을 준비해. 구매자가 오셨어."

노파가 집으로 달려갔다.

"구매자, 구매자라니." 나자르가 그녀에게 대꾸하며 투덜거렸다. "아직 꼬리도 다 씻기지 못했는데."

'오, 아르카디아[165]인걸.' 나는 생각했다.

"반갑군, 어서 들어오시게." 등 뒤에서 울림이 좋고 유쾌한 목소리가 천천히 울렸다. 나는 주위를 둘러보았다. 내 앞에 옷자락이 긴 파란 외투를 입은 중키의 노인이 서 있었다. 하얀 머리칼에 하늘색 눈동자를 지닌 노인은 정중한 미소를 띠고 있었다.

"말을 보겠다고? 좋아, 좋아……. 먼저 우리 집에 들러 차를 마시지 않겠나?"

나는 사양하고 감사 인사를 했다.

"뭐, 좋을 대로. 날 용서하시게. 난 옛날식이라서.(체르노바이 씨는 천천히 말하면서 o를 강조했다.[166]) 우리 집에서는 모든 게 소박해, 알겠지……. 나자르, 나자르." 그는 목소리를 높이지 않고 말을 길게 늘이며 덧붙였다.

매부리코에 쐐기 같은 수염을 지닌 주름투성이의 자그마한 노인 나자르가 마구간 문지방에 나타났다.

"어떤 말이 필요한가?" 체르노바이 씨가 계속해서 말했다.

"별로 비싸지 않고 잘 훈련된 말이면 좋겠군요. 키빗카를 몰게 할 겁니다."

---

165) 그리스 펠로폰네소스반도에 있는 지역의 명칭. 그리스, 로마 시대의 전원시와 르네상스 시대의 문학에서 목가적인 이상향으로 묘사됐다.

166) '옛날식'이라고 옮긴 표현은 'по старине'다. 강세를 주지 않는 'o'는 [a] 음가로 발음하므로 'по'를 [pa]로 발음해야 하지만 노인은 [po]로 발음했다. 강세 여부에 상관없이 글자 그대로 발음하는 것은 모스크바 근교의 시골 사람들, 혹은 옛날 세대의 발음 방식이었다.

"알았어……. 그런 말들이 있지, 좋아……. 나자르, 나자르, 나리에게 회색 거세마를 보여 드려. 알지, 맨 끝에 있어. 흰 반점이 있는 밤색 말도 데려오고. 아니, 크라솟카[167] 새끼인 다른 밤색 말을 데려와, 알겠지?"

나자르는 마구간으로 돌아갔다.

"고삐를 맨 채로 데려와!" 체르노바이 씨가 그의 뒤통수에 대고 외쳤다. 그는 맑은 눈으로 온화하게 나를 쳐다보며 계속 말을 이었다. "내 사육장에서는 그 빌어먹을 거간꾼 놈들처럼 하지 않아! 그놈들 사육장에서는 온갖 생강, 소금, 술지게미를 쓰지.[168] 마음대로 하라지! 하지만 내 사육장에서는 보다시피 모든 게 손바닥 위에 있어. 술수를 쓰지 않아."

말들이 끌려나왔다. 난 그 말들이 마음에 들지 않았다.

"음, 말들을 제자리에 잘 데려다 놓아." 아나스타세이 이바니치가 말했다. "다른 말들을 보여 줘."

마구간지기가 다른 말들을 보여 주었다. 나는 결국 좀 더 싼 말을 한 필 골랐다. 우리는 흥정을 하기 시작했다. 체르노바이 씨는 흥분하지 않았다. 증인들 앞에서 어찌나 신중하고 엄숙하게 하느님을 입에 올리는지 '노인에게 경의를 표하지' 않을 수 없었다. 나는 선금을 지불했다.

"자, 이제……" 아나스타세이 이바니치가 말했다. "옛 풍습대로 자네에게 말을 직접 넘기도록 허락해 주겠나……. 이 말에

---

167) '귀엽고 사랑스러운 아가씨'를 뜻하는 러시아어.

168) 말에게 술지게미와 소금을 먹이면 금방 살이 붙는다.(투르게네프 주)

대해 나에게 고마워하게 될 거야……. 정말 싱그럽지! 호두 알처럼…… 더럽혀지지 않은…… 스텝 지역의 말이야! 어떤 마구를 달아도 돼."

그는 성호를 긋고 외투 자락을 내 손 위에 놓더니 고삐를 쥐고 나에게 말을 넘겼다.

"이제 자네의 말이야. 하느님께서 함께하시길……. 여전히 차를 들고 싶지 않나?"

"감사하지만 사양하겠습니다. 숙소로 돌아가야 할 시간이라서요."

"좋을 대로……. 내 마부가 지금 자네를 따라 말을 데려가게 할까?"

"네, 허락해 주신다면 지금 떠날까 합니다."

"좋아, 젊은이, 좋아……. 바실리, 바실리, 나리와 함께 출발해. 말을 데려갔다가 돈을 받아 와. 자, 잘 가게, 하느님께서 함께하시길."

"안녕히 계십시오, 아나스타세이 이바니치."

바실리가 내가 묵고 있는 곳으로 말을 끌고 왔다. 다음 날 보니 말이 숨을 헐떡이는 데다 발을 절었다. 나는 말을 마차에 매려고 했다. 하지만 내 말은 뒷걸음질을 쳤다. 채찍으로 갈기자 고집을 부리며 뒷발을 차더니 드러누워 버린다. 나는 당장 체르노바이 씨 집으로 향했다. 내가 묻는다.

"계십니까?"

"있네."

"어떻게 이럴 수 있습니까?" 내가 말한다. "나한테 천식이 있는 말을 팔다니요."

"천식이 있는 말이라니? 맙소사!"

"발도 접니다. 게다가 고집도 세요."

"발을 전다고? 난 몰라. 자네 마부가 말한테 해를 입혔나 보지……. 내가 어떻게 하느님 앞에서……."

"아나스타세이 이바니치, 정말이지 말을 도로 데려가셔야겠습니다."

"아니, 이봐, 화내지 마. 안마당을 떠난 이상 끝난 거야. 미리 잘 살펴보셨어야지."

어떻게 된 일인지 깨달은 나는 운명에 순종하고는 호탕하게 웃고 숙소로 돌아갔다. 그다지 비싼 값을 치르지 않고 교훈을 얻어서 다행이었다.

나는 이틀쯤 지나서 레베쟌을 떠났다가 일주일 후 집으로 돌아가는 길에 다시 그곳에 들렀다. 커피 하우스에서 거의 똑같은 사람들을 보았고 당구장에서 다시 N. 공작과 마주쳤다. 하지만 흘로파코프 씨의 운명에는 이미 늘 일어나던 변화가 생긴 상태였다. 공작이 총애하는 대상이 그에게서 체구가 작은 금발의 장교로 바뀐 것이다. 가엾은 퇴역 중위는 내 앞에서 한 번 더 소소한 말들을 풀어 보려고 했다. 사람들 말로는 예전처럼 공작의 마음에 들고 싶어서 그러는 것 같다고 했다. 하지만 공작은 미소를 짓기는커녕 얼굴을 찌푸리며 어깨를 으쓱하기까지 했다. 흘로파코프 씨는 고개를 숙이고 몸을 움츠린 채 구석으로 가더니 조용히 작은 파이프에 담배를 꾹꾹 눌러 담기 시작했다…….

타치야나 보리소브나와 조카

사랑하는 독자여, 나에게 당신의 손을 맡기고 나와 함께 길을 나서 보자. 날씨가 화창하다. 5월의 하늘이 온화한 푸른빛을 띠고 있다. 버드나무의 매끄러운 어린잎들이 물에 씻긴 듯 반짝인다. 넓고 평평한 길은 암양들이 무척이나 좋아하는 잎자루가 불그레한 작은 풀로 온통 뒤덮여 있다. 약간 경사진 언덕들의 긴 비탈을 따라 양편으로 푸른 호밀이 조용히 물결친다. 작은 구름들의 그림자가 그 위로 흐릿한 반점처럼 미끄러지듯 흘러간다. 멀리 숲들이 거무스름한 빛을 띠고, 못들이 반짝이고, 마을들이 노랗게 보인다. 종달새들이 수백 마리씩 날아올라 노래하다가 순식간에 하강해 돌덩이들 위로 가늘고 작은 목을 쑥 빼며 얼굴을 내민다. 갈까마귀들이 길 위에 내려앉아 당신을 쳐다보다가 몸을 웅크려 당신이 탄 마차가 지나가게 해 주고는 두어 번 폴짝폴짝 뛰어 옆으로 무겁게 날아간다. 골짜기 너머 언덕에서 농부가 밭을 간다. 짧게 잘라 뭉툭한 작은 꼬리와 흐트러진 갈기와 반점을 지닌 망아지가 위태로운 다리로 어미를 좇아 달려간다. 망아지의 가늘고 높은 울음소리가 들린다. 우리가 탄 마차가 자작나무 숲으로 들어선다. 진하고 상쾌한 향기에 기분 좋게 숨이 막힌다. 마을 어귀의 울타리가 보인다. 마부가 마차에서 내리고, 말이 푸르르 콧김을 뿜고, 곁말들이 주위를 둘러보고, 가운데 말이 꼬리를 흔들며 멍에에 머리를 기댄다……. 작은 출입구가 끼익 소리를 내며 열린다. 마부가 마차에 오른다……. 이랴! 우리 앞에 마을이 있다. 농가 다섯 채를 지나 오른쪽으로 방향을 틀어 저지대로 내려가다가 둑으로 들어선다. 작은 못 너머, 사과나무와 라일락나무의 둥그스름한 우듬지 사이로 한때는 빨간색이었을 판자 지붕과 두 개의 굴뚝이 보인다. 마부가 담장을 따라 왼편에 붙어 마차를 몰다가, 나이 많은 스피츠 세 마리가 쉰 목소리로 날카롭게 짖어 대는 사이 활짝 열린 대문으로 들어선다. 그는 널찍한 안마당의 마구간과 헛간 옆으로 원을 그리며 전속력으로 질주하면서, 창고의 높은 문지방을 옆으로 넘어 열린 문으로 들어가던 가정부 노파에게 씩씩하게 인사를 건네고는, 마침내 밝은 창문들이 달린 자그마한 검은 집의 현관 입구 앞에 마차를 세운다……. 우리는 타치야나 보리소브나의 집에 도착했다. 그리고 저기 그녀가 작은 창문을 열고 우리를 향해 고개를 끄덕인다……. 안녕하세요, 부인!

타치야나 보리소브나는 커다란 회색 통방울눈에 조금 뭉툭한 코, 붉은 뺨, 이중 턱을 지닌 쉰 살쯤의 여자다. 그녀의 얼굴은 환대와 애정으로 넘친다. 그녀는 한때 결혼한 몸이었지만 곧 남편을 잃었다. 타치야나 보리소브나는 아주 훌륭한 여성이다. 자신의 작은 영지에 틀어박혀 지내고, 이웃들과 거의 교제하지 않으며, 오직 젊은 사람들만 맞이하고 좋아한다. 그녀는 몹시 가난한 지주 가문에서 태어나 어떤 교육도 받지 못했다. 즉, 프랑스어를 할 줄 모른다. 모스크바에도 가 본 적 없다. 하지만 이 모든 단점에도 너무나 소탈하고 훌륭하게 행동하며 너무나 자유롭게 느끼고 생각한다. 소유지가 작은 지주 마님들이 흔히 걸리는 질병에도 거의 전염되지 않았다. 그래서 그녀에게 놀라지 않기란 정말로 불가능하다……. 그리고 사실 일 년 내내 벽지 마을에 사는 여성이 수다를 떨지 않고 날카로운 소리로 꽥꽥거리지 않고 무릎 굽혀 인사하는 방식을 따르지 않고 흥분하지 않고 숨 막혀 하지 않고 호기심으로 몸을 떨지 않는다는 건 기적이다! 그녀는 보통 태피터 천[169]으로 지은 회색 옷과 라일락색 리본을 단 하얀 부인용 모자를 쓰고 다닌다. 먹는 걸 좋아하지만 도를 넘지 않는다. 잼, 말린 과일, 소금에 절인 식품은 가정부에게 맡긴다. 그녀는 온종일 무슨 일을 하나? 당신은 이렇게 물을 것이다……. 독서? 아니, 그녀는 독서를 하지 않는다. 솔직히 말해

169) 광택이 있는 얇은 견직물. 여성복이나 양복 안감, 넥타이, 리본 등을 만드는 데 사용된다.

책들이 그녀를 위해 인쇄된 것은 아니다……. 집에 손님이 없으면 나의 타치야나 보리소브나는 겨울엔 창문 아래 앉아 긴 양말을 뜨고, 여름엔 정원에 앉아 꽃을 심고 물을 준다. 새끼 고양이들과 한 번에 몇 시간씩 놀아 주기도 하고 비둘기들에게 모이를 주기도 한다……. 그녀는 영지 경영에 거의 신경 쓰지 않는다. 하지만 자신이 아끼는 젊은 이웃이 손님으로 찾아오면 타치야나 보리소브나는 생기가 넘친다. 손님을 자리에 앉히고, 이야기를 들어 주고, 소리 내어 웃고, 가끔 상대의 뺨을 가볍게 두드린다. 하지만 자신은 거의 말을 하지 않는다. 상대가 곤경에 처하거나 슬픔에 빠졌을 땐 위로하고 좋은 조언을 건넨다. 얼마나 많은 사람들이 그녀에게 자신의 집안 비밀이며 마음속 비밀을 털어놓고 그녀의 품 안에서 울었던가! 그녀는 손님의 맞은편에 앉아 조용히 팔꿈치를 괴고 깊은 공감이 깃든 시선으로 눈동자를 쳐다보고 다정하게 미소 짓는다. 그럼 손님의 머릿속에 자기도 모르게 이런 생각이 스치게 된다. '타치야나 보리소브나, 당신은 정말 멋진 여자군요! 내 마음속의 이야기를 당신에게 들려주게 해 주세요.' 그녀의 작고 안락한 방에 있는 사람은 언제나 기분 좋은 따뜻함을 느낀다. 이렇게 표현해도 괜찮다면 그 집의 날씨는 언제나 화창하다. 타치야나 보리소브나는 놀라운 여성이다. 하지만 아무도 그녀를 놀라워하지 않는다. 그녀의 건전한 분별력, 의연함과 자유로움, 타인의 불행과 기쁨에 대한 열렬한 공감, 한마디로 그 모든 미덕은 마치 그녀와 함께 태어나 그녀에게는 전혀 수고롭거나 번거로운 일이 아닌 것 같다……. 그녀를 다른 식으로 상상하기는 불가능할 것이다. 그래서 사람들은 무엇에 대해서든 그녀에게 고마워하지 않는다. 특히 그녀는 젊은 사람들의 놀이와 장난을 보는 걸 좋아한다. 가슴 아래 두 손을 포개고서 고개를 젖혀 눈을 가늘게 뜨고 미소 띤 얼굴로 앉아 있다가 갑자기 한숨을 쉬며 "아, 얘들아, 내 아이들, 아이들아!"라고 말한다. 그러면 때때로 그녀에게 다가가 그녀의 손을 잡고 "들어 봐요, 타치야나 보리소브나, 당신은 자신의 가치를 모르고 있어요, 당신은 소박하고 교육을 받지도 못했지만 정말 특별한 존재랍니다!"라고 말하고 싶어진다. 그녀의 이름은 어딘지 모르게 친숙하고 반갑게 들리며, 기쁜 마음으로 발음하게 되고, 다정한 미소를 불러일으킨다. 예를 들어, 나는 길에서 마주친 농부에게 "형제, 그라춉카로 가려면 어떻게 해야 하나?"라고 몇 번 물어본 적이 있다. "나리, 먼저 뱌조보예로 갔다가 거기에서 타치야나 보리소브나 댁으로 가십쇼. 타치야나 보리소브나 댁에 가면 누구든 가르쳐 줄 겁니다." 그리고 농부는 타치야나 보리소브나의 이름을 입에 올릴 때면 어째서인지 유난히 머리를 흔든다. 그녀는 재산 상태 때문에 하인을 많이 두지 않았다. 집, 세탁실, 곳간, 부엌은 예전엔 그녀의 보모였고 이제는 관리인인 아가피야가 맡고 있다. 착하기 이를 데 없고 눈물이 많은데 이가 하나도 없다. 안토놉카 품종의 사과처럼 푸른빛이 도는 단단한 장밋빛 뺨을 지닌 두 명의 건강한 하녀가 그녀의 감독을 받는다. 시종과 집사와 식당 담당 하인의 역할은 일흔 살 하인인 폴리카르프가 수행한다. 특이한 괴짜이자 박식한 인간이자 은퇴한 바이올린 연주자이자 비오티[170]의 숭배자이자 나폴레옹, 또는 그의 표현대로라면 보나파르티시카[171]의 개인적인 적이자 나이팅게일의 열렬한 애호가다. 그는 언제나 자기 방에서 나이팅게일을 대여섯 마리 기른다. 이른 봄에는 첫 '노래'를 기다리며 새장 옆에 며칠씩 앉아 있다. 그렇게 기다리던 끝에 노래를 들으면 두 손으로 얼굴을 가리고 "오, 딱해라, 딱하기도 하지!" 하고 신음하면서 한없이 흐느낀다. 손자 바샤가 폴리카르프의 일을 돕는다. 고수머리와 예리한 눈빛을 지닌 열두 살쯤의 소년이다. 폴리카르프는 정신을 차릴 수 없을 만큼 손자를 사랑하며 아침부터 저녁까지 손자에게 잔소리를 퍼붓는다. 그는 손자의 교육도 맡고 있다. "바샤." 그가 말한다. "보나파르티시카는 강도라고 말해라." "뭘 줄 건데, 할아버지?" "뭘 주냐고? 아무것도 안 주지……. 네가 누구냐? 러시아 사람 아니냐." "난 암차닌이야, 할아버지. 암첸스크[172]에서 태어난걸." "오, 멍청한 놈! 그

170) 조반니 바티스타 비오티(Giovanni Battista Viotti, 1755~1824). 이탈리아의 바이올린 연주자이자 작곡가.

171) 프랑스군의 침략(1792~1815)으로 많은 인명과 재산을 잃은 러시아에서는 나폴레옹과 프랑스에 대한 적대적인 분위기가 오래도록 팽배했다. 그래서 나폴레옹에 대한 적대감을 표현하고자 한 러시아인들은 그를 '부오나파르트'(나폴레옹의 아버지는 본래 이탈리아의 작은 섬 코르시카 출신으로 프랑스에 귀화해 '부오나파르트'라는 성을 '보나파르트'로 바꾸었다.), '부나파르트', '보나파르티우스', '보나파르티시카' 등으로 불렀다.

172) 민중들 사이에서 므첸스크라는 도시는 암첸스크로, 그곳 주민들은 암차닌으로 불린다. 암첸스크의 아이들은 활발하다. 우리가 마음에 들지 않는 사람에게 "암차닌을 너희 집으로 보내 주마."라고 말하는 데에도 그럴 만한 이유가 있는 것이다.(투르게네프 주)

래, 암첸스크가 어디에 있냐?" "내가 어떻게 알아?" "뭐가 어떻게야? 고인이 되신 미하일로 일라리오노비치 골레니셰프-쿠투조프 스몰렌스키 대공작[173]께서 하느님의 도우심으로 보나파르티시카란 놈을 러시아 영토에서 몰아내셨단 말이다. 그 일 때문에 이런 노래도 만들어졌지. '보나파르트는 춤을 출 형편이 아니었지. 양말 끈을 잃어버렸거든…….' 알겠냐? 그 분이 네 조국을 해방하셨다." "그 일이 나랑 무슨 상관인데?" "아, 멍청한 녀석, 멍청아! 미하일로 일라리오노비치 대공작께서 보나파르티시카를 몰아내지 않으셨다면 지금쯤 어떤 므시외라는 작자가 지팡이로 네 정수리를 때리고 있을 게다. 이렇게 너한테 다가와 '코망 부 포르테 부?'라고 말하면서 탁, 탁 때렸겠지." "그럼 내가 그놈의 배에 주먹을 먹여 주지." "그럼 그자가 너한테 '봉주르, 봉주르, 베네 이시.'라고 말하고는 머리털[174]을 움켜잡을 텐데." "그럼 내가 그놈의 다리를, 파처럼 가느다란 다리를 잡지." "그래, 그놈들의 다리가 파처럼 가늘긴 하다……. 그런데 그자가 네 두 손을 묶기 시작하면 어떡할래?" "난 붙잡히지 않아. 미헤이 마부 아저씨에게 도움을 청

---

173) 미하일 일라리오노비치 쿠투조프(Михаил Иларионович Кутузов, 1745~1813). 러시아 원수. 나폴레옹 전쟁 시기에 러시아군의 총사령관으로서 1805년 오스트리아 원정과 1812년 조국 전쟁을 지휘했고, 특히 조국 전쟁을 승리로 이끈 공로로 오래도록 기억되고 있다. '스몰렌스키 대공작'은 1812년 알렉산드르 1세가 쿠투조프의 공적을 치하하고자 내린 작위다.

174) 폴리카르프는 손자의 머리칼을 가리켜 '호홀(хохол)'이라고 말한다. 호홀이란 우크라이나 남자들의 전통적인 머리 모양으로 정수리나 이마 쪽에 한 줌의 머리털만 남겨 묶고 주변의 머리를 깨끗이 미는 방식을 뜻한다.

할 거야." "뭐라고? 바샤, 프랑스인이 미헤이를 제압하지 못할 것 같으냐?" "어떻게 이겨! 미헤이가 얼마나 강한데!" "그래, 너희들이 그자에게 어떻게 할 건데?" "우리가 등을 후려치면 되지. 응, 등을 칠 거야." "그럼 그자가 '파르동' 하고 외치겠구나. 파르동, 파르동, 세부플레!" "그럼 우리가 그놈한테 이렇게 말해 줄 거야. '세부플레 따윈 없어, 이 프랑스 자식아!'" "훌륭하구나, 바샤! 그럼 큰 소리로 '강도 보나파르티시카!'라고 해 봐라." "설탕 줘!" "이런!" 타치야나 보리소브나는 여자 지주들과 거의 교제하지 않는다. 그들은 마지못해 그녀의 집을 찾아온다. 그녀도 그들의 흥미를 끌지 못하고, 그들의 말소리를 들으며 잠이 들었다가 흠칫 떨고는 눈을 뜨려 애쓰다가 다시 잠든다. 타치야나 보리소브나는 대체로 여자들을 좋아하지 않는다. 그녀의 친구 중 한 명인 점잖고 조용한 청년에게 서른여덟하고도 육 개월을 더 넘긴 노처녀 누나가 있었다. 말할 수 없이 착하지만 생김새는 볼품없는, 그리고 딱딱한 듯 보이면서도 쉽게 열광하는 사람이었다. 동생은 누나에게 종종 이웃 여인에 대해 이야기하곤 했다. 어느 화창한 아침, 나의 노처녀는 아무 말도 하지 않고 자기 말에 안장을 얹으라고 지시하더니 타치야나 보리소브나의 집으로 향했다. 긴 드레스를 입고 머리에 모자를 쓰고 녹색 베일을 드리운 그녀는 곱슬머리를 흐트러뜨린 채 대기실로 들어가, 그녀를 루살카[175]로 착각해 멍

175) 남자에게 배신당해 물에 빠져 죽은 처녀의 혼령 또는 물의 정령으로 알려진 루살카는 구전과 예술 작품에서 대개 흐트러진 긴 머리와 창백한 낯빛을 한 모습으로 묘사된다. 주석 99) 참조.

하니 넋을 잃은 바샤를 지나쳐 응접실로 뛰어들었다. 타치야나 보리소브나는 깜짝 놀라 몸을 일으키려 했지만 다리가 말을 듣지 않았다. "타치야나 보리소브나." 손님이 애원하는 목소리로 입을 열었다. "저의 무례를 용서하세요. 전 당신의 친구 알렉세이 니콜라예비치 K○○○의 누나입니다. 동생에게서 당신에 대해 듣고 당신과 친해지고 싶은 마음을 품게 됐어요." "영광입니다." 놀란 주인이 웅얼거렸다. 손님은 모자를 벗어 곱슬머리를 흔들고는 타치야나 보리소브나 옆에 앉아 그녀의 손을 잡았다……. "그러니까 바로 이분이구나." 그녀가 생각에 잠긴 듯 감동한 목소리로 말했다. "이분이 바로 그 선하고 밝고 고결하고 거룩한 분이셨어. 이분이 바로 그 소박하면서도 심오한 여성이셨어! 얼마나 기쁜지, 얼마나 기쁜지 모르겠어! 우리는 서로를 얼마나 사랑하게 될까! 이제 겨우 한숨 돌리겠네……. 내가 상상한 모습 그대로야." 그녀는 타치야나 보리소브나의 눈을 물끄러미 응시하며 속삭이듯 덧붙였다. "저한테 화나신 것 아니죠, 나의 착하신 분, 나의 좋으신 분, 그렇죠?" "무슨 그런 말씀을, 저도 정말 기뻐요……. 차를 드시지 않겠어요?" 손님은 겸손하게 미소를 지었다. "당신은 진실하시군요. 당신은 직관적이에요."(독일어) 그녀는 마치 혼잣말을 하듯 속삭였다. "당신을 안아도 될까요, 사랑스러운 분!"

노처녀는 타치야나 보리소브나의 집에서 잠시도 말을 멈추지 않고 세 시간 동안 눌러앉아 있었다. 그녀는 새로 알게 된 사람에게 자신의 가치를 설명하려고 애썼다. 예상하지 못한 손님이 떠나자마자 가엾은 지주는 한증탕으로 갔다가 보리수 차를 잔뜩 마시고 침대에 누웠다. 하지만 다음 날 노처녀가 다시 와서 네 시간 동안 눌러앉아 있더니 매일 타치야나 보리소브나를 방문하겠다는 약속을 남기고 떠났다. 당신도 보다시피, 그녀는 대단히 풍요로운 천성을 완전히 발달시키고 육성해야겠다는 — 그녀의 표현대로라면 — 생각을 품었다. 그리고 아마도 두어 주 후에 동생의 벗에 대해서 '완전히' 실망하지 않았더라면, 또 지나가던 젊은 대학생에게 푹 빠지지 않았더라면 — 그녀는 즉시 그와 활발하고 뜨겁게 편지를 주고받기 시작했다 — 결국엔 그녀를 완전히 죽이고 말았을 것이다. 그녀는 늘 그러듯 편지에서 그의 거룩하고 아름다운 삶을 축복하고, '자신의 모든 것'을 희생하겠다고 하고, 자기를 그냥 누나라 불러 달라고 요청하고, 자연 묘사에 열중하고, 괴테와 실러와 베티나와 독일 철학을 언급했다. 그러다 마침내 가엾은 젊은이를 음울한 절망으로 몰아붙이고 말았다. 하지만 결국 젊음이 이겼다. 어느 화창한 아침, 잠에서 깬 그는 자신의 '누나이자 최고의 벗'에 대한 격렬한 증오심에 사로잡힌 나머지 하마터면 시종을 두들겨 팰 뻔했고, 고상하고 사심 없는 사랑에 대한 아주 작은 암시만 들어도 상대방을 물어뜯고 싶은 기분에 오랫동안 시달렸다……. 하지만 그 이후로 타치야나 보리소브나는 예전보다 훨씬 더 이웃 여인들과의 접촉을 피하게 됐다.

아아! 이 세상에 변치 않는 것은 없다. 내가 이야기한 나의 착한 여자 지주의 삶, 그 모든 것은 과거의 일이 되고 말았다.

그녀의 집을 지배하던 고요함은 영원히 깨져 버렸다. 지금 그녀의 집에는 페테르부르크에서 온 화가 조카가 이미 일 년 넘게 살고 있다. 그렇게 된 사연은 다음과 같다.

팔 년 전쯤 타치야나 보리소브나의 집에 열두 살 정도의 고아 소년이 살았다. 죽은 오빠의 아들인 안드류샤[176]였다. 안드류샤는 크고 맑고 촉촉한 눈, 자그마한 키, 반듯한 코, 아름답고 높은 이마를 가진 아이였다. 그는 조용하고 달콤한 목소리로 말했으며, 단정하고 점잖게 행동했다. 또 살갑고 세심한 태도로 손님들을 대했으며, 고아들에게서 볼 수 있는 다정한 모습으로 고모의 작은 손에 입을 맞추곤 했다. 당신이 미처 모습을 드러내기도 전에, 봐라, 아이는 벌써 당신을 위해 안락의자를 가져올 것이다. 아이는 어떤 장난도 치지 않았다. 소리도 내지 않았다. 작은 책을 들고 공손하고 조용하게 구석에 앉았고, 심지어 의자 등받이에 기대지도 않았다. 손님이 들어오면 나의 안드류샤는 몸을 조금 일으켜 예의 바르게 미소를 지으며 얼굴이 붉어지도록 부끄러워한다. 손님이 가면 아이는 다시 앉아 작은 호주머니에서 빗과 거울을 꺼내 머리칼을 빗는다. 아주 어릴 때부터 아이는 그림 그리는 것을 좋아했다. 종잇조각이라도 손에 넣으면 아이는 곧장 가정부 아가피야에게 가위를 달라고 졸라 종이에서 반듯한 사각형을 공들여 오려 내고는 주위에 테두리를 그리고 작업을 시작했다. 동공이 아주 큰 눈동자나 그리스인의 코, 또는 굴뚝에서 나선 모양의

---

176) 안드레이의 애칭.

연기가 나오는 집, '앙파스'[177] 자세를 취한 벤치처럼 생긴 개, 비둘기 두 마리가 앉아 있는 작은 나무를 그리고 "모년 모월 모일 말리 브리키 마을에서 안드레이 벨로브조로프[178]가 그리다."라고 서명한다. 타치야나 보리소브나의 명명일 전 두 주 동안에는 한층 더 열심히 노력했다. 아이는 축하 인사와 함께 가장 먼저 나타나 작은 장밋빛 리본으로 묶은 두루마리를 바쳤다. 타치야나 보리소브나는 조카의 이마에 입을 맞추고 매듭을 풀었다. 두루마리가 펼쳐지며, 원주들이 늘어서 있고 한가운데 제단이 있는, 대담하게 음영을 그린 둥근 사원이 그림을 보는 사람의 호기심 어린 시선 앞에 모습을 드러냈다. 제단에는 활활 타오르는 심장과 화환이 놓여 있었다. 위쪽의 구불구불한 띠지에는 "은인이신 타치야나 보리소브나 보그다노바 고모를 존경하고 사랑하는 조카가 가장 깊은 애정의 징표로 드립니다."라고 반듯한 글자로 적혀 있었다. 타치야나 보리소브나는 다시 그에게 입을 맞추고 1루블짜리 은화를 주었다. 하지만 그녀는 조카에게 큰 애정을 느끼지 못했다. 안드류샤의 비굴함이 전혀 마음에 들지 않았던 것이다. 그러는 사이 안드류샤는 점점 자랐다. 타치야나 보리소브나는 그의 미래를 걱정하기 시작했다. 예상하지 못한 사건이 그녀를 난처한 상황에서 끌어냈다…….

즉, 이런 일이 생긴 것이다. 팔 년 전쯤 어느 날, 6등관이자

---

177) 발레에서 다리와 몸통이 모두 정면을 향하도록 취하는 자세.

178) '벨로브조로프'라는 성은 러시아어로 '하얗다'와 '시선'을 뜻하는 단어를 조합해 만든 이름이다.

훈장 수훈자인 표트르 미하일리치 베네볼렌스키 씨라는 사람이 그녀를 찾아왔다. 베네볼렌스키 씨는 한때 가장 가까운 군청 소재지에서 근무하며 타치야나 보리소브나의 집을 부지런히 드나들었다. 그 후에는 페테르부르크로 이동해 중앙 정부에 들어가 상당히 중요한 직책을 얻었다. 그러다 공무 때문에 잦은 출장을 다니던 중 자신의 옛 지인을 떠올리고는 '시골 마을의 고요함 속에서' 업무로 인한 시름을 잊고 이틀 정도 휴식을 취할 생각에 그녀의 집에 들렀다. 타치야나 보리소브나는 평소처럼 친절하게 그를 맞이했고, 베네볼렌스키 씨는……. 하지만 사랑하는 독자여, 이야기를 계속하기에 앞서, 이 새로운 인물을 소개하는 걸 허락해 주기 바란다.

베네볼렌스키 씨는 짤막한 작은 다리, 포동포동한 작은 손, 온화한 인상을 지닌 중키의 조금 뚱뚱한 사내다. 헐렁하면서도 대단히 말쑥한 연미복, 매듭을 풍성하게 부풀린 넓은 넥타이, 눈처럼 하얀 리넨 셔츠, 금 사슬이 달린 실크 조끼, 집게손가락을 장식할 카메오 반지, 금발 가발을 착용하곤 했다. 믿음직스럽고 온화하게 말했으며, 소리를 내지 않고 걸었다. 미소를 지을 때도, 주위를 둘러볼 때도, 턱을 넥타이 속에 파묻을 때도 기분 좋은 인상을 불러일으켰다. 대체로 호감을 주는 사람이었다. 신은 또한 그에게 이루 말할 수 없이 선한 마음을 주었다. 그는 쉽게 울고 열광했다. 게다가 예술에 대한 사심 없는 열정으로 불타올랐다. 사심이 없다는 말은 진짜다. 다름 아니라 베네볼렌스키 씨는 솔직히 예술에 대해 아무것도 모르기 때문이다. 그의 그런 열정이 어디에서, 어떤 신비하고 불가해한 법칙 때문에 생겨나는지 놀랍기조차 했다. 그는 긍정적인, 심지어 평범하기까지 한 사람인 것 같은데……. 하지만 우리 러시아에는 그런 사람들이 꽤 많다.

예술과 예술가에 대한 사랑은 이 사람들에게 말로 표현하기 힘든 달콤함을 선사한다. 그들과 교제하고 그들과 이야기를 나누는 것은 괴로운 일이다. 그들은 벌꿀을 칠해 놓은 진짜 얼간이들이다. 예를 들어 그들은 절대 라파엘로를 라파엘로라 부르지 않고 코레조를 코레조라 부르지 않는다. '신성한 산치오, 모방할 수 없는 드 알레그리'라 부르고, 꼭 o 발음을 강조한다.[179] 그들은 모든 소박하고 자기만족적이고 지나치게 세밀하고 평범한 재능을 '천재', 더 정확히 말하자면 '천죄'라고 부른다.[180] 이탈리아의 푸른 하늘, 남쪽의 레몬, 브렌타강

---

179) 라파엘로 산치오 다 우르비노(Raffaello Sanzio da Urbino, 1483~1520)는 레오나르도 다 빈치와 미켈란젤로 부오나로티와 더불어 이탈리아 르네상스 시대를 대표하는 화가이자 건축가다. 라파엘로는 이름이고, 산치오는 성이며, 다 우르비노는 '우르비노 출신의'라는 뜻의 출생지 표시인데, 간단히 라파엘로라는 이름으로 널리 알려져 있다. 안토니오 알레그리 다 코레조(Antonio Allegri da Correggio, 1489~1534)는 이탈리아 르네상스 시대의 화가인데 코레조라는 이름으로 더 널리 알려져 있다. 이 장면에서 투르게네프는 자칭 예술 애호가들이 라파엘로와 코레조에 대해 많이 아는 척하지만 이탈리아의 작명법에 대한 기본 지식조차 없음을 비꼬고 있다.

180) 러시아어에서는 독일어 [h] 음가를 [g] 음가로 발음하고 표기하는 것이 관례처럼 굳어져 있다. 예를 들어 헤겔을 '게겔'로, 훔볼트를 '굼볼트'로 부르는 식이다. 러시아어로 '천재'는 [genie]로 발음되는데 독일어 'Genie'에서 차용한 외래어인 듯하다. 이 장면에서 투르게네프는 자칭 예술 애호가들이 '천재'의 발음을 [genie]가 아니라 [henie]로 발음한다고 언급하고 있다. 아마 이들이 [genie]로 발음되는 러시아어 단어는 독일어에서 기원한 외

기슭의 향기로운 안개가 그들의 혀에서 떠나지 않는다. "아, 바냐, 바냐." 혹은 "아, 사샤,[181] 사샤." 그들은 애정을 담아 서로에게 말한다. "우리는 남쪽으로, 남쪽으로 떠나야 해……. 너와 난 정신적으로 그리스인이잖아, 고대 그리스인!" 전시회에 가면 어떤 러시아 화가들의 어떤 작품들 앞에서 이런 사람들을 관찰할 수 있다.(그 모든 신사들이 대부분 대단한 애국자라는 점을 기억해야 한다.) 그들은 두어 발짝 뒤로 물러나 고개를 젖혔다가 다시 그림으로 다가간다. 그들의 눈동자는 반지르르한 물기로 덮여 있다……. "휴, 오, 하느님." 마침내 그들은 흥분으로 갈라진 목소리로 말한다. "영혼이, 영혼이 있어! 아, 심장이, 심장이 있어! 아, 영혼을 불어넣었군. 엄청난 영혼을! 어떻게 구상했을까! 거장다운 구상이야!" 그런데 그들 자신의 응접실에 걸린 그림들은 어떤가! 밤마다 그들을 찾아와서 차를 마시고 그들의 이야기를 듣는 예술가들은 어떤가! 그들이 제공하는 자기들 방의 전경은 어떤가! 오른쪽에는 빗자루가 있고, 광택을 낸 마루에는 먼지가 쌓여 있고, 창문 옆 탁자에는 노란색 사모바르가 있다. 뺨 부분이 가장 밝은 빛으로 처리된 집주인 자신은 할라트를 걸치고 머리에 붙는 둥근 모자를 쓴 모습이다. 흥분과 경멸 어린 미소를 띠고 그들을 방문하는, 뮤즈

래어이니 본래 독일어로는 [h]로 시작되는 단어일 것이라고 지레짐작해 잘못된 발음으로 박식한 척한다고 꼬집으려는 것 같다. 이 장면에서 옮긴이는 예술 애호가를 자처하는 이들이 '천재'라는 단어를 '천죄'로 혀를 꼬아 발음한 것처럼 표현했다.

181) 남자 이름 알렉산드르와 여자 이름 알렉산드라의 애칭.

를 따르는 긴 머리의 제자들은 어떤가! 그들 집의 피아노 앞에서 날카로운 소리로 꽥꽥대는 파르스름한 안색의 아가씨들은 어떤가! 우리 러시아에서 그런 것은 관습이 되다시피 해서 사람은 이제 한 가지 예술에만 전념할 수 없게 됐다. 그러니 전부 줘 버려라. 그러므로 그 예술 애호가 신사들이 러시아 문학, 특히 희곡을 열렬히 후원한다고 해서 전혀 놀라울 것도 없다. 「자코프 사나자르」[182]는 그들을 위해 창작됐다. 수천 번 묘사된, 인정받지 못한 천재가 사람들과 세상 전체에 맞서 싸우는 모습은 그들의 영혼을 밑바닥까지 뒤흔든다…….

베네볼렌스키 씨가 도착한 다음 날, 타치야나 보리소브나는 차를 마시면서 조카에게 그의 그림을 손님께 보여 드리라고 했다. "당신 집에 있는 아이가 그렸습니까?" 베네볼렌스키가 조금 놀란 기색으로 말하더니 안드류샤를 돌아보며 관심을 보였다. "물론이죠, 저 아이가 그렸어요." 타치야나 보리소브나가 말했다. "그림 그리는 걸 아주 좋아해요! 가르쳐 주는 사람도 없이 혼자 그렸다니까요." "아, 보여 줘요, 보여 줘요." 베네볼렌스키 씨가 그녀의 말이 떨어지기 무섭게 말했다. 안드류샤는 붉어진 얼굴로 방긋 웃더니 손님에게 자신의 스케치북을 가져왔다. 베네볼렌스키 씨는 전문가 같은 표정으로 스케치북을 넘겼다. "좋구나, 얘야." 마침내 그가 말했다. "좋아, 아주 좋아." 그러더니 그는 안드류샤의 작은 머리를 쓰다

182) 러시아의 극작가이자 시인이자 번역가인 네스토르 바실리예비치 쿠콜니크(Нестор Васильевич Кукольник, 1809~1868)가 쓴 희곡. 투르게네프는 이 작품을 낭만주의 경향이 지나치게 표현된 최악의 작품으로 평했다.

듣었다. 안드류샤는 곧바로 그의 손에 입을 맞추었다. "정말 대단한 재능입니다! 축하합니다, 타치야나 보리소브나, 축하해요." "그런데 말이죠, 표트르 미하일리치, 이곳에서는 저 아이를 위한 선생님을 찾을 수가 없답니다. 시내에서 모셔 오려면 돈이 많이 들어요. 이웃인 아르타모노프 댁에 화가가 있는데, 사람들 말로는 뛰어난 분이래요. 그런데 그 댁 마님이 화가에게 다른 사람을 가르치지 못하게 해요. 그분의 안목이 떨어질 거라면서요." 베네볼렌스키 씨가 "흠." 하고는 생각에 잠기더니 안드류샤를 힐끗 쳐다보았다. "음, 이 문제에 대해 함께 상의해 봅시다." 그가 갑자기 이렇게 덧붙이더니 두 손을 비볐다. 바로 그날 그는 타치야나 보리소브나에게 잠시 둘이서 이야기를 나눌 수 있겠냐며 허락을 구했다. 그들은 방에 들어가 문을 닫았다. 삼십 분 후 그들이 안드류샤를 큰 소리로 불렀다. 안드류샤가 들어갔다. 베네볼렌스키 씨가 살짝 붉어진 얼굴로 눈을 빛내면서 창가에 서 있었다. 타치야나 보리소브나는 구석에 앉아 눈물을 닦고 있었다. "얘, 안드류샤." 마침내 그녀가 입을 열었다. "표트르 미하일리치에게 감사 인사를 드리렴. 네 후견을 맡아 너를 페테르부르크로 데려가실 거야." 안드류샤는 그 자리에서 그대로 굳어 버린 듯 꼼짝도 하지 않았다. "솔직히 말해 줘요." 베네볼렌스키 씨가 품위와 겸손함이 가득한 목소리로 말을 꺼냈다. "화가가 되고 싶지 않아요, 젊은 친구? 예술에 대해 신성한 소명을 느끼지 않나요?" "화가가 되고 싶습니다, 표트르 미하일리치." 안드류샤가 떨면서도 분명하게 대답했다. "그렇다면 정말 기쁘군요." 베네볼렌스키 씨가 계속해서 말했다. "물론 훌륭한 고모와 헤어지는 게 괴롭겠죠. 고모님께 진심으로 깊은 감사를 느껴야 해요." "전 고모를 숭배해요." 안드류샤가 그의 말을 가로막고는 눈을 깜빡였다. "물론, 물론이죠, 충분히 이해합니다. 고모님은 당신에게 큰 자랑일 거예요. 하지만 그 대신 상상해 봐요, 머지않아 얼마나 기뻐하게 될지……. 당신의 성공들이……." "안아 다오, 안드류샤." 착한 지주가 중얼거렸다. 안드류샤가 그녀의 목에 매달렸다. "자, 이제 네 은인에게 감사를 드리렴……." 안드류샤는 베네볼렌스키 씨의 배를 끌어안고 발끝으로 서서 그의 손을 잡았다. 사실 은인은 기꺼이 손을 내밀었지만 그렇게 서둘러 응하지는 않았다……. 아이를 진정시키고 기쁘게 해 주어야 하겠지만, 뭐, 잠시 허영을 부려도 괜찮다. 이틀 후 베네볼렌스키 씨는 새 피후견인을 데리고 떠났다.

이별 후 처음 삼 년 동안 안드류샤는 꽤 자주 편지를 썼고, 이따금 그림을 함께 보내기도 했다. 베네볼렌스키 씨도 가끔 몇 마디 보태곤 했는데, 대부분 칭찬의 말이었다. 그 후에는 편지가 점점 드물게 오더니 마침내 완전히 끊어졌다. 일 년 내내 조카는 침묵했다. 타치야나 보리소브나는 서서히 불안해지기 시작했다. 그런데 갑자기 다음과 같은 내용의 짧은 편지가 도착했다.

사랑하는 고모!

사흘 전 제 후견인 표트르 미하일리치가 돌아가셨습니다. 심한 중풍 발작이 제가 의지하던 마지막 발판을 앗아 갔습니다.

물론 저도 이제 벌써 스무 살이 됐습니다. 칠 년 동안 저는 큰 성공을 거두었습니다. 저는 제 재능에 강한 희망을 품고 있으며 그것으로 살아갈 수 있습니다. 전 낙심하지 않습니다. 하지만 괜찮으시다면 저에게 최대한 빨리 250루블을 지폐로 보내 주세요. 고모의 작은 손에 입맞춤을 보내며 이만 줄입니다.

타치야나 보리소브나는 조카에게 250루블을 보냈다. 두어 달 후 그는 또 돈을 요청했다. 그녀는 마지막 남은 돈을 긁어모아 다시 보냈다. 두 번째 송금을 한 후 여섯 주가 채 지나지 않아 그가 세 번째로 송금을 부탁했다. 주문을 받은 체르체레셰네바 공작 부인의 초상화를 그리기 위해 물감을 사야 한다는 것 같았다. 타치야나 보리소브나는 거절했다. 그가 그녀에게 편지를 보냈다. "그럼 건강을 회복하기 위해 고모가 계신 시골로 갈까 합니다." 그리고 정말 그해 5월 안드루샤가 말리에 브리키로 돌아왔다.

타치야나 보리소브나는 처음에 그를 알아보지 못했다. 그의 편지를 보고는 병약하고 야윈 남자를 예상했는데 떡 벌어진 어깨, 넓적하고 붉은 얼굴, 기름기 도는 곱슬머리를 지닌 뚱뚱한 젊은이를 보게 된 것이다. 가냘프고 창백하던 안드류샤는 기골이 장대한 안드레이 이바노프 벨로브조로프로 변해 있었다. 변한 것은 외모만이 아니었다. 예전의 꼼꼼하고 소심하고 단정한 성품 대신 무심한 방종과 참을 수 없는 불결함이 보였다. 양옆으로 비틀거리듯 걷고, 안락의자에 털썩 주저앉고, 탁자 위로 쓰러지고, 벌러덩 드러눕고, 목구멍이 훤히 보이도록 크게 하품했다. 고모나 다른 사람들을 대하는 태도도 불손했다. 나는 화가고 자유로운 코사크다! 이게 우리의 모습이다! 그는 이렇게 말하는 것 같았다. 때로는 며칠 동안 계속 붓을 잡지 않기도 한다. 이른바 영감이 찾아들면 술 취한 사람처럼 불쾌하고 거북하고 시끄럽게 거드름을 피운다. 두 뺨은 벌겋게 달아오르고 눈동자는 흐리멍덩하다. 자신의 재능과 성공에 대해, 자신이 어떻게 발전하고 있으며 앞으로 나아가고 있는지에 대해 지껄이기 시작한다……. 하지만 사실 알고 보면 그의 능력은 그럭저럭 봐줄 만한 작은 초상화를 겨우 감당하는 정도였다. 그는 무식하기 짝이 없었고 아무것도 읽지 않았다. 사실 화가에게 독서가 무슨 소용이 있겠는가? 자연, 자유, 시, 바로 이런 것들이 그의 환경이다. 곱슬머리를 흔들고 나이팅게일처럼 노래하고 주코프 담배 연기를 줄기차게 빨아들이는 것만 알면 된다! 러시아식의 위풍당당함은 좋다. 하지만 그것은 소수의 사람들에게나 어울린다. 재능 없는 이류의 폴레자예프[183]들은 참아 주기 힘들다. 우리의 안드레이 이바니치는 고모 집에 정착했다. 공짜 빵이 취향에 맞는 게 분명했다. 그는 손님들에게 참을 수 없는 울적함을 불러일으켰다. 이따금 피아노(타치야나 보리소브나의 집에는 피아노도 있었다.) 앞에 앉아 한 손가락으로 「늠름한 트로이카」[184]를 친다.

---

183) 알렉산드르 이바노비치 폴레자예프(Александр Иванович Полежаев, 1804~1838). 러시아 시인. 저항적인 시로 차르 권력의 박해를 받았다.

184) 작곡가 글린카의 사촌인 표도르 니콜라예비치 글린카(Фёдор

코드를 잡고 건반을 두드린다. 몇 시간 내내 「고독한 소나무여」[185]라든지 「아뇨, 의사 선생님, 아뇨, 오지 말아요」[186] 같은 바를라모프의 로망스를 괴롭게 울부짖기도 한다. 하지만 그의 눈두덩은 지방으로 덮여 두툼하고 두 뺨은 북처럼 반들거린다……. 그러다 갑자기 「열정의 파도여, 잠잠하라」[187]가 울리기도 한다……. 타치야나 보리소브나는 몸을 심하게 떤다.

"놀라워요." 어느 날 그녀가 내게 말했다. "요즘은 저런 노래만 짓네요. 절망적인 노래 말이에요. 우리 때는 다른 식으로 지었잖아요. 슬픈 노래여도 듣기엔 좋았다고요……. 예를 들면 이런 노래요.

오라, 오라, 내게로,
내가 헛되이 널 기다리는 초원으로.
오라, 오라, 내게로,
눈물이 끝없이 흐르는 초원으로…….
아, 넌 내게로, 초원으로 올 테지.

Николаевич Глинка, 1786~1880)가 가사를 붙인 인기곡. 작곡자는 알려져 있지 않다.

185) 미하일 알렉산드로비치 오프로시모프(Михаил Александрович Офросимов, 1797~1868)가 작사하고 니콜라이 알렉세예비치 치토프(Николай Алексеевич Титов, 1800~1875)가 작곡한 노래.

186) Ф. Н. 글린카가 작사하고 알렉산드르 예고로비치 바를라모프(Александр Егорович Варламов, 1801~1848)가 작곡한 노래.

187) 구콜니크가 쓴 가사에 미하일 이바노비치 글린카(Михаил Иванович Глинка, 1804~1857)가 곡을 붙인 「의심」이라는 노래.

하지만 그때는 늦으리, 사랑하는 친구여![188]"

타치야나 보리소브나는 교활한 미소를 지었다. "고통스럽구나, 고통스러워." 옆방에서 조카가 울부짖었다.

"이제 그만해라, 안드류샤."

"영혼이 이별로 신음하네." 지칠 줄 모르는 노래꾼이 계속해서 노래했다.

타치야나 보리소브나가 고개를 저었다.

"아, 이런 예술가들이라니!"

그 후로 일 년이 흘렀다. 벨로브조로프는 이제까지 고모 집에서 살고 있으며 여전히 페테르부르크로 갈 계획을 세우고 있다. 시골에 있는 동안 그는 더 뚱뚱해졌다. 고모는 그를 떠받들었고 — 그렇게 될 거라고 누가 생각이나 했겠는가 — 인근의 아가씨들은 그에게 빠져들었다…….

타치야나 보리소브나의 옛 지인 중 많은 이들이 그녀의 집에 발길을 끊었다.

---

188) 작곡가와 작사가가 누구인지 알려지지 않았지만 1820년대부터 계속 인기 있는 노래였다.

죽음

나에겐 젊은 지주이자 젊은 사냥꾼인 이웃이 있다. 7월의 어느 화창한 아침, 나는 멧닭을 사냥하러 함께 가자고 제안하기 위해 말을 타고 그의 집에 들렀다. 그는 찬성했다. 그가 말했다. "단, 내 작은 영지를 지나 주샤로 갑시다. 가는 길에 차플리기노를 둘러볼까 해요. 내 참나무 숲을 아십니까? 지금 그 숲에서 벌목 작업을 하고 있어요." "같이 갑시다." 그는 말에 안장을 얹으라고 지시하고는 멧돼지 머리가 새겨진 작은 청동 단추가 달린 녹색 프록코트를 입고, 털실로 짠 사냥감 주머니와 은제 물통을 들었다. 그리고 새 프랑스제 라이플총을 어깨에 걸치고, 거울 앞에서 흡족한 기색으로 몇 번 돌고 난 후 자신의 개 에스페란스를 큰 소리로 불렀다. 성품은 훌륭하지만 머리칼이 한 올도 없는 노처녀 사촌에게 선물로 받은 개였다. 우리는 출발했다. 내 이웃은 순경[189] 아르히프와 얼마 전 고용한 발트해 연안 출신의 관리인 고트리프 폰-데어-코크를 데려갔다. 아르히프는 네모진 얼굴에 태곳적 사람처럼 잘 발달한 광대뼈가 있는 땅딸막한 농부이고, 고트리프 폰-데어는 근시에 어깨가 축 늘어지고 목이 긴 열아홉 살 정도의 야윈 금발 청년이었다. 내 이웃이 영지를 소유하게 된 것은 얼마 전의 일이었다. 그는 그 땅을 친척 아주머니이자 5등 문관의 부인인 카르돈-카타예바로부터 상속받았다. 그녀는 침대에 누워 있을 때조차 계속해서 애처롭게 신음 소리를 내는 굉장히 뚱뚱한 여자였다. 우리는 '작은 영지'로 들어섰다. "자네들은 여기 공터에서 기다려." 아르달리온 미하일리치(내 이웃)가 동반자들을 돌아보며 말했다. 독일인은 허리 숙여 인사하고 말에서 내린 후 호주머니에서 요한나 쇼펜하우어[190]의 소설로 보이는 작은 책을 꺼내 작은 떨기나무 아래 앉았다. 아르히프는 양지에 남아 한 시간 동안 꼼짝도 하지 않았다. 우리는 떨기나무 주위를 돌아다녔지만 새끼 새 한 마리도 찾지 못했다. 아르달리온 미하일리치가 자기는 숲으로 가 볼까 한다고 말했다. 그날은 나도 사냥이 성공적일지 확신할 수 없었다. 그래서 그의 뒤를 어슬렁어슬렁 따라갔다. 우리는 공터로 돌아왔다. 독일인이 책의 쪽수를 확인하고는 자리에서 일어나

189) 제정 러시아에서 농민들이 마을의 치안을 위해 자치적으로 뽑은 순경을 가리킨다.

190) 소설가 요한나 쇼펜하우어(Johanna Shopenhauer, 1766~1836)는 철학자 아르투어 쇼펜하우어의 어머니이기도 하다.

책을 주머니에 집어넣고 꼬리를 짧게 자른 신통치 않은 암말에 조금 힘겹게 올라탔다. 말은 아주 조그마한 접촉에도 날카롭게 울어 대고 뒷발을 찼다. 아르히프가 몸을 부르르 떨고는 고삐 두 개를 단번에 거머쥐고 다리를 흔들자 몹시 놀라고 겁먹은 작은 말이 마침내 움직였다. 우리는 출발했다.

아르달리온 미하일리치의 숲은 내가 어릴 때부터 잘 아는 곳이었다. 나는 무척 선량한(하지만 저녁마다 나에게 르루 물약을 먹게 하는 바람에 내 건강을 하마터면 돌이킬 수 없이 망가뜨릴 뻔했던) 분인 내 프랑스인 가정교사 므시외 데지레 플뢰리와 함께 종종 차플리기노에 가곤 했다. 200~300그루의 거대한 참나무와 물푸레나무가 이 숲 전체를 채우고 있었다. 호두나무와 마가목나무들의 금빛으로 빛나는 투명한 푸른 잎사귀들 위로 균형 잡힌 굵은 가지들이 멋지게 거무스름한 무늬를 그렸다. 높은 곳일수록 굵은 가지들이 말간 남색을 배경으로 조화롭게 보였고, 그곳에서 마디가 많은 넓은 잔가지들을 천막처럼 펼쳐 내고 있었다. 매들과 황조롱이들이 움직임 없는 우듬지 위로 울음소리를 내며 빠르게 날아다니고, 알록달록한 딱따구리들이 두꺼운 나무껍질을 세게 쪼고 있었다. 무성한 나뭇잎 속에서 꾀꼬리의 떨리는 듯한 커다란 울음소리에 뒤이어 검은 개똥지빠귀의 낭랑한 노랫가락이 느닷없이 울려 퍼졌다. 아래쪽 떨기나무들 틈에서 울새, 검은방울새, 솔새 들이 지저귀고 노래했다. 되새들이 오솔길에서 폴짝폴짝 뛰어다녔다. 토끼가 조심스럽게 '절룩거리며' 숲 가장자리를 따라 살금살금 지나갔다. 적갈색 다람쥐가 이 나무에서 저 나무로 잽

싸게 건너뛰다가 꼬리를 머리 위로 세운 채 갑자기 멈췄다. 높은 개밋둑 주변의 풀 속에, 칼로 새긴 듯 아름다운 고사리 잎사귀들의 옅은 그늘 아래 제비꽃과 은방울꽃이 피어 있었고, 식용 버섯, 무당버섯, 주름버섯, 참나무버섯, 붉은 광대버섯이 자라고 있었다. 널찍한 떨기나무 덤불 사이 작은 초지에 딸기가 빨갛게 보였다……. 숲속의 그늘은 어땠던가! 한낮의 열기 속에 진정한 밤이 있었다. 고요함, 향기, 신선함……. 나는 차플리기노에서 즐거운 시간을 보내곤 했다. 그래서, 솔직히 말해, 나에게 너무도 친숙한 숲으로 들어설 땐 서글픈 감정마저 들었다. 눈이 내리지 않은 1840년의 파괴적인 겨울은 나의 옛 친구들인 참나무들과 물푸레나무들에게 자비를 베풀지 않았다. 폐병에 걸린 듯한 잎사귀에 드문드문 덮인 시들고 헐벗은 그 나무들이 '그것들을 대신했지만 바꾸지는 못한' 어린 숲 위로 서글프게 우뚝 솟아 있었다…….[191] 아래쪽에서는 아직 잎사귀가 무성한 나무들이 마치 비난하거나 탄식하듯 생명이 없는 부러진 가지들을 위쪽으로 들고 있다. 비록 예전처럼 풍성하지도 충분하지도 않지만 아직 꽤 무성한 편인 잎사귀들 틈에서 이미 죽은 굵고 메마른 가지들이 삐죽삐죽 튀어

191) 1840년은 혹한에 12월까지 눈이 내리지 않았다. 잎사귀는 전부 얼어붙었고, 그 무자비한 겨울에 아름다운 참나무 숲들이 많이 파괴됐다. 그것들을 대신하기는 어렵다. 대지의 생산력은 눈에 띄게 줄어들고 있었다. '벌목이 금지된'(사람들이 이콘을 들고 주위를 돌았다.) 황무지에는 예전의 고상한 나무들 대신 자작나무와 사시나무 들이 저절로 자라고 있다. 우리 나라에서는 달리 숲을 조성하는 법을 모르기 때문이다.(투르게네프 주)

나와 있는 나무들도 있었다. 이미 껍질이 다 떨어진 나무들도 있었다. 시체처럼 아예 쓰러져 썩고 있는 나무들도 있었다. 누가 이런 걸 예상했겠는가, 그림자를, 차플리기노에서 그림자를 전혀 찾아볼 수 없는 날이 오다니! 죽어 가는 나무들을 보면서 '너희들도 부끄럽고 슬픈 것 같구나.' 하는 생각이 들었다. 콜초프의 시[192]가 떠올랐다.

어디로 사라졌는가
고상한 말(言)이여,
당당한 힘이여,
차르의 용맹함이여.
지금 어디에 있는가
너의 푸른 능력은.

"왜 이렇게 내버려뒀습니까, 아르달리온 미하일리치?" 내가 말문을 열었다. "어째서 이 나무들을 그다음 해에 베지 않았습니까? 지금은 예전 가치의 10분의 1도 받지 못하잖아요."

그는 그저 어깨를 으쓱할 뿐이었다.

"제 친척 아주머니에게 물어보셨어야 할 텐데요. 상인들이 돈을 들고 찾아와 귀찮게 따라다녔었죠."

"오, 하느님, 하느님!"(독일어) 폰-데어-코크가 한 걸음 한 걸

192) 알렉세이 바실리예비치 콜초프(Алексей Васильевич Кольцов, 1809~1842)는 민요풍의 시를 짓던 시인으로, 본문에 인용된 시는 「숲」(1838)의 일부다.

음 뗄 때마다 소리 높여 말했다. "무슨 이런 장난을! 무슨 이런 장난을!"[193)]

"어떤 장난을 쳤는데?" 내 이웃이 빙그레 웃으며 말했다.

"그러니까, 정말 애석하다고 말하고 싶었습니다."[194)]('사람'이라는 우리말 단어를 마침내 완전히 습득한 독일인이라면 누구나 놀랍도록 그 단어를 강하게 발음한다.[195)])

특히 그를 애석하게 한 것은 땅바닥에 쓰러진 참나무들이었다. 실제로 방앗간 주인들 중에는 그 참나무들에 비싼 값을 지불할 사람도 있었을 것이다. 그에 반해 마을 순경 아르히프는 태연한 침착함을 유지했고 전혀 슬퍼하지도 않았다. 오히려 그는 쓰러진 나무들 위를 즐겁게 껑충껑충 뛰어다녔고 나무들에 채찍질을 하기도 했다.

우리가 벌목 장소에 도착했을 때 갑자기 나무 쓰러지는 소리에 뒤이어 비명과 말소리가 들렸고, 잠시 후 무성한 숲에서 안색이 창백하고 머리카락이 헝클어진 젊은 농부가 우리를 향해 튀어나왔다.

---

193) 독일계인 폰-테어-코크가 러시아어 발음을 정확히 하지 못하는 것을 우리말로 이렇게 표현했다.

194) 러시아어로 '장난'은 [shalosti′]로, '애석하다'는 [zharko]로 발음된다. 폰-데어-코크가 [zh] 음가와 [sh] 음가를 구분하지 못해 오해를 불러일으킨 듯하다.

195) 러시아어로 '사람'은 [lyuzhi]로 발음된다. 폰 데어 코크가 [zh]와 [sh]와 [s]를 모두 [sh]로 발음하는 상황을 넌지시 조롱하며 [zh] 음가를 제대로 익힌 독일인들이 얼마나 자랑스럽게 그 발음을 강조하며 말하는지 익살스럽게 설명하고 있다.

"무슨 일이야? 어디로 가나?" 아르달리온 미하일리치가 그에게 물었다.

그가 즉시 멈춰 섰다.

"아, 아르달리온 미하일리치, 큰일 났습니다!"

"무슨 일인데?"

"나리, 막심이 나무에 깔렸습니다."

"어쩌다가? 도급업자 막심 말인가?"

"그렇습니다, 나리. 우리는 물푸레나무를 베기 시작했고, 그 사람은 서서 구경하고 있었습니다……. 계속 서 있더니 물을 찾아 샘으로 가더군요. 물이 마시고 싶었나 봅니다. 그런데 갑자기 물푸레나무가 쩍쩍 갈라지는 소리를 내면서 그 사람 바로 위로 쓰러지는 겁니다. 우리가 그에게 외쳤죠. 뛰어, 뛰어, 뛰라니까……. 옆으로 몸을 던질 수도 있었을 텐데, 그 사람은 똑바로 달리기만 해서…… 아마 무서웠나 봅니다. 물푸레나무의 위쪽 가지들이 그 사람을 덮쳤어요. 그런데 왜 그렇게 금방 쓰러졌는지는 하느님만 아시겠죠……. 속이 썩었나 봅니다."

"그래서 막심이 다쳤다고?"

"다쳤습니다, 나리."

"죽을 정도로?"

"아뇨, 나리, 아직 살아 있습니다. 하지만 무슨 소용이 있겠습니까? 팔다리가 전부 부러졌는데요. 저는 셀리베르스티치를 부르러 달려가는 중입니다. 의사 말이죠."

아르달리온 미하일리치는 마을 순경에게 마을로 가서 셀리베르스티치를 데려오라고 지시하고는 벌목장을 향해 속보로 말을 달렸다. 나는 그를 따라갔다.

우리는 땅바닥에서 가엾은 막심을 발견했다. 열 명쯤 되는 농부들이 그 주위에 서 있었다. 우리는 말에서 내렸다. 그는 거의 신음 소리를 내지 않았다. 이따금 눈을 크게 뜨고는 마치 놀란 듯 주위를 둘러보며 푸르스름해진 입술을 깨물었다……. 턱이 바들바들 떨리고, 머리칼이 이마에 달라붙고, 가슴이 불규칙하게 오르락내리락했다. 그는 죽어 가고 있었다. 어린 보리수나무의 옅은 그림자가 조용히 그의 얼굴 위로 미끄러지듯 조용히 드리워졌다.

우리는 그를 향해 허리를 숙였다. 그가 아르달리온 미하일리치를 알아보았다.

"나리." 그가 겨우 알아들을 수 있게 말했다. "신부님을…… 불러오라고…… 해 주십시오……. 하느님이…… 절 벌하셔서…… 팔다리가 전부 부러졌습니다……. 오늘은…… 일요일인데…… 제가…… 그런데도 제가…… 저 친구들을…… 놔주지 않았습니다."

그가 잠시 입을 다물었다. 숨이 가빠졌다.

"그리고 돈은…… 제 아내에게…… 아내에게 주십시오……. 공제한 후에…… 오니심이 압니다…… 제가 누구에게…… 무엇을……."

"의사를 데려오도록 우리가 사람을 보냈어, 막심." 내 이웃이 말했다. "아마 자넨 죽지 않을 거야."

그는 눈을 뜨려고 눈썹과 눈꺼풀을 애써 치켜올렸다.

"아뇨, 죽을 겁니다. 저기…… 저기 다가오고 있네요, 저기,

죽음이, 저기……. 용서해 줘, 만약 내가 무슨…….”

“하느님이 자넬 용서하실 거야, 막심 안드레이치.” 농부들이 탁한 목소리로 입을 모아 말하며 모자를 벗었다. “자네도 우리를 용서해.”

그가 갑자기 절망적으로 고개를 흔들며 슬프게 가슴을 내밀더니 다시 축 늘어졌다.

“하지만 이 사람을 여기에서 죽게 할 순 없어.” 아르달리온 미하일리치가 외쳤다. “첼레가에서 멍석을 가져와. 이 사람을 병원으로 데려가야겠어.”

두어 사람이 첼레가로 달려갔다.

“난 시초보 마을의…… 예핌에게서…….” 죽어 가는 사람이 더듬더듬 말했다. “어제 말을 샀는데…… 선금을 줬습니다……. 그래서 내 말이니…… 말을 아내에게…… 또…….”

사람들이 그를 멍석 위에 눕혔다……. 그는 총에 맞은 새처럼 부들부들 떨더니 몸을 쭉 뻗어 버렸다.

“죽었어.” 농부들이 중얼거렸다. 우리는 묵묵히 말에 올라타 그곳을 떠났다.

나는 가엾은 막심의 죽음을 보며 생각에 잠겼다. 러시아 농부가 죽음을 맞는 모습은 얼마나 놀라운지! 죽음을 앞둔 그의 상태를 무심하다거나 둔감하다고 말할 수는 없다. 그는 마치 의식을 치르듯 죽어 간다. 냉정하게, 그리고 소박하게.

몇 년 전 다른 이웃의 영지에서 한 농부가 곡물 화력 건조장에서 화상을 입었다.(지나가던 도회지 사람이 반죽음이 된 그를 끌어내지 않았다면 그는 건조장에 그렇게 계속 남아 있었을지도 모른다. 그 나그네가 물이 든 큰 나무통 속에 들어갔다가 나와 힘껏 달려 이미 활활 타고 있는 차양 아래의 문을 부수었다.) 나는 그의 통나무집을 방문했다. 집 안은 어둡고 공기가 답답하고 연기가 자욱했다. 내가 묻는다. 환자는 어디에 있나? "저기, 페치카 위에 있습니다, 나리." 비탄에 잠긴 여자가 노래하듯 말을 길게 늘이며 대답한다. 내가 다가간다. 농부는 모피 외투를 덮고 누워 힘겹게 숨을 몰아쉰다. "어때, 기분이 어떤가?" 페치카 위의 환자가 부스럭대며 몸을 일으키려 한다. 하지만 온통 화상을 입어 위독한 상태다. "누워, 누워, 누워……. 그래, 어때?" "물론 안 좋습니다." 그가 말한다. "아픈가?" 그가 아무 말 하지 않는다. "필요한 건 없어?" 그가 침묵한다. "자네한테 차를 보내라고 할까, 어때?" "괜찮습니다." 나는 그에게서 떨어져 긴 의자에 앉았다. 십오 분, 또 삼십 분 동안 앉아 있는다. 집 안에 관 속의 정적이 흐른다. 구석의 이콘 아래 탁자 옆에서 다섯 살쯤 된 여자아이가 숨어 빵을 먹는다. 어머니가 이따금 아이를 향해 위협적인 몸짓을 한다. 문간방에서 사람들이 돌아다니고 문을 두드리고 이야기를 나눈다. 형수가 양배추를 썬다. "아, 악시니야!" 마침내 환자가 말한다. "왜?" "크바스 좀 줘." 악시니야가 그에게 크바스를 주었다. 다시 침묵. 내가 속삭이듯 묻는다. "저 사람에게 성찬식을 해 주었습니까?" "네." 음, 그렇다면 모든 것이 순조로운 셈이다. 죽음을 기다린다. 그저 그뿐이다. 나는 견디지 못하고 밖으로 나와 버렸다…….

또 기억난다. 어느 날 나는 지인인 카피톤을 만나러 크라스노고리예 마을의 병원에 들렀다. 그는 위생병이자 사냥을 열렬히 좋아하는 사람이었다.

그 병원은 원래 지주의 결채였다. 병원을 세운 사람은 여자 지주 본인이었다. 그러니까 하얀 글자로 '크라스노고르스카야 병원'이라고 쓴 하늘색 현판을 문 위에 못으로 박으라고 지시한 후 환자의 이름을 기입할 수 있도록 아름다운 앨범을 카피톤에게 직접 넘긴 것이다. 그 앨범의 첫 장에 은혜로운 지주의 추종자들과 충복들 중 한 명이 다음과 같은 시를 썼다.

기쁨이 지배하는 아름다운 곳에서
아름다움이 이 사원을 건축했다.
그대들 주인의 넉넉한 마음에 찬사를 보낼지어다,
크라스노고리에의 선한 주민들이여!

그 아래에는 다른 신사가 다음과 같이 썼다.

그리고 나 역시 자연을 사랑한다!
이반 코빌랴트니코프.

위생병은 자기 돈으로 침대 여섯 개를 산 후 축복을 구하는 기도를 올리고 하느님의 백성을 치료하는 일을 시작했다. 그 외에도 병원에는 두어 사람이 더 있었다. 쉽게 정신 착란을 일으키는 조각가 파벨, 그리고 팔을 잘 움직이지 못하지만 요리를 떠맡은 멜리키트리시라는 여자였다. 두 사람은 약을 조제하고, 약초를 말리거나 우렸다. 또 열병 환자들을 진정시키기도 했다. 미친 조각가는 우울해 보이고 말수가 적었다. 밤마다 「아름다운 비너스에 대해」라는 노래를 불렀고, 지나가는 사람만 보면 다가가서 이미 오래전에 죽은 말라니야라는 아가씨와 결혼할 수 있게 허락해 달라고 청했다. 팔이 불편한 여자는 그를 때리고 칠면조를 지켜보게 했다. 그러던 어느 날 나는 위생병 카피톤과 함께 앉아 있었다. 우리가 가장 최근에 함께 한 사냥에 대해 이야기를 막 시작하자마자 갑자기 방앗간에서나 볼 수 있을 것 같은 몹시 뚱뚱한 회색 말을 맨 첼레가 한 대가 안마당으로 들어섰다. 첼레가에는 새 농민 외투를 걸친 얼룩덜룩한 수염의 건장한 농부가 앉아 있었다. "아, 바실리 드미트리치." 카피톤이 창문을 내다보며 외쳤다. "어서 와요……." 그가 나에게 속삭였다. "리봅신의 방앗간 주인입니다." 농부는 끙끙거리며 첼레가에서 내려 위생병의 방으로 들어오더니 눈으로 이콘을 찾아 성호를 그었다. "어때요, 바실리 드미트리치, 뭔가 새로운 일이 있습니까? 그런데 건강이 좋지 않은가 보군요. 안색이 좋지 않아요." "네, 카피톤 치모페이치, 어쩐지 이상합니다." "무슨 일이 있었나요?" "네, 이런 일이 있었습니다, 카피톤 치모페이치. 얼마 전 시내에서 맷돌을 사서 집으로 싣고 왔어요. 첼레가에서 그걸 끌어 내리느라 온 힘을 모았는데, 그게 말이죠, 무언가 끊어지는 것처럼 배 속에서 뚝 하는 소리가 나고…… 그때부터 계속 몸이 안 좋아요. 오늘도 아주 안 좋아요." "음." 카피톤이 말하며 코담배 냄새를 맡았다. "그러니까 탈장이군요. 그런 일이 있은 지 오래됐습니까?" "네, 열흘 정도 됐습니다." "열흘이요?(위생병은 이 사이로 공기를 빨아들이며 고개를 저었다.) 한번 만져 봅시다. 음, 바실리 드미트리치." 그가 마침내 말했다. "애석합니다, 친구. 상태가 안 좋군요. 병이 아주 깊어요. 여기 병원에 남아요. 나도 최선을 다하겠지만 어떤 것에 대해서도 장담은 못 하겠군요." "정말 그렇게 안 좋은가요?" 충격을 받은 방앗간 주인이 중얼거렸다. "네, 바실리 드미트리치, 안 좋습니다. 이틀만 일찍 왔어도 아무 일 없었을 텐데요. 씻은 듯이 다 나았을 겁니다. 하지만 지금은 여기 염증이 있어요. 곧 탄저병으로 진행될 겁니다." "그럴 리 없어요, 카피톤 치모페이치." "제가 지금 말씀드리고 있잖아요." "하지만 어떻게 그런 일이! (위생병이 어깨를 으쓱했다.) 그리고 내가 이런 허접한 일로 죽다니요?" "그런 말을 한 건 아닌데…… 그냥 여기 계세요." 농부는 생각하고 또 생각하다 마룻바닥을 보더니 우리를 힐끔 쳐다보고는 뒤통수를 긁적이고 모자를 집어 들었다. "어디로 가려고요, 바실리 드미트리치?" "어디로 가느냐고요? 물론 집으로 가죠. 그렇게 상태가 안 좋다면 말입니다. 만약 그렇다면 정리를 해야죠." "당신은 지금 스스로에게 재앙을 부르고 있어요, 바실리 드미트리치, 당치도 않습니다. 당신이 어떻게 여기까지 왔는지도 너무 놀라울 정도예요. 이곳에 남아요." "아뇨, 카피톤 치모페이치 형제, 죽어야 한다면 집에서 죽어야죠. 그러지 않고 내가 여기에서 죽으면 우리 집에서 과연 무슨 일이 벌어질지 하느님만 아실걸요." "아직 확실하지 않아요, 바실리 드미트리치, 상황이 어떻게 흘러갈지는……. 물론 위험해요, 아주 위험하죠, 논쟁의 여지가 없어요……. 그러니 이곳에 남아야 해요. (농부가 고개를 저었다.) 아뇨, 카피톤 치모페이치, 남지 않겠습니다……. 그냥 처방전이나 써 주세요." "약만으로는 도움이 안 됩니다." "남지 않겠다고 했잖아요." "그럼 좋을 대로 해요……. 나중에 날 탓하지 말아요!"

위생병은 앨범에서 종이 한 장을 찢어 처방전을 쓰고는 뭘 더 해야 할지 조언했다. 농부는 종이를 받아 들고 카피톤에게 50코페이카짜리 은화 한 개를 건네고는 밖으로 나가 첼레가에 올라탔다. "자, 이만 가겠습니다, 카피톤 치모페이치, 그럼 안녕히 계세요, 만약 무슨 일이 생기면 고아가 된 아이들을 잊지 말아 주시길……." "아, 그냥 남아요, 바실리!" 농부는 그저 고개를 흔들고는 고삐로 말을 철썩 때려 안마당을 벗어났다. 나는 길로 나가 그의 뒷모습을 바라보았다. 길은 진창이고 울퉁불퉁했다. 방앗간 주인은 천천히 조심스럽게 첼레가를 몰며 능숙하게 말을 부렸고 마주치는 사람들과 인사를 나누었다……. 사흘 후 그는 죽었다.

대체로 러시아 사람들이 죽어 가는 모습은 놀랍다. 이 순간 고인이 된 많은 이들이 내 기억을 스쳐 간다. 나는 널 기억한다. 나의 오랜 옛 친구, 학업을 마치지 않은 아베니르 소로코우모프, 잘생기고 이루 말할 수 없이 고결했던 사람! 폐결핵에 걸려 연한 녹색을 띠던 너의 얼굴, 성긴 아마색 머리칼, 온화한 미소, 환희에 찬 눈빛, 긴 팔다리를 나는 다시 보고 있다. 너의 달콤하고 다정한 목소리가 들린다. 너는 대러시아의 지주 구르 크루퍄니코프의 집에 살면서 그의 자식들 포파와 죠자에게 러시아어 문법과 지리와 역사를 가르쳤고, 구르의 불쾌한 농담과 집사의 투박한 친절함과 심술궂은 사내아이들의 저속한 장난을 참을성 있게 견뎠으며, 따분함에 울적해하는 마님의 변덕스러운 요구를 불평 없이 — 씁쓸한 미소는 지었지만 — 수행했다. 그 대신 저녁이 되어 식사를 마친 후, 마침내 모든 의무와 업무에서 벗어나 창문 앞에 앉아서 깊은 생각에 잠긴 채 담배 파이프를 물고 있거나 너처럼 집이 없는 불운한 사람인 측량 기사가 시내에서 가져다준 찢어지고 기름때 묻은 두꺼운 잡지[196]를 탐욕스럽게 뒤적일 때면, 너는 얼마나 편안하고 행복해했던가! 그때 너는 모든 시와 모든 이야기를 얼마나 좋아했던가! 얼마나 쉽게 눈물을 글썽이고, 얼마나 즐겁게 웃었던가! 또 사람들에게 얼마나 진심 어린 사랑을 느꼈던가! 선하고 아름다운 모든 인간에 대한 공감이 너의 젊고 순수한 영혼에 얼마나 고결하게 스며들었던가! 진실을 말해야 한다. 너는 재치가 풍부한 사람은 아니었다. 자연은 너에게 기억력도 노력도 선사하지 않았다. 대학에서 너는 가장 열등한 학생 중 한 명으로 여겨졌다. 강의 때는 잠을 잤고, 시험 때는 엄숙하게 침묵했다. 하지만 동료들의 성공과 성과를 기뻐하며 눈을 빛내고 숨을 가쁘게 쉬던 사람은 누구였던가? 아베니르였다……. 벗들의 지고한 사명을 맹목적으로 믿은 사람, 그리고 그들을 자랑스럽게 칭찬하고 고집스럽게 옹호하던 사람은 누구였던가? 질투도 자기애도 전혀 모르던 사람, 사심 없이 스스로를 희생하던 사람, 신발 끈을 풀어 줄 가치도

196) 제정 러시아에서 순문학 잡지를 일컫던 별칭.

없는 사람들에게 기꺼이 복종하던 사람은 누구였던가? 전부 너, 전부 너였다. 나의 선한 아베니르! 기억난다. '계약직'을 위해 떠날 때 너는 비탄에 잠겨 동료들과 작별했다. 나쁜 예감이 널 괴롭혔다……. 그리고 실제로 그랬다. 시골에서 너는 힘든 일을 겪었다. 시골에는 네가 경건하게 귀 기울일 만한 사람도, 경탄할 만한 사람도, 사랑할 사람도 전혀 없었다……. 스텝 사람들도, 교양 있는 지주들도 너를 교사로 대했다. 어떤 이들은 무례하게, 어떤 이들은 무심하게. 게다가 너는 눈길을 끄는 뛰어난 인물도 아니었다. 우물쭈물하고 얼굴을 붉히고 땀을 흘리고 말을 더듬었다. 심지어 시골의 공기도 네 건강을 회복시켜 주지 못했다. 너는 가엾게도 양초처럼 점점 야위었다. 사실 네 작은 방은 정원을 마주 보고 있었다. 마하렙 나무, 사과나무, 보리수나무 들이 책장과 잉크병과 책들에 작고 가벼운 꽃잎들을 흩뿌렸다. 벽에는 시계를 위한 작은 하늘색 실크 쿠션이 걸려 있었다. 그것은 곱슬곱슬한 금발에 파란 눈동자를 지닌 착하고 다정다감한 독일인 여자 가정교사가 작별의 순간에 너에게 선물한 것이었다. 이따금 모스크바에서 옛 친구가 너를 찾아와 다른 사람들이나 자신의 시로 널 황홀하게 만들기도 했다. 하지만 고독은, 하지만 교사 신분이라는 견디기 힘든 노예 같은 처지와 거기에서 벗어날 수 없는 상황은, 하지만 끝이 없는 가을과 겨울은, 하지만 집요한 질병은……. 가엾은, 가엾은 아베니르!

나는 소로코우모프가 죽기 얼마 전 그를 방문했다. 이미 그는 거의 걷지도 못했다. 지주 구르 크루퍄니코프는 그를 집에서 내쫓지는 않았지만 더 이상 봉급을 지급하지 않았고, 죠자를 위해 다른 교사를 고용했다……. 포파는 육군 유년 학교에 보냈다. 아베니르는 창문 옆의 낡은 볼테르식 안락의자에 앉아 있었다. 더할 나위 없이 좋은 날씨였다. 헐벗은 암갈색 가지들을 드러낸 채 한 줄로 늘어선 보리수들 위로 맑은 가을 하늘이 상쾌하고 푸르게 펼쳐져 있었다. 마지막 남은 선명한 황금색 이파리들이 가지 여기저기에서 바스락거리며 재잘거렸다. 혹한의 추위가 스며든 땅이 햇빛에 땀을 흘리며 녹고 있었다. 비스듬히 내리쬐는 붉은 햇살이 창백한 풀잎을 가볍게 쳤다. 대기에서 무언가 탁탁 깨지는 듯한 소리가 희미하게 들리는 것 같았다. 정원에서 일꾼들의 목소리가 뚜렷하고 선명하게 울려 퍼졌다. 아베니르는 부하라[197]풍의 낡은 할라트를 걸치고 있었다. 목에 두른 녹색 손수건이 그의 무섭도록 야윈 얼굴에 죽음의 음영을 드리웠다. 그가 나를 보고는 무척 기뻐하며 손을 내밀고 말을 꺼내다 기침을 하기 시작했다. 나는 그를 진정시키고 옆에 다가앉았다……. 아베니르의 무릎 위에는 콜초프의 시들을 공들여 정서한 작은 공책이 있었다. 그는 빙긋 웃으며 한 손으로 공책을 툭툭 쳤다. "이 사람이야말로 시인이야." 그는 기침을 간신히 참으며 중얼거리더니 겨우 들리는 목소리로 낭독을 시작했다.

매의 날개가

197) 오늘날 우즈베키스탄 공화국에 속하는 도시.

묶였는가?
모든 길이
막혔는가?[198)]

나는 그를 말렸다. 의사가 그에게 말을 많이 하지 말라고 했기 때문이다. 나는 그를 기쁘게 하는 방법을 알았다. 소로코우모프는, 말하자면, 학문을 전혀 '주의 깊게 지켜보지는' 않았지만 지금 위대한 지성들이 어느 수준에 이르렀는지 알고 싶어 했다. 이따금 그는 동료를 어딘가 구석에 붙잡아 세우고 이것저것 캐물었다. 그는 귀 기울여 듣고, 감탄하고, 동료의 말을 무턱대고 믿고, 나중에 그 말을 되풀이하곤 했다. 특히 독일 철학이 그의 흥미를 강하게 끌었다. 나는 그에게 헤겔에 관해서 이야기하기 시작했다.(알다시피 오래전 일이다.) 아베니르는 고개를 끄덕이고, 눈썹을 치켜올리며 빙그레 웃다가, "알겠어, 알겠어! 아! 좋군, 좋아!" 하고 속삭였다. 은신처도, 돌봐줄 이도 없이 불쌍하게 죽어 가는 남자의 어린아이 같은 지식욕에 솔직히 눈물이 나도록 감동했다. 모든 폐결핵 환자들과 정반대로 아베니르는 자신의 병에 대해 결코 스스로를 속이지 않았다고 말해야겠다. 그래서 그가 어떻게 했냐고? 그는 탄식하지도 상심하지도 않았고, 심지어 자신의 처지를 넌지시 돌려 말한 적도 없었다…….

힘을 끌어모은 후 그는 모스크바, 동료들, 푸시킨, 연극, 러

198) 인용된 시는 콜초프의 「매의 꿈」(1842) 중 제3연의 일부다.

시아 문학에 대해 이야기하기 시작했다. 우리의 조촐한 술자리와 우리 모임의 뜨거운 논쟁을 떠올렸고, 죽은 친구 두세 명의 이름을 입에 올리며 안타까워했다…….

"다샤 기억나?" 마침내 그가 이렇게 덧붙였다. "황금 같은 영혼을 가진 사람이었어! 마음씨가 얼마나 고왔는데! 게다가 나를 얼마나 사랑했다고! 그녀는 지금 어떻게 지내? 아마 야위고 쇠약해졌겠지, 불쌍한 사람!"

난 차마 병자를 실망시킬 수 없었다. 지금 그의 다샤는 뚱뚱하고, 상인들인 콘다치코프 형제들과 어울려 다닌다. 얼굴에 분과 연지를 바르고, 빽빽거리며 투덜대고, 욕설을 한다. 사실 그가 뭣 때문에 이런 것들을 알아야 하는가!

나는 그의 쇠잔한 얼굴을 쳐다보며 생각했다. 하지만 이 친구를 이곳에서 데리고 나갈 순 없을까? 어쩌면 아직은 고칠 수 있을지 모른다……. 하지만 아베니르는 내가 그 제안을 끝까지 말하게 하지 않았다.

"아냐, 형제, 고마워." 그가 말했다. "어디에서 죽든 상관없어. 난 분명 겨울까지 살지 못할 거야……. 뭣 하러 쓸데없이 사람들을 불안하게 해? 난 이 집에 익숙해졌어. 사실 이 집의 주인 가족은……."

"못됐지, 그렇지 않아?" 내가 그의 말을 받아쳤다.

"아니, 나쁜 사람들은 아냐. 목석같다고 할까. 하지만 그들에 대해 불평할 순 없지. 이웃들이 있어. 지주 카삿킨에겐 딸이 있어. 교양 있고 사랑스럽고 아주 착한 아가씨지……. 오만하지도 않고……."

소로코우모프는 다시 심하게 기침을 했다.

"다 괜찮을 거야." 그가 숨을 돌리고 계속 말을 이었다. "파이프 담배를 피워도 된다고 허락받을 수 있다면……. 파이프를 피우지 못하면 죽을 수도 없을 거야!" 그가 교활하게 한쪽 눈을 찡긋하며 덧붙여 말했다. "다행히 충분히 살았어. 좋은 사람들과 알고 지냈고……."

"가족에게는 편지를 써야 하지 않을까?" 내가 그의 말을 가로막았다.

"가족에게 편지를 왜 써? 도움을 청하라고? 날 돕지도 못할 텐데. 내가 죽으면 가족들도 알게 되겠지. 그런데 이런 얘기를 해 봤자 무슨 소용이 있다고……. 차라리 네가 외국에서 뭘 봤는지 들려줘."

나는 이야기를 들려주었다. 그는 내 말을 완전히 빨아들이다시피 했다. 저녁 무렵 나는 떠났고, 열흘쯤 지난 후 크루퍄니코프 씨로부터 다음과 같은 편지를 받았다.

귀하, 당신에게 이런 소식을 전하게 되어 영광입니다. 제 집에서 지내던 대학생 아베니르 소로코우모프 씨가 사흘 전 오후 2시에 임종했습니다. 그래서 오늘 제가 비용을 부담해 제 교구의 교회에서 장례식을 치렀습니다. 그분이 이 편지에 동봉된 책들과 공책들을 당신에게 부쳐 달라고 저에게 부탁했습니다. 그분이 남긴 돈은 22루블 50코페이카입니다. 이 돈은 다른 물건들과 함께 친척들에게 적절히 전달될 겁니다. 당신의 벗은 의식이 온전한 상태에서 임종했습니다. 변함없이 무정했다고도 말할 수 있겠군요. 우리의 온 가족과 작별하는 순간에조차 전혀 아쉬워하는 기색을 보이지 않았거든요. 제 배우자 클레오파트라 알렉산드로브나가 당신에게 안부를 전합니다. 당신 친구의 죽음은 그녀의 신경에 영향을 미치지 않을 수 없었습니다. 하지만 제 경우에는 하느님 덕분에 건강히 지내는 영광을 누리고 있습니다.

당신의 가장 순종적인 종,

G. 크루퍄니코프

많은 사례들이 더 떠오르지만 전부 전할 수는 없다. 한 가지만 이야기하겠다.

나는 늙은 여자 지주가 임종하는 자리에 있었다. 사제가 그녀를 내려다보며 임종 기도문을 낭독하기 시작했다. 그러다 갑자기 병자가 정말로 죽어 가고 있음을 깨닫고는 서둘러 그녀에게 십자가를 건넸다. 지주는 불만스럽게 몸을 피했다. "왜 그렇게 서두르세요, 사제님?" 그녀가 잘 돌아가지 않는 혀로 중얼거렸다. "시간은 충분해요……." 그녀는 십자가에 입을 맞추고는 베개 밑에 한 손을 집어넣고 숨을 거두었다. 베개 밑에는 1루블짜리 은화가 있었다. 그녀는 임종 기도문을 읽어 준 것에 대해 사제에게 사례하고 싶었던 것이다…….

그렇다, 러시아 사람들은 놀라운 모습으로 죽음을 맞는다.

노래꾼들

콜로톱카는 간악하고 활동적인 기질 때문에 주위에서 스트리가니하[199]라는 별명(그녀의 진짜 이름은 알려지지 않았다.)으로 불리던 여자 지주의 소유였다가 이제는 페테르부르크의 어느 독일인에게 넘어간 작은 마을이다. 이곳은 헐벗은 구릉의 비탈에 자리 잡고 있으며, 무시무시한 골짜기가 위에서 아래까지 마을을 수직으로 갈라놓았다. 파이고 물에 씻긴 골짜기가 심연처럼 입을 벌리고서 마을의 길 한가운데를 따라 강보다 더 심하게 — 강이라면 적어도 다리를 놓을 수 있다 —

199) 스트리가는 트란실바니아 지방의 전설에 나오는 흡혈귀 악마다. 허리가 굽고 손발이 갈고리 같고 등에 날개가 있는 백발 마녀의 형상으로 묘사되곤 한다. 여자 지주의 '스트리가니하'라는 별명은 아마도 이 악마의 이름에서 유래된 듯하다.

굽이치며 가난한 작은 마을을 둘로 나누어 놓았다. 앙상한 버드나무 몇 그루가 모래로 덮인 골짜기의 측면들을 소심하게 감싼다. 구리처럼 누렇고 메마른 골짜기 바닥에 점토질의 거대하고 평평한 돌들이 놓여 있다. 말할 것도 없이 우울한 풍경이지만, 근방의 주민들은 모두 콜로톱카로 이어진 이 길을 잘 안다. 그들은 기꺼이, 그리고 자주 그곳으로 간다.

좁은 균열로 골짜기가 시작되는 지점에서 몇 걸음 떨어진 골짜기 정상에 작은 사각형 통나무집 한 채가 다른 집들과 외따로이 떨어져 있다. 초가지붕을 얹고 굴뚝을 단 집이다. 창문 하나가 예리한 눈동자처럼 골짜기를 향하고 있다. 겨울밤이면 등불로 환해진 창문이 얼어붙을 듯 추운 흐릿한 안개 속에서 멀찍이 보이고, 지나가던 많은 농부들을 위해 북극성처럼 희미하게 반짝인다. 작은 통나무집의 문 위에는 하늘색 판자가 박혀 있다. 그 집은 '프리틴니'[200]라고 불리는 술집이었다. 이 술집이 술을 정가보다 싸게 파는 것은 아닐 것이다. 그런데도 근방에 있는 그런 부류의 모든 술집들보다 이곳을 찾아오는 손님들이 훨씬 더 많다. 주인인 니콜라이 이바니치 때문이다.

니콜라이 이바니치는 한때 균형 잡힌 몸매에 곱슬머리와 발그레한 뺨을 지닌 청년이었다. 하지만 지금은 뒤룩뒤룩 살진 얼굴에 교활하면서도 선량해 보이는 작은 눈과 실 같은 주름으로 뒤덮인 번들거리는 이마를 지닌, 몹시 뚱뚱하고 이미

---

200) '프리틴니'란 사람들이 기꺼이 모이는 모든 장소, 모든 안락한 장소를 일컫는다.(투르게네프 주)

머리가 하얗게 센 건장한 남자다. 콜로톱카에서 산 지는 벌써 스무 해가 넘었다. 니콜라이 이바니치는 대부분의 술집 주인들이 그렇듯 민첩하고 영리한 사람이다. 남들보다 특별히 친절하거나 말수가 많지는 않지만 손님들을 끌어 자기 옆에 묶어 두는 재능이 있다. 어째서인지 손님들은 냉담한 주인의 카운터 앞에 앉아 그의 예리하면서도 침착하고 친절한 시선 아래 있는 것을 즐거워한다. 그는 매우 상식적인 사람이다. 지주와 농민과 소시민의 생활 방식에도 밝았다. 어려운 상황에서는 기민한 조언을 줄 수도 있는 사람이지만 신중한 에고이스트답게 한옆에 물러나 있는 편을 좋아하고, 마치 아무런 의도가 없다는 듯 에둘러 표현한 암시로만 자신의 손님들 — 그것도 자신이 좋아하는 손님들만 — 을 진리의 길로 이끈다. 그는 말, 가축, 숲, 벽돌, 그릇, 직물, 가죽 제품, 노래, 춤 등 러시아 사람이 중요하거나 흥미롭게 여길 만한 모든 것에 대해 안다. 손님이 없을 때면 보통 통나무집 문 앞의 땅바닥에 가느다란 다리를 포개고 자루처럼 질펀하게 앉아 지나가는 모든 사람들과 다정한 말을 주고받는다. 그는 일생 동안 많은 것을 보았고, 그에게 '증류주'[201]를 사러 오던 수십 명의 하급 귀족들보다 오래 살아남았다. 인근 100베르스타에서 일어나는 모든 일을 알고, 절대 무심코 말을 내뱉지 않으며, 명민한 경찰도 의심하지 못하는 것을 자신이 안다는 사실에 대해 표정으로도 알리지 않는다. 전혀 모르는 척 침묵을 지키면서 웃고

---

201) 러시아인들이 보드카를 일컫는 별칭.

술잔을 만지작거린다. 이웃들은 그를 존경한다. 칙임 문관 셰레페텐코는 관등으로 보면 군(郡)에서 서열 1위의 지배자였다. 하지만 마차를 타고 그의 작은 집을 지나칠 때마다 그에게 공손히 고개 숙여 인사한다. 니콜라이 이바니치는 영향력 있는 사람이었다. 유명한 말 도둑이 지인의 안마당에서 말을 끌고 가자 말을 되돌려 주게 했고, 새 관리인을 받아들이려 하지 않는 이웃 마을의 농부들을 설득하기도 했다. 하지만 그가 그런 행동을 하는 이유가 정의감이나 동포를 향한 열성 때문이라고 생각해서는 안 된다. 아니다! 그는 단지 어떤 식으로든 자신의 평온을 깨뜨릴 수 있는 모든 것을 예방하려 애쓸 뿐이다. 니콜라이 이바니치는 결혼을 했고 아이들도 있었다. 그의 아내는 코가 뾰족하고 눈이 재빠른 활달한 도시 여자로, 최근에 남편처럼 조금 뚱뚱해졌다. 그는 모든 면에서 아내를 신뢰한다. 그래서 돈 관리도 그녀가 한다. 그녀는 술에 취해 고함치는 사람들을 두려워한다. 그런 사람들에게서는 얻을 게 별로 없고 시끄럽기만 해서 좋아하지 않는다. 그녀는 과묵하고 우울한 사람을 더 좋아한다. 니콜라이 이바니치의 아이들은 아직 어리다. 먼저 태어난 아이들은 전부 차례로 죽었지만, 남은 아이들은 부모를 빼닮았다. 건강한 아이들의 영리한 작은 얼굴을 보고 있으면 즐거워진다.

견딜 수 없이 무더운 7월의 어느 날이었다. 나는 느릿느릿 다리를 움직이며 내 개와 함께 콜로톱카 골짜기를 따라 프리틴니 술집 쪽으로 올라가고 있었다. 하늘에서 태양이 포악하게 타오르고 있었다. 집요하게 무덥고 뜨거운 날씨였다. 대기는 흙먼지가 가득해 숨이 막혔다. 온몸에 윤기가 반드르르 도는 갈까마귀들과 까마귀들은 마치 동정을 구하듯 멍하니 부리를 벌리고서 지나가는 사람들을 애처롭게 쳐다보고 있었다. 오직 참새들만 슬퍼하지 않았다. 참새들은 작은 깃털을 펼치며 전보다 더 격렬하게 지저귀었고, 담장 위에서 서로 다투다 먼지 날리는 도로에서 일제히 날아올라 회색 구름을 이루며 초록색 삼밭 위로 빠르게 날아갔다. 갈증이 날 괴롭혔다. 가까운 곳에 물이 없었다. 스텝 지방의 다른 많은 마을과 마찬가지로 콜로톱카의 농부들도 못에서 흙탕물을 마신다……. 하지만 누가 이 혐오스러운 음료를 물이라 부르겠는가? 나는 니콜라이 이바니치의 술집으로 가서 맥주나 크바스 한 잔을 청하고 싶었다.

솔직히 말해 한 해 중 어느 때에도 콜로톱카는 위안이 되는 풍경을 보여 주지 않는다. 하지만 반쯤 허물어진 갈색 지붕들, 이 깊은 골짜기, 앙상하고 다리가 긴 암탉들이 실의에 빠져 어슬렁대는 바싹 마른 먼지투성이 목장, 창문 대신 구멍이 여기저기 뚫린 회색빛 사시나무 통나무집, 무성하게 자란 엉겅퀴와 부리얀과 쑥에 둘러싸인 옛 지주 저택의 잔해들, 거위의 솜털로 뒤덮이고 뜨겁게 달궈진 듯 보이고 가장자리의 진흙이 반쯤 마른 검은 못, 허물어져 옆으로 기울어진 둑 — 그 부근의 잘게 부서진 잿빛 흙 위에서 암양들이 열기 때문에 겨우 숨을 몰아쉬고 재채기를 하면서 애처롭게 서로를 밀치고, 마치 그 견디기 힘든 폭염이 지나가기를 기다리듯 침울하고도 끈기 있게 최대한 머리를 낮게 숙이고 있다 — 이 7월의 불타오르는 태양의 무자비한 광선에 잠길 때, 그 풍경은 유난히 서글픈 감정을 불러일으킨다. 나는 기진맥진해서 니콜라이 이바니치의 집 쪽으로 걸음을 옮겼다. 언제나 그렇듯 작은 아이들 사이에서는 놀라움 — 긴장하다 못해 얼이 빠져 멍하니 바라볼 정도로 — 을, 개들 사이에서는 분노 — 모든 내장이 찢어질 것처럼 앙칼지고 거친 목소리로 짖어 대다가 나중에는 기침을 하고 숨을 헐떡이는 식으로 표현되는 — 를 불러일으키면서. 그런데 갑자기 술집 문지방에 키가 큰 남자가 나타났다. 모자를 쓰지 않고 값싼 모직 외투를 걸치고 넓은 하늘색 가죽 띠를 허리 아래쪽에 맨 차림이었다. 지주의 집에서 하인으로 일하는 농노처럼 보였다. 메마르고 주름진 얼굴 위로 숱 많고 희끗희끗한 머리가 어수선하게 솟아 있었다. 그가 조급하게 손짓을 하며 누군가를 불렀다. 그는 자신이 바란 것보다 두 손을 훨씬 더 멀리 쳐든 것 같았다. 이미 술을 꽤 마신 게 분명했다.

"이리 와, 이리 오라고!" 그가 짙은 눈썹을 힘겹게 치켜올리며 더듬더듬 말했다. "어서 와, 깜빡이, 오라니까! 어이, 형제, 정말이지 왜 이렇게 꾸물거려. 좋지 않아, 형제. 사람들이 기다리는데 넌 이렇게 꾸물거리기나 하고……. 어서 와."

"알았어, 갈게, 간다고." 걸걸한 목소리가 들리더니 통나무집 뒤편에서 오른쪽으로 땅딸막하고 다리를 저는 남자가 나타났다. 나사 천으로 지은 꽤 말쑥한 추이카[202]를 한 팔에만

202) 옷자락이 긴 농민용 카프탄.

끼우고 있었다. 눈썹 위로 푹 눌러쓴 앞이 뾰족하고 높다란 모자가 그의 피둥피둥한 둥근 얼굴에 교활하고 시큰둥한 표정을 더했다. 작고 누런 눈은 심하게 흔들렸고, 얇은 입술에서는 신중하고 부자연스러운 미소가 떠나지 않았으며, 날카롭고 긴 코는 배의 키처럼 뻔뻔스럽게 앞으로 튀어나와 있었다. "가, 친구." 그가 술집 쪽으로 절뚝거리며 계속해서 말했다. "왜 날 불러? 누가 날 기다리는데?"

"왜 부르냐고?" 값싼 모직 외투를 입은 남자가 비난조로 말했다. "이봐, 깜빡이, 이상한 놈일세. 사람들이 술집에 오라고 부르는데 왜냐고 묻다니. 좋은 사람들이 계속 널 기다리잖아. 튀르크인 야시카,[203] 야만적인 지주, 지즈드라에서 온 도급업자 말이야. 야시카가 도급업자와 내기를 했어. 누가 누구를 이길지, 그러니까 누가 더 노래를 잘할지에 맥주 한 잔을 걸었다다고. 이해하겠어?"

"야시카가 노래를 한다고?" 깜빡이라 불린 남자가 활기차게 물었다. "거짓말하는 것 아니지, 멍청아?"

"거짓말 아냐." 멍청이가 위엄 있게 대답했다. "거짓말하는 건 너잖아. 내기를 했으니 노래를 부르겠지, 이 무당벌레, 이 사기꾼 깜빡이!"

"그래, 가자, 얼간아." 깜빡이가 대꾸했다.

"자, 적어도 나한테는 입을 맞춰 줘야지, 내 사랑하는 친구." 멍청이가 두 팔을 활짝 벌리며 혀 짧은 소리로 말했다.

---

203) 야코프의 애칭.

"아, 나약한 이솝 같으니." 깜빡이가 팔꿈치로 그를 밀치며 경멸하듯 대꾸하고는 허리를 굽혀 야트막한 문으로 들어갔다.

내가 들은 대화가 호기심을 강하게 자극했다. 튀르크인 야시카가 이 근방에서 최고의 노래꾼이라는 소문은 이미 여러 번 들었다. 그런데 갑자기 다른 거장들과 겨루는 그의 노래를 들을 기회가 내 앞에 나타난 것이다. 나는 두 배로 빠르게 걸으며 건물 안으로 들어갔다.

아마 내 독자들 중에 시골 술집 안을 들여다볼 기회가 있었던 사람은 많지 않을 것이다. 하지만 우리 사냥꾼들이 가지 못할 곳은 없다. 시골 술집의 구조는 매우 단순하다. 대개 어두운 출입구와 칸막이로 반을 가른 밝은 실내가 있다. 손님 중 그 누구도 칸막이 너머로는 갈 수 없다. 널찍한 참나무 탁자 위쪽의 이 칸막이에는 세로로 큰 구멍이 뚫려 있다. 이 탁자 혹은 카운터에서 술을 판다. 다양한 크기의 봉인된 술병들이 구멍 바로 맞은편의 선반들 위에 한 줄로 진열되어 있다. 손님들을 위한 앞쪽 공간에는 긴 의자들과 두세 개의 빈 나무통들이 있고 한구석에 탁자가 있다. 시골 술집들은 대부분 꽤 어둡기 때문에 통나무 벽에 걸린, 농가에서 흔히 볼 수 있는 그 선명하게 채색된 목판 풍속화들을 거의 발견하지 못할 것이다.

내가 프리틴니 술집에 들어갔을 때 그곳에는 이미 꽤 많은 사람들이 모여 있었다.

카운터 뒤쪽에는 늘 그렇듯이 알록달록한 사라사 루바시카를 입은 니콜라이 이바니치가 구멍 전체를 막고 서서 통통한 두 뺨에 권태로운 조소를 띤 채 막 들어온 친구들, 즉 깜빡이와 멍청이를 위해 하얀 살진 손으로 잔 두 개에 술을 따르고 있었다. 그 사람 뒤쪽의 창문가 한구석에 눈매가 약삭빠른 아내가 보였다. 실내 한복판에 튀르크인 야시카가 서 있었다. 균형 잡힌 몸매의 야윈 사내로 하늘색 난징 무명으로 지은 긴 카프탄을 입고 있었다. 나이는 스물세 살 정도로 보였다. 그는 늠름한 노동자 청년으로 보였지만 건강을 자랑할 수 있을 것 같진 않았다. 푹 꺼진 뺨, 불안해 보이는 커다란 회색 눈, 반듯한 코와 움직임이 많은 작은 콧구멍, 희고 평평한 이마와 뒤로 넘긴 밝은 아마색 곱슬머리, 두툼하지만 아름답고 표정이 풍부한 입술. 얼굴 전체에서 그가 감수성이 풍부하고 열정적인 인간임이 느껴졌다. 그는 무척 흥분해 있었다. 눈을 깜빡이고, 불규칙하게 숨을 몰아쉬고, 열병에 걸린 것처럼 두 손을 떨었다. 그랬다. 그는 정말로 열병에 걸려 있었다. 사람들 앞에서 말하거나 노래하는 이라면 누구나 익히 아는, 마음을 불안하게 하는 그 갑작스러운 열병에 걸린 것이다. 그 옆에는 마흔 살쯤의 남자가 서 있었다. 어깨가 넓고, 광대뼈가 튀어나오고, 이마가 낮고, 눈이 타타르인[204]처럼 작았다. 코는 짧고 평평

204) 약 6세기부터 중앙아시아 대초원에서 유목 생활을 하며 패권을 장악한 부족을 타타르족이라 칭하는 학설이 있는 한편, 13세기의 유럽 문헌에는 그 당시 러시아와 유럽을 침략한 몽골족을 타타르족이라 언급한 기록이 남아 있기도 하다. 15세기 몽골 제국의 일부인 킵차크한국의 쇠락 이후 카잔과 아스트라한과 크림 등 러시아 남부에서 시베리아에 걸쳐 출현한 튀르크계와 몽골계의 혼혈 부족을 타타르로 보는 학설도 있다. 오늘날에는 타타르스탄 공화국과 크림 반도에서 튀르크계 언어를 사용하고 이슬람교를 신

했으며, 턱은 네모지고, 검게 빛나는 머리칼은 솔처럼 뻣뻣했다. 납빛을 띤 음울한 얼굴의 표정, 특히 창백한 입술은 만약 그처럼 침착하고 차분해 보이지 않았다면 잔인해 보인다고도 할 수 있었을 것이다. 그는 거의 움직이지 않았고 멍에를 쓴 황소처럼 느릿느릿 주위를 둘러볼 뿐이었다. 그는 매끄러운 구리 단추가 달린 낡은 프록코트를 입고, 낡은 검은색 실크 손수건으로 굵은 목을 감싸고 있었다. 사람들은 그를 '야만인 지주'라고 불렀다. 그의 바로 맞은편 이콘 아래의 긴 의자에는 야시카의 경쟁자가 앉아 있었다. 지즈드라에서 온 도급업자였다. 키는 크지 않고 체격은 탄탄한 서른 살가량의 남자였다. 얼굴은 얽고, 머리칼은 곱슬곱슬하고, 뭉툭한 코는 위로 쳐들리고, 갈색 눈동자는 생기를 띠고, 턱수염은 성글었다. 그는 두 손을 엉덩이 밑에 찔러 넣은 채 활기차게 주위를 둘러보며 두 다리를 태평하게 흔들었는데, 가장자리에 장식이 달린 멋진 부츠를 신은 두 발이 탁탁 소리를 내며 맞부딪쳤다. 회색 나사 천으로 지은, 벨벳 옷깃이 달린 얇은 새 농민 외투를 입고 있었다. 목까지 촘촘히 단추를 채운 선홍색 루바시카가 벨벳 옷깃과 선명한 대조를 이루며 도드라져 보였다. 맞은편 구석, 즉 문 오른쪽에는 작은 농부 한 사람이 탁자 앞에 앉아 있었다. 그는 어깨에 큰 구멍이 난 꽉 끼는 낡은 스비트카[205]를 입고 있었다. 먼지로 뒤덮인 두 개의 작은 유리창을 통해 흐릿

봉하는 몽골-튀르크 후예를 타타르라 일컫는다.

205) 우크라이나와 벨라루스에서 남자와 여자가 모두 입던 옷자락이 긴 전통적인 상의. 카프탄처럼 생겼다.

하고 누르스름한 여울처럼 햇살이 흘러들었다. 실내의 일상적인 어둠을 걷어 내지는 못할 것 같았다. 모든 사물은 빈약한 빛을 받아 반점처럼 보였다. 그 대신 공기는 서늘하다시피 했고, 문지방을 넘어서자마자 짐짝처럼 짓누르던 숨 막히고 무더운 느낌이 어깨에서 툭 떨어져 나갔다.

내가 들어가자 처음엔 손님들이 약간 당황했다. 나는 느낄 수 있었다. 하지만 니콜라이 이바니치가 나를 보며 아는 사람에게 인사하듯 고개를 숙이는 것을 보더니 그들은 안심하고 더 이상 나에게 관심을 두지 않았다. 나는 맥주를 청하고 구석으로 가서 너덜너덜한 스비트카를 입은 작은 농부 근처에 앉았다.

"뭐야!" 멍청이가 술 한 잔을 단숨에 들이켜고는 이상한 손짓과 함께 소리를 질렀다. 그렇게 손짓을 하지 않으면 한마디도 못하는 것 같았다. "뭘 더 기다려? 시작할 거면 시작해. 응? 야샤[206]?"

"시작해, 시작해." 니콜라이 이바니치가 찬성하며 그의 말을 따라 했다.

"좋아, 시작하지." 도급업자가 자신만만한 미소를 지으며 냉담하게 말했다. "난 준비됐어."

"나도 준비됐어." 야코프가 흥분하며 말했다.

"자, 시작해, 얘들아, 시작해." 깜빡이가 꽥꽥 소리쳤다.

하지만 다 같이 의욕을 표현하면서도 아무도 시작은 하지

206) 야코프의 애칭.

않았다. 도급업자는 긴 의자에서 몸을 일으키지도 않았다. 다들 무언가를 기다리는 것 같았다.

"시작해!" 야만인 지주가 무뚝뚝하고 날카롭게 말했다.

야코프가 흠칫 몸을 떨었다. 도급업자가 일어나 허리띠를 조이며 헛기침을 했다.

"누가 먼저 하지?" 그가 야만인 지주에게 살짝 달라진 목소리로 물었다. 야만인 지주는 살진 다리를 넓게 벌리고 강인한 두 팔을 넓은 바지의 주머니 속에 거의 팔꿈치까지 찔러 넣은 채 홀 한가운데에 계속 꼼짝 않고 서 있었다.

"너부터, 너부터 해, 도급업자." 멍청이가 혀 짧은 소리로 말했다. "어이, 너부터 해."

야만인 지주는 눈을 치떠 그를 쳐다보았다. 멍청이가 작게 새된 소리를 내며 우물우물 말하더니 천장 어디쯤을 쳐다보며 어깨를 으쓱하고 입을 다물었다.

"제비뽑기로 하지." 야만인 지주가 또박또박 힘주어 말했다. "그리고 카운터에 술 한잔 내와."

니콜라이 이바니치가 허리를 굽혀 끙끙거리며 바닥에서 술 단지를 꺼내 탁자 위에 올려놓았다.

야만인 지주는 야코프를 쳐다보며 "자!" 하고 말했다. 야코프는 자기 호주머니를 뒤져 2코페이카짜리 동전을 꺼내더니 이빨 자국을 내서 표시를 남겼다. 도급업자는 카프탄 앞깃 속에서 새 가죽 지갑을 꺼내 천천히 끈을 풀고는 많은 동전을 손바닥에 쏟고 2코페이카짜리 새 동전을 골랐다. 멍청이는 차양이 꺾이고 느슨해진 자신의 낡은 모자를 내밀었다. 야코프와 도급업자가 저마다 자신의 동전을 모자 속에 던졌다.

"네가 골라." 야만인 지주가 깜빡이를 향해 말했다.

깜빡이는 자기만족에 겨운 미소를 흘리고는 두 손으로 모자를 쥐고 흔들기 시작했다.

한순간 깊은 정적이 깃들었다. 동전들이 서로 부딪치며 희미하게 짤그랑거렸다. 나는 유심히 주위를 둘러보았다. 모든 이의 얼굴에 팽팽한 기대감이 떠올랐다. 야만인 지주 자신도 눈을 가늘게 떴다. 내 옆에 앉은 낡은 스비트카 차림의 작은 농부조차 호기심을 보이며 목을 쑥 뺐다. 멍청이는 한 손을 모자 속에 찔러 넣더니 도급업자의 동전을 꺼냈다. 다들 한숨을 내쉬었다. 야코프의 얼굴이 붉어졌고, 도급업자는 한 손으로 머리를 쓸었다.

"너한테 먼저 하라고 했지." 멍청이가 소리 높여 말했다. "내가 말했잖아."

"자, 자, 그만 좀 꽥꽥거려!" 야만인 지주가 깔보는 투로 말했다. "시작해." 그가 도급업자를 향해 고개를 흔들며 말을 이었다.

"어떤 노래를 부를까?" 도급업자가 점차 흥분하며 물었다.

"네가 하고 싶은 걸로 해." 깜빡이가 대꾸했다. "머리에 떠오른 걸 불러."

"물론이지. 하고 싶은 걸 해." 니콜라이 이바니치가 천천히 팔짱을 끼며 덧붙였다. "우리가 너한테 뭘 부르라고 할 순 없어. 네가 좋아하는 노래를 불러. 그냥 잘 부르기만 해. 그럼 우리가 양심껏 판단해 줄 테니."

"물론, 양심에 따라서." 멍청이가 잽싸게 그의 말을 따라 하며 빈 술잔의 가장자리를 핥았다.

"형제들, 목청 좀 풀게." 도급업자가 카프탄의 옷깃을 손가락으로 만지작거리며 말했다.

"자, 자, 꾸물거리지 말고. 시작해!" 야만인 지주가 결정을 내리고 고개를 숙였다.

도급업자는 잠시 생각에 잠기더니 고개를 흔들고는 앞으로 나섰다. 야코프가 그를 뚫어지게 쳐다보았다…….

하지만 시합 자체를 묘사하기 전에 내 이야기의 등장인물들 한 명 한 명에 대해서 몇 마디 해 두는 편이 좋을 듯하다. 그들 중 몇 명의 인생에 대해서는 프리틴니 술집에서 그들과 만나기 전부터 알고 있었다. 다른 사람들에 대한 정보는 나중에 모았다.

멍청이부터 시작해 보자. 그 사람의 진짜 이름은 예브그라프 이바노프였다. 하지만 이 근방 전체에서 멍청이가 아닌 다른 호칭으로 그를 부르는 사람은 아무도 없었다. 그 자신도 스스로에 대해 말할 땐 그 별명을 사용했다. 그 별명은 그와 너무도 잘 어울렸다. 실제로도 그의 보잘것없고 늘 어수선한 외모에 더할 나위 없이 잘 어울렸다. 그는 술 마시고 놀기를 좋아하는 농노 하인으로 아직 결혼은 하지 않았다. 아주 오래전에 주인들로부터 버림을 받았으며, 직업이 없어 동전 한 푼 벌지는 못해도 매일 남의 돈으로 술을 마시고 흥청망청 노는 방법을 찾아냈다. 그에게는 술과 차를 사 주는 지인들이 많았다. 그들도 자신이 그러는 이유를 몰랐다. 그는 모임에서 재미

있는 사람도 아니었을뿐더러 오히려 무의미한 수다, 견딜 수 없는 질척거림, 열병에 걸린 듯한 몸짓, 쉴 새 없이 내뱉는 부자연스러운 웃음소리로 모든 사람들을 질리게 만들었기 때문이다. 그는 노래도 못 하고 춤도 못 췄다. 세상에 태어난 후 지금까지 현명한 말은커녕 분별 있는 말조차 해 본 적이 없었다. 늘 빠른 말로 두서없이 지껄였고 머리에 떠오르는 대로 거짓말을 했다. 진짜 멍청이였다! 그럼에도 인근 40베르스타 이내의 술자리에는 그의 가늘고 길쭉한 형상이 손님들 사이를 어슬렁거리며 돌아다녔다. 그래서 사람들은 그에게 익숙해져 그가 있어도 필요악인 양 견디게 됐다. 그들은 그를 모욕적으로 대했지만 그의 어리석고 충동적인 행동을 진정시킬 수 있는 사람은 야만인 지주뿐이었다.

깜빡이는 멍청이와 완전히 달랐다. 그가 다른 사람들보다 눈을 더 많이 깜빡이는 것은 아니었지만 깜빡이란 별명 역시 그에게 잘 어울렸다. 잘 알려진 사실이지만, 러시아 민중은 별명을 잘 짓는다. 나는 이 남자의 과거를 세세하게 알아내려고 애썼다. 하지만 내가 보기에 — 아마 다른 많은 사람들이 보기에도 — 그의 삶에는 검은 얼룩이, 애서가들의 표현처럼 모호함의 깊은 어둠으로 뒤덮인 지점들이 있었다. 그는 한때 자식이 없는 연로한 지주 마님의 집에서 마부로 있다가 자기가 맡은 트로이카를 몰고 도망가서 한 해 동안 자취를 감추었다. 방랑 생활의 불편함과 불행함을 절실히 깨달았는지 그는 제 발로, 하지만 이미 절름발이가 되어 돌아와 주인마님의 발아래에 몸을 던졌다. 그러고는 몇 년 동안 모범적인 행동으로 자신의 죄를 씻더니 조금씩 마님의 총애를 받기 시작했고, 마침내 그녀의 전적인 신뢰를 얻어 집사가 됐다. 그러다가 마님이 죽자 영문은 알 수 없지만 자유를 얻어 평민 신분으로 등록했고, 이웃들에게서 참외밭을 임대하기 시작하더니 점차 부유해져 지금은 마음 편히 살고 있다. 그는 노련하고 빈틈없는, 악하지도 선하지도 않은 그냥 계산적인 사람이었다. 인간을 알고 이용할 줄 아는, 그야말로 고운 밀가루로 만든 칼라치 빵[207]이었다. 그는 조심스러우면서도 여우처럼 진취적이었다. 노파처럼 수다스러웠지만, 자기는 무심코 지껄이는 일 없이 다른 모든 사람들만 속내를 털어놓게 했다. 하지만 그런 부류의 다른 교활한 사람들이 그러듯 어리숙한 척하지 않았다. 그로서는 그런 척하기도 어려웠을 것이다. 나는 그의 작고 교활한 눈보다 더 날카롭고 영리한 눈을 본 적이 없었다. 그 눈은 결코 그냥 쳐다보는 법이 없이, 항상 관찰하거나 엿본다. 이따금 깜빡이는 어떤 단순해 보이는 계획에 대해서 몇 주 내내 골똘히 생각하다가 갑자기 엄청나게 대담한 일을 결심하곤 한다. 그럴 때 그는 망할 것처럼 보인다……. 하지만 계속 보다 보면 모든 게 잘되고 모든 게 술술 잘 풀렸다. 그는 운이 좋다. 자신의 행운을 믿고 징조도 믿는다. 대체로 미신을 아주 잘 믿는 편이다. 그는 다른 사람의 문제에 절대 관여하지 않기 때문에 사랑을 얻지는 못하지만 존경은 받는다. 가족이라고는 그가

---

207) 세상의 온갖 어려움을 경험한 교활하고 영악한 인간을 비유하는 러시아어 표현이다.

끔찍하게 사랑하는 아들 하나뿐이다. 그런 아버지가 기른 자식이니 아마도 출세할 것이다. "작은 깜빡이는 제 아버지를 쏙 빼닮았어." 이미 노인들은 여름밤이면 토담 위에 앉아 자기들끼리 이야기를 나누며 그에 대해 작은 소리로 이렇게 수군거린다. 그러면 다들 그 말이 무슨 뜻인지 이해하며 더 이상 아무 말도 덧붙이지 않는다.

튀르크인 야코프와 도급업자에 대해서는 길게 늘어놓을 말이 없다. 실제로 포로가 된 튀르크 여자의 몸에서 태어나 튀르크인이라 불리는 야코프는 말 그대로 예술가의 영혼을 지녔지만, 어느 상인의 제지 공장에서 일하는 노동자였다. 도급업자에 관해 말하자면, 솔직히 그의 운명에 대해서는 여전히 모르지만, 민첩하고 활달한 도시 소시민처럼 보였다. 하지만 야만인 지주에 대해서는 좀 더 자세히 말해 둘 필요가 있다.

이 남자의 외모가 불러일으킨 첫인상은 어떤 거칠고 불쾌하면서도 저항할 수 없는 힘 같은 것이었다. 그는 우리 지방에서 '찌부러진 몸뚱이'라고 표현하는 투박한 체격을 지녔다. 하지만 그에게선 억누를 수 없는 활력이 강하게 느껴진다. 그리고 이상하게도 그의 곰 같은 형상은 아마도 자신의 힘에 대한 조금도 흔들림 없는 확신에서 비롯됐을 어떤 독특한 우아함마저 띠었다. 이 헤라클레스가 어느 계층에 속하는지 한눈에 판단하기는 어려웠다. 그는 농노 하인처럼도, 소시민처럼도, 퇴직해서 가난하게 살아가는 관청 서기처럼도, 싸움을 일삼는 사냥개지기로 변해 버린 몰락한 소귀족처럼도 보이지 않았다. 그는 정말 독특했다. 그가 어디에서 우리 군으로 뚝 떨어졌는지 아무도 몰랐다. 사람들은 그가 소지주 출신이며 한때 어딘가에서 관리로 근무한 것 같다고 말했다. 하지만 이에 대해 확실하게 알려진 것은 하나도 없었다. 사실 그에 대해 알려 줄 사람도 없었다. 그 사람 본인에게서 들을 수도 없었다. 그보다 더 과묵하고 무뚝뚝한 사람도 없었기 때문이다. 또한 그가 어떻게 생계를 유지하는지 확실히 말할 수 있는 이도 없었다. 그는 직업도 없었고, 방문하는 집도 없었으며, 알고 지내는 사람도 거의 없었지만, 돈만은 있었다. 사실 많지는 않았지만 있긴 했다. 그가 겸손하게 처신했다고 말할 순 없다. 대체로 그는 겸손한 구석이 전혀 없는 사람이었지만 조용하긴 했다. 주위에 누가 있든 전혀 깨닫지 못하는 사람처럼, 누구의 도움도 필요하지 않은 사람처럼 살았다. 야만인 지주(사람들이 그를 그렇게 부르긴 했지만 그의 진짜 이름은 페레블레소프다.)는 그 지역 전체에서 엄청난 영향력을 행사했다. 그에게는 누구에게도 명령을 내릴 권리가 없었고 그 자신도 우연히 마주친 사람들에게 결코 복종을 요구하지 않았지만, 사람들은 그에게 즉각 자발적으로 복종했다. 그가 말하면 사람들은 따랐다. 힘은 언제나 목적을 달성하는 법이다. 그는 술을 거의 마시지 않고 여자도 사귀지 않았지만 노래만큼은 열정적으로 사랑했다. 이 남자에게는 수수께끼 같은 면이 많았다. 그의 안에는 어떤 거대한 힘들이 음울하게 깃들어 있는 것 같았다. 일단 눈을 뜨면, 일단 자유롭게 풀려나면 틀림없이 자신과 손에 닿는 모든 것을 파괴하리라는 걸 그 힘들도 아는 것 같았다. 만약 이 남자의 삶에서 그런 폭발이 아직 일어난 적이 없다면, 만약 경험을 통해 배우고 겨우 파멸에서 벗어난 그가 이제 자신을 엄하게 억제하고 있는 게 아니라면, 나는 심한 착각을 하는 것이다. 내가 그에게서 특히 놀란 점은 어떤 타고난 천성적인 흉포함과 마찬가지로 타고난 고결함이 혼재한다는 점이었다. 난 다른 어느 누구에게서도 그런 혼재를 본 적이 없었다.

마침내 도급업자는 앞으로 나와 눈을 반쯤 감고 매우 높은 가성으로 노래하기 시작했다. 그의 목소리는 약간 거칠었지만 꽤 듣기 좋고 달콤했다. 그는 이 목소리를 자유자재로 놀리며 팽이처럼 빙빙 돌리고, 높은 음에서 낮은 음으로 계속 스며들다가 계속 높은 음으로 돌아가곤 했다. 그는 특별한 노력을 기울여 그 음조를 유지하며 길게 끌다가 뚝 멈추고는 갑자기 호쾌하고 오만하고 용감무쌍한 모습으로 이전 곡조를 이어 불렀다. 그 전환이 때로는 꽤 대담했고 때로는 아주 익살스러웠다. 안목이 높은 사람들은 이 전환에서 큰 즐거움을 얻었을 테고, 독일인들은 격분했을 것이다. 그 사람은 러시아의 테노르 디 그라치아이자 테너 레제였다.[208] 그는 명랑한 춤곡을 불렀다. 내가 끊임없는 꾸밈음과 덧붙는 화음과 탄성 사이에서 포착할 수 있었던 가사는 다음과 같다.

아가씨, 내가 작은 땅을

208) 19세기 초의 이탈리아 오페라, 특히 로시니와 벨리니가 작곡한 오페라에서 가볍고 우아하고 서정적인 테너 음색으로 공연하던 가수를 테너 디 그라치아(tenor di grazia) 혹은 레게로 테너(leggero tenor)로 지칭했다. 테너 레제(ténor léger)는 레게로 테너에 대응하는 프랑스어다.

갈아 줄게요,
아가씨, 내가 붉디붉은 작은 꽃을
심어 줄게요.

그는 노래했다. 다들 온통 집중해서 그 노래를 들었다. 그는 음악에 밝은 사람들 앞에 있다고 느꼈는지 이른바 살가죽을 뚫고 기어 나오듯 필사적으로 불렀다. 실제로 우리 지방 사람들은 노래의 전문가들이다. 오룔 가도에 있는 세르기옙스크 마을이 유난히 아름답고 조화로운 선율로 러시아 전체에서 이름을 떨치고 있는 것도 우연은 아니다. 도급업자는 오래 노래했지만 청중들에게 그다지 강렬한 감동을 주지는 못했다. 그를 받쳐 줄 합창단이 없었기 때문이다. 하지만 마침내 야만인 지주조차 미소 짓게 만든 대단히 멋진 전조(轉調) 부분에 이르자 멍청이도 더 이상 참지 못하고 만족에 겨운 함성을 질렀다. 모두가 전율했다. 멍청이와 깜빡이는 작은 소리로 곡조를 이어 부르기도 하고, 함께 부르기도 하고, "잘한다! 치고 들어가, 악당아! 치고 들어가, 길게 늘여, 사악한 놈아! 더 늘여! 더 뜨겁게, 넌 진짜 개자식이야, 수캐 같은 놈! 헤로데[209]가 네 영혼을 파괴할 거다!"라고 소리치기도 했다. 니콜라이 이바니치는 카운터 뒤에서 탄복하듯 고개를 양옆으로 흔들었다. 마침내 멍청이는 발을 구르고, 종종걸음치고, 좁은 어깨를 들

209) 헤로데(기원전 73년경~기원전 4년)는 유대의 통치자로, 동방 박사들로부터 베들레헴에 유대의 왕, 즉 그리스도가 태어났다는 소식을 듣고 왕권에 위협을 느껴 베들레헴의 두 살 이하 유아를 모조리 학살했다.

썩이기 시작했다. 야코프의 눈동자는 석탄처럼 이글이글 타올랐다. 그는 나뭇잎처럼 온몸을 떨며 얼빠진 모습으로 히죽거렸다. 야만인 지주만이 표정의 변화 없이 제자리에서 꼼짝도 하지 않았다. 입술에는 여전히 경멸의 표정이 어렸지만, 도급업자를 향한 눈길은 한층 부드러워져 있었다. 모두가 만족스러워 보이는 기색에 용기를 얻은 도급업자는 소용돌이치듯 점점 열기를 띠더니 절정으로 치닫기 시작했다. 혀를 놀려 지저귀는 듯한 소리와 북소리를 내기도 하고 목구멍을 세차게 울리기도 한 끝에, 완전히 지치고 창백해지고 뜨거운 땀으로 흠뻑 젖은 그는 마침내 온몸을 뒤로 젖혀 서서히 잦아드는 마지막 고음을 냈다. 그의 폭발하는 듯한 강렬한 노래에 다들 일제히 환호성을 지르며 화답했다. 멍청이는 길고 앙상한 두 팔로 숨이 막히도록 그의 목을 얼싸안았다. 니콜라이 이바니치의 투실투실한 얼굴에 홍조가 떠올랐다. 그는 더 젊어진 것처럼 보였다. 야코프는 미친 사람처럼 "잘한다, 잘한다!"라고 외쳤다. 누더기 옷을 걸친 옆자리 농부도 자신을 억누르지 못하고 주먹으로 탁자를 쾅 치면서 "아! 멋지다, 빌어먹을, 훌륭해!"라고 외치더니 결연하게 옆으로 침을 뱉었다.

"어이, 형제, 즐거웠어!" 멍청이가 기진맥진한 도급업자를 품에서 놓아주지 않으며 외쳤다. "즐거웠어. 무슨 말을 더 하겠어! 이겼어, 형제, 자네가 이겼어! 축하해! 저 술은 자네 거야! 야시카는 자네의 상대가 못 돼……. 내가 장담하는데 그자는 자네와 비교가 안 돼……. 내 말을 믿어! (그러더니 그는 다시 도급업자를 꽉 끌어안았다.)"

"그 사람을 놔줘, 놔주라니까, 성가신 놈 같으니……." 깜빡이가 화를 내며 말했다. "긴 의자에 앉혀, 봐, 지쳤잖아……. 넌 지독한 머저리야, 정말이지 멍청이라고! 왜 그렇게 귀찮게 들러붙어?"

"뭐, 그럼 앉게 해 주지. 난 이 사람의 건강을 위해 건배하겠어." 멍청이가 이렇게 말하고는 카운터로 다가갔다. "계산서는 자네 앞으로 달아 둘게, 형제." 그가 도급업자를 돌아보며 덧붙였다.

그는 고개를 끄덕이고는 긴 의자에 앉아 모자에서 수건을 꺼내 얼굴을 닦았다. 멍청이는 허겁지겁 탐욕스럽게 잔을 비우고는, 술독에 빠진 사람들이 그러듯 신음 소리를 내며 슬프고 근심스러운 표정을 지었다.

"노래 솜씨가 좋아, 형제, 잘하는군." 니콜라이 이바니치가 다정하게 말했다. "이제 네 차례야, 야샤. 정신 차려, 기죽지 마. 누가 이기는지 우리가 지켜볼 거야, 지켜보겠어……. 그런데 도급업자가 노래를 잘하네, 정말 잘해."

"정말 잘하죠." 니콜라이 이바니치의 아내가 이렇게 말하고는 빙긋 웃으며 야코프를 쳐다보았다.

"잘하고말고." 내 옆에 앉은 사람이 나직한 목소리로 그 말을 되풀이했다.

"자보로텐-폴레하![210]" 갑자기 멍청이가 이렇게 외치더니

210) 볼홉스키군과 지즈드린스키군의 경계선에서 시작되는 남부 지역의 긴 숲지대인 폴레시예의 주민들을 폴레하라고 부른다. 이들은 생활과 기질과 언어에서 매우 독특한 모습을 보인다. '자보로텐'은 의심 많고 완고한 기

어깨에 구멍이 난 작은 농부에게 다가와 손가락으로 가리키고는 펄쩍 뛰어오르고 껄껄거리며 큰 소리로 웃기 시작했다. "폴레하! 폴레하! 가, 바데,[211] 서둘러, 자보로텐! 왜 이러고 있어, 자보로텐!" 그가 계속 웃으면서 외쳤다.

가엾은 작은 농부는 당황한 나머지 자리에서 일어나 서둘러 떠나려 했다. 그런데 갑자기 야만인 지주의 금속성 목소리가 울렸다.

"저 지긋지긋한 짐승은 뭐야?" 그가 이를 갈며 말했다.

"아무것도 아닙니다." 멍청이가 우물거렸다. "난 아무것도…… 난 그냥……."

"아, 됐어, 입 닥쳐!" 야만인 지주가 받아쳤다. "야코프, 시작해!"

야코프가 한 손으로 목을 잡았다.

"그런데 형제, 그게…… 뭘……. 흠……. 모르겠어, 정말 어떤 걸……."

"자, 그만, 겁내지 마. 부끄러운 줄 알아! 왜 꽁무니를 빼려 해? 노래해, 하느님이 너에게 명하신 대로."

그러더니 야만인 지주는 고개를 숙이고 기다렸다.

야코프는 잠시 침묵하다가 주위를 둘러보고는 한 손으로 얼굴을 가렸다. 모두가, 특히 도급업자가 그를 뚫어지게 쳐다

질 때문에 이들에게 붙은 별명이다.(투르게네프 주) 러시아어 '자보로트(заворот)'는 '길모퉁이'를 뜻한다.(옮긴이 주)

211) 폴레시예의 주민들, 즉 폴레하들은 모든 말 뒤에 "가!"나 "바데!"라는 감탄사를 덧붙인다.(투르게네프 주)

보았다. 평소의 자신만만함과 의기양양한 승리감이 어린 도급업자의 얼굴에 무의식적으로 가벼운 불안감이 떠올랐다. 그는 뒷짐을 지고 벽에 기댔지만 더 이상 다리를 흔들지는 않았다. 마침내 야코프가 얼굴을 드러냈을 때 그 얼굴은 죽은 사람처럼 창백했다. 내리뜬 속눈썹 사이로 눈이 보일 듯 말 듯 반짝였다. 그는 깊이 숨을 쉬고는 노래를 부르기 시작했다……. 첫 음성은 약하고 고르지 않았다. 가슴에서 나오는 소리 같지 않았다. 어딘가 멀리서 우연히 방으로 날아든 것처럼 들리는 소리였다. 종이 울리는 듯한 그 떨리는 소리는 우리 모두에게 이상한 영향을 미쳤다. 우리는 서로를 쳐다보았고, 니콜라이 이바니치의 아내는 몸을 꼿꼿하게 폈다. 이 첫 음성에 이어 더 견고하고 느린, 하지만 여전히 현처럼 떨리는 듯한 소리가 나왔다. 그런데 갑자기 손가락을 세게 튕기는 소리가 울리더니, 빠르게 잦아드는 마지막 여음과 함께 노래가 흔들리는 듯했다. 두 번째 음에 이어 세 번째 음이 나오면서 곡조가 점차 열기를 띠고 확장되어 가더니 비통한 노래가 흘러나오기 시작했다. "들판에 이 오솔길 하나만 있는 게 아니었다." 그가 노래했다. 우리 모두는 달콤하고도 무서운 느낌에 젖었다. 솔직히 말해 나는 이런 목소리를 별로 들어 보지 못했다. 떨리듯 울리는 그 목소리는 약간 지친 것처럼 들렸다. 심지어 처음에는 병색마저 느껴졌다. 하지만 그 속에는 진정한 깊은 열정, 젊음, 힘, 달콤함, 매혹적일 정도로 무심하면서도 구슬픈 애수가 있었다. 러시아인의 진실하고 뜨거운 영혼이 그 안에서 울리며 숨 쉬었고, 듣는 이의 심장을 세게 움켜쥐었으며, 러시아인의 마음속에 있는 현을 정확히 집어냈다. 노래는 점점 자라나 흘러넘쳤다. 야코프는 환희에 사로잡힌 것 같았다. 그는 이미 겁을 내지 않고 자신의 모든 행복에 몰두하고 있었다. 그는 더 이상 목소리를 떨지 않았다. 목소리에 떨림이 전혀 없었던 건 아니지만, 그것은 듣는 이의 영혼을 화살처럼 꿰뚫는 열정의 내적 떨림 때문이었고, 그 떨림은 거의 감지되지 않았다. 목소리는 계속 강해지고 단단해지고 넓어졌다. 기억난다. 어느 날 저녁 썰물 때, 위협적이고 거친 파도 소리가 아득하게 들려오는 평평한 모래 해안에서 커다랗고 하얀 갈매기를 보았다. 갈매기는 선홍색 노을빛에 실크처럼 부드러운 가슴을 드러낸 채 꼼짝 않고 앉아 친숙한 바다를 향해, 저물어 가는 적자색 태양을 향해 이따금 천천히 긴 날개를 펼칠 뿐이었다. 나는 야코프의 노래를 들으면서 갈매기를 떠올렸다. 그는 경쟁자와 우리 모두를 완전히 잊고 노래했다. 하지만 파도가 헤엄치는 건강한 남자를 떠받치듯, 우리가 침묵 속에서 보인 열정적인 관심이 그를 지탱해 주는 것 같았다. 그는 노래했다. 끝없이 멀리 뻗은 친숙한 스텝이 눈앞에 펼쳐지듯 그의 음조 하나하나에서 혈육처럼 친밀하고 끝없이 광활한 무언가가 불어왔다. 내 심장에서 눈동자로 눈물이 끓어오르는 같았다. 꾹꾹 누른 먹먹한 흐느낌에 깜짝 놀랐다……. 주위를 둘러보니 술집 주인의 아내가 창문에 가슴을 대고 울고 있었다. 야코프는 그녀를 빠르게 흘깃 쳐다보고는 더 낭랑하고 더 달콤하게 노래했다. 니콜라이 이바니치는 고개를 숙였고, 깜빡이는 얼굴을 옆으로 돌렸다. 완전히 감동한 멍청이는 입을 멍하니 벌리고 서 있었다. 우중충한 작은 농부는 슬픔에 차서 조그마한 소리로 중얼거리고 고개를 흔들며 한구석에서 조용히 흐느꼈다. 야만인 지주의 강철 같은 얼굴을 따라 무성한 눈썹 아래로 굵은 눈물이 천천히 흘러내렸다. 도급업자는 움켜쥔 주먹을 이마에 대고 꼼짝도 하지 않았다……. 야코프가 마치 목소리가 망가진 것처럼 아주 가늘고 높은 소리로 느닷없이 노래를 끝내지 않았다면 모두가 어떻게 괴로움에서 풀려났을지 모르겠다. 아무도 함성을 외치지 않았다. 심지어 약간의 움직임도 보이지 않았다……. 다들 그가 더 노래를 하지 않을까 기다리는 것 같았다. 하지만 그는 눈을 떴다. 우리의 침묵에 놀란 듯 뭔가 묻고 싶은 눈초리로 주위의 모든 사람들을 둘러보다가 자신이 이겼다는 사실을 깨달았다…….

"야샤." 야만인 지주가 입을 열며 그의 어깨에 손을 얹고는 아무 말도 하지 않았다.

우리 모두는 마비된 것처럼 서 있었다. 도급업자가 조용히 일어나 야코프에게 다가갔다. "네가…… 너의…… 네가 이겼어." 마침내 그는 힘겹게 말하고 술집에서 뛰쳐나갔다.

그의 빠르고 과감한 동작이 마법을 깨뜨린 것 같았다. 다들 갑자기 큰 소리로 즐겁게 이야기하기 시작했다. 멍청이는 껑충껑충 뛰어오르고, 더듬더듬 지껄이고, 풍차 날개처럼 두 팔을 휘저었다. 깜빡이는 절뚝거리며 야코프에게 다가가 그에게 입을 맞춰 댔다. 니콜라이 이바니치는 일어서서 자기도 맥주 한 잔을 내겠다고 엄숙히 선언했다. 야만인 지주는 때때로 어쩐지 선량하게 느껴지는 웃음소리를 냈다. 나는 그에게서 그런 웃음을 듣게 될 거라고는 생각도 못 했다. 우중충한 작은 농부는 자기가 차지한 구석에서 양 소매로 눈과 뺨과 코와 턱 수염을 닦으며 계속 같은 말을 되풀이했다. "아, 잘한다, 하느님께 맹세하지, 정말 잘해, 뭐, 나한테 개자식이라 해도 좋아, 잘하니까!" 니콜라이 이바니치의 아내는 붉어진 얼굴로 재빨리 일어나 다른 곳으로 가 버렸다. 야코프는 어린아이처럼 자신의 승리를 즐겼다. 그의 얼굴이 완전히 변모했다. 특히 그의 눈동자가 행복감에 젖어 환하게 빛났다. 사람들이 그를 카운터로 끌고 갔다. 그는 울고 있는 우중충한 작은 농부를 카운터로 부르고, 술집 주인의 어린 아들에게 도급업자를 데려오라고 시켰다. 하지만 아이는 도급업자를 찾지 못했다. 그리고 술판이 벌어졌다. "넌 우리에게 노래를 더 불러 주겠지. 저녁까지 불러 줄 거야." 멍청이가 두 팔을 높이 치켜들고 같은 말을 되풀이했다.

나는 한 번 더 야코프를 보고 밖으로 나왔다. 남고 싶지 않았다. 내가 받은 인상이 망가질까 봐 두려웠다. 하지만 여전히 견디기 힘들 만큼 더웠다. 무더위는 두껍고 무거운 층을 이루어 대지 위에 떠 있는 것 같았다. 검은색에 가까운 미세 먼지 너머 검푸른 하늘에 작고 환한 불꽃 같은 것이 빙글빙글 도는 것 같았다. 모든 것이 정적에 싸여 있었다. 무기력한 자연의 그 깊은 침묵 속에는 절망적인 무언가가, 짓눌린 무언가가 있었다. 겨우 건초 다락에 도착해 갓 베어 들인, 하지만 벌써 거의 다 마른 풀 위에 누웠다. 오래도록 잠을 이룰 수 없었다. 오래도록 야코프의 거부할 수 없는 목소리가 귓가에서 맴돌았다……. 하지만 더위와 피로가 결국 자신의 목적을 이루었고, 나는 죽음 같은 잠에 빠져들었다. 잠에서 깼을 때 주위가 온통 깜깜했다. 주위에 흩어진 풀은 강한 향기를 풍겼고 조금 축축했다. 반쯤 트인 지붕의 가느다란 서까래 사이로 창백한 별들이 희미하게 반짝거렸다. 나는 밖으로 나갔다. 노을은 이미 오래전에 사라졌고, 지평선에는 그 마지막 흔적이 겨우 희뿌옇게 남아 있었다. 하지만 조금 전까지 뜨겁게 달구어져 있던 대기에서는 밤의 상쾌함 사이로 아직 온기가 느껴졌고, 가슴은 여전히 서늘한 바람을 갈망하고 있었다. 바람은 불지 않았고, 구름도 없었다. 투명한 검은빛을 띤 주위의 하늘은 구름 한 점 없이 맑았고, 셀 수 없이 많은, 그러나 육안으로는 거의 보이지 않는 별들로 고요히 반짝였다. 마을에서 불빛들이 반짝였다. 그다지 멀지 않은 환한 선술집에서 왁자지껄 떠드는 소리가 고르지 않게 어렴풋이 들려왔다. 그 속에서 야코프의 목소리를 들은 것 같았다. 때때로 그곳으로부터 요란한 웃음소리가 폭발음처럼 일었다. 나는 작은 창문으로 다가가 유리에 얼굴을 바짝 댔다. 활기차고 생기 넘치는, 그러나 유쾌하지 않은 장면이 보였다. 모두가 취해 있었다. 야코프를 비롯한 모두가. 야코프는 가슴을 드러내고 긴 의자에 앉아 쉰 목소리로 거리의 춤곡 같은 노래를 부르며 나른하게 기타 줄을 튕기고 뜯었다. 젖은 머리칼이 흐트러져 그의 무섭도록 창백해진 얼굴 위로 흘러내렸다. 선술집 한가운데에는 완전히 '나사가 풀려' 카프탄도 입지 않은 멍청이가 회색 농민 외투를 입은 농부 앞에서 껑충거리며 춤을 추고 있었다. 이번에는 작은 농부가 힘겹게 발을 구르고 힘이 풀린 두 다리를 질질 끌었으며, 흐트러진 턱수염 사이로 실없는 미소를 보이면서 마치 "될 대로 되라지!"라고 말하고 싶은 듯 이따금 한 손을 내저었다. 그의 얼굴보다 우스운 것도 없을 정도였다. 그가 아무리 눈썹을 치켜올려도, 무거워진 속눈썹은 도무지 올라가려 하지 않고 거의 보이지도 않는 흐리멍덩한, 하지만 달콤함으로 가득한 눈동자 위에 축치고 있었다. 그는 만취한 사람이 느끼는 기분 좋은 상태에 빠져 있었다. 그때 지나가다 그의 얼굴을 본 사람이라면 누구나 분명 "어이, 좋군, 좋아."라고 말했을 것이다. 멍청이는 새우처럼 새빨개진 얼굴로 콧구멍을 벌름거리며 한구석에서 기분 나쁘게 웃어 대고 있었다. 니콜라이 이바니치만 술집 주인답게 한결같은 냉정함을 유지하고 있었다. 술집 안에는 새로운 얼굴도 많았다. 하지만 야만인 지주는 보이지 않았다.

나는 돌아서서 콜로톱카 마을이 있는 언덕을 빠르게 걸어 내려갔다. 이 언덕 기슭에는 넓은 평야가 펼쳐져 있었다. 자욱한 저녁 안개의 파도에 잠긴 평야는 한층 무한해 보였고, 마치 캄캄해진 하늘과 하나로 합쳐지고 있는 것 같았다. 골짜기에 난 길을 따라 성큼성큼 걸어가는데, 갑자기 멀리 평야 어딘가에서 사내아이의 높고 날카로운 목소리가 들렸다. "안트롭카! 안트롭카아아!" 아이는 마지막 음절을 오래오래 끌며 눈물 섞인 절망의 목소리로 끈질기게 부르짖었다.

아이는 잠시 멈췄다가 다시 외치기 시작했다. 그의 목소리는 선잠에 빠져 꼼짝하지 않는 대기 속에서 또랑또랑하게 울려 퍼졌다. 사내아이는 안트롭카의 이름을 적어도 서른 번은 외쳤다. 그런데 갑자기 풀밭의 반대편 끝에서, 마치 다른 세상에서 들려오듯 들릴락 말락 한 희미한 대답이 들려왔다.

"뭐어?"

사내아이의 목소리는 이내 기쁨과 분노가 뒤섞인 외침으로 변했다.

"이리 와, 악마 같은 노옴아!"

"왜애애?" 한참 뒤에 반대쪽의 목소리가 대답했다.

"아버지가 널 채찍으로 때리려 하니까아아." 처음의 목소리가 황급히 외쳤다.

반대편 목소리는 더 이상 대꾸하지 않았고, 사내아이는 다시 안트롭카를 부르기 시작했다. 그의 함성은 점점 희미해지며 드문드문 내 귓가로 날아왔다. 그때는 이미 어둠이 짙게 깔린 뒤였다. 나는 내 영지를 에워싼, 콜로톱카에서 4베르스타 떨어진 숲 언저리를 돌았다…….

"안트롭카아아!" 밤의 그림자로 가득한 대기 속에서 여전히 그 소리가 들리는 것 같았다.

표트르 페트로비치 카라타예프

다섯 해 전쯤 가을에 모스크바와 툴라를 잇는 가도에서 교체할 말이 없어 거의 온종일 역참에 머물러야 했던 적이 있다. 사냥터에서 돌아오는 길이었는데, 경솔하게도 내 트로이카를 먼저 보내 버렸던 것이다. 코까지 늘어뜨린 머리칼과 잠에 취한 작은 눈으로 침울한 인상을 풍기던 늙은 역장은 내가 아무리 하소연하고 요청해도 퉁명스럽게 으르렁대기만 했다. 자신의 직무를 저주하듯 분노에 차 문을 쾅쾅 닫았고, 현관 계단으로 나가 역마차 마부들에게 욕설을 퍼붓기도 했다. 무거운 멍에를 두 손에 들고 진창을 어슬렁거리거나 긴 의자에 앉아 하품을 하고 몸을 긁던 마부들은 상관이 역정을 내며 소리를 질러도 별로 관심을 보이지 않았다. 나는 이미 세 번 정도 차를 마셨다. 잠을 자려고 여러 번 애써 봤지만 소용없었다. 창문과 벽에 적힌 낙서도 남김없이 전부 읽었다. 끔찍한 지루함이 날 괴롭혔다. 나는 차갑고 무기력한 절망 속에서 내 타란타스[212]의 위로 쳐들린 끌채를 바라보고 있었다. 그때 갑자기 방울 소리가 울리더니 지친 말 세 필이 끄는 작은 첼레가가 현관 계단 앞에 멈춰 섰다. 새로 온 사람은 첼레가에서 뛰어내리며 "얼른 말들을 교체해 줘!"라고 외치면서 건물 안으로 들어섰다. 말이 없다는 역장의 대꾸를 이런 경우 으레 그러듯 당혹스럽고 놀랍다는 표정으로 그가 듣는 동안, 나는 지루함에 빠진 인간의 탐욕스러운 호기심으로 내 새로운 동지를 머리부터 발끝까지 훑어보았다. 그는 서른 살쯤으로 보였다. 천연두가 그의 메마르고 누르스름한 얼굴에 지울 수 없는 흔적과 불쾌한 구릿빛을 남겼다. 검푸른 긴 머리칼이 뒤쪽으로는 옷깃까지 고리 모양으로 드리워지고, 앞쪽으로는 늠름해 보이는 관자놀이까지 비비 꼬여 있었다. 부어 오른 작은 눈은 무언가를 향하긴 했지만 그저 그뿐이었다. 윗입술에는 수염이 몇 가닥 솟아 있었다. 그는 방탕한 지주처럼, 혹은 말 시장을 찾아온 손님처럼 기름때에 찌든 화려한 아르할루크[213]를 걸치고, 빛바랜 라일락색 실크 넥타이를 매고, 구리 단추 달린 조끼와 가랑이 넓은 회색 바지를 입고 있었다. 바지 밑단으로 지저분한 부츠의 코가 살짝 보였다. 그에게서 담배와 보드카 냄새

212) 울퉁불퉁한 길에서의 충격을 줄이기 위해 차축을 길게 제작한 사륜마차. 긴 여행에 많이 사용됐다.

213) 몸에 꼭 맞게 재단해 카프탄보다 활동성을 높인 캅카스 지역의 남성용 상의.

가 강하게 풍겼다. 아르할루크 소매에 거의 가려진 붉고 통통한 손가락들에는 은반지들과 툴라[214] 공방에서 만든 반지들이 끼워져 있었다. 이런 인물들은 러시아에서 수십 명이 아니라 수백 명이라도 만날 수 있다. 솔직히 말해 이런 사람들과의 친분은 어떤 즐거움도 주지 않는다. 하지만 새로 온 사람을 편견의 시선으로 바라보긴 했어도 나는 그의 얼굴에 떠오른 태평하고 선량하고 열정적인 표정을 포착하지 않을 수 없었다.

"여기 이 신사분은 한 시간 넘게 기다리고 계십니다." 역장이 나를 가리키며 말했다.

'한 시간 넘게라니!' 악당이 나를 비웃었다.

"저분은 딱히 필요하지 않으신가 보군." 새로 온 사람이 대꾸했다.

"우리가 그걸 알 순 없죠." 역장이 침울하게 말했다.

"정말 도저히 안 될까? 확실히 말이 없는 거야?"

"없습니다. 한 필도 없어요."

"음, 그럼 사모바르를 가져오라고 해. 잠깐 기다리지. 달리 할 일도 없으니."

새로 온 사람은 긴 의자에 앉아 테 없는 모자를 탁자 위에 던지고 한 손으로 머리카락을 쓸어 넘겼다.

"차를 드셨습니까?" 그가 나에게 물었다.

"마셨습니다."

214) 모스크바 남쪽으로 약 200킬로미터 떨어진 도시. 러시아 제국 시절부터 중요한 무기 생산 기지이며, 그 외에 사모바르처럼 철을 이용한 공예품과 장식품으로도 유명했다.

"더 드시면서 말벗이 되어 주시지 않겠습니까?"

나는 동의했다. 불룩한 적황색 사모바르가 탁자 위에 네 번째로 등장했다. 난 럼주 병을 꺼냈다. 내 말벗이 영지가 작은 소귀족이라고 생각한 것은 착각이 아니었다. 그의 이름은 표트르 페트로비치 카라타예프였다.

우리는 서로 이야기를 나누었다. 그는 도착한 지 삼십 분도 지나지 않아 선량하고 솔직한 태도로 자신의 삶을 들려주기 시작했다.

"지금 모스크바로 가는 중입니다." 그가 네 번째 잔을 비우면서 말했다. "이제 시골에는 내가 할 수 있는 일이 없어요."

"어째서요?"

"정말 할 일이 없습니다. 영지 경영은 파탄 났고, 솔직히 말해 농부들은 몰락했어요. 흉년이 계속 이어졌죠. 수확도 좋지 않았고, 아시겠습니까, 이런저런 불행이……. 네, 어쨌든," 그가 우울하게 옆을 힐끗 쳐다보며 덧붙였다. "나 같은 인간이 어떻게 경영을 하겠습니까!"

"왜요?"

"아닙니다." 그가 내 말을 가로막았다. "이런 지주가 있을까요! 아시겠습니까!" 그가 고개를 옆으로 돌리고 파이프를 연신 빨면서 계속 말했다. "그러니까 당신은 날 보면서 '저 사람은 이런저런 인간이구나.'라고 생각할지 모릅니다. 솔직히 말해야겠죠. 난 사실 중등 수준의 교육밖에 받지 못했습니다. 재산이 없었거든요. 용서하십시오, 솔직한 인간이다 보니, 그래서 결국……."

그는 말을 맺지 못하고 한 손을 내저었다. 나는 그가 잘못 생각하는 거라고, 나는 이 만남이 몹시 기쁘다고 그를 설득했다. 그러고 나서 영지 관리에는 그렇게 높은 수준의 교육이 필요하지 않다고 말했다.

"그렇죠." 그가 대답했다. "당신의 의견에 동의합니다. 하지만 역시 그런 게, 특별한 기질 같은 게 필요합니다! 어떤 사람은 농부를 보리수 털듯 벗겨 먹고도 신경 쓰지 않아요! 그런데 난……. 알려 주십시오, 당신은 피테르에서 왔습니까, 모스크바에서 왔습니까?"

"페테르부르크에서 왔습니다."

그는 콧구멍으로 담배 연기를 길게 뿜었다.

"나는 공직 생활을 해 보려고 모스크바로 가는 중입니다."

"어느 부서로 갈 생각입니까?"

"모르겠습니다. 그곳의 상황을 보고요. 솔직히 말하면 공직을 맡는 게 두렵습니다. 바로 책임을 떠맡게 되니까요. 난 시골에서 줄곧 살았습니다. 시골 생활에 익숙한데, 아시겠습니까……. 이제 어쩔 도리가 없어요……. 필수 불가결이에요! 아, 내겐 이게 필수 불가결이랍니다!"

"그 대신 당신은 수도에서 살게 되잖아요."

"수도라……. 글쎄요, 수도에 무슨 좋은 점이 있을지 잘 모르겠군요. 두고 봐야죠, 어쩌면 그게 좋을지도……. 하지만 시골보다 좋은 곳이 있을 것 같지는 않군요."

"그럼 정말 시골에서는 더 이상 살 수 없습니까?"

그는 한숨을 쉬었다.

"네. 그 땅은 이제 내 것이 아닐 테니까요."

"왜요?"

"그곳에 좋은 사람이 살게 됐는데…… 이웃이었어요……. 어음을……."

가엾은 표트르 페트로비치는 한 손으로 머리를 쓸며 잠시 생각하다가 고개를 저었다.

"뭐, 어쩌겠습니까! 솔직히 말하죠." 그는 오랫동안 침묵한 끝에 이렇게 덧붙였다. "누구를 비난할 생각은 없어요. 내 잘못입니다. 난 과시하기를 좋아했어요! 빌어먹을, 과시하기를 좋아했다고요!"

"시골 생활은 즐거웠습니까?" 내가 그에게 물었다.

"우리 집에는," 그가 내 눈을 똑바로 쳐다보며 천천히 말했다. "열두 쌍의 사냥개가 있었어요. 장담하는데 그런 사냥개는 좀처럼 보기 힘들 겁니다.(그는 이 마지막 몇 마디를 노래하듯 길게 늘여 말했다.) 토끼를 보면 즉각 달려들죠. 사슴이나 곰 같은 짐승을 보면 뱀처럼, 정말이지 독사처럼 변한다니까요. 내 보르조이들도 자랑할 만합니다. 이제는 다 지난 일입니다. 거짓말을 한들 무슨 소용이 있습니까? 난 라이플총을 들고 사냥을 다니기도 했습니다. 나에겐 콘테스카라는 개가 있었어요. 대단한 포인터였죠. 후각이 좋아서 사냥감을 하나도 놓치지 않았답니다. 때로는 늪지로 가서 '찾아!'라고 말하곤 했습니다. 그 개가 찾아 나서지 않으면 다른 개 열두 마리를 데려다 놓아도 시간만 낭비할 뿐이죠. 하지만 그 개는 일단 찾기 시작하면 정말이지 그 자리에서 기꺼이 죽을 기세로 했어요.

그리고 실내에서는 얼마나 예의가 발랐다고요. 왼손으로 빵을 주면서 '유대인이 먹던 거다.'라고 해 봐요. 그럼 정말 받아먹지 않아요. 그런데 오른손으로 주면서 '귀족 아가씨가 먹던 거다.'라고 하면 냉큼 받아먹는다니까요. 그 개가 낳은 새끼도 있었는데 멋진 강아지였어요. 모스크바에 데리고 가고 싶었는데 친구가 라이플총과 함께 그 강아지도 달라고 조르더군요. 친구, 모스크바에서는 그런 걸 할 겨를이 없을 거야. 그곳은 완전히 다를걸, 친구. 이렇게 말하면서요. 난 친구에게 강아지를 넘겼죠. 라이플총도요. 그렇게 해서 아시다시피 모든 걸 그곳에 남겨 두고 오게 됐습니다."

"하지만 모스크바에서도 사냥을 할 수 있을 텐데요."

"아뇨, 뭣 하러요? 난 전에도 스스로를 억누르지 못했어요. 그러니 이제 참아야 합니다. 차라리 이런 걸 알려 주시면 좋겠군요. 모스크바에서 생활하는 데 돈이 많이 듭니까?"

"아뇨, 별로요."

"별로라고요? 그럼 제발 말해 주세요, 모스크바에 집시들이 삽니까?"

"어떤 집시들이요?"

"장터를 돌아다니는 집시들이요."

"네, 모스크바에……."

"음, 다행입니다. 내가 집시를 좋아하거든요, 빌어먹을, 집시를 좋아해서……."

그러고는 표트르 페트로비치의 눈동자가 활기찬 즐거움으로 반짝거렸다. 하지만 갑자기 그가 긴 의자에서 꿈지럭거리더니 생각에 잠겨 고개를 푹 떨구고 나에게 빈 컵을 내밀었다.

"럼주를 좀 주십시오." 그가 말했다.

"하지만 차를 다 마신걸요."

"괜찮습니다. 그냥 차 없이…… 아!"

카라타예프는 팔꿈치로 탁자를 받치고 두 손으로 머리를 감쌌다. 나는 말없이 그를 바라보며 감정에 북받친 절규, 심지어 술 취한 사람이 펑펑 흘리는 눈물까지도 예상했다. 그러나 그가 고개를 든 순간, 솔직히 말해서, 나는 그의 얼굴에 떠오른 깊은 슬픔에 충격을 받았다.

"무슨 일입니까?"

"아무것도 아닙니다……. 옛날 일이 떠올라서요. 그냥 대수롭지 않은 일이에요……. 그 얘기를 들려드리죠, 당신을 괴롭힐까 봐 부끄럽긴 하지만……."

"무슨 그런 말씀을 하십니까!"

"네." 그가 한숨을 쉬며 말을 이었다. "이런저런 일들이 일어나곤 하죠……. 예를 들어 내 경우처럼 말입니다. 당신만 좋다면 이야기하겠습니다. 하지만 잘 모르겠네요……."

"들려주십시오, 표트르 페트로비치."

"좋습니다, 하지만 그런……. 당신도 알 테죠." 그가 말문을 열었다. "하지만 정말 잘 모르겠습니다……."

"자, 그만해요, 표트르 페트로비치."

"음, 좋습니다. 그러니까 이건 나에게, 말하자면, 우연히 일어난 일입니다. 난 시골에서 살았어요……. 갑자기 한 아가씨에게 끌리게 됐죠. 아, 얼마나 멋진 아가씨였는지……. 아름답고 똑똑했어요. 게다가 얼마나 착했다고요! 그녀의 이름은 마트료나였습니다. 하지만 평범한 아가씨였죠. 그러니까, 농노였습니다, 당신도 이해하겠죠, 그냥 농노였다고요. 하지만 내 농노가 아니라 다른 사람의 농노였어요. 바로 그 점이 모든 불행의 원인이었습니다. 뭐, 그렇게 난 그녀를 사랑하게 됐습니다. 정말 대수롭지 않은 이야기죠. 어쨌든 그녀도 날 사랑하게 됐습니다. 그러다가 마트료나가 나에게 이런 부탁을 하기 시작했습니다. 자기 주인마님에게 몸값을 내고 자기를 사 달라고 말이에요. 나도 이미 그 문제에 대해 생각하고 있었습니다……. 그녀의 주인은 재산이 많은 무서운 노파였어요. 우리 집에서 15베르스타쯤 떨어진 곳에 살았죠. 음, 이른바 어느 화창한 날 난 드로시키에 말 세 마리를 매라고 지시했습니다. 가운데 말은 걸음이 느린 말이었어요. 대단한 아시아 놈이었죠. 그래서 이름도 람푸르도스[215]였고요. 난 가장 좋은 옷을 차려입고 마트료나의 마님에게로 갔습니다. 도착해서 보니 곁채와 정원이 딸린 큰 저택이……. 모퉁이에서 마트료나가 날 기다리고 있었습니다. 나에게 뭔가 이야기를 하고 싶었던 모양인데 내 손에 입을 맞추기만 하고 사라졌습니다. 난 대기실로 들어가 묻습니다. '댁에 계신가?' 키가 큰 하인이 내게 말합니다. '누구시라고 전해 드릴까요?' 난 말합니다. '지주 카라타예프가 상의할 일이 있어 찾아왔다고 전해 주겠나.' 하인이 자리를

---

215) 볼테르의 소설 『낙천주의자, 캉디드(Candide ou l'optimisme)』(1759)에 등장하는 거만한 총독의 이름이다.

떴습니다. 난 혼자 기다리며 생각합니다. 어떻게 될까? 그 간사한 인간은 그렇게 돈이 많은데도 엄청난 값을 부르지 몰라. 아마 500루블쯤 요구하겠지. 마침내 하인이 돌아와서 말합니다. '이리로 오십시오.' 난 그를 따라 응접실로 들어갑니다. 살갗이 누르스름하고 몸집이 작은 노파가 안락의자에 앉아 눈을 깜빡입니다. '무슨 일로 오셨나요?' 무엇보다, 아시겠죠, 난 만나서 반갑다는 말을 할 필요가 있다고 생각했습니다. '착각하셨군요. 난 이 집의 주인이 아니라 주인의 친척인데…… 무슨 일이죠?' 난 그 자리에서 말했습니다. 주인과 의논할 일이 있다고요. '마리야 일리니치나는 오늘 손님을 만나지 않아요. 몸이 안 좋아서요……. 무슨 일로 오셨나요?' 난 속으로 생각했습니다. 어쩔 수 없으니 이 부인에게 내 상황을 설명하자. 노파는 내 말을 끝까지 들었습니다. '마트료나? 어떤 마트료나 말인가요?' '쿨리크의 딸 마트료나 페도로바입니다.' '표도르 쿨리크의 딸이라……. 그런데 당신은 어떻게 그 애를 알았죠?' '우연히요.' '그 애도 당신 생각을 아나요?' '압니다.' 노파는 잠시 침묵했습니다. '내가 이 쓸모없는 년을!' 솔직히 난 놀랐습니다. '왜 그러세요, 무슨 그런 말씀을 하십니까! 금액을 정해 주시기만 하면 마트료나를 위해 기꺼이 지불하겠습니다.' 그 늙은 할망구가 심하게 식식거리며 독설을 퍼붓기 시작했습니다. '놀라운 계획을 꾸몄군요. 당신 돈 따위 필요 없어요. 이 년을 가만두나 봐라, 이년을……. 내가 그년 머릿속에서 허황된 생각 따위 다 날려 주겠어.' 노파는 악에 북받쳐 심하게 기침을 했습니다. '우리 집에 있는 게 싫다는 건가? 아, 그 앤 악마예요, 하느님, 저의 죄를 용서하소서!' 솔직히 말하죠, 난 그만 폭발하고 말았습니다. '도대체 왜 불쌍한 아가씨를 위협하는 겁니까? 그녀가 무슨 잘못을 했는데요?' 노파가 성호를 그었습니다. '아, 주여, 예수 그리스도시여! 내 농노도 내 마음대로 하면 안 되나요?' '그럼요, 그녀는 당신의 소유물이 아닙니다!' '뭐, 그야 마리야 일리니치나가 잘 알겠죠. 신사분, 당신과 상관없는 일이에요. 하지만 두고 봐요, 내가 마트료시카에게 자기가 누구의 농노인지 똑똑히 알려 주겠어요.' 솔직히 그 빌어먹을 노파에게 달려들 뻔했습니다. 하지만 마트료나가 떠오르자 손이 툭 떨어지더군요. 말로 옮길 수도 없을 만큼 겁이 났습니다. 그래서 노파에게 사정하기 시작했죠. '원하는 게 있다면 다 가져가십시오.' '그런데 그 애가 당신에게 뭔가요?' '그녀를 좋아합니다. 내 입장이 되어 보세요……. 당신의 작은 손에 입 맞추게 해 주십시오.' 그렇게 해서 그 사악한 여자의 손에 입을 맞추게 됐죠! 그 마녀가 중얼거리더군요. '뭐, 마리야 일리니치나에게 말해 두죠. 그 애가 어떤 결정을 내릴까요? 당신은 이틀 뒤에 와요.' 난 심한 불안에 사로잡혀 집으로 갔습니다. 일을 그르쳤다고, 괜히 내 처지를 말해 줬다고, 너무 늦게 눈치챘다고 속을 태우기 시작했죠. 이틀 뒤 지주의 집으로 갔습니다. 서재로 안내받았죠. 수많은 꽃과 멋진 장식품이 있더군요. 지주라는 여자는 이상하게 생긴 안락의자에 앉아 고개를 뒤로 젖혀 쿠션으로 받치고 있었습니다. 지난번에 친척이라고 한 여자도 거기에 앉아 있었습니다. 머리색이 연하고 입이 비뚤어진 녹색 드레스 차림의 아가씨도 있었습니다.

말벗인 것 같더군요. 노파가 콧소리로 말했습니다. '앉으시죠.' 난 앉았습니다. 노파는 내가 몇 살인지, 어디에서 근무했는지, 앞으로 무엇을 할 계획인지 캐물었습니다. 아주 오만하게 거드름을 피우면서요. 난 자세히 대답했습니다. 노파는 탁자에서 손수건을 집어 들어 자기 쪽으로 부채질하듯 흔들었습니다……. '카체리나 카르포브나에게서 당신의 생각을 보고받았어요. 네, 보고받았습니다. 하지만 내 집에서 일하는 농노들을 다른 곳으로 보내지 않는 게 내 원칙입니다. 그런 건 부적절해요. 점잖은 집안에 어울리지 않아요. 규범에 어긋납니다. 난 이미 지시를 내려 두었어요. 당신은 더 이상 염려할 것 없습니다.' '염려라뇨, 당치도 않습니다……. 혹시 마트료나 페도로바가 당신에게 필요한가요?' '아뇨, 필요 없어요.' '그럼 도대체 왜 마트료나를 나한테 보내려 하지 않습니까?' '그러고 싶지 않아서요. 내키지 않습니다. 그뿐이에요. 난 이미 지시를 내렸습니다. 그 애를 스텝 지역의 내 영지로 보냈어요.' 벼락을 맞은 것 같았습니다. 노파는 녹색 옷을 입은 아가씨에게 프랑스어로 두어 마디 했습니다. 그러자 그 여자가 나가더군요. '난 엄격한 원칙을 고수하는 여자예요. 건강도 좋지 않고요. 그래서 걱정이 생기면 못 견디겠더라고요. 당신은 아직 젊은 사람이고 난 이미 늙은 여자니까 당신에게 조언 정도는 해도 되겠죠. 일자리를 구하고 좋은 배필을 찾아 결혼하는 게 낫지 않겠어요? 부유한 신붓감은 좀처럼 찾기 어렵죠. 하지만 가난해도 성품이 어진 아가씨는 찾을 수 있어요.' 난 노파를 바라보면서도 그 여자가 그 자리에서 무슨 말을 지껄이는지 전혀 깨닫지 못했습니다. 노파가 결혼에 대해 이야기하는 걸 들으면서도, 내 귓가에서는 계속 '스텝 지역의 내 영지'라는 말만 울렸습니다. 결혼이라뇨! 악마 같은……."

이야기하던 사람이 갑자기 입을 다물고 나를 쳐다보았다.

"아직 결혼하지 않았죠?"

"네."

"그야 그렇겠죠, 당연합니다. 나는 더 이상 참을 수 없었습니다. '말도 안 됩니다, 부인, 왜 그런 허튼소리를 합니까? 이 자리에서 결혼이 웬 말입니까? 내가 당신에게서 알고 싶은 건 당신이 하녀 마트료나를 넘길지 말지입니다.' 노파가 한숨을 쉬었습니다. '아, 이 사람이 날 괴롭히는군! 아, 이 사람을 내보내! 아!' 친척 여자가 그녀 쪽으로 뛰어가며 큰 소리로 날 꾸짖었습니다. 노파는 계속 신음했죠. '내가 왜 이런 꼴을 당해야 하지? 결국 난 내 집에서도 주인이 아니란 거야? 아, 아!' 난 모자를 움켜쥐고 미친 사람처럼 밖으로 뛰쳐나왔습니다."

"어쩌면," 이야기하던 사람이 계속 말했다. "당신은 하층 계급의 아가씨에게 이토록 강하게 집착하는 날 비난하겠죠. 나 자신을, 말하자면, 정당화할 생각은 없습니다……. 그냥 그렇게 됐을 뿐이에요! 믿을지 모르겠지만 낮이든 밤이든 내 마음은 한시도 평온하지 않았습니다……. 괴로워요! 무엇 때문에 그 불행한 아가씨의 인생을 망쳐 놨을까 하는 생각을 했습니다. 때때로 그녀가 거친 옷을 입고 거위를 몬다든지 주인의 지시로 학대를 당한다든지 촌장이나 타르를 칠한 부츠를 신은 농부에게 모진 욕설을 듣는 장면을 떠올릴 때면 곧

바로 식은땀이 줄줄 흘렀습니다. 도저히 견딜 수가 없어서 그녀가 어느 마을로 보내졌는지 알아본 후 말을 타고 그곳으로 갔습니다. 다음 날 저녁 무렵 겨우 도착했죠. 지주는 내가 그런 돌발 행동을 하리라고는 예상하지 못했는지 나에 대해 어떤 지시도 내리지 않은 것 같았습니다. 난 곧장 이웃인 것처럼 촌장을 찾아갔죠. 안마당에 들어서자 마트료나가 한 손으로 턱을 괴고 현관 계단에 앉아 있었습니다. 그녀가 비명을 지르려 했지만 내가 손가락을 흔들어 보이며 뒷마당과 들판 쪽을 가리켰습니다. 난 통나무집으로 들어가 촌장과 잡담을 하고 숱한 거짓말을 늘어놓은 후 틈을 노려 마트료나가 있는 곳으로 갔습니다. 가엾게도 그녀가 내 목에 꼭 매달렸습니다. 내 작은 비둘기는 창백해지고 야위었더군요. 난 그녀에게 말했습니다. '괜찮아, 마트료나, 괜찮아, 울지 마.' 하지만 내 눈에서도 눈물이 주룩주룩 흘렀죠……. 음, 하지만 결국엔 부끄러워지더군요. 그래서 그녀에게 말했죠. '마트료나, 눈물이 슬픔을 덜어 주지는 않아. 우리가 해야 하는 행동은 바로 이거야. 이른바 결연한 조치를 취하는 거지. 나와 함께 달아나야 해. 우리가 할 일은 바로 그거야.' 마트료나는 기절할 듯이 놀랐습니다……. '어떻게 그럴 수 있겠어요! 그러면 전 끝장이에요. 그 사람들이 절 물어 죽일 거라고요!' '바보구나. 누가 널 찾아내겠니?' '찾아낼 거예요. 분명히 찾아낼 거라고요. 고마워요, 표트르 페트로비치, 당신의 친절은 영원히 잊지 않겠어요. 하지만 지금은 절 내버려두세요. 이게 제 운명인 것 같으니까요.' '아, 마트료나, 마트료나, 난 당신이 용기 있는 아가씨라고 생각했어.' 실제로 그녀는 아주 용감했습니다……. 마음이, 마음이 순금 같았어요! '도대체 왜 네가 여기에 남아야 하는데! 아무래도 상관없어. 이보다 더 나빠지지는 않을 거야. 자, 말해 봐. 촌장의 주먹맛을 본 거니? 응?' 마트료나가 발칵 화를 내며 입술을 바르르 떨었습니다. '저 때문에 제 가족의 생활이 망가질 거예요.' '그러니까 네 가족을…… 그 사람들이 네 가족을 쫓아낼 거라는 거니?' '그럴 거예요. 틀림없이 오빠를 추방할 거예요.' '아버지는?' '글쎄요, 아버지는 추방하지 않을걸요. 우리 마을에서 유일하게 솜씨가 좋은 재봉사니까요.' '그것 봐, 그럼 네 오빠도 이 일 때문에 끝장나지는 않을 거야.' 정말이지 겨우 그녀를 설득했답니다. 그녀는 내가 이 문제를 어떻게 책임질 것인지에 대해 좀 더 의논하려고 했죠……. 난 '하지만 그건 네 문제가 아냐.'라고 말해 주었습니다. 어쨌든 결국 난 그녀를 데리고 떠났습니다……. 그때가 아니라 다른 때에요. 밤에 첼레가를 몰고 가서 데려왔죠."

"데려왔다고요?"

"데려왔습니다……. 그렇게 해서 그녀는 내 집에서 살게 됐죠. 내 집은 작았고 하인도 많지 않았습니다. 솔직히 말하자면 하인들은 날 존경했습니다. 그러니 그 무엇을 위해서도 날 배신하지 않았을 겁니다. 난 마음 편히 살아갔습니다. 마트료누시카[216]는 휴식을 취하고 건강을 회복했죠. 난 그녀에게 점점 더 빠져들었습니다……. 얼마나 굉장한 아가씨인지! 그 모

---

216) 마트료나의 애칭.

든 걸 어디에서 익혔을까요? 그녀는 노래도 잘하고 춤도 잘 췄어요. 기타도 연주할 줄 알았죠……. 이웃들에게는 그녀를 보여 주지 않았습니다. 그 사람들이 함부로 지껄일지도 모르니까요! 그런데 나에겐 친구가 한 명 있었습니다. 고르노스타예프 판텔레이라는 진실한 친구였죠. 혹시 그 친구를 압니까? 그 친구는 그녀를 숭배하다시피 했습니다. 정말로 귀족 아가씨를 대하듯 그녀의 두 손에 입을 맞추었죠. 솔직히 말해 난 고르노스타예프와 비교가 되지 않았습니다. 그는 교양 있는 사람이에요. 푸시킨의 작품도 전부 읽었고요. 그는 마트료나와 나에게 이야기를 들려주곤 했습니다. 그러면 우리는 귀를 기울였고요. 그는 그녀에게 글을 가르쳤어요. 대단한 괴짜죠! 내가 그녀에게 마련해 준 옷은 현지사 부인의 옷보다 멋졌습니다. 그녀에게 모피로 가장자리를 두른 산딸기색 벨벳 외투를 지어 주었죠……. 그 외투가 그녀에게 얼마나 잘 맞았다고요! 모스크바의 마담이 새로운 스타일로 허리가 잘록 들어가게 만든 외투였어요. 아, 마트료나는 얼마나 놀라운 여자였는지 몰라요! 때때로 생각에 잠겨 몇 시간이고 앉아서 눈썹 한번 움직이지 않고 바닥을 응시하곤 했죠. 그러면 나도 앉아서 그녀를 바라보았습니다. 아무리 보아도 싫증이 나지 않았어요. 마치 전에는 한 번도 본 적이 없는 것처럼……. 그녀가 생긋 웃으면 내 심장은 마치 누가 간질이는 것처럼 떨렸습니다. 그녀는 그러다가도 갑자기 소리 내어 웃고 우스갯소리를 하고 춤을 추기 시작했습니다. 현기증이 날 만큼 아주 뜨겁게 날 꼭 끌어안기도 했죠. 때때로 난 아침부터 밤까지 어떻게 하면 그녀를 기쁘게 할지만 생각하곤 했습니다. 그리고 솔직히 말해 오로지 내 사랑 그녀가 기뻐하는 모습을, 그녀의 얼굴이 즐거움에 겨워 온통 붉어지는 모습을, 그녀가 내 선물을 입어 보는 모습을, 새 옷을 입은 그녀가 나에게 다가와 입 맞추는 모습을 보기 위해 그녀에게 선물을 했습니다. 그녀의 아버지 쿨리크가 어떻게 냄새를 맡았는지 모르겠습니다. 노인이 우리를 보러 찾아와 울음을 터뜨리는데…… 물론 기뻐서 울었죠. 당신은 무슨 생각을 한 겁니까? 우리는 그에게 선물을 주었습니다. 내 작은 비둘기는 마지막에 500루블짜리 지폐를 주었습니다. 그는 마트료나의 발치에 털썩 주저앉더군요. 정말 기이한 사람이었어요! 그렇게 해서 우리는 다섯 달 정도 함께 지냈습니다. 난 그녀와 영원히 그렇게 산다 해도 싫지 않았을 겁니다. 하지만 내 빌어먹을 운명이라니!"

표트르 페트로비치가 말을 멈췄다.

"도대체 무슨 일이 일어난 겁니까?" 내가 동정을 보이며 물었다.

그가 한 손을 내저었다.

"모든 게 끔찍하게 끝났습니다. 난 그녀의 신세까지 망치고 말았죠. 나의 마트료누시카는 썰매 타는 걸 무척 좋아했습니다. 때로는 자기가 직접 말을 몰기도 했어요. 외투를 입고 자수를 놓은 토르조크산 장갑을 끼고 마냥 함성을 질렀죠. 우리는 언제나 저녁에 썰매를 몰았습니다. 당신도 알겠지만 누군가와 마주치지 않기 위해서였죠. 한번은 정말 멋진 날이 찾아왔습니다. 알죠, 얼어붙을 듯이 춥고 청명하고 바람 한 점 불지 않는……. 우리는 썰매를 몰고 집을 나섰습니다. 마트료나가 고삐를 쥐었어요. 그러다 그녀가 어디로 향하는지 보게 된 거죠. 정말 쿠쿠옙카로, 자기 마님의 영지로 가는 건가? 그랬습니다. 쿠쿠옙카로 가고 있었어요. 난 그녀에게 말했습니다. '미쳤어? 어디로 가는 거야?' 그녀가 어깨 너머로 날 쳐다보며 생긋 웃었습니다. 잠깐 멋 좀 부려 보자더군요. 아! 난 생각했습니다. 좋든 싫든 가야겠군. 주인집을 지나쳐 달리다니 정말 좋은 생각 아닙니까? 정말 멋지지 않아요? 우리는 계속 갔습니다. 걸음이 느린 가운데 말은 말 그대로 헤엄치듯 달렸고, 곁말들은, 장담하는데, 완전히 소용돌이치듯 어지럽게 달렸습니다. 어느 새 쿠쿠옙카의 교회가 보이더군요. 그런데 낡은 녹색 썰매가 길을 따라 천천히 오고 뒤쪽 하인석에 시종 한 명이 있지 않겠어요……. 지주 마님이었습니다, 지주 마님이 오고 있었어요! 난 두려웠습니다. 하지만 마트료나는 고삐로 말들을 때리며 마님의 썰매 쪽으로 곧장 질주했습니다. 그쪽 마부는 누군가 자기 쪽으로 질주해 오는 것을 보고는, 알겠습니까, 옆으로 비키려고 방향을 확 틀었는데 그만 썰매를 눈 더미 속에 처박고 말았습니다. 유리창이 깨지고, 마님이 '아, 아, 아! 아, 아, 아!' 하고 비명을 질렀습니다. 마님의 말벗이 '멈춰요, 멈춰!'라고 꽥꽥거렸습니다. 우리는 그 옆을 지나쳐 쏜살같이 달아났습니다. 우리는 질주했습니다. 난 생각했습니다. '큰일인걸. 마트료나가 썰매를 쿠쿠옙카 쪽으로 몰도록 둔 게 잘못이었어.' 어떻게 됐을까요? 마님이 마트료나와 날 알아보았습니다. 그 노파는 날 상대로 소송을 걸었습니다. 자신의 도망간 하녀가 귀족 카라타예프의 집에서 지내고 있다고요. 그리고 당국에 마땅히 감사의 뜻[217]을 표현했죠. 군(郡) 경찰서장이 날 찾아왔습니다. 그런데 그 경찰서장은 스테판 세르게이치 쿠좁킨이라는 나도 아는 사람이었어요. 좋은 사람이었죠. 말하자면, 솔직히 좋은 사람은 아니었습니다. 그 사람이 와서 말했습니다. '이렇고 저렇고…… 표트르 페트로비치, 왜 그랬습니까? 책임이 무겁습니다. 이 점에 대해 법은 분명히 말하고 있어요.' 내가 그에게 말했습니다. '네, 물론 그 점에 대해 이야기를 나눠야죠. 그런데 먼 길을 오셨으니 뭐라도 드시지 않겠습니까?' 그는 그 말에 동의하면서도 이렇게 말했습니다. '법대로 집행해야 합니다, 표트르 페트로비치, 스스로 판단해 보십시오.' '물론입니다, 법대로 해야죠.' 내가 말했습니다. '물론 그래야죠……. 그런데 당신에게 작은 검은색 말이 있다고 들었습니다. 혹시 내 람푸르도스와 바꾸고 싶지 않습니까? 그런데 우리 집에는 마트료나 페도로바라는 아가씨가 없어요.' 그가 말했습니다. '음, 표트르 페트로비치, 당신 집에 그 아가씨가 있잖아요. 우리가 스위스에서 사는 것도 아닌데……. 내 말과 람푸르도스는 바꿔도 됩니다. 당신만 괜찮다면 내가 그 말을 끌고 가죠.' 어쨌든 그때는 그를 겨우 쫓아냈습니다. 하지만 노마님은 전보다 더 소란을 피워 댔죠. 1만 루블이 들어도 상관없다고 한 겁니다. 그게 말입니다, 날 보았을 때 문득 녹색

217) '감사'를 뜻하는 러시아어 'благодарность'에는 '뇌물'이라는 의미도 있다.

옷을 입은 자기 말벗과 날 결혼시키자는 생각이 노마님의 머리에 떠오른 겁니다. 난 나중에 그 사실을 알았죠. 그래서 그녀가 그렇게 격노했던 겁니다. 하지만 이런 지주 마님들이야 무슨 생각인들 하지 않을까요! 따분해서 그러는 게 분명합니다. 상황이 나에게 안 좋게 돌아갔습니다. 난 돈을 아끼지 않고 마트료나를 숨겨 주었습니다. 하지만 다 소용없었습니다! 난 괴로웠고 완전히 돌아 버릴 것 같았습니다. 빚을 지고 건강도 잃었죠……. 어느 밤 침대에 누워 생각했습니다. '오, 하느님, 제가 무엇 때문에 이런 고난을 겪고 있는 겁니까? 그녀에 대한 사랑을 멈출 수 없다면 어떻게 해야 할까요? 그래, 난 그렇게 못 해, 별도리가 없어!' 갑자기 마트료나가 내 방에 들어왔습니다. 그 무렵엔 그녀를 집에서 2베르스타쯤 떨어진 내 농장에 숨겨 두고 있었는데 말이죠. 난 깜짝 놀랐습니다. '뭐야? 그곳에서도 발각된 거야?' '아니에요, 표트르 페트로비치.' 그녀가 말했습니다. '부브노프에서는 아무도 절 괴롭히지 않아요. 하지만 이런 상태가 너무 오래가고 있지 않나요? 가슴이 찢어질 것 같아요, 표트르 페트로비치. 내 작은 비둘기, 당신이 불쌍해요. 당신의 친절은 영원히 잊지 않겠어요, 표트르 페트로비치. 지금은 당신에게 작별 인사를 하러 온 거예요.' '왜 그래, 왜, 미쳤어? 어떻게 헤어져? 어떻게 헤어지냐고?' '그냥…… 가서 그분께 절 맡기겠어요.' '미쳤구나. 널 다락방에 가둬야겠어……. 날 죽일 생각이야? 날 말려 죽이고 싶어?' 아가씨는 입을 다물고 마룻바닥을 쳐다보았습니다. '말해, 말해 봐!' '더 이상 당신에게 폐를 끼치고 싶지 않아요, 표트르 페트로비치.' 아, 당신도 그녀와 얘기해 보면……. '알잖아, 바보야, 알잖아, 미친…… 넌 미쳤어…….'"

그러더니 표트르 페트로비치는 슬프게 흐느꼈다.

"어떻게 됐을 것 같습니까?" 그가 주먹으로 탁자를 쾅 내리치고 험악한 인상을 지으려 애쓰며 말을 이었다. 하지만 뜨겁게 달아오른 뺨을 따라 여전히 눈물이 흘러내리고 있었다. "그녀는 자신을 넘겼습니다. 가서 자신을 넘겨 버렸죠……."

"말이 준비됐습니다." 역장이 방으로 들어오며 엄숙하게 외쳤다.

우리 모두 일어섰다.

"마트료나는 어떻게 됐습니까?" 내가 물었다.

카라타예프는 한 손을 내저었다.

카라타예프를 만난 지 한 해가 지나서 모스크바에 간 적이 있다. 어느 날 만찬에 참석하기 전 오호트니 랴드 너머에 있는 커피 하우스에 들렀다. 색다른 커피 하우스였다. 당구장에서 연기의 물결 사이로 붉게 달아오른 얼굴들, 콧수염, 호홀, 유행이 지난 벤게르카, 슬라브풍의 신식 코트가 어른거렸다. 검소한 프록코트를 입은 작고 야윈 노인들이 러시아 신문을 읽고 있었다. 쟁반을 든 종업원들이 녹색 양탄자를 부드럽게 밟으며 돌아다니는 모습이 언뜻언뜻 보였다. 상인들이 괴로우리만치 긴장한 모습으로 차를 마시고 있었다. 갑자기 당구장에서 머리카락이 약간 헝클어지고 걸음걸이가 흐트러진 남자가 나왔다. 그는 호주머니에 두 손을 찔러 넣고 고개를 숙인 채 얼빠진 눈으로 주위를 둘러보았다.

"아니, 이런! 표트르 페트로비치! 어떻게 지냅니까?"

표트르 페트로비치는 내 어깨에 몸을 던지다시피 하고는 약간 휘청이며 나를 끌고 작은 별실로 갔다.

"자, 여기 앉아요." 그가 자상하게 나를 안락의자에 앉히며 말했다. "여기가 편할 겁니다. 웨이터, 맥주! 아니, 내 말은 샴페인을 가져오라는 거야! 와, 솔직히 생각도 못 했습니다. 생각도 못 했어요……. 이곳에 온 지 오래됐나요? 오래 머물 겁니까? 아, 하느님이 당신을 이곳으로 인도하셨군요. 말하자면……."

"네, 기억하는군요……."

"어떻게 기억을 못 하겠습니까, 어떻게 기억을 못 하겠어요?" 그가 다급하게 내 말을 가로막았다. "지난 일이죠…… 지난 일………."

"그런데 이곳에서 뭘 하는 겁니까, 표트르 페트로비치?"

"보시다시피 그냥 지냅니다. 이곳에서 잘 지내고 있어요. 사람들이 친절합니다. 난 이곳에서 마음의 평화를 찾았습니다."

그러더니 그는 한숨을 쉬고 눈을 들어 하늘을 쳐다보았다.

"관청에 들어갔습니까?"

"아뇨, 아직 못 들어갔습니다. 하지만 곧 들어가게 될 것 같습니다. 하지만 일이 뭐라고요……. 사람들이 가장 중요하죠. 여기에서 얼마나 좋은 사람들을 사귀었다고요!"

소년이 검은 쟁반에 샴페인 병을 받쳐 들고 들어왔다.

"여기 이 아이도 좋은 사람이죠……. 바샤, 넌 좋은 사람이야, 그렇지 않니? 너의 건강을 위해!"

소년은 잠시 그 자리에 서서 정중하게 고개를 흔들고는 빙그레 웃고 나갔다.

"그래요, 이곳 사람들은 좋은 사람들입니다." 표트르 페트로비치가 계속해서 말했다. "감정과 영혼이 있는……. 괜찮다면 내가 당신을 소개해 줄까요? 정말 멋진 친구들이에요……. 당신을 알게 되면 다들 기뻐할 겁니다. 내가 그 사람들에게 말하죠……. 보브로프가 죽었습니다. 슬픈 일이에요."

"보브로프가 누굽니까?"

"세르게이 보브로프. 멋진 사람이었어요. 그 사람이 날, 스텝에서 온 무지렁이를 보살펴 주었죠. 고르노스타예프 판텔레이도 죽었습니다. 모두 죽었어요, 모두!"

"계속 모스크바에서 지냈습니까? 시골에는 가지 않고요?"

"시골이라……. 내 영지는 팔렸는걸요."

"팔렸다고요?"

"경매로요……. 당신이 구매하지 않아 유감스럽군요!"

"도대체 어떻게 생활을 꾸려 갈 겁니까, 표트르 페트로비치?"

"하느님의 도움으로 굶어 죽지는 않을 겁니다! 돈은 없어도 친구는 있을 거예요. 돈이 다 뭡니까? 먼지 같은 거예요! 금은 그냥 먼지나 마찬가지라고요!"

그는 실눈을 뜨고 호주머니를 뒤적이더니 15코페이카짜리 은화 두 개와 10코페이카짜리 은화 한 개를 손바닥에 얹어 내게 내밀었다.

"이게 뭡니까? 먼지잖아요!(돈이 바닥으로 날아갔다.) 말해 봐요, 폴레자예프를 읽었습니까?"

"읽었습니다."

"「햄릿」에서 모찰로프[218]를 본 적이 있습니까?"

"아뇨, 못 봤습니다."

"못 봤다고요, 못 봤단 말이죠…….(카라타예프의 얼굴이 창백해지고 눈동자가 불안하게 움직였다. 그는 고개를 돌렸다. 입술에 가벼운 경련이 일었다.) 아, 모찰로프, 모찰로프! '죽는다는 건 자는 것.'" 그가 공허한 목소리로 말했다.

그뿐이다! 산 자들의 운명인 슬픔과
수천 가지의 불행을 이 잠이 끝내리라는 것을
안다면…… 그것은 뜨겁게 갈망할 만한
결말이다! 죽는다는 건…… 잠드는 것…….[219]

"잠드는 것, 잠드는 것!" 그가 여러 번 중얼거렸다.

"말해 줘요." 내가 말문을 열었다. 하지만 그는 열렬히 계속 읊조렸다.

"누가 견딜 것인가,

---

218) 파벨 스테파노비치 모찰로프(Павел Степанович Мочалов, 1800~1848). 러시아의 농노 출신 배우. 러시아에서 낭만주의가 꽃을 피우던 1830년대에 햄릿 역으로 대성공을 거두었다.

219) 「햄릿」 3막 1장 중 햄릿의 대사.

시대의 채찍과 조롱을,
법의 무력함을, 폭군의 박해를,
오만한 자의 무례를, 잊힌 사랑을,
공적이 경멸스러운 자들에게 당하는 수모를.
한 번의 타격이 우리에게 안식을 선사할 수도 있을 때에……
오, 그대의 성스러운 기도 속에서
나의 죄들을 떠올려 주길!"[220)]

그러더니 그는 탁자 위로 고개를 숙였다. 그가 말을 더듬고 허풍을 떨기 시작했다.

"그리고 한 달 후!" 그가 다시 힘을 내어 읊조렸다.

"순식간에 지나간 짧은 한 달!
내 아버지의 가엾은 유해를 뒤따라
눈물을 흘리며 걸어가던 그녀,
그 신발이 아직 닳지도 않았다.
오, 하늘이여! 이성이 없는, 말 못 하는 짐승도
그보다는 오래 슬퍼했으리……."[221)]

그는 샴페인 잔을 입술로 가져갔지만 잔을 비우지 않고 계속해서 읊었다.

---

220) 「햄릿」 3막 1장 중 햄릿의 대사.
221) 「햄릿」 1막 2장 중 햄릿의 대사.

"헤카베 때문에?

그에게 헤카베가, 그녀에게 그가 무엇이기에?

왜 그가 그녀 때문에 우는가?

하지만 나는…… 멸시받아 마땅한 소심한 노예…….

난 겁쟁이다! 누가 날 쓸모없는 놈이라 부르는가?

누가 나에게 말하는가? 내가 거짓말을 한다고…….

하지만 나는 모욕을 견뎌야 하리…….

나의 용기는 비둘기만 하고, 내게는 쓸개가 없다.

그러니 내게는 모욕이 쓰라리지 않다……."222)

카라타예프는 술잔을 떨어뜨리고 머리를 움켜쥐었다. 그를 이해할 것 같았다.

"자, 어쨌든," 마침내 그가 말했다. "누가 옛일을 기억합니까, 눈이 다른 곳을 향해 있는데……. 그렇지 않습니까?(그러더니 그가 웃음을 터뜨렸다.) 당신의 건강을 위해!"

"모스크바에 남을 건가요?" 내가 그에게 물었다.

"모스크바에서 죽으려고요!"

"카라타예프!" 옆방에서 어떤 사람의 목소리가 들렸다. "카라타예프, 어디 있어? 이리 와, 좋은 사람!"

"날 부르는군요." 그가 자리에서 힘겹게 몸을 일으키며 말했다. "잘 가요. 시간이 될 때 날 찾아와요. 난 ○○○에 삽니

---

222) 「햄릿」 2막 2장 중 햄릿의 대사. 카라타예프가 읊고 있는 햄릿의 대사들은 셰익스피어의 원문과 다소 차이가 있다. 특히 네 번째 대사는 아주 많이 다른 편이다.

다.”

하지만 다음 날 나는 생각지도 못한 상황 때문에 모스크바를 떠나야 했고, 다시는 표트르 페트로비치 카라타예프를 만나지 못했다.

밀회

어느 가을 9월 중순 무렵 나는 자작나무 숲에 앉아 있었다. 아침부터 보슬비가 내렸고, 이따금 따뜻한 햇살이 비를 밀어내기도 했다. 변덕스러운 날씨였다. 하늘은 하얀 양털구름에 완전히 가려졌다가 갑자기 순식간에 군데군데 개이곤 했다. 그러면 갈라진 비구름 사이로 아름다운 눈동자처럼 맑고 정겨운 파란 하늘이 드러났다. 나는 앉아서 주위를 둘러보며 귀를 기울였다. 나뭇잎들이 내 머리 위에서 희미하게 사락거렸다. 잎사귀 소리만 들어도 한 해 중 어느 시기인지 알 수 있었다. 그것은 봄의 소리 내어 웃는 듯한 즐거운 떨림도, 여름의 부드러운 귓속말이나 긴 지껄임도, 늦가을의 겁에 질린 차가운 말더듬도 아닌, 졸음에 겨운 들릴락 말락 한 수다였다. 산들바람이 우듬지를 가볍게 훑고 지나갔다. 햇살이 빛나기도 하고, 해가 구름에 가려지기도 했다. 그에 따라 비에 젖은 숲 속의 모습이 끊임없이 변했다. 때로는 갑자기 그곳의 모든 것이 환하게 미소를 짓기라도 하듯 주위가 온통 밝아지곤 했다. 드문드문 서 있는 자작나무들의 가느다란 줄기가 느닷없이 하얀 실크 같은 부드러운 반사광을 발하기도 하고, 땅바닥에 떨어진 작은 잎사귀들이 별안간 다채로운 색을 띠거나 황금빛으로 타오르기도 하고, 높다랗게 자란 곱슬곱슬한 고사리의 아름다운 줄기들이 이미 농익은 포도색 같은 특유의 가을 색채로 물들어 눈앞에서 끝없이 얽히고 뒤엉키며 투명하게 비치기도 했다. 그러다 갑자기 다시 주위의 모든 것이 살짝 푸른빛을 띠었다. 눈부신 색들이 순식간에 빛을 잃었고, 자작나무들은 차가운 겨울 햇살이 아직 건드리지 않은 갓 내린 눈처럼 반짝임도 없이 온통 하얗게 서 있었다. 그리고 잘디잔 보슬비가 은밀하고 교활하게 내리며 숲에 속살거리기 시작했다. 자작나무의 잎들은 눈에 띄게 생기를 잃었지만 아직은 푸른빛을 거의 다 간직하고 있었다. 다만 여기저기에 새빨갛거나 샛노란 어린 잎사귀가 붙어 있었다. 반짝이는 빗방울에 막 씻긴 가느다란 가지들의 촘촘한 틈새로 햇살이 느닷없이 빠져나가고 미끄러지고 아른거릴 때 그 잎사귀가 햇빛을 받아 눈부시게 타오르는 모습은 정말이지 볼만했다. 새소리가 전혀 들리지 않았다. 새들은 전부 은신처에 숨어 숨을 죽이고 있었다. 다만 이따금 박새의 조롱하는 듯한 소리가 강철 방울처럼 울렸다. 이 자작나무 숲에서 멈추기 전에 나는 내 개를 데리고 높다란 사시나무 숲을 통과했다. 솔직히 나는 이 나무,

즉 연보라색 가지와 금속 같은 회녹색 잎사귀 — 나무가 한껏 높이 피워 올려 떨리는 부채 같은 구실을 하라고 허공에 던진 — 가 달린 사시나무를 그다지 좋아하지 않는다. 둥글고 지저분한 잎사귀들이 긴 줄기에 어설프게 붙어 끝없이 흔들리는 모습을 좋아하지 않는다. 어느 여름 저녁 야트막한 떨기나무 숲 한가운데에서 혼자만 우뚝 솟아 저무는 해의 붉은 광선을 마주 보며 뿌리부터 우듬지까지 노란빛 도는 자홍색에 온통 물든 채 반짝이고 아른거릴 때, 또는 바람 부는 맑은 날 파란 하늘 아래서 물결치듯 소란스레 사락거리며 웅얼거리고 잎사귀 하나하나가 나무에서 떨어져 멀리 날아가고픈 갈망에 사로잡힌 듯 보이는 때, 그럴 때만 사시나무가 아름다워 보인다. 하지만 난 대체로 이 나무를 좋아하지 않는다. 그래서 사시나무 숲에서 쉬지 않고 자작나무 숲까지 가서, 가지들이 지면과 가까운 낮은 곳에서부터 뻗어 있어 비로부터 날 보호해 줄 만한 작은 나무 아래에 자리를 잡고는, 주위 풍경에 감탄하다 사냥꾼만이 아는 평화롭고 부드러운 잠에 빠져들었다.

얼마나 오래 잤는지는 말할 수 없다. 하지만 눈을 떴을 때, 숲속은 온통 햇빛으로 가득했고 어느 쪽이든 기쁘게 속삭이는 나뭇잎 사이로 눈부시게 파란 하늘이 비쳤다. 구름이 거칠어진 바람에 흩어져 자취를 감췄다. 날씨는 맑아졌고, 대기에서는 가슴을 어떤 활기찬 감각으로 채우며 거의 언제나 비가 내린 후의 평화롭고 맑은 저녁을 예고하는 특유의 건조한 상쾌함이 느껴졌다. 나는 일어나서 다시 내 운을 시험해 보려고 했다. 그러다 문득 내 시선이 꼼짝 않고 가만히 있는 사람의 형상에 멈췄다. 자세히 들여다보았다. 젊은 농민 아가씨였다. 그녀는 내게서 스무 걸음 정도 떨어진 곳에서 생각에 잠긴 듯 고개를 숙이고 두 팔을 무릎에 얹은 채 앉아 있었다. 반쯤 편 한 손에는 풍성한 들꽃 다발이 있었고, 그녀가 숨을 쉴 때마다 꽃다발이 체크무늬 치마로 조용히 미끄러져 내려왔다. 목과 손목의 단추를 채운 깨끗한 흰 루바시카가 부드럽고 짧은 주름을 이루며 그녀의 몸을 감싸고 있었다. 굵은 노란색 구슬 목걸이 두 줄이 가슴까지 드리워 있었다. 꽤 예쁜 아가씨였다. 상아처럼 하얀 이마까지 깊이 눌러쓴 좁다란 빨간색 머리띠 아래에 아름다운 잿빛을 띤 풍성한 금발이 두 개의 반원 모양으로 정성껏 빗겨 갈라져 있었다. 얼굴의 나머지 부분은 햇볕에 약간 타서 피부가 얇은 사람에게서만 볼 수 있는 옅은 금빛을 띠었다. 나는 그녀의 눈을 볼 수 없었다. 그녀가 눈을 들지 않았던 것이다. 하지만 가늘고 시원스러운 눈썹과 긴 속눈썹은 똑똑히 보였다. 속눈썹은 젖어 있었고, 한쪽 뺨의 살짝 파리한 입술 옆에서 멈춘 눈물이 말라 햇빛에 반짝였다. 그녀의 작은 머리는 무척 사랑스러웠다. 살짝 통통해 보이는 둥근 코조차 그 사랑스러움을 망가뜨리지 못했다. 특히 그녀의 얼굴 표정이 맘에 들었다. 그 표정은 너무도 소박하고 부드러웠으며 너무도 서글펐다. 그리고 자신의 슬픔 앞에서 어린아이처럼 혼란스러워하는 게 고스란히 느껴졌다. 그녀는 누군가를 기다리는 것 같았다. 숲에서 무언가가 희미하게 바스락거렸다. 그녀가 곧바로 고개를 들어 주위를 둘러보았다. 내 앞의 투명한 그림자 속에서 사슴처럼 겁에 질린 맑고 커다란 그녀의 눈동자가 순간적으로 반짝였다. 그녀는 눈을 크게 뜬 채 희미한 소리가 들리는 곳을 뚫어지게 쳐다보면서 잠시 동안 귀를 기울이더니 한숨을 쉬고는 조용히 고개를 돌려 한층 더 고개를 푹 숙이고 천천히 꽃을 고르기 시작했다. 눈시울이 붉어지고, 입술이 슬픔으로 바들바들 떨리고, 짙은 속눈썹 아래로 다시 흘러내린 눈물이 뺨에서 멈추며 반짝반짝 빛났다. 꽤 오랜 시간이 그렇게 흘러갔다. 가엾은 아가씨는 꼼짝도 하지 않았다. 그저 이따금 우울하게 두 손을 움직이며 계속 귀를 기울일 뿐이었다……. 다시 숲에서 무언가가 소리를 냈다. 그녀가 몸을 바르르 떨었다. 소리는 멎지 않고 점점 더 뚜렷해지며 가까워지는가 싶더니 단호하고 재빠른 발소리가 들렸다. 그녀는 몸을 똑바로 폈다. 겁에 질린 듯했다. 그녀의 주의 깊은 시선이 바르르 떨리며 기대감에 불타올랐다. 덤불 사이로 남자의 형상이 어른거렸다. 그쪽을 응시하던 그녀의 얼굴이 갑자기 확 붉어졌다. 그녀가 기쁘고 행복한 미소를 지으며 일어서려다가 곧 다시 고개를 푹 숙이고는 창백해진 얼굴로 어쩔 줄 몰라 했다. 그 남자가 다가와 그녀 옆에 섰을 때에야 그녀는 거의 애원하는 듯한 흔들리는 시선을 들어 남자를 바라보았다.

나는 몸을 숨긴 장소에서 그를 흥미롭게 쳐다보았다. 솔직히 내 눈에는 좋은 인상이 아니었다. 모든 특징으로 판단해 볼 때 그는 젊고 부유한 지주의 버릇없는 시종이 분명했다. 그의 옷은 취향의 과시와 멋쟁이들의 무심함을 드러냈다. 그는 짧은 청동색 외투를 목까지 단추를 채워 입은 모습이었다. 주인이 입던 옷인 것 같았다. 끝단이 라일락색인 장밋빛 넥타이를 매고 금빛 레이스를 두른 검은 벨벳 모자를 눈썹 바로 위까지 푹 눌러쓰고 있었다. 하얀 루바시카의 둥근 옷깃이 그의 귀를 무자비하게 받치며 두 뺨을 아프게 찔렀다. 풀 먹인 소매는 금반지와 은반지 — 반지들에는 물망초가 아로새겨진 터키석이 박혀 있었다 — 를 낀 붉고 굽은 손가락들까지 손 전체를 뒤덮었다. 발그레하고 생기 넘치고 뻔뻔스러운 그의 얼굴은, 내가 기억하는 한, 거의 언제나 남자들의 분노를 자극하고 유감스럽게도 아주 종종 여자들의 호감을 사는 부류에 속했다. 그는 특유의 거친 외모에 경멸의 표정과 따분해하는 인상을 더하려고 애쓰는 듯 보였다. 그렇지 않아도 작은 연회색 눈을 계속 가늘게 뜨고, 인상을 쓰고, 입술의 양 끝을 끌어 내리고, 억지로 하품을 하고, 그다지 편안해 보이지 않는데도 무심한 듯 태연한 모습으로 관자놀이 부근의 붉은 털을 한 손으로 호기롭게 비틀며 매만지거나 두툼한 윗입술 위에 삐죽 솟은 노란 털을 잡아당겼다. 한마디로 참고 보기 힘들 만큼 거드름을 피웠다. 그는 자기를 기다리는 젊은 농민 아가씨를 보자마자 거드름을 피우기 시작했다. 비틀거리는 걸음으로 천천히 그녀에게 다가와 멈춰 서더니 어깨를 흔들고 두 손을 외투 호주머니에 찔러 넣었다. 그러고는 가엾은 아가씨에게 무심한 눈길을 힐끗 던진 후 땅바닥에 털썩 앉았다.

"뭐야." 그가 한쪽 다리를 흔들고 하품을 하면서 옆쪽 어딘가를 계속 쳐다보며 말을 꺼냈다. "여기 온 지 오래됐어?"

아가씨는 그에게 곧바로 대답하지 못했다.

"한참 전에 왔어요, 빅토르 알렉산드리치." 마침내 그녀가 겨우 들릴 만한 목소리로 말했다.

“아!(그는 모자를 벗고 거의 눈썹부터 시작하는, 몹시 곱슬곱슬한 숱 많은 머리칼을 한 손으로 쓸었다. 그러고는 위엄 있게 주위를 둘러본 후 자신의 귀중한 머리를 모자로 다시 조심스럽게 덮었다.) 완전히 잊고 있었어. 게다가, 아, 비까지 오니!(그가 다시 하품을 했다.) 일은 많고 말이야. 전부 감독을 할 수가 없어. 그런데 그분은 계속 호통을 치시지. 우리는 내일 떠날 거야…….”

“내일요?” 아가씨가 이렇게 말하며 놀란 눈으로 그를 뚫어지게 쳐다보았다.

“내일……. 이런, 이런, 이런, 제발.” 그는 그녀가 온몸을 떨며 조용히 고개를 숙이는 것을 보고는 짜증을 내면서 황급히 그녀의 말을 받았다. “아쿨리나, 제발 울지 마. 내가 이러는 거 얼마나 싫어하는지 알잖아.(그러더니 뭉툭한 코를 찡그렸다.) 그러지 않으면 당장 가겠어……. 왜 멍청하게 훌쩍거려!”

“응, 알았어요, 안 울게요.” 아쿨리나가 간신히 눈물을 삼키며 다급하게 말했다. “그러니까 내일 떠난단 말이죠?” 그녀가 잠시 침묵하더니 덧붙여 물었다. “언젠가 하느님께서 우리가 다시 만날 수 있도록 인도해 주실까요, 빅토르 알렉산드리치?”

“만날 거야, 만날 거야. 내년에 못 만나면 그 후에라도. 주인님이 페테르부르크의 관청에 들어가고 싶으신 것 같아.” 그가 무심하게 살짝 콧소리를 내며 계속 말했다. “어쩌면 우리는 외국으로 떠날지도 몰라.”

“당신은 날 잊을 거예요, 빅토르 알렉산드리치.” 아쿨리나가

서글프게 중얼거렸다.

"아냐. 왜 널 잊겠어? 잊지 않을 거야. 하지만 넌 똑똑해져야 해. 바보 같은 짓도 하지 말고. 아버지 말도 잘 들어……. 난 널 잊지 않을 거야. 절대애로.(그러더니 그는 편안하게 기지개를 펴고 다시 하품을 했다.)"

"날 잊지 말아요, 빅토르 알렉산드리치." 그녀가 애원하는 목소리로 계속 말했다. "난 당신을 너무도 사랑하는 것 같아요. 당신을 위해서라면 뭐든지 할 것 같은데……. 빅토르 알렉산드리치, 당신은 나에게 아버지 말을 잘 들으라고 하는군요……. 하지만 어떻게 내가 아버지의 말을 따르겠어요……."

"왜?(그는 팔베개를 하고 누워 배 속에서 내뱉듯이 이 말을 했다.)"

"빅토르 알렉산드리치, 하지만 어떻게…… 당신도 알잖아요……."

그녀는 입을 다물었다. 빅토르는 쇠로 만든 시곗줄을 만지작거렸다.

"아쿨리나, 넌 멍청한 여자가 아니잖아." 마침내 그가 말했다. "그러니 헛소리는 집어치워. 나는 네 행복을 바라고 있어. 내 말 알겠지? 물론 넌 멍청하지 않아. 말하자면 농사꾼 처녀는 아니라는 거지. 네 어머니도 늘 농민이었던 건 아니잖아. 하지만 넌 교육을 받지 못했어. 그러니까 남들이 너에게 하는 말에 귀를 기울여야 해."

"하지만 무서워요, 빅토르 알렉산드리치."

"아, 바보 같은 소리, 뭐가 무섭다는 거야! 그게 뭐야?" 그가 그녀에게 다가앉으며 물었다. "꽃?"

"꽃이에요." 아쿨리나가 우울하게 대답했다. "야생 마가목에서 꺾었어요." 그녀가 기운을 차리고 계속 말했다. "이 꽃은 송아지에게 좋아요. 이건 홍황초예요. 임파선 종양에 좋죠. 봐요, 정말 아름다운 꽃이죠. 이렇게 아름다운 꽃은 이제껏 한 번도 본 적이 없어요. 이건 물망초, 이건 어머니의 귀염둥이……. 그리고 이건 당신을 위해 꺾었어요." 그녀는 노란 마가목 밑에서 가는 풀로 묶은 작은 하늘색 수레국화 다발을 꺼내며 덧붙였다. "드릴까요?"

빅토르는 마지못해 손을 뻗어 꽃을 받아 들고 무심하게 향기를 맡더니 생각에 잠긴 듯 거만한 모습으로 위를 쳐다보며 손가락 사이로 꽃다발을 빙글빙글 돌렸다. 아쿨리나는 그를 쳐다보았다……. 그녀의 슬픈 시선에는 너무도 다정한 헌신과 경건한 순종과 사랑이 담겨 있었다. 그녀는 그가 두려워 감히 울지도 못하고, 그와 작별 인사를 나누며 마지막으로 황홀하게 그를 쳐다보았다. 그는 술탄처럼 몸을 쭉 펴고 누워 너그러운 인내심과 관대함을 발휘하며 그녀의 숭배를 견디고 있었다. 솔직히 나는 그의 붉은 얼굴을 보며 분노를 느꼈다. 경멸과 무심함을 노골적으로 드러낸 그의 얼굴에서 질리도록 충족된 자부심을 보았기 때문이다. 아쿨리나는 이 순간 너무도 아름다웠다. 그녀는 순진하게도 그의 앞에 자신의 영혼을 열렬히 열어 보이며 그를 갈구하고 그의 마음을 끌려 했다. 하지만 그는…… 그는 수레국화를 풀 위에 떨어뜨리고는 외투 옆주머니에서 청동 테 외알 안경을 꺼내 한쪽 눈에 끼우려 했다. 하지만 그가 아무리 눈썹을 찡그리고 한쪽 뺨을 치켜올리고 코까지 실룩여도 외알 안경은 계속 그의 손으로 굴러떨어질 뿐이었다.

"이게 뭐예요?" 마침내 아쿨리나가 감탄하며 물었다.

"오페라글라스야." 그가 거드름을 피우며 대꾸했다.

"어디에 쓰는 건데요?"

"더 잘 보려고 할 때."

"보여 줘요."

빅토르는 얼굴을 찌푸렸지만 그녀에게 외알 안경을 건넸다.

"깨뜨리지 마. 조심해."

"걱정 말아요. 깨뜨리지 않을게요.(그녀는 수줍어하며 외알 안경을 눈에 댔다.)" "아무것도 안 보여요." 그녀가 순진하게 말했다.

"눈을, 눈을 가늘게 떠." 그가 불만에 찬 교사 같은 목소리로 대꾸했다. "(그녀는 외알 안경을 댄 눈을 가늘게 떴다.) 그쪽 눈 말고, 그쪽 눈이 아니야, 바보 같으니! 다른 쪽 눈이라니까!" 빅토르는 버럭 소리를 지르고는 실수를 바로잡을 기회도 주지 않고 그녀에게서 오페라글라스를 빼앗았다.

아쿨리나의 얼굴이 붉어졌다. 그녀는 살짝 소리 내어 웃다가 고개를 돌리고 말았다.

"우리 같은 사람들에겐 쓸모없을 것 같아요." 그녀가 말했다.

"당연하지!"

가엾은 아가씨는 잠시 침묵하다가 깊이 한숨을 쉬었다.

"아, 빅토르 알렉산드리치, 당신이 없으면 우리가 어떻게 되겠어요!" 그녀가 불쑥 말했다.

빅토르는 앞깃으로 오페라글라스를 닦고는 다시 호주머니에 집어넣었다.

"그럼, 그럼." 마침내 그가 말했다. "분명 처음에는 너도 힘들 거야.(그는 관대한 척 거들먹거리는 태도로 그녀의 어깨를 토닥였다. 그녀는 조용히 자기 어깨에서 그의 손을 잡아끌어 수줍게 입을 맞추었다.) 음, 그래, 그래, 넌 정말 좋은 여자야." 그는 만족스러운 미소를 지으며 계속 말했다. "하지만 어쩌겠어? 너도 생각해 봐! 나리와 난 이곳에 남을 수 없어. 이제 곧 겨울인데 시골의 겨울은, 너도 알잖아, 정말 끔찍해. 하지만 페테르부르크는 딴판이야! 그곳에는 너처럼 멍청한 애는 꿈에서도 상상 못 할 굉장한 것들이 있어. 저택, 거리, 사회, 교양, 정말 놀라울 뿐이야!(아쿨리나는 어린아이처럼 입을 살짝 벌린 채 그를 삼킬 듯이 정신을 모으고 그의 이야기를 들었다.) 하지만," 그가 땅바닥에서 몸을 뒤척이며 덧붙였다. "내가 너에게 이 모든 이야기를 해 봤자 무슨 소용이 있겠어? 넌 전혀 이해하지 못할 텐데."

"어째서요, 빅토르 알렉산드리치? 이해했어요. 전부 이해했다고요."

"대단하군!"

아쿨리나는 고개를 숙였다.

"예전에는 나한테 그런 식으로 말하지 않았잖아요, 빅토르 알렉산드리치." 그녀가 눈을 들지 않고 말했다.

"예전에? 예전이라니! 아! 예전이라니!" 그가 화가 난 듯 말했다.

둘 다 잠시 입을 다물었다.

"어쨌든 이제 가야 할 시간이야." 빅토르가 말했다. 그는 이미 팔꿈치를 짚고 일어서려 했다…….

"조금만 더 기다려 줘요." 아쿨리나가 애원하는 목소리로 말했다.

"뭘 기다려? 너하고는 이미 작별 인사를 했잖아."

"기다려 줘요." 아쿨리나가 같은 말을 되풀이했다.

빅토르는 다시 드러누워 휘파람을 불기 시작했다. 아쿨리나는 계속 그에게서 눈을 떼지 않았다. 나는 그녀가 점차 흥분하는 것을 알아차렸다. 그녀의 입술이 바르르 떨리고, 그녀의 창백한 뺨이 살짝 붉어졌다…….

"빅토르 알렉산드리치." 마침내 그녀가 목멘 소리로 말했다. "그러면 안 되죠…… 하느님을 걸고 말하는데, 그러면 안 되는 거예요, 빅토르 알렉산드리치."

"그러면 안 된다니, 도대체 무슨 말이야?" 그가 눈썹을 찡그리고는 고개를 살짝 들어 그녀를 돌아보며 물었다.

"너무하잖아요, 빅토르 알렉산드리치. 이별을 앞두고 있는데 날 위해서 적어도 다정한 말 한마디쯤은 해 줬어야죠. 고아 같은 불쌍한 날 위해 한마디쯤 해 줄 수 있었잖아요……."

"도대체 너한테 무슨 말을 하겠어?"

"몰라요. 당신이 더 잘 알겠죠, 빅토르 알렉산드리치. 이제 곧 떠날 거면서 한마디 정도는…… . 내가 무엇 때문에 이런 꼴을 당하는 거죠?"

"너, 정말 이상한 애구나! 내가 뭘 할 수 있겠어?"

"한마디라도……."

"아, 같은 말만 하잖아." 그가 화를 내며 말하고는 일어섰다.

"화내지 말아요, 빅토르 알렉산드리치." 그녀가 가까스로 눈물을 참으며 황급히 덧붙였다.

"화내는 게 아냐. 하지만 네가 너무 멍청하니까……. 원하는 게 뭐야? 내가 너하고 결혼할 순 없잖아? 그렇지 않아? 그럼 도대체 네가 원하는 게 뭔데? 뭐냐고?(그는 대답을 기다리듯 얼굴을 내밀고 손가락을 펼쳤다.)"

"아무것도…… 아무것도 바라지 않아요." 그녀가 겨우 용기를 내 떨리는 손을 그에게 뻗으며 더듬더듬 대답했다. "그냥 한마디라도, 작별의 순간이니까……."

그리고 그녀의 눈에서 눈물이 주룩주룩 흘러내렸다.

"음, 그렇군, 울기 시작했어." 빅토르가 모자를 눈까지 푹 눌러쓰며 냉정하게 말했다.

"아무것도 바라지 않아요." 그녀가 흐느끼며 두 손에 얼굴을 묻고 계속 말했다. "하지만 이제 가족들 틈에서 내 처지가 어떻겠어요? 내 처지가 어떻겠냐고요? 나한테 무슨 일이 생기겠어요? 이 불쌍한 나한테 무슨 일이 일어나겠어요? 난 사랑하지도 않는 사람과 결혼하게 되겠죠……. 불쌍한 내 신세!"

"노래를 해, 노래를." 빅토르가 자세를 바꾸며 조그만 소리로 중얼거렸다.

"저 사람이 한마디라도, 단 한마디라도 해 준다면……. '아쿨리나'라든지 '나는'이라든지……."

갑자기 가슴을 찢을 듯한 흐느낌이 터져 그녀는 말을 맺지 못했다. 그녀는 풀 속에 얼굴을 묻고 슬피 울었다……. 온 몸을 발작하듯 떨고 고개를 쳐들었다……. 오랫동안 꾹꾹 눌러 둔 슬픔이 마침내 급류처럼 쏟아져 나왔다. 빅토르는 그녀를 내려다보며 잠시 서 있다가 어깨를 으쓱하고는 몸을 돌려 성큼성큼 가 버렸다.

몇 분이 지났다……. 평정을 되찾은 그녀는 고개를 들고 벌떡 일어나 주위를 둘러보며 두 손을 모았다. 그를 쫓아 달려가려고 했지만 다리가 말을 듣지 않았다. 그녀는 털썩 쓰러져 무릎으로 땅을 짚었다……. 나는 더 이상 참을 수 없어 그녀에게로 달려갔다. 하지만 그녀는 나를 보자마자, 어디에서 힘이 솟았는지 가냘픈 비명을 지르며 일어나 땅바닥에 흩어진 꽃을 그대로 둔 채 나무 뒤로 자취를 감췄다.

나는 잠시 서 있다가 수레국화 다발을 집어 들고 숲을 벗어나 들판으로 나갔다. 창백한 맑은 하늘에 해가 낮게 떠 있었다. 햇살도 생기를 잃고 차갑게 식은 것 같았다. 햇살은 밝게 빛나지 않고, 물기가 느껴지는 고른 빛을 흩뿌렸다. 해가 지기까지 삼십 분밖에 남지 않았는데, 노을은 이제 겨우 타오르기 시작했다. 돌풍이 바짝 마른 노란 그루터기를 지나 내 쪽으로 빠르게 불어왔다. 쪼그라든 작은 잎사귀들이 돌풍 앞에서 다급하게 위로 치솟아 길을 가로지르고 숲 가장자리를 휘감으며 질주했다. 벽처럼 들판을 마주 보고 있는 숲의 한쪽이 뚜렷하면서도 강렬하지는 않은 미세한 반짝임으로 빛나고 아른거렸다. 불그레한 풀, 작은 풀줄기, 지푸라기 등 어디에서나 가을의 무수한 거미집들이 빛나고 물결쳤다. 나는 멈춰 섰다……. 슬퍼졌다. 시들어 가는 자연의 발랄하면서도 불쾌한 미소를 통해 머지않아 닥칠 겨울의 음울한 공포가 몰래 들어오는 것 같았다……. 내 머리 위 높은 곳에서 조심성 많은 까마귀 한 마리가 날개로 공기를 묵직하고 날카롭게 가르며 날아가다가, 고개를 돌려 옆에서 나를 잠시 쳐다보고는, 간간이 까악까악 울면서 홱 날아올라 숲 너머로 사라졌다. 큰 무리를 지은 비둘기들이 탈곡장에서 빠르게 날아가 빙글빙글 돌며 기둥 모양을 이루더니 들판에서 서둘러 흩어졌다. 가을의 전조다! 헐벗은 언덕의 반대편에서 누군가가 텅 빈 첼레가를 요란하게 몰며 지나갔다…….

나는 집으로 돌아갔다. 하지만 가엾은 아쿨리나의 모습이 오래도록 머리에서 떠나지 않았다. 나는 오래전에 시든 그녀의 수레국화를 여전히 간직하고 있다…….

시그로보군의 햄릿

언젠가 여행 중에 부유한 지주이자 사냥꾼인 알렉산드르 미하일리치 G○○○의 만찬에 초대를 받은 적이 있다. 그의 마을은 내가 그 당시 머물던 작은 마을에서 5베르스타쯤 떨어진 곳에 있었다. 나는 연미복을 입고 알렉산드르 미하일리치의 집으로 향했다. 나는 누구에게든, 여행할 때, 심지어 사냥을 떠날 때조차 연미복은 반드시 챙겨 가라고 권한다. 만찬은 6시에 시작될 예정이었다. 나는 5시에 도착했는데, 이미 그곳에는 제복이나 사복, 또는 다른 종류의 다소 모호한 의복을 입은 귀족들이 아주 많이 있었다. 주인은 나를 다정하게 맞아 주었지만 곧 하인 방으로 달려가 버렸다. 그는 어느 고관을 기다리며 약간의 흥분을 느끼고 있었다. 그런 감정은 세상에서 그가 누리는 독립적인 지위와 막대한 재산과는 전혀 어울리지 않았다. 그는 결혼한 적도 없었고 여자를 좋아하지도 않았다. 그의 집에서 열리는 모임에는 독신자들이 왔다. 그는 호화롭게 살았다. 조상 대대로 내려온 대저택들을 확장하고 화려하게 장식했으며, 해마다 모스크바에서 1만 5000루블 정도의 술을 주문했다. 대체로 그는 비할 데 없이 대단한 존경을 받았다. 알렉산드르 미하일리치는 아주 오래전에 퇴직했으며 고관 자리를 얻으려 애쓰지도 않았다……. 무엇 때문에 그는 고관 손님의 참석을 위해 애쓰고 이 성대한 만찬의 날에 아침부터 흥분하는 것일까? 내가 잘 아는 어느 변호사가 자발적인 증여자들로부터 뇌물을 받았느냐는 질문을 받을 때마다 늘 말했듯이, 그것은 여전히 미지의 어둠에 가려져 있다.

주인과 헤어진 후 나는 방들을 돌아다니기 시작했다. 손님들은 거의 다 내가 전혀 모르는 이들이었다. 이미 스무 명 정도는 카드놀이 탁자 앞에 앉아 있었다. 이 프레페란스 애호가들 중에는 고상하게 생겼지만 살짝 겉늙은 군인 두 명, 단호하면서도 온건한 사람들 특유의 축 늘어진 염색한 수염을 기르고 넥타이를 좁고 볼록하게 맨 고위층 문관 몇 명(이 온건한 사람들은 거드름을 피우며 카드를 집어 들고는 다가오는 사람들에게 고개도 돌리지 않고 곁눈질했다.), 볼록한 배와 땀에 젖은 포동포동한 손과 미동도 없는 공손한 발이 눈에 띄는 군청 관리 대여섯 명(이 신사들은 부드러운 목소리로 말하고 주위에 온화한 미소를 보냈다. 자기 패를 가슴팍에 딱 붙여 잡고서 으뜸 패를 낼 때는 탁자에 툭 던지지 않고 녹색 천 위에 물결처럼 내려놓았으며, 지는 패를 모을 때는 희미하게, 그리고 매우 정중하고 예의 바르게 긁는 소리를 냈다.)이 있었다. 다른 귀족들은 소파에 앉아 있거나 문가와 창가에 무리 지어 모여 있었다. 이미 젊지 않지만 여자처럼 생긴 지주 한 명이 구석에 서 있었다. 아무도 관심을 보이지 않는데도 그는 몸을 떨고 얼굴을 붉히며 자기 배 위의 시계에 달린 인장을 정신없이 빙글빙글 돌리고 있었다. 어떤 신사들은 모스크바 재단사이자 종신 조합 장인인 피르스 클류힌이라는 외국인이 지은 둥그스름한 연미복과 체크무늬 바지를 입고서 맨살이 드러난 살진 뒷덜미를 이리저리 자유롭게 돌리며 아주 편안하고 활기차게 논의를 하고 있었다. 스무 살쯤 되어 보이고 시력이 나쁜 듯한 옅은 금발의 젊은 남자는 머리부터 발끝까지 온통 검은색으로 맞춰 입었다. 겁을 먹은 게 분명한데도 독살스러운 미소를 짓고 있었다…….

하지만 내가 약간 지루해하자 갑자기 보이니친이라는 사람이 내 옆에 앉았다. 그는 학업을 마치지 못한 채 알렉산드르 미하일리치의 집에서 어떤 자격으로 살고 있었는데, 그게 정확히 무엇인지는 말하기 어렵다. 그는 사격을 아주 잘했고, 개도 능숙하게 길들였다. 나는 모스크바에 있을 때 그를 알게 됐다. 그는 시험을 칠 때마다 '파상풍을 연기하는', 즉 교수의 질문에 한마디도 대답하지 못하는 젊은이들 부류에 속했다. 이 신사들은 음절의 아름다움을 위해 '바켄바르지스트'[223]라는 별명으로도 불렸다.(여러분도 알다시피 오래전 일이다.) 이 일

---

223) 러시아어로 '바켄바르트(бакенбард)'는 '볼수염'을 뜻한다. '바켄바르지스트'는 '바켄바르트'에 '~하는 사람'이란 뜻의 영어 '-ist'와 상응하는 러시아 철자 '-ист'를 붙여 만든 조어다.

은 다음과 같은 방식으로 일어났다. 예를 들어 보이니친의 이름이 불렸다고 하자. 그때까지 자기 의자에 꼼짝 않고 똑바로 앉아 머리부터 발끝까지 뜨거운 땀에 흠뻑 젖은 채 멍한 눈으로 천천히 주위를 둘러보던 그가 자리에서 일어나 황급히 제복의 단추를 위까지 채우고는 몸을 옆으로 돌려 시험관의 책상까지 겨우 나아간다. "질문지를 뽑아 주세요." 교수가 그를 보며 유쾌하게 말한다. 보이니친은 손을 뻗어 떨리는 손가락으로 표 다발을 건드린다. "그럴 거면 뽑지 않아도 됩니다." 어느 외부인이 카랑카랑한 목소리로 말한다. 쉽게 흥분하는 이 작은 노인은 다른 학부의 교수인데 갑자기 불행한 바켄바르지스트를 증오하게 된 것이다. 보이니친은 자신의 운명에 순종하며 질문지를 뽑고 번호를 보여 주고는 창가로 가서 앉는다. 그 사이 그보다 먼저 온 학생이 자기가 뽑은 질문에 대해 답변한다. 창가에서 보이니친은 전처럼 천천히 주위를 둘러볼 때 외에는 질문지에서 눈을 떼지 않고 팔도 다리도 꿈쩍하지 않는다. 그런데 그보다 먼저 온 학생이 시험을 마친다. 그는 자신의 재능에 따라 "좋아요, 나가도 좋습니다."라든지, 심지어 "좋아요, 아주 좋습니다."라는 말을 듣는다. 이제 보이니친의 이름이 불린다. 보이니친은 일어나 의연한 걸음으로 책상을 향해 다가간다. "질문지를 읽어 보세요." 시험관이 그에게 말한다. 보이니친은 두 손으로 질문지를 자기 코 쪽으로 가져가 천천히 읽고 나서 천천히 두 손을 떨어뜨린다. "자, 대답해 보세요." 같은 교수가 몸을 뒤로 젖히고 팔짱을 끼면서 나른하게 말한다. 죽음 같은 침묵이 지배한다. "왜 그래요?" 보이니친은 침묵한다. 늙은 외부인이 괴롭히기 시작한다 "뭐라도 말해 봐요!" 나의 보이니친은 얼어붙은 듯이 침묵한다. 짧게 깎은 그의 뒤통수가 모든 동료들의 호기심 어린 시선 쪽으로 단호하게 미동도 없이 툭 튀어나와 있다. 늙은 외부인의 눈이 금방이라도 튀어나올 것 같다. 보이니친에 대한 그의 증오는 돌이킬 수 없을 만큼 확고하다. "하지만 이상하군요." 다른 시험관이 말한다. "왜 벙어리처럼 가만히 서 있습니까? 모릅니까? 그럼 그렇다고 말하세요." "다른 질문지를 뽑게 해 주십시오." 불운한 남자가 우물우물 말한다. 교수들이 서로 눈짓을 주고받는다. "뭐, 그렇게 하세요." 주임 시험관이 한 손을 내저으며 대꾸한다. 보이니친은 다시 질문지를 집어 들고 다시 창가로 가서 다시 책상으로 돌아와 다시 죽은 사람처럼 침묵한다. 늙은 외부인은 당장이라도 그를 산 채로 잡아먹을 수 있을 것 같다. 마침내 그는 쫓겨나고 0점을 받는다. 당신은 '이제 그는 적어도 그 자리를 떠나겠지?'라고 생각한다. 그럴 리가! 그는 자기 자리로 돌아와 시험이 끝날 때까지 그대로 꼼짝 않고 앉아 있다가 그곳을 떠날 때 큰 소리로 외친다. "와, 왜 이렇게 더워! 문제는 왜 그따위야!" 그리고 그는 이따금 머리를 움켜쥐고 자신의 비운을 슬프게 저주하면서 그날 온종일 모스크바를 쏘다닌다. 물론 그는 책은 건드리지도 않고, 다음 날 아침이면 똑같은 일이 되풀이된다.

바로 그 보이니친이 내 옆에 온 것이다. 우리는 모스크바와 사냥에 대해 이야기를 나누었다.

"이 고장에서 으뜸가는 재담가를 소개해 드려도 될까요?"

그가 갑자기 소곤거렸다.

"그럼요, 부탁드립니다."

보이니친이 호홀을 높이 세우고 콧수염을 기르고 갈색 연미복에 화려한 넥타이를 맨 키 작은 남자에게로 나를 데려갔다. 칙칙한 안색과 표정이 풍부한 얼굴에는 실제로 기지와 악의가 넘쳐흘렀다. 흘깃 스치는 신랄한 미소가 그의 입술을 끊임없이 일그러뜨렸다. 가늘게 뜬 작고 검은 눈이 고르지 않은 속눈썹 아래에서 불손하게 엿보고 있었다. 그의 옆에는 활달하고 온화하고 설탕처럼 달콤한 — 진정한 사하르 메도비치[224]였다 — 애꾸눈 지주가 서 있었다. 그는 작은 남자의 재담을 듣기 전부터 미리 웃었고, 마치 만족에 겨워 녹아내리고 있는 것 같았다. 보이니친은 나를 풍자가에게 소개했다. 그의 이름은 표트르 페트로비치 루피힌이었다. 우리는 소개를 마치고 첫인사를 나누었다.

"당신에게 나의 가장 좋은 친구를 소개해도 될까요?" 갑자기 루피힌이 설탕 같은 지주의 손을 잡으며 날카로운 목소리로 말했다. "그렇게 고집 부리지 말아요, 키릴 셀리파니치." 그가 덧붙였다. "잡아먹지 않아요. 자," 당황한 키릴 셀리파니치가 마치 배가 떨어져 나간 듯 몹시도 어색하게 인사를 하는 사이에 그가 계속해서 말했다. "자, 아주 훌륭한 귀족을 소개하겠습니다. 쉰 살까지는 대단히 건강했지만 갑자기 눈을 치

224) 러시아어로 '사하르'는 설탕이고 '묘드'는 벌꿀이다. '사하르 메도비치'라는 이름의 직접적인 뜻은 '벌꿀의 아들 설탕'이며, 교활하고 입발림을 잘하는 사람을 가리킬 때 주로 사용된다.

료받겠다는 생각을 했다가 그 결과 한쪽 눈을 잃고 말았습니다. 그 이후로는 자기 영지의 농민들을 치료해 주고 있는데, 똑같은 성공을 거두고 있죠……. 네, 물론 농민들은 여전히 헌신적으로……."

"이 무슨……." 키릴 셀리파니치는 이렇게 웅얼거리다 웃음을 터뜨렸다.

"계속해요, 친구, 에이, 끝까지 말해 봐요." 루피힌이 그의 말을 받아서 말했다. "어쩌면 당신이 판사로 뽑힐 수도 있잖아요. 두고 봐요, 뽑힐 테니. 뭐, 물론 배심원들이 당신을 대신해 생각할 겁니다. 그렇다고 치죠. 어쨌든 남의 생각이라 해도 그것을 말로 표현할 수는 있어야 합니다. 현지사가 들렀다가 '이 판사는 왜 이렇게 말을 더듬습니까?'라고 묻기라도 하면 큰일이잖아요. 자, 사람들이 '마비가 와서 그렇습니다.'라고 말했다고 칩시다. 현지사는 '그럼 피를 뽑아 줘요.'라고 말하겠죠. 하지만 당신도 동의하겠지만, 당신의 입장에서 그건 부적절하잖아요."

달콤한 지주가 데굴데굴 구를 듯이 웃어 댔다.

"웃는 것 좀 보십시오." 루피힌이 키릴 셀리파니치의 출렁이는 배를 심술궂게 쳐다보며 계속해서 말했다. "웃지 않을 이유도 없잖아요?" 그가 나를 돌아보며 덧붙였다. "배불리 먹고, 건강하고, 자식도 없고, 농노들을 저당 잡히지도 않았으니 말입니다. 그가 그들에게 치료도 해 주고 말이에요. 아내는 좀 아둔하죠.(키릴 셀리파니치는 알아듣지 못한 척 살짝 옆으로 고개를 돌리고는 계속 큰 소리로 웃었다.) 나도 웃고는 있습니다만, 내

아내는 측량 기사와 달아났답니다.(그는 이를 드러내며 웃었다.) 몰랐습니까? 물론 그렇겠죠! 하지만 갑자기 달아나면서도 나에게 편지를 남겼어요. 사랑하는 표트르 페트로비치, 용서해. 열정에 사로잡혀 내 심장의 벗과 함께 떠날 거야……. 그런데 측량 기사는 손톱을 깎지 않고 다리에 꼭 맞는 바지를 입는다는 이유만으로 내 아내를 차지했답니다. 놀랐습니까? 이렇게 솔직한 인간도 있군, 그렇게 생각하겠죠……. 아, 하느님! 우리 같은 스텝 지대 사람들은 이렇게 숨김없이 솔직하게 말한다니까요. 하지만 옆으로 비켜 주시죠……. 우리가 왜 미래의 판사 옆에 서 있어야 합니까……."

그가 내 팔을 잡았고, 우리는 창가로 비켰다.

"난 이 부근에서 재담가로 통합니다." 그가 대화 도중 나에게 말했다. "그 말을 믿지 마세요. 난 그냥 비뚤어진 인간이라 입 밖으로 욕설을 퍼붓는 것뿐입니다. 그래서 내가 이렇게 거리낌 없이 구는 거죠. 그리고 사실 내가 무엇 때문에 격식을 차려야 합니까? 난 누구의 의견도 신경 쓰지 않고, 어떤 것도 얻으려 애쓰지 않습니다. 성질이 못된 사람이거든요. 그래서 뭐가 어떻단 말인가요? 못된 인간에게는 적어도 분별력이 필요 없어요. 그게 얼마나 상쾌한지 당신은 믿지 못할 겁니다……. 자, 예를 들어, 여기 집주인을 봐요! 미안합니다만, 저 사람은 도대체 무엇 때문에 뛰어다니고 계속 시계를 흘깃거리고 실실 웃고 땀을 흘리고 엄숙한 표정을 짓고 우리를 배고픔으로 괴롭히는 걸까요? 고관이라는 인간들은 참 신기하지 않습니까! 저기, 저기 봐요, 또 뛰어가잖아요. 심지어 절룩거리기까지 하네요, 봐요."

그러더니 루피힌은 높고 날카로운 소리로 웃음을 터뜨렸다.

"한 가지 안 좋은 점은 부인들이 없다는 겁니다." 그가 깊은 한숨을 쉬며 계속 말했다. "이건 그냥 독신자 만찬이죠. 이런 게 우리 형제들에게 뭐가 좋겠습니까. 봐요, 저기 좀 봐요." 그가 갑자기 외쳤다. "코젤스키 공작이 오잖아요. 저기 턱수염을 기르고 노란 장갑을 낀 키 큰 남자 말입니다. 외국에 있었다는 걸 한눈에 알 수 있죠……. 그리고 언제나 아주 늦게 와요. 당신에게 장담하는데, 저 한 사람이 상인의 말 한 쌍만큼이나 아둔하답니다. 하지만 당신도 봤을지 모르겠네요. 저 사람이 얼마나 관대하게 우리 형제들과 이야기해 주시는지, 얼마나 너그럽게 우리의 굶주린 어머니들과 딸들의 친절에 대해 미소를 지어 주시는지 말입니다! 지나가다 이곳에 잠시 머물 때라도 저 사람 역시 가끔은 재담을 떤답니다. 얼마나 날카로운지 몰라요! 뭉툭한 작은 칼로 삼노끈을 자르려는 거랑 똑같지 뭡니까. 저 사람은 나를 못 견디게 싫어하죠. 가서 인사를 해야겠습니다."

그러더니 루피힌은 공작에게로 달려갔다.

"저기 나의 적이 오네요." 어느새 내게로 돌아온 그가 말했다. "얼굴이 갈색인 데다 머리털이 뻣뻣한 저 뚱뚱한 남자를 봐요. 저기 모자를 손에 움켜쥐고 벽을 따라 몰래 지나가면서 늑대처럼 사방을 두리번거리는 남자 말입니다. 난 1000루블 가치가 있는 말을 400루블을 받고 저 남자에게 팔았습니다. 그러니 이제 말 못 하는 그 짐승에게는 날 경멸할 권리가 충분하죠. 하지만 정작 저 사람은 사고력이 너무 부족해요. 특히 아침에 차 마시기 전이나 만찬 직후에 '안녕하세요!'라고 인사를 건네면 '뭐가요?'라고 대답할 정도랍니다. 저기 대신이 오네요." 루피힌이 계속 말했다. "은퇴한 대신이죠, 몰락한 대신이요. 그에게는 사탕무로 만든 딸 하나와 임파선 종양에 걸린 공장이 있답니다……. 죄송합니다, 말을 잘못했군요……. 뭐, 그래도 당신은 이해하겠죠. 아, 건축가도 왔군요! 독일인인데 콧수염을 기르고 자기가 하는 일에 대해 잘 몰라요. 이상하죠! 그렇긴 하지만 그가 자기 일에 대해 안들 무슨 소용이 있겠습니까! 뇌물을 받고 우리의 유서 깊은 귀족들을 위해 더 많은 원주와 기둥을 세워 주기만 하면 되죠!"

루피힌은 다시 큰 소리로 웃었다……. 그런데 갑자기 집 전체에 불안한 동요가 퍼졌다. 고관이 도착한 것이다. 주인이 대기실로 달려갔다. 가족 같은 몇몇 동거인들과 열성적인 손님들이 그를 뒤따라 내달렸다……. 떠들썩한 대화가 봄날에 꿀벌들이 보금자리 벌통 속에서 붕붕거리는 소리처럼 부드럽고 다정한 말소리로 변했다. 지칠 줄 모르는 땅벌인 루피힌과 멋쟁이 수벌 코젤스키만 목소리를 낮추지 않았다……. 그리고 이제 드디어 여왕벌인 고관이 들어왔다. 사람들이 그를 맞으러 달려가고, 앉아 있던 몸뚱이들이 몸을 일으켰다. 루피힌의 말을 싼값에 산 지주조차, 그 지주조차 턱을 가슴에 파묻었다. 고관은 더할 나위 없이 훌륭하게 품위를 지켰다. 인사라도 하듯 고개를 뒤로 젖혀 흔들면서 찬성의 뜻을 표하는 말들을 몇 마디 했는데, 그 말들 하나하나는 콧소리로 길게 늘여서 발음한 '아'로 시작됐다. 또한 잡아먹을 듯이 격분해서 코젤스키 공작의 턱수염을 쳐다보았으며, 공장과 딸을 가진 몰락한 대신에게는 왼손 집게손가락을 내밀었다. 몇 분이 흐르는 사이 고관은 만찬에 늦지 않아 정말 다행이라는 말을 두어 번 했고, 그 후 모임에 참석한 모든 사람들이 세도가들을 앞세우고 식당으로 향했다.

고관이 대신과 현 귀족회장 — 풀 먹인 빳빳한 셔츠 가슴팍, 엄청나게 헐렁한 조끼, 프랑스 코담배를 채워 넣은 둥근 담뱃갑에 완벽히 어울리는 자유롭고 위엄 있는 표정을 띤 남자 — 사이의 상석에 자리를 배정받은 것, 주인이 부산을 떨며 뛰어다니고 분주하게 쏘다니고 손님들을 응대하고 고관 옆을 지나치다 그의 등을 보며 미소 짓고 초등학생처럼 한구석에 서서 수프 한 접시나 소고기 몇 조각을 급하게 먹어치운 것, 집사가 1.5아르신 길이의 생선 주둥이에 꽃을 꽂아 내온 것, 제복 차림에 엄한 표정을 지은 하인들이 때로는 말라가 포도주를, 때로는 드라이한 마데이라 포도주를 들고 귀족 한 사람 한 사람을 침울하게 따라다닌 것, 거의 모든 귀족들, 특히 중년 귀족들이 마치 의무감에 어쩔 수 없이 굴복했다는 듯 연거푸 술잔을 비운 것, 마침내 샴페인 병마개가 펑펑 소리를 내며 열리고 축배가 시작된 것, 이런 것들을 독자에게 말할 필요가 있을까? 독자들은 아마도 이 모든 것을 지나치게 잘 알고 있을 것이다. 하지만 모두가 즐겁게 침묵한 가운데 고관 자신이 들려준 일화가 유난히 내 마음에 남았다. 현대 문학에 정통한 누군가 — 내 생각에 몰락한 대신이었던 것 같은

데 — 가 사회 전반에, 특히 젊은 사람들에게 미치는 여성의 영향에 대해 말했다. "네, 그래요." 고관이 그의 말을 받았다. "사실입니다. 하지만 젊은이들을 엄격한 복종 속에 묶어 두어야 합니다. 그러지 않으면 그들은 치마만 봐도 정신을 잃을 테니까요.(모든 손님들의 얼굴에 어린아이처럼 명랑한 미소가 빠르게 스쳤다. 어느 지주의 눈길에는 감사함마저 어렸다.) 젊은이들은 어리석으니까요.(고관은 위엄 있게 보이고 싶었는지 이따금 단어를 발음할 때 보통 사람들과 다른 억양으로 말했다.)" 그는 계속해서 말했다. "나만 해도 말이죠, 이반이라는 아들이 있는데 이 멍청이는 고작 스무 살밖에 되지 않았어요. 그런데 갑자기 나에게 와서 '아버지, 결혼을 허락해 주세요.'라고 말하는 겁니다. 내가 아들에게 말했죠. '멍청한 자식, 먼저 일자리부터 구해라…….' 그랬더니 절망해서 눈물을 쏟고…… 하지만 나에게…… 그런,(고관은 '그런'이라는 말을 입술이 아니라 배로 발음했다. 그는 잠시 침묵한 후 옆에 있던 대신을 위엄 있게 쳐다보더니 사람들이 가능하다고 믿는 것보다 한층 더 높이 눈썹을 치켜올렸다. 대신은 즐거운 표정으로 고개를 살짝 옆으로 기울이고는 고관 쪽으로 향한 눈동자를 아주 빠르게 깜빡이기 시작했다.)" 고관이 다시 입을 열었다. "뭐, 이제는 아들이 나에게 이런 편지를 씁니다. 어리석은 저에게 교훈을 주셔서 감사합니다, 아버지……. 그래서 그들을 잘 다뤄야 한다는 겁니다." 물론 모든 손님들이 이 말에 전적으로 동의했고, 자신들이 얻은 즐거움과 교훈으로 생기를 되찾은 것 같았다……. 만찬 후 다들 일어나 떠들썩하면서도 정중하게 느껴지는, 마치 이런 경우에만 허락될 것 같은 소리를 내며 응접실로 자리를 옮겼다……. 사람들은 카드 탁자 앞에 앉았다.

그럭저럭하는 사이 저녁이 됐다. 나는 마부에게 다음 날 오전 5시에 콜랴스카에 말을 매라고 한 뒤 잠을 자기 위해 방으로 향했다. 그런데 그날이 다 지나기 전 어느 비범한 인물과의 만남이 날 기다리고 있었다.

손님이 많이 온 탓에 어느 누구도 혼자서 잘 수는 없었다. 집사인 알렉산드르 미하일리치가 안내한 작고 눅눅한 연두색 방에는 이미 옷을 다 벗은 다른 손님이 있었다. 그는 나를 보더니 재빨리 이불 속으로 들어가 코까지 몸을 숨기고 푹신한 깃털 침구 위에서 잠시 꼼지락거리다가 면으로 된 취침용 모자의 둥근 가장자리 밑에서 눈을 빛내며 조용히 나를 응시했다. 나는 다른 침대로 다가가(방에 있는 것이라고는 침대 두 개가 전부였다.) 옷을 벗고 눅눅한 시트 위에 누웠다. 한 방을 쓰게 된 남자가 침대 위에서 몸을 뒤척였다……. 나는 그에게 잘 자라고 말했다.

삼십 분이 지났다. 아무리 애를 써도 도저히 잠을 이룰 수 없었다. 쓸데없는 모호한 상념이 양수기의 양동이처럼 집요하고 단조롭게 끝없는 행렬을 이루며 연이어 뻗어 나갔다.

"잠들지 않은 것 같군요." 옆 사람이 말했다.

"보시다시피." 내가 대꾸했다. "당신도 아직 안 자는군요?"

"난 늘 잠을 못 잡니다."

"어떻게 그럴 수가 있습니까?"

"그렇다니까요. 잠들긴 하는데 어떻게 잠이 드는지는 나도 모릅니다. 계속 누워 있다 잠드는 거죠."

"졸리지도 않은데 침대에는 왜 눕습니까?"

"그럼 어쩌겠어요?"

나는 옆 사람의 물음에 대꾸하지 않았다.

"놀랐습니다." 그가 잠시 침묵하더니 계속해서 말했다. "어떻게 이곳에는 벼룩이 한 마리도 없죠? 벼룩은 어디에나 있는 것 아닌가요?"

"벼룩이 없어서 아쉬운 모양이군요." 내가 말했다.

"아닙니다, 아쉽지 않아요. 다만 모든 면에서 철저한 걸 좋아합니다."

'뭐라는 거야?' 나는 생각했다. '무슨 말을 하는 건지.'

옆 사람이 다시 침묵에 잠겼다.

"나와 내기를 하지 않겠습니까?" 갑자기 그가 아주 큰 목소리로 말했다.

"무슨 내기요?"

나는 옆 사람 때문에 즐거워졌다.

"음…… 무슨 내기냐고요? 이런 거죠. 장담하는데, 당신은 분명 날 바보로 생각하고 있어요."

"말도 안 됩니다." 나는 깜짝 놀라 우물거렸다.

"스텝의 촌놈이라고, 무식한 놈이라고……. 솔직히 말해 보세요……."

"난 당신을 아는 기쁨을 얻지 못했습니다." 나는 반박했다. "어째서 당신은 그런 결론을 내릴 수……."

"어째서라뇨! 당신 목소리만 들어도 압니다. 내 말에 너무

건성으로 대답하잖아요……. 하지만 난 당신이 생각하는 그런 사람이 결코 아닙니다…….”

“잠깐만요…….”

“아뇨, 당신이야말로 좀 들어 보세요. 첫째, 난 프랑스어는 당신만큼 하고 독일어는 당신보다 훨씬 더 잘합니다. 둘째, 난 삼 년 동안 외국에서 지냈습니다. 베를린에서만 여덟 달을 살았죠. 헤겔을 공부했습니다, 선생. 괴테는 암송할 정도고요. 게다가 오랫동안 독일인 교수의 딸을 사랑했는데, 귀국한 후 폐결핵에 걸린 귀족 아가씨와 결혼했죠. 머리카락은 거의 없지만 아주 뛰어난 사람이었어요. 결국 난 당신과 같은 부류인 거죠. 당신이 생각하는 그런 스텝의 촌놈이 아닙니다……. 나도 반성적 사고에 시달린 사람이라 내 안에 본능적인 면은 전혀 없어요.”

나는 고개를 들어 주의력을 두 배쯤 더 기울여 그 괴짜를 쳐다보았다. 작은 등잔의 흐릿한 불빛 아래서 그의 생김새를 겨우 알아볼 수 있었다.

“지금 날 쳐다보고 있군요.” 그는 취침용 모자를 똑바로 쓰고는 계속 말했다. “아마 스스로에게 묻고 있겠죠. 어떻게 오늘 이 남자가 있는 걸 알아차리지 못했을까 하고요. 내가 목소리를 높이지 않아서입니다. 다른 사람들 뒤에 숨고, 문 뒤에 서고, 아무와도 이야기를 하지 않아서예요. 쟁반을 든 집사가 내 옆을 지나가기 전부터 자기 팔꿈치를 내 가슴 높이로 들어 올렸기 때문이고요……. 그럼 이 모든 일이 왜 일어나는 걸까요? 두 가지 이유 때문입니다. 첫째는 내가 가난하기 때문이고, 둘째는 내가 체념했기 때문입니다……. 솔직히 말해 봐요, 날 알아차리지 못했죠?"

"정말로 그런 기쁨을 누리지 못했습니다……."

"그것 봐요, 그렇다니까요." 그가 내 말을 가로챘다. "그럴 줄 알았어요."

그는 몸을 조금 일으켜 팔짱을 꼈다. 취침용 모자의 긴 그림자가 벽에서 천장으로 꺾였다.

"하지만 인정하시죠." 그가 갑자기 나를 힐끗 쳐다보며 덧붙였다. "틀림없이 당신에게는 내가 정말 유별난 사람[225)]으로, 말하자면 기인으로 보일 겁니다. 어쩌면 아마도 그보다 훨씬 못한 무언가로 보일지도 모르고요. 혹시 당신이 보기에 내가 괴짜인 척하는 것 같습니까?"

"내가 당신을 모른다는 사실을 다시 한번 말해야겠군요……."

그가 잠시 눈을 내리떴다.

"왜 내가 당신과, 전혀 알지도 못하는 사람과 이렇게 생각지도 못한 이야기를 나누고 있을까요. 하느님만, 하느님만 아시겠죠!(그는 한숨을 쉬었다.) 우리의 영혼이 닮아서 그런 것도 아닐 텐데요! 게다가 당신도, 나도 모두 점잖은 사람들, 다시 말해 에고이스트잖아요. 당신은 나와, 난 당신과 아무 상관없는 사람입니다. 그렇지 않습니까? 하지만 우리 모두 잠을 이루지 못하고 있죠……. 그러니 잠시 잡담을 나누는 게 어떻습니

225) '괴짜, 유별난 사람'을 의미하는 러시아어 'оригинал'이다. 이 단어의 형용사형인 'оригинальный'에는 '색다른, 고유의, 독창적인'이란 뜻이 있다.

까? 난 지금 기분이 아주 좋습니다. 나로서는 드문 일이죠. 보다시피 난 낯을 많이 가립니다. 촌사람에 관등도 없는 가난뱅이여서가 아니라 자부심이 무척이나 강한 사람이기 때문이죠. 하지만 이따금 내가 정의 내릴 수도, 예측할 수도 없는 우호적인 상황과 우연의 영향으로, 나의 낯가림이 가령 바로 지금처럼 싹 사라지기도 합니다. 지금 달라이라마와 마주하고 있다면 그에게 코담배를 한 움큼 부탁할 수도 있을 것 같아요. 하지만 당신은 아마 자고 싶겠죠?"

"전혀요." 내가 황급히 반박했다. "당신과 이야기를 나누게 되어 정말 기쁩니다."

"그러니까 내가 당신에게 즐거움을 주고 있다는 거군요……. 더 좋네요……. 그렇다면 당신에게 알려 줘야 할 것 같은데, 이곳에서는 날 기인이라고 부릅니다. 다시 말해 다른 시시한 이야기를 지껄이다 우연히 내 이름을 입에 올린 사람들이 그렇게 부른다는 겁니다. '내 운명을 걱정하는 사람은 아무도 없다'라고 하잖아요. 그 사람들은 나에게 상처를 주고 싶은 겁니다……. 오, 하느님! 그들이 알아주기만 한다면……. 사실 내가 파멸해 가는 이유는 내 안에 독창적인 면이 전혀 없어서, 가령 내가 지금 당신과 나누는 대화 같은 주제넘은 짓 말고는 색다른 면이 전혀 없어서라는걸요. 하지만 이런 주제넘은 행동들은 동전 한 푼의 가치도 없는 것들이잖아요. 이건 독창성의 가장 저렴하고 저급한 부류죠."

그는 내 쪽으로 얼굴을 돌리고 두 손을 흔들었다.

"선생!" 그가 외쳤다. "대체로 지상의 삶은 개성적인 사람에게나 어울린다는 게 내 지론입니다. 그런 사람만이 살 권리를 갖습니다. 누군가 말했죠. 내 잔은 크지 않지만 난 내 잔으로 마시겠다." 그가 목소리를 낮추어 덧붙였다. "어떻습니까? 내 프랑스어 발음이 정말 깨끗하지 않습니까? 당신의 머리가 크고 넓다 한들, 당신이 모든 걸 이해하고 많은 걸 알고 시대를 따라잡고 있다 한들 그게 나와 무슨 상관입니까? 당신만의 고유하고 독특한 것이 전혀 없다면 말이에요! 누구나 아는 진부한 사실을 보관할 창고가 하나 더 늘어난다고 해서 누가 무슨 만족을 얻겠습니까? 아뇨, 어리석더라도 자신의 방식으로 살아야죠. 자신의 향기를, 자신의 고유한 향기를 가져라, 바로 이겁니다! 그리고 이런 향기에 대한 내 요구가 지나치다고는 생각하지 말아 주세요……. 맙소사! 그런 특이한 사람들은 무수하게 많답니다. 유별난 사람은 어디에나 있어요. 살아 있는 사람은 누구나 특이하죠. 하지만 나 같은 인간은 그런 축에 끼지도 못해요!"

그는 잠시 침묵한 후 계속 말을 이었다. "하지만 젊은 시절엔 나도 얼마나 대단한 기대를 받았다고요! 외국으로 떠나기 전, 그리고 귀국한 후 처음 얼마 동안 나 역시 나라는 인간을 얼마나 대단하게 생각했는지 모릅니다. 뭐, 외국에 있는 동안 난 귀를 쫑긋 세우고 계속 혼자만의 길을 걸었습니다. 어느 정도 알긴 해도 결국엔 A도 모른다는 것을 깨닫게 되는 우리 형제들이 으레 그러듯이 말이죠."

"별종, 별종!" 그는 비난하듯 고개를 저으며 같은 말을 되풀이했다……. "사람들은 날 별종이라고 부릅니다……. 하지만 사실 이 세상에는 당신의 순종적인 종보다 더 별다를 게 없는 인간도 없습니다. 난 다른 누군가를 모방해서 태어난 게 틀림없어요……. 분명합니다! 난 내가 연구한 다양한 작가들을 모방하는 것처럼 살고 있습니다. 얼굴에 땀을 흘리며 살아가죠. 공부라는 것도 해 봤고 사랑도 했고 결혼도 했습니다. 결국 자신의 욕망 때문이 아니라 어떤 의무나 교훈을 수행하기라도 하듯 말이죠. 누가 그걸 구별할 수 있겠습니까!"

그는 머리에서 취침용 모자를 벗어 침대 위에 던졌다.

"당신만 괜찮다면 내가 어떻게 살아왔는지 이야기해 드리죠." 그가 띄엄띄엄 말을 내뱉으며 내게 물었다. "아니면 내 삶에서 몇 가지만 요약해서 이야기하는 게 더 나을까요?"

"네, 부탁드립니다."

"아니, 내가 어떻게 결혼했는지 들려드리는 편이 낫겠군요. 결혼은 중요한 일이잖아요. 한 인간의 전체를 헤아리기 위한 시금석이기도 하고요. 결혼은 거울처럼 반영하니……. 하지만 그런 비교는 너무 진부하죠……. 잠깐만요, 코담배를 좀 맡아야겠습니다."

그가 베개 밑에서 담뱃갑을 꺼내 뚜껑을 열고는 담뱃갑을 흔들면서 다시 입을 열었다.

"선생, 내 입장이 되어 보십시오……. 직접 판단해 보세요, 무슨, 그러니까, 무슨, 도대체 내가 헤겔의 백과사전에서 무슨 이익을 얻을 수 있었을지 말해 보세요. 이 백과사전과 러시아 생활 사이에 어떤 공통점이 있을까요? 말해 보세요. 그리고 그것을 우리의 관습에 적용하려면 어떻게 해야 할까요? 그 백과사전만이 아니라 독일 철학 전반을…… 나아가 학문을 적용하려면요?"

그는 침대 위에서 살짝 뛰어오르더니 적의에 차서 이를 악물고 작은 소리로 웅얼거렸다.

"아, 그렇지, 그래! 그럼 넌 도대체 무엇을 위해 외국으로 간 거냐? 무엇 때문에 고향에 눌러앉아서 그 자리에서 네 주변의 생활을 연구하지 않은 거냐? 넌 그것의 필요성과 미래를 알았을 텐데, 그리고 자신의, 말하자면 소명에 대해서도 분명히 깨달았을 텐데……. 하지만 당치도 않아요." 그는 마치 쭈뼛거리며 변명하듯 다시 목소리를 바꾸어 계속해서 말했다. "어떤 천재도 아직 책에 써 넣지 못한 것을 어떻게 우리 같은 사람들이 연구할 수 있겠습니까! 내가 그것에서, 러시아의 삶이란 것에서 배움을 얻을 수 있었다면 기뻤을 텐데요. 하지만 친구, 러시아의 삶은 계속 침묵하고 있군요. 날 있는 그대로 파악해 봐, 이런 식입니다. 나로서는 힘에 부치는 일입니다. 당신이 나에게 결론을 줘요. 나에게 결론을 제시해 보라고요……. 결론? 사람들은 말합니다. 자, 여기 결론이 있다. 우리 모스크바 사람들의 말을 들어라. 나이팅게일 같지 않은가? 그런데 문제는 그들이 쿠르스크의 나이팅게일처럼 울기는 하는데 인간의 방식으로 말을 하지 않는다는 겁니다……. 그래서 난 생각하고 또 생각했죠. 결국 학문은 어디에서나 똑같고 진리도 마찬가지다. 그래서 난 불쑥 낯선 나라로, 이교도들 틈으로 신과 함께 떠난 겁니다……. 어떡합니까! 젊음, 오만함이 날 사로잡은걸요. 있잖아요, 때가 오기 전에는 지방으로 뒤덮이고 싶지 않습니다. 사람들은 그게 건강한 거라고 하지만요. 네, 어쨌든 자연이 살을 주지 않는 사람의 몸뚱이에서 지방을 볼 수는 없겠죠!"

"하지만," 그는 잠시 생각한 후 덧붙였다. "내가 어떻게 결혼하게 됐는지 당신에게 들려주기로 약속한 것 같은데요. 들어 봐요. 우선 당신에게 말해 둘 게 있어요. 내 아내는 이제 이 세상에 없습니다. 둘째…… 둘째, 내 생각에는 당신에게 내 젊은 시절을 들려줘야 할 것 같습니다. 그러지 않으면 당신은 아무것도 이해하지 못할 거예요……. 그런데 정말 자고 싶지 않습니까?"

"네, 그러고 싶지 않군요."

"좋습니다. 들어 봐요……. 옆방에서 칸타그류힌 씨가 아주 저속하게 코를 골고 있군요! 난 부유하지 않은 부모에게서 태어났습니다. 내가 부모라고 말한 것은 전설에 따르면 나에게 어머니뿐 아니라 아버지도 있었다고 하기 때문이에요. 난 아버지를 기억하지 못합니다. 사람들 말로는 코가 크고 주근깨가 있고 머리카락이 붉은, 조금은 어리석은 남자였는데, 한쪽 콧구멍으로 코담배를 맡았다고 하더군요. 어머니의 침실에는 아버지의 초상화가 걸려 있었습니다. 검은 옷깃이 귀까지 올라오는 붉은 제복 차림의 엄청 못생긴 남자였습니다. 난 그 초상화 옆으로 끌려가 채찍으로 맞곤 했습니다. 그럴 때면 어머니는 늘 아버지를 가리키며 말했죠. 아버지라면 더 호된 벌을 주었을 거다. 그 말이 나에게 얼마나 힘이 되었는지 당신은 상상할 수 있을 겁니다. 나는 형제가 없었습니다. 그러니까 정확히 말하자면 뒷목에 구루병이 생긴 불쌍한 남동생이 있었는데 어째서인지 아주 일찍 죽고 말았죠……. 그러데 무슨 일로 구루병이 쿠르스크현 시그로보군까지 기어들었을까요? 하지만 그게 중요한 건 아니죠. 어머니는 스텝 지역 지주 마님의 저돌적인 열정을 다해 내 교육을 책임졌습니다. 내가 태어난 그 대단한 날부터 열여섯 살이 될 때까지 어머니가 내 교육을 도맡은 거예요……. 내 이야기의 흐름을 잘 따라오고 있죠?"

"물론입니다. 계속해요."

"음, 좋습니다. 내가 열여섯 살이 되자 어머니는 조금도 지체하지 않고 내 프랑스어 가정교사를 갑자기 내쫓았습니다. 네진[226]의 그리스인들 틈에서 살았던 필리포비치라는 독일인이었죠. 어머니는 날 모스크바로 데려가 대학에 집어넣고는, 친척 아저씨이자 변호사인 콜툰-바부라의 손에 날 맡기고 전능하신 하느님께 자신의 영혼을 바쳤습니다. 아저씨는 시그로보군 밖에서도 유명한 인간[227]이었습니다. 내 친척 아저씨이자 변호사인 콜툰-바부라는 평소와 다름없이 날 빈털터리로 만들었습니다……. 하지만 이것 역시 중요하지 않아요. 어머니의 공임을 인정하지 않을 수 없습니다만, 대학에 들어갔을 때 난 제법 준비가 잘돼 있는 편이었습니다. 하지만 이미 그때에도 내 안에 독창성이 부족하다는 사실이 드러났습니다. 나의 어린 시절은 다른 젊은이들의 어린 시절과 조금도 다르지 않

226) 오늘날의 우크라이나에 있는 도시.

227) 원문에는 '새'라고 되어 있다. 러시아에서 '새'라는 단어는 인간을 '자식', '놈' 등으로 경멸하거나 비하할 때 사용되곤 한다.

았습니다. 나 역시 깃털 이불 속에만 있던 아이처럼 멍청하고 활기 없이 자랐어요. 똑같이 이른 나이부터 시를 암송하기 시작했고, 공상적인 기질을 핑계로 우울한 표정을 지었죠……. 무엇을 공상했냐고요? 그야 아름다움이라든가…… 이런저런 것들이요. 대학에서 다른 길을 간 건 아니었습니다. 난 곧 동아리에 들어갔습니다. 그때는 시대가 달랐어요……. 하지만 당신은 아마 동아리가 뭔지 모르겠죠? 내 기억으로는 실러가 어디에선가 이렇게 말했습니다.

사자를 깨우는 것은 위험하다,
그리고 호랑이의 이빨은 무시무시하다.
하지만 온갖 무서운 것들 중에 가장 무서운 것,
그것은 어리석은 인간!(독일어)

그는, 당신에게 장담하는데, 그는 그렇게 말하려던 게 아니었습니다. 아마 이렇게 말하려 했을 거예요. 그것은 모스크바시에 있는(독일어) '서클'……."

"그런데 동아리에서 무슨 무서운 것을 본 겁니까?" 내가 물었다.

내 옆 사람은 취침용 모자를 움켜쥐고 코까지 푹 눌러썼다.

"무슨 무서운 것을 봤냐고요?" 그가 외쳤다. "바로 서클은 모든 독창적인 발전의 파멸이라는 겁니다. 그건 사회와 여성과 삶을 대신하는 추악한 대체물입니다. 서클은…… 오, 네, 잠깐만요, 서클이 뭔지 말해 주죠! 서클, 그건 이성의 의미와 외양을 띠고는 있지만 나태하고 침체된 생활입니다. 서클은 대화를 논쟁으로 바꾸고, 무익한 잡담에 물들게 하고, 당신을 고요하고 유용한 일에서 떼어 놓고, 당신에게 문학이라는 옴을 옮깁니다. 결국엔 당신에게서 생기와 순결하고 굳센 영혼을 앗아 가죠. 서클, 그건 형제애와 우정의 이름을 뒤집어쓴 저속함과 권태이며, 솔직함과 공감이라는 핑계 아래 벌어지는 오해와 강요의 결합입니다. 서클에서는 모든 친구들이 언제 어느 때나 동료의 내면에 씻지 않은 손가락을 쑤셔 넣을 권리를 가지기 때문에, 어느 누구의 마음에도 더럽혀지지 않은 정결한 장소는 없습니다. 서클에서는 겉만 번지르르한 달변가와 자존심 강한 재주꾼과 애늙은이들이 숭배되고, 재능은 없지만 '심오한' 사상을 지닌 시인이 떠받들려집니다. 또 서클에서는 열일곱 살의 젊은 애들이 여성과 사랑에 대해 교활하고 복잡하게 떠들어 대다가 막상 여자들 앞에 서면 입을 다물거나 마치 책과 이야기하듯 말하죠. 게다가 무슨 말을 하는 건지! 서클에서는 복잡한 웅변술이 위세를 떨칩니다. 또 서클에서는 경찰들 못지않게 서로를 감시합니다……. 오, 서클! 넌 서클이 아니라 많은 고상한 사람들을 파멸로 이끈 마(魔)의 원이다!"

"음, 이렇게 말해도 좋을지 모르겠지만 당신이 좀 과장하는 것 같군요." 내가 그의 말을 가로막았다.

내 이웃이 말없이 나를 쳐다보았다.

"어쩌면요, 하느님은 아시겠죠, 어쩌면 그렇지도 모릅니다. 우리 형제들에게 남은 즐거움이라고는 과장하는 것뿐이잖아요. 아무튼 난 모스크바에서 사 년 동안 그런 식으로 지냈습니다. 선생, 그 시간이 얼마나 빨리, 얼마나 무서울 정도로 빨리 지나갔는지 묘사할 수가 없군요. 심지어 떠올리기만 해도 슬프고 화가 납니다. 아침 일찍 일어나면 언덕에서 썰매를 타고 내려가듯…… 정신을 차려 보면 어느새 끝을 향해 전속력으로 가고 있죠. 그러다 보면 이미 저녁입니다. 졸음에 겨운 하인이 프록코트를 입혀 줍니다. 그렇게 옷을 입고 친구 집으로 어슬렁어슬렁 가죠. 파이프를 피우고, 컵으로 연한 차를 마시고, 독일 철학이며 사랑이며 영혼의 영원한 태양이며 다른 난해한 주제들에 대해 논합니다. 하지만 그곳에서도 난 독창적이고 독특한 사람들을 만났습니다. 어떤 이들은 아무리 스스로를 꺾어도, 아무리 스스로를 압박해도 본성이 이기더라고요. 불행한 나만 스스로를 부드러운 밀랍처럼 만들었고, 내 가련한 본성은 조금도 저항하지 않았죠! 그러는 사이 난 스물한 살이 됐습니다. 난 내 유산에 대한, 더 정확히 말하자면 내 후견인이 나에게 남겨 주기 적당하다고 생각한 내 유산의 일부에 대한 소유권을 손에 넣었습니다. 난 농노 신분에서 해방된 바실리 쿠드랴쇼프에게 모든 세습 영지를 관리하도록 위임장을 주고 외국으로, 베를린으로 떠났습니다. 앞서 당신에게 전하는 기쁨을 누렸듯이 난 외국에서 삼 년을 보냈습니다. 그래서 어쨌냐고요? 그곳에서도, 외국에서도, 난 여전히 독창적이지 않은 존재로 남았습니다. 우선, 내가 사실은 유럽에 대해, 유럽의 생활에 대해 털끝만큼도 몰랐다는 점은 말할 필요도 없겠죠. 난 독일 교수들의 강의를 듣고 독일어 책들을 본고장에서 읽었습니다. 차이라고 해 봐야 그 정도예요. 난 수도사처럼 고독한 생활을 했어요. 나처럼 지식욕으로 고통받는, 하지만 이해력이 몹시 부족하고 말에 재능이 없는 퇴역 중위와 어울렸습니다. 난 펜자현을 비롯해 곡물을 많이 생산하는 다른 현들에서 온 아둔한 가족들과 친해졌습니다. 카페들을 돌아다니고, 잡지를 읽고, 저녁마다 극장에 갔죠. 난 현지인들과는 거의 교제하지 않았는데, 어째서인지 그들과 말할 때는 긴장이 됐습니다. 그래서 러시아인들(독일어)이 사람 말을 잘 믿는다는 걸 이용해서 끊임없이 나에게 달려와 돈을 빌려 가는 유대인 혈통의 귀찮은 건달 두세 명 외에는 아무도 내 숙소에 들이지 않았습니다. 기묘한 운명의 장난이 마침내 날 내 독일인 교수들 중 한 명의 집으로 이끌었습니다. 사연은 이렇습니다. 난 수강 신청을 하기 위해 교수를 찾아갔습니다. 그런데 갑자기 그분이 날 자기 집의 저녁 모임에 초대했습니다. 그 교수에게는 스물일곱 살쯤 된 딸이 둘 있었습니다. 둘 다 멋진 코에 곱슬곱슬한 머리칼, 하늘색 눈동자, 발그레한 손과 하얀 손톱을 지닌 땅딸막한 여자들이었죠. 하느님께서 그들과 함께하시길! 한 여자는 린헨이고, 또 한 여자는 민헨이었습니다. 난 교수의 집을 드나들기 시작했습니다. 당신에게 말해 둘 게 있습니다. 그 교수는 어리석지는 않은데 머리가 돈 사람 같았습니다. 강단에서는 꽤 조리 있게 말했지만, 집에서는 늘 안경을 이마 위로 치켜올리고서 알아듣기 힘들게 웅얼거렸죠. 게다가 대단히 박식한 사람이었습니다……. 그래서 어떻게 됐냐고요? 불현듯 내가 린헨을 사랑하고 있다는 생각이 들었습니다. 그리고 여섯 달 내내 나는 그렇게 느꼈습니다. 사실 난 그녀와 거의 이야기를 나누지 않았습니다. 오히려 그저 그녀를 바라보기만 했죠. 하지만 다양한 감동적인 저작들을 그녀에게 소리 내어 읽어 주고, 살그머니 손을 잡고, 저녁이면 그녀와 나란히 달을, 아니면 그냥 위를 물끄러미 쳐다보면서 공상에 잠기곤 했습니다. 게다가 그녀는 커피를 아주 잘 끓였어요! 난 생각했습니다. 뭘 더 바래? 다만 한 가지 당혹스러운 점이 있었어요. 이른바 말로 표현할 수 없을 만큼 행복한 순간이면 어째서인지 명치가 계속 아프고 우울하고 차가운 떨림이 위장을 휘저었습니다. 마침내 난 그 행복을 감당하지 못하고 도망쳤습니다. 그 후에도 꼬박 두 해를 더 외국에서 보냈죠. 이탈리아에도 갔어요. 로마에서는 「그리스도의 변용」[228] 앞에, 피렌체에서는 「비너스」 앞에 잠시 서 있었죠. 갑자기 악의에 사로잡힌 것처럼 터무니없는 엄청난 기쁨에 휩싸였습니다. 저녁이면 시를 지었고 일기도 쓰기 시작했죠. 한마디로 그곳에서도 다른 모든 사람들과 똑같이 행동한 겁니다. 하지만 생각해 봐요, 독창적인 인간이 된다는 게 얼마나 쉬운지 말이죠. 예를 들어 난 회화와 조각에 대해 아무것도 모릅니다……. 솔직히 그 사실을 입 밖으로 말한다면…… 아뇨, 어떻게 그럴 수 있겠습니까! 난 가이드를 구해서 프레스코화를 보러 돌아다녔습니다…….”

그는 다시 고개를 푹 숙이고 다시 취침용 모자를 벗었다.

“그러다 마침내 고국으로 돌아왔죠.” 그는 지친 목소리로

228) 라파엘로가 마지막으로 그린 그림으로 그리스도의 승천을 묘사했다.

계속해서 말했다. "모스크바에 도착했습니다. 모스크바에서 나에게 놀라운 변화가 일어났습니다. 외국에 있을 때는 말을 하지 않는 편이었는데, 그곳에서는 갑자기 생각지도 못하게 말을 술술 하게 됐고, 그러면서 하느님만 이유를 아실 자부심을 갖게 된 거죠. 날 거의 천재로 본 관대한 사람들이 있었습니다. 귀부인들은 내 허풍에 관심을 보이며 귀를 기울였습니다. 하지만 난 내 영광의 고지에서 계속 버틸 수 없었습니다. 어느 아름다운 아침에 나에 관한 거짓 소문이 생겼습니다.(누가 하느님의 세상에서 그런 소문을 지어냈는지 모르겠어요. 분명 남성이라고 해도 좋을 노처녀 중 한 명일 겁니다. 모스크바에는 그런 노처녀들이 수두룩하죠.) 거짓 소문이 싹트더니 가지와 딸기 같은 덩굴을 뻗기 시작했습니다. 꼼짝달싹할 수 없이 얽힌 난 그 속에서 뛰쳐나와 질긴 끈을 끊어 내고 싶었습니다. 하지만 뜻대로 되지 않았죠……. 난 떠나고 말았습니다. 그곳에서도 난 보잘것없는 인간이었던 겁니다. 난 두드러기가 가라앉기를 기다리듯 그 불행을 침착하게 견뎌 냈어야 합니다. 그랬다면 그 관대한 사람들은 다시 두 팔 벌려 날 알아주었을 테고, 그 귀부인들도 다시 내 말에 미소를 지었을 텐데요……. 하지만 내가 독창적인 인간이 아니라는 바로 그 점이 문제였습니다. 생각해 봐요, 갑자기 내 안에서 양심이 눈을 뜬 겁니다. 어째서인지 지껄이는 게, 쉴 새 없이 지껄이는 게, 어제는 아르바트에서, 오늘은 트루바에서, 내일은 십체프-브라조크에서 항상 똑같은 것에 대해 지껄이는 게 어째서인지 부끄러워졌습니다……. 하지만 그들이 그것을 요구한다면? 이 분야의 진짜 무사들을 봐요. 그건 그들에게 아무것도 아닙니다. 오히려 그들에게는 그것만 필요합니다. 어떤 사람은 이십 년 동안 혀만 움직이려 할걸요. 그것도 계속 같은 방향으로……. 스스로에 대한 확신과 자부심이라는 게 뭐라고요! 그런데 나에게도 한 가지, 즉 자부심만은 있었고, 지금도 아직 완전히 잠잠해진 것은 아닙니다. 하지만 문제는, 또 당신에게 말할 텐데, 내가 독창적인 인간이 아닌 데다 일을 중도에 그만두곤 한다는 겁니다. 자연은 내게 더 많은 자부심을 주든지 아예 주지 말았어야 합니다. 하지만 처음에는 고달픈 시간을 보냈죠. 게다가 외국 여행 때문에 재산을 탕진하고 말았습니다. 젊은데도 몸뚱이가 벌써 젤리처럼 무른 상인의 과부와는 결혼하고 싶지 않았습니다. 그래서 시골에 있는 내 집으로 갔죠." 내 이웃이 다시 나를 힐끗 쳐다보며 덧붙였다. "전원생활의 첫인상이라든지, 자연의 아름다움과 고독의 잔잔한 매력 등에 대해선 조용히 넘어가도 될 것 같은데……."

"그럼요, 괜찮습니다." 내가 대답했다.

"더구나," 이야기꾼이 계속 말을 이었다. "적어도 나에 관한 한 그 모든 건 무의미합니다. 시골에서 난 우리에 갇힌 강아지처럼 따분했습니다. 솔직히 봄에 집으로 돌아오면서 친숙한 자작나무 숲을 지나칠 때는 모호하고도 달콤한 기대에 머리가 어지럽고 심장이 두근거리기도 했습니다. 하지만 당신도 알겠지만, 이런 어렴풋한 기대는 결코 이루어지지 않죠. 오히려 전혀 생각지도 못한 다른 일들이 일어납니다. 가축의 질병, 체납금, 경매 같은 것들이죠. 영지 관리인 야코프의 도움으로 하루하루 겨우 살아가다가, 어느 날 예전부터 알던 어느 이웃 가족을 기억해 냈습니다. 퇴역한 육군 대령의 부인과 두 딸이었죠. 야코프는 예전 관리인을 내보내고 들인 사람인데, 시간이 흐르고 나서 보니 그 사람보다 심하지는 않아도 그에 못지않은 날강도 같은 인간이었습니다. 게다가 그 인간의 타르 부츠 냄새가 어찌나 지독한지 내 존재를 독살시킬 수도 있겠더라고요. 난 드로시키에 말을 매라고 지시하고 이웃의 집으로 갔습니다. 그날은 분명 나에게 영원히 잊지 못할 날로 남을 겁니다. 여섯 달 후에 내가 대령 부인의 둘째 딸과 결혼했거든요!"

이야기꾼이 고개를 숙이고 두 팔을 하늘을 향해 뻗었다.

"하지만," 그가 열정적으로 계속해서 말했다. "당신에게 고인에 대한 좋지 않은 견해를 불어넣고 싶지는 않습니다. 말도 안 되는 일이죠![229] 그 사람은 더없이 고상하고 더없이 착하고 더없이 다정한 데다 어떤 희생도 감내할 수 있는 존재였습니다. 물론 우리끼리 이야기지만, 솔직히 말해서 불행히도 그녀를 잃지 않았다면 난 아마도 오늘 당신과 이야기할 수 없었을 겁니다. 내가 여러 차례 목을 매달려고 했던 내 헛간의 대들보가 지금까지도 온전히 남아 있으니까요."

"어떤 배의 경우에는," 그는 또 잠시 침묵한 후 다시 입을 열었다. "이른바 본연의 맛을 낼 수 있도록 땅 밑 저장실에 잠시 둘 필요가 있죠. 나의 죽은 아내도 분명 자연이 만든 그런 작

229) 원문에는 '하느님이여, 보호하소서(Сохрани бог)'라고 되어 있다. 어처구니없거나 이치에 맞지 않는 일에 대해 쓰는 표현이다.

품이었을 겁니다. 난 이제야 그녀를 정당하게 인정할 수 있게 됐습니다. 예를 들면, 이제야 결혼 전에 그녀와 함께 보낸 어떤 저녁들을 떠올려도 전혀 슬프지 않을 뿐 아니라 눈물이 핑 돌 만큼 감동하게 됐습니다. 그들은 부유한 사람들이 아니었습니다. 그들의 집은 아주 오래된 목조 건물이지만 쾌적했고, 언덕 위, 황폐한 정원과 풀이 웃자란 안마당 사이에 있었어요. 무성한 잎사귀들 사이로 언덕 아래에서 흐르는 강이 겨우 보였고요. 커다란 테라스가 집에서 정원으로 뻗어 있었고, 테라스 앞에 장미로 뒤덮인 조금 긴 화단이 눈에 띄었습니다. 화단 양 끝에는 아까시나무 두 그루가 자라고 있었습니다. 주인이 생전에 아직 어렸던 아까시의 나뭇가지를 나선형으로 꼬아 놓았죠. 조금 더 가니 아무도 돌보지 않아 거칠게 자란 딸기나무 숲의 가장 깊숙한 곳에 정자가 있었습니다. 안쪽은 정교하게 칠이 되어 있었는데 바깥쪽은 보기만 해도 기분이 나빠질 만큼 오래되고 낡은 정자였습니다. 테라스에는 응접실로 통하는 유리문이 있었고요. 응접실에 들어가면 관찰자의 호기심 어린 시선에 이런 것들이 들어옵니다. 응접실 여러 모퉁이에는 타일 붙인 페치카가, 오른쪽에는 필사 악보를 가득 쌓아 둔 망가진 피아노가 있습니다. 희끄무레한 덩굴무늬의 빛바랜 하늘색 직물을 씌운 소파, 둥근 탁자, 예카체리나 대제 시대의 도자기 장난감과 구슬 장난감을 보관해 둔 장식장 두 개가 있고, 벽에는 눈을 치켜뜬 옅은 금발의 소녀가 가슴에 작은 비둘기를 안고 있는 유명한 그림이 걸려 있습니다. 탁자 위에는 싱싱한 장미가 꽂힌 꽃병이 있고요……. 내가 얼마나 세세하게 묘사하는지 알겠죠. 이 응접실에서, 이 테라스에서 내 사랑의 희비극 전체가 상연됐습니다. 이웃 여자는 목구멍으로 늘 적의에 찬 목쉰 소리를 내는 추악한 여자였습니다. 성미가 고약하고 트집 잡기 좋아하는 인간이었죠. 두 딸 중 베라는 시골의 평범한 아가씨들과 조금도 다를 바 없었습니다. 다른 딸은 소피야였는데, 난 소피야와 사랑에 빠졌습니다. 두 자매에게는 공동 침실로 쓰는 작은 방이 있었어요. 그 안에는 소박한 작은 목조 침대 두 개, 누르스름한 작은 앨범, 목서초(木犀草), 연필로 서툴게 그린 친구들의 초상화(그중 한 신사가 유난히 열정적인 표정과 좀 더 열정적인 서명으로 눈길을 끌었습니다. 그도 젊은 시절에는 터무니없는 기대를 불러일으켰다가 결국 우리 모두처럼 아무것도 아닌 존재가 됐겠죠.), 괴테와 실러의 반신상, 독일어 책들, 마른 화환, 추억을 위해 남긴 여러 물건들이 있었고요. 하지만 난 그 방에 되도록 가지 않았고, 어쩔 수 없을 때는 마지못해 갔습니다. 그곳에 있으면 어쩐지 숨이 막히는 것 같았어요. 게다가 이상한 일이죠! 소피야가 가장 사랑스럽게 느껴지는 순간은 소피야와 등을 대고 앉아 있을 때였습니다. 아니, 어쩌면 내가 그녀에 대해 생각하거나 오히려 공상하고 있을 때 더 그랬던 것 같아요. 특히 저녁에 테라스에서 말이죠. 그럴 때면 난 노을을, 나무들을, 이미 검어지기 시작했지만 아직 장밋빛 하늘과 또렷이 구분되는 작은 초록색 잎사귀들을 바라보았습니다. 응접실에서는 소피야가 피아노 앞에 앉아 베토벤의 곡 중에서 자신이 좋아하는 열정적이고도 명상적인 악절을 끊임없이 연주했습니다. 성질이 고약한 노파는 소파에 앉아 평화롭게 코를 골았습니다. 선홍빛 급류에 잠긴 식당에서는 베라가 분주하게 차를 준비했습니다. 사모바르는 마치 무언가에 기뻐하듯 재미있게 쉭쉭거렸습니다. 크렌젤 빵은 경쾌하게 바삭거리며 부서지고, 차 스푼들은 찻잔에 부딪치며 영롱한 소리를 냈습니다. 카나리아는 온종일 맹렬하게 울어 대다가 갑자기 입을 다물고, 마치 무언가에 대해 묻듯 가끔씩만 지저귀기도 했습니다. 투명하고 가벼운 구름이 흘러가다 이따금 빗방울을 뿌렸습니다……. 난 계속 앉아서 듣고 또 듣고 바라보았습니다. 그러면 가슴이 넓어지고, 다시 내가 사랑에 빠졌다는 생각이 들었습니다. 바로 그런 저녁의 영향을 받아 난 어느 날 노파에게 딸과 결혼하게 해 달라고 청했고, 두어 달 후 결혼했습니다. 난 내가 그녀를 사랑한다고 생각했습니다……. 지금도, 이제는 알아야 할 때인데도, 난 정말이지 아직도 내가 소피야를 사랑했는지 아닌지 잘 모르겠습니다. 그녀는 착하고 현명하고 말수가 적고 마음이 따뜻한 사람이었어요. 하지만, 그 이유는 하느님만 아실 테지만, 시골에서 오래 지낸 탓인지, 뭔가 다른 이유 때문인지 그녀의 영혼 밑바닥에는(영혼에 밑바닥이라는 게 있기만 하다면) 상처가 감춰져 있었습니다. 아니, 좀 더 정확히 말하자면, 그 무엇으로도 치유할 수 없는 상처에서, 그녀도 나도 뭐라고 이름을 붙일 수 없는 상처에서 피가 흐르고 있었습니다. 물론 이런 상처의 존재에 대해서는 결혼 이후에야 알아차렸습니다. 그 상처에 대해 아무리 고민해 봐도 나로서는 어쩔 수 없었습니다! 어린 시절에 검은방울새 한 마리가 있었는데, 한번은 고양이가 그

새를 발톱으로 움켜잡았죠. 사람들이 구해 내서 치료를 해 주었지만 내 가엾은 검은방울새는 회복되지 않았습니다. 새는 토라진 데다 쇠약해지기까지 해서 더 이상 노래도 부르지 않았어요……. 결국 어느 밤 쥐 한 마리가 열린 새장으로 숨어들어 새의 부리를 물어뜯었고, 그 결과 새는 마침내 죽기로 결심했죠. 어떤 고양이가 내 아내를 발톱으로 움켜쥐었는지 모르겠지만, 그녀도 내 불행한 검은방울새와 똑같이 뽀로통해지고 쇠약해졌습니다. 가끔은 그녀도 신선한 공기와 햇살 속에서 마음껏 날개를 퍼덕이며 설레고 싶었던 것 같아요. 그런데 그렇게 시도를 하다가도 다시 공처럼 움츠러들곤 했죠. 그래도 그녀는 날 사랑했습니다. 더 이상 바라는 게 없다며 몇 번이고 장담하곤 했죠. 하지만, 에잇, 빌어먹을, 그녀의 눈은 빛을 잃고 흐리멍덩했죠. 난 생각했습니다. 과거에 무슨 일이 있었던 게 아닐까? 정보를 모아 봤지만 아무것도 밝힐 수 없었습니다. 뭐, 이제 당신이 직접 판단해요. 독창적인 사람이라면 어깨를 으쓱하고 한숨을 두어 번 쉰 다음 자기 나름의 삶을 시작했을 겁니다. 하지만 독창적이지 못한 나라는 인간은 들보를 보기 시작했죠. 노처녀의 모든 습관들, 베토벤, 밤 산책, 목서초, 친구들과 편지 교환, 앨범 등등이 내 아내에게 너무 깊게 스며든 바람에, 아내는 다른 모든 생활 방식, 특히 집안 살림을 꾸려가는 생활에는 전혀 적응하지 못했습니다. 하지만 남편이 있는 여자가 정체를 알 수 없는 우수로 괴로워하고 저녁마다 '새벽에 그녀를 깨우지 말아요'라고 노래하는 건 우스운 일이죠.

우리는 삼 년 동안 그런 식으로 더없이 행복하게 살았습니다. 그런데 사 년째 되는 해 소피야가 첫아이를 낳다가 죽고 말았죠. 이상한 일이지만, 난 이미 알았던 것 같아요. 그녀가 나에게 딸이나 아들을, 이 땅에 새 주민을 선사해 줄 수 없다는 걸 말입니다. 그녀의 장례식을 기억합니다. 봄이었어요. 우리 교구의 교회는 작고 오래된 곳이었습니다. 이코노스타스[230]는 거무스름했고, 벽은 휑했고, 벽돌 바닥은 여기저기 부서져 있었죠. 각 성가대석에는 크고 오래된 이콘이 있었습니다. 사람들이 관을 들고 들어와 교회 한가운데 왕의 문[231] 앞에 내려놓고 빛바랜 덮개를 씌운 후 주위에 촛대 세 개를 놓았습니다. 예배가 시작됐습니다. 성긴 머리카락을 뒤로 땋아 내리고 녹색 띠를 허리 아래에 맨 노쇠한 하급 사제가 성서대 앞에서 구슬프게 웅얼거렸습니다. 시력이 좋지 않아 보이는 선한 표정의 역시 늙은 사제가 노란 덩굴무늬의 라일락색 법의를 걸친 차림으로 부제의 역할까지 수행하며 예배를 집전했습니다. 활짝 열린 창문으로 슬피 우는 자작나무들의 어리고 싱그러운 잎사귀들이 사락대고 옹알거리는 소리가 들렸습니다. 밖에서 풀 냄새가 실려 왔습니다. 양초의 붉은 불꽃이 봄날의 즐거운 빛 속에서 창백해졌습니다. 교회 위에서 참새들이 쉬지 않고 짹짹거렸고, 이따금 돔 아래로 날아든 제비의 낭랑한 울음소리

230) 교회 안의 이콘으로 빼곡하게 채워진 벽으로 제단과 신자들의 공간을 분리하는 역할을 한다.

231) 이코노스타스 맨 아래쪽 한가운데 뚫린 문으로 사제만이 이 문을 통해 제단으로 나아갈 수 있다.

가 들려왔습니다. 햇살을 받아 금빛으로 빛나는 먼지 속에서 고인을 위해 열심히 기도하는 많지 않은 농부들의 아마색 머리가 빠르게 오르락내리락했습니다. 향로의 구멍에서 흘러나온 연기가 가늘고 푸르스름한 무늬를 그리며 달렸습니다. 난 죽은 아내의 얼굴을 보았습니다……. 아, 하느님! 죽음도, 다름 아닌 죽음도 그녀를 자유롭게 해 주지 못했고, 그녀의 상처를 치유해 주지 못했습니다. 아내의 얼굴에는 말없이 겁에 질린 듯한 병적인 표정이 여전히 어려 있었어요. 관 속에서도 마음이 편치 않은 것 같았죠……. 내 안에서 피가 슬프게 일렁였습니다. 착하디착한 사람이었지만, 그녀 자신을 위해서는 죽는 편이 나았습니다!"

이야기꾼의 뺨이 붉어지고 눈동자가 흐릿해졌다.

"아내의 죽음 후 날 사로잡은 고통스러운 우울에서 마침내 벗어나자, 이른바 일에 매달려 봐야겠다는 생각이 들었습니다. 현청 소재지에서 공무를 맡았습니다. 하지만 관청의 넓은 사무실에 있다 보면 머리가 몹시 아프고 눈도 침침해졌습니다. 마침 다른 동기도 생겨서…… 사표를 냈습니다. 모스크바로 가고 싶었습니다. 하지만 첫째, 돈이 없었고, 둘째…… 당신에게 이미 말했지만 난 체념한 상태였습니다. 이런 체념은 갑작스럽게 덮쳤습니다. 하지만 갑자기 그런 게 아니기도 합니다. 마음으로는 이미 오래전에 체념했으면서도 머릿속으로는 여전히 굴복하고 싶지 않았던 거죠. 난 내 감정과 생각의 차분한 상태를 시골 생활의 영향 탓으로, 불행 탓으로 돌렸습니다……. 다른 한편으로 난 이미 오래전에 깨닫고 있었습니다. 젊은 사람이든 늙은 사람이든 거의 모든 이웃들이 처음에는 나의 박식함과 외국 여행과 내가 받은 교육의 여러 이점들에 놀라다가도, 그런 나에게 완전히 익숙해질 뿐만 아니라 심지어 나를 다소 거칠게 적당히 대하기 시작하고, 내 의견을 끝까지 듣지도 않고, 나에게 말할 때 더 이상 정중한 말투도 쓰지 않는다는 걸요. 당신에게 잊고 말하지 않은 게 또 있군요. 결혼한 첫해에 난 따분해서 문단에 진출해 보려고 애썼습니다. 잡지사에 원고를 보내기도 했죠. 내가 착각한 게 아니라면 중편일 겁니다. 하지만 얼마 후 편집자로부터 정중한 편지를 받았습니다. 여러 가지 이야기를 하다가 이런 말도 했죠. 내 지성을 부정할 수는 없지만 재능에 대해서는 부정할 수밖에 없으며, 문학에는 오직 재능만이 요구된다고 말입니다. 게다가 이런 소식이 내 귀에 들어왔습니다. 모스크바에서 온 어떤 사람이, 어쨌든 그 사람은 아주 선량한 젊은이였는데, 현지사의 야회에서 무슨 말을 하다가 나에 대해서 이미 끝장난 무익한 인간으로 평가했다는 겁니다. 하지만 반쯤은 자발적인 나의 실명은 여전히 계속됐습니다. 알겠습니까, 내 손으로 내 '따귀를 갈기고' 싶진 않았습니다. 마침내 어느 화창한 아침 난 눈을 떴습니다. 사연은 이렇습니다. 내가 내 영지의 붕괴된 다리에 관심을 갖도록 하기 위해 군 경찰서장이 찾아왔습니다. 자금이 부족해서 도저히 수리할 엄두를 내지 못하던 다리였죠. 그 관대한 질서 수호자는 훈제 철갑상어 한 조각을 곁들여 보드카 한 잔을 마시면서 아버지처럼 내 부주의를 꾸짖었습니다. 하지만 내 처지를 이해한 그는 그냥 농부들에게 거름을 던져 메우도록 지시하라는 조언만 하고, 파이프 담배를 피우면서 곧 있을 선거에 대해 이야기하기 시작했습니다. 그 당시 오르바사노프라는 사람이 현 귀족회장이라는 명예직을 얻기 위해 힘쓰고 있었는데, 그는 쓸데없이 말이 많은 데다 뇌물까지 받은 자였습니다. 게다가 재산으로든 명성으로든 다른 사람들보다 나을 게 없었죠. 난 그에 관한 내 의견을 말했고, 심지어 아주 무심하게 지껄이고 말았습니다. 솔직히 말하자면 오르바사노프를 깔보고 있었습니다. 경찰서장이 잠시 날 쳐다보더니 내 어깨를 다정하게 두드리며 친절하게 말했습니다. '어이, 바실리 바실리치, 당신이나 내가 그런 사람들에 대해 이러쿵저러쿵 따질 수는 없어요. 우리가 뭔데 그렇게 합니까? 귀뚜라미는 페치카 앞의 작은 가로대가 자기 자리라는 걸 알아야 해요.' '말도 안 됩니다.' 난 화를 내며 반박했습니다. '나와 오르바사노프 씨가 도대체 뭐가 다르단 말입니까?' 경찰서장은 입에서 파이프를 빼고 눈을 크게 떴습니다. 그러더니 갑자기 웃음을 터뜨렸습니다. '재미있는 사람이군요.' 마침내 그가 눈물까지 글썽이며 말했습니다. '그런 농담을 하다니……. 아! 무슨 그런…….' 그러더니 우리 집을 떠날 때까지 이따금 팔꿈치로 내 옆구리를 쿡쿡 찌르고 나에게 반말을 하면서 계속 날 놀리는 겁니다. 마침내 그는 떠났습니다. 딱 그 한 방울이 부족했는데 이제 찻잔에서 차가 넘쳐흐르게 된 겁니다. 난 여러 번 방 안을 서성이다 거울 앞에 멈춰 서서 한참 동안, 한참 동안 내 당황한 얼굴을 바라보고 천천히 혀를 내밀어 보고는 씁쓸한 냉소를 지으며 고개를 저었습니다. 내 눈에서 베일이 떨어져 나갔습니다. 난 분명하게, 거울 속의 내 얼굴보다 더 분명하게 깨달았습니다. 내가 얼마나 하찮고 보잘것없고 쓸모없고 독창적이지 못한 인간인지 말입니다!"

이야기꾼은 잠시 침묵했다.

"볼테르의 어느 비극에서," 그가 우울하게 계속 말을 이었다. "어떤 신사가 불행의 극한에 이른 것을 기뻐합니다. 내 운명에 비극적인 면이라고는 전혀 없어요. 솔직히 말하자면 그런 종류의 어떤 것을 경험한 적은 있습니다. 하지만 난 차가운 절망이 주는 유해한 기쁨을 알았습니다. 아침 내내 서두르지 않고 침대에 누운 채 자신이 태어난 날과 시를 저주하는 것이 얼마나 달콤한지 맛보았거든요. 난 단번에 체념할 수 없었습니다. 하지만 정말로 당신이 직접 판단해 봐요. 난 돈이 없어 그 지긋지긋한 시골에서 꼼짝도 할 수 없었어요. 영지 경영도, 관직도, 문학도, 그 어느 것도 나에게 어울리지 않았습니다. 난 지주들을 피했고 책도 싫어하게 됐습니다. 내가 더 이상 지껄이지 않고 열광하지 않게 된 후, 곱슬머리를 흔들면서 '삶'이라는 단어를 열광적으로 되풀이하는 생기 없고 통통하며 병적이고 예민한 귀족 아가씨들은 더 이상 나에게 흥미를 느끼지 않았습니다. 하지만 난 완전한 고독을 얻을 수도, 감당할 수도 없었습니다……. 난, 내가 어떻게 했을 것 같습니까, 난 이웃들을 방문하기 시작했습니다. 자기 비하에 도취된 듯 일부러 온갖 사소한 모욕을 받아들인 겁니다. 식탁에 음식을 나르는 하인들이 날 건너뛰고 사람들이 날 차갑고 불손하게 맞이하더니 나중에는 내 존재를 아예 알아차리지도 못하더군요. 난 공통의 대화에 낄 기회조차 얻을 수 없었습니다. 그래서 옛날에 모스크바에서라면 내 발에 묻은 먼지나 내 외투의 끝자락에 열광적으로 입을 맞추었을 멍청하기 짝이 없는 어떤 떠버리에게 한구석에서 일부러 맞장구를 쳐 주곤 했죠……. 난 내가 비꼬기의 씁쓸한 즐거움에 열중하고 있다는 생각을 스스로도 받아들이지 않았어요……. 어처구니가 없죠, 고독 속에서 남을 비꼬아 봤자 무슨 소용이 있다고요! 몇 년 동안 계속 그런 식으로 행동했고, 지금까지도 그러고 있답니다……."

"황당하군." 옆방에서 칸타그류힌 씨의 잠에 취한 목소리가 투덜거렸다. "거기 어떤 멍청이가 한밤중에 떠들 생각을 한 거야?"

이야기꾼은 재빨리 이불 밑으로 모습을 감추더니 소심하게 힐끗거리며 내게 손가락을 위협적으로 흔들었다.

"쉿…… 쉿……." 그가 소곤거렸다. 마치 사죄라도 하듯 칸타그류힌의 목소리가 들리는 쪽으로 고개를 숙이며 정중하게 말했다. "알겠습니다, 알겠습니다, 죄송합니다……. 저 사람에겐 당연히 잘 권리가 있죠. 자야 합니다." 그는 다시 소곤거리며 계속해서 말했다. "내일도 똑같이 즐겁게 먹기 위해서라도 저 사람은 새 힘을 모아야 해요. 우리에겐 저 사람을 괴롭힐 권리가 없어요. 게다가 나도 당신에게 이야기하고 싶은 걸 다 말한 것 같습니다. 아마 당신도 자고 싶을 테고요. 안녕히 주무십시오."

이야기꾼은 급하게 돌아누워 머리를 베개에 묻었다.

“적어도 알려 주셔야죠.” 내가 물었다. “내가 누구와 이야기하는 기쁨을 누렸는지 말입니다…….”

그가 황급히 고개를 들었다.

“아뇨, 제발,” 그가 내 말을 가로막았다. “나에게든 다른 사람들에게든 내 이름을 묻지 마십시오. 당신에게는 운명에 상처 입은 이름 모를 존재 바실리 바실리예비치로 남게 해 주십시오. 게다가 독창적이지도 않은 인간인 내가 특별한 이름을 가질 가치나 있나요……. 그래도 꼭 나에게 어떤 별명을 붙여 주고 싶다면, 그럼 이렇게 불러 줘요……. 시그로보군의 햄릿이라고요. 어느 군에나 이런 햄릿들은 많이 있죠. 아마 당신은 다른 햄릿들을 아직 만난 적이 없겠지만요……. 그럼 안녕히.”

그는 다시 깃털 이불 속으로 모습을 감추었다. 다음 날 아침, 누군가 와서 날 깨웠을 때 그는 이미 방에 없었다. 날이 밝기도 전에 떠났던 것이다.

체르토프하노프와 네도퓨스킨

어느 무더운 여름날, 쳴레가를 타고 사냥에서 돌아오는 길이었다. 예르몰라이는 내 옆에 앉아 꾸벅꾸벅 졸고 있었다. 잠든 개들은 내 발밑에서 시체처럼 덜컹덜컹 튀어오르곤 했다. 마부는 계속 채찍으로 말들에게서 말파리를 쫓아냈다. 하얀 흙먼지가 희미한 구름처럼 쳴레가 뒤로 길게 이어졌다. 우리가 탄 쳴레가가 떨기나무 숲으로 들어섰다. 길은 더 울퉁불퉁해지고, 바퀴가 나뭇가지에 걸리기 시작했다. 예르몰라이는 몸을 부르르 떨며 주위를 둘러보았다……. "어!" 그가 말했다. "여기에 멧닭이 있는 게 분명합니다. 내려 볼까요." 우리는 쳴레가를 세우고 '평지'로 걸어갔다. 내 개가 새끼 새들을 발견했다. 내가 라이플총을 쏘고 나서 장전을 하려는데 갑자기 뒤에서 소란스럽게 부스럭대는 소리가 들리더니 말 탄 사람이 두 팔로 떨기나무를 헤치면서 내게로 다가왔다. "알려 주시죠." 그가 오만한 목소리로 말했다. "여기에서 무슨 권리로 사냥을 하는 겁니까, 신사분?" 낯선 남자가 콧소리로 아주 빠르게 툭툭 끊듯이 말을 던졌다. 나는 그의 얼굴을 쳐다보았다. 그런 모습은 태어나서 한 번도 본 적이 없었다. 사랑하는 독자들이여, 상상해 보라. 옅은 금발 머리, 위로 쳐들린 작은 코, 붉고 긴 콧수염이 있는 자그마한 남자를. 겉에 산딸기색 나사천을 덧댄 끝이 뾰족한 페르시아 모자가 그의 이마를 눈썹까지 푹 덮고 있었다. 가슴께에 검은 벨벳 탄약통이 달리고 솔기마다 빛바랜 은색 몰이 달린 해진 노란색 코트를 입은 모습이었다. 어깨에 뿔피리를 걸치고, 허리띠 안쪽에는 단검을 쑤셔 넣었다. 코끝이 높은 야윈 적갈색 말이 그의 몸뚱이 아래서 정신이 나간 것처럼 몸부림을 쳤다. 비쩍 마르고 다리가 굽은 보르조이 두 마리가 말의 발아래에서 빙글빙글 돌았다. 낯선 남자의 얼굴, 시선, 목소리, 움직임 하나하나, 그의 존재 전체가 광기 어린 용기와 터무니없고 상상을 초월하는 오만함을 풍기고 있었다. 그의 유리 같은 하늘색 눈동자가 술 취한 사람처럼 이리저리 흔들리고 힐끔거렸다. 그는 넘치는 위엄 때문인지 고개를 뒤로 젖히고 두 뺨을 부풀리고 콧김을 씩씩 내뿜고 온몸을 떨었다. 그 모습이 꼭 칠면조 같았다. 그는 똑같은 질문을 되풀이했다.

"여기가 사격이 금지된 곳인 줄은 몰랐습니다." 내가 대답했다.

"신사분, 당신이 있는 곳은 내 땅입니다."

"알았습니다, 곧 가겠습니다."

"알려 주시죠." 그가 대꾸했다. "내가 귀족과 대화하는 영광을 누리고 있는 건가요?"

나는 내 이름을 밝혔다.

"그런 경우라면 사냥을 하셔도 됩니다. 나 역시 귀족이라 귀족에게 도움을 줄 수 있어 무척 기쁩니다……. 내 이름은 판텔레이 체르토프하노프입니다."

그는 허리를 숙이고 고함을 지르더니 말의 목덜미를 채찍으로 후려쳤다. 말은 고개를 흔들며 뒷발로 일어서서 옆으로 뛰어내리다 개의 발을 밟았다. 개가 날카롭게 깨갱거렸다. 체르토프하노프는 노발대발 화를 내고 씩씩거리면서 말의 두 귀 사이 머리통을 주먹으로 때리고는 번개보다 빨리 땅 위로 뛰어내려 개의 발을 살펴보았다. 그리고 상처에 침을 뱉고, 개가 깽깽거리지 못하게 개 옆구리를 한 발로 걷어차고는, 말갈기를 움켜잡고 한 발을 등자에 끼웠다. 말은 낯짝을 쳐들고 꼬리를 치켜들더니 떨기나무들을 향해 옆으로 뛰어들었다. 그는 말 뒤에서 한 다리로 껑충껑충 뛰어가다가 마침내 안장에 올라탔다. 그러고는 흥분한 사람처럼 짧은 채찍을 휘두르고 뿔피리를 불더니 말을 몰고 떠났다. 체르토프하노프의 뜻하지 않은 출현으로 미처 정신을 차리기도 전에 갑자기 떨기나무 덤불에서 작고 검은 말을 탄 마흔 살가량의 땅딸막한 남자가 거의 소리도 없이 튀어나왔다. 그는 말을 멈춰 세우더니 머리에서 테 없는 녹색 가죽 모자를 벗고는 가늘고 온화한 목소리로 적갈색 말을 탄 남자를 보지 못했냐고 물었다. 난 보았다고 대답했다.

"그분이 어느 쪽으로 가시던가요?" 그가 변함없는 목소리로 여전히 모자를 벗은 채 계속해서 말했다.

"저쪽으로요."

"깊이 감사드립니다."

그는 입술로 쯧쯧 소리를 내며 두 다리를 흔들어 말의 옆구리를 치고는 내가 가리킨 쪽으로 조금 빠르게 다가닥다가닥 말을 몰았다. 나는 뿔처럼 생긴 그의 모자가 나뭇가지 너머로 사라지는 동안 그의 뒷모습을 눈으로 좇았다. 이 새로운 낯선 남자의 외모는 먼저 온 남자와 딴판이었다. 공처럼 둥글고 포동포동한 그의 얼굴은 소심하고 착하고 상냥하고 온순한 성격을 드러냈다. 역시 포동포동하고 둥근 데다 푸른 혈관으로 얼룩덜룩한 코는 그가 호색한임을 폭로했다. 머리 앞쪽에는 머리칼이 한 올도 남아 있지 않았고, 뒤편에는 성긴 아마색 머리 타래가 삐죽 솟아 있었다. 갈대로 자른 것 같은 작은 눈이 다정하게 깜빡였다. 촉촉하고 조그마한 붉은 입술에는 달콤한 미소가 어려 있었다. 그는 세운 깃과 구리 단추가 달린, 매우 낡긴 했지만 깨끗한 프록코트를 입은 모습이었다. 나사 천으로 지은 바지는 높이 돌돌 말려 있었고, 부츠의 노란색 가장자리 장식 위로 살진 장딴지가 보였다.

"저 사람은 누구지?" 내가 예르몰라이에게 물었다.

"저 사람이요? 치혼 이바니치 네도퓨스킨이요. 체르토프하노프 집에서 살죠."

"뭐? 가난한 사람인가?"

"부유하지는 않죠. 하지만 체르토프하노프에게도 동전 한 푼 없어요."

"그럼 왜 그의 집에서 살아?"

"아, 두 사람이 친구가 됐어요. 어디든 붙어 다니죠……. 끈끈한 사이랍니다. 말에게 말발굽이 있고, 게한테 집게발이 있듯이……."

우리는 떨기나무 덤불 밖으로 나왔다. 갑자기 우리 옆에서 비글 두 마리가 '짖기 시작했고', 커다란 토끼 한 마리가 이미 꽤 자란 귀리 사이로 내달렸다. 토끼를 뒤따라 숲 가장자리에서 비글과 보르조이 들이 튀어 나오고, 뒤이어 체르토프하노프가 날듯이 뛰어나왔다. 그는 소리를 지르지도 동물을 잡지도 '아' 소리를 내지도 못했다. 그가 숨을 헐떡였다. 벌어진 입에서 이따금 무의미한 소리들이 툭툭 터져 나왔다. 그는 눈을 부릅뜨고 질주하면서 가죽 채찍으로 불쌍한 말을 미친 듯이 갈겼다. 보르조이들이 '접근하자'…… 토끼가 몸을 웅크리더니 뒤를 홱 돌아보고는 예르몰로이 옆을 지나쳐 떨기나무 덤불로 뛰어들었다……. 보르조이들도 달려갔다. "다알려, 다알려!" 실신할 듯 숨이 찬 사냥꾼이 어눌하게 간신히 더듬거렸다. "어이, 조심해!" 예르몰라이가 총을 쏘았다……. 다친 토끼는 미끄러운 마른 풀 위에서 팽이처럼 구르다 위로 뛰어올랐지만 개의 이빨에 붙들려 애처로이 비명을 질렀다. 비글들이 곧 덮쳤다.

체르토프하노프가 공중제비하는 비둘기처럼 말에서 뛰어내리더니 단검을 빼들고서 다리를 벌린 채 개들 쪽으로 달려가 광포한 욕설을 퍼부으며 갈기갈기 찢긴 토끼를 빼앗고는 얼굴을 한껏 찡그리며 토끼의 목에 단검을 칼자루까지 푹 꽂고…… 깊이 밀어 넣고 큰 소리로 웃음을 터뜨렸다. 치혼 이바니치가 숲 가장자리에 나타났다. "고, 고, 고, 고, 고, 고, 고, 고!" 체르토프하노프는 거듭 부르짖었다……. "고, 고, 고, 고." 그의 동료가 침착하게 되풀이했다.

"하지만 사실 여름에는 사냥을 하면 안 되지 않습니까?" 나는 짓밟힌 귀리를 가리키며 체르토프하노프에게 말했다.

"내 밭입니다." 체르토프하노프가 겨우 숨을 쉬며 대꾸했다.

그는 토끼의 발목을 자른 후 토끼를 안장에 매달고 개들에게 발을 던져 주었다.

"사냥 규칙에 따라 총알은 내 앞으로 달아 둡시다." 그가 예르몰라이를 돌아보며 말했다. "그리고 신사분." 그는 여전히 날카로운 목소리로 툭툭 끊듯이 덧붙였다. "고맙습니다."

그는 말에 올라탔다.

"알려 주실 수 있을까요…… 잊어 버려서…… 성함이?"

나는 다시 이름을 밝혔다.

"당신을 알게 돼서 무척 기쁩니다. 기회가 생기면 우리 집에 방문해 주십시오……. 그런데 그 폼카라는 자식은 도대체 어디에 있는 거야, 치혼 이바니치?" 그가 화를 내며 계속해서 말했다. "그놈 없이 토끼를 잡았잖아."

"그 사람의 말이 쓰러졌어." 치혼 이바니치가 씩 웃으며 말했다.

"쓰러져? 오르바산[232]이 쓰러졌다고? 휴, 휴! 어디 있는데,

232) 볼테르의 비극 「탕크레드(Tancrède)」에 등장하는 작중 인물이다. 이

어디?"

"저기, 숲 뒤편에."

체르토프하노프는 채찍으로 말의 낯짝을 갈기고 쏜살같이 떠났다. 치혼 이바니치는 내게 두 번, 그러니까 한 번은 자신의 몫으로, 또 한 번은 동료의 몫으로 허리 숙여 인사하고는 다시 조금 빠르게 떨기나무 덤불로 말을 몰고 갔다.

이 두 신사는 내 호기심을 강하게 자극했다……. 무엇이 저렇게 다른 부류의 두 존재를 끊을 수 없는 우정의 끈으로 묶은 것일까? 난 조사를 시작했다. 내가 알아낸 것은 다음과 같다.

판텔레이 예레메이치 체르토프하노프는 인근에서 미치광이처럼 위험하고 오만한 인간에 일급 싸움꾼으로 널리 알려져 있었다. 그는 아주 짧은 기간 군대에서 복무했고, '불쾌한 일 때문에' 암탉은 새가 아니라는 말을 불러일으킬 만한 관등[233]으로 제대했다. 한때 부유했던 유서 깊은 가문 출신이었다. 그의 조상들은 스텝 지역의 방식대로 화려하게 살았다. 즉 초대했든 초대하지 않았든 누구나 손님으로 맞이해서 배가 터지도록 먹이고, 그들 집에 온 마부들에게는 귀리를 한 트로이카 당 1체트베르치[234]씩 내어주고, 악사들과 노래꾼들과 어릿광

작품이 러시아어로 번역된 것은 1816년이다.

233) 가장 낮은 관등이라는 뜻이다. 이는 '암탉은 새가 아니고, 여자는 인간이 아니고, 소위는 장교가 아니다'라는 당대의 관용적 문구를 연상시키는 표현이다.

234) 제정 러시아 시대 곡물을 다는 단위. 1체트베르치는 약 210리터에 해당한다.

대들을 두고, 개들을 기르고, 축일에는 사람들에게 술과 집에서 만든 맥주를 대접하고, 겨울이면 자신들의 대형 마차로 모스크바에 갔다. 이따금 몇 달 내내 동전 한 푼 없이 집에서 기르는 가금으로 연명하기도 했다. 판탈레이 예레메이치의 아버지는 이미 몰락한 영지를 물려받았다. 그 역시 자기 차례가 되자 흥청망청 '방탕한 생활을 했고', 유일한 상속자인 판탈레이에게 베소노보라는 저당 잡힌 작은 마을, 남자 농노 서른다섯 명, 여자 농노 일흔여섯 명, 콜로브로도바라는 황무지의 쓸모없는 땅 14.25제샤치나를 남기고 죽었다. 하지만 고인의 증서에는 이 땅에 어떤 농노도 등록되어 있지 않았다. 고인이 이상하기 짝이 없는 방식으로 몰락했음을 인정하지 않을 수 없다. 그를 파멸로 몰고 간 것은 '독립 회계'다. 그는 귀족이 상인, 소시민, 그리고 그의 표현에 따르면 그런 부류의 '날강도들'에게 의지하면 안 된다고 생각했다. 그는 자기 영지에 온갖 종류의 수공업과 공방을 도입했다. "그리고 독립 회계가 모양새도 더 좋고 비용도 더 적게 들어!" 그는 그렇게 말하곤 했다. 그는 생이 끝날 때까지 이 파멸적인 생각을 버리지 못했다. 그를 몰락시킨 것은 바로 이 생각이었다. 하지만 그 때문에 즐거움을 얻기도 했다! 그는 어떤 변덕스러운 충동도 뿌리치지 않았다. 여러 가지 착상을 내놓던 그는 어느 날 자신의 계산에 따라 아주 거대한 가족용 카레타를 제작했다. 온 마을에서 농가의 말들과 그 주인들을 동원하는 수고를 들였지만, 카레타가 어찌나 컸던지 그만 첫 번째 비탈에서 뒤집혀 산산이 부서지고 말았다. 예레메이 루키치(판탈레이 아버지의 이름이 예레메이 루키치였다.)는 그 비탈에 기념비를 세우도록 지시했지만 조금도 당황하지 않았다. 그는 교회도 짓기로 했다. 물론 건축가의 도움 없이 자기 손으로 직접 말이다. 벽돌을 굽기 위해 숲 전체를 태우고, 현 소재지의 대교회를 세워도 좋을 만큼 거대한 기초를 놓고, 벽을 쌓고, 돔 지붕을 만들기 시작했다. 하지만 돔이 무너졌다. 그는 다시 만들었지만 돔은 다시 붕괴됐다. 그가 세 번째로 돔을 지었고, 돔은 세 번째로 허물어졌다. 나의 예레메이 루키치는 생각에 잠겼다. 그는 생각한다. 상황이 순조롭지 않아……. 빌어먹을 마법이 개입됐어……. 그러더니 갑자기 마을의 모든 늙은 아낙들을 채찍질하라고 지시했다. 아낙들은 채찍질을 당했다. 그럼에도 돔은 완성되지 않았다. 그는 새로운 계획에 따라 농민들의 통나무집을 개조해 주기 시작했고, 모든 것은 독립 회계를 기반으로 했다. 안마당 세 개씩을 삼각형으로 모으고 한가운데에 채색된 찌르레기 새장과 깃발이 달린 기둥을 세웠다. 그는 날마다 새로운 계획을 떠올렸다. 우엉으로 수프를 끓이기도 하고, 그의 집에서 하인으로 일하는 농노들에게 테 없는 모자를 지어 주겠다며 말 꼬리를 자르기도 하고, 아마를 엉겅퀴로 대체하거나 돼지를 버섯으로 키우려 하기도 했다. 그는 《모스콥스키에 베도모스치》[235]에서 하리코프의 지주인 흐랴크-흐루표르스키가 농민 생활의 도덕성을 위해 쓴 소논문을 읽고, 다음 날 모든 농민에게 하리코프 지주의 논문을 당장 암기하라는 지시를 내렸다. 농민

235) 러시아어로 '모스크바 소식'을 뜻한다.

들은 논문을 암기했다. 지주가 그들에게 그 논문에 적힌 것을 이해했느냐고 물었다. 집사가 어떻게 이해하지 못하겠느냐고 대답했다. 그 무렵 그는 질서와 독립 회계를 위해 자신의 모든 농노들에게 번호를 붙이고 각자 옷깃에 그 번호를 꿰매 달도록 지시했다. 주인과 마주친 농노는 "○번이 지나가는 중입니다!" 라고 외치고, 주인은 다정하게 "신과 함께 가라!"고 대꾸했다.

하지만 질서와 독립 회계에도 불구하고 예레메이 루키치는 서서히 어려운 처지에 놓이게 됐다. 처음에는 자신의 작은 영지를 담보로 넣기 시작하다가 나중에는 매각하기에 이르렀다. 마침내 선조들이 물려준 집도, 완공되지 않은 교회가 있는 마을도 국고를 담당한 관리가 매각했다. 다행인 것은 예르메이 루키치가 살아 있을 때가 아니라 그가 죽은 지 두 주가 지나서 그 일이 벌어졌다는 점이다. 그러지 않았다면 그는 그 충격을 견디지 못했을 것이다. 그는 자기 집에서, 자기 하인들로 둘러싸인 자기 침대에서 자기 의사의 감독 아래 임종을 맞을 수 있었다. 하지만 불쌍한 판탈레이에게 남은 것은 베소노보뿐이었다.

판탈레이가 아버지의 병에 대해 안 것은 군 복무 시절, 앞서 언급한 '불쾌한 일들'이 한창 벌어지고 있을 때였다. 갓 열아홉 살의 나이였다. 그는 어린 시절부터 한 번도 집을 떠나 본 적이 없었고, 더할 나위 없이 착하지만 아둔하기 짝이 없는 어머니 바실리사 바실리예브나의 보호를 받으며 응석받이 도련님으로 자랐다. 어머니 혼자 그의 교육을 맡았다. 예레메이 루키치는 영지 경영만 생각하느라 그럴 겨를이 없었다. 사실 그는 어느 날 자신의 손으로 아들에게 벌을 준 적이 있었다. 아들이 '르치'라는 철자를 '아르치'로 발음해서였다. 하지만 그날 예레메이 루키치는 아무도 모르는 깊은 슬픔을 겪었다. 그의 가장 좋은 개가 나무에 부딪혀 죽고 말았던 것이다. 하지만 판츄샤[236]의 양육에 관한 바실리사 바실리예브나의 수고는 한 가지 괴로운 노력에 한정됐다. 그녀는 이마에 땀을 흘려 가며 아들을 위해 알자스 출신의 퇴역 군인 무슨 무슨 비르코프라는 사람을 가정교사로 고용했고, 죽을 때까지 그 사람 앞에만 서면 나뭇잎처럼 바들바들 떨었다. 그녀는 생각했다. 이 사람이 그만두면 난 끝장이야! 내가 어디로 가겠어? 어디에서 다른 교사를 찾느냔 말이야? 이 사람도 이웃집에서 겨우겨우 꾀어냈는데! 약삭빠른 비르코프도 자신의 독점적인 지위를 즉시 이용했다. 술을 죽도록 마시고 아침부터 저녁까지 잤다. 판텔레이는 '학업 과정'을 마친 후 군대에 들어갔다. 바실리사 바실리예브나는 이미 세상에 없었다. 그녀는 그 중요한 사건이 있기 반년 전에 공포에 사로잡혀 죽고 말았다. 꿈에서 곰을 탄 새하얀 남자를 보았던 것이다. 예르메이 루키치도 얼마 후 자신의 반쪽을 뒤따랐다.

판텔레이는 아버지의 병환 소식을 듣자마자 쏜살같이 집으로 달려왔지만, 아버지는 더 이상 이 세상 사람이 아니었다. 전혀 뜻밖에도 부유한 상속자에서 가난뱅이로 전락하고 말았을 때 이 순종적인 아들의 놀라움은 얼마나 컸을까! 그런 급

---

236) 판텔레이의 애칭.

변을 견딜 수 있는 사람은 많지 않다. 판탈레이는 거칠고 냉혹해졌다. 어리석고 성급하기는 해도 정직하고 인심 좋고 착한 인간이었던 그는 오만한 싸움꾼으로 변했고, 더 이상 이웃들과 교제하려 하지 않았다. 부유한 사람들을 부끄럽게 여기고, 가난한 사람들을 싫어했다. 모든 사람들을 듣도 보도 못했을 만큼 불손하게 대했고, 심지어 당국에 대해서도 그랬다. 자기는 유서 깊은 귀족이라는 것이다. 한번은 그의 방에 모자를 쓰고 들어온 경찰서장에게 총을 쏠 뻔하기까지 했다. 물론 당국도 그를 용서하지 않았고, 기회가 생길 때마다 자신의 존재를 상기시키곤 했다. 하지만 여전히 그를 조금 두려워했다. 그가 끔찍할 정도로 다혈질인 데다 두 마디째부터는 칼부림을 벌이려 들었기 때문이다. 아주 사소한 반박에도 체르토프하노프는 눈이 마구 돌아가고 목소리가 툭툭 끊어졌다……. "아, 바, 바, 바, 바, 바." 그가 지껄였다. "내가 뒈지는 꼴을 잘 봐!" 그러면서 벽으로라도 달려들려고 했다! 게다가 그는 어떤 일에도 관여하지 않는 정직한 인간이었다. 물론 아무도 그의 집을 방문하지 않았다……. 그 모든 점을 감안하더라도 그의 내면에 깃든 영혼은 선했고, 심지어 그 나름대로는 위대하기까지 했다. 그는 남의 일이라도 부당함과 박해를 참지 않았다. 자기 농부들을 위해서라면 산처럼 끄떡 않고 버텼다. "어떻게?" 그는 자신의 머리를 세차게 때리며 말했다. "어떻게 내 사람들을 건드려, 내 사람들을? 내가 체르토프하노프가 아니라는 듯이……."

치혼 이바니치 네도플류스킨은 판텔레이 예레메이치와 달

리 자신의 혈통을 자랑할 수 없었다. 그의 아버지는 소지주 출신이었고, 사십 년 동안 관리 생활을 한 끝에 겨우 귀족 신분을 손에 넣었다. 아버지 네도플류스킨 씨는 불행이 한결같은 냉혹함으로, 개인적 증오 같은 냉혹함으로 끊임없이 괴롭히는 사람들 부류에 속했다. 태어나서 죽을 때까지 육십 년 내내 그 가난한 사람은 '작은 인간들'의 타고난 운명인 온갖 궁핍, 질병, 불행과 싸웠다. 얼음 위의 물고기처럼 몸부림치고, 배불리 먹지도 못하고, 충분히 자지도 못하고, 굽실거리고, 바쁘게 움직이고, 의기소침하고, 지치고, 한 푼 한 푼에 떨고, 근무지에서는 정말로 '아무 죄도 없이' 고통을 겪고, 결국에는 자신을 위해서도 자식들을 위해서도 일용할 빵 한 조각 벌지 못한 채 다락방도 지하실도 아닌 곳에서 죽었다. 운명은 그를 마치 몰이를 당하는 토끼처럼 괴롭혔다. 그는 착하고 정직한 사람이었지만, '관등에 따라' 10코페이카짜리 은화 한 닢부터 1루블짜리 은화 두 닢까지 뇌물을 받기도 했다. 네도플류스킨에게는 폐결핵에 걸린 야윈 아내가 있었다. 아이들도 있었다. 다행히 치혼과 딸 미트로도라를 제외하고 다들 일찍 죽었다. 별명이 '상인 집의 멋쟁이 여인'이던 딸은 슬프고 웃긴 많은 일을 겪은 후에 은퇴한 변호사와 결혼했다. 아버지 네도플류스킨 씨는 살아 있을 때 치혼을 위해서 관청 사무실의 임시 관리직을 가까스로 잡아 주었다. 하지만 아버지가 죽자 치혼은 곧 퇴직하고 말았다. 끝없는 불안, 추위와 굶주림을 상대로 한 고통스러운 투쟁, 어머니의 슬프고 우울한 모습, 아버지의 분주함과 절망, 집주인과 잡화점 주인들의 거친 압박, 날마다 끊임없이 일어나는 이 모든 슬픔이 치혼을 설명하기 어려운 소심한 성격으로 이끌었다. 상관의 모습을 보기만 해도 그는 사로잡힌 작은 새처럼 부들부들 떨고 정신을 잃을 정도가 됐다. 그는 관직을 버렸다. 무심한, 어쩌면 조롱하기 좋아하는 자연은 인간들 속으로 그들의 사회적 지위와 재산에 전혀 걸맞지 않은 다양한 능력과 성향을 부여한다. 자연은 특유의 꼼꼼함과 사랑으로 가난한 관리의 아들인 치혼을 예민하고 게으르고 부드럽고 감수성이 풍부한 존재로, 쾌락에만 몰두하고 비상할 정도로 예민한 후각과 미각을 선사받은 존재로 빚었다……. 그렇게 빚고 공들여 완성한 후 자신의 작품이 소금에 절인 시큼한 양배추와 부패한 생선을 먹고 자라게 내버려둔 것이다. 그리고 이제 그 작품은 자라서 이른바 '살아가기' 시작했다. 오락이 시작됐다. 아버지 네도퓨스킨을 끝없이 괴롭히던 운명은 아들에게도 손을 댔다. 운명의 식욕은 한층 더 커진 것 같았다. 하지만 치혼에 대해서는 다른 식으로 다루었다. 운명은 그를 괴롭히지 않고 희롱했다. 한 번도 그를 절망으로 몰지 않고, 굶주림이라는 수치스러운 괴로움을 겪게 하지도 않았지만, 벨리키 우스츄크에서 차레보-코크샤이스크까지 러시아 전역을 방랑하게 만들고, 하나의 굴욕적이고 우스꽝스러운 직무에서 또 다른 직무로 굴렸다. 싸우기 좋아하고 신경질적인 은혜로운 귀족 마님의 '궁내 대사'로 그를 임명하기도 하고, 부유한 구두쇠 상인의 집에 식객으로 들어앉히기도 하고, 영국식으로 머리를 깎은 퉁방울눈 지주의 저택 사무실에 책임자로 임명하기도 하고, 개들을 이용해 사냥을 하는 사람의 집에서 집사이자 광대 노릇을 하게 만들기도 했다……. 한마디로 운명은 불쌍한 치혼에게 약자들의 쓰디쓴 독주를 한 방울씩 한 방울씩 마지막까지 다 마시게 했다. 그는 일생 동안 게으른 귀족의 졸음에 겨운 심술궂은 권태와 지독한 변덕을 맞춰 주며 살았다……. 실컷 즐긴 손님 무리들이 "신과 함께!"라는 축복과 함께 마침내 놓아주면 자신의 작은 방에서 혼자 수치심에 온통 얼굴을 붉히고 차가운 절망의 눈물을 글썽이면서, 다음 날 남몰래 달아나 도시에서 자신의 행복을 찾겠다고, 서기 자리라도 찾아보거나 굶주림으로 거리에서 단번에 죽어 버리겠다고 맹세한 적이 얼마나 많았던가? 하지만 첫째, 하느님은 그에게 힘을 주지 않으셨다. 둘째, 소심함이 그를 지배했다. 마지막으로 셋째, 그가 어떻게 자신을 위한 자리를 얻을 것이며 또 누구에게 청탁을 하겠는가? "아무도 나에게 일자리를 주지 않을 거야." 불행한 남자는 침대에서 우울하게 뒤척이며 혼잣말로 소곤거리곤 했다. "아무도 주지 않을 거야!" 그렇게 해서 다음 날이면 다시 굵은 밧줄을 끌기 시작했다. 바로 그 꼼꼼한 자연이 익살꾸러기라는 직업을 유지하는 데 반드시 필요한 능력과 재능을 조금이라도 굳이 그에게 부여하려 하지는 않은 만큼, 그의 처지는 한층 괴로웠다. 예를 들어, 그는 곰 가죽 외투를 입고 쓰러질 때까지 춤을 추지도 못했고, 맹렬하게 춤을 추는 긴 사냥 채찍 바로 옆에서 익살을 부리거나 아첨을 하지도 못했다. 이따금 영하 20도의 추위에 알몸으로 쫓거나 감기에 걸리기도 했다. 그의 위장은 잉크나 온갖 쓰레기와 뒤섞인 술도, 잘게 찢어 식초에 절인 버섯들도 소화하지 못했다. 세금 징수권을 손에 넣은 그의 마지막 은인이 자신의 유언장에 다음과 같은 문구를 재미 삼아 덧붙일 생각을 떠올리지 않았더라면 치혼에게 무슨 일이 일어났을까? 그건 하느님만 아실 일이다. "내가 획득한 영지 베셀렌제엡카와 그에 딸린 모든 부속 시설을 죠자(즉, 치혼) 네도퓨스킨에게 영구적인 세습 영지로 남긴다." 며칠 후 은인은 철갑상어 수프를 먹은 후 뇌졸중으로 죽고 말았다. 소동이 일어났다. 당연히 판사가 느닷없이 나타나 재산을 봉인했다. 친척들이 모여들었다. 그들은 유언장을 개봉해 읽고 네도퓨스킨을 소환했다. 네도퓨스킨이 나타났다. 그곳에 모인 사람들 대부분이 치혼 이바니치가 은인의 집에서 어떤 임무를 맡았는지 알았다. 귀가 멀 것 같은 함성과 조롱이 뒤섞인 축하 인사가 그를 향해 쏟아졌다. "지주가 왔다, 새로운 지주가 왔다!" 다른 상속자들이 외쳤다. 어느 유명한 익살꾼이자 재담가가 맞장구를 쳤다. "저기 저 사람이, 저기 저 사람이, 말하자면…… 진짜로…… 그…… 뭐라고 불러야 할까…… 그…… 상속자군." 그러자 다들 왁자하게 웃음을 터뜨렸다. 네도퓨스킨은 오랫동안 자신의 행복을 믿으려 하지 않았다. 사람들이 그에게 유언장을 보여 주었다. 그의 얼굴이 붉어졌다. 그는 실눈을 뜨고 두 손을 내저으며 한없이 눈물을 흘렸다. 그곳에 모인 사람들의 웃음소리가 한목소리로 부르짖는 굵직한 소리로 변했다. 베셀렌제엡카 마을에 속한 농노의 수는 고작해야 스물두 명밖에 되지 않았다. 아무도 그 마을을 그리 아쉬워하지 않았다. 그러니 기회가 있을 때 즐기지 않을 이유도 없지 않은가? 상속자들 중 페테르부르크에서 온 한 명만이 참지 못하고 네도퓨스킨에게 옆걸음질로 다가가 어깨 너머로 오만하게 그를 힐끗 쳐다보았다. 그리스인 같은 코와 더없이 고상한 표정을 지닌 엄숙한 분위기의 남자로 그의 이름은 로스치슬라프 아다미치 시톱펠이었다. "신사분, 내가 지켜본 바로는," 그가 경멸이 뒤섞인 무심한 말투로 말했다. "존경하는 페오도르 페오도리치 댁에서 당신은 익살꾼, 말하자면 하인으로 있지 않았습니까?" 페테르부르크에서 온 신사는 참을 수 없을 만큼 분명하고 싹싹하고 정확한 말로 표현했다. 정신이 산만해지고 흥분한 네도퓨스킨에게는 낯선 신사의 말이 들리지 않았다. 하지만 다른 사람들은 곧 일제히 입을 다물었다. 재담가가 관대하게 미소 지었다. 시톱펠 씨는 두 손을 비비며 다시 같은 질문을 했다. 네도퓨스킨이 깜짝 놀라 눈을 들고 입을 벌렸다. 로스치슬라프 아다미치가 악랄한 표정으로 눈을 가늘게 떴다.

"축하합니다, 축하합니다." 그가 계속해서 말했다. "사실 누구나 이런 방식으로 일용할 양식을 버는 것에, 말하자면, 동의하지는 않겠죠. 하지만 **취향은 논쟁의 대상이 아니잖아요.**(라틴어) 즉 모든 사람에게는 저마다의 취향이……. 그렇지 않습니까?"

뒷줄에 있던 누군가가 놀라움과 열광을 드러내며 빠르게, 하지만 정중하게 큰 소리로 외쳤다.

"말씀해 보시죠." 시톱펠 씨는 모든 사람들의 미소에 힘을 얻어 계속해서 말했다. "당신의 행운은 특히 어떤 재능 덕분인가요? 아뇨, 부끄러워하지 말고 말씀해 보세요. 여기 있는 우리 모두는, 말하자면, 가족이잖아요. 여러분, 여기 모인 우리는 가족이지 않습니까?"

로스치슬라프 아다미치가 이 질문을 하면서 우연히 돌아본 상속자는 유감스럽게도 프랑스어를 몰라서 찬성의 뜻으로 가벼운 신음 소리만 냈다. 하지만 이마에 누르스름한 반점이 있는 다른 젊은 상속자가 황급히 맞장구를 쳤다. "뷔, 뷔,[237] 물론입니다."

"아마도," 시톱펠 씨가 다시 입을 열었다. "당신은 다리를, 말하자면, 위로 들고 두 손으로 걸을 수도 있겠죠?"

네도퓨스킨은 울적하게 주위를 둘러보았다. 모든 얼굴이 심술궂게 웃고 있었고, 모든 눈동자가 만족감에 겨워 촉촉이 젖어 있었다.

"아니면 혹시 수탉처럼 울 수도 있으신가요?"

주위에서 웃음소리가 터져 나왔다가 곧 기대감에 눌려 잠잠해졌다.

"아니면 혹시 코로……."

"그만하시죠!" 갑자기 날카롭고 커다란 목소리가 로스치슬라프 아다미치의 말을 가로막았다. "불쌍한 사람을 괴롭히다니, 부끄럽지도 않습니까!"

다들 주위를 두리번거렸다. 문가에 체르토프하노프가 서 있었다. 죽은 세금 징수원의 팔촌 조카로서 그 역시 친족 모임에 초대받은 사람이었다. 유언장이 낭독되는 내내 그는 언제

237) 젊은 상속자는 이 장면에서 '네'라는 뜻의 프랑스어 '위(oui)'를 부정확하게 발음했다.

나처럼 오만하게 다른 사람들과 거리를 두고 있었다.

"그만하십시오." 그가 고개를 오만하게 뒤로 젖히며 같은 말을 되풀이했다.

시톱펠 씨는 고개를 홱 돌리다가 옷차림이 빈궁해 보이는 볼품없는 남자를 발견하고는 옆 사람에게 작은 소리로 물었다.(어떤 경우에도 조심해서 나쁠 건 없다.)

"누굽니까?"

"체르토프하노프라고 하는데, 대단한 놈은 아닙니다." 옆 사람이 그의 귀에 대고 대답했다.

로스치슬라프 아다미치는 거만한 표정을 지었다.

"당신이 무슨 지휘관이라도 됩니까?" 그가 콧소리로 말하며 눈을 가늘게 떴다. "당신이 어떤 작자[238]인지 물어봐도 될까요?"

체르토프하노프가 불붙은 화약처럼 폭발했다. 광포함이 그의 숨을 삼켰다.

"즈, 즈, 즈, 즈." 그가 마치 목이 졸린 것처럼 식식거리더니 갑자기 쩌렁쩌렁 외치기 시작했다. "내가 누구냐고? 내가 누구냐고? 난 유서 깊은 귀족 판탈레이 체르토프하노프다. 나의 오대조 선조께서는 차르를 섬겼다. 넌 누구냐?"

로스치슬라프 아다미치는 하얗게 질려 뒷걸음질 쳤다. 그런 저항에 부딪치게 되리라고는 예상하지 못했던 것이다.

238) 원문에는 러시아에서 상대방을 비하할 때 사용하는 '새'라는 단어가 사용됐다.

"내가 어떤 작자냐고, 내가, 내가 어떤 작자냐고……. 아, 아, 아!"

체르토프하노프가 앞으로 돌진했다. 시톱펠은 몹시 흥분해 뒤로 껑충 물러났고, 손님들은 성난 지주를 향해 달려들었다.

"결투, 결투를 해야 해, 당장 손수건을 사이에 두고 서로 총을 쏘는 거야!" 갑자기 사나워진 판탈레이가 큰 소리로 부르짖었다. "그러지 않을 거면 나에게, 그리고 저 사람에게 사과해……."

"사과해요, 용서를 구해요." 불안해진 상속자들이 갑자기 웅얼거렸다. "저 인간은 진짜 미치광이라고요, 사람을 난도질하고도 남을 작자예요."

"미안합니다, 미안합니다, 몰랐습니다." 시톱펠이 말을 더듬었다. "제가 모르고 그만……."

"이 사람에게도 사과해!" 판탈레이가 지칠 줄 모르고 계속 부르짖었다.

"당신에게도 용서를 구합니다." 로스치슬라프 아다미치가 열병에 걸린 것처럼 바들바들 떨고 있는 네도퓨스킨을 돌아보며 덧붙였다.

체르토프하노프는 마음을 가라앉히고 치혼 이바니치에게 다가가 그의 손을 잡더니 난폭하게 주위를 둘러보았다. 아무도 그와 시선을 맞추지 않자, 그는 베셀렌제옙카 마을을 자기 힘으로 획득한 새 주인과 함께 깊은 침묵에 잠긴 방에서 의기양양하게 걸어 나왔다.

그날부터 그들은 이미 서로 떨어질 수 없는 사이가 됐다.(베셀렌제옙카는 베소노보에서 불과 8베르스타 떨어져 있었다.) 네도퓨스킨의 끝없는 감사는 곧 비굴한 공경으로 변했다. 나약하고 온화하고 완전히 정직하지만은 않은 치혼은 용맹하고 사심 없는 판탈레이 앞에서 스스로를 먼지만큼이나 보잘것없게 여겼다. '쉬운 일이 아니야!' 그는 이따금 혼자 생각에 잠기곤 했다. '현지사와 이야기하면서 그의 눈을 똑바로 쳐다보다니……. 그리스도야, 확실히 그렇게 보고 있잖아!'

그는 믿을 수 없을 만큼, 정신을 잃을 만큼 판탈레이에게 감탄했으며, 그를 비범하고 똑똑하고 박식한 사람으로 생각했다. 그리고 솔직히 체르토프하노프가 받은 교육이 아무리 보잘것없다 해도, 치혼이 받은 교육에 비하면 눈부시게 보일 수도 있었다. 사실 체르토프하노프는 러시아어를 조금 읽을 줄 알았고 프랑스어도 잘하지 못했다. 언젠가는 스위스 출신의 가정교사가 "Vous parlez français, monsieur?"라고 묻자, "Je 이해하지 못합니다."라고 대답했다가 잠시 생각한 후 "pas."라고 덧붙인 적이 있을 정도였다.[239] 하지만 어쨌든 그는 기지가 뛰어난 볼테르라는 작가가 이 세상에 있었다는 사실도, 프랑스인들과 영국인들 사이에 많은 전쟁이 있었다는 사실도, 프로이센의 왕 프리드리히 대제가 군사 분야에서도 두각을 드러냈다는 사실도 기억하고 있었다. 러시아 작가 중에서는 제르자빈을 존경했다. 마를린스키를 좋아해서 자신의 가장 뛰어난

239) 스위스인 가정교사가 물은 질문은 "프랑스어로 말할 줄 아십니까, 신사분?"이다. 이 질문에 판탈레이는 '나는'을 뜻하는 'je'로 입을 뗐다가 러시아어로 얼버무리고 나중에 '못 한다'를 뜻하는 'pas'를 덧붙인 것이다.

개에게 암말라트-베크라는 이름을 붙여 주기도 했다…….[240]

두 친구를 처음 만난 후 며칠이 지나 나는 판탈레이 예레메이치를 방문하기 위해 베소노보 마을로 향했다. 멀리 그의 작은 집이 보였다. 그 집은 마을에서 0.5베르스타 떨어진 이른바 '탁 트인 바람 언덕'의 초목 없는 공터에 삐죽 솟아 있었다. 그 모습이 마치 경작지 위를 맴도는 매 같았다. 체르토프하노프의 저택은 다양한 크기의 낡은 통나무 구조물 네 채, 즉 곁채와 마구간과 헛간과 한증탕으로 이루어져 있었다. 각 구조물은 다른 것들과 멀찍이 떨어져 있었다. 주위에 울타리도 없고, 대문도 눈에 띄지 않았다. 내 마부는 당황하며 반쯤 썩고 더러워진 우물 옆에 드로시키를 세웠다. 헛간 옆에서 털이 헝클어지고 비쩍 마른 보르조이 새끼 몇 마리가 아마도 오르바산인 듯한 죽은 말을 갈기갈기 물어뜯고 있었다. 그중 한 마리가 피에 젖은 낯짝을 들고 다급하게 짖다가 드러난 갈비뼈를 다시 갉아 먹기 시작했다. 말 근처에 얼굴이 포동포동하고 누르스름한 열일곱 살 정도의 소년이 코사크 옷을 입은 채 맨발로 서 있었다. 그는 자신이 감독을 맡은 개들을 위엄 있게 쳐다보면서 이따금 가장 탐욕스러운 개들에게 사냥 채찍을 휘두르곤 했다.

---

240) 알렉산드르 알렉산드로비치 베스투제프-마를린스키(Александр Александрович Бестужев-Марлинский, 1797~1837)는 러시아의 낭만주의 작가다. 「암말라트-베크(Аммалат-Бек)」(1832)는 캅카스 전쟁에서 쿠미크족을 이끈 우말라트-베크 부이낙스키라는 실존 인물의 삶을 바탕으로 한 그의 중편 소설이다.

"주인 나리는 댁에 계시니?" 내가 물었다.

"하느님이나 아시겠죠!" 소년이 대꾸했다. "문을 두드려 보세요."

나는 드로시키에서 껑충 뛰어내려 곁채의 현관 계단으로 다가갔다.

체르토프하노프 씨의 거처는 몹시 황량해 보였다. 통나무는 거뭇하게 변해 '배'를 앞으로 쑥 내밀고 있었다. 굴뚝은 무너지고, 귀퉁이들은 썩어서 흔들리고, 흐릿한 회청색의 작은 창들은 밑으로 처진 덥수룩한 지붕 밑에서 말로 표현할 수 없이 씁쓸한 표정으로 밖을 내다보고 있었다. 늙은 매춘부들의 눈동자처럼 보였다. 나는 문을 두드렸다. 아무도 대꾸하지 않았다. 하지만 문 너머에서 날카로운 목소리로 말하는 소리가 들렸다.

"아즈, 부키, 베지, 자, 멍청이." 쉰 목소리가 말했다. "아즈, 부키, 베지, 글라골…… 아냐! 글라골, 도브로, 예스치! 예스치! 이런, 멍청이!"[241)]

나는 다시 문을 두드렸다.

똑같은 목소리가 외쳤다.

"들어와. 누구야?"

나는 텅 빈 작은 대기실로 들어갔다. 활짝 열린 문 너머로

---

241) 아즈(аз), 부키(буки), 베지(веди), 글라골(глаголь), 예스치(есть)는 첫 글자가 러시아어 알파벳 순서대로 시작하는 단어들을 의미와 상관없이 나열한 것이다. 아마도 개에게 '먹다'라는 뜻의 '예스치'라는 단어가 나올 때까지 참았다가 먹이를 먹게 하는 훈련을 시키고 있는 듯하다.

체르토프하노프가 보였다. 기름때 묻은 부하라풍 할라트를 걸치고 통 넓은 바지를 입고 작고 둥근 모자를 쓴 그가 등받이 없는 의자에 앉아 한 손으로는 어린 삽살개의 낯짝을 꽉 움켜쥐고 다른 한 손으로는 개의 코 앞쪽에 빵조각을 쥐고 있었다.

"아!" 그가 제자리에서 꼼짝 않고 위엄 있게 말했다. "당신이 우리 집을 방문해 주시다니, 정말 기쁘군요. 앉으세요. 난 여기 벤조르 때문에……. 치혼 이바니치," 그가 목소리를 높여 덧붙여 말했다. "이쪽으로 와 줘. 손님이 오셨어."

"가고 있어, 지금 간다고." 옆방에서 치혼 이바니치의 목소리가 대답했다. "마샤,[242] 넥타이를 줘."

체르토프하노프가 다시 벤조르를 돌아보며 개의 코 위에 빵조각을 올려놓았다. 나는 주위를 둘러보았다. 길이가 고르지 않은 열세 개의 다리가 달린 휘어진 조립식 탁자와 밀짚으로 엮은 찌그러진 의자 네 개 말고는 방에 가구가 전혀 없었다. 아주 오래전에 하얗게 칠해지고 별 모양의 푸른 반점들이 찍혔던 벽들은 이제 칠이 많이 벗겨져 있었다. 마호가니색의 커다란 틀에 끼워진 손상되고 뿌연 작은 거울이 창과 창 사이에 걸려 있었다. 구석들에는 긴 담뱃대들과 라이플총들이 놓여 있었다. 천장에서 굵고 검은 거미줄이 늘어져 있었다.

"아즈, 부키, 베지, 글라골, 도브로." 체르토프하노프는 천천히 내뱉다가 갑자기 미친 듯이 외쳤다. "예스치! 예스치! 예스

242) 마리야의 애칭.

치! 이런 멍청한 짐승 같으니! 에스치!"

하지만 불행한 강아지는 바들바들 떨기만 할 뿐 입을 벌릴지 말지 마음을 정하지 못했다. 강아지는 괴로울 정도로 꼬리를 바닥에 딱 붙이고 낯짝을 찌푸린 채 계속 앉아, 마치 '물론 당신 뜻대로 하세요!'라고 말하기라도 하듯 침울하게 눈을 깜박이거나 가늘게 뜨곤 했다.

"자, 먹어, 잡아 봐!" 지칠 줄 모르는 지주가 똑같은 말을 되풀이했다.

"강아지가 당신 때문에 겁을 먹었어요." 내가 말했다.

"에잇, 그럼 꺼져!"

그가 개를 한 발로 밀쳤다. 가엾은 강아지는 조용히 일어나 콧등에서 빵을 떨어뜨리더니, 기분이 몹시 상한 모습으로 발끝으로 걷듯이 하며 대기실로 나갔다. 그리고 실제로 그랬다. 처음으로 낯선 사람이 찾아왔는데 그 앞에서 그런 취급을 당한 것이다.

다른 방과 이어진 문이 조심스럽게 삐걱거리더니 네도퓨스킨 씨가 웃음 띤 얼굴로 반갑게 인사하며 들어왔다.

나는 일어나 허리 숙여 인사했다.

"신경 쓰지 마세요, 신경 쓰지 마세요." 그가 웅얼거렸다.[243]

우리는 의자에 앉았다. 체르토프하노프가 옆방으로 갔다.

"우리 팔레스타인[244]에 오신 지는 오래됐습니까?" 네도퓨

243) 네도퓨스킨은 화자에게 대화 내내 동사에 극존칭 어미와 존칭 어미를 번갈아 가면서 사용하고 있다.

244) 고대 이스라엘 왕국과 유대 왕국이 있었던 지역으로, 2013년에 팔레

스킨이 한 손으로 입을 가리고 조심스럽게 기침을 하고는 예의를 갖추느라 손가락을 입술 앞에 대며 부드러운 목소리로 말했다.

"두 달 정도 됐습니다."

"아, 그렇습니까?"

우리는 잠시 침묵했다.

"오늘 날씨가 좋군요." 네도퓨스킨이 다시 대화를 이어 가면서 마치 날씨가 내 의지에 달리기라도 한 양 고마움이 담긴 눈길로 나를 바라보았다. "풍작을 기대해도 되겠어요."

나는 동의의 표시로 고개를 끄덕였다. 우리는 다시 침묵에 잠겼다.

"판탈레이 예레메이치가 어제 토끼를 두 마리 잡았답니다." 네도퓨스킨이 조금 긴장하며 말을 꺼냈다. 대화에 활기를 불어넣고 싶어 하는 기색이 역력했다. "네, 아주 큰 토끼였어요."

"체르토프하노프 씨에겐 좋은 개들이 있습니까?"

"아주 훌륭한 개들이 있답니다!" 네도퓨스킨이 만족스럽게 대답했다. "현에서 가장 좋은 개들이라고 말할 수 있습니다.(그가 내 쪽으로 가까이 다가앉았다.) 대단해요! 판탈레이 예레메이치는 놀라운 사람입니다! 뭘 바라면 방법을 생각해 내거든요. 보세요, 이미 다 준비가 되어 있어요. 모든 게 잘 끓고 있죠. 당신께 말씀드릴 수 있습니다. 판탈레이 예레메이치

스타인국이 수립됐다. 제정 러시아 시대에는 팔레스타인이 '벽지', '황량한 곳'을 뜻하는 비유로 사용되기도 했다.

는……."

체르토프하노프가 방으로 들어왔다. 네도퓨스킨이 미소를 지으며 입을 다물고는 나에게 눈짓으로 그를 가리켜 보였다. 마치 '당신이 직접 확인해 보세요'라고 말하고 싶은 것 같았다. 우리는 사냥에 대해 이야기하기 시작했다.

"어떻습니까, 우리 집 사냥개들을 보여 드릴까요?" 체르토프하노프가 나에게 묻더니 대답을 기다리지 않고 카르프를 불렀다.

난징 무명으로 지은, 하늘색 옷깃과 제복용 단추가 달린 녹색 카프탄 차림의 건장한 청년이 들어왔다.

"폼카에게 말해." 체르토프하노프가 또박또박 말했다. "암말라트와 사이가를 데려오라고. 잘 단장해서 말이야, 알겠지?"

카르프는 입을 한껏 벌려 벙글벙글 웃으며 불분명한 소리를 내고는 밖으로 나갔다. 머리를 단정하게 빗고 허리띠를 단단히 졸라매고 부츠를 신은 폼카가 개를 데리고 나타났다. 나는 예의를 차리느라 그 아둔한 동물들을 감탄의 눈길로 바라보았다.(모든 보르조이들은 대단히 아둔하다.) 체르토프하노프는 암말라트의 콧구멍에 침을 뱉었다. 하지만 그런 행동은 이 사냥개에게 조금도 즐거움을 준 것 같지 않았다. 네도퓨스킨도 뒤에서 암말라트를 어루만졌다. 우리는 다시 이야기를 나누기 시작했다. 체르토프하노프는 서서히 부드러워지더니 완전히 마음을 놓고 더 이상 거드름을 피우거나 코웃음을 치지 않았다. 표정도 변했다. 그는 나와 네도퓨스킨을 쳐다보았다…….

"아!" 갑자기 그가 소리쳤다. "거기에 그녀가 혼자 앉아 있어야 할 이유가 뭐야? 마샤! 마샤! 이리 와."

누군가가 옆방에서 바스락바스락 소리를 냈다. 하지만 대답은 없었다.

"마아샤!" 체르토프하노프가 다정하게 거듭 말했다. "이리 와, 괜찮아, 겁내지 마."

문이 조용히 열리더니, 집시의 거무스름한 얼굴에 황갈색 눈을 지니고 칠흑같이 검은 머리를 땋아 내린 스무 살 정도의 늘씬한 여성이 보였다. 도톰하고 붉은 입술 사이에서 큼직한 이가 새하얗게 반짝였다. 그녀는 하얀 드레스를 입고 있었다. 목덜미 옆에 금색 핀으로 고정한 하늘색 숄이 그녀의 가늘고 기품 있는 두 팔을 반쯤 가렸다. 그녀는 야생 동물처럼 수줍게 쭈뼛거리며 두어 걸음 떼고는 멈춰 서서 고개를 숙였다.

"자, 소개하죠." 판탈레이 예레메이치가 말했다. "아내이기도 하고 아내가 아니기도 하고, 거의 아내나 마찬가지입니다."

마샤의 얼굴이 살짝 붉어졌다. 그녀가 곤혹스러워하며 미소를 지었다. 나는 그녀에게 특별히 더 깊숙이 허리를 숙여 인사했다. 그녀가 몹시 마음에 들었다. 갸름하고 뾰족한 콧날, 아치형의 투명한 콧구멍, 눈동자 위로 높이 대담한 곡선을 그린 눈썹, 창백하고 살짝 꺼진 두 뺨, 그 모든 생김새가 변덕스러운 정열과 무모한 용기를 보여 주었다. 땋은 머리에서 탄탄한 목덜미를 따라 두 가닥의 반짝이는 머리카락이 흘러내려와 있었다. 정열과 힘의 징후였다.

그녀는 창가로 다가와 앉았다. 나는 그녀를 더 당혹스럽게 만들고 싶지 않아 체르토프하노프와 다시 대화를 나누었다.

마샤는 살짝 고개를 돌려 눈을 치뜨고서 거칠고 재빠른 시선으로 나를 훔쳐보았다. 그녀의 시선이 마치 뱀의 혓바닥처럼 반짝거렸다. 네도퓨스킨이 그녀에게 다가앉으며 그녀의 귓가에 뭐라고 속삭였다. 그녀가 다시 미소를 지었다. 코를 살짝 찡그리고 윗입술을 조금 치켜올리며 웃는 모습이 그 얼굴에 고양이 같기도 하고 사자 같기도 한 표정을 더했다…….

오, 그대는 '날 건드리지 마' 부류의 여인이군. 이번에는 내 쪽에서 그녀의 유연한 몸매와 납작한 가슴과 어색하고도 재빠른 몸짓을 훔쳐보며 생각했다.

"어때, 마샤?" 체르토프하노프가 물었다. "손님에게 뭐라도 대접해야 하지 않겠어, 응?"

"우리 집에 잼이 있잖아요." 그녀가 대답했다.

"그럼 이리로 잼을 가져와. 보드카도 같이 내오고. 그리고 들어 봐, 마샤." 그가 뒤이어 외쳤다. "기타도 가져와."

"기타로 뭘 하려고요? 난 노래하지 않을 거예요."

"왜?"

"하고 싶지 않아요."

"에이, 헛소리, 하고 싶어질걸, 만약……."

"뭐요?" 마샤가 재빨리 눈썹을 찡그리며 물었다.

"만약 요청을 받으면 말이야." 체르토프하노프가 조금 당황하며 말을 맺었다.

"아!"

그녀가 밖으로 나갔다가 잼과 보드카를 들고 곧 돌아와 다시 창가에 앉았다. 그녀의 이마에 아직 작은 주름 한 가닥이

잡혀 있었다. 두 눈썹이 땅벌의 더듬이처럼 오르락내리락했다……. 독자여, 땅벌의 얼굴이 얼마나 사악하게 생겼는지 본 적이 있는가? 음, 곧 폭풍이 몰아치겠군. 나는 생각했다. 대화는 순조롭게 이어지지 않았다. 네도퓨스킨은 전혀 말을 하지 않고 부자연스러운 미소를 지었다. 체르토프하노프는 붉어진 얼굴로 숨을 몰아쉬며 눈을 부릅떴다. 나는 이미 떠날 준비를 했다……. 마샤가 갑자기 몸을 약간 일으켜 단번에 창문을 열고 고개를 쑥 내밀더니 격분한 목소리로 지나가는 여자를 소리쳐 불렀다. "악시니야!" 여자는 몸을 바르르 떨며 고개를 돌리려다 그만 미끄러져 땅바닥에 꽈당 넘어지고 말았다. 마샤는 몸을 뒤로 젖히며 날카롭게 웃어 댔다. 체르토프하노프도 웃음을 터뜨렸고, 네도퓨스킨은 미친 듯이 기뻐하며 킬킬거렸다. 우리 모두 울적함을 떨쳐 냈다. 벼락이 한 차례 치더니 소나기가 쏟아졌다……. 공기가 깨끗해졌다.

삼십 분이 지났을 때 우리를 알아본 사람은 아무도 없었을 것이다. 우리는 어린아이들처럼 장난치고 마구 떠들었다. 마샤가 가장 들떠 있었다. 체르토프하노프는 그녀를 뚫어지게 쳐다보았다. 그녀의 얼굴이 창백해지고, 콧구멍이 벌어지고, 눈이 불타오르듯 반짝이는 동시에 한층 더 검은빛을 띠었다. 야생의 인간이 활기를 띠었다. 네도퓨스킨은 수오리가 암오리를 쫓아다니듯 땅딸막한 다리로 절뚝거리며 그녀를 따라다녔다. 벤조르조차 대기실에 있는 긴 의자 밑에서 기어 나와 문턱에 잠시 서서 우리를 쳐다보더니 갑자기 팔짝팔짝 뛰며 짖어 댔다. 마샤가 다른 방으로 뛰어가 기타를 가져오더니 어깨에서 숄을 벗어 던지고 재빨리 앉아 고개를 들고 집시 노래를 부르기 시작했다. 그녀의 목소리는 낭랑하게 울리고 금이 간 작은 유리종처럼 떨리고 열정적으로 변하다가 서서히 멎었다……. 기분이 좋아졌다 오싹해졌다 했다. "아, 타올라라, 말하라!" 체르토프하노프가 춤을 추기 시작했다. 네도퓨스킨이 발을 구르고 잔걸음을 치기 시작했다. 마샤의 온몸이 불 위의 자작나무 껍질처럼 휘었다. 가느다란 손가락들이 기타 위를 격렬하게 질주하고, 거무스름한 목이 두 겹의 호박 목걸이 아래서 서서히 솟았다. 때로는 갑자기 노래를 뚝 그치고 축 늘어졌다가 마지못한 듯 현을 뜯곤 했다. 그러면 체르토프하노프는 동작을 멈추고 한쪽 어깨만 꿈틀꿈틀 움직이며 제자리에서 발을 굴렀고, 네도퓨스킨은 중국인 도자기 인형처럼 고개를 까딱까딱했다. 그러다가 다시 그녀가 미친 여자처럼 노래를 부르며 허리를 똑바로 세우고 가슴을 활짝 펴면, 체르토프하노프도 다시 바닥에 엉덩이가 닿도록 웅크리고 앉았다가 천장까지 뛰어오르고 팽이처럼 빙글빙글 돌면서 "빠르게!" 하고 부르짖었다.

"빠르게, 빠르게, 빠르게, 빠르게!" 네도퓨스킨은 빠른 속도로 그의 말을 따라 했다.

나는 밤이 이슥해서야 베소노보를 떠났다…….

체르토프하노프의 최후

1

내가 판탈레이 예레메이치의 집을 방문한 지 두 해가 지난 후 재앙이, 말 그대로 재앙이 그를 덮치기 시작했다. 그 전에도 실망, 실패, 심지어 불행이 그에게 일어났지만, 그는 그런 것들에 전혀 신경을 쓰지 않고 예전처럼 '군림'했다. 그에게 타격을 입힌 첫 번째 재앙은 그로서는 가장 고통스러운 것이었다. 마샤가 그를 떠난 것이다.

그녀가 무엇 때문에 그토록 편안함을 느끼는 것처럼 보이던 그 집을 버리고 떠났는지는 말하기 어렵다. 체르토프하노프는 삶의 마지막 순간까지 마샤가 배신한 것은 퇴역 창기병 대위인 어느 젊은 이웃 때문이라고 확신했다. 판텔레이 예레메이치는 야프라는 이 남자가 단지 쉬지 않고 콧수염을 꼬고 포마드 기름을 잔뜩 바르고 의미심장하게 "음." 하는 소리를 내는 것만으로도 목적을 이루었다고 말했다. 하지만 마샤의 혈관을 흐르는 집시의 방랑벽이 오히려 그 사건에 영향을 미쳤다고 가정해야 마땅하다. 어쨌든 어느 아름다운 여름 저녁, 마샤는 이런저런 넝마들을 작은 보따리에 싸서 체르토프하노프의 집을 떠나 버렸다.

그 일이 있기 전 사흘 동안 그녀는 상처 입은 여우처럼 몸을 웅크리고 벽에 달라붙어 있었다. 누구에게 한마디라도 하면 좋을 텐데, 그녀는 그저 계속 가만히 쳐다보고 생각에 잠기고 눈썹을 꿈틀거리고 이를 살짝 드러내고 몸을 감싸듯 두 손을 꼼지락거리기만 했다. 그녀는 예전에도 이런 '기분'에 사로잡히긴 했지만 한 번도 오래 끈 적은 없었다. 체르토프하노프도 이것을 알았기에 스스로도 불안해하지 않고 그녀를 괴롭히지도 않았다. 하지만 사냥개 우리에서 돌아오는 길에 — 사냥개 감독은 그곳에 남은 마지막 하운드 두 마리가 '뒈졌다'고 말했다 — 마주친 하녀가 떨리는 목소리로 마리야 아킨피예브나의 전언 — 그녀는 인사를 남기며 그가 잘 지내길 바란다고, 자신은 결코 그의 집에 돌아오지 않을 거라고 말했다 — 을 보고했을 때, 체르토프하노프는 제자리에서 두어 바퀴 돌며 목쉰 소리로 으르렁대다가 곧바로 도망간 여자를 뒤쫓아 갔다. 그리고 달려 나가는 길에 피스톨도 챙겼다.

그는 자기 집에서 2베르스타 떨어진, 군청 소재지로 뻗은 대로변의 자작나무 숲 근처에서 그녀를 따라잡았다. 해가 지평선 가까이 낮게 떠 있었다. 그래서 주위의 모든 것이 갑자기 자줏빛으로 변하기 시작했다. 나무도, 풀도, 땅도.

"야프에게 가는구나! 야프한테 가는 거야!" 체르토프하노프는 멀리서 마샤를 알아보자마자 신음하듯 말했다. "야프에게 가는 거야!" 그녀를 향해 달려가던 그는 한 걸음 한 걸음 내디딜 때마다 넘어질 뻔하며 똑같은 말을 되풀이했다.

마샤는 걸음을 멈추고 그를 돌아보았다. 그녀가 햇빛을 등지고 섰다. 마치 흑단목으로 조각한 것처럼 온몸이 검은색으로 보였다. 흰자위만 은빛 아몬드처럼 도드라져 보였고, 눈동자 자체는 한층 더 검어졌다.

그녀는 보따리를 옆으로 던지고 팔짱을 꼈다.

"야프에게 가는 거지, 이 발칙한 년!" 체르토프하노프는 같은 말을 되풀이하며 그녀의 어깨를 잡으려다가 그녀와 눈이 마주치자 당황하며 제자리에서 쭈뼛거렸다.

"야프 씨에게 가는 게 아니에요, 판텔레이 예레메이치." 마샤가 차분하게 조용히 대답했다. "그냥 당신과는 더 이상 살 수 없을 뿐이에요."

"왜 살 수 없는데? 어째서? 내가 널 모욕하기라도 했어?"

마샤가 고개를 저었다.

"당신 때문에 화가 난 게 아니에요, 판텔레이 예레메이치. 그냥 당신 집에 있으면 쓸쓸해져서……. 지금까지 고마웠어요. 하지만 계속 당신 곁에 머물 수는 없어요. 안 돼요!"

체르토프하노프는 깜짝 놀랐다. 심지어 두 손으로 자신의 넓적다리를 치고 펄쩍펄쩍 뛰기까지 했다.

"어떻게 그럴 수 있어? 이제까지 잘 지냈잖아. 즐거움과 평온만 느끼면서 잘 지내다가 갑자기 쓸쓸해졌다니! 그래서 날 떠나겠다니! 넌 머릿수건을 집어 머리에 쓰고는 그렇게 떠나는구나. 모든 면에서 귀부인 못지않은 대접을 받고도……."

"그런 건 전혀 바라지 않았어요." 마샤가 그의 말을 가로막았다.

"바라지 않았다고? 떠돌이 집시에서 마님이 됐는데, 그런데도 바라지 않았다고? 어떻게 바라지 않을 수 있어, 함[245]의 자손아! 내가 그 말을 믿을 것 같아? 여기엔 배신이 감춰져 있어, 배신이!"

그는 다시 식식거렸다.

"내 머릿속에 배신 따윈 전혀 없어요." 마샤가 특유의 노래하는 듯한 아름답고 분명한 목소리로 말했다. "내가 이미 말했잖아요. 우울함이 날 덮쳤다고요."

"마샤!" 체르토프하노프가 주먹으로 자신의 가슴을 치며 부르짖었다. "이제 그만, 됐어, 충분히 날 괴롭혔잖아……! 제

245) 구약 성서 『창세기』에 노아의 둘째 아들로 등장한다. 노아가 술 취해 벌거벗고 잠든 모습을 본 함이 형제인 셈과 야벳에게 알리자, 셈과 야벳이 뒷걸음질 쳐서 아버지에게 다가가 나신을 옷으로 덮었다. 이 사실을 알게 된 노아는 함에게 저주를 내려 함의 후손들이 셈과 야벳의 후손들을 섬기게 될 것이라고 예언했다. 함을 아프리카인의 선조라고 본 해석은 아프리카인에 대한 인종 차별의 빌미가 되기도 했다. 체르토프하노프가 마샤에게 '함의 자손'이라고 욕한 것은 그녀가 피부색이 거무스름한 집시 여자이기 때문인 듯하다.

발! 치샤[246]가 뭐라고 할지만 생각해. 너도 그 녀석만큼은 불쌍하게 생각하겠지!"

"치혼 이바노비치에게 인사를 전해 줘요. 그리고 이 말도……."

체르토프하노프가 두 손을 내저었다.

"아니, 넌 거짓말을 하고 있어. 넌 떠나지 않아! 너의 야프는 널 기다리지 않아!"

"야프 씨는……." 마샤가 막 입을 열려고 했다…….

"그놈이 무슨 야프 씨야!" 체르토프하노프가 그녀의 말을 흉내 냈다. "그놈은 그야말로 사기꾼이야. 교활한 자식이라고. 낯짝도 원숭이 같잖아!"

체르토프하노프는 꼬박 삼십 분 동안 마샤와 다퉜다. 그는 그녀에게 가까이 다가가기도 하고, 옆으로 펄쩍 비키기도 하고, 그녀에게 손을 치켜들기도 하고, 허리를 푹 숙여 절하기도 하고, 소리 내어 울다가 욕설을 퍼붓기도 했다…….

"그럴 수 없어요." 마샤는 같은 말을 되풀이했다. "난 너무 슬프고…… 우울함에 지쳤어요." 그녀의 얼굴이 점차 너무도 무심한, 거의 졸린 듯한 표정을 띠어 체르토프하노프는 그녀에게 독말풀이라도 먹은 게 아니냐고 물었다.

"우울해요." 그녀는 열 번째 똑같은 말을 했다.

"그럼 내가 널 죽여 주는 건 어때?" 갑자기 그가 소리를 지르며 주머니에서 피스톨을 꺼냈다.

---

246) 치혼의 애칭.

마샤가 빙긋 웃었다. 그녀의 얼굴이 생기를 띠었다.

"좋아요. 죽여요, 판텔레이 예레메이치. 당신 뜻대로 해요. 그래도 난 돌아가지 않아요."

"돌아가지 않는다고?" 체르토프하노프가 공이치기를 당겼다.

"돌아가지 않아요, 자기. 살아 있는 동안에는 절대 돌아가지 않아요. 진심이에요."

체르토프하노프가 갑자기 그녀의 손에 피스톨을 쥐여 주더니 땅바닥에 털썩 주저앉았다.

"그럼 네가 날 죽여! 너 없이 살고 싶지 않아. 네가 날 싫어하니, 나도 모든 게 싫어졌어."

마샤가 허리를 굽혀 보따리를 집어 들고 총구가 체르토프하노프를 향하지 않도록 해서 피스톨을 풀 위에 놓고는 그에게 다가갔다.

"아, 자기, 왜 그렇게 슬퍼해? 우리 집시 여자들에 대해 몰랐어? 우리의 기질이 그래, 습성이라고. 우울함이 고개를 내밀고 이간질을 하면서 우리의 영혼을 어딘가 낯설고 먼 곳으로 부르면, 어떻게 우리가 이곳에 남겠어? 당신의 마샤를 기억해 줘. 그런 친구는 두 번 다시 찾지 못할 테니까. 내 사랑, 나도 당신을 잊지 않을게. 하지만 당신과 내가 함께하는 생활은 끝났어!"

"널 사랑했어, 마샤." 체르토프하노프가 자신의 얼굴을 감싼 손가락 사이로 중얼거렸다…….

"나도 당신을 사랑했어요, 나의 친구 판텔레이 예레메이치!"

"널 사랑했어. 지금도 정신을 차릴 수 없을 만큼 미친 듯이 사랑해. 네가 아무 이유도 없이 이렇게 잘 지내다가 날 버리고 세상을 방랑할 거라고 생각하면…… 그래, 내가 불행한 가난뱅이가 아니라면 네가 날 버리지 않을 거라는 생각이 드네!"

이 말에 마샤는 그냥 가볍게 웃었다.

"날 사심 없는 여자라고 불렀으면서!" 그녀가 이렇게 말하고는 체르토프하노프의 어깨를 세게 쳤다.

그는 벌떡 일어섰다.

"그럼 내 돈이라도 가져가. 동전 한 푼 없이 어떡하겠다는 거야? 하지만 가장 좋은 건 네가 날 죽이는 거야! 솔직히 말할게. 당장 날 죽여 줘!"

마샤가 다시 고개를 저었다.

"당신을 죽이라고? 자기, 사람들이 왜 시베리아로 유형을 가겠어?"

체르토프하노프가 몸을 떨었다.

"겨우 그런 이유 때문에, 유형을 갈까 봐 무서워서……."

그는 다시 풀 위로 털썩 주저앉았다.

마샤는 말없이 그 옆에 섰다.

"당신이 가여워, 판텔레이 예레메이치." 그녀가 한숨을 쉬며 말했다. "당신은 좋은 사람이야……. 하지만 어쩔 수 없어. 안녕!"

그녀는 돌아서서 두어 발짝 내디뎠다. 어느새 밤이 찾아와 어디에나 어슴푸레한 어둠이 떠돌았다. 체르토프하노프가 재빨리 일어나 뒤에서 마샤의 두 팔꿈치를 붙잡았다.

"그래서 가겠다는 거냐, 이 뱀 같은 년아? 야프에게!"

"안녕!" 마샤는 의미심장하고 단호하게 같은 말을 되풀이하고는 그의 손을 뿌리치고 앞으로 나아갔다.

체르토프하노프는 그녀의 뒷모습을 쳐다보다가 피스톨이 놓인 곳으로 달려가 그것을 집어 들어 조준한 뒤 쏘았다……. 하지만 공이치기의 용수철을 누르기 전에 한 손을 치켜들고 말았다. 총알은 마샤의 머리 위로 윙윙거리며 날아갔다. 그녀는 계속 걸어가며 어깨 너머로 그를 돌아보았다. 그러고는 그를 약 올리듯 비틀거리면서 계속 나아갔다.

그는 얼굴을 가리고 내달리기 시작했다…….

하지만 그는 오십 걸음도 가기 전에 갑자기 못 박힌 듯 멈춰 서고 말았다. 친숙한, 너무도 친숙한 목소리가 그의 귀에 날아들었다. 마샤가 노래하고 있었다. "아름다운 젊은 시절." 그녀가 노래했다. 한 음 한 음이 저녁 공기 속으로 애처롭게 열정적으로 울려 퍼졌다. 체르토프하노프는 귀를 기울였다. 목소리는 점점 더 멀어지다가 완전히 사그라졌나 싶으면 다시 들릴락 말락 한, 하지만 여전히 뜨거움을 간직한 물결을 이루며 되돌아왔다…….

"날 괴롭히려고 저러는 거야." 체르토프하노프는 생각했다. 하지만 곧 신음하며 말했다. "오, 아니야! 나에게 영원한 작별을 고하는 거야." 그러고는 눈물을 쏟았다.

다음 날 그가 야프 씨의 아파트에 나타났다. 야프 씨는 진정한 사교계 사람으로 쓸쓸한 시골 생활을 좋아하지 않아 군청 소재지에, 그의 표현에 따르면 '귀부인들과 더 가까운 곳'에 거처를 정했다. 체르토프하노프는 야프를 만날 수 없었다. 시종의 말로는 그가 전날 모스크바로 떠났다고 했다.

"그랬군!" 체르토프하노프가 격분해서 외쳤다. "둘이 몰래 약속한 거였어. 마샤는 그 자식과 함께 달아난 거야……. 하지만 기다려라!"

그는 시종의 저항에 아랑곳하지 않고 막무가내로 젊은 기병 대위의 서재에 들어갔다. 서재의 소파 위에는 창기병 군복을 입은 주인의 유화 초상화가 걸려 있었다.

"아, 여기 있군, 꼬리 없는 원숭이 같으니!" 체르토프하노프가 쩌렁쩌렁한 목소리로 말하며 소파 위로 펄쩍 뛰어올랐다. 그러고는 팽팽한 화폭을 주먹으로 쳐서 커다란 구멍을 냈다.

"네 놈팡이 주인에게 전해." 그가 시종에게 말했다. "그 추악한 낯짝이 여기에 없어서 귀족 체르토프하노프가 이 그림을 부수었다고. 그리고 네 주인은 나에게 결투를 원할 경우 귀족 체르토프하노프를 어디에서 찾아야 할지 알아! 그렇지 않으면 내가 직접 그 자식을 찾아 주지! 바다 밑바닥에서라도 그 비열한 원숭이 자식을 찾아내고 말 테다!"

체르토프하노프는 이 말을 남기고 소파에서 펄쩍 뛰어내려 의기양양하게 떠났다.

하지만 기병 대위 야프는 그에게 어떤 배상도 요구하지 않았다. 심지어 두 사람은 어디에서도 마주친 적이 없었다. 체르토프하노프도 적을 찾아내겠다는 생각을 접었다. 그들에게는 어떤 일도 일어나지 않았다. 마샤도 그 후 곧 어떤 소식도 없이 사라졌다. 체르토프하노프는 술을 마시기 시작했지만 결국 '정신을 차렸다.' 하지만 그때 두 번째 재앙이 그를 덮쳤다.

2

즉, 그의 친구 치혼 이바노비치 네도퓨스킨이 죽은 것이다. 죽기 두 해 전쯤부터 그의 건강이 나빠졌다. 그는 천식을 앓기 시작했고, 계속 잠을 잤고, 눈을 떠도 금방 정신을 차리지 못했다. 군 의사는 그에게 '약한 뇌졸중'이 일어나고 있다고 확신했다. 마샤가 집을 나가기 전 사흘 동안, 즉 그녀가 '우울함에 사로잡히기 시작한' 그 사흘 동안, 네도퓨스킨은 베셀렌제옙카에 있는 자기 집에 누워 있었다. 심한 감기에 걸린 것이다. 마샤의 행동은 그에게 한층 더 뜻밖의 충격을 주었다. 그는 체르토프하노프보다 더 심한 충격을 받다시피 했다. 천성이 온화하고 소심한 그는 친구에 대한 부드러운 연민과 고통스러운 의혹 외에 아무것도 드러내지 않았다……. 하지만 그의 내면에서는 모든 것이 터지고 축 늘어져 버렸다. "그녀가 나에게서 영혼을 앗아 갔어." 그는 자신이 좋아하는, 방수포를 씌운 소파에 앉아 한 손가락으로 다른 손가락을 만지작거리면서 작은 목소리로 혼자 중얼거리곤 했다. 체르토프하노프가 마음을 회복했을 때조차 네도퓨스킨은 예전의 모습을 되찾지 못하고 계속 '속이 텅 비었다'고 느꼈다. "바로 여기 말이야." 그는 위장보다 조금 위쪽인 가슴 한가운데를 가리키며 말하곤 했다. 그의 이런 상태는 겨울까지 계속됐다. 첫 서리가 내린 후부터 그의 천식은 호전되기 시작했다. 하지만 그 대신 '작은 뇌졸중'이 아니라 본격적인 뇌졸중이 찾아왔다. 그가 곧 의식을 잃은 것은 아니었다. 아직은 체르토프하노프를 알아볼 수 있었고, 심지어 친구가 "뭐야, 어떻게 된 거야, 치샤, 내 허락도 없이 날 버리고 가는 거야? 나에게 마샤만큼이나 지독한 짓을 하려는 거야?" 하고 절망적으로 부르짖는 소리를 알아듣고는 "하지만, 파안……세이 예…… 예…… 예이치, 난언……제나 당신에게 수운…… 종…… 했습니다."라고 잘 돌아가지 않는 혀로 대답하기도 했다. 하지만 결국 군 의사가 올 때까지 버티지 못하고 그날로 죽고 말았다. 차갑게 식은 지 얼마 안 된 그의 몸뚱이를 보았을 때, 의사로서는 그저 지상에 존재하는 모든 것의 덧없음을 서글프게 인정하면서 '훈제 철갑상어를 곁들인 보드카 한 잔'을 요구하는 것 말고는 할 수 있는 게 아무것도 없었다. 치혼 이바노비치는 예상대로 자신의 영지를 가장 존경하는 은인이자 관대한 보호자인 '판탈레이 예레메이치 체르토프하노프'에게 물려주었다. 그러나 그 영지는 존경하는 은인에게 큰 이익을 주지 못했다. 왜냐하면 곧 그 영지는 경매로 매각됐고, 일부분은 묘비, 즉 체르토프하노프(아버지의 기질이 그에게도 나타난 것 같았다!)가 친구의 유해 위에 세우겠다고 생각한 조각상의 비용을 충당하기 위해 쓰였기 때문이다. 그는 기도하는 천사를 표현해야 할 이 조각상을 모스크바에 주문했다. 하지만 그가 소개받은 중개인은 지방에서 조각품에 정통한 전문가와 만날 가능성이 희박하다고 판단하고는 천사 대신 플로라 여신을 보냈다. 예카체리나 대제 시절에 모스크바 근교에 조성된, 이제는 황폐해진 정원 중 하나를 오랫동안 장식하던 조각상이었다. 더욱이 그 중개인은 이 조각상을 공짜로 손에 넣었다. 하지만 그것은 풍만한 작은 팔, 부풀린 머리칼, 드러난 가슴 위에 드리워진 장미 화환, 구부러진 허리를 로코코 양식에 따라 표현한 매우 우아한 조각상이긴 했다. 그래서 지금까지도 신화 속 여신은 치혼의 무덤 위에서 한 발을 우아하게 들고 서서 진짜 퐁파두르[247]처럼 찡그린 얼굴로 주위에서 어슬렁대는 송아지들과 암양들, 즉 우리 마을 묘지의 이 변함없는 방문객들을 지켜보고 있다.

3

진실한 벗을 잃은 후 체르토프하노프는 다시, 이번에는 훨씬 더 심하게 술을 마셔 댔다. 그의 일들은 완전히 내리막길로 들어섰다. 사냥감도 없어지고, 남은 돈도 떨어지고, 마지막까지 남아 있던 하인들도 도망가 버렸다. 판탈레이 예레메이치는 완전히 홀로 남겨졌다. 말을 건넬 사람도, 속마음을 털어놓을 사람도 없었다. 단, 오만함 하나만은 그의 안에서 줄어들지

---

247) 잔 앙투아네트 푸아송 마르키스 드 퐁파두르(Jeanne Antoinette Poisson Marquise de Pompadour, 1721~1764). 프랑스 왕 루이 15세의 총애를 받은 여성으로 막대한 국비를 탕진해 프랑스 혁명의 원인을 유발하는 원인이 되었다. 한편, 디드로와 달랑베르의 백과전서 편찬을 지원하는 등 학문과 예술을 보호하는 데 힘쓰기도 했다.

않았다. 오히려 상황이 나빠질수록 그 자신은 한층 더 불손하고 더 거만하고 더 다가가기 힘든 사람으로 변해 갔다. 그는 결국 사람을 아예 싫어하게 됐다. 그에게 남은 유일한 위로이자 기쁨은 돈 지방의 품종인 멋진 회색 승마용 말이었다. 말렉-아델이라고 이름을 붙인 이 말은 정말 비범한 동물이었다.

그는 이 말을 다음과 같은 방법으로 손에 넣었다.

어느 날 말을 타고 옆 마을을 지나가던 체르토프하노프는 선술집 주위에서 농부들이 왁자지껄하게 떠들고 군중이 함성을 지르는 소리를 들었다. 그 무리 한가운데 어느 특정한 자리에서 억센 팔들이 계속 오르락내리락했다.

"저기에서 도대체 무슨 일이 벌어지고 있는 건가?" 그는 통나무집 문지방에 서 있는 늙은 여자에게 그 특유의 지휘관 같은 말투로 물었다.

여자는 인방[248]에 기대어 조는 듯한 모습으로 선술집 쪽을 쳐다보고 있었다. 머리칼이 하얗고 사라사 천으로 지은 루바시카를 걸치고 맨살이 드러난 작은 가슴팍에 삼나무 십자가를 건 작은 사내아이가 작은 두 다리를 벌린 채 꼭 쥔 작은 주먹을 여자의 두 나무껍질 신발 사이에 놓고 앉아 있었다. 병아리가 옆에서 나무처럼 딱딱한 호밀 빵 껍질을 쪼고 있었다.

"하느님이나 아시겠죠, 나리." 노파가 대답했다. 그러고는 앞으로 고개를 숙여 자신의 쪼글쪼글한 검은 손을 사내아이의

248) 벽의 하중을 받치기 위해 기둥과 기둥 사이, 또는 문틀이나 창틀을 가로질러 대는 목재를 가리킨다.

머리에 얹었다. "우리 젊은 애들이 유대인을 두들겨 패는 소리가 들리네요."

"유대인을? 어떤 유대인?"

"하느님이나 아시겠죠, 나리. 우리 마을에 웬 유대인이 나타났어요. 그 사람이 어디에서 왔는지 누가 알겠어요? 바샤, 가라, 도련님, 엄마에게 가라니까, 쯧쯧, 망나니 녀석!"

여자는 병아리를 쫓아냈고, 바샤는 할머니의 치마를 꽉 붙잡았다.

"그래서 지금 저 사람을 패고 있는 거예요, 나리."

"왜 때리지? 무엇 때문에?"

"몰라요, 나리. 그럴 만한 일이 있나 보죠. 어쨌든, 때리지 않으면 어쩌라고요? 나리, 그리스도를 십자가에 못 박은 족속이에요!"

체르토프하노프는 고함을 지르고는 짧은 채찍으로 말의 목덜미를 갈기며 무리를 향해 똑바로 질주했다. 그러고는 무리 속으로 뛰어들어 그 채찍으로 이쪽저쪽 가리지 않고 농부들을 때리며 툭툭 끊어지는 거친 목소리로 말했다.

"무법…… 자들! 무…… 법…… 자들! 법이 벌을 내려야지, 개…… 인…… 이 아니라! 법! 법! 버…… 업…… 말이다!!!"

이 분도 채 지나기 전에 무리가 전부 뿔뿔이 물러났다. 선술집 문 앞 땅바닥에 얼굴이 거무스름한 작고 수척한 사람이 있는 게 보였다. 난징 무명으로 지은 카프탄은 꾸깃꾸깃 구겨지고 너덜너덜 찢겨 있었다……. 창백한 얼굴, 뒤집힌 눈, 벌어진 입……. 이게 뭐지? 공포 때문에 실신한 건가? 아니면 아예 죽어 버린 건가?

"자네들은 왜 이 유대인을 죽였나?" 체르토프하노프가 위협적으로 채찍을 휘두르며 쩌렁쩌렁한 목소리로 외쳤다.

무리 사이에서 그에 대한 대답으로 희미하게 끙끙 앓는 소리가 들렸다. 어떤 농부는 어깨를, 어떤 농부는 옆구리를, 또 어떤 농부는 코를 잡았다.

"싸움을 걸잖아요!" 뒷줄에서 누군가의 목소리가 들렸다.

"채찍으로요! 누구든지 그럴 수 있죠!" 다른 목소리가 말했다.

"왜 유대인을 죽였냐니까? 내가 자네들에게 묻고 있잖아, 이 반미치광이 아시아 놈들아!" 체르토프하노프가 똑같은 말을 되풀이했다.

그런데 그때 땅바닥에 쓰러져 있던 사람이 재빨리 벌떡 일어나 체르토프하노프의 등 뒤로 달려오더니 두 손을 덜덜 떨며 그의 안장 끄트머리를 움켜쥐었다.

무리가 다 같이 왁자하게 웃음을 터뜨렸다.

"불사신이야!" 다시 뒷줄에서 누군가의 목소리가 들렸다. "꼭 고양이 같네!"

"나리, 지켜 주십시오, 구해 주십시오!" 그사이 불행한 유대인은 체르토프하노프의 다리에 가슴을 바짝 붙이고서 더듬더듬 말했다. "그러지 않으시면 저자들이 죽일 겁니다, 절 죽일 거예요, 나리!"

"뭣 때문에 저들이 널 죽이려 하지?" 체르토프하노프가 물었다.

"맹세코 저도 모릅니다! 그게 말이죠, 저들의 가축들이 죽기 시작했는데…… 그래서 절 의심하고 있습니다……. 하지만 저……"

"자, 그 문제는 나중에 조사해 보지!" 체르토프하노프가 끼어들었다. "일단 넌 안장을 잡고 날 따라와. 그리고 자네들!" 그가 무리를 돌아보며 덧붙였다. "날 알지? 나, 지주 판텔레이 체르토프하노프는 베소노보 마을에 산다. 그러니까 내 말은, 그럴 생각이 있으면 날 고소하라는 거다. 유대인도 같이!"

"왜 고소를 하겠습니까?" 턱수염이 희끗하고 단정한, 완전히 고대 족장처럼 보이는 농부가 허리를 깊이 조아리며 말했다.(하지만 그도 다른 사람들 못지않게 유대인을 구타했다.) "판텔레이 예레메이치 나리, 우리는 나리가 은혜로운 분임을 잘 압니다. 우리에게 가르침을 주시다니, 나리의 친절에 정말 감사드립니다."

"고소라뇨!" 다른 사람들이 맞장구를 쳤다. "하지만 저 이교도 놈만은 우리가 하고 싶은 대로 하겠습니다! 저놈은 우리에게서 달아나지 못할 겁니다! 그러니까 우리는 저놈을 들판의 토끼처럼……."

체르토프하노프는 콧수염을 실룩이며 씩씩거리고는 유대인을 데리고 자기 마을로 천천히 말을 몰았다. 그는 언젠가 치혼 네도퓨스킨을 자유롭게 해 준 것처럼 그 유대인도 그런 식으로 박해자들로부터 벗어나게 해 주었다.

4

며칠 후, 체르토프하노프의 집에 유일하게 남아 있던 코사크 복장의 시동이 누군가 말을 타고 찾아와 주인과 이야기를 나누고 싶어 한다고 보고했다. 체르토프하노프가 현관 계단으로 나가자, 그가 아는 유대인이 돈 지방의 멋진 말을 타고 안마당 한가운데에 당당하게 서 있는 것이 보였다. 유대인의 머리에는 모자가 없었다. 그는 모자를 겨드랑이에 낀 채 두 발을 등자가 아닌 등자의 가죽 끈에 끼우고 있었다. 카프탄의 너덜너덜한 뒷자락이 안장 양쪽으로 드리워져 있었다. 체르토프하노프를 본 그는 입술을 달싹여 쪽 소리를 내고[249] 두 팔꿈치를 들썩이며 두 다리를 흔들었다. 하지만 체르토프하노프는 그의 인사를 받아 주기는커녕 화를 내기까지 했다. 갑자기 분통이 터졌다. 더러운 유대인 놈이 감히 저렇게 멋진 말을 타다니…… 정말 말도 안 돼!

"야, 이 못생긴 에티오피아 놈아!" 그가 외쳤다. "당장 내려와, 진창에 처박히고 싶지 않으면!"

유대인은 즉시 복종했다. 그는 자루처럼 안장에서 털썩 내려와 한 손으로 고삐를 잡고는 싱글싱글 웃으며 인사하고 체르토프하노프에게로 다가왔다.

"무슨 일인가?" 판텔레이 예레메이치가 위엄 있게 물었다.

---

249) 입술로 '쪽' 소리를 내는 것은 러시아인들이 말을 몰 때나 입맞춤을 하거나 만족스러운 기분을 표현할 때 습관적으로 하는 행동이다.

"나리, 어떤 말인지 보시겠습니까?" 유대인이 계속 굽실거리며 말했다.

"음…… 뭐…… 좋은 말이군. 어디에서 구했나? 훔친 게 틀림없어, 그렇지?"

"당치도 않습니다, 나리! 전 정직한 유대인입니다. 훔친 게 아니라 나리를 위해서 구해 왔습니다. 정말입니다! 그리고 얼마나 애를 썼는데요! 그렇게 해서 이 말을 구한 겁니다! 돈 지방을 다 뒤져도 이런 말은 두 번 다시 찾을 수 없을걸요. 어떤 말인지 보십시오, 나리! 이리로 오세요! 자…… 자…… 방향을 바꿔 옆에 서 보세요! 우리가 안장을 빼겠습니다. 어떻습니까! 나리?"

"좋은 말이군." 체르토프하노프는 짐짓 무심한 척 같은 말을 되풀이했지만 가슴속에서 심장이 세차게 뛰었다. 그는 '말고기'를 열렬히 좋아하는 사람이어서 말에 대해 잘 알았다.

"나리, 쓰다듬어 보세요! 이렇게 쓰다듬어 보세요, 히히히! 이렇게요."

체르토프하노프는 내키지 않는 양 말의 목덜미에 한 손을 올려놓고 두어 번 톡톡 쳐 보고는 갈기부터 등을 따라 손가락으로 쓰다듬다가 콩팥 위의 어떤 지점에 이르자 전문가처럼 그 자리를 살짝 눌렀다. 말은 즉각 등을 구부리고 오만한 검은 눈으로 체르토프하노프를 곁눈질로 돌아보더니 콧김을 푸푸 내뿜으며 두 앞다리를 번갈아 움직였다.

유대인은 웃음을 터뜨리며 가볍게 두 손바닥을 마주쳤다.

"주인을 알아보네요, 나리, 주인을요!"

"헛소리하지 마." 체르토프하노프가 성을 내며 그의 말을 가로막았다. "나는 네놈한테서 이 말을 살 돈이 없다. 그리고 난 말이야, 선물 같은 건 유대인뿐 아니라 하느님에게서도 받지 않아!"

"어떻게 제가 감히 나리께 선물을 드리겠습니까? 불쌍히 여겨 주십시오!" 유대인이 외쳤다. "나리께서 사십시오……. 그리고 돈이라면, 제가 기다리겠습니다."

체르토프하노프는 생각에 잠겼다.

"뭘 받아 갈 건데?" 마침내 그가 내뱉듯이 말했다.

유대인이 어깨를 으쓱했다.

"제가 지불한 만큼만 주십시오. 200루블입니다."

말은 그 두 배의 값어치를 했다. 아니, 어쩌면 그 총액의 세 배가 나갈지도 몰랐다.

체르토프하노프는 고개를 옆으로 돌리고 초조하게 하품을 했다.

"그럼 언제…… 돈을?" 그는 억지로 눈썹을 찡그리며 유대인을 쳐다보지 않은 채 물었다.

"나리가 원하실 때요."

체르토프하노프는 고개를 뒤로 젖혔지만 시선을 들지는 않았다.

"그건 대답이 아니잖아. 분명하게 말해, 헤로데의 족속아! 내가 너에게 은혜를 입으라는 거냐?"

"그럼 이렇게 할까요?" 유대인이 황급히 말했다. "여섯 달 후에……. 동의하십니까?"

체르토프하노프는 대꾸하지 않았다. 유대인은 그의 눈을 들여다보려고 애썼다.

"동의하십니까? 마구간에 들일까요?"

"안장은 필요 없어." 체르토프하노프가 무뚝뚝하게 말했다. "안장은 가져가, 알아들었어?"

"물론이죠, 물론입니다, 가져가겠습니다, 가져가고말고요." 유대인은 기뻐하며 더듬더듬 말하고는 안장을 자기 어깨에 짊어졌다.

"그럼 돈은," 체르토프하노프가 계속해서 말했다……. "여섯 달 뒤에 주지. 그리고 200이 아니라 250이야. 닥쳐! 250이라니까! 내 앞으로 달아 놔."

체르토프하노프는 눈을 들지 말지 계속 마음을 정할 수 없었다. 이제껏 그의 자존심이 이토록 심하게 상처 입은 적도 없었다. '선물이 분명해.' 그는 생각했다. '빌어먹을, 사례를 하려고 끌고 온 거야!' 그는 이 유대인을 끌어안을 수도, 두들겨 팰 수도 있었다…….

"나리." 기운을 차린 유대인이 이를 드러내고서 히죽 웃으며 입을 열었다. "러시아 풍습대로 뒷자락에서 뒷자락으로 건네야겠죠…….[250)]"

"또 무슨 생각을 하는 거냐? 유대인 주제에…… 러시아 풍습이라니! 에잇! 거기 누구 없어? 말을 끌고 가서 마구간에 넣

250) '뒷자락에서 뒷자락으로'라는 문구는 '직거래'를 의미하는 속된 표현이다.

어. 귀리도 주고. 내가 곧 가서 둘러보겠다. 그리고 알아 둬. 말의 이름은 말렉-아델[251]이야!"

체르토프하노프는 현관 계단을 올라가려다가 뒤축에 힘을 주어 홱 돌아서더니 유대인에게 달려가 그의 손을 꽉 쥐었다. 유대인은 몸을 숙이고 벌써부터 입술을 쑥 내밀었다. 하지만 체르토프하노프는 껑충 뛰어 물러나더니 조용히 속삭였다. "아무에게도 말하지 마!" 그러고는 문 뒤로 사라졌다.

5

그날부터 체르토프하노프의 생활에서 말렉-아델은 중요한 일이 됐고, 으뜸가는 걱정거리와 기쁨이 됐다. 그는 그 말을 마샤보다 더 사랑했고, 네도퓨스킨에게 보였던 것보다 더 많은 애착을 쏟았다. 게다가 얼마나 멋진 말이었는지! 불, 그야말로 불이었고, 완전히 화약이었다. 그러면서도 옛 러시아의 대귀족 같은 중후함을 갖추고 있었다! 지칠 줄 모르고, 끈기 있고, 어디로 몰든 기꺼이 가고, 온순했다. 사료값도 전혀 들지 않았다. 달리 먹을 것이 없으면 발밑의 흙이라도 먹었을 것이다. 천천히 걸을 땐 사람을 품에 안고 가는 듯했고, 속보로 갈 때는 요람에 태워 흔드는 것 같았으며, 질주할 때는 바람도

251) 프랑스 작가 소피 코탱(Sophie Cottin, 1770~1807)의 소설 『마틸드, 혹은 십자군 이야기에서 취한 회상록(Mathilde, ou Mémoires tirés de L'histoire des Croisades)』에서 마틸드가 사랑에 빠지는 남자 주인공이다.

따라잡지 못할 정도였다! 숨을 헐떡인 적도 없다. 숨을 내보낼 통풍구가 많았기 때문이다. 발은 강철 같았다. 발이 걸려 넘어진 적도 없었다! 배수구나 울타리를 뛰어넘는 것쯤은 말에게 아무것도 아니었다. 또 머리는 얼마나 좋은지! 주인이 부르면 말은 고개를 쳐들고 달려온다. 주인이 말에게 서 있으라고 하고 그 자리를 떠나면 말은 꼼짝도 하지 않는다. 주인이 돌아오면 그제야 '나, 여기 있어요'라고 말하듯 아주 잠깐 힝힝거린다. 그리고 말은 그 무엇도 두려워하지 않는다. 가장 짙은 어둠 속에서도, 눈보라 속에서도 길을 찾을 것이다. 모르는 사람에게는 절대로 자신을 내맡기지 않고 이빨로 물어뜯을 것이다! 개도 말을 건드리지 못한다. 그랬다가는 말이 앞발로 개의 이마를 퍽 칠 것이고, 그날로 개는 끝장날 것이다. 자존심이 있는 말이다. 말에게 채찍을 휘두를 수는 있지만 그저 눈요기를 위한 것일 뿐이다. 하지만 말을 건드린 자, 하느님께서 보호해 주시길! 어쨌든 여기에서 말렉-아델에 대해 길게 이야기하는 이유는 그 녀석이 말이 아니라 보물이기 때문이다!

체르토프하노프가 자신의 말렉-아델을 묘사하려 했다고 하자. 도대체 그가 어디에서 그에 맞는 단어들을 찾았겠는가! 또 말렉-아델을 보살피고 어루만질 때는 어떠했던가! 말렉-아델의 털은 은빛을 띠었다. 낡은 은이 아니라 검은 광택이 도는 새 은 같은 빛깔을. 손바닥으로 쓰다듬으면 벨벳과 똑같은 감촉이 느껴진다! 안장, 안장 깔개, 고삐……. 모든 마구가 너무도 잘 채워지고 잘 정돈되고 잘 닦여 있어 연필을 집어 들고 그림을 그려도 좋을 정도다! 체르토프하노프 — 달리 누가 또 있겠는가? — 는 자기 손으로 직접 애마의 앞갈기를 땋아 주고 맥주로 갈기와 꼬리를 씻기고 심지어 발굽에 연고도 여러 번 발라 주었다…….

그는 이따금 말렉-아델을 타고 외출했다. 이웃들을 찾아가는 것은 아니었다. 그는 여전히 이웃들과 교제하지 않았다. 그는 그들의 밭을 통과하고 그들의 장원을 지나쳤다……. 마치 '얼간이들아! 멀리서라도 보고 감탄해라!'라고 말하는 것 같았다. 어디에선가 사냥이 진행되고 있다는, 즉 어느 부유한 지주가 마을에서 멀리 떨어진 들판으로 갔다는 말을 들으면, 그는 당장 그곳으로 출발해 멀리 지평선에서 활기차게 말을 몰았다. 그는 자기 말의 아름다움과 빠른 속도로 모든 구경꾼들을 놀라게 하면서도 아무도 자기 옆에 가까이 오지 못하게 했다. 한번은 한 사냥꾼이 수행 하인들을 전부 이끌고 그를 쫓아갔다. 체르토프하노프가 점점 멀어지는 걸 본 그는 전속력으로 말을 몰면서 온 힘을 다해 부르짖었다. "어이, 자네! 들어 봐! 그 말에 대한 대가로 무엇이든 원하는 대로 가져가! 1000루블도 아깝지 않아! 아내도 줄게, 자식들도! 마지막 동전 한 닢도 다 가져가!"

체르토프하노프는 갑자기 고삐를 당겨 말렉-아델을 세웠다. 사냥꾼이 그를 향해 날듯이 다가왔다.

"자네!" 그가 외쳤다. "말해 봐. 뭘 원하나? 친아버지인가!"

"당신이 황제라면," 체르토프하노프는 또박또박 천천히 말했다.(그는 이제까지 셰익스피어[252]에 대해 한 번도 들어 본 적이

252) 투르게네프는 셰익스피어의 희곡 「리처드 3세(Richard III)」에 나오

없었다.) "내 말을 얻기 위해 당신의 왕국을 나에게 통째로 바치겠지. 그런다 해도 난 받지 않아!" 그는 이렇게 말하고 나서 호탕하게 웃고는 말렉-아델을 뒷발로 일어서게 해서 팽이처럼 뒷발에만 의지해 허공에서 빙글 돌게 한 후 앞으로 나아갔다. 말렉-아델은 그루터기를 가로질러 쏜살같이 달렸다. 사냥꾼(사람들 말로는 막대한 재산을 가진 공작이었다고 한다.)은 모자를 땅바닥에 내동댕이치고는 모자 속에 얼굴을 묻었다! 삼십 분은 족히 그렇게 엎드려 있었다.

그러니 체르토프하노프가 어떻게 자기 말을 아끼지 않겠는가? 그에게 모든 이웃을 능가하는 분명하고도 최종적인 우월성이 있음이 다시 한번 입증된 것은 말렉-아델 덕분이 아니겠는가?

6

그사이 시간이 흘러 지불 날짜가 다가왔다. 하지만 체르토프하노프에게는 250루블은커녕 50루블도 없었다. 어떻게 할까? 어디에서 도움을 얻을 수 있을까? '어떡하지?' 마침내 그는 결심했다. '유대인이 날 불쌍히 여기지도 않고 더 기다리려 하지도 않으면 그에게 집과 땅을 넘겨야겠다. 난 말을 타고 눈

는 리처드 3세의 마지막 대사, "말을 다오, 말을 다오, 말 한 필을 얻을 수만 있다면 내 왕국이라도 주겠다!(A horse! A horse! My kingdom for a horse!)"(5막 4장)를 염두에 둔 듯하다.

길 닿는 대로 떠나야지! 말렉-아델을 넘길 바에는 굶어 죽겠어!' 그는 몹시 흥분했고 심지어 우울해하기까지 했다. 하지만 이때 운명이 처음이자 마지막으로 그를 가엾게 여겨 그에게 미소를 지어 주었다. 체르토프하노프가 이름조차 몰랐던 어느 먼 친척 아주머니가 그의 눈에는 막대하게 보이는 2000루블을 유언장을 통해 그에게 남긴 것이다! 그렇게 해서 그는 이른바 딱 좋을 때에, 즉 유대인이 도착하기 하루 전에 그 돈을 받았다. 체르토프하노프는 기뻐서 거의 정신을 잃을 지경이었다. 하지만 보드카에 대한 생각은 머리에 전혀 떠오르지도 않았다. 말렉-아델이 그에게 온 그날부터 보드카를 한 방울도 마시지 않았던 것이다. 그는 마구간으로 달려가 친구의 콧구멍 위쪽으로 낯짝의 양쪽 — 말은 그 부분의 살갗이 아주 부드럽다 — 에 입맞춤을 퍼부었다. "이제 우리는 헤어지지 않는단다!" 그는 말렉-아델의 빗질이 잘된 갈기 아래 목덜미를 톡톡 두드리며 외쳤다. 집으로 돌아온 그는 250루블을 세어 종이봉투에 넣고 봉인했다. 그러고 나서 파이프를 물고 드러누워 남은 돈을 어떻게 쓸지, 즉 어떤 개들을 손에 넣을지 공상에 잠겼다. 진짜 코스트로마 품종의 붉은 반점이 있는 개들을 사자! 페르피시카[253]와도 의논해서 그에게는 솔기 전체에 노란 끈목을 덧댄 새 카자킨을 사 주기로 약속하고는 더없이 행복한 기분에 잠겨 잠자리에 들었다.

그는 악몽을 꾸었다. 자기가 말렉-아델이 아닌 낙타처럼 생

253) 포르피리의 애칭.

긴 어떤 이상한 짐승을 타고 사냥을 하러 가고 있었다. 눈처럼 새하얀 여우가 그를 향해 달려온다……. 그는 긴 채찍을 휘둘러 여우를 향해 개들을 내몰려 한다. 하지만 그의 손에는 채찍 대신 보리수 껍질로 만든 수세미가 들려 있다. 여우가 그의 앞까지 달려와 그에게 혀를 날름거린다. 그는 낙타에서 뛰어내리다 발이 걸려 넘어지는데…… 헌병의 품으로 곧장 떨어진다. 헌병이 그를 총독에게로 호출한다. 그는 그 총독이 야프임을 알아본다…….

체르토프하노프는 눈을 떴다. 방 안은 어둑했다. 수탉이 이제 막 두 번째로 울고 난 뒤였다…….

어딘가 아주 먼 곳에서 말이 울었다.

체르토프하노프는 머리를 조금 들었다……. 또 한 번 아주 희미한 울음소리가 들렸다.

'말렉-아델이 울고 있어!' 그는 생각했다……. '말렉-아델의 울음소리야! 그런데 왜 이렇게 멀리서 들리지? 큰일이군……. 그럴 리 없어…….'

갑자기 체르토프하노프의 온몸이 싸늘해졌다. 그는 침대에서 벌떡 뛰어내려 더듬더듬 부츠와 옷을 찾아 입고는 베개 밑에서 마구간 열쇠를 집어 들고 안마당으로 달려 나갔다.

7

마구간은 안마당의 맨 끝에 있었다. 마구간의 한쪽 벽은 들판을 향했다. 체르토프하노프는 자물쇠에 열쇠를 단번에 꽂지도 못했고 — 그의 손이 바들바들 떨렸다 — 열쇠를 즉시 돌리지도 못했다……. 그는 숨을 멈추고 꼼짝 않고 섰다. 문 너머에서 무언가 움직여 주기만 한다면! "말레시카! 말레치!" 그가 소리를 죽여 부르짖었다. 죽음 같은 정적이 흘렀다! 체르토프하노프는 무심결에 열쇠를 뽑았다. 문이 삐걱거리며 열렸다……. 그렇다면 문은 잠겨 있지 않았던 것이다. 그는 문지방을 넘어가 다시 자기 말을 소리쳐 불렀다. 이번에는 애칭이 아니라 본래 이름을 불렀다. 하지만 진실한 친구는 부름에 응하지 않았고, 쥐 한 마리만 밀짚 위에서 바스락거렸다. 그러자 체르토프하노프는 마구간의 세 칸 중 말렉-아델의 거처로 달려갔다. 주위가 한 치 앞도 안 보일 만큼 어두웠지만 그는 곧장 그 칸에 도달했다……. 텅 비었다! 체르토프하노프는 현기증이 났다. 머리뼈 밑에서 종이 둔탁한 소리를 내며 울리는 것 같았다. 그는 뭔가 말을 하려 했다. 하지만 식식거리는 소리만 나올 뿐이었다. 그는 무릎을 굽힌 채 숨을 헐떡이며 두 손으로 위, 아래, 양옆을 더듬으면서 첫 번째 칸으로, 두 번째 칸으로 옮겨 갔다……. 건초가 거의 천장까지 쌓인 세 번째 칸으로 갔을 땐 이 벽 저 벽에 부딪치다가 넘어져 곤두박질을 치고는 일어섰다. 그러고는 갑자기 반쯤 열린 문으로 황급히 달려 나갔다…….

"도둑이야! 페르피시카! 페르피시카! 도둑이야!" 그가 큰 소리로 울부짖었다.

잠을 자고 있던 시동 페르피시카가 루바시카만 걸친 채 헛간에서 쏜살같이 뛰어나왔다…….

주인과 그의 유일한 하인이 마치 술 취한 사람처럼 안마당 한가운데에서 쾅 부딪쳤다. 그들은 미친 사람처럼 서로의 앞에서 빙글빙글 돌았다. 주인도 문제가 뭔지 설명할 수 없었고, 하인도 자기가 왜 불려왔는지 이해할 수 없었다. "큰일이다! 큰일!" 체르토프하노프가 더듬더듬 말했다. "큰일이다! 큰일!" 시동이 그의 말을 따라 했다. "등! 어서, 등에 불을 붙여! 불! 불!" 숨이 멎을 것 같던 체르토프하노프의 가슴에서 마침내 말이 터져 나왔다. 페르피시카는 집 안으로 뛰어 들어갔다.

하지만 등에 불을 붙이는 것은, 불씨를 얻는 것은 쉬운 일이 아니었다. 그 당시 러시아에서는 유황성냥이 진귀한 물건이었다. 부엌에서도 마지막 석탄들이 다 타서 꺼진 지 오래였다. 부싯돌도 금방 찾을 수 없었던 데다 불이 잘 붙지도 않았다. 체르토프하노프는 이를 부득부득 갈며 멍한 페르피시카의 손에서 부싯돌을 빼앗아 직접 치기 시작했다. 불티가 많이 쏟아졌고, 욕설과 심지어 신음 소리는 한층 더 많이 쏟아졌다. 하지만 두 사람이 볼과 입술에 힘을 주어 다 함께 애를 써도 부싯깃에 불이 붙지 않거나 금방 꺼져 버렸다! 마침내 적어도 오 분이 지난 후 부서진 등불의 밑바닥에서 기름으로 만든 양초 토막에 희미하게 불이 붙었다. 체르토프하노프는 페르피시카를 데리고 마구간으로 뛰어 들어가 등불을 머리 위로 들고 주위를 둘러보았다…….

완전히 텅 비어 있었다!

그는 밖으로 뛰쳐나가 안마당 주위를 사방으로 뛰어다녔다. 하지만 말은 어디에도 없었다. 판텔레이 예레메이치의 장원을 둘러싼 바자울은 오래전에 낡아서 여기저기 기울고 땅바닥으로 구부러져 있었다……. 마구간 맞은편의 바자울이 너비 1아르신 정도 완전히 쓰러져 있었다. 페르피시카가 체르토프하노프에게 그 장소를 가리켜 보였다.

"주인님! 여기를 보세요! 오늘 낮에는 이렇지 않았어요. 여기 말뚝들이 땅바닥에서 솟아 나와 있어요. 누가 비틀어 뽑았나 봐요."

체르토프하노프는 등불을 들고 달려가서 땅바닥 가까이 가져갔다…….

"말발굽, 말발굽이다! 편자 자국이야, 자국이, 방금 찍힌 자국이 있어!" 그가 빠르게 웅얼거렸다. "말을 이쪽으로 끌고 갔어, 여기, 여기야!"

그는 순식간에 바자울을 껑충 뛰어넘어 "말렉-아델! 말렉-아델!" 하고 외치며 들판을 향해 곧장 달려갔다.

페르피시카는 바자울 옆에 남아 망설였다. 등불 때문에 생긴 빛나는 작은 원이 순식간에 시야에서 사라져 별도 달도 없는 밤의 짙은 어둠에 곧 삼켜졌다.

체르토프하노프의 절망적인 절규가 점점 더 희미하게 들렸다…….

8

그가 집으로 돌아왔을 때는 이미 동이 튼 뒤였다. 그에게서는 인간의 형상을 찾아볼 수 없었다. 옷은 온통 진흙으로 뒤덮였고, 얼굴은 거칠고 무서운 표정을 띠었으며, 시선은 음울하고 흐릿했다. 그는 쉰 목소리로 자기 방에서 페르피시카를 내쫓고 방 안에 틀어박혔다. 그는 지칠 대로 지쳐 두 발로 겨우 버티고 서 있었지만 침대에 눕지 않고 문가의 등받이 없는 의자에 앉아 머리를 움켜쥐었다.

"도둑맞았어! 도둑맞았어!"

하지만 도둑은 밤중에 자물쇠로 잠긴 마구간에서 말렉-아델을 훔쳐 갈 생각을 어떻게 했을까? 낮에도 낯선 사람을 절대로 자기 옆에 가까이 오지 못하게 하는 말렉-아델을? 그것도 전혀 소리를 내지 않고? 집 지키는 개들이 한 마리도 짖지 않은 것을 어떻게 해석해야 할까? 사실 개들이라고 해 봐야 고작 강아지 두 마리뿐이었고, 그 강아지들도 추위와 배고픔 때문에 땅바닥에 얼굴을 파묻고 있었을 것이다. 하지만 그렇다고 해도!

'말렉-아델도 없이 이제 난 뭘 하면 좋을까?' 체르토프하노프는 생각했다. '이제 난 마지막 기쁨을 잃었어. 죽을 때가 됐군. 돈도 생겼으니 다른 말을 살까? 하지만 그런 말을 또 어디에서 찾지?'

"판텔레이 예레메이치! 판텔레이 예레메이치!" 문밖에서 소심하게 외치는 소리가 들렸다.

체르토프하노프는 벌떡 일어섰다.

"누구야?" 그가 부자연스러운 목소리로 외쳤다.

"저예요, 시동 페르피시카예요."

"왜? 혹시 찾았어? 집으로 돌아왔나?"

"아니요, 판텔레이 예레메이치. 말렉-아델을 판 유대인이……."

"그런데?"

"그 유대인이 왔어요."

"허, 허, 허, 허, 허!" 체르토프하노프가 포효하듯 웃음소리를 뱉더니 곧바로 문을 활짝 열었다. "그자를 이리로 끌고 와! 끌고 오라고! 끌고 와!"

자신의 '은인'이 덥수룩한 머리칼에 야만인처럼 거친 꼴로 느닷없이 나타나자, 페르피시카의 등 뒤에 서 있던 유대인은 그 모습을 보고 쏜살같이 달아나려 했다. 하지만 체르토프하노프가 두어 걸음 펄쩍 뛰어 유대인을 붙잡고는 호랑이처럼 그의 목에 매달렸다.

"아! 돈을 받으러 왔군! 돈을 받으러!" 그는 마치 자기가 목을 조르는 게 아니라 자신이 목을 졸리고 있는 것처럼 목쉰 소리를 냈다. "밤에 훔쳐 가 놓고 낮에 돈을 받으러 오냐? 그래? 그런 거야?"

"당치도 않습니다, 나…… 리." 유대인이 신음 소리를 냈다.

"말해 봐. 내 말은 어디에 있나? 어디에 숨겼어? 누구에게 판 거야? 말해, 말하라고, 말하란 말이야!"

유대인은 더 이상 신음 소리를 내지 못했다. 그의 푸르스름해진 얼굴에서는 놀라움의 표정조차 싹 가셨다. 두 팔은 축 늘어졌다. 그의 온몸은 체르토프하노프가 격렬하게 흔들어 댄 바람에 갈대처럼 이리저리 흔들렸다.

"너에게 돈을 지불하겠다. 마지막 1코페이카까지 남김없이 지불해 주지." 체르토프하노프가 외쳤다. "하지만 나에게 당장 털어놓지 않으면, 하찮은 병아리의 모가지를 비틀듯 네놈의 목을 확 졸라 버릴 테다……."

"이미 조르셨는데요, 나리." 시동 페르피시카가 온순하게 말했다.

그제야 체르토프하노프는 정신을 차렸다. 그는 유대인의 목을 놓아주었고, 유대인은 바닥에 쿵 떨어졌다. 체르토프하노프는 그를 붙잡아 긴 의자에 앉히고 그의 목구멍에 보드카 한 잔을 흘려 넣어 정신을 차리게 했다. 유대인이 의식을 되찾자 체르토프하노프는 그와 이야기를 나누기 시작했다.

확인해 보니 유대인은 말렉-아델의 도난 사건에 대해 전혀 모르고 있었다. 게다가 자기가 '더없이 존경하는 판텔레이 예레메이치'를 위해 구한 말을 무엇 때문에 훔치겠는가?

그때 체르토프하노프가 그를 마구간으로 데려갔다.

두 사람은 마구간의 칸들, 여물통, 자물쇠를 살펴보고 건초와 짚단을 뒤진 후 안마당으로 나왔다. 체르토프하노프가 유대인에게 바자울 옆의 말발굽 흔적을 가리켜 보이더니 갑자기 자신의 허벅지를 탁 때렸다.

"잠깐!" 그가 외쳤다. "어디에서 말을 샀지?"

"말로아르한겔군의 베르호센스크 장에서요." 유대인이 대답했다.

"누구에게서?"

"코사크한테서요."

"잠깐! 그 코사크는 젊었나, 늙었나?"

"착실한 중년 남자였습니다."

"그런데 어떤 인간이었지? 생김새는? 아마 교활한 사기꾼이겠지?"

"분명 사기꾼일 겁니다, 나리."

"그럼 그자가 너한테 무슨 말을 어떻게 하던가? 그 사기꾼 말이야. 그자가 말을 오랫동안 소유했나?"

"제가 기억하기에는 오래 소유했다고 했던 것 같습니다."

"음, 그렇다면 그자 말고 달리 누가 훔쳤겠어. 생각해 봐, 들어 보라고, 여기 서서…… 네 이름이 뭐지?"

유대인은 몸을 부르르 떨며 체르토프하노프를 향해 작고 검은 눈을 황급히 들었다.

"제 이름이 뭐냐고요?"

"그래, 네 이름이 뭐야?"

"모셸 레이바입니다."

"음, 잘 생각해 봐, 레이바, 내 친구, 넌 똑똑한 사람이야. 말렉-아델이 옛 주인이 아닌 사람의 손에 자기를 맡기겠냔 말이야! 그자가 말렉-아델에게 안장을 얹고 굴레를 씌우고 덮개를 벗겼어. 여기 덮개가 건초 위에 있잖아! 그자는 그냥 자기 집에 있는 것처럼 행동했어! 주인이 아닌 다른 사람이었다면 말렉-아델이 틀림없이 발굽으로 짓밟았을 거야! 엄청난 소동이 일어났을 거야. 온 마을을 발칵 뒤집어 놓았을 거라고! 너도 내 말에 동의하지?"

"동의하죠, 동의합니다, 나리……."

"음, 그렇다면 가장 먼저 그 코사크를 찾아야겠군!"

"그런데 어떻게 그자를 찾습니까, 나리? 저도 겨우 한 번 봤는데요. 그자가 지금 어디에 있는지, 그자의 이름이 뭔지 저도 모릅니다. 아이, 바이, 바이!" 유대인이 늘어뜨린 머리를 슬프게 흔들면서 덧붙여 말했다.

"레이바!" 갑자기 체르토프하노프가 외쳤다. "레이바, 날 봐! 난 분별력이 없어, 어떻게 해야 할지 모르겠어! 네가 도와주지 않으면 난 스스로 목숨을 끊고 말 거야!"

"제가 어떻게……."

"나와 같이 가서 그 도둑을 찾아 줘!"

"하지만 어디로 가서요?"

"장, 큰길, 샛길, 말 도둑, 도시, 시골, 농가, 어디든, 어디든 다 가 보는 거야! 돈은 걱정하지 마. 형제, 내가 유산을 받았거든! 마지막 코페이카 한 닢까지 다 쓸 거야. 어떻게든 내 친구를 찾아내고 말겠어! 그리고 그 코사크는, 우리의 악당은 우리의 손아귀에서 벗어날 수 없어! 그자가 어디로 가든 우리도 그곳으로 갈 테니까! 그자가 땅 밑으로 가면 우리도 땅 밑으로 가는 거야! 그자가 악마에게 가면 우리도 사탄에게 가는 거지!"

"저, 왜 사탄에게 갑니까?" 유대인이 말했다. "사탄 없이도 할 수 있을 텐데요."

"레이바!" 체르토프하노프가 그의 말을 받았다. "레이바, 넌 유대인이고 너의 종교는 이단이지만, 너의 영혼은 어떤 그리스도인보다 더 훌륭해! 넌 날 불쌍히 여겨야 해! 나 혼자는 갈 필요가 없어. 나 혼자서는 그 일을 감당하지 못해. 난 성질이 급하고, 넌 지혜가 뛰어나. 황금 같은 두뇌를 가졌어! 네 종족이 그렇지. 학문을 배우지 않아도 모든 걸 이해해! 넌 '저 인간이 어디에서 돈을 구할까?' 하고 의심하고 있을 거야. 내 방으로 가지. 너에게 내 돈을 전부 보여 줄 테니. 돈을 가져가. 내 목에서 십자가도 떼어 가. 그냥 나한테 말렉-아델만 돌려줘, 돌려줘, 돌려줘!"

체르토프하노프는 열병에 걸린 사람처럼 바들바들 떨었다. 얼굴에서 땀이 비 오듯 흘러내려 눈물과 섞이며 콧수염 속으로 사라졌다. 그는 레이바의 두 손을 꼭 잡고 애원했으며 입까지 맞출 뻔했다……. 그는 극도로 흥분한 상태였다. 유대인은 반대 의사를 밝히며 일이 있어서 도저히 집을 비울 수 없다고 주장하려 애썼다. 하지만 아무 소용이 없었다! 체르토프하노프는 아무 말도 들으려 하지 않았다. 어쩔 도리가 없었다. 가엾은 레이바는 동의하고 말았다.

다음 날 체르토프하노프와 레이바는 농가용 첼레가를 타고 베소노보를 떠났다. 유대인은 다소 당황한 표정을 한 채 한 손으로 횡목을 꽉 잡고 덜컹거리는 좌석 위에서 축 늘어진 몸뚱이 전체를 들썩거리고 있었다. 다른 손으로는 신문지에 싼 지폐 다발이 든 품속을 꽉 누르고 있었다. 체르토프하노프는 우상처럼 앉아 눈만 굴리면서 가슴을 크게 들썩여 숨 쉬고 있었다. 그의 허리띠 안쪽에는 단검이 꽂혀 있었다.

"자, 사악한 악당아, 이제 조심해라!" 그가 큰길로 나서면서 중얼거렸다.

그는 자기 집을 그가 가엾게 여겨 자기 집에서 돌봐 주던 귀가 먼 늙은 식모와 시동 페르피시카에게 맡겼다.

"말렉-아델을 타고 돌아오마." 그가 그들에게 작별 인사를 하며 외쳤다. "그러지 못하면 아예 돌아오지 않을 거다!"

"할멈은 나한테 시집이라도 와야겠어, 그렇지 않아?" 페르피시카가 팔꿈치로 식모의 옆구리를 쿡 찌르며 농담을 건넸다. "우리는 나리를 다시 보지 못할 텐데 상관없잖아. 그렇게라도 하지 않으면 할멈은 외로워서 죽을걸!"

9

한 해가…… 꼬박 한 해가 지났다. 판텔레이 예레메이치에 대한 소식은 전혀 들리지 않았다. 식모가 죽었다. 페르피시카도 이미 집을 버리고 시내로 떠날 결심을 했다. 이발사 밑에서 수습생 생활을 하고 있는 사촌이 그에게 시내로 오라고 꾀었던 것이다. 그런데 갑자기 주인이 돌아온다는 소문이 퍼졌다! 교구 부제가 판텔레이 예레메이치로부터 직접 편지를 받았다. 그 편지에서 판텔레이 예레메이치는 베소노보에 도착할 계획이라고 부제에게 알렸고, 자신을 맞을 적절한 준비를 하도록 하인에게 알려 달라고 부탁했다. 페르피시카는 이 말을 먼지나 조금 닦아 놓으라는 뜻으로 이해했다. 하지만 그 소식이 사실일 거라고는 별로 믿지 않았다. 하지만 며칠이 지나 판텔레이 예레메이치가 말렉-아델을 타고 장원의 안마당에 직접 나타나자, 부제의 말이 사실이었음을 인정하지 않을 수 없었다.

페르피시카는 주인에게 달려가 등자를 잡고 주인이 말에서 내려올 수 있게 도우려 했다. 하지만 주인은 스스로 껑충 뛰어 내려 주위에 의기양양한 시선을 던지며 큰 소리로 외쳤다. "내가 말렉-아델을 찾아낼 거라고 했지. 내가 이렇게 적과 운명에 치욕을 안기고 말렉-아델을 찾아왔다!" 페르피시카가 그의 조그마한 손으로 다가가 입을 맞췄지만 체르토프하노프는 하인의 열성에 신경 쓰지 않았다. 그는 말렉-아델의 고삐를 잡아당기면서 마구간으로 성큼성큼 걸어갔다. 페르피시카는 주인을 유심히 쳐다보고는 겁을 먹었다. '오, 한 해 동안 저렇게 마르고 늙다니! 얼굴이 저렇게 딱딱하고 험상궂게 변하다니!' 판텔레이 예레메이치는 자신의 말을 찾았으니 당연히 기뻤을 것이다. 그도 기뻤다. 정말로……. 그럼에도 페르피시카는 두려웠고 섬뜩한 기분마저 느꼈다. 체르토프하노프는 마구간의 예전 칸에 말을 집어넣고 엉덩이를 가볍게 두드리고는 "자, 다시 집에 돌아왔구나! 조심해야 한다!"라고 말했다. 그날 그는 세금을 면제받은 가난한 농부들 중에서 믿을 만한 파수꾼을 고용하고, 다시 자기 방을 차지하고서 예전처럼 살기 시작했다…….

하지만 완전히 예전처럼은 아니었다……. 이것에 대해서는 나중에 이야기하기로 하자.

집으로 돌아온 다음 날 판텔레이 예레메이치는 페르피시카 — 다른 말상대가 없었기 때문에 — 를 자기 방으로 불러 어떻게 해서 말렉-아델을 찾는 데 성공했는지 들려주었다. 물론 그 특유의 위엄과 낮고 굵은 목소리를 잃지는 않았다. 이야기를 하는 동안 체르토프하노프는 창문을 마주 보고 앉아 긴 담뱃대로 담배를 피웠다. 페르피시카는 뒷짐을 지고 문지방에 서서 주인의 뒤통수를 정중하게 바라보면서 이야기를 들었다. 판텔레이 예레메이치는 많은 헛된 시도와 여행 끝에 로믄 시장에 이르렀다. 이때는 이미 유대인 레이바 없이 혼자였다. 레이바는 나약한 성격 때문에 계속 버티지 못하고 달아나 버렸다. 닷새째 되는 날, 그곳을 떠나기로 결심한 그는 마지막으로 첼레가 대열들을 따라 걷다가 문득 세 필의 다른 말들 사이에서 말 먹이 자루에 매인 말렉-아델을 발견했다! 그는 즉시 말렉-아델을 알아보았다. 말렉-아델도 그를 알아보고는 울부짖으면서 그곳을 벗어나려고 기를 쓰며 발굽으로 땅을 파헤쳤다.

"그런데 말렉-아델은 코사크와 함께 있는 게 아니었어." 체르토프하노프는 여전히 고개를 돌리지 않은 채 똑같이 낮고 굵은 목소리로 계속 말을 이었다. "말 거간꾼 노릇을 하는 집시가 그 말을 데리고 있었지. 물론 난 당장 내 말을 붙잡아 강제로 데려오려 했어. 하지만 그 교활한 집시가 뜨거운 물에 덴 것처럼 온 광장이 울리도록 큰 소리로 아우성을 치면서 자기는 다른 집시에게서 말을 샀다고 신을 걸고 맹세하며 증인들을 제시하려고 하더군……. 난 침을 뱉고 그에게 돈을 지불했지. 악마가 끌고 가 버려라! 나에게 가장 중요한 건 내 친구를 찾아 영혼의 평안을 얻는 것이었어. 그러고 나서 카라체보군에서 유대인 레이바의 묘사에 딱 들어맞는 코사크와 마주친 거야. 난 그를 도둑이라고 생각해서 그놈의 면상을 흠씬 두들겨 팼지. 그런데 알고 보니 그 코사크는 사제의 아들이었어. 그자는 능욕을 당한 대가로 나한테서 120루블을 우려먹었지. 뭐, 돈이야 쉽게 손에 넣을 수 있는 것이고, 중요한 것은 말렉-아델을 되찾았다는 사실이잖아! 난 지금 행복해. 앞으로도 평온을 즐기겠어. 포르피리, 너에게 한 가지 당부할 게 있다. 그런 일이 없으면 좋겠지만, 부근에서 코사크를 발견하는 즉시 아무 말 하지 말고 달려와 나에게 라이플총을 건네 줘. 그럼 나도 내가 어떻게 해야 할지 알게 될 테니까!"

판텔레이 예레메이치는 페르피시카에게 그렇게 말했다. 그의 입술은 그렇게 말했지만 그의 마음은 그가 장담했던 것처럼 그렇게 평온하지 않았다.

아아! 그의 마음 깊은 곳에는 자신이 데려온 말이 정말로 말렉-아델이라는 확신이 전혀 없었던 것이다.

10

판텔레이 예레메이치에게 힘든 시간이 닥쳤다. 즉 그는 평온 같은 건 거의 누리지 못했다. 사실 좋은 날들도 있었다. 그럴 때면 그의 마음속에 일어난 의심이 대수롭지 않게 느껴졌다. 그는 끈덕진 파리 같은 어리석은 생각을 쫓아냈고, 심지어 스스로를 비웃기까지 했다. 하지만 불쾌한 날들도 있었다. 집요한 생각이 다시 마루 밑의 쥐처럼 슬그머니 그의 심장을 갉아먹고 할퀴었다. 그러면 그는 남몰래 쓰라린 고통으로 괴로워했다. 말렉-아델을 찾은 그 잊지 못할 날 내내 체르토프하노프는 단지 행복한 기쁨만을 느꼈다……. 그러나 다음 날 아침, 자신이 찾아낸 말 가까이에서 꼬박 하룻밤을 보낸 후 여인숙의 낮게 드리운 차양 밑에서 그 말에 안장을 얹을 때, 처음으로 무언가가 그의 가슴을 콕콕 찔렀다……. 그는 그저 머리를 절레절레 흔들기만 했다. 하지만 씨앗은 뿌려졌다. 집으로 돌아오는 동안에는(여정은 일주일 정도 계속됐다.) 그의 마음속에서 좀처럼 의혹이 눈을 뜨지 않았다. 그런데 자신의 영지 베소노보로 돌아온 순간, 의심의 여지 없는 이전의 말렉-아델이 살았던 장소에 그 자신이 있다는 사실을 문득 깨달은 순간, 그의 의심은 점점 더 강해지고 뚜렷해졌다……. 돌아오는 길에 그는 말을 큰 걸음으로 걸어가게 하고는 자신은 말 위에서 이리저리 흔들리며 아무 생각 없이 양옆을 바라보고 짧은 담뱃대로 담배를 피웠다. 그러다가 정말로 느닷없이 '체르토프하노프가의 사람들은 무엇을 원하든 다 손에 넣고야 말지! 헛소리는 집어치워!'라는 생각이 들어 싱글싱글 웃었다. 그런데 집에 도착하자 또 다른 국면이 펼쳐졌다. 물론 그는 이 모든 것을 마음속에만 조용히 간직했다. 단지 자존심 때문에라도 그는 마음속 불안을 털어놓을 수 없었을 것이다. 새 말렉-아델이 예전의 그 말이 아닌 것 같다고 암시라도 던진 사람이 있었다면 그는 '그자의 몸뚱이를 반으로 분질러 두 동강 냈을' 것이다. 그는 우연히 마주친 몇몇 사람들로부터 '별 탈 없이 무사히 되찾은 획득물'에 대해 축하 인사를 받았다. 하지만 그는 이런 축하 인사를 굳이 받으려 하지 않았다. 그는 예전보다 더 심하게 사람들과의 만남을 피했다. 좋지 않은 징조였다! 그는 거의 끊임없이, 이렇게 표현해도 좋다면, 말렉-아델을 시험했다. 좀 더 멀리 들판으로 타고 가서 시험해 보기도 하고, 몰래 마구간으로 가서 등 뒤로 문을 잠그고는 말의 머리 바로 앞에 서서 눈을 쳐다보며 "네가 걔냐? 네가? 네가?"라고 작은 소리로 물어보기도 했다. 아니면 말없이 몇 시간이고 뚫어지게 쳐다보기도 했다. 어느 때는 "그래, 맞아, 당연히 걔지!"라고 중얼거리며 기뻐했고, 또 어느 때는 의심을 품다 못해 당황하기까지 했다.

체르토프하노프의 마음을 어지럽힌 것은 이 말렉-아델과 그 말렉-아델의 신체적인 차이가 아니었다……. 어쨌든 몇 가지 차이는 있었다. 그 말렉-아델의 꼬리와 갈기는 좀 더 빈약하고, 귀는 더 날카롭고, 발굽은 더 짧고, 눈은 더 밝았던 것 같다. 하지만 이런 건 단지 그렇게 느껴진 것뿐일지도 모른다. 체르토프하노프를 당황하게 만든 차이는, 말하자면, 정신적인 면이었다. 그 말렉-아델의 습관은 달랐고, 버릇이 똑같지 않았다. 예를 들어 그 말렉-아델은 체르토프하노프가 마구간에 들어가기만 해도 매번 주위를 둘러보며 조용히 힝힝거렸다. 그런데 이 말렉-아델은 무관심하게 건초를 씹거나 고개를 숙이고 꾸벅꾸벅 졸았다. 주인이 안장에서 껑충 뛰어내릴 때면 두 말 모두 제자리에서 움직이지 않았다. 하지만 그 말렉-아델은 자기를 부르는 소리가 들리면 곧바로 목소리를 향해 오는데, 이 말렉-아델은 그루터기처럼 계속 서 있었다. 그 말렉-아델도 똑같이 빠르게 달렸지만 더 높이 더 멀리 뛰어올랐다.

그런데 이 말렉-아델은 걸을 때는 동작이 더 자유로웠는데 속보로 달릴 때는 몸이 더 휘청거렸다. 이따금 편자가 헐거워지기도 했다. 즉 뒷다리를 앞다리에 부딪는 것이었다. 그 말렉-아델은 결코 그런 치욕은 보이지 않았다. 그건 있을 수도 없는 일이었다! 체르토프하노프는 생각했다. 이 녀석은 아주 멍청하게 계속 귀를 쫑긋거리는데, 그 녀석은 정반대였다. 한쪽 귀를 뒤로 젖혀 계속 그 자세를 유지하면서 주인을 관찰하는 것이다! 그 녀석은 주위가 지저분한 것을 보면 당장 뒷발로 칸막이를 두들기곤 했다. 그런데 이 녀석은 똥이 배까지 쌓여도 신경 쓰지 않는다. 그 녀석은, 예를 들어, 바람 맞은편에 세워 두면 당장 폐 전체로 숨을 쉬며 부르르 떠는데, 이 녀석은 태평스럽게 콧김을 뿜는다. 그 녀석은 비가 와서 습기가 차면 불안해하는데, 이 녀석은 전혀 신경 쓰지 않는다……. 이 녀석은 더 투박하다. 더 투박하다! 게다가 그 녀석 같은 매력도 없고 고삐를 끌기도 어렵다. 더 말할 나위도 없다! 그 녀석은 사랑스러운 말이었는데 이 녀석은…….

이런 생각들이 때때로 체르토프하노프의 뇌리를 스치곤 했다. 이런 생각들은 그의 마음속에 쓰라린 기분을 불러일으켰다. 하지만 다른 때에는 이제 막 갈아 놓은 밭을 따라 자신의 말을 전속력으로 달리게 하거나 물이 마른 계곡의 밑바닥으로 껑충 뛰어내리게 했다가 다시 가장 험한 길을 따라 뛰어오르게 하기도 한다. 그러면 기쁨으로 심장이 멎을 것 같고, 입술에서 큰 환호성이 터져 나온다. 그는 자신이 탄 말이 의심할 여지 없는 진짜 말렉-아델임을 알게 된다. 확실히 알게 된다.

이 말이 하는 것을 다른 어떤 말이 해낼 수 있겠는가?

하지만 그럴 때조차 불행이나 재앙이 없지는 않았다. 체르토프하노프는 오랫동안 말렉-아델을 찾아다니느라 많은 돈을 썼다. 더 이상 코스트로마 사냥개는 꿈도 못 꾸고 예전처럼 혼자 부근을 돌아다녔다. 그런데 어느 날 아침 베소노보에서 5베르스타쯤 떨어진 곳에서 공작의 사냥대와 마주쳤다. 일 년 육 개월 전 체르토프하노프는 그 사냥대 앞에서 아주 대담하게 말을 부리며 질주했었다. 그리고 아무래도 그때 같은 상황이 일어나게 될 것 같았다. 그날처럼 지금도 토끼가 비탈의 좁은 길에서 사냥개들 앞에 갑자기 튀어나왔다! "잡아, 잡아!" 사냥대가 일제히 질주했다. 체르토프하노프도 달려갔지만, 그들과 나란히 달린 게 아니라 그들로부터 200걸음 정도 옆으로 비켜서 달렸다. 그때와 완전히 똑같은 상황이었다. 거대한 협곡이 비탈을 따라 구불구불 뻗어 있었는데, 위로 갈수록 점점 좁아지면서 체르토프하노프의 길을 차단했다. 그가 그 협곡을 건너뛰어야 하는 지점 — 일 년 육 개월 전에는 그가 정말로 뛰어넘었던 — 은 여전히 너비가 여덟 걸음에 깊이가 2사젠[254] 정도 됐다. 승리, 너무나 멋진 모습으로 되풀이될 승리를 예감하면서 체르토프하노프는 우월감으로 충만한 함성을 지르고 채찍을 휘둘렀다. 사냥꾼들도 대담한 기수에게서 눈을 떼지 않으며 달리고 있었다. 그의 말이 쏜살같이 달렸다. 이제 협곡이 코앞에 있었다. "자, 자, 한 번에, 그때처럼!"

---

254) 제정 러시아 시대의 길이 단위. 1사젠은 약 2미터에 해당한다.

하지만 말렉-아델은 갑자기 주저하다가 왼쪽으로 방향을 틀더니 낭떠러지를 따라 달리기 시작했다. 체르토프하노프가 말 머리를 협곡을 향해 아무리 옆으로 당겨도 아랑곳하지 않았다.

겁을 먹은 것이다. 즉 스스로에 대한 확신이 없었던 것이다!

그 순간 체르토프하노프는 수치심과 분노로 얼굴이 온통 벌게져서 거의 울다시피 하며 고삐를 축 늘어뜨렸다. 그러고는 단지 그들이 자기를 조롱하는 소리를 듣지 않기 위해, 그들의 저주받을 눈동자에서 얼른 사라지기 위해, 사냥꾼들로부터 멀찍이 떨어진 언덕을 향해 말을 앞으로 곧장 몰았다.

말렉-아델은 옆구리가 찢기고 거품으로 온통 뒤덮인 채 집으로 돌아왔고, 체르토프하노프는 곧바로 자기 방에 틀어박혔다.

'아냐, 저 말은 그 녀석이 아니야, 나의 벗이 아니야. 그 녀석이었다면 목이 부러지더라도 결코 날 배신하지 않았을 거야!'

11

이른바 체르토프하노프의 '기를 완전히 죽인' 것은 다음 사건이었다. 어느 날 그는 말렉-아델을 타고 베소노보 마을이 속한 교구의 교회와 맞닿은 사제의 뒷마당을 가로질러 지나가고 있었다. 높은 털모자를 눈까지 푹 눌러쓰고 등을 구부리고 두 팔을 안장 앞쪽 굴곡진 부분 위에 축 늘어뜨린 채 천천히 앞으로 나아가고 있었다. 마음이 기쁘지 않고 불안했다. 갑자기 누군가가 그를 불렀다.

그는 말을 멈춰 세우고 고개를 들었다. 자신과 편지를 주고받던 부제가 보였다. 땋아 내린 갈색 머리 위에 귀마개 달린 갈색 모자를 쓰고 난징 무명으로 지은 노란색 카프탄을 입고 허리보다 훨씬 아래쪽에 하늘색 자투리 천을 여민 성직자는 자신의 '땅돼기'를 살피러 나오던 참이었다. 판텔레이 예레메이치를 발견한 성직자는 그에게 경의를 표하는 김에 뭐라도 간청해서 받아 내는 것이 자신의 의무라고 생각했다. 잘 알려져 있다시피 성직자들은 그런 종류의 꿍꿍이 없이 세속의 사람들과 말을 섞지 않는다.

하지만 체르토프하노프는 부제를 상대할 겨를이 없었다. 그는 부제의 인사에 겨우 반응하면서 뭐라고 내뱉듯이 웅얼거리고는 채찍을 휘둘렀다…….

"아주 멋진 말이군요!" 부제가 황급히 덧붙였다. "정말이지 나리께서 명예로 여기셔도 되겠습니다. 참으로 나리는 놀라운 지성을 갖추신 분이네요. 완전히 사자 같습니다!" 부제는 달변가로 유명했다. 그의 유려한 말솜씨는 사제의 화를 돋우곤 했다. 사제는 말주변이 없었기 때문이다. 심지어 보드카도 그의 혀를 풀어 주지 못했다. "악인들의 간계로 한 짐승을 잃으시고도," 부제는 계속해서 말했다. "전혀 낙심하지 않고 오히려 신의 섭리를 한층 더 기대하시더니 그보다 조금도 처지지 않는, 심지어 더 좋은 다른 말을 손에 넣으셨군요……. 그러니……."

"무슨 말도 안 되는 소리를 하고 있어?" 체르토프하노프가 침울하게 그의 말을 가로막았다. "다른 말이라니? 이 말이 바로 그 말이야. 이 녀석이 말렉-아델이라고……. 내가 이 녀석을 찾아냈어. 함부로 지껄이고……."

"에이! 에이! 에이! 에이!" 부제는 손가락으로 턱수염을 만지작거리고 탐욕스럽게 반짝이는 눈으로 체르토프하노프를 쳐다보면서 말꼬리를 길게 늘여 띄엄띄엄 말했다. "어떻게 그럴 수 있습니까? 하느님이 제게 제대로 기억할 능력을 주셨다면, 당신의 말은 지난해 성모제[255] 두어 주 후 도둑맞았을 텐데요. 그런데 지금은 11월 말이고요."

"그래서, 그게 어떻다는 거야?"

부제는 계속 손가락으로 턱수염을 만지작거렸다.

"그러니까 그 이후로 일 년 남짓 흘렀단 말이죠. 그런데 나리의 말은 그때처럼 지금도 반점이 있는 회색 말이잖아요. 심지어 색이 더 짙어진 것 같고요. 어떻게 그럴 수 있습니까? 회색 말이라는 건 한 해가 지나면 더 하얘지기 마련인데요."

체르토프하노프는 부들부들 떨었다……. 마치 누가 곰 사냥에 쓰는 창으로 그의 심장을 쿡쿡 찌르는 것 같았다. 그리고 실제로 회색 털은 변하지 않는가! 어떻게 그런 단순한 생각이 지금까지 머리에 떠오르지 않았던 걸까?

"빌어먹을 꽁지머리! 상관 말고 꺼져!" 그는 미친 듯이 눈을 번뜩이며 버럭 소리를 지르고는 놀란 부제의 시야에서 순식

---

255) 러시아 정교회가 매년 10월 1일에 지키는 절기.

간에 자취를 감췄다.

"이럴 수가! 모든 게 끝났어!"

이제 정말 모든 것이 끝났고, 모든 것이 깨졌으며, 마지막 카드마저 밝히고 말았다! 모든 것이 '하얘진다'는 그 말 한마디로 단번에 무너지고 말았다!

회색 말들은 하얘진다!

달려라, 달려, 빌어먹을 놈아! 넌 그 말에서 달아날 수 없을 것이다!

체르토프하노프는 전속력으로 집으로 돌아가 다시 문을 걸어 잠그고 틀어박혔다.

12

이 쓸모없는 말이 말렉-아델이 아니라는 점, 이 말과 말렉-아델 사이에는 조금도 비슷한 점이 없다는 점, 조금이라도 분별이 있는 사람이라면 누구나 틀림없이 첫눈에 그 사실을 깨달았을 거라는 점, 판텔레이 체르토프하노프 자신만 가장 저속한 방식으로 기만당했다는 점, 아니, 그가 일부러, 고의적으로 스스로를 속이고 기만했다는 점, 이 모든 점들에 이제는 더 이상 의심의 여지가 없었다! 체르토프하노프는 우리에 갇힌 짐승처럼 벽에 닿을 때마다 뒤꿈치를 홱 돌려 방향을 바꾸며 방 안을 돌아다녔다. 그의 자존심은 견딜 수 없을 만큼 상처를 입었다. 하지만 상처받은 자존심의 아픔만 그를 괴롭힌 게 아니었다. 절망이 그를 사로잡았고, 적의가 그의 목을 졸랐으며, 복수에 대한 갈망이 그의 안에서 불타올랐다. 하지만 누구에게? 누구에게 복수한단 말인가? 유대인? 야프? 마샤? 부제? 코사크 도둑? 모든 이웃들? 온 세상? 자기 자신? 그의 이성은 혼란에 빠졌다. 마지막 카드가 밟혔다!(그는 이 비유가 마음에 들었다.) 그리고 그는 다시 가장 보잘것없고 가장 경멸받는 인간, 모두의 웃음거리, 광대, 완전한 바보가 됐고, 부제의 조롱을 받는 대상이 됐다!! 그는 상상했다. 그 불쾌한 꽁지머리가 회색 말에 대해, 멍청한 나리에 대해 이야기하는 모습이 눈앞에 환하게 펼쳐졌다……. 아, 젠장!! 체르토프하노프는 솟구쳐 오르는 짜증을 억누르려고 애썼지만 아무 소용이 없었다. 이…… 말이 말렉-아델이 아니라 해도, 그래도 역시…… 좋은 말이며 오랫동안 그를 섬길 수 있을 거라고 스스로를 설득해 보려 애썼지만 아무 소용이 없었다. 그럴 때면 그는 이 생각 속에 그 말렉-아델에 대한 새로운 모욕이 있기라도 한 듯 이 생각을 세차게 떨쳐 냈다. 그게 아니더라도 그는 이미 그 말에 대해 죄책감을 느끼고 있었다……. 그랬다! 그 자신은 눈먼 사람처럼, 바보처럼 이 꼴불견인 말을, 이 쓸모없는 말을 말렉-아델과 같다고 본 것이다! 이 쓸모없는 말이 아직은 그를 태우고 다닐 수 있을지도 모르지만…… 과연 그가 이 말에 올라탈 날이 올까? 절대로 없다! 절대로!! 타타르인에게 넘기던가, 개들에게 먹이로 던져 주자. 이 말은 달리 쓸모가 없다……. 그래! 그렇게 하는 게 최선이다!

체르토프하노프는 두어 시간 남짓 방 안을 돌아다녔다.

"페르피시카!" 그가 갑자기 명령을 내렸다. "당장 선술집으로 가. 보드카를 반 베드로[256] 가져와! 알았지? 반 베드로야, 서둘러! 당장 여기 내 탁자 위에 보드카를 올려놓도록 해."

보드카는 즉시 판텔레이 예레메이치의 탁자에 놓였고, 그는 그것을 들이켜기 시작했다.

13

그때 누가 체르토프하노프를 보았다면, 그리고 연거푸 술잔을 비우면서 보인 그의 음울한 분노를 목격할 수 있었다면, 그 사람은 분명 자기도 모르게 공포를 느꼈을 것이다. 밤이 찾아왔다. 동물성 기름으로 만든 양초가 책상 위에서 흐릿하게 타올랐다. 체르토프하노프는 이 구석에서 저 구석으로 계속 왔다 갔다 하다가 걸음을 멈췄다. 얼굴이 온통 붉어진 그가 의자에 앉았다. 그는 흐릿해진 눈동자로 마룻바닥을 내려다보기도 하고 검은 창문을 뚫어지게 쳐다보기도 했다. 그러다가 일어나서 보드카를 따라 마시고는 다시 자리에 앉아 한 지점을 가만히 응시하며 꼼짝 않기도 했다. 하지만 그의 호흡은 빨라지고 얼굴은 점점 빨개졌다. 그의 마음속에서 어떤 결심이 무르익은 것 같았다. 그 스스로도 그 결심에 당황하긴 했지만 점차 익숙해져 가고 있는 듯했다. 똑같은 생각이 집요하

256) 1베드로는 약 12리터에 해당한다.

게 끊임없이 점점 더 가까이 다가왔고, 똑같은 환영이 점점 더 또렷이 눈앞에 그려졌다. 마음속에서는 괴로운 술기운의 타는 듯한 중압감 아래 적의 어린 분노가 이미 야만적인 잔인함의 감정으로 변했고, 음흉한 냉소가 입술에 어렸다…….

"자, 어쨌든 때가 됐군!" 그는 무료하게 느껴지기까지 하는 사무적인 어조로 말했다. "이제 그만 꾸물거리자!"

그는 마지막 술잔을 비우고 침대 위에서 피스톨을 집어 들었다. 그가 마샤를 향해 방아쇠를 당긴 그 피스톨이었다. 그는 피스톨을 장전하고 '만일의 경우'에 대비해 장난감 권총의 종이 화약 몇 개를 호주머니에 넣은 후 마구간으로 향했다.

그가 문을 열려고 하자 파수꾼이 달려왔다. "나야! 안 보여? 꺼져!" 파수꾼은 옆으로 조금 물러났다. "가서 자!" 체르토프하노프가 다시 그에게 소리쳤다. "여기엔 네가 지킬 게 없어! 아이쿠, 진기한 말이 있지, 참으로 대단한 보물이지!" 그는 마구간으로 들어갔다. 말렉-아델은…… 가짜 말렉-아델은 짚 위에 누워 있었다. 체르토프하노프는 발로 말을 쿡쿡 찌르며 "일어나, 멍청아!"라고 말했다. 그런 다음 여물통에서 고삐를 풀고 말 위에 덮은 덮개를 벗겨 땅바닥에 내동댕이쳤다. 그리고 온순한 말을 칸에서 거칠게 돌려 안마당으로, 안마당에서 들판으로 끌고 갔다. 파수꾼은 주인이 한밤중에 굴레도 씌우지 않은 말을 어디로 끌고 가는지 도저히 알 수 없어 몹시 놀랐다. 물론 주인에게 물어보기가 두려워 주인이 가까운 숲으로 난 길의 모퉁이에서 사라질 때까지 눈으로만 배웅했을 뿐이다.

14

체르토프하노프는 멈추지 않고 주위를 돌아보지도 않으며 성큼성큼 걸어갔다. 말렉-아델 — 이 말을 끝까지 이 이름으로 부르기로 하자 — 은 온순하게 그를 뒤따라갔다. 매우 환한 밤이었다. 체르토프하노프는 앞쪽에 빈틈없는 검은 반점을 이룬 숲의 톱니 같은 윤곽선을 알아볼 수 있었다. 밤의 차가운 공기에 에워싸였을 때 분명 그는 자신이 마신 보드카 때문에 이미 만취한 상태였을 것이다. 만약…… 만약 그의 존재 전체를 사로잡은 또 다른, 그보다 더 강력한 취기만 없었다면……. 머리가 무거웠고, 피가 목구멍과 귓속을 쿵쿵 두드렸다. 하지만 그는 단호하게 걸어갔고 자신이 어디로 가는지 알았다.

그는 말렉-아델을 죽이기로 결심했다. 온종일 그는 그 생각만 했다……. 이제 그는 마음을 정했다!

그는 침착하게는 아니지만 의무감에 순종하는 사람처럼 자신만만하고 단호하게 그 일을 하러 갔다. 그에게는 그 '일'이 아주 '단순해' 보였다. 그는 참칭자를 제거함으로써 '모든 것'을 단번에 청산할 것이다. 자신의 어리석음에 대해 스스로를 벌하고, 진정한 벗 앞에서 자신의 정당함을 인정받고, 온 세상에(체르토프하노프는 '온 세상'에 대해 몹시 신경을 썼다.) 자신이 절대로 하찮은 취급을 받을 사람이 아니라는 점을 증명할 것이다……. 하지만 중요한 것은 그가 참칭자뿐 아니라 자신도 죽일 것이라는 점이었다. 그가 앞으로 무엇을 위해 살아가겠는가? 어떻게 이 모든 것이 그의 머릿속에 들어왔는지, 왜 이것이 그에게 그처럼 단순하게 보였는지 설명하기란 완전히 불가능하지는 않아도 쉬운 일은 아니다. 모욕받은 그는, 가까운 사람 한 명 없고 동전 한 푼 없고 술 때문에 피가 뜨거워진 고독한 그는 광기에 가까운 상태에 빠져 있었다. 미친 사람들의 눈에는 그들의 어리석기 짝이 없는 행동들 속에 일종의 독특한 논리와 정당성이 있다. 그 점은 의심할 수 없다. 체르토프하노프는 어쨌든 자신의 정당성을 전적으로 확신했다. 그는 주저하지 않았다. 대체 죄인이란 이름으로 누구를 가리키고 있는지 스스로도 분명히 이해하지도 못한 채 그는 죄인에게 선고를 집행하기 위해 서둘렀다. 솔직히 말해서 그는 자신이 무엇을 하려고 하는지에 대해 거의 생각하지 않았다. '끝내야 해.' 그는 아둔하고도 단호하게 이 말을 스스로에게 되풀이했다. '끝내야 해!'

죄 없는 죄인은 그의 등 뒤에서 약간 빠른 속도로 유순하게 따라왔다……. 하지만 체르토프하노프의 마음속에 연민은 없었다.

15

그가 말을 끌고 간 숲 가장자리에서 멀지 않은 곳에 작은 골짜기가 뻗어 있었다. 골짜기의 절반쯤은 거친 떨기나무 숲으로 뒤덮여 있었다. 체르토프하노프는 그곳으로 내려갔다……. 말렉-아델이 발을 헛디뎌 그의 위로 쓰러질 뻔했다.

"날 짓눌러 죽일 셈이냐, 빌어먹을 놈!" 체르토프하노프가 소리를 지르며 마치 스스로를 방어하려는 듯 호주머니에서 피스톨을 꺼냈다. 그가 겪고 있는 것은 더 이상 잔인함이 아니라 범죄를 실행하기 전에 인간을 사로잡는다는 독특한 무감각이었다. 하지만 그는 자신의 목소리에 놀랐다. 검은 나뭇가지들의 차양 아래에서, 숲 골짜기의 낙엽 썩는 냄새를 풍기는 숨 막히는 습기 속에서 그 목소리는 야생의 울림을 강하게 내뿜었다. 게다가 어떤 커다란 새가 갑자기 그의 머리 위쪽 나무 꼭대기에서 그의 외침에 대한 응답으로 날개를 퍼덕거리기 시작했다……. 체르토프하노프는 부르르 떨었다. 마치 자기가 하려는 일의 목격자를 깨운 것 같았다. 그것도 어디에서? 그가 살아 있는 존재를 절대 마주쳐서는 안 될 이 황량한 장소에서…….

"어디로든 꺼져라, 악마야!" 그는 내뱉듯이 말하고는 말렉-아델의 고삐를 풀고 피스톨의 개머리로 말의 어깨를 세게 후려쳤다. 말렉-아델은 홱 돌아서서 골짜기를 빠져나가 내달렸다……. 하지만 말발굽 소리는 곧 사라졌다. 바람이 일어 모든 소리를 덮었다.

체르토프하노프도 골짜기에서 벗어나 숲 가장자리에 이른 후 집으로 뻗은 길을 따라 터덜터덜 걸었다. 그는 자신이 불만스러웠다. 머리와 심장에 느껴지던 묵직함이 팔다리로 퍼졌다. 누가 그를 모욕하고 그에게서 노획물을, 식량을 빼앗기라도 한 것처럼 그는 분노와 침울함과 불만과 배고픔을 느끼면서 걸었다…….

방해를 받아 자살 계획을 실행으로 옮기지 못한 사람들은 이런 기분을 알 것이다.

갑자기 무언가가 뒤에서 그의 양어깨 사이를 쿡 찔렀다. 그는 뒤를 돌아보았다……. 말렉-아델이 길 한복판에 서 있었다. 말이 주인을 뒤따라와 낯짝으로 주인을 건드려 자신의 존재를 알린 것이다…….

"아!" 체르토프하노프가 외쳤다. "이 자식이 제 발로 죽으러 왔구나! 그래, 잘됐다!"

그는 눈 깜짝할 사이에 피스톨을 꺼내 격철을 울리면서 말렉-아델의 이마에 총구를 대고 쏴 버렸다…….

가엾은 말은 옆으로 비키더니 뒷다리로 일어서서 열 발짝 정도 껑충껑충 뛰어가다가 갑자기 털썩 쓰러져 땅바닥에 나자빠진 채 경련을 일으키며 쌕쌕거렸다…….

체르토프하노프는 두 손으로 귀를 막고 달렸다. 무릎이 휘청거렸다. 취기도, 분노도, 아둔한 자신감도 모두 단번에 날아갔다. 수치심과 추악함에 대한 자각, 이번엔 그가 그 자신도 함께 끝장내고 말았다는 확고한 의식만 남았다.

16

여섯 주 후, 시동 페르피시카는 베소노보 장원을 지나치던 경찰서장을 붙드는 것이 자신의 의무라고 생각했다.

"왜 그러니?" 질서의 수호자가 물었다.

"나리, 제발 저희 집으로 가 주세요." 시동이 허리를 깊이 숙이며 대답했다. "판텔레이 예레메이치께서 죽으려고 하시는 것 같아요. 그렇게 될까 봐 무서워요."

"뭐? 죽다니?" 경찰서장이 되물었다.

"정말 그렇다니까요. 처음에는 매일같이 보드카를 드시더니 이제는 아예 병석에 누워 계세요. 아주 마르셨어요. 제 생각에는 주인님이 이제 아무것도 이해하지 못하시는 것 같아요. 말씀을 전혀 안 하세요."

경찰서장이 첼레가에서 내려왔다.

"어때, 적어도 사제를 부르러 다녀오긴 했겠지? 네 주인께서 참회는 하셨냐? 성찬은 받으셨고?"

"전혀 하지 않으셨어요."

경찰서장이 얼굴을 찌푸렸다.

"어쩌다 그랬니, 얘야? 그럴 수 있는 일이냐, 응? 아니면 그 일을 어떻게 하는지 모르니? 책임이 무겁다는 걸 몰라? 응?"

"하지만 그저께도, 어저께도 주인님께 여쭤봤어요." 겁에 질린 시동이 대답했다. "제가 말씀드렸죠. 판탈레이 예레메이치, 제가 달려가서 사제님을 모셔 올까요? 그랬더니 주인님께서 '닥쳐, 멍청아, 내 일에 주제넘게 나서지 마.'라고 하셨어요. 오늘은 제가 보고를 드리는데 주인님이 절 쳐다보시며 콧수염만 꿈틀거리시더라고요."

"보드카를 많이 드셨냐?" 경찰서장이 물었다.

"엄청나게 많이요! 나리, 은혜를 베풀어 주세요, 제발 그분의 방으로 가 주세요."

"그래, 가 보자!" 경찰서장이 투덜거리며 페르피시카를 따라갔다.

놀라운 광경이 그를 기다리고 있었다. 눅눅하고 어둑한 뒷방에 말 덮개를 깔고 베개 대신 털이 덥수룩한 부르카[257]를 올려놓은 침대가 있고, 체르토프하노프가 그 위에 누워 있었다. 얼굴은 이미 창백함을 넘어 시체처럼 누르스름한 녹색을 띠었고, 윤기 도는 눈썹 밑으로 두 눈이 푹 꺼져 있었으며, 헝클어진 콧수염 위로 그사이 뾰족해졌지만 여전히 붉은 코가 보였다. 그는 언제나처럼 가슴께에 탄약통이 달린 아시아풍의 실내복을 걸치고 체르케스풍의 파란색 통바지를 입은 채 누워 있었다. 윗부분이 산딸기색인 높은 털모자가 그의 이마를 눈썹까지 가렸다. 체르토프하노프는 한 손에 사냥용 짧은 채찍을 들고 다른 손에 마샤의 마지막 선물인 자수 담배쌈지를 들고 있었다. 침대 옆 탁자에 빈 술병이 놓여 있었다. 머리맡 쪽으로 벽에 핀으로 꽂은 수채화 두 점이 보였다. 이해할 수 있는 한에서 한 그림은 두 손에 기타를 든 뚱뚱한 남자를 표현한 것이었다. 아마 네도퓨스킨인 것 같았다. 다른 그림은 달리는 기수를 묘사한 것이었다. 말은 아이들이 벽이나 담장에 그리는, 옛날이야기에 나올 법한 동물과 비슷했다. 하지만 애써 음영을 표시한 털의 반점들, 기수의 가슴께에 걸린 탄약통,

257) 캅카스 산악인들의 옷으로 펠트나 산양 가죽으로 지은 소매 없는 외투를 가리킨다.

부츠의 뾰족한 코, 커다란 콧수염은 의심의 여지를 남기지 않았다. 그 그림은 말렉-아델을 탄 판텔레이 예메레이치를 묘사한 게 틀림없었다.

깜짝 놀란 경찰서장은 무엇을 해야 할지 몰랐다. 죽음 같은 정적이 방 안을 지배했다. '벌써 죽었구나.' 그는 생각했다. 소리를 높여 말했다.

"판텔레이 예레메이치! 아, 판텔레이 예레메이치!"

그때 어떤 이상한 일이 벌어졌다. 체르토프하노프의 눈이 천천히 열리고, 생기 없는 동공이 먼저 오른쪽에서 왼쪽으로, 그다음에는 왼쪽에서 오른쪽으로 움직이더니 방문객에게 머물러 그를 쳐다보았다……. 그의 흐릿한 흰자에서 무언가가 반짝이더니 그 속에서 시선 비슷한 것이 나타났다. 푸르스름해진 입술이 서서히 벌어지고, 마치 묘지에서 울려 나오는 듯한 목쉰 소리가 들렸다.

"유서 깊은 귀족 가문의 판텔레이 체르토프하노프가 죽어 가고 있다. 누가 감히 그를 방해한단 말인가? 그는 아무에게도 빚지지 않았고, 아무것도 원하지 않는다……. 인간들아, 그를 내버려둬라! 나가라!"

채찍을 든 손이 스스로를 들어 올리려고 안간힘을 썼지만…… 모든 노력이 허사로 돌아갔다! 입술이 다시 닫히고, 눈이 감겼다. 체르토프하노프는 조금 전처럼 딱딱한 침대 위에 몸을 납작하게 쭉 뻗고 두 발바닥을 붙인 채로 누워 있었다.

"주인이 돌아가시면 내게 알려라." 경찰서장이 방에서 나가며 페르피시카에게 소곤거렸다. "내가 생각하기에는 지금이라도 사제를 모셔 오는 게 좋겠다. 관례대로 해야지. 저분에게 도유식을 베풀어 드려야 한다."

페르피시카는 그날 사제를 부르러 갔다. 다음 날 아침 그는 경찰서장에게 판텔레이 예레메이치가 그날 밤 임종했다는 소식을 알려야 했다.

그의 장례식 날, 두 사람이 관 뒤에서 따라갔다. 시동 페르피시카와 모셸 레이바였다. 체르토프하노프가 죽었다는 소식이 어찌어찌해서 유대인의 귀에 들어갔고, 그는 은인에게 마지막 빚을 갚아야 한다는 사실을 잊지 않았다.

살아 있는 유골

오래도록 고통을 견뎌 낸 조국—
러시아 국민의 땅이여!

F. 츄체프[258)]

“젖지 않은 어부와 젖은 사냥꾼은 딱해 보인다.”라는 프랑스 속담이 있다. 한 번도 고기잡이에 열중해 본 적이 없는 나로서는 맑고 화창한 날씨에 어부가 어떤 감정을 느끼는지, 궂은 날씨에 많이 잡힌 물고기로 얻는 만족감이 비에 젖는 불쾌감을 어느 정도 만회해 주는지 짐작조차 할 수 없다. 하지만 사냥꾼에게 비는 정말로 큰 불행이다. 벨레보군으로 멧닭을 사냥하러 나선 어느 여행에서 나와 예르몰라이가 바로 그런 불행을 겪었다. 새벽녘부터 비가 쉬지 않고 내렸다. 비를 피하기 위해 해 보지 않은 게 없었다! 우리는 고무로 된 방수 망토를 거의 머리까지 뒤집어쓰고서 빗방울을 피하기 위해 나

258) 표도르 표도르 이바노비치 츄체프(Фёдор Иванович Тючев, 1803~1873). 러시아 시인.

무 밑에 서 있었다……. 방수 망토는 사격에 방해가 되는 것은 물론이고 가장 뻔뻔스러운 방식으로 빗물을 흘러들게 했다. 처음 얼마 동안에는 나무 밑에 빗방울이 떨어지지 않는 것 같았지만, 그 후 잎사귀에 고인 물들이 갑자기 아래로 쏟아져 내렸고, 나뭇가지 하나하나가 우리를 덮쳤으며, 차가운 물줄기가 마치 낙수 홈통에서 떨어지듯 넥타이 밑으로 흘러들어 척추를 따라 흘렀다……. 하지만 예르몰라이의 표현대로 그것은 사소한 문제였다.

"안 되겠어요, 표트르 페트로비치." 마침내 그가 외쳤다. "이렇게는 계속할 수 없어요! 오늘은 사냥을 못 하겠어요. 개들의 코가 젖었다고요. 라이플총도 발사되지 않을 테고……. 쳇! 무슨 일이람!"

"어떡하지?" 내가 물었다.

"이렇게 하시죠. 알렉세옙카로 가는 겁니다. 아마 나리는 모르실 테지만 어머님이 소유하신 작은 농장이 있어요. 여기에서 8베르스타 정도 떨어져 있죠. 그곳에서 묵고 내일……."

"여기로 돌아오자고?"

"아뇨, 여기가 아니라…… 알렉세옙카 너머에 제가 아는 장소가 있습니다……. 멧닭을 잡기에는 이곳보다 거기가 훨씬 더 좋아요!"

나는 나의 충실한 길동무에게 왜 나를 그곳으로 곧장 안내하지 않았는지 캐묻지 않았다. 우리는 그날 어머니의 농장에 도착했다. 솔직히 말해서 나는 이제까지 그런 농장이 있을 거라고는 상상도 못했다. 이 농장에는 작은 곁채가 딸려 있었다.

매우 낡았지만 사람이 거주하지 않아 깨끗했다. 나는 그곳에서 꽤 평온한 밤을 보냈다.

다음 날 일찍 눈을 떴다. 해는 이제 막 떠올랐고, 하늘에는 구름 한 점 없었다. 주위의 모든 것이 이른 아침 햇살의 광채와 전날 폭우의 광채 때문에 곱절로 강렬하게 반짝였다. 내 타라타이카[259]에 마구를 채우는 동안, 나는 한때 과수원이었지만 지금은 아무도 돌보지 않는 작은 정원으로 산책을 나갔다. 무성하게 자란 향기롭고 싱그러운 초목들이 사방에서 곁채를 에워싸고 있었다. 아, 종달새들이 파닥거리고 낭랑한 울음소리가 은구슬처럼 쏟아져 내리는 맑은 하늘 아래 탁 트인 공기 속에 있는 것이 얼마나 좋았던가! 종달새들은 분명 날개 위에 이슬방울들을 싣고 날아갔을 것이다. 그래서인지 그 노래들이 이슬에 촉촉이 젖은 것처럼 느껴졌다. 나는 심지어 머리에서 모자를 벗고 가슴 가득 기쁘게 숨을 들이마셨다……. 별로 깊지 않은 골짜기의 비탈에 둘러친 바자울 옆에 양봉장이 보였다. 부리얀과 엉겅퀴의 빈틈없는 벽들 사이로 뱀처럼 구불구불하게 난 좁은 오솔길이 양봉장으로 뻗어 있었다. 어디서 날아와 뿌리를 내렸는지는 하느님만 아시겠지만 암녹색 대마의 뾰족한 줄기들이 부리얀과 엉겅퀴의 벽들 위로 높이 솟아 있었다.

나는 그 오솔길을 따라 걷다가 양봉장에 이르렀다. 양봉장 옆에는 가느다란 나뭇가지를 엮어 만든, 이른바 암샤니크라고

259) 말 한 필이 끄는 1인용 이륜 경마차.

하는 작은 헛간이 있었다. 겨울철에 벌통들을 보관하는 곳이었다. 나는 반쯤 열린 문으로 안을 들여다보았다. 어둡고 조용하고 건조했다. 박하와 멜리사의 향이 났다. 구석에 받침대가 설치되어 있고, 그 위에 담요로 덮인 어떤 작은 형상이 있었다……. 나는 그곳을 떠나려 했다…….

"나리, 나리! 표트르 페트로비치!" 늪지의 사초들이 사락거리는 소리처럼 약하고 느리고 쉰 목소리가 들렸다.

나는 멈춰 섰다.

"표트르 페트로비치! 이쪽으로 와 주세요!" 목소리가 거듭 말했다. 그 목소리는 내가 본 구석의 받침대에서 들려왔다.

나는 가까이 다가갔다가 너무 놀란 나머지 선 채로 굳어 버렸다. 내 앞에는 살아 있는 인간이 누워 있었다. 하지만 도대체 이 존재는 무엇이란 말인가?

머리는 바싹 말라 한 가지 색조만을, 즉 청동색을 띠었다. 옛날의 이콘과 똑같아 보였다. 코는 칼날처럼 좁았고, 입술은 거의 보이지 않았으며, 이와 눈동자만 하얗게 보일 뿐이었다. 그리고 성긴 금발 몇 가닥이 머릿수건에서 이마 위로 삐져나와 있었다. 턱 옆에서, 담요의 주름 위에서 역시 청동색을 띤 아주 작은 두 손이 꼬챙이 같은 손가락을 천천히 꼼지락거리며 움직이고 있었다. 나는 더 유심히 쳐다보았다. 얼굴은 추하기는커녕 아름답기까지 했다. 하지만 무섭고 이상했다. 그리고 그 얼굴이 내게 한층 더 무섭게 보였던 것은, 그 얼굴에, 그 금속 같은 두 뺨에 아무리 애쓰고…… 애써도 번지지 못하는 미소가 엿보였기 때문이다.

"절 모르시겠어요, 나리?" 목소리가 다시 소곤거렸다. 그 목소리는 마치 겨우 달싹이는 입술에서 증발하고 있는 것 같았다. "하긴 어떻게 알아보겠어요! 루케리야예요……. 기억하시겠어요, 스파스코예의 어머님 댁에서 원무를 이끌었는데요……. 합창에서 선창(先唱)도 맡았었는데 기억하세요?"

"루케리야!" 내가 외쳤다. "당신이 루케리야라고? 정말?"

"네, 저예요, 나리. 저예요, 제가 루케리야예요."

나는 무슨 말을 해야 할지 몰랐다. 생기 없는 투명한 눈으로 나를 뚫어지게 쳐다보는, 조금의 움직임도 없는 그 검은 얼굴을 말문이 막힌 사람처럼 쳐다보았을 뿐이다. 정말이란 말인가? 이 미라가 루케리야라니, 키가 크고 풍만하고 살결이 하얗고 뺨이 발그레하고 웃음이 많고 춤도 잘 추고 노래도 잘하던, 우리 집 하녀들 중에서 가장 아름다웠던 그 루케리야라니! 루케리야, 우리 마을의 모든 청년들이 사랑을 구하며 쫓아다니던, 열여섯 살 소년이던 나도 남몰래 사랑하던 그 영리한 루케리야라니!

"미안해, 루케리야!" 마침내 내가 말했다. "무슨 일이 있었던 거야?"

"엄청난 불행이 덮쳤어요! 나리, 꺼리지 말아 주세요, 제 불행을 멸시하지 말아 주세요. 여기 작은 통에 앉으세요, 더 가까이 오세요, 그러지 않으면 제 말이 들리지 않을 거예요……. 아, 제 목소리도 예전엔 정말 힘찼는데! 나리를 뵙게 돼서 기뻐요. 어쩌다 알렉세옙카로 오신 거예요?"

루케리야는 힘없이 아주 조용하게 말했지만 도중에 멈추지는 않았다.

“사냥꾼인 에르몰라이가 날 이곳으로 데려왔지. 그런데 나에게 말해 봐…….”

“제 불행에 대해 말하라고요? 그럴게요, 나리. 그 일이 제게 일어난 건 벌써 오래전이에요. 예닐곱 해쯤 됐어요. 그때 전 바실리 폴랴코프와 막 약혼한 상태였어요. 기억하세요? 체격이 좋은 곱슬머리 남자였는데 나리의 어머님 댁에서 식당 하인으로 일했잖아요. 하지만 그때 나리는 이미 시골에 계시지 않았죠. 공부하러 모스크바로 떠났으니까요. 저와 바실리는 서로 깊이 사랑했어요. 전 한시도 그이를 떠올리지 않은 적이 없었어요. 봄이었어요. 어느 밤…… 동이 트기 얼마 전까지…… 전 잠을 이룰 수 없었어요. 나이팅게일이 정원에서 너무나 놀라울 정도로 달콤하게 노래를 하는 거예요! 전 참을 수 없어 침대에서 일어나 그 소리를 들으려고 현관 계단으로 나갔죠. 나이팅게일은 높고 가는 소리로 노래하고 또 노래했어요……. 그런데 갑자기 누군가가 바실리의 목소리로 아주 조그맣게 ‘루샤!’ 하고 절 부르는 것 같았어요. 전 옆을 돌아보다가 잠에 취해 발을 헛디딘 것 같아요. 그래서 현관 앞에서 아래로 똑바로 떨어져 땅바닥에 쿵 부딪쳤죠! 그런데 그렇게 심하게 다친 것 같지 않았어요. 그래서 곧 일어나 제 방으로 돌아갔죠. 하지만 제 몸속에서, 제 배 속에서 무언가가 끊어진 것 같았어요……. 숨 좀 돌릴게요……. 잠깐만요…… 나리.”

루케리야는 입을 다물었다. 나는 깜짝 놀라 그녀를 쳐다보았다. 사실 나를 놀라게 한 것은 그녀가 탄식이나 한숨을 내

뻗지 않고 운명을 탓하지도 않고 동정을 구하지도 않으면서 거의 즐겁게 이야기를 했다는 점이었다.

"그 사건 이후," 루케리야가 계속해서 말했다. "전 마르고 쇠약해졌어요. 어둠이 절 덮친 거죠. 걷는 것도 힘들어지더니 나중에는 아예 다리를 쓸 수 없게 됐어요. 설 수도, 앉을 수도 없어서 계속 누워 있었어요. 뭘 먹고 싶지도, 마시고 싶지도 않았어요. 그래서 점점 더 말라 갔죠. 성품이 인자한 나리의 어머님께서 절 의사에게도 보이시고 병원에도 보내 주셨어요. 하지만 증상은 조금도 완화되지 않았어요. 심지어 저의 병명이 무엇인지 말해 줄 수 있는 의사조차 없었어요. 의사들이 저에게 뭔들 하지 않았겠어요. 달군 쇠로 등을 지지고 부순 얼음 속에 앉히기도 했지만 다 소용없었어요. 마침내 전 완전히 돌처럼 굳어 버리고 말았죠……. 그래서 의사 선생님들도 절 치료하기 위해 더 이상 아무것도 할 게 없다는 판단을 내리셨어요. 하지만 귀족의 저택에 불구자를 그냥 둘 수도 없고…… 그래서 절 이곳으로 보내셨죠. 이곳에 제 친척들이 있거든요. 그렇게 해서 나리가 보시는 것처럼 제가 이곳에서 살게 된 거예요."

루케리야는 다시 입을 다물더니 다시 미소를 지으려고 애썼다.

"하지만 이건 너무 심하잖아, 당신의 처지 말이야!" 나는 이렇게 외쳤다가…… 무슨 말을 덧붙여야 할지 몰라 물었다. "그럼 폴랴코프 바실리는 어떻게 됐지?" 이것은 몹시 어리석은 질문이었다.

루케리야는 눈을 살짝 옆으로 돌렸다.

"폴랴코프가 어떻게 됐냐고요? 슬퍼했죠, 슬퍼했어요. 하지만 글린노예에서 온 다른 아가씨랑 결혼했어요. 글린노예를 아세요? 여기에서 별로 멀지 않아요. 그 여자의 이름은 아그라페나였어요. 그이는 절 깊이 사랑했지만 젊은 남자였잖아요. 그 사람이 독신으로 남을 수는 없죠. 게다가 제가 어떻게 그 사람의 아내가 될 수 있겠어요? 그 사람은 참하고 좋은 아내를 얻었고, 두 사람 사이에는 아이들도 있어요. 그 사람은 인근의 다른 영지에서 관리인 노릇을 하며 살고 있죠. 나리의 어머님께서 그 사람에게 통행증을 주고 자유롭게 놓아주셨어요. 하느님 덕분에 그 사람은 아주 잘 지내고 있어요."

"그럼 계속 누워 있는 거야?" 내가 다시 물었다.

"네, 나리, 칠 년째 이렇게 누워 지내고 있어요. 여름에는 나뭇가지로 엮은 이 헛간에서 누워 있다가 날이 추워지면 한증탕의 탈의실로 옮겨져요. 그럼 그곳에서 누워 지내고요."

"도대체 누가 돌봐 주지? 살펴보는 사람이 있나?"

"여기에도 좋은 사람들이 있어요. 그 사람들이 절 혼자 내버려두지 않아요. 게다가 저로서도 그렇게 많은 돌봄이 필요하지 않고요. 먹을 것에 대해 말하자면 전 아무것도 먹지 않고, 물은 여기 컵에 있어요. 사람들이 깨끗한 샘물을 길어다늘 여기에 놓아 줘요. 컵까지는 제가 직접 손을 뻗을 수 있어요. 한 손은 아직 쓸 수 있거든요. 음, 이곳엔 여자아이도 있어요. 고아죠. 아뇨, 아뇨, 고맙게도 가끔 그 애가 들르곤 해요. 방금 이곳에 있었는데……. 그 애를 만나지 않으셨어요? 살결이 하얗고 아주 예쁘장한 아이예요. 그 애가 저에게 꽃을 가져다준답니다. 제가 꽃을 무척 좋아하거든요. 여기에는 정원에서 키우는 꽃이 없어요. 예전에는 있었는데 지금은 싹 사라졌죠. 하지만 들판의 꽃들도 예뻐요. 정원의 꽃보다 훨씬 더 향기롭고요. 은방울꽃만 해도…… 그보다 더 사랑스러운 꽃도 없죠!"

"나의 가엾은 루케리야, 지루하거나 무섭지는 않아?"

"그럼 어떡해요? 거짓말을 하고 싶진 않아요. 처음에는 정말 괴로웠어요. 그 후에는 익숙해지고 참는 법도 배웠죠. 이젠 괜찮아요. 훨씬 힘든 사람들도 있는데요."

"어떤 식으로?"

"몸을 피할 곳이 없는 사람도 있어요! 눈이 멀거나 귀가 먹은 사람도 있잖아요! 다행히 전 잘 보고 무슨 소리든 다 들어요. 두더지가 땅속에서 구멍을 파는 소리도 들을 수 있어요. 그리고 전 모든 냄새를 맡을 수 있답니다. 아무리 희미한 냄새라도 말이에요! 들판에 메밀꽃이 피거나 정원에 보리수꽃이 피면 말이죠, 다른 사람들에게 들을 필요도 없어요. 제가 가장 먼저 아니까요. 그곳에서 산들바람만 불어도 알아요. 아뇨, 하느님의 분노를 살 짓을 왜 하겠어요? 저보다 힘든 사람들이 많은데요. 예를 들어 볼까요? 건강한 사람은 아주 쉽게 죄를 지을 수 있어요. 그런데 전 죄악으로부터도 버림을 받았거든요. 얼마 전 사제께서, 그러니까 알렉세이 신부님께서 저에게 성찬식을 베풀어 주시며 이렇게 말씀하셨어요. '당신의 참회는 듣지 않아도 됩니다. 그런 상태에서 죄를 지을 수나 있겠습니까?' 하지만 제가 '마음속의 죄는요, 신부님?' 하고 대답했죠. 그러자 신부님이 웃으면서 '뭐, 그건 큰 죄가 아니니까요.' 라고 말씀하시더군요."

"그런데 전 분명 이 생각의 죄로 봐도 심각한 죄인은 아니에요." 루케리야가 계속해서 말했다. "왜냐하면 전 생각을 하지 않는 법을, 무엇보다 추억을 떠올리지 않는 법을 익혔거든요. 시간이 더 빨리 흘러요."

난 솔직히 놀랐다.

"루케리야, 당신은 늘 혼자 있잖아. 어떻게 머릿속에 생각이 들어오는 것을 막을 수 있지? 아니면 늘 자는 거야?"

"오, 아니에요, 나리! 늘 잠을 잘 수는 없어요. 대단한 통증은 없다 해도 여기 배 속이며 뼈마디가 쑤셔서 충분히 자지 못해요. 아뇨, 그냥 이렇게 누워서 아무 생각도 하지 않아요. 내가 살아 있다고 느끼고 숨을 쉴 뿐이죠. 여기서 제가 하는 것이라곤 그게 다예요. 보고 듣죠. 꿀벌들이 양봉장에서 붕붕거려요. 비둘기들이 지붕에 앉아 구구거려요. 어미 닭이 병아리들을 데리고 빵 부스러기를 쪼아 먹으려 들러요. 그렇지 않으면 참새나 나비가 날아오죠. 그럼 무척 즐거워요. 재작년에는 제비들이 저기에 둥지를 틀고 새끼들을 깠어요. 얼마나 재미있었다고요! 한 마리가 날아와서 둥지에 내려앉아 새끼들에게 먹이를 주고 떠나요. 보고 있노라면 아까 날아간 제비를 대신할 다른 제비가 와요. 날아들지 않고 그냥 열린 문 옆으로 획 날아갈 때도 가끔 있어요. 그러면 새끼들이 곧바로 짹짹거리며 부리를 벌리죠……. 전 이듬해에도 그 제비들을 기다렸지만, 이곳의 어느 사냥꾼이 라이플총으로 쏴 버렸다고 하더군요. 무슨 이득을 얻겠다는 걸까요? 제비가 딱정벌레보다 더 크지도 않은데요……. 나리처럼 사냥을 하시는 신사분들은 어쩌면 그렇게 잔인할까요!"

"난 제비를 쏘지 않아." 난 황급히 말했다.

"그리고 한번은," 루케리야가 다시 말을 꺼냈다. "아주 우스운 일이 있었어요! 토끼 한 마리가 뛰어 들어온 거예요, 정말로요! 개들에게 쫓기고 있었던 걸까요? 토끼는 구르듯이 문으로 곧장 뛰어들었어요! 제 옆에 앉아 계속 코를 벌름거리고 수염을 꿈틀거리면서 꽤 오랫동안 있었죠. 진짜 장교 같더라고요! 그리고 절 쳐다보았어요. 절 무서워할 필요가 없다는 걸 이해한 거죠. 마침내 일어나서 문으로 깡충깡충 뛰어가더니 문지방에서 돌아보더군요. 그러고는 급히 사라져 버렸어요. 얼마나 우습던지!"

루케리야가 나를 흘깃 쳐다보았다……. 혹시 재미가 없나? 그렇게 말하는 것 같았다. 나는 그녀의 기분을 맞춰 주기 위해 소리 내어 웃었다. 그녀는 바싹 마른 입술을 깨물었다.

"뭐, 물론 겨울에는 더 안 좋긴 해요. 어두우니까요. 촛불을 켜는 것도 청승맞잖아요. 게다가 뭘 하겠다고 켜겠어요? 읽고 쓰는 정도는 알고 책을 읽는 것도 늘 좋아했지만 뭘 읽겠어요? 이곳엔 책이 한 권도 없는데요. 하지만 있다 하더라도 제가 어떻게 책을 쥘 수 있겠어요? 알렉세이 신부님이 심심풀이로 읽으라고 달력을 가져오셨어요. 그런데 아무 소용이 없는 걸 보시고 다시 가져가셨죠. 하지만 어둡긴 해도 언제나 들을 건 있기 마련이죠. 귀뚜라미가 울거나 어디에선가 생쥐가 사각사각 긁어 대기 시작해요. 바로 그럴 때는 아무것도 생각하지 않는 게 좋아요!"

"그렇지 않으면 기도문을 읊어요." 루케리야는 잠시 숨을 돌리고 계속 말했다. "하지만 전 기도문을 많이 알지는 못해요. 하지만 제가 뭣 때문에 하느님을 지루하게 하겠어요? 내가 그분에게 무엇을 구할 수 있을까요? 저에게 뭐가 필요한지 하느님이 저보다 더 잘 아시는데요. 하느님은 저에게 십자가를 보내셨어요. 저를 사랑하시는 거죠. 하느님께서는 우리에게 그 점을 이해하라고 명하셨어요. 「주기도문」, 「성모님께」, 「슬퍼하는 모든 이들을 위한 찬송가」를 읊어요. 그러고 나면 아무 생각 없이 다시 계속 누워 있어요. 그럼 괜찮아요!"

이 분쯤 지났다. 나는 침묵을 깨지 않고 의자 삼아 앉아 있던 좁은 통 위에서 꼼짝 않고 있었다. 내 앞에 누운 살아 있는 불행한 존재의 돌 같은 가혹한 부동성이 내게도 전해졌다. 나 역시 마비된 것 같았다.

"들어 봐, 루케리야." 마침내 내가 입을 열었다. "내가 어떤 제안을 할지 들어 봐. 당신을 병원에, 도시에 있는 좋은 병원에 데려가도록 내가 지시할까 하는데, 괜찮아? 누가 알아? 어쩌면 의사들이 당신을 고쳐 줄 수도 있잖아. 어쨌든 당신도 혼자 있지 않을 테고……."

루케리야는 눈썹을 살짝 움직였다.

"오, 아니에요, 나리." 그녀는 걱정스럽게 조그마한 목소리로 말했다. "절 병원으로 보내지 마세요. 절 가만히 내버려두세요. 그곳에 가면 그냥 더 고통스러울 뿐이에요. 이제 와서 고친들 무슨 소용이 있겠어요! 한번은 의사 선생님이 이곳에 오신 적이 있어요. 절 진찰하고 싶어 하셨죠. 전 그분에게 간청했어요. '제발 절 괴롭히지 말아 주세요.' 그래 봤자 무슨 소용이 있었겠어요! 그분은 절 이리저리 뒤집고 팔과 다리를 주무르고 구부리면서 이런 말씀을 하시더라고요. '내가 이렇게 하는 건 학문을 위해서야. 난 학문에 종사하는 사람이라고, 학자란 말이야! 그러니 넌 나에게 반항할 수 없어. 난 내 업적으로 훈장까지 받았고 너희 같은 우매한 자들을 위해 애쓰고 있으니까.' 그분은 절 괴롭히고 괴롭히다가 저에게 병명을 말해 주고, 아주 복잡한 이름이었는데, 아무튼 그러고 나서 가버리셨어요. 그 후 일주일 내내 온 뼈마디가 쑤시더라고요. 나리께서는 제가 언제나 혼자 있다고 말씀하시죠. 아뇨, 늘 그런 건 아니에요. 절 찾아오는 사람들이 있어요. 전 조용한 편이라 다른 사람을 방해하지 않잖아요. 농가의 아가씨들이 찾아와 수다를 떨기도 하고, 순례자들이 우연히 들러 예루살렘이며, 키예프며, 성스러운 도시들에 대해 들려주기도 해요. 그리고 전 혼자 있어도 무섭지 않아요. 심지어 더 좋기도 해요, 정말이에요! 나리, 절 내버려두세요, 병원에 데려가지 말아 주세요……. 나리께 감사드려요, 나리는 좋은 분이세요, 하지만 절 그냥 내버려두세요."

"음, 좋을 대로, 좋을 대로 해, 루케리야. 난 정말 당신을 위해서 제안해 본 거야……."

"알아요, 나리, 절 위해서라는 걸요. 하지만 나리, 누가 다른 사람을 도울 수 있겠어요? 누가 다른 사람의 영혼 속에 들어갈 수 있겠어요? 각자 스스로 알아서 해야죠! 믿지 않으시겠지만 이따금 이렇게 혼자 누워 있으면…… 온 세상에 저 말고는 아무도 없는 것 같을 때가 있어요. 살아 있는 사람이라고는 오직 저 혼자뿐인 거죠! 그러면 이런 느낌이 들어요, 마치 절 엄습하는 것 같은…… 그러니까 생각이 절 사로잡는 것 같다고요, 그것도 아주 이상한 생각이요."

"그럴 땐 무슨 생각이 들지, 루케리야?"

"나리, 그것도 도저히 말씀드릴 수 없어요. 이해하지 못하실 거예요. 게다가 나중에 그 생각은 기억에서 사라져요. 새털구름처럼 찾아왔다가 흘러가 버리는 거예요. 그럼 기분이 상쾌해지고 좋아져요. 하지만 도대체 그게 어떤 건지 나리는 이해하지 못하실 거예요. 다만 이런 생각은 들어요. 만약 제 주위에 사람들이 있다면 이런 일은 절대 일어나지 않을 테고 저도 제 불행 말고는 아무것도 느끼지 못할 거라고요."

루케리야가 힘겹게 숨을 내쉬었다. 그녀의 가슴도 몸의 나머지 부분들처럼 그녀에게 순종하지 않았다.

"나리, 제가 보기에는," 그녀가 다시 입을 열었다. "나리께서 절 몹시 가엾게 여기시는 것 같네요. 하지만 절 너무 불쌍하게 여기지 마세요, 정말로요! 예를 들어 볼까요. 전 가끔, 그리고 지금도…… 제가 한창때 얼마나 명랑했는지 기억하세요? 아주 생기발랄한 아가씨였죠! 그럼 그거 아세요? 전 지금도 노래를 불러요."

"노래를? 당신이?"

"네, 노래요, 옛날 노래, 윈무 노래, 크리스마스 노래, 그리고 온갖 노래를 불러요! 전 노래를 정말 많이 아는 데다 잊어버리지도 않았어요. 춤곡만은 부르지 않아요. 지금의 제 처지에서는 쓸모가 없으니까요."

"어떻게 노래를 부르지? 스스로에게 불러 주는 건가?"

"저 자신을 위해 불러요. 그것도 소리를 내서요. 큰 소리로 부를 수는 없지만 알아들을 수 있을 정도로는 불러요. 제가 말씀드렸죠. 여자아이가 절 찾아온다고요. 고아예요. 말하자면 눈치가 빠르죠. 그래서 제가 그 아이에게 가르쳤어요. 그 애는 벌써 저한테서 네 곡이나 배웠어요. 믿지 않으시는군요? 잠깐만요, 제가 당장……."

루케리야가 호흡을 가다듬었다……. 그 반쯤 죽은 존재가 노래할 준비를 하고 있다는 생각이 내 안에 무의식적인 공포를 불러일으켰다. 하지만 내가 말을 꺼내기도 전에 내 귓가에서 길게 늘인 들릴락 말락 한 소리가, 하지만 맑고 분명한 소리가 떨리더니…… 뒤이어 다른 세 번째 소리가 이어졌다. 루케리야는 「초원에서」를 불렀다. 그녀는 돌로 변한 듯한 얼굴의 표정을 바꾸지 않고 심지어 눈까지 고정한 채 노래를 불렀다. 하지만 힘이 들어간 그 처량한 목소리가, 한 줄기 연기처럼 흔들리는 그 작은 목소리가 너무도 감동적으로 울렸다. 그녀는 자신의 온 영혼을 열심히 쏟아 부으려 했다……. 나는 더 이상 공포를 느끼지 않았다. 말로 표현할 수 없는 연민이 내 심장을 꽉 조였다.

"아, 못 하겠어요!" 갑자기 그녀가 말했다. "힘이 없어서…….

나리를 뵈어 너무 기뻤어요."

그녀는 눈을 감았다.

나는 그녀의 작고 차가운 손가락들 위에 손을 얹었다……. 그녀가 나를 흘깃 쳐다보았다. 그러더니 고대의 조각상처럼 금빛 속눈썹이 달린 거무스름한 눈꺼풀이 다시 감겼다. 잠시 후 어렴풋한 어둠 속에서 눈꺼풀이 반짝였다……. 눈물이 눈꺼풀을 촉촉하게 적셨다.

나는 아까처럼 꼼짝하지 않았다.

"이런!" 갑자기 루케리야가 생각지도 않게 기운을 내며 말하더니 눈을 크게 뜬 채 몇 번 깜빡이면서 눈물을 떨어 내려고 애썼다. "부끄럽지도 않나? 내가 뭘 바라는 거야? 오랫동안 이런 일이 없었는데……. 지난해 봄에 폴랴코프 바샤가 여기 찾아온 이후로는 이런 적이 없었어요. 그 사람이 내 옆에 앉아 이야기를 하는 동안에는, 네, 괜찮았어요, 그런데 그 사람이 떠난 후 저 혼자 엄청 울었어요! 그 눈물이 다 어디에서 온 건지! 하긴 우리 여자들이 눈물을 흘리는 데 돈이 드는 것도 아니잖아요. 나리." 루케리야가 덧붙였다. "나리께 손수건이 있을 것 같은데…… 꺼리지 마시고 제 눈을 좀 닦아 주세요."

나는 황급히 그녀의 부탁을 들어주었다. 그리고 손수건을 그녀에게 남겨 두었다. 처음에는 그녀도 자기한테 이런 선물이 왜 필요하겠느냐며 거절했다. 손수건은 매우 수수한 것이었지만 깨끗하고 하얬다. 그러고 나서 그녀는 힘없는 손가락으로 손수건을 잡고는 더 이상 펴려고 하지 않았다. 우리 둘을 에워싼 어둠에 익숙해지자 난 그녀의 생김새를 뚜렷이 분간할 수 있었고, 심지어 청동색 얼굴 위로 떠오른 옅은 홍조를 알아볼 수 있었으며, 그 얼굴에서 옛 미모의 흔적 — 적어도 내게는 그렇게 보였다 — 을 발견할 수도 있었다.

"그런데 나리, 저에게 잠을 자긴 하냐고 물으셨죠?" 루케리야가 다시 입을 열었다. "드물긴 하지만 분명히 잠을 자긴 해요. 그런데 잘 때마다 꿈을 꿔요, 그것도 좋은 꿈을요! 꿈에서는 한 번도 제가 아픈 모습을 본 적이 없어요. 전 언제나 아주 건강하고 젊어요……. 한 가지 슬픈 점이 있어요. 잠에서 깼을 때 기지개를 쭉 펴고 싶은데 온몸이 쇠사슬에 감긴 것 같다는 거예요. 한번은 정말 놀라운 꿈을 꿨어요! 괜찮으시면 들려드릴까요? 그럼 들어 보세요. 꿈에서 전 밭에 서 있었던 것 같아요. 주위엔 잘 익어 황금빛을 띤 높다란 호밀이 있어요. 그리고 제 옆에 아주 사나운 붉은 개가 한 마리 있는데 계속 절 물려고 해요. 제 손에는 낫이 들려 있어요. 그런데 평범한 낫이 아니라 말 그대로 달이에요. 달이 낫처럼 될 때의 바로 그 달이었죠. 그리고 바로 그 달로 전 호밀을 남김없이 베어야 했어요. 하지만 무더위 때문에 녹초가 되고 말았어요. 달빛에 눈이 부셨고, 몸이 나른해서 꼼짝도 하기 싫었어요. 그런데 주위에 수레국화들이, 그것도 아주 큰 수레국화들이 자라고 있더군요! 그리고 꽃송이들이 전부 제 쪽을 향하고 있었어요. 그래서 전 생각했죠. 이 수레국화들을 꺾어야지. 바샤가 온다고 약속했거든요. 그래서 전 먼저 화환을 만들기로 했어요. 아직 호밀을 벨 시간이 있으니까요. 전 수레국화들을 꺾기 시작했어요. 그런데 수레국화들이 손가락들 사이로 자꾸 사라지는 거예요. 어떻게 할 도리가 없었어요. 그래서 전 화환을 엮을 수 없었어요. 그사이 누군가 제 쪽으로 아주 가까이 다가와 '루샤! 루샤!'라고 부르는 소리가 들렸어요. 전 생각했죠. 아, 큰일이야. 완성하지 못했어! 상관없어, 수레국화 대신 이 달을 머리에 쓰자. 전 달을 코코시니크처럼 썼어요. 그러자 곧 제 몸이 온통 빛나기 시작하고, 주위의 밭 전체가 환해졌어요. 이삭의 맨 위 표면을 따라 절 향해 빠르게 달려오는 사람이 보였어요. 하지만 바샤가 아니라 바로 그리스도였죠! 그분이 그리스도라는 걸 제가 어떻게 알아보았는지는 말할 수 없어요. 그림에서는 그분을 그런 식으로 묘사하지 않았지만, 그래도 그분이었어요! 수염이 없고 키가 훤칠하고 젊었어요. 온통 하얀색 옷을 입었는데 허리띠만 금색이었죠. 그분이 제게 작은 손을 내밀었어요. '두려워하지 마라, 아름답게 치장한 나의 신부여, 나를 따라오라, 그대는 나의 천국에서 원무를 이끌고 아름다운 노래를 부를 것이다.' 그래서 전 그분의 작은 손에 매달렸답니다! 개가 곧 제 발을 물려고 쫓아왔지만…… 우리는 그 자리에서 높이 날아올랐어요! 그분이 앞에서…… 그분의 날개가, 갈매기의 날개처럼 긴 날개가 온 하늘에 펼쳐졌고, 전 그분을 따라갔죠! 그리고 개는 저에게서 떨어져 나갈 수밖에 없었어요. 그제야 전 깨달았죠. 그 개가 제 병이고, 천국에는 더 이상 그 개가 있을 곳이 없으리라는 걸요."

루케리야는 잠시 입을 다물었다.

"그러고 나서 다른 꿈도 꾸었어요." 그녀가 다시 말문을 열었다. "어쩌면 환상이었을지도 몰라요. 잘 모르겠어요. 전 나뭇가지로 엮은 이 헛간에 누워 있었던 것 같아요. 돌아가신 부모님께서 절 찾아와 허리를 깊이 숙여 절하셨는데 정작 말은 한마디도 하지 않으셨던 것 같아요. 그래서 제가 두 분에게 물었죠. 아버지, 어머니, 왜 저에게 절을 하세요? 그분들은 제게 이렇게 말씀하셨어요. 네가 이 세상에서 많은 고통을 겪어 내어 네 자신의 영혼을 가볍게 했을 뿐 아니라 우리에게서도 무거운 짐을 내려 주었기 때문이다. 그래서 우리도 저세상에서 많이 편해졌단다. 넌 이미 네 죗값을 다 갚았고, 지금은 우리의 죄를 극복하고 있는 중이란다. 부모님은 이렇게 말씀하시고 제게 다시 절하신 후 사라지셨어요. 제 눈에 보이는 거라고는 벽밖에 없었죠. 그러고 나자 도대체 저에게 무슨 일이 일어난 건지 너무 의아하더라고요. 참회식을 할 때 신부님께도 말씀드렸어요. 하지만 그분은 그게 환상일 리 없다고 생각하세요. 환상은 성직자들에게만 찾아온다는 거죠."

"그러고 나서 또 다른 꿈도 꾸었어요." 루케리야가 계속해서 말했다. "큰길의 버드나무 아래에 제가 대패로 깎은 지팡이를 쥐고 어깨에 배낭을 메고 머릿수건을 머리에 두른 채 앉아 있어요. 그야말로 순례자의 모습이죠! 그리고 저는 어디론가 아주 멀리 순례를 떠나야 해요. 그런데 제 옆으로 계속 순례자들이 지나가요. 그 사람들은 마지못해 가는 것처럼 조용히, 그리고 계속 한 방향으로만 가고 있어요. 모두 지친 얼굴을 하고 있는데 다들 매우 닮아 보여요. 그런데 한 여자가 그 사람들 사이를 비집고 뛰어다니는 게 보여요. 다른 사람들보다 머리 하나 정도 더 크고 독특한 옷을 입었어요. 우리 러시아 옷이 아닌 것 같아요. 얼굴도 독특해요. 음침하고 엄해 보이는 얼굴이에요. 그리고 다른 사람들이 모두 그 여자를 피하는 것 같아요. 그런데 그 여자가 갑자기 방향을 틀어 저를 향해 똑바로 걸어와요. 걸음을 멈추고 쳐다보더군요. 그 여자의 눈은 매의 눈처럼 노랗고 크고 아주 반짝였어요. 제가 그 여자에게 물어요. '누구야?' 그 여자가 내게 말해요. '난 너의 죽음이다.' 전 당연히 무서워해야 했지만 오히려 너무 기뻐서 성호를 그었어요! 그러자 그 여자, 그러니까 저의 죽음이 제게 말해요. '가엾구나, 루케리야, 하지만 난 널 데려갈 수 없다. 잘 있어라!' 하느님! 그 순간 얼마나 슬프던지! '절 데려가세요, 부인, 사랑스러운 분, 데려가세요!' 그러자 제 죽음이 절 돌아보며 말했어요……. 그 여자가 저의 때를 지정해 주고 있다는 사실은 이해했지만 너무 알아듣기 힘들고 불분명해서……. 성 베드로 축일[260] 후라고……. 그 말과 함께 전 잠에서 깼어요……. 저는 그런 종류의 놀라운 꿈들을 꾸곤 한답니다!"

루케리야는 눈을 들어…… 생각에 잠겼다…….

"다만 저에게 아주 힘든 일이 하나 있어요. 일주일 내내 한숨도 못 잘 때가 종종 있답니다. 지난해 어느 귀족 부인께서 지나가시다가 절 보시고 수면제를 한 병 주셨어요. 열 방울씩 복용하라고 말씀하셨죠. 약이 아주 잘 들어서 전 잠을 잘 수 있었어요. 하지만 약병이 빈 지는 오래됐어요……. 그게 무슨

260) 율리우스력으로 6월 29일, 그레고리력으로 변환하면 7월 11일에 해당한다.

약인지, 그걸 어디에서 구해야 하는지 아시나요?"

지나가던 귀족 부인은 분명 루케리야에게 아편을 주었을 것이다. 나는 그녀에게 그 약을 구해 주겠다고 약속했고, 그녀의 참을성에 또 한 번 소리 내어 감탄하지 않을 수 없었다.

"에이, 나리!" 그녀가 반박했다. "무슨 말씀을 하세요? 그런 게 무슨 참을성이에요? 시메온 스톨프니크[261]의 인내심이야 말로 진짜 대단하죠. 그분은 삼십 년 동안 기둥 위에 서 계셨잖아요! 다른 성인은 자신을 땅속에 가슴까지 묻으라고 시키셨죠. 그래서 개미들이 그분의 얼굴을 먹었고요……. 그리고 한번은 책을 많이 읽는 분께서 제게 이런 이야기를 들려주셨어요. 어떤 나라가 있었는데 아랍인들이 그 나라를 정복해서 모든 사람을 괴롭히고 죽였대요. 그 나라 사람들은 아무리 노력해도 해방을 얻을 수 없었어요. 그런데 그때 그 사람들 사이에 성스러운 처녀가 나타난 거예요. 그 처녀는 대검을 차고 2푸드짜리 갑옷을 입고 아랍인들을 향해 나아가 그자들을 전부 바다 너머로 몰아냈어요. 하지만 그들을 몰아내고 난 후 처녀는 그자들에게 말했어요. '이제 날 태워라. 내 백성을 위해 불에 타서 죽는 것이 내 약속이었기 때문이다.' 그러자 아랍인들이 그 처녀를 붙잡아 불에 태웠고, 백성들은 그 후로 영원히 자유를 잃지 않았죠! 그런 게 바로 공적이죠! 하지만 제가 뭘 했

261) 시메온 스톨프니크(Simeon Stolpnik, 390~459). 시리아의 그리스도교 사제. 기둥 위에 설치된 작은 받침대 위에서 삼십칠 년 동안 기도와 정진을 수행했다고 전해진다.

다고요!"

그때 난 잔 다르크에 대한 전설이 얼마나 멀리, 어떤 형태로 변형되어 퍼졌는지를 보고 속으로 놀랐다. 잠시 침묵한 후 그 성스러운 처녀가 몇 살이냐고 루케리야에게 물었다.

"스물여덟인가…… 아홉인가……. 서른은 아닐 거예요. 그런데 나이 같은 걸 왜 세고 계세요! 나리께 아직 드릴 말씀이 있는데……."

루케리야가 어째서인지 갑작스럽게 탁한 기침을 하며 한숨을 쉬었다…….

"말을 많이 하고 있잖아." 내가 그녀에게 말했다. "그게 당신에게 해로울 수 있어."

"맞아요." 그녀가 간신히 알아들을 만한 목소리로 소곤거렸다. "우리의 이야기도 끝이네요. 무슨 상관이에요! 이제 나리께서 떠나시면 전 오랫동안 실컷 침묵할 텐데요. 적어도 속마음을 털어놓을 수 있어서……."

나는 그녀와 작별 인사를 나누고 나서 그녀에게 약을 보내겠다고 또 한 번 약속한 후 그녀에게 다시 잘 생각해 보고 무엇이 필요한지 말해 달라고 부탁했다.

"아무것도 필요 없어요. 모든 것에 만족하고 있어요, 하느님께 영광을 돌려요!" 그녀는 너무도 힘겹게, 하지만 감동에 젖어 말했다. "하느님께서 모든 이들에게 건강을 허락하시길! 그런데 나리, 어머님을 설득해 주세요. 이 지역의 농민들은 가난하니 그 사람들의 소작료를 조금이라도 낮춰 달라고요! 농민들에겐 땅도 부족하고 목초지나 삼림이나 호수나 물레방아

같은 부속 시설도 없답니다……. 그 사람들이 나리를 위해 하느님께 기도를 드릴 거예요……. 저는 아무것도 필요 없어요. 모든 것에 만족해요."

내가 루케리야에게 부탁을 들어주겠다고 약속하고 문으로 향하는데…… 그녀가 다시 날 불렀다.

"기억하세요, 나리?" 그녀가 말했다. 그녀의 눈과 입술에서 기묘한 무언가가 반짝였다. "제 땋은 머리가 어땠는지 말이에요. 기억하세요, 무릎까지 내려왔었잖아요! 오랫동안 마음을 정할 수 없었어요……. 정말 멋진 머리칼이었는데! 하지만 어떻게 머리카락을 빗을 수 있었겠어요? 저 같은 처지에서요! 그래서 잘랐죠……. 네……. 그럼, 안녕히 가세요, 나리! 더 이상 말을 못 하겠네요……."

그날, 사냥을 떠나기 전 나는 루케리야에 대해 마을의 순경과 이야기를 나누었다. 나는 그를 통해 그녀가 마을에서 '살아 있는 유골'로 불린다는 점, 하지만 그녀가 어떤 걱정거리도 일으키지 않는다는 점, 그녀가 불평과 푸념을 전혀 하지 않는다는 점을 알아냈다. "본인은 아무것도 요구하지 않습니다. 오히려 모든 것에 감사하죠. 온화한 사람, 그야말로 온화한 사람입니다. 그렇게 말하지 않을 수 없군요." 순경이 그렇게 결론을 내렸다. "그 여자는 결국 죄 때문에 하느님으로부터 벌을 받은 것이겠죠. 하지만 우리는 그런 것에 신경 쓰지 않습니다. 예를 들어 그 여자를 비난할지 말지의 문제에 대해서 말인데요, 아뇨, 우리는 그 여자를 비난하지 않습니다. 그냥 내버려둬야죠!"

몇 주 후 나는 루케리야가 죽었다는 사실을 알게 됐다. 죽음은 그처럼…… '성 베드로 축일 후에' 그녀를 맞이하러 왔다. 사람들의 말로는 마지막 날 그녀가 계속 종소리를 들었다고 한다. 알렉세옙카에서 교회까지 5베르스타 남짓 떨어진 데다 그날은 평일이었는데도 말이다. 하지만 루케리야는 소리가 교회가 아니라 '위에서' 내려온다고 말했다. 아마 그녀는 감히 '하늘로부터'라고 말할 수 없었던 것 같다.

바퀴 소리가 납니다!

"나리께 보고할 게 있습니다." 예르몰라이가 내가 있는 통나무집으로 들어오며 말했다. 나는 막 식사를 끝내고 야전 침대에 누워 있었다. 꽤 성공적이었지만 아주 힘들었던 멧닭 사냥에서 돌아온 후라 잠시 휴식을 취하기 위해서였다. 7월 중순이어서 끔찍하게 무더웠다. "나리께 보고할 게 있습니다. 산탄이 다 떨어졌습니다."

나는 침대에서 벌떡 일어났다.

"산탄이 떨어지다니! 어떻게 그럴 수가 있지! 우리가 마을에서 30푼트[262]쯤 가져왔을 텐데! 자루 하나를 가득 채워서 말이야!"

---

262) 제정 러시아에서 쓰던 무게 단위. 1푼트는 약 400그램이다.

“그랬죠. 자루도 컸으니 두 주 동안 쓰기엔 충분했을 겁니다. 하지만 누가 압니까! 자루에 구멍이라도 났나 보죠. 어쨌든 말 그대로 산탄이 하나도 없습니다……. 화약은 열 통 정도 남아 있고요.”

“당장 어떡하지? 가장 좋은 자리가 앞쪽에 있잖아. 산탄만 있으면 내일 새끼 새 여섯 마리쯤은 확실히 잡을 수 있는데…….”

“절 툴라로 보내 주세요. 여기에서 멀지 않습니다. 겨우 45베르스타 정도인걸요. 분부만 내려 주시면 단숨에 날아가서 산탄 1푸드를 가지고 돌아오겠습니다.”

“하지만 언제 갈 건데?”

“당장이라도 가죠. 뭣 하러 꾸물거립니까? 다만 한 가지, 말을 빌려야 할 겁니다.”

“말을 왜 빌려! 우리 말들은 어디에 쓰려고?”

“우리 말들로는 못 갑니다. 가운데 말이 다리를 절기 시작했거든요…… 심하게요!”

“언제부터?”

“바로 얼마 전에 마부가 그 말을 데리고 편자를 박으러 갔습니다. 뭐, 편자를 박긴 했죠. 대장장이의 솜씨가 서툴렀던 게 분명해요. 지금은 한 발을 아예 딛지도 못합니다. 한쪽 앞발을요. 그래서 그 발을 들고 다니죠…… 개처럼요.”

“뭐? 적어도 편자를 벗겨 주긴 했겠지?”

“아뇨, 벗겨 주지 않았는데요. 하지만 꼭 벗겨 줘야 합니다. 살에 못이 박혀 있을 거예요.”

나는 마부를 불러 오라고 지시했다. 예르몰라이가 거짓말을 하지 않았다는 사실이 밝혀졌다. 가운데 말은 정말 한쪽 발을 딛지 못했다. 나는 즉시 말의 발에서 편자를 벗겨 말을 축축한 진흙 위에 세워 두라고 지시했다.

"어떡할까요? 말을 빌려서 툴라로 갈까요?" 예르몰라이가 끈질기게 물었다.

"이런 벽지에서 말을 찾을 수 있겠어?" 내가 무심결에 역정을 내며 소리쳤다…….

우리가 있던 마을은 외딴 벽지였다. 그곳 주민들은 전부 지독하게 가난해 보였다. 굴뚝은 없지만 꽤 널찍한 통나무집 한 채를 겨우 찾아냈기 때문이다.

"빌릴 수 있습니다." 예르몰라이가 평소와 다름없이 태연하게 대답했다. "나리께서 이 마을에 대해 하신 말씀은 사실이에요. 하지만 바로 이곳에 어떤 농부가 살았답니다. 아주 똑똑하고 부유했죠! 말도 아홉 필이나 있었고요. 그 농부는 세상을 떠났고, 지금은 맏아들이 모든 재산을 관리하고 있습니다. 세상에서 가장 멍청한 인간이지만 아직까지는 아버지의 재산을 날리지 않고 그럭저럭 버티고 있죠. 그자에게서 말을 빌릴 수 있을 겁니다. 분부만 내려 주십시오. 제가 그자를 데려오겠습니다. 동생들은 약삭빠른 놈들이라고 하던데…… 어쨌든 그 사람이 그자들의 머리니까요."

"왜 그런 거지?"

"장남이니까요! 그 말은 곧 동생들은 복종해야 한다는 뜻이죠!" 이쯤에서 예르몰라이는 세상의 남동생들을 전부 싸잡아 입에 담을 수 없는 강한 비판을 늘어놓았다. “제가 그자를 데려오겠습니다. 단순한 사람이에요. 그자라면 합의를 볼 수 있지 않을까요?”

예르몰라이가 ‘단순한’ 사람을 데리러 간 사이, 내가 직접 툴라로 가는 편이 낫지 않을까 하는 생각이 나의 뇌리를 스쳤다. 첫째, 나는 예르몰라이가 별로 기대할 만한 인간이 못 된다는 사실을 경험을 통해 이미 알고 있었다. 한번은 뭘 좀 사오라고 시내에 보낸 적이 있었다. 그는 내가 부탁한 일들을 하루 만에 전부 해결하겠다고 약속해 놓고는 일주일 동안 사라졌다가 돈을 모조리 술값으로 날리고 걸어서 돌아왔다. 갈 때는 경주용 드로시키를 타고 갔는데 말이다. 둘째, 툴라에 내가 아는 거간꾼이 있었다. 어쩌면 그를 통해 발을 저는 가운데 말을 대신할 다른 말을 살 수도 있을 것이다.

‘결정했어!’ 나는 생각했다. ‘내가 직접 가자. 길에서 잘 수도 있잖아. 내 타란타스는 승차감이 좋으니까.’

“데려왔습니다!” 십오 분 후 예르몰라이가 통나무집 안으로 뛰어 들어오며 외쳤다. 하얀 루바시카와 파란 바지를 입고 나무껍질 신발을 신은 키 큰 농부가 뒤따라 들어왔다. 흰색에 가까울 정도로 색이 옅은 머리칼, 근시인 눈, 조그만 쐐기꼴의 붉은 턱수염, 길고 두툼한 코, 딱 벌린 입. 그는 정말 ‘얼뜨기’처럼 보였다.

“어서요, 나리.” 예르몰라이가 말했다. “이 사람에게 말이 있습니다. 이 사람도 동의했어요.”

"그게, 그러니까, 전……." 농부가 성긴 머리카락을 흔들고 두 손에 쥔 모자의 테를 손가락으로 만지작거리면서 약간 쉰 목소리로 더듬더듬 말했다. "전, 그러니까……."

"이름이 뭐지?" 내가 물었다.

농부가 고개를 숙였다. 생각에 잠긴 것처럼 보였다.

"제 이름이요?"

"그래, 자네 이름이 어떻게 되지?"

"제 이름은 필로페이입니다."

"음, 들어 봐, 필로페이 형제. 자네에게 말이 있다고 들었어. 말 세 필을 이곳에 끌고 와 줘. 내 타란타스에 매려고 해. 내 타란타스는 가벼워. 그리고 자네가 날 툴라로 데려다줘. 지금은 달밤이라 환하잖아. 마차를 몰기에도 시원할 거야. 이곳의 길은 어때?"

"길이요? 길은 괜찮습니다. 대로까지 기껏해야 20베르스타 정도고요. 한곳이…… 좀 좋지 않은데, 그래도 괜찮습니다."

"어떤 곳이기에 좋지 않다는 거야?"

"얕은 여울을 건너야 합니다."

"나리께서 직접 툴라로 가시게요?" 예르몰라이가 물었다.

"응, 직접 갈 거야."

"이런!" 나의 충직한 하인이 탄식하며 머리를 흔들었다. "이, 이런!" 그는 똑같이 중얼거리고는 침을 뱉고 밖으로 나갔다.

툴라에 다녀오는 일은 더 이상 그의 마음을 끌지 못하는 것 같았다. 그 일은 그에게 하찮고 시시한 일이 된 것이다.

"길을 잘 알아?" 네가 필로페이에게 말했다.

“우리가 어떻게 길을 모를 수 있겠습니까! 다만, 그러니까, 나리의 뜻이라 해도, 전 못 갑니다……. 어떻게 이렇게 갑자기…….”

알고 보니, 예르몰라이는 필로페이에게, 그 멍청이에게 돈을 받을 거라는 점에 대해서는 의심하지 말라는 말만 하고 그를 고용한 것이었다! 필로페이는 예르몰라이의 말대로 멍청이이긴 했지만 이런 선언뿐인 말에는 만족하지 않았다. 그는 나에게 50루블을 지폐로 요구했다. 엄청난 금액이었다. 나는 그에게 10루블이라는 낮은 금액을 제안했다. 우리는 흥정을 시작했다. 필로페이는 처음에는 완강히 버티다가 나중에는 양보하기 시작했다. 하지만 인색했다. 잠시 집 안에 들어온 예르몰라이가 ‘이 멍청이’(아, 그 말이 마음에 들었나 보네! 필로페이가 작은 소리로 중얼거렸다.)는, ‘이 멍청이는 돈의 가치에 대한 개념이 없다’고 나에게 장담하면서 때마침 이십 년 전쯤 두 대로가 교차하는 사거리의 번잡한 지점에 내 어머니가 세운 여인숙이 완전히 망한 사실을 끄집어냈다. 여인숙을 운영하라고 앉힌 늙은 농노가 사실 돈에 대한 개념이 없어 양으로 돈의 가치를 매겼기 때문이다. 말하자면 5코페이카짜리 동전 여섯 닢 대신 25코페이카짜리 은화 한 닢을 건네면서 지독한 욕설까지 퍼붓는 식이었다.[263]

“어이, 필로페이, 자넨 영락없는 필로페이야!” 마침내 예르

263) 당시에는 은의 시세가 높아 은화 1코페이카는 동전 1코페이카보다 세 배 더 높은 가치로 거래됐다.

몰라이는 이렇게 외치고 화가 나서 문을 쾅 닫고 나가 버렸다.

필로페이는 그에게 아무 대답도 하지 않았다. 필로페이라고 불리는 것이 사실 전적으로 편하지만은 않다는 점, 심지어 그 이름이 사람을 비난하는 빌미가 될 수도 있다는 점을 인정하는 것 같았다. 물론 정말로 비난을 받아야 할 사람은 명명식을 해 준 사제일 테지만. 비록 그가 이 명명식에 대해 적당한 사례를 받지 못했다 해도 말이다.

하지만 우리는 결국 20루블에서 합의를 보았다. 그는 말들을 데려오려고 떠났다가 한 시간쯤 후 다섯 마리를 끌고 와서 나에게 고르라고 했다. 갈기와 꼬리가 헝클어진 데다 배가 북처럼 팽팽하고 크긴 해도 말들은 꽤 좋은 편이었다. 필로페이와 함께 그와 조금도 닮지 않은 두 동생도 왔다. 몸집이 작고 눈이 검고 코가 뾰족한 그들은 확실히 '약삭빠른' 사내들이란 인상을 풍겼다. 빠르게 많은 말을 지껄였지만 — 예르몰라이의 표현대로라면 '웅얼거렸다' — 만형의 말에는 순종했다.

그들은 처마 밑에서 타란타스를 몰고 나와 한 시간 삼십 분 동안 타란타스와 말들에 매달려 있었다. 그들은 말과 차체를 연결한 끈을 느슨하게 풀었다가 단단히 감아 보곤 했다. 두 동생은 '회색에 다른 색이 섞인' 말을 가운데에 꼭 매고 싶어 했다. '그 말이 언덕을 잘 내려가기' 때문이었다. 하지만 필로페이는 털이 북실북실한 말로 정했다! 그래서 털북숭이가 가운데에 매였다.

그들은 타란타스에 건초를 가득 싣고, 발을 저는 가운데 말에서 멍에를 벗겨 좌석 밑에 쑤셔 넣었다. 툴라에서 새로 살 말에 그것을 씌워야 할 경우를 대비하기 위해서였다……. 필로페이는 짬을 내서 집으로 달려가 아버지로부터 물려받은 길고 하얀 겉옷을 걸치고 높다란 모자를 쓰고 기름으로 닦은 부츠를 신고 돌아와 의기양양하게 마부대에 올랐다. 나는 자리를 잡고 앉아 시계를 보았다. 10시 15분이었다. 예르몰라이는 나에게 작별 인사조차 하지 않고 자신의 개 발렛카를 때리기 시작했다. 필로페이는 고삐를 잡고 아주 가느다란 목소리로 외쳤다. "어이, 꼬맹이들아!" 그의 형제들이 양쪽에서 가까이 뛰어와 곁말들의 배 아래쪽에 채찍질을 했다. 그러자 타란타스가 출발해 대문에서 거리로 방향을 틀었다. 털북숭이가 안마당에 있는 자기 집으로 뛰어가려고 했지만 필로페이가 채찍으로 몇 번 갈겨 정신을 차리게 했다. 그러다 보니 어느새 우리는 마을에서 벗어나 무성한 호두나무의 빽빽한 덤불 사이로 난 꽤 평평한 길을 달리고 있었다.

마차를 타고 여행하기에 더할 나위 없이 좋은 조용하고 멋진 밤이었다. 바람이 덤불 속에서 사락거리며 나뭇가지들을 흔들기도 하고 완전히 멎기도 했다. 하늘 여기저기에 움직이지 않는 은빛 구름들이 보였다. 높이 뜬 달이 주위를 환히 비추었다. 나는 건초 위에 몸을 쭉 펴고 누워 어느새 졸고 있다가…… '좋지 않은 장소'가 떠올라 흠칫 떨었다.

"어이, 필로페이? 여울까지는 멀었어?"

"여울까지요? 8베르스타 정도요."

'8베르스타라.' 나는 생각했다. '한 시간 안에 도착하지는 않겠군. 그동안 자도 되겠어.'

"필로페이, 길은 잘 알겠지?" 내가 거듭 물었다.

"길이요? 어떻게 모를 수 있겠습니까? 처음 가는 것도 아닌데……."

그는 또 뭐라고 덧붙였지만 난 이미 그의 말을 듣고 있지 않았다……. 난 잠에 빠져 있었다.

내가 잠에서 깬 것은 종종 있는 일이긴 하지만 정확히 한 시간 후에 일어나겠다는 나 자신의 의도 때문이 아니었다. 바로 내 귀 밑에서 희미하긴 하지만 어떤 이상한 소리가, 즉 철퍽철퍽하는 소리와 콸콸거리는 소리가 들렸기 때문이다. 나는 고개를 들었다…….

도대체 무슨 일이 벌어진 걸까? 나는 아까처럼 타란타스 안에 누워 있다. 그런데 타란타스 주위에서 — 타란타스의 가장자리로부터 0.5아르신 이내에서 — 달빛에 비친 수면이 작고 또렷한 잔물결로 부서지며 아른거린다. 나는 앞쪽을 바라본다. 마부대에는 필로페이가 고개를 숙이고 등을 구부린 채 조각상처럼 앉아 있고, 조금 더 멀리 졸졸 흐르는 물 위로 멍에의 곡선과 말 머리와 등이 보였다. 그리고 모든 것이 조금도 움직이지 않고 소리 없이 고요하게 있었다. 마치 마법에 걸린 왕국에, 꿈속에, 옛날이야기에 나오는 꿈속에 있는 것 같았다……. 도대체 무슨 일이란 말인가! 난 타란타스의 덮개 아래에서 뒤쪽을 내다보았다……. 우리는 강 한복판에 있었다……. 우리가 있는 곳에서 강기슭까지는 서른 발짝 정도 떨어져 있었다!

"필로페이!" 내가 외쳤다.

"왜요?" 그가 대꾸했다.

"왜냐고? 말도 안 돼! 우리가 지금 어디 있는 거야?"

"강입니다."

"강이라는 건 나도 알아. 이러다 금방 가라앉겠어. 자네는 이런 식으로 여울을 건너나? 응? 졸고 있군, 필로페이! 대답해!"

"사소한 실수를 했습니다." 내 마부가 대답했다. "길을 잘못 들어 너무 옆으로 치우친 것 같습니다. 하지만 지금은 잠시 기다려야 합니다."

"기다려야 한다니! 도대체 우리가 뭘 기다리는 거지?"

"그냥 털북숭이가 주위를 둘러보게 내버려두죠. 저 녀석이 돌아보는 쪽이 곧 우리가 가야 할 방향이 될 겁니다."

나는 건초 위에서 몸을 약간 일으켰다. 가운데 말의 머리가 물 위에서 꼼짝도 하지 않았다. 환한 달빛 아래서 보이는 것이라고는 말의 한쪽 귀가 때로는 앞으로, 때로는 뒤로 살짝살짝 움직이는 모습뿐이었다.

"저 녀석도 졸고 있군. 자네의 털북숭이 말이야!"

"아닙니다." 필로페이가 대답했다. "지금 물 냄새를 맡고 있어요."

그러고 나서 모든 것이 다시 잠잠해졌다. 그저 조금 전처럼 물이 철썩거리는 소리가 희미하게 들릴 뿐이었다. 나도 마비된 것처럼 꼼짝 않고 있었다.

달빛도, 밤도, 강도, 우리도 그 속에 잠겨 있었다…….

"이 쉭쉭거리는 소리는 뭐지?" 내가 필로페이에게 물었다.

"이 소리요? 갈대밭 속에 있는 오리거나…… 그게 아니면 뱀이죠."

갑자기 가운데 말이 머리를 흔들고 두 귀를 쫑긋 세우더니 콧김을 푸르르 내뿜으며 움직이기 시작했다.

"호, 호, 호, 후!" 느닷없이 필로페이가 목청 높여 외치고는 몸을 약간 일으켜 채찍을 휘둘렀다.

타란타스는 즉시 그 자리에서 벗어나 물결을 가로질러 앞으로 달리기 시작했고, 그렇게 덜컹덜컹 흔들리면서 계속 나아갔다……. 처음에는 우리가 점점 깊이 가라앉는 것 같았다. 하지만 두세 번 심하게 덜컹거리고 물속에 푹 빠지고 난 후에는 문득 수면이 낮아진 것 같았다……. 수면이 점점 낮아지고 타란타스가 물 밖으로 쑥쑥 올라왔다. 어느새 바퀴와 말의 꼬리들이 보였다. 말들은 흐릿한 달빛 속에서 다이아몬드 묶음, 아니, 다이아몬드가 아니라 사파이어 묶음처럼 흩날리는 강하고 굵은 물보라를 일으키며 즐겁게 힘을 합쳐 우리를 모래 기슭으로 끌어낸 후 광택이 도는 젖은 두 다리를 한층 요란하게 내디디며 언덕길을 올라갔다.

'이제 필로페이가 뭐라고 말할까? 내 말이 맞았죠, 혹은 그 비슷한 말을 하겠지?' 내 머리에 그런 생각이 떠올랐다. 하지만 그는 아무 말도 하지 않았다. 그래서 나도 그의 부주의함을 나무랄 필요는 없다고 생각해 건초에 드러누워 다시 잠을 자려고 해 보았다.

하지만 나는 잠들 수 없었다. 사냥의 피로가 쌓이지 않아서도, 내가 겪은 불안이 잠을 몰아내서도 아니었다. 우리가 매우 아름다운 장소들을 지나치고 있었기 때문이다. 눈이 녹아 물에 잠긴 넓고 광활하고 풀이 무성한 목초지가 펼쳐져 있었다. 셀 수 없이 많은 작은 풀밭들, 작은 호수들, 실개울들, 양쪽 끝자락에 버드나무 숲이 무성하게 자란 웅덩이들도 보였다. 러시아인들이 좋아할 만한 그야말로 러시아다운 장소들, 우리의 옛 영웅 서사시의 용사들이 하얀 백조들과 회색 오리들을 사냥하러 가던 곳들과 비슷한 장소들이었다. 말발굽과 마차 바퀴에 다져진 길이 연노랑 리본처럼 굽이굽이 뻗어 있고, 말들은 경쾌하게 달리고, 나는 눈을 감지 못했다. 완전히 넋을 잃은 것이다! 그리고 이 모든 풍경은 다정한 달 아래에서 너무도 부드럽고 매끄럽게 스쳐 지나갔다. 필로페이, 그 역시 감동했다.

"저희는 이곳을 성 예고르의 목초지라고 부릅니다." 그가 나를 돌아보았다. "이곳을 지나면 대공의 목초지가 나옵니다. 러시아를 통틀어 이런 목초지는 또 없을 겁니다……. 정말 아름답죠!" 가운데 말이 콧김을 뿜으며 몸을 흔들었다……. "하느님께서 너와 함께하시길!" 필로페이가 차분하게 작은 목소리로 중얼거렸다. "정말 아름다워요!" 그는 거듭 말하고 한숨을 쉬더니 소리를 길게 늘이며 앓는 소리를 냈다. "이제 곧 풀베기가 시작될 텐데, 이곳의 풀을 다 긁어모으려면 아주 큰일이겠습니다! 웅덩이에는 물고기들도 많답니다. 쥐노래미가 얼마나 실한데요!" 그가 노래하는 듯한 목소리로 덧붙여 말했다. "한마디로 더할 나위가 없네요."

그가 갑자기 한 손을 들었다.

"어! 보세요! 호수 위에…… 저기 서 있는 게 왜가리 아닌가요? 왜가리는 정말 밤에도 물고기를 잡나? 이런! 저건 왜가리가 아니라 나뭇가지잖아. 제가 착각했습니다! 달은 항상 속임수를 쓴다니까요."

그렇게 우리는 달리고 또 달렸다……. 하지만 마침내 목초지도 끝나고, 작은 숲과 밭 들이 보였다. 옆쪽에 두세 개의 등불이 깜빡거리는 작은 마을이 있었다. 큰길까지는 5베르스타밖에 남지 않았다. 나는 잠이 들었다.

내가 또 스스로 잠에서 깬 건 아니었다. 이번에 나를 깨운 것은 필로페이의 목소리였다.

"나리…… 아, 나리!"

나는 약간 몸을 일으켰다. 타란타스는 큰길 한가운데의 평평한 곳에 서 있었다. 눈을 크게 뜨고 마부대에서 나를 돌아보는 필로페이(나는 심지어 놀라기까지 했다. 그의 눈이 그렇게 클 거라고는 상상도 못했기 때문이다.)가 의미심장하게 은밀히 속삭였다.

"바퀴 소리가 납니다! 바퀴 소리가 나요!"

"무슨 말을 하는 거야?"

"바퀴 소리가 난다고요! 몸을 숙이고 들어 보세요. 들리십니까?"

나는 타란타스 밖으로 고개를 내밀고 숨을 죽였다. 정말로 우리 뒤쪽으로 아주 멀리 어디에선가 마치 굴러가는 바퀴에서 나는 것 같은 소리가 토막토막 희미하게 들려왔다.

"들리십니까?" 필로페이가 거듭 물었다.

"그래." 내가 대답했다. "마차가 지나가나 보지."

"못 들으셨군요…… 이런! 아…… 방울 소리…… 그리고 휘파람 소리도……. 들리세요? 그럼 모자를 벗어 보세요……. 더 잘 들릴 겁니다."

나는 모자를 벗지 않았다. 그래도 가만히 귀를 기울였다.

"그래…… 그런 것 같군. 그런데 이게 어떻다는 건데?"

필로페이는 말들을 향해 고개를 돌렸다.

"첼레가가 오고 있어요……. 짐을 싣지 않았고, 쇠테를 두른 바퀴를 달았어요." 그가 이렇게 말하며 고삐를 조였다. "나리, 못된 녀석들이 오고 있습니다. 여기 툴라 부근에는 노상강도들이 많아요."

"헛소리! 그 사람들이 나쁜 사람들이라고 확신하는 이유가 뭐야?"

"장담합니다. 방울에…… 텅 빈 첼레가까지……. 달리 또 누가 있겠습니까?"

"그런데 툴라까지 아직 멀었나?"

"15베르스타 정도 더 남았습니다. 이곳엔 인가가 없어요."

"그럼 더 빨리 달려. 이렇게 꾸물거릴 필요가 없잖아."

필로페이는 채찍을 휘둘렀고, 타란타스는 다시 움직이기 시작했다.

필로페이의 말을 믿은 건 아니지만 더 이상 잠을 이룰 수 없었다. 정말이라면 어떡하지? 내 안에서 불쾌한 감정이 일렁였다.

나는 타란타스에 앉아 — 그때까지는 누워 있었다 — 양옆을 살피기 시작했다. 내가 잠든 동안 땅 위가 아니라 하늘에 엷은 안개가 몰려들었다. 안개는 높이 끼어 있었고, 달은 연기에 싸인 양 그 속에서 희끄무레한 반점처럼 떠 있었다. 아래쪽은 더 선명하긴 했지만 모든 것이 흐릿하게 뒤섞여 있었다. 주위엔 음울해 보이는 평평한 장소들이 펼쳐져 있었다. 밭, 온통 밭, 곳곳의 풀숲, 골짜기, 다시 밭, 그중에 대부분은 드문드문 잡초가 자라는 휴경지였다. 공허하고…… 생기가 없었다! 어디에서 메추라기라도 울어 주면 좋으련만.

우리는 삼십 분 정도 계속 달렸다. 필로페이는 때때로 채찍을 흔들고 입술로 쯧쯧 소리를 냈다. 하지만 그도 나도 말은 한마디도 하지 않았다. 우리는 작은 언덕을 올라갔다……. 필로페이는 타란타스를 멈추고 곧바로 말했다.

"바퀴 소리가 납니다……. 바퀴 소리가 나요, 나리!"

나는 다시 타란타스 밖으로 몸을 쑥 내밀었다. 하지만 덮개 아래 계속 남아 있어도 좋았을 것이다. 아직 멀리서 들려오긴 했지만 첼레가의 바퀴 소리, 사람의 휘파람 소리, 방울의 딸랑거리는 소리, 심지어 말발굽 소리까지 이제는 너무도 또렷하게 들을 수 있었다. 노랫소리와 웃음소리도 들리는 것 같았다. 사실 바람이 그쪽에서 불어오고 있었다. 하지만 낯선 행인들이 1베르스타, 어쩌면 2베르스타 정도 우리와 더 가까워졌다는 점에는 의심의 여지가 없었다.

나와 필로페이는 서로 눈짓을 주고받았다. 그는 그저 뒤통수에서 이마 쪽으로 모자를 끌어당기고 즉시 고삐 위로 몸을 숙여 말들에게 채찍질을 했다. 말들이 갤럽[264]으로 달리기 시작했다. 하지만 오랫동안 그렇게 뛰지 못하고 다시 총총걸음으로 달렸다. 필로페이는 말들에게 계속 채찍질을 했다. 어떻게든 달아나야 했다!

처음에는 필로페이의 의심을 믿지 않던 내가 왜 이번에는 분명 못된 인간들이 우리를 뒤쫓고 있다는 확신을 갑자기 받아들이게 됐는지 스스로도 도저히 이해할 수 없었다……. 새로운 소리는 들리지 않았다. 똑같은 방울 소리, 똑같은 빈 첼레가의 바퀴 소리, 똑같은 휘파람 소리, 어렴풋이 들려오는 똑같은 왁자지껄한 소리……. 하지만 나는 이제 더 이상 의심하지 않았다. 필로페이는 착각하지 않았다!

그리고 다시 이십 분 정도 지났다……. 이 이십 분 가운데 마지막 몇 분 동안, 어느 새 우리가 탄 마차의 바퀴 소리와 소음 사이로 다른 바퀴 소리와 다른 소음이 들려왔다…….

"멈춰, 필로페이." 내가 말했다. "어떻게 되든 상관없어. 결국 똑같아!"

필로페이가 겁에 질려 "워워!" 하고 말을 세웠다. 말들은 쉴 수 있어 기쁜 듯 순식간에 멈췄다.

큰일이다! 방울들이 바로 우리의 등 뒤에서 자지러지게 울부짖고, 첼레가가 요란하게 덜거덕거리고, 사람들이 휘파람을 불고 소리치고 노래하고, 말들은 콧김을 뿜으며 발굽으로 땅을 찬다…….

---

264) 말이 네 발을 모두 땅에서 떼고 뛰는 방식.

따라잡혔다!

"야단났군요." 필로페이가 작은 소리로 천천히 말하고는 머뭇머뭇 혀를 쯧쯧 차면서 말들을 재촉하기 시작했다. 하지만 바로 그 순간 갑자기 무언가가 터지는 듯한 요란한 굉음이 울렸다. 여윈 말 세 필을 맨, 금방이라도 망가질 듯한 커다란 첼레가가 갑자기 질풍처럼 우리를 추월하더니 앞으로 내달리다가 이내 길을 막으며 천천히 움직였다.

"전형적인 강도 수법이네요." 필로페이가 소곤거렸다.

솔직히 심장이 멎는 것 같았다……. 신경을 곤두세우고 안개로 덮인 희미한 달빛 속을 응시했다. 우리 앞의 첼레가 안에는 루바시카 위에 농민 외투를 걸친 남자들이 여섯 명쯤 앉거나 누워 있었다. 두 사람은 모자도 쓰지 않았다. 남자들은 부츠를 신은 커다란 다리를 횡목에 걸친 채 흔들고, 괜히 두 팔을 쳐들었다가 툭 떨어뜨리고…… 몸을 흔들었다……. 분명 술 취한 사람들이었다. 어떤 사람들은 머리에 떠오르는 대로 소리를 질렀다. 어떤 사람은 매우 날카롭고 맑게 휘파람을 불었고, 또 어떤 사람은 욕설을 퍼부었다. 마부대에는 반외투를 입은 거인이 앉아서 말을 부리고 있었다. 그들은 우리에게 관심이 없는 양 천천히 갔다.

무엇을 할 수 있었겠는가? 우리도 마지못해 천천히 그들을 뒤따라갔다……. 우리는 0.25베르스타 정도를 이런 식으로 움직였다. 고통스러운 예감……. 목숨을 건지는 것, 스스로를 방어하는 것……. 여기 어디에 그런 게 있단 말인가! 그들은 여섯 명이고, 나에겐 몽둥이조차 없다! 되돌아갈까? 하지만 저들이 곧장 뒤쫓을 것이다. 쥬콥스키의 시(그는 이 시에서 카멘스키 원수[265])가 살해된 사건에 대해 이야기한다.)가 떠올랐다.

강도의 혐오스러운 도끼가…….

그게 아니면 더러운 밧줄에 목이 졸려…… 도랑으로…… 그곳에서 목쉰 소리를 내고 올가미에 걸린 토끼처럼 몸부림칠 것이다…….

아, 역겹다!

그들은 여전히 우리에게 관심을 보이지 않으면서 천천히 나아갔다.

"필로페이." 내가 소곤거렸다. "오른쪽으로 좀 더 붙어서 추월할 것처럼 해 봐."

필로페이가 오른쪽으로 가려고 해 보았지만…… 그들도 곧바로 오른쪽으로 이동했다……. 그들을 지나쳐 가는 것은 불가능했다.

필로페이는 다시 왼쪽을 파고들려고 시도해 보았다……. 하지만 그들은 이번에도 필로페이가 자신들의 첼레가를 추월하

---

265) 미하일 표도로비치 카멘스키(Михаил Фёдорович Каменский, 1738~1809). 러시아군 원수로 튀르크 전쟁과 나폴레옹 전쟁에 참가했다. 하지만 예카체리나 대제뿐 아니라 파벨 1세와의 관계도 원활하지 않아 두 차례 은퇴했다. 알렉산드르 1세는 그를 페테르부르크 총독으로 임명했다가 이후 해임했다. 그는 1806년 원정에 군대로 복귀했다가 전쟁 중 생을 마감했다.

도록 허락하지 않았다. 심지어 웃음을 터뜨리기까지 했다. 우리를 통과시켜 주지 않을 게 분명했다.

"영락없는 강도들이군요." 필로페이가 어깨 너머로 내게 소곤거렸다.

"그런데 저 인간들이 뭘 기다리는 거지?" 나 역시 소곤거리며 물었다.

"저기 앞쪽에 좁고 험한 곳이 있는데 그곳의 실개울 위에 작은 다리가 있습니다……. 저자들은 우리를 그곳에서 덮칠 겁니다! 언제나 그런 식이에요…… 다리 부근에서요. 틀림없습니다, 나리!" 그가 한숨을 쉬며 덧붙였다. "저자들은 우리를 산 채로 보내 주지 않을 겁니다. 저자들에게 중요한 건 흔적도 없이 사라지는 것이거든요. 한 가지 아쉬운 게 있습니다, 나리. 저의 말 세 필이 없어진다는 점입니다. 그러면 제 말들은 동생들의 것이 되지 않겠죠."

그때 나는 필로페이가 이런 순간에 여전히 자신의 말을 걱정할 수 있다는 사실에 놀랐을지도 모르겠다. 솔직히 말해서 나 자신은 그런 것에 생각이 미치지 않았다……. '정말 우리를 죽일까?' 나는 마음속으로 똑같은 생각을 되풀이했다. '무엇 때문에? 나는 저들에게 내가 가진 걸 전부 내어줄 텐데.'

작은 다리가 가까워지면서 점점 뚜렷하게 보였다.

갑자기 거친 함성이 들렸다. 우리 앞에서 달리던 말 세 필이 높이 날아오를 것처럼 질주하더니 작은 다리에 이르자 길에서 약간 옆으로 비낀 곳에 마치 못으로 박히기라도 한 듯 단번에 멈췄다. 내 안에서 심장이 툭 떨어지는 것 같았다.

"오, 필로페이 형제." 내가 말했다. "자네와 난 죽음을 향해 가고 있군. 내가 자네를 파멸로 몰았다면 날 용서해 줘."

"나리에게 무슨 잘못이 있겠소! 운명을 피하기는 어려운 법이라오![266] 자, 털북숭이야. 나의 충직한 말아." 필로페이가 가운데 말에게 말했다. "가라, 앞으로! 네 마지막 임무를 수행해라! 어떻게 되든 상관없다……. 하느님! 우리를 축복하소서!"

그러고 나서 그는 말들을 속보로 몰았다.

우리는 작은 다리를 향해, 꼼짝 않고 위협적으로 서 있는 쳴레가를 향해 점점 더 가까이 다가갔다……. 쳴레가 쪽은 마치 일부러 그러기라도 한 듯 잠잠했다. 말 한마디 들리지 않았다! 먹잇감이 가까이 올 때 꼬치고기도, 매도, 온갖 맹수들도 그렇게 조용해진다. 어느덧 우리는 쳴레가와 나란히 달리게 됐는데…… 갑자기 반외투를 입은 거인이 쳴레가에서 훌쩍 뛰어내려 우리 쪽으로 곧장 다가왔다!

그는 필로페이에게 아무 말도 하지 않았다. 하지만 필로페이가 스스로 곧바로 고삐를 당겼다……. 타란타스가 멈췄다.

거인은 타란타스의 문 위에 두 손을 얹더니 덥수룩한 머리를 앞으로 숙이고서 이를 드러내며 히죽 웃고는 조용하고 고른 목소리에 공장 노동자 같은 말투로 이렇게 말했다.

"존경하는 신사 나리, 저희는 신성한 연회에서, 혼례 잔치에서 돌아가는 길입니다. 우리 젊은 녀석 하나가 장가를 갔거든요. 우리가 그 녀석을 완전히 뻗게 해 버렸죠. 우리 애들이 전

---

266) 필로페이가 갑자기 화자에게 낮춤말을 사용한다.

부 젊고 무모해서 술을 진탕 마셨는데 해장술로 마실 게 아무 것도 없지 뭡니까. 그러니 괜찮으시다면 우리 형제들이 저마다 보드카를 반병씩 마실 수 있도록 돈을 조금이라도 주시지 않겠습니까? 저희가 나리의 건강을 위해 마시고 나리를 추억하겠습니다. 내키지 않으십니까? 뭐, 화는 내지 마세요!"

'이게 뭐지?' 나는 생각했다. '조롱인가? 농담인가?'

거인은 고개를 숙인 채 계속 서 있었다. 바로 그 순간 달이 안개 속에서 벗어나 그의 얼굴을 비추었다. 그의 얼굴이 가볍게 웃고 있었다. 눈으로도, 입으로도. 얼굴에 위협적인 기색은 보이지 않았지만…… 계속 경계를 하고 있는 것 같았다……. 이는 새하얀 데다 아주 크고…….

"기꺼이……. 자, 받아요." 나는 황급히 말하고는 호주머니에서 지갑을 끄집어내어 1루블짜리 은화 두 닢을 꺼냈다. 그 당시 러시아에는 아직 은화가 통용되고 있었다. "이걸로 충분하다면……."

"정말 감사합니다!" 거인이 군인처럼 큰 소리로 외쳤다. 그러더니 그의 두꺼운 손가락들이 순식간에 내 손에서 잡아채 갔다. 지갑을 통째로 집어 가지는 않고 2루블만 가져갔다. "정말 감사합니다!" 그는 머리카락을 흔들며 첼레가 쪽으로 달려갔다.

"어이!" 그가 외쳤다. "지나가던 신사분께서 은화 2루블을 우리에게 주셨다!" 갑자기 다들 일제히 웃음을 터뜨린다……. 거인이 마부대에 털썩 앉았다…….

"안녕히 가십시오!"

그리고 우리가 그들을 본 건 그게 전부였다! 말들이 일제히 움직이기 시작했고, 첼레가가 덜컹거리며 언덕을 올라갔다. 첼레가는 하늘과 땅을 가르는 검은 선에서 한 번 더 얼핏 보이더니 그 너머로 푹 꺼지며 자취를 감추었다.

더 이상 바퀴 소리도, 함성 소리도, 방울 소리도 들리지 않았다…….

죽음 같은 정적이 깔렸다.

필로페이와 내가 곧바로 정신을 차린 건 아니었다.

"아, 악마 같은 놈!" 마침내 그가 말을 내뱉고는 모자를 벗고 성호를 긋기 시작했다. "정말 악마 같은 놈입니다." 그가 덧붙여 말하며 행복한 얼굴로 나를 돌아보았다. "그래도 좋은 사람일 겁니다. 틀림없어요. 이랴, 이랴, 이랴, 내 새끼들! 빨리 가라! 너희들은 무사할 것이다! 우리 모두 무사할 것이다! 우리를 지나가지 못하게 막은 것도 그 자식이고, 말들을 몬 것도 그 자식이지. 정말 악마 같은 놈! 이랴, 이랴, 이랴, 이랴! 하느님께서 함께하시길!"

나는 아무 말 하지 않았다. 하지만 속으로는 기분이 좋았다. '우리는 무사할 거야.' 나는 속으로 같은 말을 되풀이하고 건초에 누웠다. '싼값으로 빠져나왔군!'

왜 쥬콥스키의 시가 머리에 떠올랐는지 나는 조금 부끄럽기까지 했다.

갑자기 어떤 생각이 머리에 떠올랐다.

"필로페이!"

"왜 그러시죠?"

"결혼했나?"

"네."

"아이들도 있고?"

"아이들도 있죠."

"왜 아내와 자식들에 대해서는 떠올리지 않았지? 말들은 불쌍해했잖아. 아내와 아이들은?"

"왜 걱정을 합니까? 아내와 자식들은 도둑들의 손아귀에 떨어지지 않을 텐데요. 하지만 머릿속으로는 계속 아내와 자식들을 생각했습니다. 지금도 그렇고요……. 정말입니다." 필로페이가 입을 다물었다. "어쩌면…… 하느님께서 아내와 자식들 때문에 우리에게 은혜를 베푸셨나 봅니다."

"하지만 그자들이 강도가 아니었다면?"

"어떻게 알겠습니까? 남의 마음속에 들어갈 수가 있나요? 다른 사람의 마음은, 다 아는 사실이지만, 암흑입니다. 하느님의 도우심과 함께하는 게 언제나 최선이죠. 하지만…… 전 언제나 제 가족을…… 이랴, 이랴, 이랴, 내 새끼들아, 하느님께서 함께하시길!"

우리가 툴라 부근에 들어섰을 때는 이미 동이 텄다. 나는 정신을 잃은 채 누워 반쯤 졸고 있었다…….

"나리." 갑자기 필로페이가 나에게 말했다. "보십시오. 그자들이 선술집에 서 있습니다……. 그놈들의 첼레가도요."

나는 고개를 들었다……. 분명 그자들이었다. 첼레가도, 말들도 그들의 것이 틀림없었다. 술집의 문지방에 갑자기 반외투를 입은 낯익은 거인이 나타났다.

"신사 나리!" 그가 모자를 흔들며 외쳤다. "나리의 돈으로 술을 마시고 있습니다! 어이, 마부." 그가 필로페이에게 고개를 흔들며 덧붙였다. "아까 겁먹었지, 그렇지 않아?"

"아주 유쾌한 사람이군요." 필로페이가 선술집에서 20사젠쯤 멀어지자 이렇게 말했다.

마침내 우리는 툴라에 도착했다. 나는 산탄을 사는 김에 차와 술도 사고, 거간꾼으로부터 말도 한 마리 구했다. 정오에 우리는 귀로에 올랐다. 우리는 처음으로 뒤에서 첼레가의 바퀴 소리를 들었던 장소를 지나치고 있었다. 툴라에서 조금 취한 후 아주 말이 많은 인간임을 드러낸 — 그는 나에게 민담까지 들려주었다 — 필로페이가 갑자기 웃음을 터뜨렸다.

"기억나, 나리? 내가 나리한테 계속 '바퀴 소리가 납니다……. 바퀴 소리가 나요……. 바퀴 소리요!' 하고 말했잖아."[267)]

그는 여러 번 손을 힘차게 흔들었다……. 그 말이 무척 재미있게 느껴지는 모양이었다.

그날 저녁 우리는 그의 마을로 돌아왔다.

나는 우리에게 있었던 사건을 예르몰라이에게 전했다. 그는 취하지 않은 탓에 흥미는 전혀 보이지 않고 그저 칭찬인지 비난인지 알 수 없는 "흠, 흠." 소리만 냈다. 내가 생각하기에 그 자신도 그건 모를 것 같았다. 하지만 이틀쯤 지나 그가 흡족한 기색으로 나에게 소식을 전했다. 나와 필로페이가 툴라로

267) 필로페이가 술에 취해서인지 화자에게 낮춤말을 쓰고 있다.

간 바로 그날 밤, 다름 아닌 바로 그 길에서 어떤 상인이 강도를 만나 재물을 빼앗기고 살해됐다는 것이다. 처음에 나는 그 소식을 믿지 않았다. 하지만 나중에는 믿지 않을 수 없었다. 사건을 심리하기 위해 급히 다녀온 경찰서장이 나에게 예르몰라이의 말이 옳았음을 확인해 준 것이다. 우리의 용감무쌍한 사내들은 그 '결혼식'에서 돌아오던 길이 아니었나? 익살꾼 거인의 표현대로, 그들이 그 '젊은 녀석'을 뻗게 해 버린 건 아닐까? 나는 필로페이의 마을에서 닷새 정도 더 머물렀다. 나는 그를 만날 때마다 그에게 "어때? 바퀴 소리가 들리나?"라고 말하곤 했다.

"유쾌한 인간이에요." 매번 그는 나에게 이렇게 말하며 웃음을 터뜨렸다.

숲과 스텝

……그리고 서서히 그를 이전으로 잡아끌기 시작했다.
시골로, 어둑한 정원으로.
아주 커다란 보리수들이 널찍한 그늘을 드리우고
은방울꽃들이 처녀의 향기를 풍기는 그곳으로,
둑 위의 둥그스름한 버드나무들이
물 위에 줄지어 고개를 숙이는 그곳으로,
비옥한 밭 위에서 풍요로운 참나무가 자라는 그곳으로,
삼과 엉겅퀴의 향기가 풍기는 그곳으로……
그곳으로, 그곳으로, 드넓은 평야로,
대지가 벨벳처럼 검은 그곳으로,
그대가 어디로 눈을 돌리든
호밀이 부드러운 물결을 이루어 조용히 흐르는 그곳으로.
투명하고 하얗고 둥근 구름 사이에서
묵직한 노란 빛살이 떨어진다.
그곳이 좋으니……………… .

—「불에 던져진 서사시」 중에서[268)]

독자 여러분은 이미 나의 스케치에 싫증을 느꼈을지도 모르겠다. 나는 이미 발표된 단편들로 끝내겠다는 약속으로써 독자를 서둘러 안심시키고자 한다. 하지만 독자와의 이별을

268) 투르게네프가 1848년에 「숲과 스텝」이라는 이 이야기의 에피그래프로 싣기 위해 직접 쓴 시다.

앞두고 사냥에 대해 몇 마디 말하지 않을 수 없다.

라이플총과 개를 동반한 사냥은 옛날 사람들도 말했듯이 그 자체로 멋지다. 하지만 당신은 사냥꾼으로 태어나지 않았다 해도 자연을 사랑할 것이다. 따라서 우리의 형제들을 부러워하지 않을 수 없을 것이다……. 들어 보라.

예를 들어 당신은 봄에 동트기 전 집을 나서는 것이 얼마나 즐거운지 아는가? 현관 계단으로 나간다……. 짙은 잿빛 하늘 여기저기에서 별들이 깜빡인다. 축축한 바람이 이따금 가벼운 물결처럼 불어온다. 조심스럽고 불분명한 밤의 속삭임이 들려온다. 그늘에 덮인 나무들이 사락사락 희미한 소리를 낸다. 첼레가에 양탄자가 깔리고 발치에 사모바르 상자가 놓인다. 곁말들이 몸을 떨고 콧김을 내뿜고 멋있게 두 발을 구른다. 잠에서 막 깬 하얀 거위 한 쌍이 조용히 느릿느릿 길을 건너간다. 바자울 너머 정원에서 파수꾼이 평화롭게 코를 곤다. 소리 하나하나가 차가운 공기 속에서 마치 그대로 멈춘 채 흐르지 않는 것 같다. 첼레가에 자리를 잡고 앉는다. 말들이 일제히 움직이고, 첼레가가 요란하게 덜컹거리기 시작한다……. 교회를 지나고, 언덕에서 오른쪽으로 방향을 틀고, 둑을 가로지른다……. 저수지에서 물안개가 막 피어오르기 시작한다. 조금 쌀쌀하다. 외투 옷깃으로 얼굴을 감싼다. 졸음이 온다. 말들이 철퍽철퍽 소리를 내며 웅덩이를 지나간다. 마부가 휘파람을 분다. 하지만 이제 4베르스타 정도 지났다……. 하늘 가장자리가 붉게 물든다. 갈까마귀들이 자작나무들 틈에서 깨어나

서툴게 날아간다. 참새들이 검은 건초더미들 부근에서 짹짹거린다 공기가 밝아지고, 길이 더 잘 보이고, 하늘이 맑게 개고, 구름이 하얗게 보이기 시작하고, 들판이 점점 더 초록색으로 물들어 간다. 통나무집들에서 관솔불이 붉게 타오르고, 대문 안쪽에서 졸음에 겨운 목소리들이 들려온다. 그러는 사이 아침노을이 붉게 타오른다. 하늘에 황금빛 띠들이 뻗어 있고, 골짜기들에서 안개가 소용돌이치며 피어오른다. 종달새들이 낭랑하게 노래하고, 첫새벽의 바람이 불기 시작한다. 그리고 적자색 태양이 고요히 떠오른다. 빛이 급류처럼 세차게 쏟아진다. 몸속에서 심장이 새처럼 팔딱거린다. 모든 것이 싱그럽고 명랑하고 사랑스럽다! 주위가 멀리까지 보인다. 저기 숲 너머에 마을이 있다. 좀 더 멀리 하얀 교회가 있는 다른 마을이 있다. 언덕 위에 작은 자작나무 숲이 있다. 그 너머에 목적지인 늪지가 있다……. 가라, 말들아, 가라! 빠른 속보로 앞으로 내달려라! ……이제 3베르스타 정도밖에 안 남았다. 해가 빠르게 떠오른다. 하늘이 맑다……. 날씨는 멋질 것이다. 마을에서 가축 떼가 천천히 다가온다. 언덕으로 올라간다……. 얼마나 멋진 풍경인가! 강이 안개 사이에서 흐릿한 푸른빛으로 10베르스타쯤 굽이굽이 흐른다. 그 너머에 물기 많은 초록색 풀밭이 펼쳐져 있다. 풀밭 너머에 완만하게 경사진 언덕들이 있다. 멀리 댕기물떼새들이 큰 소리로 울어 대며 늪지 위를 맴돈다. 대기에 가득한 촉촉한 광채 사이로 먼 곳이 또렷하게 두드러져 보인다……. 여름의 풍경과는 완전히 다르다. 가슴은 얼마나 자유롭게 숨 쉬고, 팔다리는 얼마나 활기차게 움직이는가!

봄의 신선한 호흡에 에워싸인 인간은 얼마나 강해지는가!

여름의 아침, 7월의 아침도 있다! 동틀 무렵 떨기나무 숲 사이를 어슬렁거리는 기쁨을 사냥꾼 외에 누가 알겠는가? 이슬이 맺혀 하얗게 변한 풀 위에 발이 녹색 윤곽을 남긴다. 축축한 떨기나무를 헤치고 나아가다 보면 밤새 쌓인 따뜻한 향기에 젖는다. 공기 전체에 쑥의 싱그럽고 쌉싸름한 향, 메밀과 '토끼풀'의 꿀처럼 달콤한 향이 진동한다. 멀리 벽처럼 늘어선 참나무 숲이 햇살을 받아 새빨갛게 물들며 반짝인다. 아직은 상쾌하지만 이미 가까이에서 열기가 느껴진다. 진한 향기에 괴로울 정도로 머리가 핑핑 돈다. 떨기나무 숲이 끝없이 펼쳐져 있다……. 멀리 곳곳에 노랗게 익어 가는 호밀과 좁은 띠를 이루며 붉어져 가는 메밀이 보인다. 첼레가가 덜컹거리는 소리가 들린다. 농부가 그 사이를 천천히 누비고 나아가 말을 미리 그늘에 세워 둔다………. 그와 인사를 하고 떠나면 등 뒤에서 낫을 가는 맑은 쇳소리가 들린다. 해가 점점 더 높아진다. 풀이 빠르게 마른다. 어느새 더워지기 시작한다. 한 시간이 지나고, 또 한 시간이 지난다……. 지평선 부근의 하늘이 거무스름해진다. 움직임 없는 공기가 살을 찌르는 듯한 열기를 품으며 타오른다.

"형제, 이 부근에 목을 축일 수 있는 곳이 있을까?" 풀 베는 사람에게 묻는다.

"저기 골짜기에 샘이 있습니다."

덩굴이 뒤얽힌 무성한 호두나무 숲 사이를 지나 골짜기 바닥으로 내려간다. 정말로 낭떠러지 바로 아래 샘이 감춰져 있다. 작은 참나무가 새의 발 같은 가지를 탐욕스럽게 물 위로 뻗는다. 벨벳 같은 작은 이끼로 덮인 바닥에서 커다란 은빛 거품이 흔들흔들 올라온다. 땅바닥에 몸을 던져 갈증을 푼다. 하지만 이제 꼼짝하기도 싫다. 그늘에서 향기롭고 축축한 공기를 들이마신다. 행복하다. 맞은편의 떨기나무들이 뜨겁게 달아오르고 마치 햇볕을 받아 노랗게 변한 것처럼 보인다. 그런데 이게 무슨 일인가? 갑자기 바람이 일어 빠르게 스치고 지나간다. 주위의 공기가 떨린다. 천둥이 치려나? 골짜기를 벗어난다……. 지평선에 걸린 납빛 띠는 도대체 무엇일까? 폭염이 심해지려나? 먹구름이 밀려오려나? 하지만 번개가 희미하게 번쩍인다……. 어, 소나기다! 해가 아직 환한 빛을 주위에 뿌리고 있다. 아직 사냥을 할 수 있다. 하지만 먹구름이 커지고 있다. 먹구름의 앞쪽 가장자리가 소맷자락처럼 늘어나 우리 위에서 아치를 이룬다. 풀, 떨기나무, 모든 것이 검게 변한다……. 서두르자! 저기 건초 헛간이 보이는 것 같다……. 서두르자! 달려가 안으로 들어간다……. 웬 비람? 웬 번개람? 초가지붕 틈새에서 여기저기 향기로운 건초 위로 빗물이 떨어진다……. 하지만 해가 다시 나타난다. 소나기가 지나간다. 밖으로 나간다. 하느님, 주위의 모든 것이 얼마나 즐겁게 반짝이는지요! 공기가 얼마나 상쾌하고 부드러운지요! 딸기와 버섯의 향기가 얼마나 진하게 풍기는지요!

하지만 곧 저녁이 찾아온다. 마치 화재라도 난 것처럼 노을이 붉게 타오르며 하늘을 반쯤 덮는다. 해가 지고 있다. 근처의 공기가 어째서인지 유리처럼 유난히 투명하다. 저 멀리 따뜻해 보이는 부드러운 안개가 깔려 있다. 조금 전까지 옅은 금빛 급류로 뒤덮여 있던 숲속의 작은 빈터에 붉은 광채와 이슬이 내린다. 나무들에서, 떨기나무들에서, 높은 건초더미들에서 긴 그림자들이 빠르게 드리워진다. 해가 완전히 졌다. 별 하나가 반짝이기 시작하며 저녁노을에 물든 불타는 듯한 바닷속에서 아른거린다. 이제 그 바다가 창백하게 빛을 잃는다. 하늘이 푸르게 변한다. 또렷한 그림자들이 사라지고, 대기에 안개가 자욱이 깔린다. 숙소로, 마을로, 밤을 보낼 통나무집으로 돌아갈 시간이다! 피곤하지만 어깨에 라이플총을 걸치고 빠르게 걸어간다……. 그사이 밤이 찾아온다. 어느새 스무 걸음 앞도 보이지 않는다. 어둠 속에서 개들이 희뿌옇게 겨우 보인다. 검은 떨기나무들 위로 하늘의 가장자리가 어렴풋하게 밝아 온다……. 저게 뭐지? 불이 났나? 아니다, 달이 떠오르고 있는 것이다. 저기 아래 오른쪽에서 벌써 마을의 작은 등불들이 깜빡인다……. 마침내 당신이 묵을 통나무집이 나온다. 작은 창문 너머로 하얀 식탁보로 덮인 탁자와 불을 붙인 양초와 저녁 식사가 보인다…….

아니면 경주용 드로시키에 말을 매라고 지시한 후 들꿩을 잡으러 숲으로 향한다. 높게 자란 호밀이 두 개의 벽처럼 늘어선 좁은 오솔길 사이로 빠져나가는 것은 즐겁다. 이삭들이 조용히 얼굴을 두드리고, 수레국화들이 발에 걸리고, 메추라기들이 주위에서 큰 소리로 우짖고, 말들이 나른한 속보로 달린다. 숲에 도착한다. 그늘과 정적. 머리 위 높은 곳에서 미끈한 사시나무들이 종알댄다. 길게 드리워진 자작나무 가지들이 거의 흔들리지 않는다. 강인한 참나무가 아름다운 보리수나무 옆에 전사처럼 서 있다. 그늘로 얼룩진 초록빛 오솔길을 지난다. 커다란 노란색 파리들이 금빛 공기 속에 꼼짝 않고 있다가 갑자기 날아가 버린다. 등에들이 기둥을 이루어 그늘에서는 밝은색을, 햇살 아래에서는 검은색을 띠며 맴돈다. 새들이 평화롭게 노래한다. 개똥지빠귀의 작은 금빛 목소리가 재잘재잘 순수한 기쁨을 울린다. 그 목소리가 은방울꽃 향기에 어울린다. 멀리, 더 멀리, 숲속으로 더 깊숙이 들어간다……. 숲이 먹먹하게 고요해진다……. 말로 표현할 수 없는 고요함이 마음속으로 쑥 들어온다. 주위의 모든 것이 졸음에 겨워 정적에 빠진다. 하지만 바람이 불어닥치고, 나무 우듬지들이 부서지는 파도처럼 쏴아 소리를 낸다. 여기저기에서 지난해에 떨어진 갈색 잎사귀를 뚫고 풀이 높다랗게 자라고 있다. 버섯들이 여기저기 갓을 받치고 서 있다. 토끼가 갑자기 튀어나오고, 개가 날카롭게 짖으며 뒤따라 질주한다…….

그리고 멧도요새들이 날아드는 늦가을에 이 숲이 얼마나 아름다운지! 후미진 곳에는 멧도요새들이 숨어 있지 않기에 숲 가장자리를 따라 찾아야 한다. 바람도 없고 햇살도 없다. 빛도, 그늘도, 움직임도, 소리도 없다. 부드러운 공기에서 술 냄새 비슷한 가을 향기가 진하게 풍긴다. 멀리 노란 들판 위에 옅은 안개가 깔려 있다. 잎이 다 떨어진 갈색 나뭇가지들 사이로 움직임 없는 하늘이 평온하고 하얗게 보인다. 보리수나무들 여기저기에 마지막 금빛 잎사귀들이 달려 있다. 발아래 촉촉한 흙이 폭신폭신하다. 높이 자란 마른 풀줄기들은 조금도 흔들리지 않는다. 긴 거미줄이 생기를 잃은 풀 위에서 반짝인다. 가슴이 편안하게 숨쉰다. 하지만 이상야릇한 불안감이 마음에 찾아온다. 숲 가장자리를 따라 걸으며 개들을 지켜본다. 그러는 사이 죽었든 살아 있든 사랑하는 사람들의 얼굴과 형상이 기억에 떠오르고, 아주 오래전에 잠든 인상들이 불현듯 눈을 뜬다. 상상이 새처럼 유유히, 또는 빠르게 날아다닌다. 모든 것이 눈앞에서 아주 또렷이 움직이고 멈춘다. 심장이 때로는 갑자기 떨리고 고동치고 열렬히 앞으로 내달리고, 때로는 추억 속에 돌이킬 수 없이 빠져든다. 지금까지의 삶 전체가 두루마리처럼 가볍고 빠르게 펼쳐진다. 자신의 과거, 감정, 힘, 영혼을 자유롭게 전부 끌어낸다. 그리고 주위의 어떤 것도 그를 방해하지 않는다. 햇빛도, 사람도, 소리도 없다…….

아침에 서리가 내리는 쌀쌀하고 청명한 가을날, 자작나무는 마치 옛날이야기에 나오는 나무처럼 온통 금빛을 띠며 옅푸른 하늘을 배경으로 아름답게 보인다. 낮게 걸린 해는 더 이상 따뜻한 온기를 전하지 않지만 여름의 해보다 더 눈부시게 빛난다. 나무들이 헐벗은 채 서 있는 것을 즐겁고 경쾌하게 느끼는 듯 조그마한 사시나무 숲 전체가 반짝인다. 골짜기 바닥에 아직 서리가 하얗게 남아 있고, 상쾌한 바람이 조용히 살랑이며 말라비틀어진 낙엽들을 날린다. 푸른 물결이 멍하니 떠 있는 오리들과 거위들을 율동적으로 흔들면서 기쁘게 강을 따라 질주한다. 멀리 갯버들에 반쯤 덮인 물레방아가 덜컹덜컹 소리를 내고, 비둘기들이 빛나는 공기 속에서 다채로운 색채를 띠며 그 위를 빠르게 맴돈다…….

사냥꾼들은 좋아하지 않지만 안개 낀 여름날도 좋다. 그런 날에는 총을 쏠 수 없다. 새가 발아래에서 날개를 퍼덕이며 날아올라 움직임 없는 희뿌연 안개 속으로 곧 사라지기 때문이다. 하지만 얼마나 고요한지! 주위의 모든 것이 말로 표현할 수 없을 만큼 고요한 정적에 잠긴다! 모든 것이 깨어나고, 모든 것이 침묵한다. 나무 옆을 지나지만 나무는 조금도 흔들리지 않는다. 나무는 즐거운 기분에 잠겨 있다. 공기 속에 골고루 퍼진 옅은 안개 사이로 눈앞에 긴 띠가 거무스름하게 보인다. 그 띠를 가까이 있는 숲이라 생각하고 그쪽으로 다가간다. 숲이 밭 사이의 좁은 길에 높다랗게 돋은 쑥 두둑으로 변한다. 머리 위에도 주위에도 어디를 보나 안개가 끼어 있다……. 하지만 이제 바람이 살짝 분다. 연기 같은 희미한 안개 사이로 옅푸른 하늘 한 조각이 어렴풋이 드러나더니, 갑자기 금빛 광선이 뚫고 들어와 긴 급류를 이루어 흐르며 들판에 부딪치다가 숲에 맞닥뜨린다. 그리고 다시 모든 풍경이 뒤덮인다. 이 싸움이 오래도록 계속된다. 하지만 마침내 빛이 승리해 햇볕에 덥혀진 안개의 마지막 물결이 식탁보처럼 돌돌 말렸다가 펼쳐졌다 하면서 부드럽게 빛나는 머나먼 하늘 속으로 휘감듯 올라가다가 사라지는 이런 날은 얼마나 말로 표현할 수 없을 만큼 웅장하고 눈부신가…….

하지만 당신은 이제 마을에서 멀리 떨어진 들판으로, 스텝으로 떠나려 한다. 샛길을 따라 10베르스타쯤 겨우 빠져나가면 마침내 큰길이 나온다. 끝없는 짐수레 행렬을 지나친다. 활짝 열어젖힌 대문, 우물, 차양 아래 쉭쉭 소리를 내며 끓는 사모바르, 이런 모습의 여인숙들을 지나친다. 한 마을에서 다른 마을로 이동하고, 끝없이 아득한 들판을 가로지르고 초록빛 삼밭들을 따라 당신은 오래오래 말을 몬다. 까치들이 버드나무에서 버드나무로 날아다닌다. 긴 갈퀴를 쥔 농가의 여자들이 밭으로 터벅터벅 걸어간다. 난징 무명으로 지은 낡아 빠진 카프탄을 걸치고 어깨에 배낭을 멘 도보 여행자가 지친 걸음으로 느릿느릿 걸어간다. 피로에 지친 키 큰 말 여섯 필이 끄는 지주의 묵직한 카레타가 맞은편에서 미끄러지듯 달려온다. 창문 밖으로 쿠션 귀퉁이가 삐죽 튀어나와 있다. 눈썹까지 진흙이 튄 외투 차림의 하인이 뒤쪽 하인석의 짚방석 위에서 끈을 잡고 비스듬히 앉아 있다. 기울어진 작은 목조 주택들, 끝없는 울타리, 사람이 살지 않는 상인의 석조 주택들, 깊은 골짜기 위에 걸린 낡은 다리…… 이런 것들이 있는 군 소재지가 나타난다. 더 멀리, 더 멀리 간다! 스텝 지역이 나타나기 시작했다. 언덕에서 내려다본 풍경은 얼마나 멋진지! 꼭대기까지 쟁기로 갈고 파종한 둥그스름하고 야트막한 구릉들이 넓은 물결을 이루며 펼쳐진다. 그 사이로 떨기나무가 무성한 골짜기들이 구불구불 뻗어 있다. 작은 숲들이 길쭉한 섬처럼 여기저기 흩어져 있다. 좁은 오솔길들이 한 마을에서 다른 마을로 뻗어 있다. 교회들이 하얗게 보인다. 버드나무 숲들 사이로 둑 때문에 물줄기가 네 곳이 끊긴 실개울이 반짝인다. 너새들이 저 멀리 들판에 한 줄로 늘어서 있다. 헛간이나 외양간 같은 부속 시설들, 과수원, 탈곡장을 갖춘 낡은 지주의 저택이 조그마한 못 옆에 자리 잡고 있다. 하지만 당신은 더 멀리, 더 멀리 나아간다. 구릉들은 점점 작아지고, 나무는 거의 보이지 않는다. 마침내 끝없이 아득한 스텝이 모습을 드러낸다!

겨울에는 높게 쌓인 눈 더미를 헤치며 토끼를 잡으러 다니고, 살갗을 찌르는 듯한 혹한의 공기를 들이마시고, 부드러운 눈의 눈부신 작은 반짝임에 자기도 모르게 눈을 가늘게 뜨고, 불그레한 숲 위로 보이는 하늘의 녹색을 넋 놓고 바라본다! 그리고 주위의 모든 것이 반짝반짝 빛나며 서서히 스러지는 이른 봄에는 녹은 눈에서 올라오는 짙은 김 사이로 따뜻한 흙냄새가 풍기기 시작한다. 비스듬한 햇살 아래 눈과 얼음이 녹아 흙이 드러난 곳에서 종달새들이 순진하게 노래하고, 골짜기에서 골짜기로 급류가 경쾌한 소리와 울부짖는 듯한 소리를 내며 물결친다…….

하지만 이제 글을 마칠 때가 됐다. 마침 봄에 대해 이야기했다. 봄에는 헤어짐이 쉽다. 봄에는 행복한 사람들조차 먼 곳에 마음이 끌린다……. 독자여, 안녕. 늘 행복하기를 바라며.

작품 해설

참호 속의 눈동자

우리는 이 슬픈 시간의 무게에 복종해야 합니다.
해야 할 말 말고 느낀 것을 말합시다.

—셰익스피어, 「리어왕」 5막 3장 중에서

1 들어가며

1861년 3월 6일, 파리에서 『아버지와 자식』을 집필하던 이반 세르게예비치 투르게네프는 절친한 벗인 문학 비평가 안넨코프로부터 전보를 받았다. 2월 19일에 농노 해방 선언문이 발표됐다는 소식이었다. 파리에 있는 러시아 정교회의 교회에서 감사 예배가 열렸다. 1825년 12월, 입헌 군주제와 농노 해방을 외치며 보수 성향의 니콜라이 1세(재위 기간 1825~1855)의 즉위를 저지하려던 3000여 명의 장교들과 지식인들이 뜻을 이루지 못하고 그 자리에서 사살되거나(60명) 사형을 당하거나(5명) 시베리아로 유형을 떠난 지(121명) 삼십오 년 만의 일이었다. 알렉산드르 2세의 사면으로 시베리아 유형에서 돌아온 N. I. 투르게네프와 S. G. 볼콘스키도 그 예배에 참석했다. 투르게네프는 안넨코프에게 보내는 편지에서 "우리는 진심으로 군주를 위해 기도했습니다. 군주께서 건강하시기를."이라며 감격을 전했다.

알렉산드르 2세에게 농노 해방을 단행하도록 이끈 책이 있다. 그는 황태자 시절에 『사냥꾼의 스케치』를 탐독한 후로 농노를 해방해야겠다는 생각을 한시도 잊은 적이 없다고 술회했다. 이 『사냥꾼의 스케치』를 쓴 작가가 바로 투르게네프다.

농노제란 농민 노예, 즉 농노가 할당받은 토지를 경작하면서 그 토지의 소유주인 지주(대부분 국가로부터 토지를 하사받은 귀족들이었다.)에게 지대를 납부하는 제도다. 농노는 지주의 땅에서 일주일에 사나흘 일하는 방식으로, 혹은 수확물의 일부나 현금을 내는 방식으로 지대를 갚았다. 농노들은 농사를 짓는 유형, 지주의 집에서 하인으로 일하는 유형, 지주가 소유한 극단이나 악단에서 활동하는 유형, 수공업이나 상업에 종사하는 유형 등으로 나뉘었다. 이들은 토지에 예속되어 지주나 국가의 허락 없이는 거주지 인근을 벗어날 수 없었다. 농노들은 병역의 의무도 떠맡아야 했는데 대부분 한번 입대하면 집으로 돌아올 수 없었다. 그래서 농민 공동체는 농가에 부담을 주지 않기 위해 성인 남성이 있는 가정에 순번을 매겨 영지에 할당된 신병의 수를 채웠지만, 지주나 그 대리자인 관리인이 농노들을 통제할 목적으로 신병 충원을 직접 관리하는 경우도 많았다. 농노는 매매가 가능한 지주의 사유 재산이었고, 지주의 자산 가치는 토지의 면적이 아니라 토지에 속한 농노의 수로 평가됐다. 농노제는 1500년대에 형성되어 약 250년 동안 러시아의 경제적 토대를 이루었는데, 1850년대에 실시한 인구 조사에서 농노의 수가 전체 인구의 약 90퍼센트로 집계됐다고 하니 국민 대다수가 농노였던 셈이다.

투르게네프는 러시아 남부에 위치한 오룔에서 농노를 5000명 거느린 대지주 집안의 아들로 태어났다. 그 당시 농노들은 대부분 '세례받은 가축'으로 취급받으며 가혹한 조건 아래에서 삶을 유지했다. 투르게네프의 어머니는 그 시대의 기준에 비추어 보아도 유난히 잔혹한 지주였다. 농노뿐 아니라 자식에게도 매질과 괴롭힘을 일삼았고, 마음에 들지 않는 남자 농노들을 군대에 보내기 일쑤였다. 투르게네프의 단편 「무무」에는 말을 못 하는 농노 게라심에게 그가 아끼던 개 무무를 물에 빠뜨려 죽이게 하는 지주 마님이 나온다. 이 소설은 어머니의 영지에서 실제로 벌어진 일을 모티프로 삼은 것이다.

투르게네프는 어린 시절부터 어머니의 농노들이 박해받는 모습을 목격하며 농노제의 부당함을 뼛속 깊이 느꼈고, 어머니에게 학대받은 자신을 따뜻하게 보듬어 주던 농노들과 가까이 지내면서 그들을 통해 러시아의 민담과 민요와 러시아 작가의 작품들을 접했다.

투르게네프가 어린 시절 영지에서 보고 들은 일들은 망각 속으로 흩어지지 않고 먼 훗날 『사냥꾼의 스케치』를 탄생시킬 모태를 형성해 나갔다. 소설가 오에 겐자부로의 말대로, 어린 투르게네프는 '아이들이 싸우는 방식으로', 즉 자신이 본 것을 전부 기억 속에 보관해 잊어버리지 않는 방식으로 슬픈 시절의 무게와 싸우고 있었던 것이다.

2 『사냥꾼의 스케치』가 나오기까지

베를린 유학 시절, 헤겔과 셸링과 쇼펜하우어를 접하고 그곳에서 러시아의 자유주의적 사상가인 스탄케비치와 훗날 무정부주의 혁명가가 될 바쿠닌을 만나 교제를 나누면서 투르게네프는 점차 자유주의 성향의 서구주의자[1]로 성장했고, 러시아로 돌아온 후에는 역시 서구주의자였던 비평가 벨린스키에게 깊은 감화를 받아 평생 그의 미학을 자신의 작품 속에 녹여 내려고 애썼다.

벨린스키는 그 무렵 러시아에서 가장 영향력 있는 문학 비평가였다. 1860년대 이후 등장한 급진주의 비평가들처럼 문학을 메시지를 담기 위한 단순한 도구로 취급하지는 않았지만, 문학과 삶의 통일을 주장하면서 문학이 현실과 괴리된 채

---

1) 당시의 러시아 지식인들은 러시아의 미래를 두고 크게 두 갈래로 나뉘었다. 서구주의자는 서유럽의 진보적인 계몽주의 사상과 문물을 적극 받아들여 러시아를 개선시키고 유럽의 일부가 되기를 꿈꾸었으며, 슬라브주의자는 서유럽 문화가 러시아 고유의 영혼과 그리스도교 신앙에 해악을 끼친다고 판단해 러시아적인 삶의 방식을 고수하며 서유럽식 발전과 다른 독자적인 길을 가고자 했다.

미적 가치만 쫓는 경향에 대해서는 경계의 목소리를 높였다. 진리와 정의에 대한 벨린스키의 열정은 투르게네프뿐 아니라 니콜라이 1세의 잔혹한 전제 정치 아래 있던 동시대의 많은 러시아 작가들에게 스며들어 러시아 문학 특유의 분위기를 빚어내는 데 깊은 영향을 미쳤다. 버지니아 울프는 19세기 러시아 문학 전반에 걸친 독특한 색채에 대해 다음과 같이 말했다.

> 불행으로 가득 찬 세상에서 우리의 가장 중요한 소명은 고통받는 동료 인간에 대한 이해에 있다는 가정, 그 이해도 "……머리가 아닌 가슴으로 느끼는 연민"이어야 한다는 바로 이 가정은 모든 러시아 문학에 드리운 구름이며, ……형제애는 공통의 행복, 노력, 혹은 욕망에서 솟아나는 것이 아니라, 바로 공유하는 고통에서 나온다. 러시아 문학을 창조해 내는 것은, 해그버그 라이트 박사가 러시아 민족에게 있어서 전형적인 것으로 보았던, 바로 그 "깊은 슬픔"이다.[2)]

벨린스키는 1848년, 즉 투르게네프가 머지않아 『사냥꾼의 스케치』라는 작품집으로 묶게 될 소품들을 잡지에 연재하던 시기에 서른일곱의 나이로 때 이른 죽음을 맞았다. 이 작품집에 수록된 「영지 관리인」의 끝에는 "슐레지엔의 잘츠브룬에

---

2) 버지니아 울프, 한국 버지니아 울프 학회 옮김, 『울프가 읽은 작가들』, 솔, 2022, 410~411쪽.

서, 1847년 7월."이라는 표식이 붙어 있다. 집필 장소와 탈고 날짜가 기록된 유일한 작품이다. 1847년, 슐레지엔의 잘츠부룬에서 요양 중이던 벨린스키는 고골이 『친구와의 서신 교환선』에서 드러낸 반계몽적인 슬라브주의에 실망해 '고골에게 보내는 편지'를 통해서 공개적으로 반박했다. 그 시기에 잘츠부룬에 머물며 창작을 하던 투르게네프는 벨린스키의 유명한 편지를 독자에게 환기시키고 자신도 벨린스키의 신념에 동의함을 드러내기 위해 「영지 관리인」의 끝에 저 암호 같은 문구를 기념비처럼 남겼다. 스물여덟 살의 도스토옙스키가 페트라솁스키 서클에서 이 편지를 낭독한 죄로 사형 선고를 받은 것(사형 집행 직전 니콜라이 1세의 칙령으로 감형을 받아 그 후 시베리아에서 팔 년 동안 유형 생활을 했다.)을 감안하면, 이런 소극적인 표현도 당시로서는 아주 위험한 일이었을 것이다. 훗날 투르게네프는 『아버지와 자식』(1862)을 벨린스키에게 헌정하며 "비사리온 그리고리예비치 벨린스키의 추억에 바치다."라는 문장을 속표지에 실었다.

이 작품집은 그 영향력이나 문학적 가치가 무색하게도 아주 우연히 탄생한 산물이었다. 투르게네프는 1843년 스물다섯 살의 나이에 「파라샤」라는 시를 발표하며 신예 시인으로서 잠시 주목을 끌었다. 그러나 이듬해에 낸 첫 단편 「안드레이 소콜로프」와 여러 시들은 별다른 성공을 거두지 못했고, 그 이후로 투르게네프는 창작자로서 계속 부진한 모습을 보였다.

마침 1846년, 《소브레멘니크》[3] 잡지사를 사들여 새로운 출발을 준비하던 시인 네크라소프와 파나예프가 벨린스키를 통해 알게 된 투르게네프에게 이듬해 1월 창간호에 실을 원고를 청탁했다. 자신의 재능에 회의를 품고 창작을 접으려던 투르게네프는 시 아홉 편과 「호리와 칼리니치」라는 소품을 넘기고 사랑하는 여인 폴린 비아르도를 따라 프랑스로 떠나 버렸다.

1843년에 페테르부르크로 공연을 하러 온 에스파냐 태생의 프랑스 오페라 가수 폴린 비아르도를 만난 이후, 투르게네프는 평생 독신의 몸으로 그녀에게 공공연히 사랑을 표현하면서 그녀의 가족과 끈끈한 사이로 지냈다. 폴린이 투르게네프를 연인으로 받아들였는지 분명하지 않고 투르게네프 역시 폴린을 만난 이후에도 다른 여인들과 숱하게 연인 관계를 맺었지만(그중에는 혁명가 바쿠닌의 여동생 나탈리야도, 톨스토이의 여동생 마리야도 있었다.) 투르게네프와 폴린과 그녀의 남편 루이 비아르도의 기묘하면서도 평화로운 삼각관계는 루이 비아르도와 투르게네프가 죽기까지 계속됐다.

이들 부부가 러시아 문학에 끼친 영향은 매우 크다. 러시아에 공연하러 온 폴린은 지인인 게데오노프와 투르게네프가 프랑스어로 구술해 준 고골의 작품을 번역서로 만들어 프랑스에서 출간했다. 극장주이자 자유주의 저널리스트인 루이는 『돈키호테』를 프랑스어로 번역한 번역가이기도 했는데, 투르

---

3) 소브레멘니크는 러시아어로 '동시대인'을 뜻한다. 본래 1836년에 푸시킨이 창간한 잡지였지만, 니콜라이 1세의 전제 정치 아래 이 무렵에는 날카로운 색채와 사회적 영향력을 잃은 상태였다.

게네프뿐 아니라 도스토옙스키를 비롯한 당대의 러시아 지식인들도 『돈키호테』를 이 프랑스어 번역판으로 읽었다고 한다. 투르게네프와 도스토옙스키가 『돈키호테』로부터 받은 영향을 생각하면, 이 프랑스어판 『돈키호테』는 19세기 러시아 문학에 상당히 중요한 역할을 했다고 볼 수 있다. 게다가 투르게네프처럼 사냥을 즐기던 루이가 1846년에 출간한 『사냥에 관한 회상록(Souvenirs de chasses)』도 투르게네프에게 『사냥꾼의 스케치』를 위한 착상을 제공했을 것으로 보인다.

《소브레멘니크》 창간호의 잡기란에 실린 「호리와 칼리니치」는 뜻밖에도 독자들로부터 대단한 호평을 받았다. 이 작품이 '잡기란'에 실린 것만 보아도 알 수 있듯이, 투르게네프는 단편소설이 아닌 '스케치' 장르(우리말로는 '인상기'에 가까운)를 염두에 두고 이 글을 쓴 듯하다.

스케치란 단편보다 분량이 적고 플롯이 거의 없는 글을 뜻한다. 이 장르는 영국에서 16세기 이후 여행에 대한 관심이 커지고 프랑스나 이탈리아로 문화를 탐방하러 떠나는 그랜드 투어가 유행하면서 이국적인 경치와 풍습을 소개하기 위해 고안됐고, 극적 구성보다는 관찰에 바탕을 둔 묘사를 중시했다. 투르게네프와 동시대인인 디킨스가 창작 활동을 할 당시 이 스케치 양식은 영국에서 한창 유행하던 장르였다. 디킨스의 첫 문학 작품도 《먼슬리 매거진》에 실린 「민즈 씨와 그의 사촌(Mr. Minns and His Cousin)」이라는 스케치였다. 뒤이어 디킨스는 생활에서 발견한 인물들과 그들의 삶을 익살스럽게 묘사한 글을 '보즈의 스케치'(보즈는 디킨스의 필명이었다.)라는 제목으로 신문에 연재해 작가로서 확고한 명성과 재정적 성공을 거두었다.

유학과 해외여행을 통해 서유럽의 책들과 출판 경향을 익히 알았던 투르게네프는 아마도 이러한 스케치 형식을 차용해 자신이 사냥에서 만난 두 농부와 시골의 싱그러운 풍경을 전하려 했던 게 아닐까 싶다. 그런데 「호리와 칼리니치」가 예상 외로 큰 인기를 얻자, 편집장인 네크라소프는 투르게네프에게 사냥꾼이 사냥 여정에서 겪는 일들을 소재로 계속 잡지에 연재해 줄 것을 부탁했고, 그 다음 호부터 'Записки охотника'라는 제목으로 투르게네프의 작품을 싣기 시작했다. 'записка'라는 러시아어는 메모, 짧은 편지, 수첩, 관찰기, 회상기, 수기, 일기 등을 뜻하는 용어다. 그런데 이 용어가 당시 영국에서 유행하던 스케치 장르를 떠올리게 할 뿐 아니라 많은 작가와 연구자가 이 작품집이 마치 러시아 농촌의 인물과 풍경에 대한 스케치 같다는 공통된 의견을 보여, 이 작품을 옮긴 필자 역시 책 제목을 '사냥꾼의 스케치'로 옮겼다.

그리하여 불과 한 회의 스케치로 끝나 어쩌면 러시아 문학사에서 영원히 잊혔을지도 모를 '어느 사냥꾼의 이야기'는 이처럼 작가조차 어디로, 얼마 동안, 어떻게 가야 할지 모르는 채로 긴 여정을 떠나게 되었다. 얼떨결에 그 막막한 여정을 떠나는 청년 투르게네프의 등을 힘껏 밀어 준 이는 벨린스키와 고골이었다. 「호리와 칼리니치」에 뒤이어 같은 해 2호에 「표트르 페트로비치 카라타예프」가 발표됐을 때, 벨린스키는 상상을 토대로 한 문학보다 이처럼 현실적인 삶의 스케치에서 투르게네프의 진정한 재능이 발현된다고 말하며 투르게네프를 독려했고, 고골은 안넨코프를 통해 두 단편에 대한 극찬을 전했다. 러시아 문학계의 두 거장으로부터 용기를 얻은 투르게네프는 자신이 농노제의 폐해를 알리는 데 뭔가 기여할 수 있을지 모른다는 기대를 품고 긴 여정을 위한 호흡을 고를 수 있었다.

투르게네프는 1847년부터 1851년까지 《소브레멘니크》에 스물한 편을 연재했고, 1852년에 단행본을 내면서 「두 지주」를 추가했다. 그리고 이후에 발표한 「체르토프하노프의 최후」(《베스트니크 예브로피》 11호, 1872), 「살아 있는 유골」(『사마라 현 기근 희생자들을 도울 기금을 마련하기 위한 러시아 문인들의 소설집』, 1874), 「바퀴 소리가 납니다!」(『투르게네프 선집』, 1874)를 추가해 1874년에 총 스물다섯 편으로 이루어진 『사냥꾼의 스케치』 결정판을 출간했다. 투르게네프는 결정판의 차례를 잡지에 연재된 순서와 다르게 짰다. 전체적인 그림 없이 임기응변식으로 연재하던 소품들과 거의 스무 해가 지난 뒤 발표한 세 소품을 통합하는 과정에서 작품들 전체를 감싸는 통일적인 내러티브와 새로운 형식을 부여하려 고심한 듯 보이지만, 결정판의 순서를 새롭게 조정한 이유에 대해서는 명확하게 밝히지 않았다. 그럼에도 1874년판은 1852년판과 비교할 때 장르와 형식의 측면에서 다른 뉘앙스를 띠게 되었다. 이에 대해서는 작품을 논의하는 장에서 구체적으로 논하기로 하겠다. 결정판의 차례와 각 작품의 발표 시점은 다음과 같다.

「호리와 칼리니치」(《소브레멘니크》 1847년 1호)

「예르몰라이와 방앗간 주인의 아내」(《소브레멘니크》 1847년 5호)

「산딸기 물」(《소브레멘니크》 1848년 2호)

「군(郡) 의사」(《소브레멘니크》 1848년 2호)

「내 이웃 라질로프」(《소브레멘니크》 1847년 5호)

「소지주 옵샤니코프」(《소브레멘니크》 1847년 5호)

「리고프」(《소브레멘니크》 1847년 5호)

「베진 초원」(《소브레멘니크》 1851년 2호)

「크라시바야 메치의 카시얀」(《소브레멘니크》 1851년 3호)

「영지 관리인」(《소브레멘니크》 1847년 10호)

「영지 사무소」(《소브레멘니크》 1847년 10호)

「비류크」(《소브레멘니크》 1848년 2호)

「두 지주」(1852년 단행본 출간 때 추가됨.)

「레베쟌」(《소브레멘니크》 1848년 2호)

「타치야나 보리소브나와 조카」(《소브레멘니크》 1848년 2호)

「죽음」(《소브레멘니크》 1848년 2호)

「노래꾼들」(《소브레멘니크》 1850년 11호)

「표트르 페트로비치 카라타예프」(《소브레멘니크》 1847년 2호)

「밀회」(《소브레멘니크》 1850년 11호)

「시그로보군의 햄릿」(《소브레멘니크》 1849년 2호)

「체르토프하노프와 네도퓨스킨」(《소브레멘니크》 1849년 2호)

「체르토프하노프의 최후」(《베스트니크 예브로피》 1872년 11호)

「살아 있는 유골」(1874년 『사마라현 기근 희생자들을 도울 기금을 마련하기 위한 러시아 문인들의 소설집』에 수록됨.)

「바퀴 소리가 납니다!」(1874년 『투르게네프 선집』에 수록됨.)

「숲과 스텝」(《소브레멘니크》 1849년 2호)

1852년, 『사냥꾼의 스케치』의 단행본 출간을 앞두고 이 작품을 검열한 관리는 보고서에 이렇게 기록하며 출간에 대해 우려를 표했다.

> 투르게네프의 작품은 선보다 악을 더 많이 낳을 것 같습니다. ……행정관과 합리주의자와 낭만주의자와 이상주의자와 환희에 찬 몽상적 인물의 면모를 지니고도 박해받는 농민들, 악한 행동을 일삼고 법을 어기는 지주들, 지주에 대해 비굴하게 행동하는 마을 사제, 뇌물을 받는 군 경찰서장과 그 밖의 권력자들을 보여 주는 것, 농민들이 자유의 몸으로 사는 편이 나음을 보여 주는 것이 과연 유익할까요?

당시의 분위기로 미루어 볼 때 이 작품의 원고가 깊은 어둠 속에 매장되지 않고 세상에 나올 수 있었던 것은 하나의 기적이었다. 이 작품이 그 당시 사회에 어느 정도 파급력을 발휘했는지 추측할 수 있는 일화가 있다.

1852년 2월에 고골이 사망한 후, 투르게네프는 그를 위해 쓴 추모사가 검열에 막혀 페테르부르크의 신문에 실리지 못하자 아직 수도의 분위기를 파악하지 못한 모스크바의 한 신문사로 원고를 보내 4월에 편법으로 발표했다. 러시아 당국은 이 사건에 대해 '검열법 위반'이라는 죄목을 붙여 투르게네프를 페트로파블롭스키 요새 감옥에 한 달 동안 구금했다가 스파스코예 영지로 유형을 보내 일 년 동안 억류했다. 비록 이 사건은 『사냥꾼의 스케치』가 단행본으로 나오기 넉 달 전의 일이지만, 당국은 이 작품이 연재되던 내내 위험인물로 지목해 온 투르게네프의 사회적 영향력을 잠재우고 단행본의 파급력을 약화시키기 위해 검열법 위반을 구실로 그를 페테르부르크와 모스크바로부터 떼어 놓은 듯하다.

3 『사냥꾼의 스케치』의 문학적 의의

『사냥꾼의 스케치』는 러시아의 오룔 지방에서 지주 귀족 남성이 사냥을 다니다 마주친 인물들, 혹은 이웃들과 교제하면서 알게 된 인물들을 스케치하듯 묘사한 소품들의 모음집이다. 그래서 이 소품들은 사건 전개보다는 초상화처럼 인물 한 명 한 명을 구체적으로 묘사하는 데 더 초점을 맞추고 있다. 이 소품집은 러시아의 지방 관리와 지주들의 초상을 생동감 있게 묘사하고 러시아 사회의 속악한 모습을 신랄한 풍자로 드러낸 고골의 『죽은 혼』[4](1841)과 구성이 비슷해서 그 아류작으로 치부될 수도 있었다. 그러나 『사냥꾼의 스케치』가

4) 치치코프라는 인물이 은행에서 막대한 돈을 대출받기 위해 지방의 지주들을 찾아다니며 사망 신고가 되지 않은 죽은 농노들을 사들여 가상의 담보물을 만들려 한다는 이야기다.

러시아 문학의 황금시대라 불리는, 즉 푸시킨부터 고골, 투르게네프, 도스토옙스키, 톨스토이, 체호프로 이어지는 19세기 러시아 문학 계보에서 투르게네프의 대표작으로 자리를 점할 수 있었던 것은 러시아 사회에 끼친 사회적 영향을 넘어 후세의 작가들에까지 계속 문학적 영감을 불러일으키는 고유한 문학성이 있었기 때문일 것이다.

우선 『사냥꾼의 스케치』에서 눈에 띄는 부분은 '무시간성'이다.

1852년에 단행본으로 엮인 스물한 편의 작품들은 러시아 농촌에 대한 그 세밀하고 풍부한 묘사 때문에 마치 투르게네프가 현장에서, 혹은 현장을 다녀온 지 얼마 안 돼 곧바로 창작한 산물처럼 보인다. 그러나 앞서 말했듯, 폴린 비아르도를 향한 열정 때문에 투르게네프는 연재 기간 대부분 프랑스에 있었다. 투르게네프가 한창 사냥에 빠져 지냈던 시기는 베를린 유학에서 막 돌아온 1841년 6월에서 10월 사이이며, 주로 이때의 경험이 연재물의 소재가 되었다. 「호리와 칼리니치」와 「표트르 페트로비치 카라타예프」는 1846년 러시아에서, 열두 편은 1847년 프랑스에서, 두 편은 1848년 프랑스에서, 네 편은 1850년에서 1851년 사이 러시아에서 완성됐다. 러시아에서 멀리 떨어져 있던 투르게네프는 《소브레멘니크》에 계속 연재를 하기 위해서, 작가로서 입지를 다질 마지막 기회를 놓치지 않기 위해서 기억의 심연으로 하강해 필사적으로 헤집을 수밖에 없었다.

기억을 주요 테마로 삼은 소설가 나보코프는 사랑하는 대상을 기억으로 보존해 예술로 형상화하는 것이야말로 자연의 무심한 파괴력에 스러져 가는 모든 것에 영원한 생명을 부여하고 영원히 소유하는 법임을 보여 주려 했다. 전기 작가 브라이언 보이드는 나보코프의 작법을 설명하면서 나보코프가 삶의 순간과 그 모습을 정교하게 관찰하고 확대하고 재생해 본 후 상실을 염두에 두고서 시간이 없는 곳을 응시한다고 말한 바 있다.

『사냥꾼의 스케치』에서도 이와 같은 기억과 형상화에 대한 열정이 감지된다. 특히 전체에서 아주 많은 부분을 차지한 자연에 대한 묘사가 그렇다. 그중에서도 「베진 초원」, 「바퀴 소리가 납니다!」, 「숲과 스텝」에서의 자연은 투르게네프의 기억 속에 마치 순간적인 동결로 고스란히 저장되었다가, 시간적으로도 공간적으로도 아주 멀리 외따로 떨어진 곳에서 간절한 노스탤지어의 주문과 함께 그대로 복원되어 영원히 빛바래지 않는 신비한 이미지로 재탄생한 것처럼 보인다.

그런데 언어로 복원된 이 영상들 속에는 오직 계절의 변화와 풍경의 차이만 있을 뿐 인간이 인위적으로 얇게 분리해 낸 구체적 시간은 존재하지 않는다. 『사냥꾼의 스케치』 속 이야기들은 시간적인 배경이 농노 해방 이전이라는 점 말고는 시간에 대해 아무런 정보도 제공하지 않는다. 투르게네프의 「첫사랑」에서 블라지미르 페트로비치의 이야기는 "그때 나는 열여섯 살이었다. 1833년 여름이었다."라고 시작하고, 『아버지와 자식』의 첫 장면은 "1859년 5월 20일"이라는 날짜 아래 펼쳐진다. 『루진』의 마지막 장면에서 루진은 “1848년 6월 26일 무더운 한낮”에 최후를 맞는다. 투르게네프의 작법 중 특이한 점은 날짜를 아주 구체적으로 알리고 작중인물 한 명 한 명에 대해 상세한 과거를 입힌다는 점이다. 그는 자신이 그려 내는 소설의 시공간을 구체적으로 밝혀 시대와 작중인물이 서로 긴밀하게 얽히는 모습을 보여 주고자 했다. 그런데 이 첫 소품집에 실린 어느 작품에도 그런 구체적인 날짜가 없으며, 대부분의 주요 작품이 발표된 이후에 나온 1874년의 결정판도 마찬가지다. 물론 작중인물들의 과거를 세세하게 서술하는 특유의 작법은 이 초기작에서도 잘 드러난다. 그러나 그런 과거 이력들은 시간의 흐름을 보여 주기보다 각 인물들의 성격과 심리를 이해하기 위한 밑그림으로 이용될 뿐이다.

그래서인지 『사냥꾼의 스케치』 속 자연은 물리적 세계에서든 개인의 의식에서든 상실되거나 흐릿해지는 일 없이 ‘시간이 없는 곳’에 영원히 있을 듯한 느낌을 불러일으킨다. 이 작품들 속의 농노들이 귀족과 다를 바 없는 존엄한 인간으로 한층 더 또렷이 부각되는 것은 그들이 언제까지나 압도적인 생명력을 풍길 듯한 아름다운 자연 속에서 그 일부로 제시되기 때문일 것이다.

한편 『사냥꾼의 스케치』에는 투르게네프가 애써 정보를 감춘 수수께끼 같은 인물이 있다. 바로 화자인 ‘나’다. 1852년의 단행본에서 이 ‘나’에 대해 알 수 있는 것은 오룔 부근의 지주 귀족이라는 점, 귀족과 농노를 가리지 않고 누구에게나 정중하고 다정한 남자라는 점뿐이다. 그의 나이나 생김새나 겉모습에 대한 단서도 없고, '나'의 어머니의 존재가 동행인 예르몰라이의 입에서 잠시 언급될 뿐 '나'의 가족 관계나 과거 행적이나 현재의 활동에 대한 암시도 전혀 없다. 그럼에도 애초에 「호리와 칼리니치」가 '소설'로서 잡지에 실린 것이 아니었기에 동시대인들은 이 '나'를 작가인 투르게네프로 여겼고, 사 년 가까이 연재가 계속된 후에도 이 작품집을 투르게네프가 사냥 여정에서 만난 인물들을 그린 사실적인 르포르타주로 여긴 듯하다. 헤럴드 블룸을 비롯해 20세기 이후의 저명한 비평가와 러시아 문학 연구자의 글에서도 종종 이런 인식을 접할 수 있다. 그러나 투르게네프는 1874년 결정판에 수록한 「살아있는 유골」에서 루케리야가 옛 주인마님의 아들인 '나'를 향해 '표트르 페트로비치'라고 부르게 함으로써, 작가인 자신과 작품 속 화자인 '나'를 분리시키려는 의도를 분명히 드러냈다.(투르게네프의 이름과 부칭은 '이반 세르게예비치'다.) 그렇게 함으로써 이 소품들이 말 그대로 비소설인 '스케치' 장르가 아니라 '스케치' 장르를 차용한 단편 소설들의 연작임을 밝힌 것이다. 그는 긴 연재 기간 내내, 그리고 1874년 결정판에서도 '나'에 대한 정보를 의도적으로 숨겨 '나'를 하나의 거대한 감각 장치로 느끼게 만들었고, 이것은 스물다섯 편의 제각기 다른 이야기에 공통된 결을 부여하는 독특한 문학적 장치가 되었다.

화자에 대해 감지되는 것은 주위를 관찰하는 그의 '눈'과 처음 만난 인물들에게 말을 거는 '입'과 그들의 이야기를 듣는 '귀'뿐이다. 마치 카메라를 들고 실제 인물들을 따라다니며 촬

영하다가 카메라 뒤에서 이따금 질문을 건네 스스로 말하게 하는 다큐멘터리 감독처럼 느껴질 정도다. 이처럼 화자를 소설 속 작중인물들과 어울리게 하면서도 그의 역할을 최소화하여 관찰 대상에 대한 도덕적 판단을 자제하면서 묘사에만 충실하도록 설정한 것, 그리고 전지적인 시점을 쓸 수 없는 상황에서 최대한 진실을 드러내기 위해 「예르몰라이와 방앗간 주인의 아내」, 「베진 초원」, 「영지 관리인」, 「밀회」처럼 '엿듣기' 기법을 적극적으로 활용한 것 등에서 셰익스피어의 영향이 느껴지기도 한다.

이 소품집이 농노들의 합리성, 도덕성, 예술성, 감수성, 고통 등을 섬세하게 다룸으로써 농노 계층에 대한 귀족들의 인식을 바꾸고 농노 해방에 기여한 것은 분명하지만, 투르게네프가 농노들을 이상화하려 했던 것은 결코 아니다. 투르게네프는 농노와 지주 외에도 삼류 화가, 시종, 지방의 의사, 몰락한 소귀족, 말 거간꾼 등 러시아의 시골과 지방 도시에서 볼 수 있는 다양한 인물들을 다루었고, 각 등장인물들의 미덕과 악덕, 사랑스러움과 속물스러움, 동요와 광기 등 인간에게서 관찰할 수 있는 온갖 심리를 예리하게 포착하여 놀랍도록 풍부한 언어로 그려 냈다. 말해야 할 것을 말하지 않고 감각되는 것만을 묘사하는 이 독특한 거리감은 투르게네프가 자신의 예술에서 평생토록 지키고자 한 예술적 신념이 된다.

그러나 '나'라는 존재와 그의 경험만으로는 소설 속에 다양한 등장인물들을 끌어들일 수 없고 이야기의 전개도 점차 부실해질 수밖에 없다. 투르게네프가 세 번째 연재(1874년 결정판에서 두 번째로 실린 「예르몰라이와 방앗간 주인의 아내」)부터 등장시킨 예르몰라이는 '나'가 계속 카메라 뒤에 있을 수 있도록 돕고 단편들에 역동성과 변화를 불어넣는 절묘한 장치가 되었다. '나'가 사냥의 동행자로 고용한 입담 좋은 예르몰라이는 점잖은 귀족인 '나'와 호기심과 두려움으로 쭈뼛거리는 농노들을 연결한다. 그는 '나'에게 농노들과 마을에 대한 정보를 전해 주고, 난관에 처한 '나'를 위해 농노들에게 스스럼없이 도움을 청하며, 문제의 해결을 위해 어디로 누구를 찾아가야 할지 알려 준다. 길들일 수 없는 야생 짐승 같은 예르몰라이는 숲에 대해 잘 알고 위기에 대처하는 능력도 뛰어나다. 그는 유쾌하고 믿음직스러운 동행인이지만 때로 술값을 벌기 위해 '나'를 속일 만큼 뻔뻔스럽기도 하다. 예르몰라이는 불과 여섯 작품, 즉 「예르몰라이와 방앗간 주인의 아내」, 「내 이웃 라질로프」, 「리고프」, 「체르토프하노프와 네도퓨스킨」, 「살아 있는 유골」, 「바퀴 소리가 납니다!」에만 등장한다. 그러나 흰색에 가까운 '나'와 풍성한 색채로 표현된 예르몰라이는 마치 돈키호테와 산초처럼 서로 날카로운 대조를 보이면서도 상대의 약점을 훌륭히 보완해 주는 유쾌한 짝패를 이루어 이야기의 폭과 깊이를 넓혀 나간다.

투르게네프는 셰익스피어와 세르반테스를 열정적으로 탐독한 독자였다. 『사냥꾼의 스케치』에서 셰익스피어의 희곡들과 세르반테스의 『돈키호테』의 그림자가 계속 어른거리는 것은 우연이 아니다. 그는 소설의 작법에서뿐 아니라 작중인물의 형상화에도 그 대가들의 솜씨를 계속 빌려 온다. 「시그로보군의 햄릿」에서 스스로를 시그로보군의 햄릿이라 칭하는 익명의 인물은 비범한 천재가 되기를 꿈꾸지만 내면에 열등감을 안고 계속 고뇌하다 범속하기 짝이 없는 일상의 나락으로 침잠한다. 또한 「체르토프하노프와 네도퓨스킨」과 「체르토프하노프의 최후」의 주인공인 체르토프하노프는 궁핍하지만 고결한 도덕심과 담대한 용기를 잃지 않은 몰락 귀족으로, 사랑하는 친구와 여인과 말을 연이어 잃으면서 광기를 띠고 비참한 최후를 맞이한다. 이 두 인물은 말할 나위도 없이 햄릿과 돈키호테를 변주하여 새롭게 창조해 낸 작중인물이다. 햄릿과 돈키호테를 모델로 한 인물들은 그의 후기작에서도 계속 나타난다. 투르게네프는 「햄릿과 돈키호테」(1860)[5]라는 에세이에서 인간 유형을 철저한 자기 분석과 이기주의와 불신이 특징인 햄릿형 인간과 용감하고 자유로우며 행동이 앞서는 돈키호테형 인간으로 나누었을 만큼 문학사에서 가장 유명한 작중인물일 햄릿과 돈키호테에 대해 깊이 분석했고, 나아가 그 인물들을 자신의 피조물을 창조하기 위한 원형으로 삼았다. 그 밖에도 「크라시바야 메치의 카시얀」(『사냥꾼의 스케치』에 수록됨.)에서 딸인 듯한 아름다운 소녀를 극진히 아끼고 새들과 대화를 나누고 사람들을 치유해 주는 카시얀은 셰익스피어의

5) 이 에세이는 2020년에 『투르게네프의 햄릿과 돈키호테』(임경민 옮김, 지식여행)라는 제목으로 초역되어 출간되었다.

「템페스트」에 등장하는 마법사 프로스페로를 차용한 듯하다. 투르게네프가 1870년에 발표한 「초원의 리어왕」 역시 셰익스피어의 리어왕에서 모티프를 빌린 것이다.

『사냥꾼의 스케치』는 다양한 장르가 시도된 작품집이기도 하다. 매번 엇비슷한 플롯으로 전개해야 하는 상황에서 자칫 지루해질까 봐 염려스러웠는지, 이 단편집에는 투르게네프가 새로운 인물들과 배경뿐 아니라 다양한 형식을 도입해 각 작품의 존재감을 높이려 노력한 흔적이 뚜렷하게 보인다.

가령 「베진 초원」은 공포 소설 같은 형식을 띤다. 어스름이 깔리는 숲에서 헤매던 '나'는 초원에서 모닥불을 발견하고 그곳으로 향한다. 불 주위에는 보호자도 없이 말들을 방목하러 나온 사내아이들이 모여 있다. '나'는 불가에서 쉬어 가기를 청하고 아이들이 불편해하지 않도록 자는 척한다. 여름밤의 매혹적인 초원에서 모닥불 주위에 둘러앉은 아이들은 저마다 '진짜 있었던 일'이라고 강조하면서 마을에 떠도는 무서운 이야기들을 풀어 낸다. 아침이 밝아 오고, 눈부시게 쏟아지는 햇살 아래 사내아이들의 소란스러운 움직임 속에서 지난밤의 소름 끼치는 이야기들이 희미해진다. 그러나 말미에 훗날의 '나'가 덧붙인 무심한 말, 즉 그날 밤 강가에서 예전에 그 강에 빠져 죽은 친구의 목소리를 들었다고 한 파벨이 그해를 못 넘기고 죽었다는 말이 독자를 급습하듯 덮치며 묘한 공포를 자아낸다.

「노래꾼들」은 그 어느 작품보다 다큐멘터리의 요소가 풍부하다. 노래 대결을 소리 없이 온전히 글로 전달해야 했던 투르게네프는 노래꾼들과 청중의 모습을 카메라로 클로즈업하듯 세밀하게 묘사하는 전략을 택했다. 두 노래꾼의 노래, 그리고 그들을 지켜보는 구경꾼들의 표정과 몸짓에 대한 세세한 묘사가 소설 속 시간이 현실의 시간과 같은 속도로 흐르는 것처럼 느끼게 만들고 독자들에게 실제로 노래를 듣고 있는 듯한 생생한 현장감을 선사한다.

「체르토프하노프와 네도퓨스킨」과 「체르토프하노프의 최후」는 유일한 2부작이다. '나'는 대부분의 인물들과 스치듯이 만나고 헤어질 뿐 그 이후의 일에 대해서는 거의 언급하지 않는데, 체르토프하노프에 대해서만큼은 첫 만남 후 이 년이 지나 그가 죽기까지의 비극적인 후일담을 덧붙였다. 이렇게 1부와 2부가 합쳐지면서, 앞서 말했듯 돈키호테 같은 인물인 체르토프하노프의 일대기가 완성된다. 독특한 점은 2부에서 투르게네프가 '나'의 목소리와 존재를 거의 지우다시피 하며('나'의 존재가 드러난 곳은 "내가 판탈레이 예레메이치의 집을 방문한 지 두 해가 지난 후 재앙이, 말 그대로 재앙이 그를 덮치기 시작했다."라는 서두의 한 문장뿐이다.) 스케치 장르의 색채를 지우고는 본격적인 삼인칭 시점을 사용해 '나'의 시점으로는 충분히 전달할 수 없는 사건의 전모와 심리를 극적으로 풍성하게 그려냈다는 것이다.

「바퀴 소리가 납니다!」는 범죄 소설을 변형한 형태를 띤다. '나'는 사냥에 쓸 총알을 구하기 위해 한밤중에 마차를 빌려 타고 도시로 나간다. 잠이 든 '나'는 문득 소란한 물소리에 깨었다가 마차가 강 한복판에 있는 것을 발견한다. 길을 잘못 들어 죽을 뻔한 위험에서 겨우 벗어난 일행은 다시 아름다운 초원에 넋을 잃으며 길을 떠난다. 문득 마부가 두려움에 찬 눈길로 소곤거린다. “바퀴 소리가 납니다!” 바퀴 소리는 사내들의 웃음소리와 탬버린 소리와 휘파람 소리와 뒤섞인 채 한 시간 가까이 그들을 쫓아온다. 점점 또렷하게 들리는 소리에 대한 묘사만으로 긴박감이 팽팽하게 고조된다. 노상강도임이 분명한 무리에게 따라잡힌 ‘나’와 마부는 살해당할지 모른다는 두려움에 휩싸이지만, 뜻밖에도 그들은 결혼 잔치에서 돌아오는 길이라며 계속 흥을 돋워 줄 약간의 술값을 청할 뿐이다. ‘나’와 마부는 지레 겁을 먹은 자신들을 한심해하며 유쾌하게 돌아오지만, 며칠 후 예르몰라이로부터 그날 밤 그 길에서 한 장사꾼이 돈을 빼앗기고 살해됐다는 이야기를 듣게 된다. ‘나’는 자신들을 뒤쫓은 이들이 그저 술에 취한 무뢰배들인지 사람을 살해하고 돌아가던 노상강도들인지 알 수 없다. 매혹과 위험, 평온과 공포, 유쾌함과 섬뜩함이 쉴 새 없이 교체되는 밤의 초원에 대한 묘사, 그리고 진위를 파악할 수 없는 사건에 대한 불편한 의혹은 작품에 끝까지 숨 막히는 긴장감을 불어넣는다.

『사냥꾼의 스케치』에 실린 스물다섯 편의 단편들을 이렇듯 구체적인 묘사로 놀랍도록 현실감을 띠게 된 작중인물들의 초상, 언어가 성취할 수 있는 최고 수준으로 묘사된 자연, 얼핏 소박하리만치 자연스러워 보이지만 치밀하게 계산된 다양한 구성으로 제각기 독특한 여운을 남긴다.

미국의 문학 비평가 해럴드 블룸은 『사냥꾼의 스케치』에 실린 단편들이 섬뜩할 정도로 아름답다고 극찬하며 단편 작가로서의 투르게네프를 셰익스피어에 견주었다. 투르게네프의 단편들은 얼핏 단순해 보이지만, 그 단순함은 최고의 재능, 즉 인간을 재발견하는 셰익스피어의 천재성 같은 재능이 있어야 도달할 수 있는 경지라는 것이다.

4 『사냥꾼의 스케치』가 러시아 문학과 세계 문학에 끼친 영향

작가 지망생이던 청년 장교 톨스토이는 《소브레멘니크》에 연재되던 『사냥꾼의 스케치』를 탐독하며 틈틈이 소설을 썼고, 『사냥꾼의 스케치』 단행본이 출간된 1852년에 같은 잡지를 통해서 익명으로 「유년 시절」을 발표하며 단번에 문단의 주목을 끌었다. 이후 톨스토이는 「산림 벌채」(1855)를 『사냥꾼의 스케치』의 작가 투르게네프에게 헌정하며 경의를 표했고, 『전쟁과 평화』(1869)와 『안나 카레니나』(1878) 등에서, 특히 사냥 장면에서 투르게네프의 영향이 뚜렷이 감지되는 뛰어난 묘사를 보여 주었다. 톨스토이는 투르게네프의 풍경 묘사에 대해 자신으로서는 흉내 낼 수도 없는 재능이라며 늘 감탄했다. 「산림 벌채」가 《소브레멘니크》에 발표된 후 편집장인 네크라소프는 투르게네프에게 다음과 같은 편지를 보냈다.

이게 어떤 것인지 압니까? 온갖 러시아 병사(혹은 장교)에 대한 보고 문학입니다. 이 보고 문학의 형식은 완전히 당신의 것입니다. ……표현과 비유에 이르기까지 『사냥꾼의 스케치』를 떠올리게 할 정도입니다.

네크라소프의 말은 투르게네프가 톨스토이에게 미친 영향을 직접적으로 가리킬 뿐 아니라, 『사냥꾼의 스케치』의 고유한 형식과 문체를 '투르게네프의 것'이라고 인증함으로써 러시아 문학과 세계 문학에서 투르게네프가 장차 차지하게 될 위상을 예언하고 있다.

일본의 러시아 문학 연구자이자 번역자인 쿠도 세이치로는 톨스토이의 「세 죽음」, 코롤렌코의 「강이 술렁인다」, 체호프의 「갈대 피리」와 「사격병」, 네크라소프의 「러시아의 아이」 역시 『사냥꾼의 스케치』에서 영향을 받은 작품들이라고 언급하며 『사냥꾼의 스케치』가 러시아 문학사에 끼친 강렬한 파급력을 강조했다. 나보코프는 투르게네프의 최악이 고리키에게로, 최선이 체호프에게로 이어졌다고 평하면서 체호프가 투르게네프의 작법을 자신의 문학 세계에 효과적으로 녹여 내었음을 암시하기도 했다.

한편, 폴란드 출신의 영국 소설가 조지프 콘래드는 『사냥꾼의 스케치』를 가리켜 "잊을 수 없는 인물들이 그려 내는 탄복할 만한 풍경"이라고 평가했고, 아일랜드 작가 프랭크 오코너는 이 작품을 어떤 단편집과도 비교할 수 없는 가장 뛰어난 단편집으로 손꼽았다. 또한 2013년 《타임》지가 "현존하는 영어권 최고의 단편 소설 작가"로 꼽은 미국 소설가 조지 손더스는 『사냥꾼의 스케치』에 수록된 「노래꾼들」을 일컬어 그 투박함과 느슨함에도 불구하고 높은 수준의 조직력을 갖춘, 자신을 늘 새롭게 매혹하는 작품이라 표현했다.

이렇듯 『사냥꾼의 스케치』는 러시아뿐 아니라 다양한 언어권의 많은 작가들에게도 깊은 인상을 남기며 그들의 창작에 영향을 미쳤고, 단행본이 출간된 지 170여 년이 흐른 오늘날까지도 작가들의 상상력을 자극하고 있다.

5 맺으며

농노 해방이 선포된 1861년, 오룔에서 모스크바로 향하는 기차 안에서 두 농민이 투르게네프에게 다가와 머리가 땅에 닿도록 절하면서 러시아 민중을 대신해 감사를 표현했다. 투르게네프는 훗날 이 일을 자신의 생애에서 가장 자랑스러운 순간으로 꼽았다.

투르게네프의 유해가 페테르부르크에 도착해 벨린스키의 묘지 옆에 묻히던 날, 테러리스트 P. F. 야쿠보비치가 정부의 감시를 피해 뿌린 전단지에서 투르게네프에 대해 내린 평가가 흥미롭다.

그는 신사이자 귀족이자 온건한 자유주의자인 투르게네프가 스스로도 의식하지 못하는 사이에 러시아 혁명에 공감하고 그것을 위해 봉사했다고 평했다. 이는 현실과 객관적 거리를 두려고 노력했음에도 사회 변혁에 깊이 관여하게 된 투르게네프의 모순적인 삶을 적절하게 잘 표현한 평가라 할 수 있다.

성인이 된 후 죽음을 맞기까지 사십 년 가까운 세월을 외국에서 보냈음에도 투르게네프는 늘 조국의 현실을 주시했고 변혁을 꿈꾸는 사람들의 목소리에 귀를 기울였다. 『사냥꾼의 스케치』뿐 아니라 『루진』(1856), 『귀족의 보금자리』(1859), 『전야』(1860), 『아버지와 자식』(1862), 『처녀지』(1877) 등의 장편 소설들은 러시아 인텔리겐치아들의 정신사에 대한 기록이라 불릴 만큼 시대의 소리를 충실히 담아 낸 작품들로 평가된다. 그는 작품에서든 실생활에서든 그 어떤 인물이나 유파에도 몰입하지 않고 거리를 두는 태도 때문에 러시아의 모든 진영으로부터 반발을 불러일으켰지만(특히 『아버지와 자식』), 평생 러시아의 자연과 사회와 동시대 인간을 냉정한 시각에서 섬세하고 풍요로운 시적 언어로 묘사하려는 태도를 꺾지 않았다. 그런데 그처럼 러시아의 전제주의와 인텔리겐치아를 '참호 속의 눈동자'처럼 멀리서 응시하며 살아간 그가 러시아의 변혁에 가장 깊게 개입한 인물 중 한 명으로 꼽히는 것이다.

한편 투르게네프는 서유럽에 가장 먼저 알려진 러시아 작가라 할 수 있다. 투르게네프가 생애 대부분을 러시아 밖에서 머문 것은 앞서 말했듯 사랑하는 폴린 비아르도의 곁에 머물기 위해서였다. 비아르도 부부는 프랑스 사교계의 영향력 있는 인사들이었기에, 투르게네프는 그들을 통해 프랑스의 많은 예술가들, 특히 작가들과 교류할 수 있었다. 플로베르, 공쿠르 형제, 메리메, 졸라, 상드는 투르게네프의 작품에 깊은 경의를 표했으며, 모파상은 투르게네프를 가리켜 자신의 스승이라 칭했다. 투르게네프를 열렬히 숭배한 미국 작가 헨리 제임스는 투르게네프야말로 '동시대 현존하는 최고의 작가'라고 극찬하기도 했다.

그때까지만 해도 투르게네프의 작품 외에 러시아 문학은 서유럽에 거의 알려지지 않았다. 파리 문단에서 명망을 누리던 투르게네프는 자신의 영향력을 발휘해 푸시킨, 고골, 도스토옙스키, 톨스토이 등 러시아의 대작가들을 프랑스에 소개하고 번역에도 참여하면서 '러시아 문학의 파리 대사'라는 별명을 얻기도 했다. 사실 투르게네프는 대부분의 동시대 러시아 작가들과 갈등을 빚었다. 소설의 착상을 훔쳤다는 죄목으로 곤차로프로부터 고소를 당하기도 했고, 도스토옙스키에 대한 우스꽝스러운 거짓 소문을 퍼뜨려 그의 분노를 사기도 했으며, 톨스토이와는 잦은 충돌 끝에 결투 직전까지 갔다가 십칠 년 동안 인연을 끊기도 했다. 도스토옙스키와 톨스토이는 각각 『악령』과 『부활』에서 투르게네프를 닮은 인물을 등장시켜 희화화할 정도로 그의 성향에 반감을 품었다.

그러나 투르게네프는 러시아 작가들과의 온갖 불화에도 불구하고 객관적인 태도로 그들의 문학적 가치를 서유럽에 충실히 전파하고자 애썼다. 실제 삶에서는 약점이 많은 인간이었을지 모르지만 글을 쓸 때만큼은 사실을 엄정하게 바라보려는 특유의 작가적 자아가 그의 내면을 온전히 지배한 것이다.

톨스토이의 단편 「두 경기병」이 프랑스에서 번역되어 출간될 때 투르게네프가 《르 탕》에 쓴 서평은 이런 노력을 단적으로 보여 준다. 그는 톨스토이에 대해 푸시킨과 고골에서 출발한 러시아의 새로운 문학 유파에서 가장 두각을 드러내고 있는 소설가라고, 유럽의 문학과 미술을 지배하고 있는 사실주의의 흐름 속에 있으면서도 자신만의 고유한 색깔과 목소리를 지닌 작가라고 소개했다. 아울러 톨스토이의 데뷔작인 「유년 시대」에 대해서는 그 소설에 깃든 디킨스의 색채를 적절히 부각하면서 섬세한 심리학적 관찰과 시적 정취가 돋보인다는 평을, 최근작인 『전쟁과 평화』에 대해서는 독창적이고 광대한 대서사시이자 역사 소설이라는 의견을 덧붙였다. 투르게네프가 동포 작가를 조명하면서 보여 준 이런 섬세하고 균형 잡힌 비평은 분명 그 어떤 찬사보다도 강한 호소력을 띠고서 타국 독자들의 마음을 파고들었을 것이다.

또한 투르게네프는 플로베르의 단편집 『세 가지 이야기』(1877) 가운데 자신이 걸작으로 꼽은 「구호 수도사 성 쥘리앵의 전설」과 「헤로디아」를 번역해서 러시아 문학 잡지 《베스트니크 예브로피》에 싣기도 했다. 이렇듯 그는 스스로도 '투르게네프 스타일'이라 불리는 개성적인 색채로 19세기 러시아 문학에 뚜렷한 족적을 남겼을 뿐 아니라, 19세기 러시아 문학이 세계 문학의 큰 줄기를 이루어 가는 과정에서 귀중한 마중물이 되었고, 서유럽 문학이 러시아 예술에 새로운 숨결을 불어 넣을 수 있도록 그 나름의 역할을 했다.

투르게네프는 진정 러시아에서 서유럽으로, 서유럽에서 러시아로 문학의 불을 옮기던 프로메테우스였다.

2025년 11월

연진희

작가 연보[1]

1818년 10월 28일, 러시아 중부의 오룔에서 세르게이 니콜라예비치 투르게네프와 바르바라 페트로브나의 둘째 아들로 태어났다. 아버지는 가난하지만 유서 깊은 가문 출신의 장교였고, 어머니는 5000명의 농노가 딸린 스파스코예 영지의 지주였다.

1821년 봄에 가족이 스파스코예 영지로 이사했다.

1825년 12월, 알렉산드르 1세 사망. 니콜라이 1세 즉위. 입헌 군주제와 농노 해방을 기치로 한 제카브리스트 의거가 진압되고 니콜라이 1세의 전제 정치가 시작되었다.

1827년 가족이 모스크바로 이사했다. 바이덴하머 기숙 학교에

1) 연보에 적힌 날짜는 제정 러시아가 사용한 율리우스력을 따랐다.

들어가 이 년을 보냈다.

1828년 8월, 톨스토이 출생.

1829년 8월부터 11월까지 형 니콜라이와 아르메니아 전문학교 부속의 기숙 학교에서 공부했다.

1831년 그리보예도프의 희곡 「지혜의 슬픔(Горе от ума)」이 초연되었다.

1833년 9월, 모스크바 대학교 문학부에 입학했다. 이부여동생 니콜라예브나 보그다노브나 루토비노바가 태어나 친모인 바르바라의 양녀로 양육되었다.(투르게네프의 어머니가 톨스토이의 장인이 될 베르스와의 불륜으로 낳았다.)

1834년 7월, 상트페테르부르크 대학교 역사철학부로 옮겼다. 10월, 아버지가 사망했다. 12월, 바이런의 「맨프레드」를 모방한 극시 「스체노(Стено)」를 창작했다.(투르게네프가 죽은 지 삼십 년이 지나 출판되었다.)

1835년 고골이 맡은 상트페테르부르크 대학교의 역사학 강의에서 그를 만났다. 역사가이자 사회 활동가인 그라놉스키를 만났다.

1836년 6월, 상트페테르부르크 대학교를 졸업했다. 셰익스피어의 「오셀로」와 「리어 왕」, 바이런의 「맨프레드」를 러시아어로 번역했다. 4월, 고골의 희곡 「검찰관(Ревизор)」이 출간되고 초연되었다.

1837년 1월, 문학 교수 플레트네프의 문학 모임과 음악회에서 푸시킨을 만났다. 2월, 푸시킨 사망. 가을에 칸디다트 학위를 취득했다. 스파스코예 영지에서 사냥에 빠져 지냈다.

1838년 잡지 《소브레멘니크(Современник)》 4월 호에 시 「저녁(Вечер)」을 발표했다. 5월, 여행과 학문을 위해 유럽으로 떠났다. 그라놉스키의 소개로 독일 철학에 정통하고 모스크바 대학생들의 추앙을 받던 스탄케비치를 만났다.

1839년 베를린 대학교에 입학했다. 역사, 고전, 철학, 특히 헤겔 철학을 공부했다.

1840년 레르몬토프의 『우리 시대의 영웅(Герой нашего времени)』이 출간되었다. 6월, 스탄케비치가 이탈리아에서 사망했다. 7월, 바쿠닌을 만났다.

1841년 6월에서 10월까지 스파스코예 영지에 체류했다. 베를린 대학교에서 학업을 마치고 러시아로 귀국했다. 7월, 레르몬토프 사망. 10월, 바쿠닌의 영지를 방문했다. 바쿠닌의 여동생 타치야나와 사랑에 빠졌다.

1842년 고골의 『죽은 혼(Мёртвые души)』이 출간되었다. 어머니의 농노 아브도치야가 투르게네프의 딸 펠라게야를 출산했다. 1850년에 투르게네프는 딸의 이름을 사랑하는 폴린 비아르도의 이름을 따서 폴리나(프랑스 이름은 폴리네트)라고 개명하고 폴린에게 양육을 맡겼다.

1843년 1월, 벨린스키를 만났다. 4월, 시 「파라샤(Параша)」로 첫 문학적 성공을 거두고 비평가 벨린스키의 찬사를 받았다. 7월, 내무부에서 근무하기 시작했다. 11월, 로시니의 오페라 「세비야의 이발사」 공연을 위해 상트페테르부르크로 온 에스파냐 태생의 프랑스 오페라 가수 폴린 비아르도를 만나 일생에 걸친 사랑을 시작했다.

1844년 게르첸과 네크라소프를 만났다. 잡지 《오체체스트벤니에 자피스키(Отечественные записки)》 11월 호에 한 청년의 불완전한 사랑을 그린 첫 단편 「안드레이 콜로소프(Андрей Колосов)」를 발표했다.

1845년 1월, 늙은 은둔자와 한 청년이 대화하는 형식을 띤 장시 「대화(Разговор)」가 단행본으로 출간되었다. 2월, 《오체체스트벤니에 자피스키》에 괴테의 극시 「파우스트」 번역에 대한 서평을 실었다. 4월, 내무부를 사직하고 창작에 전념했다. 여름, 폴린의 소개로 조르주 상드를 만났다. 11월, 도스토옙스키를 만났다.

1846년 도스토옙스키의 「가난한 사람들(Бедные люди)」이 발표되고 벨린스키가 이 작품을 극찬했다. 외가인 루토비노프 가문에 내려오는 전설을 기초로 초자연적인 주제의 중편 「세 초상화(Три портрета)」를 발표했다. 1846년에서 1851년까지 『사냥꾼의 스케치(Записки охотника)』라는 연작으로 엮일 단편들을 창작해 《소브레멘니크》에 연재했다.

1847년 1월, 폴린을 따라 외국으로 떠났다. 《소브레멘니크》에 단편 「호리와 칼리니치(Хорь и Калиныч)」를 발표했다.(이후 『사냥꾼의 스케치』에 첫 번째 단편으로 수록되었다.)

1848년 2월, 파리에서 혁명이 시작되어 유럽 곳곳으로 확산되었다. 파리로 가서 혁명을 직접 목격했다. 5월, 비평가 벨린스키 사망. 여인에 대한 남자의 욕망이 초래한 파멸을 다룬 단편 「페투시코프(Петушков)」를 발표했다.

1849년 상트페테르부르크 관리들의 관행에 대한 3막짜리 풍자극 「독신자(Холостяк)」를 발표했다. 4월, 도스토옙스키가 페트라솁스키 모임의 토론에 참여한 죄목으로 체포되어 페트로파블롭스크 요새에 감금되었다. 12월, 사형 직전 니콜라이 1세의 칙령으로 도스토옙스키가 형 집행 중지로 감형받고 강제 노동 유형에 처해졌다.

1850년 무시받고 거부당한 인간이 마지막 며칠 동안 남긴 일기인 단편 「잉여 인간의 일기(Дневник лишнего человека)」를 발표했다. 3월, 희곡 「시골에서의 한 달(Месяц в деревне)」을 완성했다. 7월, 파리에서 러시아로 돌아왔다. 11월, 모스크바에서 어머니가 사망했다. 영지의 농노를 해방했다.

1852년 2월, 고골 사망. 《소브레멘니크》 2월 호에 환상적인 이야기인 「세 만남(Три встречи)」을 발표했다. 4월, 고골을 위한 추모사를 모스크바의 신문에 발표했다. 당국이 이 일로 투르게네프를 체포해 한 달 동안 구금한 후 그의 영지인 스파스코예로 유형을 보내 일 년 동안 억류했다. 8월, 『사냥꾼의 스케치』가 단행본으로 출간되었다. 《소브레멘니크》 9월 호부터 톨스토이의 중편 「유년 시절(Детство)」이 익명으로 연재되었다.

1854년 프랑스에서 『사냥꾼의 스케치』가 번역 출간되었다. 말

못 하는 농노와 그의 개를 다룬 단편 「무무(Муму)」를 발표했다. 먼 친척 올가 투르게네바와 사랑에 빠졌다.

1855년 2월, 니콜라이 1세 사망. 알렉산드르 2세 즉위. 8월, 세바스토폴이 함락되어 크림 전쟁에서 러시아가 패하게 되었다. 11월, 톨스토이를 만났다. 여인숙 주인인 한 농노의 불행한 이야기를 그린 단편 「여인숙(Постоялый двор)」을 발표했다. 벨린스키를 모델로 한 단편 「야코프 파신코프(Яков Пасынков)」를 발표했다.

1856년 폴린을 따라 다시 유럽으로 떠났다. 시를 처음 접하면서 상상력을 자극받은 어느 귀족 부인에 대한 이야기를 그린 단편 「파우스트(Фауст)」를 발표했다. 《소브레멘니크》 1월 호, 2월 호에 첫 번째 장편 소설 『루진(Рудин)』을 발표했다. 11월, 세 권으로 구성된 『투르게네프 중단편집』이 페테르부르크에서 출판되었다.

1857년 영국을 방문해 밀른스, 칼라일, 새커리, 매콜리 등 많은 영국 지성인들을 만났다.

1858년 《소브레멘니크》 1월 호에 라인강을 무대로 한 불행한 사랑 이야기인 「아샤(Ася)」를 발표했다.

1859년 《소브레멘니크》 1월 호에 『귀족의 보금자리(Дворянское гнездо)』를 발표했다. 1월, 러시아문학애호가협회 정회원이 되었다. 8월, 『귀족의 보금자리』가 단행본으로 출간되었다. 11월, '문학자선기금회의' 창립자의 한 사람으로 위원회의 위원이 되었다. 우크라이나계 젊은 여성 작가 마르코비치 부인을 만나 삼 년 동안 가까운 관계로 지냈다.

1860년 잡지《루스키 베스트니크(Русский вестник)》1월 호, 2월 호에 어느 불가리아인에게서 받은 공책을 기초로 쓴 『전야(Накануне)』를 발표했다. 1월, 문학 기금 마련을 위한 1차 공개 강연에서 '햄릿과 돈키호테'란 테마로 연설했다. 3월, 사춘기 소년의 짝사랑 이야기인 자전적 중편 「첫사랑(Первая любовь)」을 발표했다. 곤차로프의 작품을 표절했다는 혐의(곤차로프가 투르게네프의 『전야』에 자신의 미발표작 『절벽(Обрыв)』의 일부가 표절되었다고 주장했다.)로 중재 재판을 받았다. 11월, 러시아문학 분과회의에서 학술원의 준회원으로 선출되었다.

1861년 2월, 알렉산드르 2세가 농노 해방령을 선포했다. 러시아 최초의 혁명 단체인 '토지와 자유단'이 결성되었다. 3월, 안넨코프가 보낸 전보를 통해 파리에서 농노 해방령에 대한 소식을 알게 되었다. 4월, 러시아를 방문했다. 5월, 시인 페트의 영지에서 딸 폴리나의 문제로 톨스토이와 결투 신청이 오갈 만큼 심한 언쟁을 벌인 후 십칠 년간 둘의 관계가 끊어졌다.

1862년 《루스키 베스트니크》 2월 호에 『아버지와 자식(Отцы и дети)』을 발표했다. 5월, 런던에서 게르첸과 시베리아 유형에서 막 탈출해 온 바쿠닌을 만났다. 이 만남에서 러시아 사회의 특성과 미래에 대해 게르첸과 논쟁을 벌였다.

1863년 1월, 폴란드 봉기 발발. 2월, 런던 망명자들과의 관계를 의심한 러시아 원로원 조사 위원회의 소환장을 받았다. 황제에게 서면 질의로 대체해 줄 것을 청원하고 서면으로 답변했다. 플로베르를 만났다. 5월, 비아르도 가족과 함께 독일 바덴에 정착했다.

1864년 1월, 원로원 조사 위원회의 두 번째 소환을 받고 상트페테르부르크로 돌아가 조사를 받았다. 3월, 바덴으로 돌아갔다.

1865년 2월, 딸 폴리나가 프랑스인 가스통 브뤼예르와 결혼했다. 5월, 투르게네프가 프랑스어로 번역한 레르몬토프의 장시 「므치리(Мцыри)」가 출판되었다. 톨스토이의 『전쟁과 평화(Война и мир)』가 《루스키 베스트니크》에 연재되기 시작했다.(첫 연재본의 제목은 '1805년', 1869년에 완결되었다.)

1866년 1월부터 12월까지 도스토옙스키의 『죄와 벌(Преступление и наказание)』이 《루스키 베스트니크》에 연재되었다.

1867년 《루스키 베스트니크》 3월 호에 농노 해방 후 사회 운동 진영 각 정파들의 모습을 그린 『연기(Дым)』를 발표했다. 『연기』가 투르게네프의 지인인 동시에 프랑스 소설가이자 극작가인 메리메의 감수로 프랑스어로 번역 출간되었다. 7월, 바덴에서 신과 러시아에 관해 도스토옙스키와 논쟁을 벌였다. 유대인 창녀의 집에서 강도를 당하는 어느 중위의 이야기를 담은 단편 「예르구노프

중위의 이야기(История лейтенанта Ергунова)」를 발표했다 통풍이 발병했다.

1868년 도스토옙스키의 『백치(Идиот)』가 《루스키 베스트니크》에 발표되었다. 어머니의 편지를 소재로 삼은 「여단장(Бригадир)」을 발표했다. 모스크바에서 보낸 학창 시절을 바탕으로 창작한 단편 「불행한 여자(Несчастная)」를 발표했다.

1869년 잡지《베스트니크 예브로피(Вестник Европы)》 4월 호에 「벨린스키에 대한 회상(Воспоминания о Белинском)」을 발표했다.

1870년 부유한 고리대금업자의 딸이 순례자를 돌보는 이야기인 단편 「이상한 이야기(Странная история)」를 발표했다. 셰익스피어의 희곡을 차용한 단편 「초원의 리어 왕(Степной король Лир)」을 발표했다. 보불 전쟁이 일어나자 폴린을 따라 런던으로 이주했다. 스윈번, 조지 루이스, 조지 엘리엇 등을 만났다.

1871년 1월, 도스토옙스키의 『악령(Бесы)』이 《루스키 베스트니크》에 연재되기 시작했다.(1872년에 완결되었다.) 8월, 비아르도 집안과 함께 프랑스 부지발로 이주해 죽을 때까지 그곳에 살며 러시아에는 가끔씩만 방문했다. 죽은 애인이 자신을 간절히 부른다고 생각해 자살하는 젊은 장교의 이야기인 단편 「똑, 똑, 똑!(Стук... стук... стук!)」을 발표했다.

1872년 1월, 에밀 졸라와 알퐁스 도데를 만났다. 《베스트니크 예브로피》 2월 호에 타락했던 과거를 회상하는 외로운 중년 남자의 이야기인 중편 「봄물(Вешние воды)」을 발표했다. 9월, 조르주 상드를 방문했다.

1873년 33세의 율리야 브렙스카야 남작 부인을 만나 사 년 가까이 교제했다.

1874년 4월, 헨리 제임스와 서신 교환. 플로베르, 졸라, 도데, 공쿠르 형제와 한 달에 한 번씩 만나는 만찬 모임을 시작했다. 페트라솁스키 서클에 속한 한 급진주의자의 이야기인 단편 「푸닌과 바부린(Пунин и Бабурин)」을 발표했다. 『사냥꾼의 스케치』의 1852년 판에 단편 세 편을 추가해 개정판을 출간했다.

1875년 2월, 파리에 거주하는 러시아인 망명자들과 학생들의 독서실 기금 마련을 위해 폴린의 집에서 문학과 음악 발표회를 가졌다. 화가인 하를라모프와 레핀, 조각가 안토콜스키, 건축가 주콥스키와 친밀한 교제를 나누었다. 7월, 주콥스키의 아들로부터 푸시킨의 반지 도장을 선물로 받았다. 파리 근교의 부지발에 비아르도 가족과 함께 영지를 공동 구매했다. 톨스토이의 『안나 카레니나(Анна Каренина)』가 《루스키 베스트니크》에 연재되기 시작했다.(1877년에 완결되었다.)

1876년 《베스트니크 예브로피》 1월 호에 한 소년이 선물로 받은 시계를 없애 버리려 하는 내용의 단편 「시계(Часы)」를 발표했다. 4월, 한 소년의 꿈에 관한 환상적 이야기인 중편 「꿈(Сон)」을 신문 《우리 세기(Наш век)》에 발표했다. 6월, 조르주 상드 사망. 조르주 상드의 사망 후에 쓴 추모 기사에서 상드를 '우리 시대의 성인'으로 칭했다. 영국의 근동 정책에 분노해 40행으로 된 시 「윈저궁에서의 크로켓(Крокет в Виндзоре)」을 발표했다.

1877년 《베스트니크 예브로피》 1월 호, 2월 호에 『아버지와 자식』의 일종의 후속편이자 러시아 인민주의자들에 대한 기록인 『처녀지(Новь)』를 발표했다. 프랑스어판이 거의 동시에 출간되었다. 뒤이어 영어, 이탈리아어, 스웨덴어, 폴란드어, 세르비아어, 헝가리어로 『처녀지』가 번역 출간되었다. 영지의 사제에게 있었던 일을 기초로 쓴 단편 「알렉세이 신부의 이야기(Рассказ отца Алксея)」를 잡지 《노보예 브레먀(Новое время)》에 발표했다. 플로베르의 단편 「수도사 성 쥘리앵의 전설」과 「에로디아」를 번역해 《베스트니크 예브로피》에 발표했다. 푸시킨의 딸 메렌베르크 백작 부인의 요청으로 푸시킨이 결혼 전 나탈리야에게 보낸 편지들을 편집, 출판했다.

1878년 1월, 톨스토이가 『안나 카레니나』를 출간했다. 5월, 톨스토이로부터 화해를 청하는 편지를 받은 후 두 사람의 관계가 회복되었다. 6월, 파리에서 열린 국제작가회의에서 부의장에 선출되었다. 12월, 파리에서 조각가 안토콜스키 등과 함께 러시아예술가지원협회를 결성했다.

1879년 1월, 형 니콜라이 사망. 2월, 모스크바에서 열린 러시아문학애호가협회의 공식 모임에서 학생들과 청중들로부터 열렬한 환호를 받으며 연설했다. 6월, 작가로서 러시아 농노 해방을 위해 힘쓴 공로를 인정받아 옥스퍼드 대학교에서 명예 민법 박사 학위를 받았다. 자신의 희곡 「시골에서의 한 달」에서 베라 역을 맡은 25세의 뛰어난 여배우 마리야 가브릴로브나 사비나를 만나 사랑에 빠졌다. 도스토옙스키의 『카라마조프가의 형제들(Братья Карамазовы)』이 《루스키 베스트니크》에 연재되기 시작했다.(1880년 11월에 완결되었다.)

1880년 1월, 러시아로 가서 다섯 달 동안 체류했다. 5월, 플로베르 사망. 플로베르의 기념비를 세우는 모임의 부의장으로 활동했다. 6월, 모스크바에서 열린 푸시킨 동상 제막식에서 연설했다.

1881년 2월, 도스토옙스키가 59세의 나이로 사망했다. 3월, 알렉산드르 2세가 폭탄 테러로 암살되었다. 알렉산드르 3세 즉위. 6월, 스파스코예로 가서 여름을 보냈다. 7월, 톨스토이가 스파스코예 영지를 방문했다. 9월, 러시아에서 부지발로 돌아왔다. 어느 시골 지주의 삶과 죽음에 관한 단편 「오래된 초상화(Старые портреты)」를 발표했다. 《베스트니크 예브로피》 11월 호에 플로베르를 추모해 쓴 단편 「승리한 사랑의 노래(Песнь торжествующей любви)」를 발표했다.

1882년 3월, 척수암의 첫 증상으로 어깨와 가슴에 극심한 통증을 느끼기 시작했다. 의사들이 병명을 진단해 내지 못했다. 11월, 헨리 제임스가 찾아왔다. 《베스트니크 예브로피》 12월 호에 50편의 시를 엮은 「산문시(Стихотворения в прозе)」를 발표했다.

1883년 《베스트니크 예브로피》 1월 호에 자살한 여배우를 사랑하는 이야기인 「클라라 밀리치(Клара Милич)」를 발표했다. 8월, 마지막 단편인 「종말(Конец)」을 폴린에게 구술했다. 8월 22일, 폴린이 지켜보는 가운데 64세의 나이로 부지발에서 사망했다. 9월 19일, 유언에 따라 상트페테르부르크의 볼코보 묘지로 운구되어 벨린스키 옆에 묻혔다.

세계문학전집 449

사냥꾼의 스케치

1판 1쇄 찍음 2026년 1월 12일
1판 1쇄 펴냄 2026년 1월 19일

지은이 이반 투르게네프
옮긴이 연진희
발행인 박근섭, 박상준
펴낸곳 (주)민음사

출판등록 1966. 5. 19. (제 16-490호)
서울특별시 강남구 도산대로1길 62(신사동) 강남출판문화센터 5층 (우편번호 06027)
대표전화 02-515-2000 팩시밀리 02-515-2007
www.minumsa.com

ISBN 978-89-374-6449-2 04800
ISBN 978-89-374-6000-5 (세트)

* 잘못 만들어진 책은 구입처에서 교환해 드립니다.